MW00803075

Mentiras fundamentales de la Iglesia católica

PEPE RODRÍGUEZ

Barcelona – Madrid – Buenos Aires – México D.F. – Santiago de Chile

1.ª edición: febrero 1997
1.ª reimpresión: marzo 1997
2.ª reimpresión: abril 1997

Bailén, 84 - 08009 Barcelona (España)

Printed in Spain
ISBN: 84-406-7262-4
Depósito legal: B. 17.403-1997

Impreso por LIBERDÚPLEX, S.L.
Constitució, 19 - 08014 Barcelona

Mentiras fundamentales de la Iglesia católica

PEPE RODRÍGUEZ

INTROITO:

«La verdad os hará libres» (*Jn* 8,32), la mentira, *creyentes*

Es probable que el título de este libro, *Mentiras fundamentales de la Iglesia católica*, pueda parecerle inadecuado o exagerado a algún lector, pero si nos remitimos a la definición de la propia Iglesia católica cuando afirma que «la mentira es la ofensa más directa contra la verdad; mentir es hablar u obrar contra la verdad para inducir a error al que tiene el derecho de conocerla. Lesionando la relación del hombre con la verdad y con el prójimo, la mentira ofende el vínculo fundamental del hombre y de su palabra con el Señor»,[1] veremos cuán ajustado está este título a los sorprendentes datos que iremos descubriendo a lo largo de este trabajo.

La Iglesia católica es una institución que conserva una notable influencia en nuestra sociedad —a pesar de que la mayoría de sus templos suelen estar muy vacíos y de que casi nadie, ni aun sus fieles, sigue las directrices oficiales en materia de moral— y sus actuaciones repercuten tanto entre los creyentes católicos, o de cualquier otra religión, como entre los ciudadanos manifiestamente ateos. Por esta razón, no sólo es lícito reflexionar sobre todo cuanto atañe a la Iglesia católica sino que, más aún, resulta obligado el tener que hacerlo. Tal como expresó el gran teólogo católico Schille-

1. *Cfr.* Santa Sede (1992). *Catecismo de la Iglesia Católica*. Madrid: Asociación de Editores del Catecismo, párrafo 2.483, p. 540.

beeckx: «Se debe tener el coraje de criticar porque la Iglesia tiene siempre necesidad de purificación y de reformas.»

Lo que es, dice o hace la Iglesia católica, por tanto, nos incumbe en alguna medida a todos, ya que resulta imposible sustraerse a su influjo cultural tras casi dos milenios de predominio absoluto de su espíritu y sus dogmas en el proceso de conformación de mentes, costumbres, valores morales y hasta legislaciones.

Si nos paramos a pensar, nos daremos cuenta de que no sólo tenemos una estructura mental católica para ser creyentes sino que también la tenemos para ser ateos; para negar a Dios y la religión sólo podemos hacerlo desde aquella plataforma que nos lo hizo conocer; por eso un ateo de nuestro entorno cultural es, básicamente, un *ateo católico*. Nuestro vocabulario cotidiano, así como nuestro refranero, supura catolicismo por todas partes. La forma de juzgar lo correcto y lo incorrecto parte inevitablemente de postulados católicos. Los mecanismos básicos de nuestra culpabilidad existencial son un dramático fruto de la formación católica (heredera, en este aspecto, de la dinámica psicológica judeocristiana).

Nuestras vidas, tanto en el caso del más pío de los ciudadanos como en el del más ateo de los convecinos, están dominadas por el catolicismo: el nombre que llevamos es, en la mayoría de las personas, el de un santo católico, el de una advocación de la Virgen o el del mismo Jesús; nuestra vida está repleta de actos sociales que no son más que formas sacramentales católicas —bautismos, primeras comuniones, bodas, funerales, etc.—, a las que asistimos con normalidad aunque no seamos creyentes; las fiestas patronales de nuestros pueblos se celebran en honor de un santo católico o de la Virgen; nuestros *puentes* y descansos vacacionales preferidos —Navidad, Reyes, Semana Santa, San José, San Juan, el Pilar, la Inmaculada...— son conmemoraciones católicas; decenas de hospitales, instituciones o calles llevan nombres católicos; gran parte del arte arquitectónico, pictórico y escultórico de nuestro patrimonio cultural es católico; un elevadísimo porcentaje de centros educacionales, escolares y asistenciales —y sus profesionales— son católicos; el peso católico en los medios de comunicación es cada vez más notable (y encubierto); nuestro Gobierno financia con una parte de nuestros impuestos a la Iglesia católica...

Lo queramos o no, estamos obligados a vivir dentro del catolicismo, y ello no es ni bueno ni malo, simplemente es. Está justificado, por tanto, que nos ocupemos en reflexionar sobre algo que tiene tanto peso en nuestras vidas. Pero ¿qué sabemos en realidad de la Iglesia católica y de sus dogmas religiosos? Parece que mucho o *todo*, puesto que abrigamos la sensación de tener una gran familiaridad con el catolicismo. Tanto es así que conocemos perfectamente, lo creamos o no, que María fue considerada Virgen desde siempre, que Jesús fue hijo único y que murió y resucitó a los tres días, que fue conocido como consubstancial con Dios desde su mismo nacimiento, que él fundó el cristianismo y la Iglesia católica e instituyó el sacerdocio, la misa y la eucaristía, que estableció que el Papa fuese el sucesor directo de Pedro... estamos seguros de que todo eso es así porque siempre nos lo han contado de esta forma, pero, sin embargo, cuando leemos directa y críticamente el *Nuevo Testamento* vemos, sin lugar a dudas, que ninguna de estas afirmaciones es cierta.

La primera vez que leí la *Biblia*, en septiembre de 1974, quedé muy sorprendido por las terribles contradicciones que la caracterizan, pero también por descubrir que el Jesús de los *Evangelios* no tenía apenas nada que ver con el que proclama la Iglesia católica. Veintidós años más tarde, en 1996, tras varias lecturas críticas de las *Escrituras* y apoyado en el bagaje intelectual que da el haber estudiado decenas de trabajos de expertos en historia antigua, religiones comparadas, mitología, antropología religiosa, exégesis bíblica, teología, arte, etc., mi nivel de sorpresa no sólo no ha disminuido sino que se ha acrecentado en progresión geométrica.

Cuantos más conocimientos he ido adquiriendo para poder analizar las *Escrituras* desde parámetros objetivos, más interesantes me han parecido (como documentos de un complejo y fundamental proceso histórico) pero, también, más patética me ha resultado la tremenda manipulación de las *Es-*

crituras y del mensaje de Jesús, realizada, con absoluta impunidad durante siglos, por la Iglesia católica.

En este libro no se pretende descubrir nada nuevo, puesto que, desde finales del siglo XVIII hasta hoy, decenas de investigadores, todos ellos infinitamente más cualificados que este autor, han publicado trabajos científicos que han dinamitado sin compasión los documentos básicos del cristianismo. Los especialistas en exégesis bíblica y en lenguas antiguas han demostrado fuera de toda duda las manipulaciones y añadidos posteriores que trufan el *Antiguo Testamento*, el contexto histórico y la autoría reciente (s. VII a.C.) del *Pentateuco* —falsamente atribuido a Moisés (s. XIII a.C.)—, la inconsistencia de las «profecías», la verdadera autoría de los *Evangelios* y la presencia de múltiples interpolaciones doctrinales en ellos, la cualidad de pseudoepigráficos de textos que se atribuyen falsamente a Pablo y otros en el *Nuevo Testamento*, etc. Y los historiadores han puesto en evidencia que buena parte de la historiografía católica es, simple y llanamente, mentira. De todas formas, dado que los trabajos citados no son del conocimiento del gran público, este texto contribuirá a divulgar parte de lo que la ciencia académica ya sabe desde hace años.

El breve análisis acerca de la Iglesia católica y algunos de sus dogmas, que se recoge en este trabajo, no fue pensado, en principio, para convertirse en un libro. En su origen no fue más que un proceso de reflexión, absolutamente privado, a través del cual este autor quiso profundizar en algunos aspectos doctrinales fundamentales de la Iglesia católica mediante su confrontación con las propias *Escrituras* en las que decían basarse.

Desde esta perspectiva, el texto no pretende ser ni una obra acabada ni definitiva de nada, aunque sí es el fruto del trabajo de muchos meses de investigación, de cientos de horas ante el ordenador, rodeado de montañas de libros, intentando asegurar cada palabra escrita en las bases más sólidas y creíbles que he podido encontrar.

No es tampoco un libro que pretenda convencer a nadie de nada, creo que el lector tiene el derecho y la obligación de cuestionar todo aquello que lee; por eso se facilita una abundante bibliografía y se indican, en notas a pie de página, las referencias documentales que cualquiera puede analizar por sí mismo para extraer sus propias conclusiones.

En cualquier caso, la fuente principal a la que hemos recurrido para fundamentar lo que afirmamos es la *Biblia*; y para evitar que se nos acuse de basarnos en versículos *arreglados*, hemos usado una *Biblia* católica, concretamente la versión de Nácar-Colunga, que es la más recomendada entre los católicos españoles y, también, la que contiene más manipulaciones sobre los textos originales con la intención de favorecer la doctrina católica; pero aún así, la lectura crítica de la *Biblia* de Nácar-Colunga sigue siendo demoledora para la Iglesia católica y sus dogmas. De todas formas, aconsejamos sinceramente que todo lector de este trabajo, sea católico o no, tenga una *Biblia* a mano para consultarla siempre que precise guiarse por su propio criterio.[2]

Uno no puede dejar de sorprenderse cuando se hace consciente de que los católicos, así como una buena parte de sus sacerdotes, no conocen la *Biblia*. A diferencia del resto de religiones cristianas, la Iglesia católica no sólo no patrocina la lectura directa de las *Escrituras* sino que la dificulta. Si miramos hacia atrás en la historia, veremos que la Iglesia sólo hace dos siglos que levantó su prohibición, impuesta bajo pena de prisión perpetua, de traducir la *Biblia* a cualquier lengua vulgar. Hasta la traducción al alemán hecha por Lutero en el siglo XVI, desafiando a la Iglesia, sólo los poquísimos que sabían griego y latín podían acceder directamente a los textos bíblicos. La Iglesia católica española no ordenó una traducción castellana de la *Biblia* hasta la última década del siglo XVIII. Pero hoy, como en los últimos dos mil años, la práctica totalidad de la masa de creyentes católicos aún no ha leído directamente las *Escrituras*.

2. Aunque hay mejores y peores traducciones de los textos bíblicos, cualquier *Biblia* es apta para ser consultada. La mejor traducción castellana actual es la *Nueva Biblia Española*, y suelen ser también muy correctas las ediciones protestantes basadas en revisiones actualizadas de la traducción de Valera.

A pesar de que, actualmente, la *Biblia* está al alcance de cualquiera, la Iglesia católica sigue formando a su grey mediante el *Catecismo* y lo que llama *Historia Sagrada*, que son textos tan *maquillados* que apenas tienen nada que ver con la realidad que pretenden *resumir*. Se intenta evitar la lectura directa de la *Biblia* —o, en el mejor de los casos, se tergiversan sus textos añadiéndoles decenas de anotaciones *peculiares*, como en la Nácar-Colunga— por una razón muy simple: ¡lo que la Iglesia católica sostiene, en lo fundamental, tiene poco o nada que ver con lo que aparece escrito en la *Biblia*!

El máximo enemigo de los dogmas católicos reside en las propias *Escrituras*, ya que éstas los refutan a simple vista. Por eso en la Iglesia católica se impuso, desde antiguo, que la *Tradición* —eso es aquello que siempre han creído quienes han dirigido la institución— tenga un rango igual (que en la práctica es superior) al de las *Escrituras*, que se supone son la palabra de Dios. Con esta argucia, la Iglesia católica niega todo aquello que la contradice desde las *Escrituras* afirmando que «no es de Tradición». Así, por ejemplo, los *Evangelios* documentan claramente la existencia de hermanos carnales de Jesús, hijos también de María, pero como la Iglesia no tiene la *tradición* de creer en ellos, transformó el sentido de los textos neotestamentarios en que aparecen y sigue proclamando la virginidad perpetua de la madre y la unicidad del hijo.

De igual modo, por poner otro ejemplo, la Iglesia católica sostiene con empecinamiento el significado erróneo, y a menudo lesivo para los derechos del clero y/o los fieles, de versículos mal traducidos —errados ya desde la *Vulgata* de San Jerónimo (siglo IV d.C.)—, aduciendo que su *tradición* siempre los ha interpretado de la misma manera (equivocada, obviamente, aunque muy rentable para los intereses de la Iglesia).

Para dar cuerpo a la reflexión y a la estructura demostrativa de este libro nos hemos asomado sobre dos plataformas complementarias: la primera se basa en los datos históricos y el análisis de textos, realizado por expertos, que indica que el contenido de los documentos bíblicos obedece siempre a necesidades político-sociales y religiosas concretas de la época en que aparecieron; que fueron escritos, en tiempos casi siempre identificados, por sujetos con intereses claramente relacionados con el contenido de sus textos (tratándose a menudo de personas y épocas diferentes de las que son de fe); que fueron el resultado de múltiples reelaboraciones, añadidos, mutilaciones y falsificaciones en el decurso de los siglos; es decir que, desde nuestro punto de vista, no hay la más mínima posibilidad de que Dios —cualquier dios que pueda existir— tuviese algo que ver con la redacción de las *Escrituras*.

La segunda plataforma, en la que damos un voluntario salto al vacío de la fe, parte de la aceptación de la hipótesis creyente de que las *Escrituras* son «la palabra inspirada de Dios»; pero analizando desde dentro de este contexto, las conclusiones son aún más graves puesto que si la *Biblia* es la palabra divina, tal como afirman los creyentes, resulta obvio que la Iglesia católica, al falsearla y contradecirla, está traicionando directamente tanto la voluntad del Dios Padre como la del Dios Hijo —a quienes dice seguir fielmente—, al tiempo que mantiene un engaño monumental que pervierte y desvía la fe y las obras de sus fieles.

Valga decir que éste no es ningún libro de fe o *catecismo* —tampoco es un anti-*catecismo*—, sino un trabajo de recopilación y análisis de datos objetivos que sugiere una serie de conclusiones —que son discutibles, como cualquier otro resultado de un proceso de raciocinio—, pero, a medida que se vaya profundizando en este texto, será el propio lector, ya sea posicionado en una óptica creyente, agnóstica o atea, quien podrá —y deberá— ir sacando sus propias consecuencias acerca de cada uno de los aspectos tratados.

En esta obra no se aspira más que a reflexionar críticamente sobre algunos elementos fundamentales de la institución social más influyente de la historia —y tenemos para ello la misma legitimidad y derecho, al menos, que el esgrimido por la Iglesia católica para entrometerse y lanzar censuras sobre ámbitos personales y sociales que no son de su incumbencia y que exceden con mucho su función específica de «pastores de almas»—. No es, por tanto, un libro que pretenda atacar a la Iglesia católica o a la religión en general,[3] aunque será inevitable que algunos lo interpreten así; quizá porque su ignorancia y fanatismo doctrinal les impide darse cuenta de que, en todo caso, son las propias religiones, con su comportamiento público, quienes van perdiendo su credibilidad hasta llegar a cotas más o menos importantes de autodestrucción.

Ningún libro puede dañar a una religión, aunque sí sea habitual que las religiones dañen a los autores de libros. A este respecto son bien conocidos los casos de la fanática persecución religiosa de autores como Salman Rushdie o Taslima Nasrin por el fundamentalismo islámico chiíta, pero la Iglesia católica, actuando de una forma más sutil, no se queda atrás ¡ni mucho menos! en la persecución de los escritores que publican aquello que no le place o pone al descubierto sus miserias. Son muchísimos los casos de escritores contemporáneos que han sufrido represalias por enfrentarse a la Iglesia, pero baste recordar cómo el papa Wojtyla ha amordazado a los teólogos díscolos mediante la imposición del silencio, la expulsión de sus cátedras, la encíclica *Veritatis splendor*; o los sonados casos de los escritores Roger Peyrefitte y Nikos Kazantzakis, perseguidos con saña por el poderoso aparato vaticano por poner en evidencia la hipocresía de la Iglesia católica.

3. Desde muchos medios de comunicación he defendido siempre que en el *curriculum* escolar debería figurar como materia obligatoria —no optativa— la religión, mejor dicho, la asignatura de historia de las religiones. Creo que nadie puede comprender suficientemente al ser humano y a la sociedad que ha conformado si no conoce las raíces del hecho religioso, su evolución desde la prehistoria hasta hoy a través de mitos, ritos y creencias muy diferentes pero íntimamente continuistas unas de otras, sus consecuencias sociopolíticas, etc. La historia de las religiones —de todas, no de la católica exclusivamente—, las religiones comparadas —no el *catecismo* de una sola, que eso no es materia escolar sino pauta de adoctrinamiento que debería reservarse al seno de la familia y de los centros de cada religión—, es un conocimiento tan valioso como fundamental tanto para el creyente como para el ateo. Aunque, no seamos ingenuos, a la Iglesia católica en particular no le interesa nada formar en materia de religión; lo que ella pretende y hace en los centros escolares es proselitismo, adoctrinar de forma excluyente en base a su *catecismo*.

La experiencia de este autor después de publicar *La vida sexual del clero*, un *best-seller* que ha ocupado los primeros puestos de ventas en España y Portugal, confirma también que la libertad de expresión no es una virtud con la que comulga la Iglesia católica. Cuando el libro aún no se había acabado de distribuir, desde la jerarquía eclesiástica se llamó a periodistas de todos los medios de comunicación, «exigiendo», «aconsejando» o «solicitando» —según la mayor o menor fuerza que tuviese el clero en cada medio y/o en función de la militancia o no en el Opus Dei del periodista abordado— que se guardara silencio sobre la aparición del libro, una consigna que cumplieron fielmente buena parte de los periódicos y programas de radio de gran audiencia, así como, obviamente, todos los medios conservadores de talante clerical.

Afortunadamente, el boca a boca de la calle pudo compensar en parte el silencio de muchos medios de comunicación y miles de españoles acudieron a las librerías a reservar su ejemplar, esperando pacientemente que las sucesivas reediciones del libro salieran de la imprenta. Un dato curioso es que las librerías religiosas, que habían sido *marginadas* en la primera fase de distribución del libro, pronto comenzaron a llamar a la editorial solicitando ejemplares; ¡no en balde los sacerdotes han sido grandes lectores de *La vida sexual del clero*! De todos modos, bastantes librerías fueron coaccionadas a quitar el libro de sus aparadores y, en la España *profunda*, algunas otras recibieron amenazas de agresión por parte de vándalos clericales. Vaya desde aquí mi profundo agradecimiento a todos, lectores y libreros.

Dado que la investigación de ese libro está sólidamente documentada y viene apadrinada por un prólogo multidisciplinar firmado por cuatro prestigiosas figuras,[4] la ofensiva clerical tomó forma *mafiosa*, atacando sin dar la cara jamás, intentando —y en algún caso logrando— perjudicar mis acti-

4. Victoria Camps, catedrática de ética y, en ese momento, senadora; Enrique Miret Magdalena, conocido teólogo católico; María Martínez Vendrell, psicóloga, y Joaquín Navarro Esteban, magistrado de la Audiencia Provincial de Madrid.

vidades profesionales ajenas a la faceta de escritor, coaccionando a sacerdotes que habían colaborado en el libro, rescindiendo el contrato de profesor de un brillante teólogo católico y sacerdote por el mero hecho de haberme asesorado desde su especialidad,[5] haciendo publicar supuestas «críticas» del libro que no eran sino meros insultos histéricos que pretendían descalificar globalmente el trabajo sin aportar ni una sola evidencia en contra,[6] vociferando desde el púlpito de las iglesias que leer ese libro era pecado mortal, aduciendo que este autor tenía prohibida su entrada en las iglesias,[7] vetando al autor en cualquier programa de televisión en que participase un obispo...

5. Lo dramático del caso no sólo es el abuso de poder sino quién lo ha ejercido. La represalia fue ordenada desde el arzobispado de Barcelona, institución a la que *La vida sexual del clero* dedica dos capítulos documentando irrefutablemente que los cardenales Narcís Jubany y Ricard María Carles, y los obispos Carles Soler, Jaume Traserra y Joan-Enric Vives, conocieron las agresiones sexuales cometidas contra menores y adolescentes por un grupo de diáconos y sacerdotes de su diócesis pero los encubrieron, impidiendo su persecución judicial, y permitieron incluso la ordenación sacerdotal de los diáconos implicados. A raíz de la publicación del libro, este caso motivó una interpelación parlamentaria y está siendo investigado judicialmente.

6. Son *modélicos*, por ejemplo, los panfletos firmados por Javier Tusell (*La Vanguardia*, 31-3-95, p. 41), Javier Azagra (*La Opinión* de Murcia, 1-3-95, p. 4) y Pedro Miguel Lamet (*Diario 16/Culturas*, 6-5-95, p. 19). La sinuosa fidelidad *ideológica* del señor Tusell es suficientemente conocida como para evitarnos cualquier comentario. La airada reacción de los otros dos tuvo un motivo más evidente y *noble*, el de la defensa propia: el obispo de Cartagena Javier Azagra aparece en un capítulo del libro como encubridor de los abusos sexuales cometidos a mujeres por Jesús Madrid, sacerdote y director del Teléfono de la Esperanza de Murcia; el señor Lamet, un sacerdote nada amigo de las obligaciones del celibato, era en esos días el director de la revista *A Vivir*, editada por el Teléfono de la Esperanza.

7. La triste anécdota sucedió el 21-9-96 en la conocida e inigualable iglesia barcelonesa de Santa María del Mar. El autor tenía que presentar el concierto de canciones de cuna tradicionales que la cantante Mariona Comellas iba a dar en el templo, pero, al enterarse en el arzobispado, presionaron con fuerza para evitar mi presencia en la iglesia; el argumento esgrimido fue que «después de haber publicado un libro contra la Iglesia a ese

Sin embargo, como muestra de un talante absolutamente contrario al de los prelados españoles, cabe mencionar, por ejemplo, el caso de Januàrio Turgau Ferreira, obispo de Lisboa y portavoz de la Conferencia Episcopal Portuguesa, que no sólo accedió gustoso al debate cuando se publicó *A vida sexual do clero*, sino que defendió que el libro no suponía ninguna ofensa o ataque a la Iglesia, que al leerlo se tiene «la sensación de abrir los ojos», que la crítica debía ser siempre aceptada para cambiar lo que está mal y que hay que «repensar el celibato desde el fondo del libro de Pepe Rodríguez».[8]

Este mismo criterio había sido defendido anteriormente desde revistas del clero católico como *Tiempo de Hablar* (62) o *Fraternizar* (90); la primera de ellas finalizó su larga y favorable reseña afirmando: «Se ha dicho de este libro que el agnosticismo del autor falsea la realidad. ¿No ocurrirá lo mismo que en la entrada triunfal de Jesús en Jerusalén cuando los fariseos le pedían a Jesús que mandara callar al pueblo? Ya conocemos la respuesta de Jesús: "Os digo que si éstos callan gritarán las piedras." Este libro es un grito de las piedras ya que los amigos de Jesús nos estamos callando» (pp. 38-39).

El largo rosario de hechos vergonzosos y coacciones a la libertad de expresión perpetrados por el poder clerical español ha tenido una de sus últimas apariciones estelares en el cese fulminante, como director de la tertulia *Las cosas como son* (RNE), del conocido periodista radiofónico Pedro Méyer, acusado de «una falta grave de respeto a una religión, en este caso la católica»[9] por un programa que trató con rigor algunas cuestiones sobre el Papa, el Opus Dei y el celibato sacerdotal. A la jerarquía católica lo que le molesta realmente

escritor se le ha prohibido totalmente la entrada en las iglesias». Al arzobispo Carles se le habría olvidado comunicarme oficialmente tamaña majadería, claro está. El párroco de Santa María del Mar, sin embargo, hizo caso omiso y pude tener el honor de presentar el concierto tal como estaba previsto.

8. En debate radiofónico celebrado el día 29-10-96, de 11 a 12 horas, en RPD-Antena 1 de Lisboa (programa de Carlos Pinto Coelho).

9. *Cfr.* López, R. (1996, septiembre, 28). Méyer: «Yo no soy quién para cerrarle la boca a los contertulios.» *El País.*

es que las cosas se digan tal como son. Hoy aún abundan los obispos que añoran las hogueras de la Santa Inquisición.

Muchos amigos, periodistas, políticos y miembros de otras profesiones «generalmente bien informadas», me han advertido del riesgo que corro publicando este libro. «Ándate con muchísimo cuidado —me aconsejó un querido amigo, conocido político conservador y católico practicante—, no olvides que la Iglesia tiene una experiencia de dos mil años en el arte de hacer maldades impunemente.» Soy muy consciente del elevado precio personal que voy a tener que pagar, durante el resto de mi vida, por publicar este trabajo y también de que su aparición será ahogada rápidamente por el silencio cómplice de la mayoría de los medios de comunicación, pero cuando uno ha pasado toda su vida luchando en favor de la libertad, no se puede ni se debe cambiar de rumbo.

Salvo que el peso clerical que tiene el actual Gobierno conservador español decida variar el contenido del artículo 20 de nuestra Constitución, seguiré pensando que cada ciudadano tiene el derecho «a expresar y difundir libremente los pensamientos, ideas y opiniones mediante la palabra, el escrito o cualquier otro medio de reproducción». Este derecho no existe en el seno de la Iglesia católica —léase la *Veritatis splendor*, por ejemplo— y su influyente autoritarismo pretende eliminarlo también del resto de la sociedad.

No tengo, ni mucho menos, vocación de mártir, pero jamás he actuado con cobardía. Este libro no es más que la reflexión personal de este autor y, como tal, un ejercicio del legítimo derecho a la opinión y a la crítica que, sin duda alguna, conlleva también, necesariamente, el derecho ajeno a la contracrítica —cosa que yo siempre he agradecido y estimulado públicamente—, aunque no a la persecución *mafiosa*, de la que, por cierto, siempre me he sabido defender atacando con igual intensidad a la de la agresión recibida. Yo no sé poner la otra mejilla, lo siento.

A fin de cuentas, en este libro no he hecho otra cosa que seguir lo que se recomienda en los *Hechos de los Apóstoles*: «Y llamándolos, les intimaron no hablar absolutamente ni enseñar en el nombre de Jesús. Pero Pedro y Juan respondieron y dijéronles: "Juzgad por vosotros mismos si es justo ante Dios que os obedezcamos a vosotros más que a Él; porque nosotros no podemos dejar de decir lo que hemos visto y oído." Pero ellos les despidieron con amenazas» (*Act* 4,18-21). En este libro nos hemos limitado a comprobar directamente qué fue aquello que se dejó escrito en la *Biblia*, en qué circunstancias se dijo y cómo se ha pervertido con el paso de los siglos. Nos limitamos a decir «lo que hemos visto y oído», como hicieron Pedro y Juan, aunque también como a ellos los «sacerdotes y saduceos» nos amenacen.

El propio Jesús, según *Jn* 8,32, dijo que «la verdad os hará libres» y las páginas siguientes son una excursión en busca de las verdades que hay más allá de los dogmas. Quizá la verdad no exista en ninguna parte, puesto que todo es relativo, pero en el propio proceso racional de buscarla alcanzamos cotas de libertad que nos alejan de la servidumbre a la que la mentira y la hipocresía intentan someternos en su intrínseco esfuerzo por moldearnos como creyentes acríticos.

I

DEL *ANTIGUO* AL *NUEVO TESTAMENTO*: LAS BASES HUMANAS DE UNA IGLESIA QUE SE PRETENDE «DIVINA»

«No son solamente las *Divinas Escrituras* las que contienen este sagrado depósito [de la Revelación]. Se contiene, además, en la tradición viviente de la Iglesia de Cristo, que es la fiel depositaria del divino tesoro y el intérprete autorizado de los sagrados libros. Sólo la Iglesia puede indicarnos con infalible certeza cuáles son los libros que, escritos bajo la inspiración del Espíritu Santo, contienen el sagrado depósito. Cualquier otro criterio será del todo insuficiente y sólo podrá servir para confirmar la verdad de la doctrina de la Iglesia, pues siendo la inspiración un hecho sobrenatural, sólo una autoridad de orden sobrenatural e infalible podrá suficientemente certificarnos de él.»

Sagrada Biblia (versión de Nácar-Colunga, Introducción, 1979)

«La necedad es dinámicamente el contrapeso de la espiritualidad.»

HENRI FRÉDERIC AMIEL (filósofo, 1821-1881)

«No hay peor tiranía que la que se ejerce a la sombra de las leyes y bajo el calor de la justicia.»

CHARLES-LOUIS MONTESQUIEU (filósofo, 1689-1755)

«El poder sin límites es un frenesí que arruina su propia autoridad.»

FRANÇOIS FÉNELON (escritor y moralista, 1651-1715)

1

El *Antiguo Testamento*: ¿palabra de Dios o resultado de la megalomanía genial que permitió sobrevivir al pueblo hebreo?

La parte de la *Biblia* que hoy conocemos como *Antiguo Testamento* es un conjunto de una cuarentena de libros —en el canon católico[10]— que pretende recoger la historia y las creencias religiosas del pueblo hebreo que, aglutinado bajo la nación de Israel, apareció en la región de Palestina durante el siglo XIII a.C. Los análisis científicos han demostrado que buena parte de los libros legislativos, históricos, proféticos o poéticos de la *Biblia* son el producto de un largo proceso de elaboración durante el cual se fueron *actualizando* documentos antiguos añadiéndoles datos nuevos e interpretaciones diversas en función del talante e intereses de los nuevos autores/recopiladores.

10. La religión judía y el conjunto de las denominaciones cristianas comparten en sus respectivas *Escrituras Sagradas* todos los libros fundamentales que figuran en el *Antiguo Testamento* católico, pero hay algunos textos que no son consensuados. Cuando la *Biblia* hebrea se tradujo al griego —dando lugar a la llamada *Biblia de los Setenta*— se incorporaron diversos libros (*Tobías*, *Judit*, fragmentos de *Ester*, I y II *Macabeos*, *Sabiduría*, *Eclesiástico*, *Baruc* y fragmentos de *Daniel*) que no estaban registrados en la *Biblia* hebrea, razón por la cual no son admitidos por los judíos y existe controversia entre los cristianos; así, por ejemplo, mientras los calvinistas los excluyen totalmente de su *Biblia*, los luteranos los sitúan al final de la suya pero como mera «lectura edificante».

De este proceso provienen anacronismos tan sonados como el del libro de *Isaías*, profeta del siglo VIII a.C., donde aparece una serie de oráculos fechables sin duda en el siglo VI a.C. (dado que se menciona al rey persa Ciro); la imposible relación de Abraham con los filisteos (descrita en *Gén* 21,32), cuando ambos estaban separados aún por muchos siglos de historia; el atribuir a Moisés un texto como el *Deuteronomio* que no se compuso hasta el siglo VII a.C.; el denominar Yahveh —pronunciación del tetragrama YHWH— al dios de Abraham y los patriarcas cuando este nombre no será *revelado* sino mucho más tarde a Moisés (*Ex* 6), etc.

La Iglesia católica oficial, así como sus traductores de la *Biblia*, sostiene, sin embargo, que todos los textos incluidos en el canon de las *Sagradas Escrituras* «han sido escritos bajo la inspiración del Espíritu Santo, y son, por tanto, obra divina. Tienen a Dios por autor principal, aunque sean al mismo tiempo obra humana, cada uno del autor que, inspirado, lo escribió».[11]

Pero, obviamente, la cuestión de ser una obra de Dios, que todo lo sabe porque todo lo ha creado y de él todo depende, casa muy mal con el cúmulo de despropósitos que se afirman en la *Biblia*. Basta recordar la descripción que Dios hace de su creación del mundo, en el *Génesis*, para darse cuenta de que la «narración divina» no es más que un deficiente recuento de los mitos cosmogónicos mesopotámicos y que su descripción de la bóveda celeste, por ejemplo, no difiere en nada de la que hacían los antiguos sacerdotes caldeos o egipcios; ¿cómo puede ser, pues, que Dios no fuese capaz ni de describir con acierto aquella parte del universo, el cielo, donde se le supone que mora desde la eternidad?

El clero católico siempre nos ha contado que si Dios hubiese hablado de la realidad tal como era, la gente de entonces no le habría comprendido, pero a tal sesuda deducción cabe oponer que la evidencia universal muestra que cualquier cre-

11. *Cfr.* Nácar-Colunga (1979). *Sagrada Biblia*. Madrid: Edica, p. 1. Salvo advertencia en contra, todas las citas bíblicas empleadas en el presente libro están extraídas de esta traducción de las *Sagradas Escrituras*.

yente de cualquier religión está dispuesto siempre a creer cualquier cosa que haya sido dicha por su Dios, aunque no la comprenda en absoluto, ¡y tanto más creíble será cuanto más incomprensible parezca! No en vano, ya se sabe, los caminos del Señor son inescrutables.

A Dios le hubiese costado muy poco, por ejemplo, hablar de la teoría de la relatividad o de la formación del cosmos a partir del *Big bang*, que suscriben descripciones absolutamente metafísicas para cualquier mortal que no sea físico o astrofísico, pero no lo hizo. Dios pudo haber explicado la formación del universo según lo afirma la teoría del *Big bang*, por ejemplo, y haberle dicho a su amanuense hebreo que el origen de todo tuvo lugar cuando una región que contenía toda la masa del universo a una temperatura enormemente elevada se expandió mediante una tremenda explosión y eso hizo disminuir su temperatura; segundos después la temperatura descendió hasta el punto de permitir la formación de los protones y los neutrones y, pasados unos pocos minutos, la temperatura siguió bajando hasta el punto en que pudieron combinarse los protones y los neutrones para formar los núcleos atómicos; y todo ello realizado por voluntad divina, claro está.

Quienes creyeron —y siguen creyendo aún— a pies juntillas los relatos del *Génesis*, no hubiesen dudado un segundo en aceptar y reverenciar una revelación tan estéticamente divina, ¡incluso la hubiesen comprendido! Pero no, en la *Biblia* jamás se le dio cabida al *Libro de Einstein* o a la *Revelación de Hopkins* o *Libro del Big bang*, una lástima que, sin duda, le ha costado a Dios el tener que perder muchos millones de creyentes desengañados durante el último siglo.

Dios, por poner un par de ejemplos más, tampoco estuvo demasiado acertado cuando adjudicó a Moisés la misma historia mítica que ya se había escrito cientos de años antes referida al gran gobernante sumerio Sargón de Akkad (c. 2334-2279 a.C.) que, entre otras lindezas, nada más nacer fue depositado en una canasta de juncos y abandonado a su suerte en las aguas del río Eufrates hasta que fue rescatado por un aguador que le adoptó y crió. Este tipo de leyenda, conocida bajo el modelo de «salvados de las aguas», es universal y, al margen de Sargón y Moisés, figura en el currículum de Krisna, Rómulo y Remo, Perseo, Ciro, Habis, etc. ¿Sabía Dios que estaba plagiando una historia pagana? Y no es tampoco de recibo que una narración tan prototípica de la *Biblia* como es la del «diluvio universal» fuese también el plagio de otra leyenda sumeria mucho más antigua, la del «Ciclo de Ziusudra».

El profesor Federico Lara, experto en historia antigua, resume el «Ciclo de Ziusudra» de la siguiente forma: «Los dioses deciden destruir a la humanidad a causa de las muchas culpas cometidas por ésta. Sin embargo, un dios, Enki, advierte al rey Ziusudra de Shuruppak de lo que se avecinaba, ordenándole la construcción de una nave para que pudiera salvarse con su familia junto a animales y plantas de todas clases. El Diluvio al fin se produjo y destrozó todo tipo de vida, así como los lugares de culto (las ciudades), convirtiendo a la humanidad en barro. Después de siete días y siete noches, el Diluvio cesó y Ziusudra pudo salir de la barca. En acción de gracias realizó un sacrificio a los dioses, quienes le hicieron vivir *allende los mares*, en el *Oriente*, en *Dilmun*».[12] ¿Es posible que Dios no preveyese que, en un día lejano, unos hombres llamados arqueólogos pondrían al descubierto miles de tablillas con escritura *cuneiforme* que delatarían sus deslices narrativos?

Nuestra cavilación, que aunque rayana en la *herejía* podríamos alargar con decenas de ejemplos similares a los recién citados, queda abortada de cuajo, sin embargo, cuando leemos los argumentos dados al efecto por los *científicos* católicos: «Los libros sagrados hablan con frecuencia de las cosas creadas, y en ellas nos muestran la grandeza del poder, de la soberanía, de la providencia y de la gloria de Dios; pero como la misión de los autores inspirados no era enseñar las ciencias humanas, que tratan de la íntima naturaleza de las cosas y de los fenómenos naturales, y acerca de ellas no recibían por lo general revelación alguna, nos las describen, o en

12. *Cfr.* Lara, F. (1989). *La civilización sumeria*. Madrid: Historia 16, p. 37.

lenguaje metafórico, o según el corrientemente usado en su época, como sucede todavía en muchos puntos entre los más sabios. El lenguaje vulgar describe las cosas tal cual las perciben los sentidos; y así también *el escritor sagrado*, advierte santo Tomás, expresa las *apariencias sensibles*, o aquello que Dios mismo, hablando a los hombres, expresa de humano modo, para acomodarse a la humana capacidad (encíclica *Providentissimus Deus*)».[13]

Dado que toda una encíclica papal avala que Dios está por la labor de mantener *in aeternum* la ignorancia humana y que las *Escrituras Sagradas* «tienen a Dios por autor principal», dejaremos reposar, almacenadas en el limbo de nuestra memoria, tan doctas manifestaciones y comenzaremos a dirigir nuestra mirada hacia los textos dichos sagrados y hacia los hechos históricos comprobables para intentar localizar, paso a paso, algunas de las razones —siempre las hay para todo— por las que la *Biblia* acabó siendo lo que hoy es y, en cualquier caso, concluiremos probando que la Iglesia católica oficial, pese a defender la autoría divina de los textos bíblicos de modo incuestionable, no sigue buena parte de los mandatos fundamentales que ella misma atribuye a Dios.

Dios entregó su *Ley* al «pueblo elegido» plagiando los términos de un tratado de vasallaje hitita

Con todo, a pesar de sus muy frecuentes anacronismos y errores, y de sus evidentes fabulaciones, la *Biblia* es un documento interesantísimo para, con el imprescindible contraste de la investigación arqueológica, poder analizar el curso de los acontecimientos humanos que se dieron durante la antigüedad en una limitada franja del planeta y centrados en un pueblo, el de Israel, que fue históricamente insignificante —con excepción de la breve época de esplendor impulsada por David y Salomón—, vivió continuamente bajo la amenaza de enemigos externos muy poderosos y de crisis internas

13. *Cfr.* Nácar-Colunga (1979). *Op. cit.*, p. 5.

debilitadoras, soportando a menudo la humillación, la rapiña y la esclavitud, y medró a duras penas intentando arrancarle algunos de sus frutos a una tierra seca y de clima tan duro y difícil como imprevisible.

Desde esta humildad histórica e insignificancia humana[14] es perfectamente comprensible que el pueblo de Israel —en virtud de lo que sabemos de la psicología humana y tal como acredita la historia de muchos otros pueblos en situaciones similares— necesitase desesperadamente atraerse para sí la atención y protección de un dios todopoderoso al que estaba dispuesto a someterse tal como un hijo débil o desamparado lo hace ante un padre fuerte; pero dado que los dioses de sus enemigos no eran menos poderosos, Israel, con el paso del tiempo, se vio forzada a compensar su nimiedad sintiéndose la elegida no ya del dios más poderoso de todos cuantos había en su época, sino de un Dios único y excluyente que —¿cuál no sería su predisposición favorable hacia los israelitas?— se avino a sellar un pacto de exclusividad con sus protegidos. Tal dinámica megalómana, preñada de mitomanía, fue la clave que posibilitó la supervivencia de los israelitas y acabó siendo el eje troncal de la identidad hebrea y, finalmente, por herencia directa, de la cristiana. Por eso, básicamente, en los textos bíblicos se confunden una con otra la historia real y mítica de Israel y su religión.

La tradición hace comenzar la historia hebrea en el momento en que el patriarca Abraham abandonó Ur (Caldea), hacia el año 1870 a.C. o, más probable, durante el reinado del rey babilonio Hammurabi (c. 1728-1686 a.C.), para dirigirse con su clan nómada hacia el sur, hasta el borde del desierto de

14. No se conoce con exactitud si la palabra «hebreo» identificaba una etnia concreta, pero a juzgar por el empleo del adjetivo *'ibrî* para calificar a los esclavos (*Éx* 21,2) o su valor despectivo en boca de los filisteos (I *Sam* 4,6-9), es factible que sea un término equivalente al *khapiru* o *'aperu* que aparecen, respectivamente, en documentos mesopotámicos para designar a extranjeros errantes, temporeros y bandidos, y en escritos egipcios para identificar a una clase social muy baja asociada a trabajos temporeros en el campo. Hebreo o *'ibrî* sería sinónimo, por tanto, de alguien miserable o desamparado social.

Canaán, asentamiento desde el que, un centenar de años más tarde, forzados por el hambre, partirán hacia Egipto, guiados por el patriarca Jacob, donde serán esclavizados.

Según la leyenda bíblica, tras la huida de Egipto (probablemente en el siglo XIII a.C.), mientras el pueblo hebreo estaba acampado en pleno desierto del Sinaí, Moisés, su líder y guía, que había subido a lo alto de una montaña sagrada, afirmó haber oído la voz de Yahveh[15] diciéndole las siguientes palabras: «Vosotros habéis visto lo que yo he hecho a Egipto y cómo os he llevado sobre alas de águila y os he traído a mí. Ahora, si oís mi voz y guardáis mi alianza, vosotros seréis mi propiedad entre todos los pueblos; porque mía es toda la Tierra, pero vosotros seréis para mí un reino de sacerdotes y una nación santa. Tales son las palabras que has de decir a los hijos de Israel» (*Éx* 19,4-6); acto seguido, Yahveh le dictó su *Ley* y pactó una nueva alianza —renovando la que hizo con Abraham— que garantizaba el futuro de Israel a cambio de su obediencia al mandato divino.

Este supuesto hecho, definitorio para millones de creyentes actuales, pierde algo de su lustre y originalidad si tenemos en cuenta que los pactos de alianza entre un sujeto y un dios están documentados arqueológicamente desde épocas anteriores —al menos desde el III milenio a.C.— en diferentes cul-

15. Los masoretas nunca anotaron las vocales del tetragrama YHWH que leían siempre como *Adonai* (el Señor). La pronunciación como Yahveh no está documentada hasta el siglo III d.C. por Clemente de Alejandría y parece un intento de relacionarlo con la forma hebrea del verbo ser; quizá debido al hecho de haber traducido *Éx* 3,14 como «yo soy el que es» en lugar de basarse en su significado más correcto que es la evasiva respuesta de «yo soy quien yo soy» que le da Yahveh a Moisés cuando éste le interroga sobre su identidad. La tradición griega más antigua escribe como *Iao* (leído como Yahwo) el nombre propio de Dios. Sobre el origen real del «nombre de Dios» cabe recordar que en una sala hipóslita del templo de Amenofis III, en Soleb, se ha localizado una relación de pueblos enemigos, del siglo XIV a.C., en la que se citan los «beduinos de Yahwo» que vivían al este del istmo de Suez, un dato que coincide plenamente con la tradición que sitúa la revelación de Yahveh a Moisés en el país de Madián (*Éx* 3) y las primeras apariciones de Yahveh en el sur de Palestina (*Jue* 5,4; *Dt* 33,2 y *Hab* 3,3).

turas mesopotámicas y que, tal como podemos comprobar tras analizar la estructura literaria de los pasajes bíblicos que refieren la alianza, resulta que son una flagrante imitación de los tratados de vasallaje hititas y de otros pueblos antiguos, de los que se han conservado hasta hoy diversos ejemplares.

Los tratados hititas de vasallaje, muy anteriores a la época en que fueron redactados los textos hebreos de la alianza,[16] presentan todos ellos un esquema parecido y formalmente rígido: «Se enuncian en primer lugar los títulos del emperador hitita, luego se hace memoria de la historia de sus relaciones con el vasallo con quien se va a sellar el tratado, se enumeran las condiciones que debe cumplir el vasallo para permanecer fiel a la alianza y conservar así la protección de su soberano, a continuación se prescribe que el texto sea depositado en un templo para recibir lectura en el momento preciso, se mencionan entonces los dioses invocados como testigos, para terminar con una serie de bendiciones o maldiciones para el vasallo, según que éste respete o viole el tratado.

»Tanto en *Éxodo*, como en *Josué*, 24, y en el *Deuteronomio* encontramos diversos elementos de este mismo esquema: las obras pasadas de YHWH, sus exigencias, la orden de leer el *Libro de la Alianza*, la invocación de testigos ("el cielo y la tierra", *Dt* 4,26) y las maldiciones y bendiciones. Dios queda así definido frente a Israel como el emperador hitita frente a sus vasallos. No obstante, no es preciso pensar que necesariamente se trate de una imitación de fórmulas específicamente hititas, ya que el tratado de vasallaje del siglo VIII a.C., que encontramos transcrito en las inscripciones arameas de Sefiré-Sudjin, presenta también los mismos elementos.»[17]

Resulta cuanto menos sospechoso que Dios todopoderoso no fuera capaz de redactar un texto de pacto diferente a los tratados de vasallaje al uso en la época, ya fueran éstos hititas o de cualquier otra procedencia.

16. Que fueron recopilados por primera vez en el siglo X a.C. y reescritos durante los siglos siguientes hasta el VII a.C., época en la que se redactó también el *Deuteronomio*, tal como se verá más adelante.

17. *Cfr. Historia de las Religiones.* Siglo XXI, vol. 2, pp. 101-102.

En cualquier caso, tras definir esta alianza, que pasó a ser el núcleo mismo de la identidad y seguridad del pueblo hebreo, surgió un nuevo problema conceptual al que hubo que encontrar una solución salomónica: dado que los hombres, por culpa de su voluntad flaqueante, no eran capaces de respetar continuamente lo pactado con Yahveh que, por el contrario, era la perfección y fidelidad absoluta, y que ello debía comportar la ruptura del «pacto de vasallaje» con todas sus maldiciones añadidas, se tuvo que dar un paso hacia el vacío teológico y se añadieron a Yahveh nociones como las de misericordia y gracia —de las que carecía el dios de los antepasados de Israel, el anónimo «dios de Abraham» o «dios del padre»— para asegurarse la *khesed* (lealtad) divina a pesar de las deslealtades humanas.

Se daba así un paso fundamental para consolidar de por vida la identidad y la fe de los hebreos, base de la cohesión colectiva y del aislamiento interétnico que impidió su desaparición y, al tiempo, se comenzó a diferenciar y distanciar a este nuevo dios único —el Yahveh de Moisés— del «dios de Abraham», que era un modelo de dios totalmente equiparable a los «dioses de la tormenta», dioses-padre o dioses-guía de otros pueblos semíticos y mesopotámicos de los que, evidentemente, fue tomado ese primer dios hebreo cuando Abraham, según la tradición, abandonó Ur de Caldea, durante los siglos XVII-XVIII a.C., con su clan nómada para irse hacia Canaán.

Al igual que el dios semítico Baal, descrito, por ejemplo, en los documentos pertenecientes a la cultura urbana de Ras Shamra/Ugarit (c. siglos XIV-XIII a.C.), Yahveh aplaca «el furor de los mares y el estrépito de las olas. (...) Con grandes ríos y abundantes aguas preparas sus trigos...» (*Sal* 65,8-10), etc., por lo que es evidente que para los israelitas Yahveh es el verdadero Baal y, al mismo tiempo, el verdadero dios Él, manifestación del poder supremo que creó el universo y los hombres y asegura el equilibrio de las fuerzas cósmicas;[18] en

18. El dios Él había sido la divinidad principal de la región en la que se asentó el pueblo de Israel. Se le representaba como un varón, patriarcal

este sentido, en *Salmos* se refiere a menudo a Yahveh como el «Altísimo» (*'élyon*), que es el mismo nombre divino que figura asociado al gran dios cananeo Él en un tratado arameo de Sefiré-Sudjin, del siglo VIII a.C., y en otros documentos más antiguos.

De hecho, Moisés nunca pudo ser el fundador del monoteísmo judío, tal como se afirma, porque Moisés, fiel a la religión semítica de los patriarcas, practicó el henoteísmo, «la monolatría», es decir, no creía que existiese un solo dios sino varios, aunque él se limitó a adorar al que creyó superior de todos ellos. Sólo en este sentido pueden interpretarse frases como la del canto triunfal de Moisés: «¿Quién como tú, ¡oh Yavé!, entre los dioses?» (*Éx* 15,11), o la de Jetró, suegro de Moisés: «Ahora sé bien que Yavé es más grande que todos los dioses» (*Éx* 18,11). A más abundamiento, la creencia en otros dioses se patentiza cuando el propio Yahveh ordena: «No tendrás otro Dios que a mí (...) porque yo soy Yavé, tu Dios, un Dios celoso» (*Éx* 20,2-5).

«Israel se vio obligado desde muy pronto a afirmar la existencia de un único dios —comenta el profesor André Caquot[19]—. El principio de la unidad divina se nos aparece como la traducción ideológica de un sentimiento muy fuerte de la unidad y unicidad de la nación. Se trata en realidad de un monoteísmo puramente práctico, de un "henoteísmo" según la terminología habitual, puesto que no se ponía en cuestión la existencia de otros dioses, como tampoco se ponía en duda la existencia de otros pueblos, sino que el honor nacional exigía que YHWH fuera concebido como el más podero-

y gobernante, que se sentaba a la cabeza de un consejo de dioses y dictaba las decisiones a tomar; esta humanización le separaba totalmente de otros dioses locales, como Haddu «el del viento tormentoso», que no eran más que simples fuerzas de la naturaleza. Yahveh imitará absolutamente la personalidad y funciones de Él y hasta se le hará presidir su propio consejo de *beney élohim*, ángeles, santos o, más exactamente, «hijos de Dios», que actúan como cortesanos (*Cfr. Job* 38,7; *Sal* 29,1; 103,19-20 y 168,2; o *Is*, 6) o como ejecutores de sus deseos (*Cfr. Gén* 3,24; *Éx* 12,23; *Jos* 5,13-15; o II *Sam* 24,16).

19. *Cfr. Historia de las Religiones.* Siglo XXI, Vol. 2, p. 108.

so de los dioses, aquel delante de quien todos los demás se inclinan ya o deberían inclinarse, y como superior a todas las fuerzas o voluntades desconocidas que gobiernan la naturaleza y el destino de los hombres. Nada, pues, más ajeno que el dualismo al pensamiento israelita: Yahveh es el principio, tanto del bien como del mal que cae sobre el mundo y la vida. YHWH, no obstante, está animado por su lealtad a la alianza en que se ha comprometido y mantiene su protección a la nación que él ha elegido y que lo ha elegido. La cultura israelita imponía a los individuos esta concepción nacionalista de la divinidad.»

Además, para mantener el orden en una sociedad como la israelita de la época, conformada, tal como ya señalamos por *'ibrî—khapiru* o *'aperu*— eso es «miserables, temporeros, esclavos y bandidos», era necesario que cualquier ley viniese sancionada con sello sobrenatural —tal como era corriente en todas las culturas de esos días—; de ahí la atribución directa a la voluntad de Yahveh del decálogo elohísta de *Éx* 20,1-17, que impone un ordenamiento moral, o del decálogo yahvista de *Éx* 34, que reglamenta el comportamiento ritual. La sumisión que, desde el principio de la historia hebrea, se rindió a la *Ley* es la fuente de una veneración que, al confundir lo que fueron reglamentos humanos, elaborados para posibilitar la convivencia social, con la voluntad de Yahveh, cimentaron las bases de una fe religiosa que ha llegado hasta hoy manteniendo el cumplimiento estricto de esos *mandamientos* como la vía para «resultar agradable a los ojos de Dios».

Dentro de los relatos bíblicos es una constante casi enfermiza el intentar mostrar, una vez tras otra, que el pueblo de Israel goza del favor exclusivo de Dios, de ahí las más que frecuentes referencias a pactos o alianzas, o el relato del supuesto trato especialísimo que Dios les dispensa a algunos de los monarcas israelitas (sólo a los triunfadores, que aportan esperanza a Israel, claro está; el Dios de esos días no deseaba tener *hijos* fracasados).

De este modo, siguiendo las fórmulas empleadas por los escribas egipcios y mesopotámicos para referirse a sus reyes, los escritores bíblicos también presentaron al rey David como algo más que un vasallo o un protegido de Yahveh y le hicieron mesías —un título ya usado por Saúl— e hijo de Dios. Así, en el oráculo de investidura real se dice: «Voy a promulgar un decreto de Yavé. Él me ha dicho: "Tú eres mi Hijo, yo te he engendrado hoy. Pídeme, y haré de las gentes tu heredad, te daré en posesión los confines de la tierra. Los regirás con cetro de hierro y los romperás como vasija de alfarero"» (*Sal* 2,7-8). En *Sal* 89,4 se le ratificó como elegido de Dios[20] y en *Sal* 89,28 se le hizo primogénito de Yahveh[21] al tiempo que, tal como vemos por el texto de los versículos que aparecen a continuación —y por *Sal* 89,4-5—, se empleó a Dios como excusa para imponer de golpe el principio de la monarquía hereditaria (muy ajena a la tradición anterior de los hebreos) y se garantizó el régimen teocrático de cara al futuro.

Los autores de los libros del *Antiguo Testamento*: tantas manos *inspiradas* como intereses políticos hubo en la historia antigua de Israel

Aunque desde una perspectiva de fe los libros del *Antiguo Testamento* son atribuidos a Dios, con la ayuda caligráfica de aquellos autores que los firman, los datos científicos e históricos modernos nos llevan hacia conclusiones absolutamente divergentes de las de la Iglesia.

El análisis objetivo de los textos bíblicos fue proscrito —o, cuanto menos, gravemente dificultado— por la Iglesia católi-

20. «He hecho alianza con mi elegido, he jurado a David, mi siervo: Afirmaré por siempre tu prole y estableceré tu trono por generaciones» (*Sal* 89,4).

21. «Él [David] me invocará, diciendo: "Tú eres mi padre, mi Dios y la Roca de mi salvación." Y yo le haré mi primogénito, el más excelso de los reyes de la tierra. Yo guardaré con él eternamente mi piedad, y mi alianza con él será fiel. Haré subsistir por siempre su descendencia, y su trono como los días del cielo. Si traspasan sus hijos mi Ley y no caminan según mis juicios, si violan mis preceptos y no guardan mis mandamientos, castigaré con la vara sus transgresiones y con azotes sus iniquidades. Pero no apartaré de él mi piedad ni faltaré a mi fidelidad. No quebrantaré mi alianza y no retractaré cuanto ha salido de mis labios...» (*Sal* 89,27-35).

ca mientras ésta mantuvo el tremendo poder social que la ha caracterizado durante casi dos milenios. Pero la actitud oficial cambió en buena medida, al menos en apariencia, a mediados de este siglo, cuando el papa Pío XII proclamó la encíclica *Divino Afflante Spiritu* (1943), en la que animaba a los expertos a profundizar sobre las circunstancias de los redactores de la *Biblia*.[22] Una decisión como ésta no sólo debió verse influida por el ya evidente desmoronamiento progresivo del poder de la Iglesia sino, con más razón, por la imparable curiosidad científica que se había despertado a raíz de los importantísimos descubrimientos arqueológicos realizados en el Oriente Próximo durante el siglo XIX.

Cabe recordar que la interpretación de la *Biblia* siempre fue una potestad exclusiva de la jerarquía católica, que promulgó penas de excomunión y prisión perpetua para quien la tradujese a una lengua vulgar. Las versiones griega (*de los Setenta*, traducida del hebreo hacia el siglo III a.C.) y latina (*Vulgata*, traducida por san Jerónimo en el siglo IV d.C.), únicas aceptadas, aseguraban que la masa de creyentes, desconocedores del griego y latín, permaneciesen ajenos al contenido real de los textos bíblicos,[23] pero la situación dio un giro capital cuando Martín Lutero, en su pugna contra la autoridad vaticana que desembocó en la reforma protestante, arriesgó su libertad al traducir al alemán el *Nuevo Testamento*, en 1522, y luego el *Antiguo Testamento*, en 1534. A la traducción de Lutero siguió, en 1611, una versión inglesa (la *Authorized Version* o «Biblia del rey Jacobo»).

22. «Que los intérpretes, con todo cuidado y sin descuidar ninguna luz derivada de las recientes investigaciones, determinen el carácter y las circunstancias peculiares del escritor sagrado, la época en que vivió, las fuentes escritas u orales a las que recurrió, y las formas de expresión que empleó», concluye la encíclica *Divino Afflante Spiritu*.

23. De hecho, el catolicismo es la única religión monoteísta en la que la inmensa mayoría de sus creyentes no leen directamente sus *Sagradas Escrituras*. Tal como es bien sabido, la formación religiosa de los católicos, en el mejor de los casos, se basa en la lectura del *Catecismo* y de la *Historia Sagrada*, que son compendios de normativas, dogmas e historietas fuera de contexto que, a menudo, traicionan el espíritu de las *Escrituras* y, por supuesto, tergiversan la verdad histórica.

La primera versión en castellano[24] llegó de la mano del protestante Casiodoro de Reina, que publicó una traducción de la *Biblia* en Basilea (1567-1569) —conocida como la *Biblia del Oso*—; esta edición fue corregida posteriormente por Cipriano de Valera e impresa en Amsterdam en 1602. La edición de Valera, tal como debería ser de ley, era una versión textual de la *Biblia* —eso es sin el añadido de comentarios a pie de página que cambien el sentido de los versículos más *sustanciosos*, tal como es propio de las biblias católicas oficiales— y ello, obviamente, no gustaba nada a la jerarquía católica. Así que, tras anularse la legislación eclesiástica que, desde el siglo XVI, prohibía la lectura de la *Biblia* en lenguas vulgares, la Iglesia española encargó su propia traducción.

La versión española fue encargada al padre esculapio Felipe Scio que, partiendo del texto latino de la *Vulgata*, hizo su trabajo entre 1791-1793 y dio a luz una edición anotada con tantas interpretaciones sesgadas y, a menudo, ridículas (aún comunes en muchas ediciones católicas de la *Biblia*), que ni los propios redactores bíblicos se hubiesen reconocido en ellas. En todo caso, sirva como indicativo de las preferencias e intenciones *educativo*/manipuladoras de la Iglesia española el hecho de que, hasta la revolución liberal-burguesa de 1868, la autoridad gubernativa tenía orden de encarcelar a cualquiera que vendiese la *Biblia* traducida por Reina-Valera.

La forma actual de los libros históricos y legislativos de la *Biblia* tiene poco o nada que ver con los documentos originales en que se basaron o —aquí sí resulta exacto el término— se *inspiraron*, ya que son el resultado de la amalgama de diferentes colecciones documentales y tradiciones orales que fueron puestas por escrito —y, a menudo, reescritas, reinterpretadas y ampliadas— en épocas distintas y por personas y/o escuelas diferentes.

24. Si obviamos, por su escasísima difusión e influencia, la traducción que hizo Alfonso X en su *Crónica General* —la llamada *Biblia alfonsina*—; las traducciones realizadas por judíos durante los siglos XIV y XV, como la *Biblia de Alba*; o la traducción y doble edición (una para judíos y otra para católicos) que hicieron en Italia los judíos españoles en 1553, conocida como la *Biblia de Génova*.

Las más antiguas recopilaciones de tradiciones que aparecen en *Génesis*, *Éxodo*, *Levítico* y *Números* se remontan a algún momento, de fecha imprecisa, dentro de la denominada época de los reyes —probablemente durante el reinado de Salomón (hacia 970-930 a.C.)—, que es cuando se desarrolló la historiografía israelita como resultado del esplendor político de esos días. En estos libros aparecen claramente identificables los textos pertenecientes a dos fuentes tradicionales muy distintas, el *yahvista* y el *elohísta*, identificadas públicamente por primera vez en 1711, en un libro de Henning Bernhard Witter, que pasó desapercibido; luego fueron detectadas en 1753 por Jean Astruc, médico de Luis XV, pero su libro fue igualmente silenciado y, por último, en 1780, fueron puestas en evidencia definitivamente por el erudito alemán Johann Gottfried Eichhorn.

La observación que hicieron esos tres analistas fue tan *sencilla* como darse cuenta de que en los libros del *Pentateuco* (los cinco primeros de la *Biblia*, que tienen a Moisés por supuesto autor) había muchas historias que se duplicaban, pero que lo hacían con notables contradicciones al relatar los mismos hechos, usaban estructuras de lenguaje diferentes y, en especial, variaba de uno a otro el nombre dado a Dios: uno le identificaba como Yahveh y el otro como El o Elohim, de ahí el nombre que se dio a esas fuentes. Dado que ambos autores escribieron al dictado de los acontecimientos sociopolíticos que les tocó vivir y de las necesidades legislativas que se derivaron de esos momentos, el análisis de contenido de sus textos muestra claramente como el *yahvista* vivió en Judá mientras que el *elohísta* lo hizo en Israel. En algún punto de la historia ambas tradiciones se juntaron y fundieron en una sola. El proceso que apunta Richard Elliot Friedman, teólogo y profesor de hebreo de la Universidad de California, para explicar tal conjunción, es más que razonable:

«En el curso de las investigaciones sobre la antigua historia israelita, algunos investigadores han llegado a la conclusión de que, históricamente, sólo una pequeña parte del antiguo pueblo israelita se convirtió realmente en esclavo de Egipto. Quizá sólo fueron los levitas. Después de todo, es precisamente entre los levitas donde encontramos gentes con nombres egipcios. Los nombres levitas de Moisés, Hofni y Fineas son todos egipcios, no hebreos. Y los levitas no ocuparon ningún territorio en el país, como hicieron las otras tribus. Estos investigadores sugieren que el grupo que estuvo en Egipto y después en el Sinaí adoraban al dios Yahvé. Después, llegaron a Israel, donde se encontraron con las tribus israelitas que adoraban al dios Él. En lugar de luchar para decidir qué dios era el verdadero, los dos grupos aceptaron la creencia de que Yahvé y El eran un mismo Dios. Los levitas se convirtieron en los sacerdotes oficiales de la religión unificada, quizá por la fuerza o bien por medio de la influencia. O quizá no fue más que una compensación por el hecho de no poseer ningún territorio. En lugar de territorio recibieron, como sacerdotes, el diez por ciento de los animales sacrificados y las ofrendas.

»Esta hipótesis también concuerda con la idea de que el autor de la fuente E [elohísta] fue un levita israelita. Su versión sobre la revelación del nombre de Yahvé a Moisés no haría más que reflejar esta historia: el dios al que las tribus adoraban en el país era El. Poseían tradiciones sobre el dios Él y sus antepasados Abraham, Isaac y Jacob. Entonces llegaron los levitas, con sus tradiciones sobre Moisés, el éxodo de Egipto y el dios Yahvé. El tratamiento que se da en la fuente E a los nombres divinos explica por qué el nombre de Yahvé no formaba parte de las más antiguas tradiciones de la nación.»[25]

En 1798 los investigadores ya habían ampliado la nómina de redactores del *Pentateuco* de dos a cuatro, al observar que dentro de cada fuente también se daban duplicaciones de textos con personalidad propia y definida. Así se descubrió a la fuente denominada *sacerdotal*, que se ocupa, fundamental-

25. *Cfr.* Friedman, R. E. (1989). *¿Quién escribió la Biblia?* Barcelona: Martínez Roca, pp. 76-77. Recomendamos este libro, muy bien documentado y escrito en un lenguaje comprensible para el profano, a todos aquellos lectores que quieran profundizar en el análisis de los autores bíblicos (del *Pentateuco*, en este caso) y de las muchas contradicciones que se dan en sus textos.

mente, de fijar las costumbres relativas al culto y los ritos. Estos tres compiladores —*yahvista*, *elohísta* y *sacerdotal*— redactaron los cuatro primeros libros del *Pentateuco* y una cuarta fuente, bautizada como el *deuteronomista*, redactó el quinto. Quedaba así definitivamente demostrado que Moisés no escribió la parte más fundamental de la *Biblia*.

El *Deuteronomio* y los seis libros que le siguen en la *Biblia*, los de los denominados «Profetas anteriores» (*Josué*, *Jueces*, I y II *Samuel* y I y II *Reyes*) fueron escritos en Judá, probablemente en Jerusalén, durante el siglo VII a.C., por la mano de un recopilador que se basó en tradiciones y documentos ya existentes para narrar la peripecia del pueblo de Israel desde su llegada a Palestina hasta la toma de Jerusalén por Nabucodonosor hacia el año 587 (fecha en que dio comienzo la época de exilio y cautividad).

Tras las investigaciones científicas modernas, resulta evidente que el *Deuteronomio* —que supuestamente fue encontrado por el sacerdote Jilquías bajo los cimientos del templo de Jerusalén en el año 622 a.C.—, así como el resto de los escritos deuteronómicos, fue redactado para proporcionarle al rey Josías una base de autoridad («el libro de la *Ley*» se atribuyó a Moisés/Dios) en la que fundamentar definitivamente su reforma religiosa,[26] que centralizó la religión alrededor de un solo templo y altar, el de Jerusalén, y dotó de gran poder a los sacerdotes levitas. Nos encontramos, por tanto, ante lo que ya en 1805 fue calificado de «fraude piadoso» por el investigador bíblico alemán De Wette.

De los escritos deuteronómicos se realizaron dos ediciones. La primera, redactada en el tiempo de Josías, es un relato optimista sobre la historia de los israelitas y pletórico de esperanza ante el futuro; pero los desastrosos gobiernos de los sucesores de Josías y la destrucción de Jerusalén en el año 587 a.C. volvieron absurdo e inservible el texto, así que con fecha posterior —unos veinte años después—, ya desde el

26. Una reforma centralizadora que también había sido emprendida años antes por el rey Ezequías (c. 715-696 a.C.), aunque desde postulados sacerdotales diferentes.

exilio de Egipto, se elaboró una segunda edición en la que, básicamente, se añadieron los dos últimos capítulos del libro segundo de *Reyes*, actualizando así el relato *inspirado* por Yahveh, se intercalaron algunos párrafos para poder configurar *profecías* en un momento en que ya se habían producido los hechos, y se interpolaron textos con tal de readaptar el hilo conductor de la historia y el destino de Israel a la nueva realidad que les tocaba sufrir.

Fue sin duda de esta forma como se hizo aparecer en el *Deuteronomio* la conminación de Yahveh advirtiendo del castigo a sufrir si se rompía su alianza; estando el redactor *deuteronomista* ya en Egipto, tiempo después de haberse producido la diáspora y la cautividad de los israelitas, no podía hacérsele decir a Dios otra cosa que no fuese: «Cuando tengáis hijos e hijos de vuestros hijos y ya de mucho tiempo habitéis en esa tierra, si corrompiéndoos os hacéis ídolos de cualquier clase, haciendo mal a los ojos de Yavé, vuestro Dios, y provocando su indignación —yo invoco hoy como testigos a los cielos y a la tierra—, de cierto desapareceréis de la tierra de que, pasado el Jordán, vais a posesionaros; no se prolongarán en ella vuestros días; seréis enteramente destruidos. Yavé os dispersará entre las gentes, y sólo quedaréis de vosotros un corto número en medio de las naciones a que Yavé os arrojará. Allí serviréis a sus dioses, obra de las manos de los hombres, de madera y de piedra, que ni ven, ni oyen, ni comen, ni huelen. Allí buscaréis a Yavé, vuestro Dios, y le hallarás si con todo tu corazón y con toda tu alma le buscas» (*Dt* 4,25-30).

Este texto describe bien la situación en la que ya se encontraban los israelitas, e incluso da un atisbo de esperanza de volver a encontrar a Yahveh, aspecto fundamental para lograr mantener cohesionada a la nación derrotada, pero no deja de ser un caso equiparable al de un *profeta* actual que, por ejemplo, advirtiese del derrumbe del sistema soviético dando como causas y «señales» aquello que ya conocemos todos por la prensa.

El recopilador y autor de la literatura deuteronomista pudo ser, con toda probabilidad, el profeta Jeremías, colaborador de la reforma religiosa que el rey Josías emprendió en el año 621 a.C.,[27] ya que así lo sugiere una multiplicidad de evidencias. Así, por ejemplo, en el libro de *Jeremías* se encuentran el mismo lenguaje, giros, metáforas y puntos de vista —sobre aspectos troncales— que en los escritos deuteronómicos, y una tal semejanza sólo puede indicar que el autor de todos esos textos debió ser, necesariamente, el mismo, esto es el firmante de *Jeremías*.[28] En esta labor no fue ajeno, ni mucho menos, Baruc, el escriba del profeta (*Jer* 32), cuya mano experta debió de ser la encargada de editar y completar todos los textos de que venimos hablando. Ambos, Jeremías y Baruc, presenciaron los hechos históricos que narran y estuvieron en Jerusalén y en Egipto cuando se escribió la primera y la segunda ediciones, respectivamente, del *Deuteronomio*.

Citamos anteriormente otra fuente bíblica, conocida como *sacerdotal*, que, a pesar de haber aportado al *Pentateuco* tanto texto como el redactor *yahvista*, el *elohísta* y el *deuteronomista* juntos, ha sido hasta hoy la más difícil de localizar y fechar. Muchos autores han fechado esos textos en la época del Segundo Templo (al regreso del exilio, después del año 538 a.C.), pero la investigación del profesor Friedman[29] ha demostrado una realidad bien distinta, tal como resumiremos a continuación.

El análisis de los textos del *sacerdotal*, perfectamente detectables en *Génesis*, *Éxodo*, *Levítico* y *Números*, muestra que fueron escritos como una alternativa crítica a los textos ya reunidos del *yahvista* y el *elohísta*, mientras que el *deuteronomista*, que fue algo posterior, como veremos, se mostró favorable a las dos fuentes primitivas y reacio hacia la redacción *sacerdotal*.

Entre los aspectos alternativos que el *sacerdotal* enfrenta a los textos ya existentes destaca una concepción de Dios claramente diferente a la *yahvista* y la *elohísta*. Mientras, para éstos, Dios es «misericordioso y clemente, tardo a la ira, rico en misericordia y fiel, que mantiene su gracia por mil genera-

27. *Cfr.* Nácar-Colunga (1979). *Op. cit.*, p. 941.
28. *Cfr.* Friedman, R. E. (1989). *Op. cit.*, pp. 94-134.
29. *Cfr.* Friedman, R. E. (1989). *Op. cit.*, pp. 145-195.

ciones y perdona la iniquidad, la rebelión y el pecado, pero no los deja impunes, y castiga la iniquidad de los padres en los hijos hasta la tercera y cuarta generación» (*Éx* 34,6-7); para el *sacerdotal*, en cambio, Dios es «justo», no «misericordioso» o «fiel» —conceptos que no emplea jamás—, por ello ha establecido un conjunto de reglas específicas mediante las cuales se puede obtener su perdón, aunque, eso sí, con el concurso del sacerdote, que es el canal adecuado para llegar hasta Dios, y haciendo la correspondiente ofrenda.[30]

El *sacerdotal* debió ser un sacerdote aarónida que escribió después del año 722 y antes del 609 a.C., concretamente durante el reinado de Ezequías (c. 715-696 a.C.), monarca que emprendió una reforma religiosa centralizadora y que, entre otras acciones, materializó la división entre sacerdotes y levitas, tal como se indica en las *Crónicas* o *Paralipómenos*[31] —un texto claramente aarónida—, dando así la legitimidad sacerdotal a los aarónidas y rebajando a los levitas a ser una especie de clero de segunda. Eso explica la razón por la que en los textos del *sacerdotal* se denosta —con finas pero mortíferas sutilezas, ciertamente— a la figura de Moisés, modelo y cabeza de sus sucesores levitas, mientras que, por el contrario, se ensalza a Aarón, su hermano, modelo y cabeza de los aarónidas.[32] En el *yahvista* y el *elohísta* la crítica era inversa. La disputa entre los sacerdotes aarónidas y levitas venía de antiguo.

En la época de los patriarcas no hubo sacerdotes —era el

30. Estos nuevos conceptos, el sacerdote como intermediario necesario, y el poder hacerse perdonar las culpas mediante el recurso a la liturgia y al pago, que eso es en definitiva una ofrenda, serán perfeccionados al máximo por el clero católico a pesar de su explícita prohibición por Jesús, según consta, por ejemplo, en *Heb* 5,6; 5,9-10 y 7,22-25. En la tercera parte de este libro trataremos expresamente la cuestión.

31. «Ezequías restableció las clases de los sacerdotes y de los levitas, según sus divisiones, cada uno según sus funciones, sacerdotes y levitas, para los holocaustos y los sacrificios eucarísticos, para el servicio, para los cantos y alabanzas y las puertas de la casa de Yavé» (*II Par* 31,2).

32. En el texto *sacerdotal* de *Núm* 20,2-13, por ejemplo, se toma la historia *elohísta* de *Éx* 17,2-7, que refiere cómo Moisés, obedeciendo a Yahveh, hace brotar agua de una roca tocándola con su vara, y se la transforma justo en lo contrario, en un acto de desobediencia que Yahveh cas-

cabeza de familia quien realizaba los sacrificios—, pero la tradición posterior al regreso de Egipto hizo que la tribu de Leví, la *decimotercera* de Israel, empezara a adquirir un peso progresivamente creciente en el ejercicio del sacerdocio,[33] aunque durante el periodo de los jueces (c. 1150-1020 a.C.) y el principio de la monarquía no todos los sacerdotes eran levitas, ni mucho menos.

Acabada la guerra con los filisteos, en medio del enfrentamiento entre Saúl, primer rey hebreo (c. 1020-1010 a.C.), y David, el monarca ordenó matar a todos los sacerdotes levitas de Nob (I *Sam* 22), escapando sólo uno, Abiatar. Tiempo después, cuando el rey David subió al poder (c. 1010-970 a.C.), trasladó el Arca de la Alianza[34] a un santuario de Jerusalén, previo todavía a la construcción del templo —con lo que convirtió a este emplazamiento en la «ciudad santa» que aún es hoy— y estableció un peculiar sacerdocio oficial, pensado para favorecer su necesidad de propiciar la unión política entre el norte y el sur de su país.

Dado que, en esos días, la religión invadía todos los ámbi-

---

tiga muy severamente haciéndole morir antes de alcanzar la tierra prometida; un destino al que también se ve abocado su hermano Aarón que, según el *sacerdotal*, no había hecho nada malo pero que fue víctima de la terrible ofensa hecha por Moisés a Yahveh.

33. Según lo refiere el texto *elohísta*, la tribu de Leví se ganó su derecho al sacerdocio cuando «Moisés, viendo que el pueblo estaba sin freno, pues se lo había quitado Aarón, haciéndole objeto de burla para sus adversarios, se puso a la entrada del campamento y gritó: "¡A mí los de Yavé!" Y todos los hijos de Leví se reunieron en torno a él. Él les dijo: "Así habla Yavé, Dios de Israel: Cíñase cada uno su espada sobre su muslo, pasad y repasad el campamento de la una a la otra puerta y mate cada uno a su hermano, a su amigo, a su deudo." Hicieron los hijos de Leví lo que mandaba Moisés, y perecieron aquel día unos tres mil del pueblo. Moisés les dijo: "Hoy os habéis consagrado a Yavé, haciéndole cada uno oblación del hijo y del hermano; por ello recibiréis hoy bendición"» (*Éx* 32,25-29).

34. Durante el periodo de los jueces el Arca de la Alianza había estado depositada en el santuario de Silo —el lugar donde se aclamó por vez primera a Yahveh como «Sabaot, el que tiene sede sobre los querubines»—, controlado por los sacerdotes levitas, pero durante la guerra contra los filisteos éstos se apoderaron de ella (I *Sam* 5), aunque la devolvieron siete meses después según se refiere en I *Sam* 6.

tos sociales,[35] un monarca debía alcanzar legitimidad religiosa, buscado el apoyo de los profetas y sacerdotes, si quería gobernar sin problemas; por esta razón, y para satisfacer a los pobladores del norte y sur de Israel, el rey David nombró a dos sumos sacerdotes en Jerusalén que representaban ambas partes del país. Por el norte puso a Abiatar, el sacerdote levita que había escapado de la masacre que Saúl ordenó en Silo al ser protegido por David; por el sur eligió a Sadoc, sacerdote que, como todos los de su ciudad, Hebrón (la que fue capital de David en Judá), era considerado descendiente de Aarón. De esta manera unió a las dos familias sacerdotales más antiguas y poderosas, la de Moisés y la de su hermano Aarón, pero la hábil componenda política duró bien poco.

Tras la muerte de David se produjo un enfrentamiento sucesorio en el que, obviamente, tuvieron un protagonismo fundamental dos sacerdotes, Abiatar y Sadoc, que tomaron partido, respectivamente, por Adonías y Salomón, hermanos y aspirantes al trono. Con las diferencias políticas entre Abiatar y Sadoc se recrudecieron también las viejas rencillas entre el sacerdocio levita y el aarónida. Al vencer Salomón en la disputa, dado que en el templo de Jerusalén estaba depositado el tesoro nacional y, por ello, el clero debía ser de la máxima confianza real, Sadoc pasó a ser la autoridad única del clero de Jerusalén y Abiatar fue expulsado de la ciudad.

Sadoc, para fortalecerse ante el pueblo, inició una campaña de desprestigio contra los sacerdotes rivales, con especial atención a los descendientes de Helí de Silo (I *Sam* 2); de ahí la profecía, escrita cuando ya habían sucedido los hechos, del anuncio de la ruina de la casa de Helí (I *Sam* 2,27-36) y el establecimiento de un clero del gusto de Yahveh,[36] cosa que, a

35. En la lengua hebrea de esos días no existía aún la palabra «religión» dado que no cabía distinguir el corpus de creencias y actos propiamente religiosos de cualesquiera otros, ya fueran éstos sociales o políticos; la «religión» no era algo concreto y específico sino algo inseparable de la vida, algo así como el aire.

36. «Yo me suscitaré un sacerdote fiel, que obrará según mi corazón y según mi alma; le edificaré una casa estable, y él andará siempre en presencia de mi Ungido» (I *Sam* 2,35).

fin de cuentas, no era más que la materialización de la pretensión de Sadoc de instaurar un clero hereditario, semejante a la realeza, que finalmente fue calificado de «alianza de un sacerdocio eterno» (*Núm* 25,12).

El rey Ezequías tomó la misma dirección que Salomón y, tal como ya señalamos, privilegió al clero aarónida, al que avaló también con un gesto simbólico que comprendió perfectamente todo Judá: el monarca destruyó la serpiente de bronce Nejustán, símbolo de Moisés y su poder.[37]

Unos setenta años después de su muerte, el rey Josías, que inició una nueva reforma religiosa, en el año 621 a.C., invirtió lo hecho por Ezequías dando en exclusiva el poder a los sacerdotes levitas y efectuando otro gesto de fácil comprensión por todos: profanó los «altos» o altares que el rey Salomón había construido en Jerusalén (II *Re* 23,13). En medio de este contexto histórico, saltan a la vista las razones que diferencian, hasta hacerlos irreconciliables entre sí en muchos puntos, los documentos procedentes del sacerdote aarónida autor de la fuente *sacerdotal* y los redactados por el levita Jeremías, autor de los escritos *deuteronómicos*.

«Son fascinantes los lazos existentes entre estos dos reyes y los dos grandes documentos sacerdotales, D *[deuteronomista]* y P *[sacerdotal]* —afirma Friedman[38]—. Hubo dos reyes que establecieron la centralización religiosa, y hubo también dos obras que articularon dicha centralización. Las leyes e historias de P *[sacerdotal]* reflejan los intereses, acciones, política y espíritu de la época de Ezequías, del mismo modo que la fuente D *[deuteronomista]* refleja la época de Josías.»

Por poco crítico que uno sea, resulta muy difícil entrever

37. «Hizo [Ezequías] lo que es recto a los ojos de Yavé, enteramente como lo había hecho David, su padre. Hizo desaparecer los altos, rompió los cipos, derribó las *aseras* y destrozó la serpiente de bronce que había hecho Moisés, porque los hijos de Israel hasta entonces habían quemado incienso ante ella, dándole el nombre de Nejustán» (II *Re* 18,3-4). El símbolo de bronce había sido construido por Moisés en los llanos de Moab, según relato de *Núm* 21,6-9, para curar las mordeduras de serpiente que sufrían los israelitas en el desierto.

38. *Cfr.* Friedman, R. E. (1989). *Op. cit.*, p. 190.

la *inspiración* o autoría de Dios en textos que no pasan de ser la prueba de duros enfrentamientos por el poder, entre facciones sacerdotales rivales que intentaban asegurarse para sí los máximos beneficios económicos posibles, en los que no hubo el menor escrúpulo en falsear textos y atribuirlos a Moisés/Yahveh, en usar el nombre de Dios para dotar de autoridad a meros intereses personalistas, cuando no a claras perfidias, en conformar profecías sobre hechos ya sucedidos, etc. Los héroes bíblicos de esos días no fueron menos materialistas, corruptos o falsarios de lo que puedan serlo los dirigentes de la humanidad actual, aunque, también como hoy, no puede descartarse la presencia entre ellos de algún que otro santo varón.

Por lo que hemos visto hasta aquí, podemos estar seguros, al menos, de alguna de estas dos posibilidades: o bien Dios jugó a hacer política, sumamente partidista, con los hombres, o bien éstos hicieron política usando a Dios (y no en vano, claro está).

De cómo un escriba, sin pretenderlo, creó el Dios judeocristiano de la *Biblia*

Sin embargo, después de tanto esfuerzo, lucha y manipulación de textos, acabó por producirse lo que Friedman, con gran acierto, califica como «la gran ironía»: «La combinación de P [*sacerdotal*] con J [*yahvista*], E [*elohísta*] y D [*deuteronomista*] fue algo mucho más extraordinario de lo que había sido la combinación de J y E varios siglos antes. El texto P era *polémico*. Se trataba de una *torah*-respuesta a J y a E. En JE se denigra a Aarón. En P se denigra a Moisés. JE asume que cualquier levita puede ser sacerdote. P dice que únicamente pueden ser sacerdotes los descendientes de Aarón. JE dice que hubo ángeles, que ocasionalmente los animales podían hablar, y que en cierta ocasión Dios se mostró sobre una roca, o caminando por el jardín del Edén. En P no aparece nada de eso.

»Por su lado, la fuente D procedía de un círculo de personas tan hostiles a P, como el círculo de P lo era con respecto a JE. Estos dos grupos sacerdotales se habían esforzado a lo largo de los siglos por obtener prerrogativas, autoridad, ingresos y legitimidad. Y ahora resultaba que alguien juntaba todas estas obras.

»Alguien combinó JE con la obra escrita como una alternativa a la propia JE. Y dicha persona no se limitó a combinarlas, situándolas una al lado de la otra, como historias paralelas. El autor de la combinación se dedicó a cortar e intersecciónarlas de un modo muy intrincado. Y al final de esta colección combinada y entretejida de las leyes e historias de J, E y P, esta persona colocó como conclusión el *Deuteronomio*, el discurso de despedida de Moisés. Alguien se dedicó a mezclar las cuatro fuentes diferentes, y a veces opuestas, haciéndolo de un modo tan hábil que se tardó milenios en descubrirlo. Ésta fue la persona que creó la *Torah*, los cinco libros de Moisés tal y como los hemos estado leyendo desde hace más de dos mil años. ¿Quién fue esta persona? ¿Y por qué lo hizo? Creo que lo hizo Esdras.»[39]

El profesor Friedman aporta muy buenas razones en su libro, al que remitimos al lector, para afirmar lo anterior y para identificar al sacerdote (aarónida), legislador y escriba Esdras como la persona que los analistas de los textos bíblicos bautizaron hace ya tiempo como «el *redactor*», el responsable de haber combinado las cuatro fuentes diferentes para elaborar el *Pentateuco* que ha llegado hasta nuestros días.[40] Pero quizá lo más sustancial e inesperado de esta mezcla de textos es que acabó por diseñar una nueva imagen de Dios que, sin ser la identidad en la que creían los escritores bíblicos, quedó fijada como la identidad divina en la que se empezaría a creer desde entonces.

39. *Cfr.* Friedman, R. E. (1989). *Op. cit.*, p. 196.

40. La atribución de esta labor a Esdras, por otra parte, tampoco es algo insólito ya que la mayoría de los expertos modernos coinciden en señalar a éste como el hombre que constituyó y promulgó el *Pentateuco* en una «forma muy próxima a su estado actual», y la propia tradición judía ha conservado el recuerdo de Esdras como restaurador de la ley mosaica. *Cfr. Historia de las Religiones.* Siglo XXI, Vol. 5, pp. 160-161.

«Cuando el *redactor* combinó todas las fuentes —concluye Richard Elliott Friedman[41]—, también mezcló dos imágenes diferentes de Dios. Al hacerlo así configuró un nuevo equilibrio entre las cualidades personales y trascendentales de la divinidad. Surgió así una imagen de Dios que era tanto universal como intensamente personal. Yahvé fue el creador del cosmos, pero también "el Dios de tu padre". La fusión fue artísticamente dramática y teológicamente profunda, pero también estaba llena de una nueva tensión. Representaba a los seres humanos entablando un diálogo personal con el creador todopoderoso del universo.

»Se trataba de un equilibrio al que no tenía intención de llegar ninguno de los autores individuales. Pero dicho equilibrio, intencionado o no, se encontró en el mismo núcleo del judaísmo y del cristianismo. Al igual que Jacob en Penuel, ambas religiones han existido y se han esforzado desde siempre con una divinidad cósmica y, sin embargo, personal. Y esto se puede aplicar tanto al teólogo más sofisticado como al más sencillo de los creyentes. En último término, las cosas están en juego, pero a todo ser humano se le dice: "El creador del universo se preocupa por ti." Una idea extraordinaria. Pero una vez más, tal idea no fue planeada por ninguno de los autores. Probablemente, ni siquiera fue ése el propósito del *redactor*. La idea se hallaba tan inextricablemente inmersa en los propios textos, que el *redactor* no pudo hacer más que ayudar a producir la nueva mezcla en la medida en que se mantuvo fiel a sus fuentes.

»La unión de las dos fuentes produjo otro resultado aún más paradójico. Creó una nueva dinámica entre la justicia y la misericordia de Yahvé (...). La fuente P [*sacerdotal*] se enfoca fundamentalmente en la justicia divina. Las otras fuentes se enfocan sobre todo en la misericordia divina. Y el *redactor* las combinó. Al hacerlo así, creó una nueva *fórmula* en la que tanto la justicia como la misericordia se encontraban equilibradas como no lo habían estado hasta entonces. Ahora eran mucho más iguales de lo que lo habían sido en cualquiera de

41. *Cfr.* Friedman, R. E. (1989). *Op. cit.*, pp. 214-215.

los textos de las fuentes originales. Dios era tan justo como misericordioso, podía mostrar tanta cólera como compasión, podía mostrarse tan estricto como dispuesto a perdonar. De ese modo surgió una poderosa tensión en el Dios de la *Biblia*. Se trataba de una fórmula nueva y extremadamente compleja. Pero fue ésa precisamente la fórmula que se convirtió en una parte crucial del judaísmo y del cristianismo durante dos milenios y medio (...).

»De ese modo, ambas religiones se desarrollaron alrededor de una *Biblia* que representaba a Dios como un padre amante y fiel, aunque a veces encolerizado. En la medida en que esta imagen hace que la *Biblia* sea más real para sus lectores, el *redactor* alcanzó mucho más éxito de lo que quizás había pretendido. En la medida en que la tensión entre la justicia y la misericordia de Dios se convirtió *por sí misma* en un factor importante de la *Biblia*, en esa misma medida la *Biblia* ha llegado a ser algo más que la simple suma de sus partes.»[42]

La propuesta de Friedman es muy sugerente y está sólidamente fundamentada en el análisis de los textos bíblicos pero, además, encaja perfectamente con los conocimientos que nos han aportado ciencias como la Historia de las religiones o la Antropología acerca de la formación y evolución de los dioses en el seno de cualquier cultura.

Los profetas: moralistas fundamentalistas y muy influyentes... aunque sus *profecías* fueran escritas por otros y una vez ocurridos los hechos «anunciados por Dios»

En la historia de Israel, en su evolución religiosa, y en la formación del concepto del Dios bíblico que ha llegado hasta el judeo-cristianismo actual, no sólo tuvieron protagonismo y responsabilidad directa algunos sacerdotes muy influyentes, tal como acabamos de ver. Un colectivo especial, conocido como los *nabi* o profetas, resultó también decisivo a la

42. *Ibíd*, pp. 215-217.

hora de confeccionar todo ese complicado entramado de textos dichos revelados, ya que, entre otros méritos, a ellos se debe, en buena parte, la supervivencia del monoteísmo hebreo en territorios donde los cultos cananeos y el sincretismo religioso, infiltrado desde los poderosos países vecinos, gozó de un fortísimo arraigo popular.

Hubo dos tipos de profetas, los cultuales, que ejercían su labor en los templos, o junto a ellos, y podían colaborar con los sacerdotes en algunos actos rituales, y los llamados «profetas escritores», que son aquellos cuyos testimonio y profecías se han conservado en los textos bíblicos. Mientras entre los primeros eran frecuentes los meros aduladores de los poderosos, profetizándoles aquello que éstos deseaban oír, entre los segundos se creía sinceramente en su papel de mensajeros de Yahveh, del que decían recibir instrucciones en el decurso de sus éxtasis, ya sea a través de lo que la psiquiatría moderna denomina alucinaciones visuales o auditivas,[43] o en sueños; en el acto de profetizar podían «ver a distancia» y expresaban sus oráculos en medio de convulsiones más o menos aparatosas (las del profeta Oseas lo eran tanto que ya fue tachado de loco en su época). Todos los *nabi* eran asimismo taumaturgos, supuestamente capaces de curar[44] y de obrar «milagros».

En cualquier caso, esos profetas no se comportaban de modo distinto al *modus operandi* habitual de sus colegas pa-

43. Alucinación es una «percepción en la que el sujeto tiene conciencia total y plena de una realidad visual o auditiva sin que exista estímulo exterior alguno. Típica de numerosos delirios (*delirium tremens*, por ej.) tóxicos o infecciosos, y de enfermedades psíquicas como la *esquizofrenia*.» *Cfr.* Vallejo-Nágera, J. A. y otros (1991). *Guía práctica de Psicología*. Madrid: Temas de Hoy, p. 758.

44. «Isaías había salido; pero antes que llegase al atrio central, recibió palabra de Yavé, que le dijo: "Vuelve a Ezequías, jefe de mi pueblo, y dile: Así habla Yavé, el Dios de David, tu padre: He escuchado tu oración y he visto tus lágrimas. Te curaré. Dentro de tres días subirás a la casa de Yavé. Te añadiré otros quince años a tus días y te libraré a ti y a esa ciudad de la mano del rey de Asiria, y protegeré a esta ciudad por amor de mí y por amor de David, mi siervo." Isaías dijo: "Tomad una masa de higos." Tomáronla y se la pusieron sobre la úlcera, y Ezequías sanó» (II *Re* 20,4-7).

ganos de todo el Próximo Oriente de entonces ni, tampoco, de la operativa de los chamanes u otros videntes extáticos actuales. Sea cual fuere el dios o potencia al que se atribuyen los mensajes proféticos, el método, en lo fundamental, ha permanecido invariable desde hace miles de años hasta hoy.

Por ello es más que razonable pensar que el perfil psicológico de los «elegidos» para tal menester se ha mantenido también constante a lo largo de la historia; así que, quienes, como este autor, hemos conocido personalmente y estudiado a decenas de videntes, chamanes y *profetas* extáticos actuales —algunos de ellos muy sorprendentes, pero todos sin excepción con desórdenes de personalidad evidentes—, no podemos menos que mostrarnos muy precavidos a la hora de enjuiciar la obra de los profetas bíblicos en cuanto a lo que vale, aunque, obviamente, no puede dejar de tenerse en cuenta respecto a lo que significó para su época y, especialmente, para el mundo que heredó, magnificó y reinterpretó sus *profecías*.

El auge del profetismo se alimentó de las duras condiciones que se vio forzado a vivir el pueblo de Israel tras la ocupación filistea; sujetos a una dinámica psicológica que podemos ver reproducida en muchas y diferentes sociedades hasta la época actual, los israelitas, humillados como nación, se volcaron hacia las cofradías de profetas[45] para intentar compensar la frustración colectiva que sentían mediante el bálsamo de profecías que, en nombre de Yahveh, prometían buenos tiempos futuros para los hebreos y derrotas terribles para sus enemigos.

Desde que los filisteos se apoderaron del Arca de la Alianza (c. 1050 a.C.) y destruyeron, entre otros, Sión y el templo de Silo —el lugar de culto nacional más importante en esos días—, haciendo desaparecer con ello a su clero (que también practicaba artes adivinatorias en nombre de Yahveh), todo Israel se volvió hacia los profetas y los encumbró,

45. En Israel, como en cualquier otro pueblo semítico, siempre existieron sujetos que, en nombre del dios nacional, proferían advertencias sobre todo tipo de asuntos, ya fueran públicos o privados. Se reunían en cofradías o escuelas y empleaban técnicas extáticas para entrar en trance y ponerse en contacto con su dios.

sobredimensionando su papel social y, claro está, su importancia en los escritos bíblicos. Cuando, años después, el rey David tomó el poder (c. 1010-970 a.C.) e instaló el Arca recuperada en Jerusalén y estableció un sacerdocio oficial, los profetas siguieron gozando del prestigio adquirido durante los años de ocupación filistea; pero las transformaciones sociales internas que se originaron en esos días de gloria forzaron también el cambio del contenido y dirección de los dardos verbales propios de los profetas.

La construcción del templo de Jerusalén, la obra más querida de Yahveh, requirió que Salomón explotara tanto a las tribus del norte que éstas, finalmente, hacia el año 922 a.C., rompieron su alianza con el sur. De la mano de Jeroboam I se constituyó en el norte el reino de Israel, independiente del de Judá, que siguió gobernado por la dinastía davídica representada por Roboam, hijo de Salomón.

La escisión de Israel condujo necesariamente a una reforma religiosa que apartó a los israelitas del templo de Jerusalén para dirigirles hacia los nuevos santuarios nacionales de Betel y Dan, construidos con este propósito por Jeroboam I. También se intentó implantar en Israel una monarquía sucesoria en nombre de Yahveh —del estilo de la davídica de Judá—, proclamada por los profetas, tal como era preceptivo por la tradición, pero, a pesar de la promesa de tener «una casa estable» que Yahveh le hizo a Jeroboam por boca del profeta Ajías de Silo,[46] la historia posterior demostró que los sucesores de Jeroboam no tuvieron la menor estabilidad y fueron

46. El oráculo del profeta Ajías anunció a Jeroboam que «... así habla Yavé, Dios de Israel: Voy a rasgar el reino en manos de Salomón y a darte a ti diez tribus. Él tendrá una tribu, por amor de David, mi siervo, y de Jerusalén, que yo he elegido entre todas las tribus de Israel. (...) No quitaré de sus manos todo el reino, pues mantendré su reinado todos los días de su vida por amor a David, mi siervo, a quien elegí yo y que guardó mis mandamientos y mis leyes. Pero quitaré el reino de las manos de su hijo y te daré a ti diez tribus, dejando a su hijo una tribu, para que David, mi siervo, tenga siempre una lámpara ante mí en Jerusalén, la ciudad que yo he elegido para poner allí mi nombre. A ti te tomaré yo, dominarás sobre cuanto tu corazón desea y serás rey de Israel. Si me obedeces en cuanto yo

asesinándose los unos a los otros hasta que el reino fue destruido por los asirios hacia el año 721 a.C.

De la fugaz gloria de Israel durante los reinados de David y Salomón se derivó prosperidad, sin duda, pero también una burocracia de elite que no hizo sino agudizar las desigualdades sociales y las diferencias de clases, una situación que originó finalmente las largas crisis internas que asolaron la nación israelita durante los siglos IX y VIII a.C. Fue éste el contexto histórico que hizo evolucionar a los profetas hebreos de la época en una dirección diferente a la de sus antecesores, y en el que los principales profetas bíblicos, mezcla de agoreros, moralistas estrictos y portavoces de la conciencia social, desarrollaron su papel.

Los denominados «profetas escritores» bíblicos aparecieron a partir del siglo VIII a.C. y siempre pusieron especial cuidado en no ser confundidos con los profetas extáticos que aprendían su oficio de un maestro, en cofradías especializadas en técnicas oraculares —señalados despectivamente por los bíblicos como «hijos de profeta» (*Am* 7,14-15)—. Los principales profetas escritores, por orden cronológico, fueron: Amós, Oseas, Isaías, Miqueas y Nahúm (en el periodo comprendido aproximadamente entre los reinados de Ozías o Azarías y Ezequías, en el siglo VIII a.C.); Jeremías, Baruc,

---

te mande y sigues mis caminos, mis leyes y mandamientos, como lo hizo David, mi siervo, yo seré contigo y te edificaré casa estable, como se la edifiqué a David, y te daré Israel. Humillaré a la descendencia de David, mas no por siempre» (I *Re* 11,31-39). Dejando al margen que esta *profecía* fue escrita en Judá por el *deuteronomista* (el profeta Jeremías) en el siglo VII a.C., eso es casi tres siglos después de haberse producido la escisión de reinos (922 a.C.) que anuncia, y de estar ya en ese momento en plena época de revitalización de la dinastía davídica de Judá —razones ambas que justifican la exactitud de la promesa de Yahveh—, nótese la sinuosidad del redactado profético, que siempre se escuda en condicionales —«si me obedeces cuanto yo te mande...»— y trucos similares para evitar pronunciamientos rotundos que indefectiblemente acabarían siendo desmentidos por los acontecimientos verdaderos. El lenguaje de los profetas bíblicos es similar al que emplean los videntes urbanos actuales para sacarle los cuartos a su crédula clientela.

Habacuc, Sofonías, Ezequiel y Daniel (en el periodo comprendido aproximadamente entre el reinado de Josías y el fin del destierro babilónico, en los siglos VII y VI a.C.), y Ageo, Zacarías y Malaquías (en el periodo que va desde el fin del cautiverio hasta el siglo IV a.C.).

A pesar de ser conocidos como «escritores», casi ninguno de esos profetas escribió ni una sola palabra de los textos que se les atribuyen en la *Biblia*, que son recopilaciones de sus supuestas prédicas y oráculos elaboradas mucho después —en algún caso hasta dos siglos después— de la muerte del profeta que los firma. Los textos añadidos por los recopiladores posteriores son tan frecuentes e importantes que el supuesto mensaje de los profetas ha quedado tergiversado hasta un grado difícil de conocer con exactitud. Ésta es también la causa de los muchos anacronismos que se dan en los libros proféticos; así, por ejemplo, en el *Libro de Isaías*, tradicionalmente adscrito al profeta del mismo nombre, mientras la primera mitad del texto sí es posible fecharla en tiempos de Isaías, los capítulos 40 a 66 pertenecen claramente a uno o dos redactores que vivieron un par de siglos después.

De todos modos, para los propósitos de este trabajo, será suficiente con analizar el contenido de los principales libros proféticos y observar que, como no podría ser de otra forma, sus mensajes fueron directamente influidos por la realidad sociopolítica que le tocó vivir a cada profeta. Atribuir esos textos a Yahveh no fue, ni en el mejor intencionado de los casos, más que un recurso retórico, necesario, en esos días, para obtener autoridad; un hecho parecido al de otros escritores bíblicos que firmaron sus textos y opiniones personales bajo el nombre de Moisés o de diversidad de profetas del pasado, ya que de ellos se derivaba la autoridad que emana de la tradición.

«Cada uno de ellos tiene ideas y sentimientos propios —hace notar el profesor André Caquot—, que hacen que el dios de Oseas no tenga la misma fisonomía que el de Amós o el de Isaías. Existen, no obstante, ciertas preocupaciones y reacciones comunes, determinadas sin duda por la situación de crisis social y política en que los profetas del siglo VIII a.C.

toman la palabra. Amós, Oseas y quizá también Isaías al principio de su carrera, contemplan y denuncian los abusos sociales que aparecen como contrapartida de la prosperidad mercantil de los reinados de Jeroboam II en Israel y Ozías en Judá. Oseas asiste a la decadencia del reino del norte, e Isaías interviene en el momento en que Judá se ve sacudida primeramente por la amenaza aramea e israelita, y más tarde por la del imperialismo asirio. Estas desgracias públicas están en el centro de su reflexión y determinan su desarrollo. Para ellos Israel es una unidad sagrada, constituida por YHWH, que ha otorgado la ley y exige la lealtad y la obediencia de su pueblo.

»El culto a otros dioses es una traición que los profetas no dejan de condenar. Pero lo específico de esta ley de YHWH es precisamente que une a los mandamientos rituales los preceptos éticos y sociales, y son justamente estos preceptos los que aparecen a los profetas como radicalmente violados, a la vista de la crisis social: la destrucción de los lazos de solidaridad nacional revela tanto como el culto a los dioses extranjeros la general deslealtad hacia Dios. La fidelidad que se muestra en la ejecución de los ritos tradicionales es por sí sola ilusoria. De ahí la continua referencia de los profetas a las fiestas y a los sacrificios, incluso los celebrados en honor de YHWH, con la mayor aspereza. Pero no hay que olvidar que los profetas hablan siempre como polemistas, ni hay que silenciar el grave anacronismo que se comete interpretando sus severas alusiones como un rechazo sistemático de las formas exteriores del culto. En el contexto histórico en que se movían, los profetas no pueden haberse presentado como predicadores de un culto "espiritual"; lo que hacen es simplemente recordar a las autoridades la vigente necesidad de retornar a la fidelidad de YHWH, poniendo fin a los diversos abusos de orden social, que son el síntoma de la crisis.»[47]

Así, el profeta Elías, que vivió en tiempos de los reyes Acab y Ocozías (c. 874-852 a.C.) y vio cómo se atacaba gravemente a la fe *yahvista* hebrea con el renacimiento del culto

47. *Cfr. Historia de las Religiones.* Siglo XXI, Vol. 2, pp. 171-173.

al dios Baal, empleó todas sus energías para luchar contra ese y otros cultos paganos que relacionaban la naturaleza y sus manifestaciones y ciclos con la personalidad de Dios, y clamó con fuerza también contra los sacrificios cruentos y contra la propia importancia que se atribuía al culto en sí mismo —vacío e inútil, según la concepción que tenía el profeta, para quien lo único deseable e importante debía ser la regeneración espiritual individual centrada en el cumplimiento de la *Ley*—. Para convencer de la verdad de su visión religiosa, Elías profetizó la cólera de Yahveh puesta de manifiesto a través de una próxima aniquilación del pueblo de Israel... una *profecía* que, en el dudoso caso de ser fechada realmente en esos días, no dejaba de ser la certificación de una obviedad vista la decadencia imparable de la monarquía israelita.

Pero a pesar de todo, la intervención de Elías fue fundamental para el futuro desarrollo de la creencia judeocristiana, ya que dotó de cuerpo a la tesis de que Dios se manifiesta en la historia, interviniendo en el desarrollo de los acontecimientos humanos. Al asentar que la historia es una epifanía (manifestación) de Dios —aspecto contrario a las creencias paganas, que no veían la epifanía de Dios en el decurso de la historia sino en el de la naturaleza—, Elías diseñó y propagó una peculiar atribución divina que fue tan exitosa como para lograr perdurar hasta el catolicismo actual.

Los abusos y la inseguridad que se apoderaron de esa sociedad colocaron a profetas como Amós, Oseas, o los posteriores Isaías y Miqueas, ante la obligación de tener que atacar con dureza la explotación que sufrían sus conciudadanos, en especial aquellos más débiles o desprotegidos (huérfanos, viudas, extranjeros, esclavos), y lo hicieron argumentando que lo que deseaba Yahveh no eran sacrificios rituales sino la aplicación del derecho y la justicia a su pueblo —un mensaje que posteriormente también predicará Jeremías y acabará siendo bandera del cristianismo—. Amós es el predicador fundamental de la justicia divina —de la que Dios exige a su pueblo y de la que Dios imparte a los que incumplen su *Ley*— y para ello anuncia «el día de Yahveh» (*Am* 5,18-20), el momento de la manifestación de la cólera de Dios sobre los israelitas, un argumento que, en el futuro, se convertirá en uno de los motivos centrales de la escatología[48] hebrea.

El profeta Oseas, por su parte, que concebía la relación de Yahveh e Israel como un vínculo carnal en el que la segunda engaña al primero con «prostituciones» —a imagen de su propia historia personal, ya que declara estar casado con una mujer que le engañaba (*Os* 3,1-3)—, no vio otra posibilidad de salvación que la derivada de Yahveh, razón por la cual repudió los intentos de los reyes de pactar con otros imperios para asegurarse la supervivencia (léase el vasallaje de Judá hacia Asiria para evitar correr la suerte de Israel).[49] A la metáfora carnal de Oseas debemos, dicho sea de paso, la coartada que posibilitó la canonización, eso es su inclusión en la *Biblia*, del bellísimo poema erótico titulado el *Cantar de los Cantares* que, obviamente, la Iglesia católica interpreta como una metáfora de las bodas de Dios con Israel.

Viviendo en un Judá satélite de los asirios, empobrecido y pronto a las prácticas paganas debido a la debilidad real, era natural que un profeta culto y de gran incidencia social como Isaías retomase la defensa del *yahvismo* en el punto en que lo había dejado Elías —y que habían defendido también Eliseo,

48. La escatología se ocupa de las «cosas últimas» (*éskhatos* significa último), del destino último del hombre y del mundo y, por tanto, de la creencia en la inmortalidad del alma, el fin del mundo, la resurrección de los muertos, etc. El profeta Sofonías también anunció «el día de Yahveh» poco antes del exilio —que se tomó como tal en *Lam* 1,12—, pero desde entonces se siguió esperando otro «día de Yahveh» más favorable, en el que Dios reunirá en torno a la Jerusalén restaurada a todas las naciones del mundo para juzgarlas (*Cfr.* el libro del profeta Joel). Los textos añadidos después del exilio a los libros proféticos de Daniel, Isaías, Ezequiel y Zacarías también dan importancia a la esperanza mesiánica en un tiempo de paz y riqueza para Israel. *Daniel*, por ejemplo, profetizó el advenimiento de los tiempos escatológicos para el año 164-163 a.C. (*Dan* 9), y se equivocó, naturalmente. Finalmente, el cristianismo reinterpretó lo esencial de la escatología del *Antiguo Testamento* y la empleó para desarrollar la cristología que elaboró basándose en la «muerte y resurrección» de Jesús de Nazaret.

49. «En su angustia me buscarán (diciendo): Venid y volvamos a Yavé; Él nos curará; Él hirió, Él nos vendará. Él nos dará la vida en dos días y al tercero nos levantará y viviremos ante Él.» (*Os* 6,1-2).

Amós, Oseas, Miqueas y otros—, hablando de un Dios único y santo, incapaz de transigir con el pecado pero dispuesto a dotar de un destino providencial al pueblo de Israel, acreedor del pronto establecimiento de un reino de justicia. Isaías, como Oseas, confiaba plenamente en Yahveh como la única garantía de protección contra los asirios y por eso aconsejó la neutralidad política al rey Ezequías.

Del apego de Isaías a la dinastía de David, a la que servía como asesor de Ezequías, nació su *profecía* en la que Dios promete que «brotará un retoño del tronco de Jesé y retoñará de sus raíces un vástago. Sobre el que reposará el espíritu de Yavé...» (*Is* 11,1-2), es decir, que, del linaje de Jesé, padre de David, nacerá un Mesías que conocerá y temerá a Dios, «juzgará en justicia al pobre y en equidad a los humildes de la tierra» y, en suma, hará reinar la paz en todas partes y entre todas las criaturas, ya sean éstas humanas o animales. Tal como sostiene el profesor André Caquot, «aquí se encuentran planteadas para las generaciones posteriores las bases del mesianismo davídico, que no es, como se ha creído, ni mucho menos, un producto espontáneo de la conciencia popular, sino la creación de un pensador religioso que ha querido conciliar su apego a las tradiciones de Jerusalén con su sentido de la justicia divina, ofendido por las maniobras de los reyes».[50]

El Yahveh de los profetas, naturalmente, prohibía todo aquello que se alejaba de la tradición y prometía realizar todos los anhelos del pueblo aportando aquello de lo que se carecía (paz, justicia, libertad y esperanza); a todos los dioses de la historia humana se les ha hecho actuar de idéntica manera, ¡de otra forma serían absolutamente inútiles como mecanismos psicológicos de compensación!

Durante la corta época en la que el rey Ezequías logró liberarse de los asirios, en Judá se emprendió una reforma religiosa que pretendió acabar con los males tan repetidamente denunciados por los profetas; para fundamentar su intento reformador, Ezequías contó con la ayuda del profeta Isaías y buscó legitimidad, tal como ya vimos en un apartado ante-

50. *Cfr. Historia de las Religiones.* Siglo XXI, Vol. 2, p. 183.

rior, en las leyes y textos de la fuente bíblica llamada *sacerdotal*, redactada para la ocasión y responsable de cambios doctrinales y teológicos fundamentales respecto a las tradiciones *yahvista* y *elohísta* anteriores.

Unos setenta y cinco años después de la muerte de Ezequías, el nuevo monarca, Josías, quiso también cambiar los malos hábitos de su sociedad mediante otra reforma religiosa y, tal como era preceptivo e inevitable en esa época, tuvo que apoyarse sobre el prestigio y la opinión de otros profetas, que en este caso fueron Jeremías y su escriba, el también profeta Baruc, prolíficos autores de los escritos *deuteronómicos*, tal como ya señalamos en su momento. Para poder proyectar su reinado hacia el futuro, Josías necesitaba recuperar el prestigio de Jerusalén como centro nacional de Judá y debía dotar a su pueblo de una nueva ideología, de una nueva ley, susceptible de reforzar la cohesión nacional y de proscribir los abusos del pasado; ese talismán maravilloso se lo elaboró el profeta Jeremías al redactar el *Deuteronomio*, la nueva *Ley* que, con el fin de hacerla acatar por los hebreos, fue falsamente atribuida a la mano de Moisés/Yahveh y arteramente también se la hizo aparecer «casualmente» bajo los cimientos del Templo de Jerusalén.[51]

El redactor *deuteronomista*, que se opuso a partes fundamentales de la concepción religiosa que había defendido

51. Sirva como muestra de la gran habilidad del falsificador *deuteronomista* un solo ejemplo de los muchos posibles: el rey Josías necesitaba exacerbar el sentimiento nacionalista y la cohesión del pueblo y, para ello, entre los preceptos de la nueva *Ley* deuteronómica se introdujeron cambios en la celebración de las fiestas religiosas que obligaban a celebrarlas, tal que congresos nacionalistas, centralizadas en Jerusalén; ¿pero cómo justificarlo si Jerusalén no significaba absolutamente nada cuando Moisés, el supuesto autor de la *Ley* deuteronómica, la recibió de Yahveh? La solución fue tan simple como ingeniosa: se hizo decir a Yahveh, en *Dt* 16,16: «Tres veces al año, todo varón de entre vosotros se presentará delante de Yavé, tu Dios, en el lugar que Él haya elegido»... y, claro está, en aquellos días ya todos conocían que, desde tiempos del rey David, Dios había elegido para esos menesteres a la ciudad de Jerusalén. Es una nueva muestra de astucia y del empleo del *estilo bíblico* más clásico para hacer cumplir las promesas de Dios.

—según los intereses del rey Ezequías— el autor de los textos *sacerdotales*, fue heredero de muchos aspectos del pensamiento de los primeros grandes profetas, pero también es cierto que fue un despiadado manipulador de las fuentes que pudieron haber recogido las supuestas prédicas atribuidas a esos personajes. Tal como apunta el profesor André Caquot, «la utilización de esta fuente, no obstante, no puede hacerse sin una crítica previa, ya que el recensor *deuteronomista* de *Reyes*, actuando como si lo hubieran hecho un Tucídides o un Livio, pone a menudo en boca de los profetas discursos compuestos por él mismo, que sirven de vehículo a las ideas que le son más queridas. Ignoramos, pues, cuál pudiera ser el mensaje de un Elías o un Eliseo, profetas de indudable renombre, pero cuyos oráculos no nos han sido transmitidos por ninguna recopilación».[52]

En los textos *deuteronomistas* es curioso observar hasta qué punto su autor y el escriba fueron incapaces de dejar al margen su oficio oracular y, tal como salta a la vista de cualquier lector, en esos escritos se hace del cumplimiento de los anuncios de Yahveh la sanción de la verdadera profecía. El mecanismo es impecable: el anuncio consta escrito en el clásico lenguaje oracular y, a párrafo seguido, se da fe de haberse cumplido tiempo después, con lo que se concluye que la profecía había sido auténtica y procedente de Dios. Lo único que desvirtúa ligeramente esta prueba de divinidad, sin embargo, es que en las *profecías* que se han podido estudiar adecuadamente se ha demostrado que su redacción e inclusión en los textos bíblicos correspondientes fue siempre posterior al momento en que ocurrieron realmente los hechos «anunciados por Yahveh» (recuérdese, por ejemplo, entre las profecías ya mencionadas, I *Re* 11,31-39 o *Dt* 4,25-30).

A pesar de lo dicho, no hay elementos suficientes para poner en duda la honestidad de Jeremías, ya que propuso la visión religiosa que él creía más ajustada a la *verdadera* tradición; pero también es cierto que en su proceder queda bien

52. *Cfr. Historia de las Religiones*. Siglo XXI, Vol. 2, p. 166.

retratada la forma en que los «profetas escritores» bíblicos recibían su *inspiración* de Yahveh.

El falsear profecías, de todos modos, fue una práctica que se extendió por todos los libros proféticos de la *Biblia*. Así, por ejemplo, dado que los oráculos de los profetas de la época de que venimos hablando eran durísimos y no se perdían en diplomacias esperanzadoras para el futuro, los analistas modernos de la *Biblia* toman por añadidos posteriores al exilio todos los versículos esperanzadores que aparecen en el *Libro de Amós*, o las alusiones a la esperanza mesiánica del *Libro de Isaías*; y ello es muy razonable, ya que la mayoría de las promesas de restablecimiento del reino de Israel carecían absolutamente de sentido salvo para un redactor que hubiese vivido durante y, especialmente, después del exilio.

La época de exilio, que comenzó en el año 587 a.C., supuso un trauma psicológico tan terrible para los hebreos que determinó en gran medida su futuro y el de la religión judía que estaba a punto de nacer. A pesar de que comúnmente se habla de deportaciones masivas, la lectura de *Jer* 52,28-30 o de II *Re* 24,14-16 indica que sólo fue llevada a Babilonia una pequeña parte de la población —«cuatro mil seiscientas almas», según Jeremías— que, eso sí, constituía la élite social e intelectual de Jerusalén, y se dejó a la población rural en sus territorios originales. La elite exiliada fue forzada a vivir en condiciones miserables y la sensación de *paraíso perdido* inflamó su sentimiento de pecado y de culpa y, en consecuencia, su búsqueda de perdón. La humillación del destierro les hizo replantearse la conciencia nacionalista y, bajo el pretexto de no corromperse al mezclarse con los babilonios, cerraron filas en espera de tiempos mejores, cosa que llevó a acentuar el legalismo de la religión israelita y el cumplimiento estricto de la *Ley*, base sobre la que acabará formándose una hierocracia o poder del clero que perdurará algunos siglos y dejará su huella indeleble en los escritos *sacerdotales* de la *Biblia*.

La intensa angustia que generaba la conciencia de haber pecado contra Yahveh se unía a la necesidad imperiosa de expiar las culpas mediante sacrificios cruentos, según mandaba la tradición; pero el drama psicológico se volvió irresoluble puesto que no podían disponer ya del templo de Jerusalén para ir a expiar los pecados de la nación. La adaptación, virtud humana que agudiza el ingenio y permite la supervivencia, empujó a los exiliados a buscar fórmulas sustitutorias que desembocaron en actividades cultuales centradas en torno a la oración y a la homilía, es decir, se comenzó a caminar hacia formas de culto de cariz espiritualista.

Del giro ideológico radical al que se ven obligados los hebreos del exilio da fe el *Salmo* 51 cuando, sin rubor alguno, expresa: «Líbrame de la sangre, Elohim, Dios de mi salvación, y cantará mi lengua tu justicia. Abre tú, Señor, mis labios, y cantará mi boca tus alabanzas. Porque no es sacrificio lo que tú quieres; si te ofreciera un holocausto, no lo aceptarías. Mi sacrificio, ¡oh Dios!, es un espíritu contrito. Un corazón contrito y humillado, ¡oh Dios!, no lo desprecies. Sé benévolo en tu complacencia hacia Sión y edifica los muros de Jerusalén. Entonces te agradarás de los sacrificios legales...» (*Sal* 51,16-21).

Para el profesor André Caquot estos versículos evidencian que el salmista «espera de Dios que lo salve, que lo "lave" y lo "purifique", según el simbolismo de los rituales de purificación, fundado en el poder vivificante de las aguas. Concluye suplicando a Dios la reconstrucción de Jerusalén, para poder celebrar de nuevo los sacrificios. Tales son las dos obsesiones fundamentales de los exiliados. La necesidad de ser purificados por la sangre vertida para la expiación es tan grande que el poeta confía en que Dios podrá aceptar una víctima en sustitución sin esperar a la restauración de los sacrificios regulares, y la víctima que se propone no es otra que ese "espíritu contrito", ese "corazón contrito y humillado" que designan por metonimia al salmista mismo, es decir, a la comunidad desgraciada en nombre de la cual habla. De este modo comienza a elaborarse la creencia en la virtud redentora del sufrimiento, que tendrá una considerable repercusión religiosa y permitirá sublimar poco a poco la concepción antigua de la expiación por medio del sacrificio animal».

El diseño de la virtud redentora del sufrimiento, que será pilar del cristianismo, logrará su espaldarazo definitivo en el llamado *deutero-Isaías*, eso es el texto que se atribuye a Isaías pero que fue escrito por el redactor *deuteronomista* dos siglos después. En el texto denominado *Cantos del Siervo de Yahveh* (*Is* 42,1-9; 49,1-6; 50,4-9; 52,13; 53,12) ya se presenta como aceptado por Yahveh el sacrificio expiatorio de los sufrimientos del *Siervo* (personificación de la comunidad exiliada y, por representación, del verdadero pueblo de Israel); de esta manera, la elite —sacerdotal— afirmaba asegurar la «salvación» de todo el pueblo, aunque éste no hubiese hecho nada para merecerlo, ya que «el Justo, mi Siervo, justificará a muchos» (*Is* 53,11) y será «puesto por alianza del pueblo y para luz de las gentes» (*Is* 42,6) ya que, al producirse el inevitable fin del exilio, se demostrará ante el mundo el poder sin igual que emana de Yahveh. En este texto, absolutamente fundamental para el futuro nacimiento del cristianismo, se deja asentada para los restos la posibilidad de ver en el «varón de dolores» (*Is* 53,3) el anuncio del papel de Mesías sufriente que se haría encajar, a posteriori, con la historia de Jesús de Nazaret.

Tal como es fácil adivinar, las *profecías* que se escribieron durante el exilio, al contrario de las fechadas en tiempos anteriores, son todas ellas de consolación. Así, en textos como *Isaías*, *Joel*, *Zacarías* o *Salmos*, se coincide en presentar la promesa de una milagrosa intervención de Yahveh que destruirá a todos los pueblos paganos, especialmente a los babilonios. Por la misma razón, no es de extrañar la confluencia de las esperanzas en el mesianismo real davídico con las intensas especulaciones escatológicas que surgen en medio de la pobreza a que obliga la vida del exilio. El texto de *Zac* 9,9-10, en el que se anuncia la llegada a Jerusalén de un «Rey... humilde, montado en un asno»,[53] habla bien a las claras de la esperanza que se albergaba en un inminente regreso a Judá, pero también de la condición poco menos que patética en la

53. «Alégrate sobremanera, hija de Jerusalén. He aquí que viene a ti tu Rey, justo y victorioso, humilde, montado en un asno, en un pollino hijo de asna.» (*Zac* 9,9-10). La entrada en Jerusalén montado en un asno será reproducida por Jesús de Nazaret, sin duda alguna para dar a entender a los judíos que él era el Mesías profetizado.

que creían que se encontraría el mesías davídico tras las miserias impuestas por el cautiverio babilónico.

Un contemporáneo de Zacarías, el profeta Daniel, que, según la tradición, vivió en la corte del rey Nabucodonosor, sin pasar estrecheces económicas, postuló también el mesianismo escatológico, pero lo hizo a tono con el ambiente que respiraba, eso es sin sello ninguno de miseria. En el capítulo séptimo del libro de *Daniel* se describe la futura victoria del pueblo hebreo sobre las demás naciones (que están simbolizadas mediante cuatro bestias monstruosas) de la mano de un «como hijo de hombre» (*Dan* 7,13).

Pero lo que para Daniel fue un símbolo dentro de una visión, el «hijo de hombre», que pretendía denotar a un personaje de porte real, acabaría por transformarse en una fundamental cuestión de fe cuando empezó a identificarse a ese «hijo de hombre» con un personaje divino que vivía junto a Dios desde el principio de los tiempos y que será llamado a ocupar la presidencia en el día del Juicio Final. Más adelante veremos cómo esa interpretación errónea y caprichosa de un símbolo onírico será empleada por los primeros cristianos para ayudarse a fundamentar su diseño de la personalidad divina de Jesús de Nazaret.

El profeta Ezequiel, que vivió deportado en Babilonia junto a la elite de Jerusalén, reflejó a la perfección el sentir de los judíos durante esos años. En su texto leemos que Dios anunció por su boca que la nación hebrea volvería a nacer gracias a un soplo de Yahveh (*Ez* 37,1-14); que el pueblo sería purificado gracias al retorno a la práctica de la *Ley*, eso es merced al establecimiento de «un pacto de paz que será pacto eterno» (*Ez* 37,26-28); que Israel y Judá volverían a unificarse de nuevo (*Ez* 3,15-28); que la dinastía davídica sería restablecida mediante el Mesías denominado «mi siervo David» (*Ez* 34,23 y 37,24-25), etc. Tales *profecías* no pasaron de ser puros anhelos de un colectivo que se aferró a la esperanza para no sucumbir.

Por otra parte, Ezequiel, como miembro de la clase sacerdotal que era, no se limitó a redactar metáforas de futuro sino que, más pragmático, fortaleció todo aquello que pudiese facilitar el poder del clero (ritos, jerarquización, descanso semanal con sacrificios...) con vistas a disponer de un sistema de control social que fuese capaz de reorganizar la nación hebrea cuando llegase la ocasión.

Y la ocasión se dio, finalmente, en el año 520 a.C., cuando el rey persa Darío I —que necesitaba tener una colonia agradecida en Palestina para usarla como una posible base útil que facilitara su intención de emprender la conquista de Egipto— ordenó el regreso a Judá de toda la elite hebrea que aún permanecía en el exilio babilonio. La liberación se produjo sesenta y siete años después de la derrota de los judíos ante Nabucodonosor y, la ocasión la pintan calva, no faltó tampoco el consabido sacerdote redactor que añadió al libro de Jeremías una *profecía* a posteriori en la que se anunciaban los pormenores de la invasión de los babilonios, de las condiciones del exilio, que se mantendría durante setenta años, y de la llegada de los persas (*Jer* 25,8-14).[54]

De regreso a su tierra, los hebreos, en medio de una gran euforia y fervor religioso, dieron por llegado el momento de la recuperación de la gracia de Yahveh[55] y del advenimiento definitivo del «reino de Dios». El profeta Zacarías incluso

54. «... he aquí que convocaré todas las tribus del aquilón —oráculo de Yavé—, a Nabucodonosor, rey de Babilonia, mi siervo, y los haré venir contra esta tierra, y contra sus habitantes, y contra todas las naciones que la rodean, y los destruiré y los convertiré en desolación, objeto de burla y en ruinas eternas. Haré desaparecer de ellos los cantos de alegría, las voces de gozo. (...) Y toda esta tierra será ruina y desolación, y servirán las gentes estas al rey de Babilonia setenta años. Y al cabo de setenta años, yo pediré cuentas al rey de Babilonia y a la nación aquella —oráculo de Yavé— de sus maldades, y a la tierra de los caldeos, y la convertiré en eterna desolación. Y haré venir sobre aquella tierra todo lo que está escrito en este libro, lo que profetizó Jeremías contra todos los pueblos» (*Jer* 25,8-13). Por el contenido, el tono y el contexto es obvio que esta *profecía* fue añadida al texto original de Jeremías después del exilio, una vez ocurridos ya los hechos. Resulta curioso, además, que, en el último párrafo, Yahveh no reconozca como suyas sino de Jeremías las otras *profecías* que hay «en este libro». ¿Querría Dios curarse en salud, quizás? ¿O es que Yahveh se había convertido en el relaciones públicas del profeta Jeremías?

55. De hecho, tan importante era el tener la confianza de que la gracia de Yahveh podía recuperarse que, al reescribir, pasado el exilio, el texto del discurso de Salomón pronunciado durante la inauguración del

puso el sello mesiánico a Zorobabel, el rey de la casa davídica que Darío I impuso como gobernador de Judá,[56] aunque también es cierto que repartió el papel mesiánico con el sumo sacerdote (*Zac* 4,11-14) debido a la tremenda importancia que adquirió el clero durante el exilio; de hecho, desde esos días se comenzó a hablar de un mesianismo sacerdotal que acompañaba al mesianismo real davídico y, en ocasiones, le sustituía.

Sin embargo, a pesar de las promesas oraculares de Yahveh a los profetas Zacarías y Ageo, ni con Zorobabel ni con sus sucesores llegó ningún «reino de Dios» y eso enfrió bastante la componente nacionalista radical típica de la religión hebrea; aunque, quizá como una muestra del futuro celestial que cabía esperar, durante los dos siglos que permanecieron bajo la dominación del imperio aqueménida (persas) se consagró al clero como la máxima autoridad del país.

El siglo siguiente, eso es el V a.C., ya no sería tiempo de profetas sino de escribas, legisladores y sabios, es decir, de los burócratas que diseñarán el judaísmo. Ello no obstante, aún aparecieron profetas como Malaquías que alzaron su voz... aunque ahora lo hicieran contra los mismísimos sacerdotes, que eran quienes detentaban el poder. Así, por ejemplo, Malaquías anunció de nuevo el «día de Yahveh», pero él, a diferencia de sus antecesores Amós o Sofonías, vio en ese escatológico día la ocasión para depurar el sacerdocio, para restablecer la alianza entre Dios y el clero (*Mal* 2,4) y para «purgar a los hijos de Leví» (*Mal* 3,3).

El profeta Malaquías, de hecho, fue el primero que clamó en favor del advenimiento de un Mesías sacerdotal, y su de-

---

Templo de Jerusalén, se puso en boca del rey el ruego y la *profecía* siguientes: «Cuando tu pueblo, Israel, cayere ante sus enemigos por haber pecado contra ti y, vueltos a ti, confiesen tu nombre y oren, y te rueguen, y te supliquen en esta casa, óyelos tú en los cielos, y perdona el pecado de tu pueblo, Israel, y restitúyelos a la tierra que diste a sus padres.» (I *Re* 8,33-34).

56. «He aquí que yo hago venir a mi siervo Germen», dirá Yahveh a través del oportunista oráculo de Zacarías (Zac 3,8); el nombre Zorobabel significaba "germen de Babilonia".

manda no estaba exenta de fundamento si tenemos presente que, debido al poder clerical nacido del exilio, el sumo sacerdote de Jerusalén era un cargo hereditario y eso, como en el caso de la realeza, no garantizaba en absoluto el acceso de los mejores al cargo; antes al contrario, ya que si leemos las *Antigüedades judaicas*, del historiador judío Flavio Josefo, veremos perfectamente que los altos sacerdotes de esa época sobresalían más por su ignorancia y maldad que por sus virtudes, razón por la cual, dentro de la religión hebrea, empezaron a adquirir una importancia capital los escribas y los doctores de la *Ley*.

Podríamos seguir explorando del mismo modo que hemos venido haciendo hasta aquí el resto de los libros del *Antiguo Testamento* —ya de muchísima menor importancia que los vistos— y explayarnos, por ejemplo, en los paralelismos evidentes y sospechosos que presenta el libro de los *Proverbios* con las literaturas sapienciales de Egipto y Mesopotamia, la influencia del poema mesopotámico de Gilgamesh y de la filosofía griega —de las escuelas cínica y epicúrea—, en el *Eclesiastés*, etc., pero las nuevas evidencias no harían más que confirmar los trazos fundamentales ya mostrados y, a lo sumo, lograrían volver demasiado farragoso un libro que sólo pretende ser una reflexión básica.

En este punto de la historia —y eso es lo notable a retener para el resto de este trabajo—, la labor de *arquitectura doctrinal* de un puñado de pensadores religiosos —los profetas y los redactores de los textos bíblicos *sacerdotales* y *deuteronómicos*— ya había plantado definitivamente unos cimientos que tendrían una doble función: debajo de ellos se enterraría el *yahvismo* y, con él, al dios que adoraron los hebreos desde la época de los patriarcas; por encima se construirá el modelo de dios y de teología que dará nacimiento al judaísmo y a su hijo involuntario, el cristianismo.

Refiriéndose al *lumen propheticum*, en la introducción general a la traducción de la *Biblia* de Nácar y Colunga podemos leer que «no ha querido Dios revelarse inmediatamente a todos y cada uno de los hombres, sino a algunos solamente, que, como intermediarios entre Dios y el resto de los humanos, recibiesen de Él las divinas enseñanzas y en su nombre y con su divina autoridad las transmitiesen a los demás. Por eso han sido llamados *profetas* o intérpretes de Dios, y en su nombre y con su divina autoridad transmiten las verdades sobrenaturales que sobrenaturalmente les dio Dios a conocer. Por haber sido hecha de este modo se llama también la divina revelación doctrina profética, principalmente la del *Antiguo Testamento*, pues la del *Nuevo* nos ha sido hecha directa e inmediatamente por el mismo Verbo de Dios encarnado».[57]

Tan altísimas palabras, con las que la Iglesia católica defiende y legitima a los profetas, chocan, sin embargo, con la evidencia histórica y literaria de que los *nabi* o profetas no fueron más que hombres de su tiempo, aunque algunos de ellos, eso sí, dotados de un valor e inteligencia indiscutibles —así como de un fundamentalismo religioso que quizás hoy sería tachado de «fanatismo peligroso», ya que así califica la Iglesia a muchos que sostienen lo mismo que los profetas defendieron en su día—; fueron hombres preocupados por la sociedad que les tocó vivir y, por ello, intentaron mejorarla aportando sus propias ideas bajo el patrocinio de aquello que sabían tenía fuerza entre su gente: el nombre de Yahveh.[58]

Pero resulta obvio que Dios no estuvo más cerca de los profetas de lo que lo está de la humanidad actual. Sin que ello les reste mérito ninguno a los *nabi*; al fin y al cabo, Albert Einstein publicó su fundamental *Teoría general de la relatividad* cuando no era más que un simple funcionario civil de 26 años... y agnóstico.

57. *Cfr.* Nácar-Colunga (1979). *Op. cit.*, p. 2.

58. De alguna manera ocurría algo similar a lo que hacemos hoy con la «ciencia». Cualquiera que desee convencer a un auditorio de que sus argumentos son irrefutables, habla hoy «en nombre de la ciencia». La ciencia es el dios de nuestro tiempo, pero muchos de sus *profetas* suelen ignorar a menudo que ésta, como Yahveh, va cambiando con el paso del tiempo. La realidad es puro relativismo y eso genera mucha inseguridad, por eso hay tantos que intentan protegerse de su ignorancia y fragilidad invocando lo que consideran una verdad inmutable: Dios o la ciencia, que tanto da cuando se usan sus nombres en vano y con vanidad.

HECHOS NOTABLES DE LA HISTORIA DE ISRAEL Y ÉPOCA DE REDACCIÓN DE LOS TEXTOS MÁS IMPORTANTES DEL *ANTIGUO TESTAMENTO*

Época (a.C.)	Hechos y personajes notables de la historia hebrea	Textos del *Antiguo Testamento*
c. 1728-1686	Salida de Abraham de Ur (Caldea).	
c. 1500	Instalación de los hebreos en Palestina.	
c. siglo XVI	Emigración a Egipto con Jacob (inicio época de esclavitud).	
c. siglo XIII	Éxodo de Egipto guiado por Moisés.	
c. siglo XIII	Unión de las doce tribus de Israel.	
c. siglo XII	Inicio de hostilidades con los *pueblos del mar* (filisteos, etc.).	
c. 1150 (inicio época de los Jueces)	Época de los jueces (Débora, Gedeón, Sansón, etc.).	Partes básicas de *Moisés* y *Josué*.
c. 1050	Los filisteos se apoderan del Arca y destruyen Sión.	
c. 1050-1020	Juez Samuel.	
c. 1020 (inicio época de los Reyes)	Rey Saúl (1020-1010). Inicio de un periodo de libertad para Israel.	
1010-970	Rey David. Época de máxima expansión de Israel. Jerusalén deviene la capital.	*Samuel*, *Rut*, primeros *Salmos*, *Josué* y *Jueces*.
970-930	Rey Salomón. Construcción del primer templo de Jerusalén.	Recopilación de las antiguas tradiciones *yahvista* y *elohísta* en *Génesis*, *Éxodo*, *Levítico* y *Números*.
930-910	Disturbios en Israel y reinado de Jeroboam I. En Judá reina Roboam.	
922	Escisión de los reinos de Israel y Judá.	

Época (a.C.)	Hechos y personajes notables de la historia hebrea	Textos del *Antiguo Testamento*
852-841	Joram reina en Israel. Los profetas Elías y Eliseo dirigen un levantamiento contra Joram e incitan a Jehú a asesinarle.	
782-751	Reinado de Jeroboam II en Israel y Azarías en Judá. Profetas Amós, Isaías y Miqueas en Judá y Oseas en Israel y Judá.	
721	El asirio Sargón II devasta Israel y deporta a sus habitantes.	
715-696	Reinado de Ezequías en Judá. Profetas Isaías y Miqueas. Reforma religiosa.	Redacción de la fuente *sacerdotal* (en *Gén*, *Éx*, *Lev* y *Núm*).
696-641	Reinado de Manasés. Reacción contra el profeta Isaías.	
639-609	Josías rey de Judá. Profetas Sofonías, Habacuc, Jeremías y Baruc. Reforma religiosa (621).	*Deuteronomio* (1.ª ed.), *Josué*, I y II *Jueces*, I y II *Reyes* y *Jeremías*.
597	Toma de Jerusalén por Nabucodonosor y primeras deportaciones de hebreos.	
587	Segunda toma de Jerusalén. Fin del reino de Judá e inicio de la época de exilio en Babilonia y Egipto. Profetas Ezequiel y Daniel.	*Deuteronomio* (2.ª ed.), *Jeremías*, *deutero-Isaías*, *Lamentaciones*, *Baruc*, *Ezequiel* y y *Salmos*.
539	Ciro II ordena repatriar objetos sagrados a Jerusalén y permite la construcción del segundo Templo (538-515). Darío I pone fin al exilio (520). Profetas Joel, Ageo, Zacarías y Malaquías.	

Época (a.C.)	Hechos y personajes notables de la historia hebrea	Textos del *Antiguo Testamento*
448-400	Esdras llega a Jerusalén para recomponer la *Ley*. Fundación del judaísmo. Nehemías, sátrapa de Judá, emprende reformas en Jerusalén y reconstruye su Templo (445).	*Esdras*, *Nehemías*, *Rut*, *Cantar de los cantares*. Unión de las 4 fuentes bíblicas (*yahvista*, *elohísta*, *sacerdotal* y *deuteronómica*) para componer el *Pentateuco* judeocristiano actual.
350	Judea se convierte en estado autónomo.	
336-325	Alejandro Magno se apodera de Judea.	*Esdras*, *Nehemías*, *Proverbios*, *Crónicas*, *Job*, *Joel* y *Ester*.
320	La dinastía ptolemaica (Egipto) se hace cargo del gobierno de Judea. Proceso de helenización de Judea.	*Salmos* y *Eclesiastés*. Traducción del hebreo al griego de la *Biblia*, «*B. de los Setenta*» (c. 287-246).
167	Antíoco IV prohíbe la observancia de la *Ley* mosaica. La rebelión de la familia sacerdotal de los *Macabeos* (166-164) la restablece y da paso a un estado judío relativamente independiente.	*Salmos*, *Daniel*, *Macabeos* y *Judit*.
63	Pompeyo asienta el poder romano de Jerusalén.	*Sabiduría*.

2

Dios, en su infinita inmutabilidad, cambió radicalmente su «Revelación» y dio el *Nuevo Testamento*

La palabra latina *testamentum* significa alianza y en la *Biblia*, como ya hemos visto, son frecuentes los contratos de alianza entre Dios y los hombres. La fuente *yahvista* da fe de la alianza entre Dios y Abraham; tanto esta fuente como la *elohísta* certifican el fundamental pacto de alianza que hace Dios con el pueblo israelita a través de Moisés, en el monte Sinaí. El escritor del *deuteronomista* amplió la alianza mosaica añadiendo una serie de leyes que supuestamente recibió Moisés de Dios en las llanuras de Moab y relató nuevas alianzas fundamentales para el futuro, como la que estableció Dios con David y su descendencia... Parece evidente, pues, que Yahveh, el dios todopoderoso de la *Biblia*, mostró de modo claro e indiscutible su interés por mantener una alianza ¡exclusiva! con un pueblo, el hebreo, que constituía la nación más insignificante de todo el Oriente Próximo de aquel tiempo.

Pero el Dios inmutable de la *Biblia* acabó traicionándose a sí mismo y a su pueblo elegido y varió su *testamentum* de tal forma que ya ningún hebreo lo ha vuelto a reconocer jamás. Su *Ley*, bien concreta en los escritos mosaicos, tomará derroteros muy diferentes y sorprendentes desde el momento en que fue *inspirada* a los cristianos; y su alianza exclusiva con los hebreos se rompió unilateralmente para tomar también bajo su protección a todas aquellas naciones gentiles a las que había estado condenando y fulminando con saña en el *Antiguo Testamento*. O la eternidad empezaba a hacer estragos en la memoria y la voluntad del buen Dios, o algo estaba sucediendo entre los hombres que seguían hablando en su nombre. Averiguar la respuesta exacta a este dilema nos llevará el resto de este libro.

La traducción de las *Sagradas Escrituras* realizada por el hebraísta salmantino Eloíno Nácar, que cuenta con introducciones y anotaciones del padre Alberto Colunga —de la Orden de Predicadores— introduce el *Nuevo Testamento* con los párrafos que transcribimos a continuación:[59]

«La *Epístola a los Hebreos* comienza dándonos en breves y lapidarias palabras la diferencia entre el *Antiguo* y el *Nuevo Testamento*: "Habiendo Dios hablado a nuestros padres en diversas maneras y muchas veces por medio de los profetas, al fin, en nuestros días, nos habló por su Hijo, a quien constituyó heredero de todas las cosas, por quien hizo el mundo; el cual, siendo el esplendor de su gloria e imagen de su esencia y quien con el poder de su palabra sostiene todas las cosas, realizada la purificación de los pecados, está sentado a la diestra de Dios en las alturas" (*Heb* 1,1-3).

»En el *Antiguo Testamento*, Dios se sirvió de los profetas para instruir a su pueblo. Abraham, Moisés, David, Elías, Isaías, etc., reciben las comunicaciones divinas, y cada uno en su forma se las va enseñando al pueblo, a fin de que le sirvan de norma en la vida que el Señor le tiene trazada hacia Cristo, objeto supremo de sus esperanzas. Todos éstos son, usando una palabra de san Pablo, como "ayos"[60] que llevan de la mano a Israel hasta conducirle al Maestro supremo, de quien recibirán la plenitud de la revelación (*Gál* 3,24). A Él, Unigénito del Padre, esplendor de su gloria e imagen de su esencia, por quien hizo todas las cosas, le estaba reservada la obra de la restauración de las mismas, destruyendo el pecado y la muerte y volviendo las cosas a aquel estado en que al princi-

59. *Cfr.* Nácar-Colunga (1979). *Op. cit.*, p. 1141.
60. Persona que cuida de los niños en una casa.

pio habían sido creadas, hasta entregar después al Padre los poderes recibidos y hacer que sea Dios todo en todas las cosas (*I Cor* 15,28).

»Así, el *Nuevo Testamento* es la plenitud, el cumplimiento del *Antiguo*, como éste fue la preparación de aquél. Mas la preparación para la realización de misterios tan sublimes debía por necesidad ser larga y trabajosa, ni podía limitarse a un solo pueblo; debía extenderse a todos, que no se trataba de la salud de Israel, sino la del género humano. Y para esta preparación era ante todo preciso que el hombre, caído en el pecado por la soberbia, se convenciese por propia experiencia de su incapacidad para levantarse de su postración, para alcanzar la verdad y la vida, para lograr aquella perfección y dicha a que aspiraba cuando deseó ser como Dios (*Gén* 3,5). San Pablo llama a estos tiempos siglos de ignorancia, en los cuales Dios, Padre providente, no dejó de acudir a sus hijos para que siquiera a tientas le buscasen y se dispusiesen a recibir a aquel por quien tendrían la resurrección y la otra vida (*Jn* 11,25). De esta preparación corresponde a Israel la parte principal, y por ello fue de Dios escogido como pueblo peculiar suyo, dándole la Ley y las Promesas; pero también tocaba su parte a los demás pueblos de la tierra; llamados asimismo a gozar de las gracias del Mesías, pues que también son ellos criaturas de Dios (*Éx* 19,5).»

Tras esta parrafada, que se guarece bajo la ampulosidad de la jerga teológica para disimular su vacuidad real, cualquier creyente debería darse cuenta de que se ha dado un salto en el vacío de tamaño intergaláctico. Los profetas, antes «intermediarios entre Dios y el resto de los humanos», ahora, por voluntad de un neoconverso fanático llamado Saulo de Tarso, no son más que ayos, *canguros*; Dios, a sabiendas, ocultó a su pueblo elegido la futura llegada de su Hijo, el Salvador, les obligó a odiar a las naciones vecinas conociendo que su Hijo predicaría justo lo contrario, les dio una imagen de su persona y atribuciones divinas que ahora modificará en su nuevo *testamentum*, les coaccionó a cumplir leyes y rituales que su Hijo derogará por inútiles, les hará seguir a sacerdotes que en los nuevos tiempos aparecerán como falsos

—si no herejes—, extenderá su manto protector a toda la humanidad —¿por qué no lo hizo antes? ¿No eran aún criaturas de Dios los demás pueblos de la tierra cuando él los proscribió de su «alianza eterna»?—, causando grave quebranto a *su* pueblo hebreo... Si el Dios del *Antiguo Testamento* es el mismo Dios que *inspiró* el *Nuevo*, resulta obvio también que alguien, en una época u otra, ha mentido con desafuero.

Aunque también es posible que los cristianos tengan dos dioses distintos y no quieran darse cuenta de ello. El dios del *Antiguo Testamento* es caprichoso, vengador —a menudo sediento de sangre, ya sea de los suyos o de sus enemigos—, justiciero y obliga al creyente a mantenerse bajo «el temor de Dios»; el del *Nuevo*, por el contrario, es amor, es un padre afectuoso que llama al creyente a la comunión con él.

Dado que no es de recibo presentar a Dios con dos personalidades tan opuestas —aunque todo cabe en su infinitud—, la Iglesia se ha visto forzada a navegar entre dos planteos teológicos enfrentados y nunca resueltos: el que considera el *Antiguo Testamento* como una doctrina constante e inmutable —que gira alrededor de un Dios violento, severo, moralizante y obsesionado por el fiel cumplimiento de su *Ley*—, cosa que obliga a considerar la muerte de Jesús como una más de sus típicas exigencias sacrificiales cruentas; y el que no ve en el *Antiguo Testamento* ninguna doctrina acerca de Dios y lo interpreta como meros relatos hebreos acerca de la intervención divina en su historia, argucia que deja abierta la posibilidad de que Dios pueda volver a intervenir en el devenir histórico de una forma más humanitaria y permite ver la crucifixión de Jesús como «la entrega amorosa del Hijo por parte del Padre». En cualquier caso, resulta escandaloso que la autodenominada «religión verdadera» se contradiga hasta en sus versiones del «Dios único y verdadero».

En fin, veamos a continuación el contexto en el que se produjo la *inspiración* divina del nuevo *testamentum*, justificado en la figura de Jesús de Nazaret y, al tiempo, base y origen del cristianismo en general y de la Iglesia católica en particular.

La mayor parte del *Nuevo Testamento* no fue escrita por apóstoles sino por recopiladores que no conocieron a Jesús

Es bien sabido por todos que los testigos privilegiados de la vida pública de Jesús fueron los apóstoles, hombres que, según lo refiere *Marcos*, fueron seleccionados por el Mesías de la siguiente forma: «Subió a un monte, y llamando a los que quiso [de sus discípulos], vinieron a Él, y designó a doce para que le acompañaran y para enviarlos a predicar, con poder de expulsar a los demonios. Designó, pues, a los doce: a Simón, a quien puso por nombre Pedro; a Santiago el de Zebedeo y a Juan, hermano de Santiago, a quienes dio el nombre de Boanergés, esto es, hijos del trueno; a Andrés y Felipe, a Bartolomé y Mateo, a Tomás y Santiago el de Alfeo, a Tadeo y Simón el Celador, y Judas Iscariote, el que le entregó» (*Mc* 3, 13-19).[61]

Los apóstoles, todos ellos judíos, como el propio Jesús, vivieron tiempos difíciles y maravillosos cuando se vieron llamados a colaborar personalmente con el proyecto salvífico que el mismísimo Dios le había asignado a su hijo Jesús. Debieron ser grandes personas, pero de lo que no cabe duda alguna es de que mostraron un escasísimo interés —o más bien negligencia grave— en velar por que su valioso e irrepetible testimonio quedara plasmado sobre documentos que recordaran por siempre al mundo aquello que fue y ya no volverá a ser hasta el fin de los tiempos.

No olvidemos que en el entorno geográfico donde sucedieron esos hechos el ser humano ya había descubierto la escritura hacía más de tres mil años. Pero de la propia mano de los apóstoles apenas salió una mota de polvo frente al casi infinito huracán de escritos que acabaría levantando el caso de

61. A esta traducción de Nácar-Colunga cabría puntualizar que *Boanergés* significa los «tempestuosos» («hijos del viento borrascoso», en traducción literal del arameo) y que la personalidad de Simón no se comprende en su justa dimensión si se traduce el arameo *Qana* —«el Cananeo»— por «Celador» en lugar de hacerlo por celota, eso es miembro del partido patriótico y extremista de los celotes (o zelotes).

Jesús, el Mesías de los judíos. Resulta insólito. Casi tanto como el hecho de que un hombre tan consciente de su misión, como parece haberlo sido Jesús, no dejara escrita ni una sola línea; aunque esto último podría resultar plausible si consideramos que su vida pública se redujo a un período de apenas dos años en el que, por lo que parece, debió llevar una actividad febril.[62]

Lo primero que llama la atención cuando nos acercamos al *Nuevo Testamento* resulta lo tardíos que son sus textos —no se empezaron a componer hasta el último cuarto del siglo I d.C. y primero del II d.C. (con excepción de las epístolas de Pablo, datadas entre el 51 y 67 d.C.)— y lo incomprensible y absurdo que parece el hecho de que quienes sí tenían mucho que atestiguar no escribieron nada o casi nada y, por el contrario, quienes no pudieron conocer nada directamente escribieron la inmensa mayoría del canon neotestamentario. Es tan ilógico como si una docena de historiadores o periodistas (que propagadores como ellos eran los apóstoles o enviados), presentes en el momento de producirse el mayor prodigio de la historia humana, hubiesen enmudecido totalmente y el hecho no se hubiese plasmado documentalmente ni dado a conocer hasta cuarenta años después y sólo gracias a los escritos deslavazados de un par de ayudantes de dos de esos supuestos testigos privilegiados. Veamos:

El *Evangelio de Marcos* es el documento más antiguo sobre la vida de Jesús de cuantos se dispone, pero Marcos ni fue discípulo de Jesús ni le conoció directamente sino a través de lo que, tras la crucifixión, le oyó relatar públicamente a Pedro. El *Evangelio de Lucas* y los *Hechos*, del mismo autor, son los documentos fundamentales para conocer el

62. El teólogo católico Raimon Panikkar apunta otra posibilidad, menos plausible, pero mucho más bella, cuando dice que «el cristianismo no es una religión del libro, sino de la Palabra, de la Palabra viva, del Logos encarnado que tuvo la ironía de no dejarnos apenas rastro de sus alocuciones para que no cayéramos en la tentación de identificarlo con las frases más o menos brillantes que hubiera podido decir». *Cfr.* Panikkar, R. (1993). El conflicto de eclesiologías: hacia un concilio de Jerusalén II. *Tiempo de Hablar* (56-57), p. 34.

origen y desarrollo de la Iglesia primitiva, pero resulta que Lucas, que tampoco fue apóstol, también escribe de oídas, componiendo sus textos a partir de pasajes que plagia de documentos anteriores, de diversas procedencias, y de lo que le escucha a Pablo, que no sólo no fue discípulo de Jesús sino que fue un fanático y encarnizado perseguidor del cristianismo hasta el año 37 d.C. (un año después de la crucifixión de Jesús).

Mateo sí fue apóstol, pero una parte de su *Evangelio* lo tomó de documentos previos que habían sido elaborados por Marcos (no apóstol). Queda Juan Zebedeo, claro, que ése sí fue apóstol... pero resulta que el *Evangelio de Juan* y *Apocalipsis* no son obra de éste sino de otro Juan; fueron escritos por un tal Juan el Anciano, un griego cristiano que se basó en textos hebreos y esenios y en los recuerdos que obtuvo de Juan el Sacerdote, identificado como «el discípulo querido» de Jesús (que no es Juan Zebedeo), un sacerdote judío muy amigo de Jesús que se retiró a vivir a Éfeso, donde murió a edad muy avanzada.

La sustancial aportación doctrinal de las *Epístolas* de Pablo resulta que proviene de otro no testigo que, además, acabó imponiendo unas doctrinas que eran totalmente ajenas al mensaje original de Jesús. Pedro, el jefe de los discípulos y «piedra» sobre la que se edificó la Iglesia, no escribió más que dos *Epístolas* de puro trámite —la segunda de las cuales es pseudoepigráfica, eso es redactada por otro— que no representan más que un 2% de todos los textos neotestamentarios. Santiago, hermano de Jesús y primer responsable de la Iglesia primitiva y, por ello, un testigo inmejorable, apenas aportó otro 1% al *Nuevo Testamento* con su *Epístola* (también de dudosa autenticidad).

Por paradójico que parezca, es obvio que entre los redactores neotestamentarios prevaleció una norma bien extraña: cuanto más cercanos a Jesús se encontraban, menos escritos suyos se aportaron al canon y viceversa. Francamente absurdo y sospechoso.

En fin, para ser breves, resulta que la inmensa mayor parte del testimonio en favor de Jesús, eso es el 79% del *Nuevo*

Testamento,[63] procede de santos varones que jamás conocieron directamente a Jesús ni los hechos y dichos que *certifican*. Tamaña barbaridad intentó ser apuntalada al declarar «inspirados» todos los textos del canon neotestamentario, pero entonces, dadas las infinitas contradicciones que se dan entre los propios *Evangelios* y sus inexactitudes históricas injustificables, se hizo quedar como un auténtico ignorante al mismísimo espíritu de Dios. ¡Menudo problema!

Las incoherencias tremendas que puede apreciar cualquiera que compare entre sí los cuatro evangelios canónicos, resultan tanto más chocantes y graves si tenemos en cuenta que estos textos fueron seleccionados como los mejores de entre un conjunto de alrededor de sesenta evangelios diferentes. Los textos no escogidos fueron rechazados por apócrifos[64] por la Iglesia y condenados al olvido. Buena parte de los apócrifos eran más antiguos que los textos canónicos y entre los rechazados había escritos atribuidos a apóstoles y figuras tan importantes como Tomás, Pedro, Andrés, Tadeo, Bartolomé, Pablo, Matatías, Nicodemo, Santiago... y textos tan influyentes en su época como el *Evangelio de los Doce Apóstoles.*[65]

63. De modo aproximado, el *Evangelio de Mateo* representa un 14% del total de los textos del *Nuevo Testamento*, el de *Marcos* un 7%, los escritos de *Lucas* un 23% —un 13% el *Evangelio* y un 10% *Hechos*—, los de *Juan* un 20% —un 10% el *Evangelio*, un 8% *Apocalipsis* y un 2% las *Epístolas*— y los textos de *Pablo* un 29%.

64. En un primer momento, por apócrifo se entendía un texto oculto, para uso privado y exclusivo de una secta religiosa judeocristiana determinada; pero con las primeras luchas para lograr el control de la ortodoxia cristiana, el concepto de apócrifo pasó a designar, primero, a escritos de autenticidad dudosa y, finalmente, a textos nada recomendables o sospechosos de ser heréticos.

65. Los interesados en profundizar en los textos apócrifos pueden acceder hoy día a diversidad de traducciones y colecciones publicadas. Una de las fuentes de consulta de este autor ha sido Kaydeda, J. M. (1986). *Los Apócrifos Jeshúa y otros Libros Prohibidos*. Madrid: Rea. Este libro —muy voluminoso y bellamente ilustrado— de mi buen amigo Kaydeda, al margen de ofrecer un estudio crítico y riguroso acerca de algunos aspectos básicos del cristianismo, contiene la traducción completa de unos cuarenta textos apócrifos que ponen un contrapunto muy interesante a los libros neotestamentarios canónicos.

Los cuatro evangelios canónicos citan a menudo textos que son originales de algún apócrifo y los primeros padres de la Iglesia, como Santiago, san Clemente Romano, san Bernabé o san Pablo, incluyeron en sus escritos supuestos dichos de Jesús procedentes de apócrifos. De hecho, los primeros apologistas cristianos no conocieron —o despreciaron— los textos canónicos de *Marcos*, *Mateo*, *Lucas* y *Juan*, y hasta san Justino (c. 100-165 d.C.) no encontramos en ellos más que citas basadas en evangelios apócrifos.

La selección de los evangelios canónicos se realizó en el concilio de Nicea (325) y fue ratificada en el de Laodicea (363). El *modus operandi* para distinguir a los textos *verdaderos* de los *falsos* fue, según la tradición, el de la «elección milagrosa». Así, se han conservado cuatro versiones para justificar la preferencia por los cuatro libros canónicos: 1) después de que los obispos rezaran mucho, los cuatros texos volaron por sí solos hasta posarse sobre un altar; 2) se colocaron todos los evangelios en competición sobre el altar y los apócrifos cayeron al suelo mientras que los canónicos no se movieron; 3) elegidos los cuatro se pusieron sobre el altar y se conminó a Dios a que si había una sola palabra falsa en ellos cayesen al suelo, cosa que no sucedió con ninguno; y 4) penetró en el recinto de Nicea el Espíritu Santo, en forma de paloma, y posándose en el hombro de cada obispo les susurró qué evangelios eran los auténticos y cuáles los apócrifos (esta tradición evidenciaría, además, que una parte notable de los obispos presentes en el concilio eran sordos o muy descreídos, puesto que hubo una gran oposición a la elección —por votación mayoritaria que no unánime— de los cuatro textos canónicos actuales).

San Ireneo (c. 130-200) aportó también un sólido razonamiento para justificar la selección de los libros canónicos cuando escribió que «el Evangelio es la columna de la Iglesia, la Iglesia está extendida por todo el mundo, el mundo tiene cuatro regiones, y conviene, por tanto, que haya también cuatro Evangelios. (...) El Evangelio es el soplo o relato divino de la vida para los hombres, y pues hay cuatro vientos cardinales, de ahí la necesidad de cuatro Evangelios. (...) El Verbo creador del universo reina y brilla sobre los querubines, los querubines tienen cuatro formas, y he aquí que el Verbo nos ha obsequiado con cuatro Evangelios».[66]

Uno de los muchos absurdos que heredamos a partir de ese episodio de selección de textos *inspirados* es de aúpa: dado que la autenticidad de los evangelios canónicos no estaba unánimemente reconocida por los obispos cristianos, hasta el punto de que tuvo que ser impuesta por la autoridad —de una votación mayoritaria en un concilio— de la Iglesia, ¿qué autoridad puede tener una Iglesia que hoy dice basar su autoridad en unos evangelios dudosos que ella misma tuvo que avalar cuando ni ella ni los textos gozaban aún de autoridad alguna?

Quiénes fueron en realidad los cuatro evangelistas y cuándo y cómo compusieron sus textos *inspirados*

Casi la mitad de los textos que conforman el *Nuevo Testamento* (el 44%) corresponden a los cuatro *Evangelios* canónicos —*Mateo*, *Marcos*, *Lucas* y *Juan*— que, básicamente, se ocupan de narrar la biografía, hechos y dichos de Jesús. Las contradicciones que existen entre ellos, incluso para reseñar algunos aspectos fundamentales de la vida de Jesús o de sus enseñanzas, llegan a ser tan notables, profundas y evidentes que sus traductores católicos no pueden menos que culpar a la «tradición oral» de «las diferencias muy frecuentes que se notan, sea en las modificaciones del plan general, sea en la agrupación de los sucesos o discursos, sea, finalmente,

66. Tamaña ciencia se apoyó en el texto del *Apocalipsis* que dice: «Después de esto vi cuatro ángeles que estaban de pie sobre los cuatro ángulos de la tierra, y retenían los cuatro vientos de ella para que no soplase viento alguno sobre la tierra...» (*Ap* 7,1); a pesar de que tal información procedía de la *inspiración* de Dios, no es más que un claro reflejo de la ignorancia de los humanos de esos días. Hoy, que sabemos que la tierra es redonda y que no tiene los cuatro ángulos que se le adjudicaba al imaginarla plana, ¿cuántos evangelios debería obsequiarnos el Verbo para ponerse al día con el mundo actual?

en el modo de componer la narración de cada relato. Mas por encima de todo esto se cierne la inteligencia de los autores sagrados, a quienes el Espíritu Santo inspiraba y guiaba en la ejecución de su obra, conforme a las miras especiales de cada uno y guardando su propio temperamento psicológico. De aquí resulta una variedad notable junto a una más que notable unidad, de cuya armonía proviene la admirable belleza de los evangelios».[67]

Sin cuestionar la belleza de los evangelios, que es obvia para cualquier lector culto, ya sea éste creyente o ateo, católico o budista, no puede menos que señalarse como una majadería monumental el pretender atribuir al «temperamento psicológico» de los evangelistas el que, como veremos en su momento, éstos aporten visiones totalmente dispares acerca de cuestiones tan fundamentales como son la virginidad o no de María, los aspectos clave del nacimiento de Jesús, la consustancialidad o no de Jesús con Dios, la resurrección física o no de Jesús, el entorno de sus apariciones y la posibilidad o no de su ascensión subsiguiente y un largo etcétera.

Antes de empezar a ocuparnos del contenido de los textos evangélicos, será necesario averiguar alguna cosa acerca de sus autores y del momento en que fueron redactados, y eso es lo que, de forma muy breve, nos proponemos hacer en las siguientes líneas.

El *Evangelio de Mateo* encabeza el canon del *Nuevo Testamento* católico y desde principios del siglo II se tiene a este apóstol por su autor. Leví, hijo de Alfeo, era un judío que trabajaba como recaudador de impuestos para el gobierno y al convertirse en enviado o apóstol pasó a llamarse Mateo. Es muy probable que fuese hermano de Santiago «el de Alfeo», también apóstol. La Iglesia católica defiende que la composición del texto tuvo lugar en la década del 50 al 60 d.C. o, como máximo, en una fecha cercana al año 70 d.C.,[68] pero la mayoría de expertos independientes sitúan su escritura hacia el 75-80 d.C. En el texto aparecen algunos datos que son de

67. *Cfr.* Nácar-Colunga (1979). *Op. cit.*, p. 1150.
68. *Cfr.* Nácar-Colunga (1979). *Op. cit.*, p. 1151.

fecha relativamente tardía, tales como las referencias a la destrucción de Jerusalén en el año 70 d.C., al papel de la Iglesia y de la disciplina eclesiástica y al retraso del Segundo Advenimiento[69] y a los testimonios de persecución de las autoridades romanas.

De acuerdo a las fuentes tradicionales, las actividades proselitistas de los apóstoles se desarrollaron durante el reinado del emperador Claudio (41-54 d.C.) y desde su inicio los misioneros iban provistos de dos breves documentos, redactados en hebreo, que se atribuyen a Mateo. Uno consistía en una recopilación de pasajes del *Antiguo Testamento* a los que, según se pretendía, Jesús había dado cumplimiento[70] y se dividía en cinco secciones, como el pentateuco de Moisés; el otro documento era una especie de antología de las enseñanzas de Jesús. El *Evangelio de Mateo*, tal como lo conocemos hoy, era llamado así porque, además del *Evangelio de Marcos*, utilizaba estas dos fuentes citadas y se dividía también en cinco libros con un prólogo y un epílogo. El Sermón de la Montaña refleja en buena parte el documento original que refería las enseñanzas de Jesús.[71]

El origen más probable del *Evangelio de Mateo*, en su redacción actual, se remonta hacia el año 90 d.C. en Egipto, donde existía una numerosa población judía —especialmente en Alejandría— que desarrolló una importante cultura helénico-judía de lengua griega cuyo máximo exponente fue el filósofo y exégeta Filón de Alejandría (c. 20 a.C.-50 d.C.).

69. *Cfr. Mt* 24, denominado «el Pequeño Apocalipsis» (y *Mc* 13 incide en lo mismo). Esta preocupación por el retraso del Segundo Advenimiento comenzó a inquietar muy seriamente a los cristianos a partir de la caída de Jerusalén en el año 70 d.C.; este y otros datos sugieren que la famosa *profecía* de la destrucción de Jerusalén (*Cfr. Lc* 19,41-44) fue escrita después de acontecido el hecho.

70. «Y Él les dijo: ¡Oh hombres sin inteligencia y tardos de corazón para creer todo lo que vaticinaron los profetas! ¿No era preciso que el Mesías padeciese esto y entrase en su gloria? Y comenzando por Moisés y por todos los profetas, les fue declarando cuanto a Él se refería en todas las Escrituras» (*Lc* 24,25-27).

71. *Cfr.* Schonfield, H.J. (1990). *El Nuevo Testamento original.* Barcelona: Martínez Roca, p. 77.

Para Schonfield, historiador y traductor de las *Escrituras*, nuestro actual *Mateo* es «una curiosa mezcla de materiales y puntos de vista tanto judíos como no judíos. Su estilo literario varía, por supuesto, con relación a las fuentes utilizadas. Pero el tono marcadamente hebraico de muchos pasajes puede resultar engañoso; se requiere un examen muy atento del texto para determinar que el autor propiamente dicho de la obra que conocemos no era judío. Tampoco fue un mero compilador, sino que dejó su impronta personal en el libro, especialmente en la forma de tratar el material de *Marcos* y destacar los elementos milagrosos. En ocasiones duplica el número de personas curadas, por ejemplo mencionando a dos endemoniados gadarenos y a dos ciegos de Jericó. También habla de dos asnos utilizados por Jesús para entrar en Jerusalén, por no entender el paralelismo poético del idioma hebreo».[72]

A partir de los datos históricos de la época, se sabe que la revuelta judía contra los romanos (67-70 d.C.) incrementó mucho el sentimiento antijudío entre los gentiles y, también, entre los cristianos de lengua griega —interesados éstos en aparecer ajenos a las actividades subversivas antirromanas de los nazarenos y otros grupos judíos con los que compartían fe mesiánica—, circunstancia que, obviamente, debía dejarse traslucir en los escritos públicos de esos días, tales como el *Evangelio de Mateo*. «De ahí —afirma Schonfield— la actitud hostil de este *Evangelio* para con los judíos y el judaísmo, sobre todo en relación con la crucifixión de Jesús, y ello pese a haber utilizado fuentes de carácter netamente judío, como lo refleja el Sermón de la Montaña.»[73]

El llamado *Evangelio de Marcos* fue escrito en realidad por un tal Juan de Jerusalén, de nombre latino *Marcus* (mencionado en *Hechos* 12,12, en I *Pedro* 5,13, etc). Fue ayudante de Pablo y Bernabé, a los que acompañó en su primera gira de predicación, pero, a causa de una disputa con Pablo (de quien no gustó que hablara del mesianismo de Jesús ante el pagano

72. *Ibíd*, p. 78.
73. *Ibíd*, p. 78.

Sergio Paulo, gobernador de Chipre), posteriormente pasó a viajar con Pedro —que le llamaba «mi hijo» (I *Pe* 5,13)—, del que se convirtió en su intérprete de griego. El texto muy probablemente se conformó en Italia, lugar que pasa por ser el último campo misional de Pedro antes de su muerte. Según asegura la tradición eclesiástica, Marcos, tras el martirio de Pedro (¿en el año 64-65 d.C.?, o en el 67 d.C. según la cronología oficial católica), se fue a evangelizar en Egipto. El *Evangelio* actual debió escribirse entre los años 75-80 d.C.[74]

Según relata Papías, obispo de Hierápolis, a principios del siglo II, Marcos «intérprete de Pedro, puso por escrito cuantas cosas recordaba de lo que Cristo había dicho y hecho, con exactitud, pero no con orden. No es que él hubiera oído al Señor..., pero siguió a Pedro, el cual hacía sus instrucciones según las necesidades de los oyentes; pero no narraba ordenadamente los discursos del Señor... De una cosa tenía cuidado: de no omitir nada de lo que había oído o de no fingir cosa falsa».[75]

La gran importancia histórica de este *Evangelio*, el segundo dentro del canon católico, radica en el hecho de ser el documento más antiguo —de los canónicos— de cuantos refieren la vida y obras de Jesús, aunque, en cualquier caso, no debe olvidarse que su final fue cortado después de *Mc* 16,8 (se ignora cuánto texto falta y cuál era su contenido) y un copista posterior añadió el fragmento que relata la aparición de Jesús a María Magdalena y a los discípulos y el llamado «fin del Evangelio» (*Mc* 16,9-20); el añadido parece basarse en datos que figuran en *Mateo* y en los *Hechos* de Lucas.

Lucas o Lucano, el autor del tercer evangelio canónico y de los *Hechos de los Apóstoles*, nació en Alejandría y fue compañero inseparable de Pablo en sus tareas de apostolado. Pablo lo identifica como «colaborador» (*Flm* 24) y «médico

74. En *Mc* 13 figura una revelación de Jesús a la iglesia de Jerusalén que tradicionalmente se supone recibida poco antes de la guerra judía contra los romanos y su inclusión sugiere que el *Evangelio de Marcos* no fue redactado hasta después de finalizada dicha guerra.

75. *Cfr.* Nácar-Colunga (1979), *Op. cit.*, p. 1198.

amado» (*Col* 4,14). San Ireneo señala en uno de sus textos que «Lucas, compañero de Pablo, escribió en un libro lo que éste predicaba», pero aspectos del contenido del texto —referidos, por ejemplo, a los conflictos previos a la caída de Jerusalén (70 d.C.) y a las persecuciones de los cristianos o los datos claramente extraídos de textos como *Contra Apión*, del historiador judío Flavio Josefo— parecen sugerir claramente que Lucas no compuso su *Evangelio* hasta finales del siglo I d.C. —la Iglesia católica, en cambio, sostiene que fue alrededor del año 60 d.C. y que los *Hechos* fueron escritos entre el 61-63 d.C.—. Defender la redacción tardía de este texto tiene mayor sentido en la medida que, en esos días, los cristianos precisaban un documento como este *Evangelio* para ganarse la confianza del Gobierno romano, que les había perseguido implacablemente bajo el mandato del emperador Domiciano (81-96 d.C.).

En época tan conflictiva, el *Evangelio de Lucas* procuró dar la imagen menos desfavorable posible de los perseguidores romanos, intentó suavizar los choques crecientes que se daban entre bandos ya escasamente reconciliables —judeocristianos y grecocristianos, seguidores de Jesús y de Juan Bautista, o discípulos de Pablo y de Pedro— e intentó frenar el estallido de sectarismo cristiano que se produjo tras la caída de Jerusalén cuando no se materializó el esperado e inminente Segundo Advenimiento del mesías Jesús.[76]

Lucas, tanto en el *Evangelio* como en los *Hechos*, que son su segunda parte, abordó la historia de los orígenes del cristianismo, pero lo hizo con una suerte muy dispar. Gracias a su atenta lectura de las obras del historiador Flavio Josefo, Lucas pudo *importar* buena parte de los datos fundamentales

76. A este respecto es bien ilustrativo lo que dice Pedro en sus epístolas (I *Pe* y II *Pe*). Así, por ejemplo: «Carísimos, no se os oculte que delante de Dios un solo día es como mil años, y mil años como un solo día. No retrasa el Señor la promesa, como algunos creen; es que pacientemente os aguarda, no queriendo que nadie perezca, sino que todos vengan a penitencia. Pero vendrá el día del Señor como ladrón, y en él pasarán con estrépito los cielos, y los elementos, abrasados, se disolverán, y asimismo la tierra con las obras que en ella hay» (II *Pe* 3,8-10).

que le serían necesarios para ambientar el contexto histórico en el que apareció y se desarrolló el cristianismo pero, tal como hace notar Hugh J. Schonfield, «nuestro autor, fuera quien fuere [se refiere a Lucas], tuvo ciertamente más problemas con la historia de Jesús que con la de la Iglesia primitiva, sobre todo en lo tocante al nacimiento e infancia de Jesús. Aquí, como en uno o dos pasajes más, *Lucas* se vio obligado a recurrir al *Antiguo Testamento* en busca de ayuda. Le sirvieron, a todas luces, los relatos del nacimiento de Sansón y de Samuel (en el texto griego de los *Setenta*[77]), y aun la autobiografía de Josefo, a propósito de un incidente de la infancia.

»*Lucas* —prosigue Schonfield— estaba enteramente dispuesto a apropiarse de cualquier dato que pudiera contribuir al logro de su objetivo, lo que en su época no se consideraba en modo alguno censurable. Así, puesto que se esperaba que el Mesías vendría de Belén a Judea, *Lucas* tenía que mostrar que Jesús había nacido allí, aunque el hogar de sus padres se encontrara en Galilea. O no conoció o pasó por alto el relato de *Mateo*. Se las ingenió, por ejemplo, para sacar partido del primer censo romano de Judea, referido por Josefo y tan aborrecido por los judíos, haciendo viajar a José con su esposa embarazada desde Galilea hasta Belén, la ciudad de David,

77. La llamada *Biblia de los Setenta*, que ya hemos mencionado en diversas ocasiones anteriormente, es la primera traducción al griego de los libros del *Antiguo Testamento*. La traducción —iniciada en origen por orden de Tolomeo II Filadelfos (Egipto, c. 287-246 a.C.), para uso de la importante colonia judía de Alejandría— se hizo necesaria ya que los judíos helenizados no conocían la lengua hebrea. La versión, a la que se atribuyó «inspiración divina» (*Cfr.* la *Carta de Aristeas*), adaptó algunos conceptos fundamentales del judaísmo al pensamiento griego; así, por ejemplo, el Yahveh de los textos hebreos pasó a ser el «Señor» (*Kyrios*) en esta traducción y, dado que los grandes filósofos de la época la habían emprendido contra las divinidades humanizadas del panteón griego, con el cambio, al dios de Israel se le hizo perder lo máximo posible de su acusada antropomorfización y se potenció su dimensión trascendente en detrimento de su desmesurado intervencionismo en los asuntos humanos. En alguna medida «sin edulcorar el nacionalismo de la literatura bíblica, la versión de los *Setenta* preparaba una síntesis religiosa tal vez más espiritual, que insistía en el monoteísmo y la universalidad de la ética judía» (*Cfr. Historia de las Religiones*. Siglo XXI, Vol. 5, p. 180).

a fin de efectuar la inscripción. Poco le importó a *Lucas* que este censo hubiera tenido realmente lugar en el 6-7 d.C. y no durante el reinado de Herodes, muerto en el año 4 a.C. En esencia, lo que *Lucas* trata de comunicar es ante todo un sentido de realismo, la convicción de que los misterios que son parte integrante del patrimonio cristiano no pertenecen al ámbito de la fábula. Su segundo propósito es el de reconciliar entre sí elementos dispares y conflictivos. Un caso típico a este respecto es su singular presentación de la madre de Jesús y la de Juan el Bautista como primas, de modo que sus respectivos hijos estén emparentados y tengan casi la misma edad».[78]

Con tal de lograr su propósito narrativo, *Lucas* introdujo con frecuencia fragmentos sobre hechos y dichos de Jesús fuera de su contexto original. Compárese, por ejemplo, *Lc* 10,25-29 con *Mt* 22,34-40 y *Mc* 12,28-34; en los tres pasajes se le pregunta a Jesús acerca de cuál es el mayor o primer precepto, pero mientras *Mateo* y *Marcos* ponen la cuestión en boca de un fariseo y un escriba, respectivamente, en un momento en el que Jesús ya está ejerciendo su ministerio en Jerusalén, *Lucas*, por el contrario, se la atribuye a un doctor de la Ley, ¡mientras Jesús aún va de camino hacia Jerusalén! Otra estrategia, pero para el mismo fin, se evidencia cuando el evangelista introdujo una larga parrafada de material doctrinal entre *Lc* 11 y *Lc* 18 que interrumpe el estilo de su propia narración, pero que había que meter a cualquier precio aunque ése no fuese un lugar adecuado para ello.

Mientras cuenta el viaje de Jesús hacia Jerusalén, *Lucas* situó primero a Jesús en Betania, pueblo vecino de Jerusalén (*Lc* 10,39), luego le hizo recorrer «ciudades y aldeas, enseñando y siguiendo su camino hacia Jerusalén» (*Lc* 13,22), a continuación le alejó de su destino ya alcanzado para situarlo en los dominios de Herodes Antipas, en Maqueronte, a muchos kilómetros al este de Jerusalén y más al sur (*Lc* 13,31-33)...; poco después le hizo desandar a Jesús lo mucho andado al afirmar «Yendo hacia Jerusalén atravesaba por entre Sama-

78. *Cfr.* Schonfield, H.J. (1990). *Op. cit.*, p. 134.

ria y la Galilea...» (*Lc* 17,11-12), es decir, se le hizo volver una enorme distancia hacia el norte, en dirección contraria a Jerusalén —donde ya estaba— con tal de poder narrar la curación de un leproso (*Lc* 17,11-19) que *Marcos*, la fuente de la que copió, había situado en Galilea (*Mc* 1,40-42); con una breve mirada a un mapa de la época (lo hay en cualquier *Biblia*) puede comprobarse cuán disparatada es la narración de *Lucas*.

En *Lc* 19,41-44 («El llanto sobre Jerusalén») se le atribuye a Jesús una *profecía* que fue narrada según lo ya descrito por el historiador Flavio Josefo tras la caída de Jerusalén (recordemos que este evangelio se escribió mucho después de este hecho). Al describir el juicio de Jesús ante Pilato, presentó a este último como un pusilánime que desconocía la propia ley romana de la que era garante (*Lc* 23,3-4) —el delito de declararse «rey de los judíos», del que el mismo Jesús se había hecho convicto, era de alta traición contra el César y se castigaba con la pena capital—, lo cual no sólo era absurdo sino absolutamente imposible en un representante imperial. No debe pasar desapercibido, tampoco, que la descripción de *Lucas* acerca de la aparición y ascensión de Jesús (*Lc* 24,36-53) es muy similar al ya existente mito romano sobre la aparición y ascensión de Rómulo tras su muerte (recogido por Plutarco en sus *Vidas paralelas*).

En fin, tal como acreditan decenas de aspectos similares a los citados, en este *Evangelio* es evidente que la *inspiración divina* se había tomado unas merecidas vacaciones después de ver cómo la ciudad santa de su pueblo elegido había sido arrasada por los romanos.

En los *Hechos de los Apóstoles* Lucas describió la organización y el desarrollo de la Iglesia primitiva en Jerusalén y continuó con su estrategia de disimular los graves conflictos que enfrentaban a los cristianos judíos y no judíos. El texto no habla de todos los apóstoles ya que le cedió casi todo el protagonismo de su narración a Pablo y, de los doce, sólo Pedro adquiere alguna relevancia. *Hechos* es un documento de cristianismo paulino o «normativo» que resulta muy parcial ya que sólo defiende las posturas de Pablo, satanizando a todos cuantos se le enfrentan, incluido Santiago «el hermano del Señor».

A pesar de las grandes lagunas históricas que el texto cultiva expresamente y del empeño en difuminar las creencias mesiánicas de los seguidores judíos de Jesús, el escrito muestra de forma palmaria el hecho de que el cristianismo, en sus inicios, no fue ninguna nueva religión sino un movimiento o secta judaica mesiánica encabezada por Jacobo (Santiago), el hermano de Jesús que fue ejecutado por Anano hacia el año 62 d.C., una realidad que se ha visto plenamente demostrada en uno de los descubrimientos arqueológicos más importantes de la historia: el de los llamados *Manuscritos de Qumran*, una colección de textos de la comunidad esenia encontrados en 1947 en una cueva cercana al mar Muerto. Sobre estos manuscritos esenios, que describen la organización y creencias de las primeras comunidades cristianas y, especialmente, sobre el contenido paulino de los *Hechos*, volveremos más adelante.

El *Evangelio de Juan*, el cuarto de los canónicos, es, quizás, el texto más entrañable y querido por los creyentes católicos debido al fuerte contenido emocional con que impregna todo lo referente a Jesús. La tradición atribuye su redacción al apóstol Juan, el hijo de Zebedeo, al que se identifica con «el amado de Jesús» que en la última cena «estaba recostado en el seno de Jesús» (*Jn* 13,23), pero los análisis de contenido y estructura de los textos joánicos,[79] realizados por expertos independientes, han descartado tal autoría.

A juicio de cualquier profano en la materia, resulta imposible que un pescador de carácter violento[80] e inculto como

79. Conformados por el *Evangelio*, que es anónimo aunque se autoatribuye relación con alguien designado como el «discípulo amado» de Jesús; dos cartas (II *Jn* y III *Jn*), escritas por alguien que se autodenomina «el Anciano» o «Presbítero»; un discurso (I *Jn*), anónimo, pero asimilable al redactor de las dos cartas anteriores; y el *Apocalipsis* o *Revelación*, que dice claramente haber sido escrito por un tal «Juan» y que presenta algunas diferencias lingüísticas con los otros autores detectados.

80. Recordemos que Jesús les apodó a él y a su hermano Santiago como *Bonaergés*, los «tempestuosos» o «hijos del trueno» (*Mc* 3,17).

era el apóstol Juan pueda escribir unos textos tan brillantes e intelectuales como los joánicos (por mucha *inspiración divina* que se le quiera adjudicar). Pero la mirada atenta de los expertos en exégesis bíblica y lenguas muertas va mucho más allá de la mera sospecha y aporta datos y razonamientos contundentes. A continuación reproducimos un fragmento de la valoración que, sobre estos textos, hace el erudito Hugh J. Schonfield.[81]

«Gran parte del *Evangelio* consta de discursos de Jesús. Cuando éstos se prologan, aparecen tratados al modo griego, es decir, con preguntas o comentarios intercalados por los oyentes (en el presente caso los judíos o los discípulos), que llevan así adelante el discurso. Si se comparan estas "charlas" y otros dichos de Jesús con su manera de expresarse en los demás *Evangelios*, es obvio que no está hablando el mismo hombre.

»El Jesús de los *Evangelios* sinópticos[82] habla a la manera judía, en cuanto a temas y construcción, como puede notarse en el Sermón de la Montaña. El Jesús del *Evangelio* de Juan, en cambio, emplea la más de las veces un lenguaje totalmente distinto, el de un no judío, y a menudo un estilo pretenciosamente extranjero. Al referirse a la Ley dada a Moisés, dice "vuestra Ley", en lugar de "nuestra Ley", y declara: "Todos los que vinieron antes de mí fueron ladrones y salteadores." Incluso alude a Dios identificándolo consigo mismo, al decir: "Yo y mi Padre somos uno."

»Es evidente que todo ese material relativo a Jesús fue compuesto por un griego cristiano, y, si comparamos el lenguaje y estilo, hay buenas razones para estimar que a él se debe también la redacción de la *Primera Carta de Juan* (Juan el Anciano). Este Juan aún vivía hacia el año 140 d.C., en la región de Asia Menor, y Papías de Hierápolis lo menciona como a alguien capacitado para relatar cosas dichas y hechas por Jesús. Esta fecha es claramente demasiado tardía para que

81. *Cfr.* Schonfield, H.J. (1990). *Op. cit.*, pp. 395-397.

82. Los de Mateo, Marcos y Lucas. Se les denomina «sinópticos» porque en el plano literario se encuentran íntimamente vinculados.

siguiera en vida cualquier discípulo inmediato de Jesús. ¿A qué reminiscencias, pues, tuvo acceso este Juan?

»La respuesta es que un discípulo directo de Jesús, como sabemos, estuvo viviendo en Éfeso hasta principios del siglo II, y allí Juan el Anciano pudo haberse encontrado con él. Este discípulo se llamaba también Juan. En su *Historia eclesiástica*, Eusebio comenta que en Éfeso se hallaban las tumbas de los dos Juanes. La información le venía de una carta escrita por Polícrates, obispo de Éfeso, a Víctor de Roma. Polícrates hacía esta importante declaración: "Por lo demás, Juan, que descansó en el seno de nuestro Señor y fue sacerdote, llevando la insignia sacerdotal, testigo y maestro, reposa también en Éfeso."

»El "discípulo querido" se revela así como sacerdote judío, lo cual es coherente con lo que se dice en el cuarto *Evangelio*, donde deja entrever su oficio sacerdotal en los recuerdos que forman parte del texto. Sus referencias al ritual judío y al culto del templo son exactas, como también cuando habla de los sacerdotes que no entran en el pretorio de Pilato para evitar la impureza. Él mismo no penetrará en el sepulcro donde Jesús había sido depositado hasta que sepa que no hay ya allí ningún cadáver. Pertenecía a una distinguida familia sacerdotal judía y lo conocía personalmente el sumo pontífice. Poseía una casa en Jerusalén, y después de la crucifixión hospedó en ella a la madre de Jesús. Naturalmente conoce bien la topografía de Jerusalén, y asimismo introduce y explica palabras arameas. Hay que deducir que la casa de Juan el Sacerdote, con su amplia estancia superior, sirvió de escenario a la Cena Pascual o "Última Cena", donde el "discípulo querido", como dueño de la casa, ocupó el puesto de honor junto al de Jesús y pudo así apoyarse en el pecho del Mesías,[83] como relata el *Evangelio*. Asistieron, pues, a la Cena, catorce personas.

»La tradición refiere que el "discípulo querido" vivió

83. La escena se entiende como más normal si pensamos en la forma tradicional de sentarse a la mesa que tenían los comensales de aquella época: estirados junto a la mesa en divanes, con los pies hacia fuera y con un hombro tocando al del vecino.

posteriormente en Éfeso hasta una edad muy avanzada (*Cfr. Jn* 21,22-23), y allí lo persuadieron a que dictara sus memorias acerca de Jesús. Éstas parecen haber pasado a constituir el cuarto *Evangelio*, jalonadas por una serie de indicaciones para establecer que Jesús es el Mesías (...) Tenemos así la prueba de que el *Evangelio* de Juan, tal como lo conocemos, es un documento de composición heterogénea. Su base son las memorias de Juan el Sacerdote, quien aparece inicialmente como discípulo de Juan el Bautista,[84] lo que lo vincula con los esenios. El que Juan el Sacerdote fuera un estudiante provecto de mística judía ayuda a explicar el atractivo de su obra para "el Anciano" griego. El *Evangelio* encierra en sus partes narrativas muchos elementos característicos del autor de la *Revelación*, mientras ésta, en sus Mensajes a las Siete Comunidades y otros lugares, contiene mucho material típico del autor de la mayoría del texto del presente *Evangelio*.»

Si leemos atentamente el texto del *Evangelio* —que fue compuesto muy tardíamente, hacia finales de la primera década del siglo II—, vemos que, efectivamente, tanto en *Jn* 19,35 como en *Jn* 21,24, el redactor del texto, el griego Juan el Anciano, se diferencia claramente a sí mismo de la persona que es la fuente de su historia y testigo de los hechos anotados, eso es el judío Juan el Sacerdote.[85] Más tarde, en I *Jn* 1,1, por ejemplo, la personalidad del redactor pretende amalgamarse a la del relator bajo el subterfugio de emplear el primero una narración en primera persona del plural,[86] pero eso no evita el poder distinguir entre uno y otro.

En lo tocante al *Apocalipsis* o *Revelación* (que éste es su significado), cabe destacar que es un libro que pertenece a un género específico de escritos judíos, denominados apocalíp-

84. *Cfr. Jn* 1,35-40.

85. Los textos citados son: «El que lo vio da testimonio, y su testimonio es verdadero; él sabe que dice verdad para que vosotros creáis» (*Jn* 19,35). Y: «Éste es el discípulo que da testimonio de esto, que lo escribió, y sabemos que su testimonio es verdadero» (*Jn* 21,24).

86. «Lo que era desde el principio, lo que hemos oído, lo que hemos visto con nuestros ojos, lo que contemplamos y palparon nuestras manos tocando al Verbo de vida» (I *Jn* 1,1).

ticos, que aparecieron con fuerza hacia el 160 a.C. y se caracterizan por lo florido de sus visiones y de la simbología empleada en las narraciones. Los místicos judíos se inspiraron en la simbología babilónica y persa para concretar sus *visiones*, pero ampliaron y adaptaron esos símbolos para poder emplearlos en su peculiar contexto monoteísta y mesiánico. Este tipo de literatura era empleada con frecuencia para dar fuerza dramática a hechos ya acaecidos o en curso y para arropar el lenguaje profético sobre sucesos aún por venir.

«La *Revelación* (o *Apocalipsis*) *de Jesucristo* es un modelo tan excelente de la literatura en cuestión que su autor sólo puede haber sido un especialista —señala Schonfield[87]—, familiarizado además íntimamente con el templo y sus misterios y versado en la interpretación escatológica del *Cántico de Moisés* (*Dt* 32). Dicho autor piensa en hebreo, y los sonidos de ciertas palabras hebreas entran en sus visiones. El griego en que escribe no es muy literario. Si el nombre de Juan, con el que el libro designa al vidente y narrador, no es un seudónimo, puede muy bien atribuirse a Juan el Sacerdote, el "discípulo querido" de Jesús (...) discípulo del predicador profético de los Últimos Tiempos, Juan el Bautista,[88] lo que hace ya muy probable su asociación con los grupos místico-proféticos judíos, como el de los esenios. El cuarto *Evangelio* sugiere también que pertenecía a una familia sacerdotal, (...) es ciertamente poco verosímil que alguien que no fuera sacerdote supiese tanto de todo lo relativo al templo de Jerusalén como el autor de la *Revelación*.»

Dada la tremenda complejidad del lenguaje simbólico empleado en el *Apocalipsis*, este texto ha dado pie a todo tipo de especulaciones esotérico-místicas y paranoias[89] y se ha ga-

87. *Cfr.* Schonfield, H. J. (1990). *Op. cit.*, p. 452.

88. *Cfr. Jn* 1,35-40.

89. Muchos líderes de sectas destructivas actuales tienen el *Apocalipsis* de Juan como libro de cabecera para *fundamentar* muchas de sus alucinaciones y abusos; algunos de ellos (como Charles Manson, Jim Jones, David Koresh, etc.) se han basado en pasajes de este texto para desencadenar y justificar el asesinato de decenas de personas. *Cfr.* Rodríguez, P. (1989). *El poder de las sectas*. Barcelona: Ediciones B.

nado la fama de ser «profundamente misterioso». Pero el lector que quiera acceder fácilmente a desvelar tanto supuesto misterio no tiene más que leer la traducción que del texto hace el ya tantas veces citado Hugh J. Schonfield;[90] su dominio de la cultura judía antigua y de la exégesis bíblica le permite aportar a cada párrafo del original una serie de anotaciones y comentarios históricos tan razonables y documentados que el *Apocalipsis* acaba por adoptar un sentido claro y concreto y, en buena medida, ajeno a la interpretación católica del mismo.

San Pablo: el judío «advenedizo» que fundamentó un cristianismo a la medida de sus delirios místicos y frustraciones personales

Casi un tercio de los textos neotestamentarios llevan la firma de Pablo y son los documentos cristianos más antiguos que se conservan, ya que fueron redactados mucho antes que los *Evangelios* y el resto de libros canónicos. Se trata de una serie de cartas, escritas —dictadas, más bien, puesto que Pablo tenía muy mala visión— entre los años 51 y 63 d.C. y destinadas a trasladar sus instrucciones, sobre cuestiones organizacionales o doctrinales, a diferentes comunidades cristianas.

Pero es necesario señalar que la mitad de las catorce epístolas de Pablo que se incluyen en el *Nuevo Testamento* son pseudoepigráficas, es decir, escritas por personas ajenas a Pablo aunque firmadas con su nombre. Desde el siglo pasado, los eruditos en exégesis bíblica han demostrado la falsedad de la autoría *paulina* de la epístola *A los Hebreos*, de las dos *A Timoteo*, de la de *A Tito*, de la segunda *A los Tesalonicenses* y han manifestado muy serias dudas acerca de la supuesta autenticidad de las epístolas *A los Colosenses* y *A los Efesios*.

Saulo de Tarso, que ése era su nombre judío antes de darse a conocer como Pablo, fue un hombre de un talento y una

90. *Cfr.* Schonfield, H. J. (1990). *Op. cit.*, pp. 455-481.

capacidad organizadora indiscutibles —que ha llegado a ser conocido como el «apóstol de los gentiles» a pesar de haber sido un perseguidor feroz de los cristianos y de no haber pertenecido jamás al círculo de discípulos de Jesús— y acabó por convertirse en la figura clave para el desarrollo y expansión de la nueva religión.

El *apóstol* Saulo nació en la ciudad de Tarso (Cilicia), en el seno de una familia judía bastante acomodada, poseía la ciudadanía tarsiota y romana —un enorme privilegio en esos días— y recibió una esmerada educación griega además de la rabínica. Desde su adolescencia fue enviado a estudiar con Gamaliel el Viejo, rabino de Jerusalén y reconocido «doctor de la *Ley*» fariseo, de quien aprendió la exégesis (interpretación) bíblica al modo rabínico de la escuela de Hillel; en esos días nació también su gran interés por el ocultismo y el misticismo fariseo —que tenía muchos puntos de encuentro con las doctrinas de los esenios—, que marcaría el resto de su agitada existencia.

Saulo, condenado a sobrellevar un carácter muy difícil, depresivo, fanático y paranoide, y una salud física muy endeble, intentó compensar sus problemas personales encerrándose progresivamente en sí mismo hasta el punto de llegar a vivir totalmente ajeno a la dura realidad que amargaba la existencia a sus conciudadanos judíos, sometidos a la opresión del invasor romano. Saulo se volcó en un mundo espiritual muy personal, que le llevó a experimentar, según él, algunos episodios místicos y que, finalmente, le condujo a verse a sí mismo como el enviado mesiánico destinado a preparar el camino para el inminente retorno del «hijo del Hombre» celeste —recuérdese *Dan* 7,13—, que vendría a la tierra para resucitar a los muertos y para establecer el «reino de Dios».

El fanatismo de Saulo iba acompañado, lógicamente, de un comportamiento violento. Así, en el libro de los *Hechos de los Apóstoles* se narra la participación directa de Saulo en el asesinato mediante lapidación de Esteban (c. 30-31 d.C.) y se dice de él que «devastaba la Iglesia, y entrando en las casas, arrastraba a hombres y mujeres y los hacía encarcelar» (*Act* 8,3); por su trayectoria ideológica y su amor por la violencia, es muy probable que Saulo formase parte del partido extremista de los zelotas.[91]

El encarnizamiento de Saulo de Tarso contra los cristianos quedó patente en el famoso pasaje de *Act* 9,1-9: «Saulo, respirando amenazas de muerte contra los discípulos del Señor, se llegó al sumo sacerdote, pidiéndole cartas de recomendación para las sinagogas de Damasco, a fin de que, si allí hallaba quienes siguiesen este camino, hombres o mujeres, los llevase atados a Jerusalén. Cuando estaba de camino, sucedió que, al acercarse a Damasco, se vio de repente rodeado de una luz del cielo; y al caer a tierra, oyó una voz que decía: Saulo, Saulo, ¿por qué me persigues? Él contestó: ¿Quién eres, Señor? Y Él: Yo soy Jesús, a quien tú persigues. Levántate y entra en la ciudad, y se te dirá lo que has de hacer. Los hombres que le acompañaban quedaron atónitos oyendo la voz, pero sin ver a nadie. Saulo se levantó de tierra, y con los ojos abiertos, nada veía. Llevaronle de la mano y le introdujeron en Damasco, donde estuvo tres días sin ver y sin comer ni beber.»

El suceso parece milagroso, sin duda, pero, casi dos mil años después del acontecimiento, estamos en condiciones de poder darle varias explicaciones razonables y bastante más satisfactorias que la de la supuesta aparición de Jesús. Por todo lo que conocemos de la vida y personalidad de Saulo, el episodio alucinatorio pudo estar relacionado con alguno de los ataques de epilepsia que padecía regularmente, con una insolación severa, con un brote psicótico o con una reacción histérica (neurosis de conversión); psicopatologías, estas últimas, en las que no sólo suelen oírse voces sino que también, particularmente en la neurosis de conversión, se dan casos en los que se emiten voces —irreconocibles, ya que se habla mediante sonidos guturales y/o ventriloquia involuntaria—, que producen un gran impacto emocional en las personas crédulas que las oyen.[92]

91. Cuando, muchos años después, Pablo, ya cristiano, fue arrestado en Jerusalén, los zelotas le persiguieron a él con particular saña ya que lo consideraban un renegado (*Act* 23 a 25).

92. Las histerias o neurosis de conversión son el desorden psicopato-

Sin contar la amplísima literatura científica, psiquiátrica y psicológica, que refiere casos parecidos al de Saulo, este autor, en el gabinete asistencial que dirige, ha trabajado directamente con una veintena de personas con experiencias absolutamente equiparables a la citada; todos ellos referían que oían voces y las relacionaban con hechos biográficos pasados (que les generaban una alta culpabilidad; tal como pudo ser el caso de Saulo, perseguidor y asesino de cristianos) y con acontecimientos futuros (*profecías*), todos ellos podían identificar perfectamente a la o las personas que decían escuchar y la mayoría de ellos atribuía la voz a Dios, Jesucristo o la Virgen, puesto que hoy, como ayer, los delirios estructurados de contenido místico son los más frecuentes.

En el mundo actual, miles de personas están viviendo experiencias como la de Saulo pero, a pesar de que algunas de ellas han acabado fundando sectas religiosas de todo tipo, basta con recurrir a los psicofármacos modernos para volver a tener una vida normalizada y sin alucinaciones *divinas*. Sin embargo, resulta evidente, en el Damasco de Saulo aún no se había inventado neurolépticos como el Haloperidol.

Un profundo conocedor de la vida y obra de Pablo como es Hugh J. Schonfield, aporta datos relevantes para conocer mejor al personaje cuando, en uno de sus libros,[93] expone que «por los escritos de Pablo, quienes están familiarizados con tales cuestiones pueden deducir que, de joven, se dedicó a una rama particular del ocultismo judío, con todos los riesgos que ello comportaba, tanto físicos como mentales, pu-

---

lógico que suele subyacer debajo de episodios como las «posesiones» —que también acostumbran ir acompañadas de una «tormenta de movimientos» parecida a un ataque epiléptico—, las «apariciones de la Virgen» —en las que una histérica habla imitando «su» voz ¡¿?!—, o el «hablar lenguas» —balbucear sonidos ininteligibles— que se da en los rituales de algunas sectas cristianas. En el caso de Saulo se dan con precisión los habituales síntomas somáticos y funcionales de la neurosis de conversión (*Cfr.* Vallejo-Nágera, J. A. y otros (1991). *Guía práctica de Psicología*. Madrid: Temas de Hoy, pp. 603-606, o cualquier otro manual especializado).

93. *Cfr.* Schonfield, H. J. (1987). *Jesús ¿Mesías o Dios?* Barcelona: Martínez Roca, p. 62.

diéndose defender la idea de que su antagonismo violento y obsesivo contra los seguidores de Jesús surgió en buena medida de su propia creencia secreta de ser el Mesías destinado a "iluminar a las naciones". (...)

»Tras la experiencia psíquica de Pablo, debida quizás a un ataque epiléptico, como resultado de la cual aceptó a Jesús como el Mesías, se retiró al norte de Arabia para enfrentarse con sus problemas, y fue allí donde experimentó "un exceso de revelaciones". No se había equivocado en su creencia de juventud, en el sentido de ser un elegido para llevar el conocimiento de Dios a los gentiles. La voz que le había hablado le confirmó lo que él ya sabía en el fondo de su corazón. Ahora comprendió lo que le había ocurrido: había sido señalado por Dios como agente personal y representante del Mesías para llevar a cabo su poderosa obra en el mundo hasta que el propio Jesús regresara rodeado de gloria para inaugurar el reino de los justos sobre la tierra. En consecuencia, actuaría, viviría y hablaría siguiendo el mandato del Mesías celestial que era su maestro. Concebía su posición como la de un esclavo de plena confianza, que mantenía unas relaciones tan íntimas con su amo, que gozaba tanto de su confianza que, en la práctica, era como su *alter ego*. Él era la *eikon* (imagen) del Mesías, del mismo modo que el Mesías era la *eikon* de Dios. Estaba convencido de que, por la gracia de Dios, había sido juzgado y sentenciado para asumir una nueva identidad reflejo de la presencia de Cristo».[94]

La fecha más probable de la *conversión* de Saulo debió ser alrededor de un año después de la crucifixión de Jesús; y aunque se la relata por tres veces en el libro de los *Hechos*, en todas ellas se la presenta de forma relativamente divergente.[95] Ganado ya para el evangelio, se desconoce si en sus primeros tiempos de predicación optó por propagar las ideas de los

94. Tan es así que el propio Pablo dice de sí mismo: «Yo por la misma Ley he muerto a la Ley, por vivir para Dios; estoy crucificado con Cristo, y ya no vivo yo, es Cristo quien vive en mí. Y aunque al presente vivo en carne, vivo en la fe del Hijo de Dios, que me amó y se entregó por mí» (*Gál* 2,19-20) y «que nadie me moleste, que llevo en mi cuerpo las señales del Señor Jesús» (*Gál* 6,17).

95. *Cfr. Act* 9, 22 y 26.

apóstoles, la visión de los cristianos helenistas o su propia y peculiar versión cristológica; es muy plausible que Pablo comenzara acogiéndose a las ideas defendidas por la Iglesia de Damasco, para luego ampliarlas con las enseñanzas que los apóstoles impartían desde Jerusalén, pero que, finalmente, al no coincidir éstas exactamente con la misión que él mismo se había arrogado, acabaron siendo arrinconadas a medida que fue elaborando el *corpus* de su «cristianismo paulino».

Desde su llegada a Antioquía, junto a Bernabé, Pablo se encontró con una situación absolutamente insólita: los misioneros judeo-helenistas, mucho más laxos que sus correligionarios judíos de Jerusalén, habían afiliado al cristianismo a paganos incircuncisos cuando, por entonces, no podían ser cristianos más que los judíos debidamente circuncidados. Ante esa realidad, el pragmatismo y el furor adoctrinador de Pablo le llevaron a aceptar como «un signo divino» ese hecho y a especializarse en el apostolado entre los gentiles, una labor a la que dedicará toda su vida y que realizará con una eficacia tremenda a pesar de no perder jamás su espíritu judío.

«En bastantes aspectos Pablo sigue pensando como un judío —sostiene Étienne Trocmé—, al igual que los discípulos de Jerusalén y que los mismos helenistas. Su doctrina del Dios único, personal, creador y dueño de la historia, que exige de los hombres un cierto comportamiento y ha hecho de Israel su pueblo de elección, podría ser perfectamente la de un rabino; su concepción de la *Sagrada Escritura* y de la exégesis empleada para extraer de ella su sentido profundo es igualmente judía, por más que incluya elementos tomados del judaísmo helenístico y del esenismo, en materia de exégesis alegórica o tipológica; su antropología y su noción de pecado continúan estando muy próximas a las de los autores bíblicos; finalmente, las concepciones apocalípticas que aún aparecen en el segundo término de sus escritos se amoldan perfectamente a los clichés habituales de la literatura judía sobre este tema. Hay que recordar, de todas formas, que Pablo jamás renegó del judaísmo, que hasta el fin continuó observando determinadas prescripciones mosaicas cuando las circunstancias lo permitían (*Act* 21), y que, a pesar de las afrentas que en todas partes le infligieron las autoridades de la sinagoga, nunca abandonó la esperanza ardiente en la salvación final de Israel (*Rom* 9-11).»[96]

Insultado en todas partes incluso por los suyos, los judíos, atormentado por sus males físicos y por sus crisis emocionales, y acomplejado por su aspecto poco agraciado,[97] Pablo puso su máxima energía en hacerse reconocer ante sus seguidores como apóstol,[98] un título que confería la máxima autoridad y poder a quien lo llevara ya que significaba ser representante directo de Jesús de Nazaret. Resulta obvio que Pablo mentía, ya que nunca conoció a Jesús ni, mucho menos, fue discípulo o apóstol suyo, pero su *convicción* —que en lenguaje diagnóstico psiquiátrico actual podría denominarse más bien como «trastorno delirante paranoide de tipo grandioso»— de ser el intérprete de la voluntad de Dios y de Cristo no tenía por qué fijarse en minucias de ese tipo; de ahí su personalismo y autoritarismo y la forma perentoria en que están redactadas sus epístolas a las diferentes comunidades

96. *Cfr. Historia de las Religiones.* Siglo XXI, Vol. 5, pp. 257-258.

97. Según la primitiva tradición cristiana, Pablo era un hombre más bien feo, calvo, de nariz ganchuda y piernas arqueadas, corto de vista y con un defecto en el habla.

98. Así, por ejemplo, en el encabezamiento de su *Epístola a los Gálatas* dijo de sí mismo: «Pablo, apóstol no de hombres ni por hombres, sino por Jesucristo y por Dios Padre, que le resucitó de entre los muertos, y todos los hermanos que conmigo están, a las iglesias de Galacia...» (*Gál* 1,1-2). Sin variar un ápice el significado, está más claro el sentido y es más correcta la traducción de este párrafo de la manera que sigue: «Pablo, enviado —no de parte de hombres ni por nombramiento de ningún hombre, sino por Jesucristo y Dios Padre que lo resucitó de entre los muertos—, y a todos los hermanos que están conmigo, a las comunidades de Galacia...» (*Cfr.* Schonfield, H. J. (1990). *Op. cit.*, p. 251). O al referir la aparición de Jesús ante él, empleando la falsa modestia de los *iluminados*, dijo: «Porque yo soy el menor de los apóstoles, que no soy digno de ser llamado apóstol, pues perseguí a la Iglesia de Dios. Mas por la gracia de Dios soy lo que soy, y la gracia que me confirió no resultó vana, antes me he afanado más que todos ellos, pero no yo, sino la gracia de Dios conmigo» (I *Cor* 15, 9-10). O en *Rom* 1,1 al afirmar: «Pablo, siervo de Cristo Jesús, llamado al apostolado, elegido para predicar el Evangelio de Dios...» Y de este mismo tono son todos los encabezamientos de sus cartas.

por él fundadas que, por lo demás, dado que estaban integradas por el estrato social más bajo, no se distinguían precisamente por sus cualidades morales.

Pablo, haciendo gala de un egocentrismo y una presunción inaudita, llegó a situar su conocimiento *revelado* acerca de «la voluntad de Cristo» por encima del testimonio que los apóstoles habían recibido directamente de Jesús mientras predicó y, para colmo, pretendió adoctrinar a los mismísimos apóstoles con enseñanzas que eran totalmente contrarias a las difundidas por Jesús. No es de extrañar, pues, que Pablo fuese un personaje odiado por los primeros responsables de la Iglesia cristiana, para quienes era poco más que un advenedizo sin escrúpulos; por esta razón, cuando Pablo fue detenido por los romanos no recibió el menor apoyo o ayuda por parte de las iglesias de Jerusalén y de Roma.

De hecho, la mayoría de las epístolas de Pablo reflejan sus constantes enfrentamientos con Santiago, el hermano de Jesús, y con los apóstoles Pedro y Juan, que en esos días constituían la autoridad central del cristianismo en Jerusalén y pretendían un Israel cristiano que cumpliera la *Ley* mosaica, obligación a la que se opuso Pablo con ferocidad hasta que forzó que en sus comunidades de gentiles, los llamados «prosélitos de la puerta», se obviara la obligada observancia de la *Ley*.

En la doctrina paulina se encuentran algunos trazos a resaltar, como la gran importancia que le dio a la vida comunitaria, que intentó robustecer potenciando al máximo la reunión de los correligionarios en la «cena del Señor» y, más tarde, definiendo la comunidad de los creyentes como el cuerpo mesiánico cuya cabeza es Cristo; o la defensa de la tesis, de enorme trascendencia religiosa y social en esos días, de que los conversos cristianos gentiles —eso es los no judíos— desde el mismo momento en que aceptaban al Mesías pasaban automáticamente a formar parte de Israel —por estar en el Mesías y sujetos a él como rey de Israel— y sus pecados les eran perdonados.[99] Del pensamiento griego, que Pablo conocía muy bien

99. Resulta obvio que Pablo justificó su idea revolucionaria, en el sentido exacto del término, mediante una *revelación* personal. Con la sin-

aunque no le entusiasmaba (I *Cor* 1), tomó nociones como las de «conciencia», «naturaleza» o «utilidad» que hasta entonces eran desconocidas para el pensamiento bíblico.

Pero lo más original y esencial del sello paulino reside en su afirmación explícita de la preexistencia de Cristo y del papel fundamental de éste después de su resurrección. Pablo no concibió a Jesús como un dios encarnado, ni tampoco lo imaginó como la Segunda Persona de la Trinidad, puesto que él identificaba al Jesús de la ascensión con el «Hijo del hombre» de los místicos judíos. Según la rama del ocultismo judío denominada *Maaseh Bereshith* —de la que Pablo fue iniciado y que se ocupaba de extraer enseñanzas de la creación del hombre tal como se presenta en el *Génesis*—, Dios creó al Hombre Celestial a su imagen, como Arquetipo (Hijo del hombre) conforme al cual fue formado Adán. Pablo integró perfectamente esta creencia y la adaptó a sus intereses al postular que el Hombre Celestial o «Mesías de Arriba» se encarnó en Jesús, el «Mesías de Abajo», haciendo así de él el Segundo Adán.[100]

---

gular falsa modestia que caracteriza sus escritos, Pablo, después de tratar los pormenores de la «reconciliación de judíos y gentiles por Cristo» (*Ef* 2,11-21), afirmó: «A mí, el menor de todos los santos, me fue otorgada esta gracia de anunciar a los gentiles la insondable riqueza de Cristo e iluminar a todos acerca de la dispensación del misterio oculto desde los siglos en Dios, creador de todas las cosas, para que la multiforme sabiduría de Dios sea ahora notificada por la Iglesia...» (*Ef* 3,8-10). No deja nunca de sorprender el empeño que ponen todos los redactores bíblicos en hacer que Dios se desdiga en temas fundamentales con tal de apuntalar así sus nuevas e interesadas ocurrencias. Si fuera cierto que Dios mantuvo «oculto desde los siglos» el mensaje de salvación favorable a los gentiles, su maldad sería infinita y, ¿quién sabe?, hasta es posible que un día de éstos nos vuelva a sorprender cambiando otra vez todas las reglas del juego. Habrá que andarse con mucho cuidado y no dejar de escuchar los anuncios de los cientos de *profetas* que pululan por el mundo actualmente y que, con el mismo derecho que Pablo y sus colegas, también tratan directamente con Dios y se sienten sus enviados.

100. A eso se refiere Pablo al afirmar, por ejemplo, que por eso está escrito: «"El primer hombre, Adán, fue hecho alma viviente"; el último Adán, espíritu vivificante.» (I *Cor* 15,45). Véanse también las descripciones similares que Pablo hace en sus epístolas a las comunidades de Asia y las dirigidas a los filipenses y los colosenses.

Así pues, la aportación básica de Pablo a la cristología estaba fundamentada en las creencias del ocultismo rabínico que tan queridas le fueron desde su juventud y que tan bien encajaban con su peculiar personalidad y aspiraciones de ser un elegido divino. «El Cristo de Pablo no es Dios —concluye Schonfield en su estudio[101]—, es la primera creación de Dios, y no deja sitio para la fórmula trinitaria del credo de Anastasio, ni para su doctrina de que el Hijo fue "no hecho, no creado, sino engendrado". Pero, a pesar de que el universo visible sea la expresión del Dios invisible, el Cristo, como primer producto, comprende la totalidad de esta expresión en sí mismo, (...) el Cristo encarnado temporalmente en Jesús, depuso todo atributo de su estado espiritual y se hizo completamente humano y desprovisto de sobrehumanidad, (...) su única dotación especial la tuvo en su bautismo, cuando recibió los dones del Espíritu prometidos al Mesías en sabiduría y entendimiento (*Is* 11,1-4). El Cristo celestial solamente tomó posesión de Jesús cuando éste resucitó de entre los muertos y ascendió a los cielos (*Rom* 1,4). Después, pudo revelarse que había tenido esta breve abdicación.[102]

»Pablo es muy claro, como necesitará serlo para ilustrar después que los cuerpos espirituales y los cuerpos físicos no se combinan. Por tanto, Jesús, como ser humano de carne y sangre, no podía identificarse con el Cristo celestial hasta que hubiera descartado su cuerpo físico y asumido un cuerpo espiritual. Habría sido totalmente imposible para Pablo el aceptar la resurrección física de Jesús, como consta en los *Evangelios*, y repugnante que el Jesús resucitado pudiera comer y beber. Él explicó a los filipenses: "Nuestra forma de gobierno se origina en el cielo, de cuya fuente esperamos un Libertador, el Señor Jesucristo, que transformará el cuerpo de nuestro humilde estado[103] para que corresponda a su cuer-

101. *Cfr.* Schonfield, H. J. (1987). *Op. cit.*, pp. 188-193.

102. De hecho, si le hacemos caso a *Marcos*, Jesús ya había revelado en vida su «breve abdicación», a Pedro, Santiago y Juan, durante el episodio de la transfiguración (*Mc* 9,1-7).

103. Resulta revelador el profundo desprecio que Pablo siente por el cuerpo físico y la defensa vehemente que hace en favor del «cuerpo espiri-

po glorioso por el poder que tiene de someter a sí todas las cosas" (3,20-1). Cristo, en el sentido físico, ya no podía ser conocido. (...) Según Pablo, la comunidad de los creyentes representa el cuerpo mesiánico del cual Cristo es su cabeza, y es la obra de la redención la que transforma este cuerpo en el mesiánico cuerpo de luz, produciendo así la misma unión entre la Iglesia y Jesucristo que la que se produjo entre Jesús y Cristo.[104]

»La idea judía del hombre arquetípico, interpretada con referencia al Espíritu-Cristo, permitió a Pablo evitar sin peligro cualquier disminución de la unidad de la divinidad y cualquier sugestión de que Cristo fuera Dios. Dios no tiene forma ni sustancia; pero el Espíritu-Cristo tiene ambas: forma y un cuerpo espiritual. Nunca, en ninguna parte, identifica Pablo a Cristo con Dios. Sus relaciones Padre-Hijo no implican tal cosa, y el Padre es "el Dios de Nuestro Señor Jesucristo". Hay un solo Dios, y un solo Señor, Jesucristo. La fórmula trinitaria "Dios Padre, Dios Hijo y Espíritu Santo" es una adaptación injustificable de la doxología paulina. Una vez comprendamos adónde conducía la mística de Pablo, el judío, podremos apreciar cuán lejos llegó a extraviarse la gentilizada teología cristiana.»

La lucha por imponer una determinada visión cristoló-

---

tual», que carece de límites. Dejando de lado las metáforas y sofisticadas reflexiones místico-teológicas de Pablo, salta a la vista, para cualquiera que haya estudiado la estructura del discurso en sujetos con delirios, que su rechazo del cuerpo físico tiene origen en su propia experiencia, en la vida repleta de sufrimiento a que le ha forzado un organismo enfermizo, nido de achaques dolorosos de todo tipo, que está cerca de la ceguera... y en el que permanece prisionero un espíritu poderoso y sin límites, que es capaz de construir razonamientos teológicos supremos y volar hasta el cielo en medio de los arrebatos místicos.

104. Si leemos, por ejemplo *Rom* 7,4 —«Así que, hermanos míos, vosotros habéis muerto también a la Ley por el cuerpo de Cristo, para ser de otro que resucitó de entre los muertos, a fin de que deis frutos para Dios»—, observaremos que Pablo diferenció dos hombres diferentes en el Cristo físico y en el Cristo posterior a la resurrección, con lo que el creyente, según él, debe tomar el papel de esposa del nuevo hombre espiritual a fin de darle hijos espirituales.

gica fue ardua y dio origen a diferentes sectas cristianas. Así, para los doce apóstoles, seguidores de la antigua tradición hebrea, Jesús, como hombre que conocieron y como Mesías del pueblo judío, siempre tuvo una connotación profundamente humana —de rey prometido que, como David, era «hijo de Dios»—; para Pablo, en cambio, tal humanidad no sólo careció de todo interés sino que propugnó que mientras el Cristo celestial asumió una presencia física en Jesús, éste no mantuvo consigo ninguna característica o atributo divino —eso es su naturaleza espiritual como «hijo de Dios»— hasta que pudo recuperarlos después de su resurrección. Para Juan, finalmente, que escribió su *Evangelio* cuando Pablo y los apóstoles ya habían desaparecido, en la figura de Jesús se había reunido lo humano y lo divino al mismo tiempo, eso es que hubo una verdadera encarnación y el Jesús humano nunca dejó de ser consciente de su sustancia divina. En otros capítulos tendremos que retomar con más profundidad estas importantísimas divergencias y sus resultados.

Pablo, después de haber pasado unos tres años retenido por los romanos en la capital imperial, murió en Roma probablemente en torno a los primeros meses del año 64 d.C. Pero con su desaparición, las discutidas tesis paulinas —contrarias en algunos aspectos fundamentales al mensaje de Jesús, al del *Antiguo Testamento* y a la visión de los apóstoles— no sólo no perdieron fuerza sino que abrieron un camino insospechado.

El cristianismo en los tiempos de Pablo aún no existía como una religión nueva —eso es diferente del judaísmo— y, probablemente, Pablo no tuvo la intención de apartarse de los judíos sino que, por el contrario, buscó ampliar el Israel bíblico con el ingreso de los gentiles; pero, en poco tiempo, la dinámica de las comunidades fundadas por él, de la mano de los paganos por él convertidos, desembocó en la aventura de inventar el cristianismo tal como lo conocemos.

ORIGEN Y COMPOSICIÓN DE LOS TEXTOS DEL CANON DEL *NUEVO TESTAMENTO*

Título del texto canónico	Autor del texto	Fecha más probable de composición	Lugar de redacción más probable	Origen principal de los datos sobre la biografía y hechos atribuidos a Jesús
Evangelio de Marcos	Juan de Jerusalén (*Marcus*). Traductor al griego de Pedro.	c. 75-80 d.C. [c. 60-70 d.C.][105]	Italia.	Notas tomadas por Marcos de los recuerdos de Pedro referidos por éste en sus prédicas.
Evangelio de Mateo	Leví, apóstol de Jesús llamado Mateo; recaudador de impuestos.	c. 90 d.C. [c. 60-70 d.C.]	Egipto.	*Evangelio de Marcos*, pasajes «proféticos» del *A.T.* y otras fuentes judías y no judías.
Evangelio de Lucas	Lucas, médico y compañero de Pablo en sus prédicas.	fines siglo I d.C. [60 d.C.]	Roma.	*A.T.*, escritos del historiador Flavio Josefo, material de Pablo, *Marcos* y *Mateo*, etc.
Hechos de los Apóstoles	Lucas.	fines siglo I d.C. [c. 60-62 d.C.]	Roma.	Mismas fuentes anteriores.
I *a los Tesalonicenses*	Pablo.	c. 51 d.C.	Corinto.	
II *a los Tesalonicenses*	¿Pablo? Autoría falsa.	¿c. 52 d.C.?	Corinto.	
A los Gálatas	Pablo.	c. 53 d.C.	¿Antioquía?	

105. Las fechas puestas entre corchetes son las propuestas por la cronología oficial católica. Están extraídas de la *Biblia* de Nácar-Colunga.

I *a los Corintios*	Pablo.	c. 55 d.C.	Éfeso.	
II *a los Corintios*	Pablo.	c. 56 d.C.	Éfeso.	
A los Romanos	Pablo.	c. 57 d.C.	Corinto.	
A los Filipenses	Pablo.	c. 61-62 d.C.	Roma.	
A los Efesios	¿Pablo? Autoría dudosa.	¿c. 61- 62 d.C.?	Roma.	
A los Colosenses	¿Pablo? Autoría dudosa.	¿c. 61- 62 d.C.?	Roma.	
A Filemón	Pablo.	c. 62 d.C.	Roma.	
A Tito	¿Pablo? Autoría falsa.	¿62 d.C. o s. II?	Roma.	
I *a Timoteo*	¿Pablo? Autoría falsa.	¿63 d.C. o s. II?	Roma.	
II *a Timoteo*	¿Pablo? Autoría falsa.	¿63 d.C. o s. II?	Roma.	
Epístola a los Hebreos	Apolo, judío alejandrino ayudante de Pablo.	c. 65-67 d.C.	Italia.	Notable influencia de la obra del judeo-alejandrino Filón.
I *Epístola de Pedro*	Simón/Cefas/Pedro, uno de los tres íntimos de Jesús.	¿? Pedro murió en el 64-65 d.C. [67 d.C.]	Roma.	Influencia de las Epístolas *Romanos* y *Efesios* de Pablo.
Epístola de Santiago	Santiago, hermano de Jesús o el nieto de su otro hermano Judas. La autoría es dudosa.	¿75-80? (Santiago murió en el año 62 d.C.)	¿Jerusalén?	Posiblemente este documento se base en otro más antiguo y original de Santiago.

ORIGEN Y COMPOSICIÓN DE LOS TEXTOS DEL CANON DEL *NUEVO TESTAMENTO* (cont.)

Título del texto canónico	Autor del texto	Fecha más probable de composición	Lugar de redacción más probable	Origen principal de los datos sobre la biografía y hechos atribuidos a Jesús
Epístola de Judas	Judas, hermano de Jesús o un nieto suyo. La autoría es dudosa.	¿?	¿?	
II *Epístola de «Pedro»*	Desconocido (pero no pudo ser Pedro).	c. principios del siglo II d.C.		Notable influencia de las *Antigüedades* del historiador Josefo y de la *Epístola* de Judas.
Evangelio de Juan	Juan el Anciano, un griego cristiano.	c. fines de la primera década del siglo II d.C.	Asia Menor.	Memorias de Juan el Sacerdote (judío) —no de Juan el apóstol— y textos hebreos y esenios.
I *de Juan*	Juan el Anciano.	Ídem anterior	Asia Menor.	
II *de Juan*	Juan el Anciano.	Ídem anterior	Asia Menor.	
III *de Juan*	Juan el Anciano.	Ídem anterior	Asia Menor.	
Apocalipsis	Juan el Sacerdote.	c. 95-96 d.C.	Asia Menor.	Notable influencia de la literatura apocalíptica judía.

II

DE CÓMO LOS PROPIOS EVANGELISTAS DIERON VERSIONES PAGANAS Y CONTRADICTORIAS DE LA VIDA DE JESÚS Y DE CÓMO LA IGLESIA CATÓLICA ACABÓ TERGIVERSANDO A SU ANTOJO TODOS LOS DATOS QUE NO CONVENÍAN A SUS INTERESES DOCTRINALES

«La costumbre de Roma consiste en tolerar ciertas cosas y silenciar otras.»

Carta del papa GREGORIO VII, dirigida al legado pontificio Hugues de Die el 9 de marzo de 1078.

«Desde tiempos inmemoriales es sabido cuán provechosa nos ha resultado esta fábula de Jesucristo.»

Carta del papa LEÓN X (1513-1521), dirigida al cardenal Bembo.

«Se me reprocha que de vez en cuando me entretenga con Tasso, Dante y Ariosto. Pero ¿es que no saben que su lectura es el delicioso brebaje que me ayuda a digerir la grosera sustancia de los estúpidos doctores de la Iglesia? ¿Es que no saben que esos poetas me proporcionan brillantes colores, con ayuda de los cuales soporto los absurdos de la religión?»

Carta del papa CLEMENTE XII (1740-1758), dirigida a Montfauçon.

3

El nacimiento prodigioso de Jesús: un relato mítico que la mayor parte del *Nuevo Testamento* niega abiertamente

Según el *Evangelio de Mateo*, el nacimiento de Jesús estuvo precedido de uno de los prodigios biológicos más notables que ha visto este planeta desde que, hace unos 3.600 millones de años, la vida comenzara a evolucionar en su seno a partir, según creen los científicos, de un *accidente* químico que dio lugar al antepasado universal de las arqueobacterias y las bacterias, nuestros auténticos *abuelos* primigenios (con permiso de Adán y Eva y de la bella metáfora que es el *Libro del Génesis*, claro está).

«La concepción de Jesucristo fue así: Estando desposada María, su madre, con José, antes de que conviviesen, se halló haber concebido María del Espíritu Santo. José, su esposo, siendo justo, no quiso denunciarla y resolvió repudiarla en secreto. Mientras reflexionaba sobre esto, he aquí que se le apareció en sueños un ángel del Señor y le dijo: José, hijo de David, no temas recibir en tu casa a María, tu esposa, pues lo concebido en ella es obra del Espíritu Santo. Dará a luz un hijo a quien pondrás por nombre Jesús, porque salvará a su pueblo de sus pecados. Todo esto sucedió para que se cumpliese lo que el Señor había anunciado por el profeta, que dice: "He aquí que una virgen concebirá y parirá un hijo, y que se le pondrá por nombre *Emmanuel*, que quiere decir *Dios con nosotros.*" Al despertar José de su sueño hizo como el ángel del Señor le había mandado, recibiendo en casa a su esposa, la cual, sin que él antes la conociese [eso es sin haber mantenido todavía relaciones sexuales con ella], dio a luz un hijo y le puso por nombre Jesús» (*Mt* 1,18-25).

En el *Evangelio de Lucas*, que no cuenta nada acerca de las posibles cavilaciones de José, sí encontramos la versión principal, la de María, que incomprensiblemente falta en *Mateo*. El episodio de la anunciación de Jesús se relata de la manera siguiente: «En el mes sexto fue enviado el ángel Gabriel de parte de Dios a una ciudad de Galilea llamada Nazaret, a una virgen desposada con un varón de nombre José, de la casa de David; el nombre de la virgen era María. Y presentándose a ella, le dijo: Salve, llena de gracia, el Señor es contigo. Ella se turbó al oír estas palabras y discurría qué podía significar aquella salutación. El ángel le dijo: No temas, María, porque has hallado gracia delante de Dios, y concebirás en tu seno y darás a luz un hijo, a quien pondrás por nombre Jesús. Él será grande y llamado Hijo del Altísimo, y le dará el Señor Dios el trono de David, su padre, y reinará en la casa de Jacob por los siglos, y su reino no tendrá fin. Dijo María al ángel: ¿Cómo podrá ser esto, pues yo no conozco varón? El ángel le contestó y dijo: El Espíritu Santo vendrá sobre ti, y la virtud del Altísimo te cubrirá con su sombra, y por eso el hijo engendrado será santo, será llamado Hijo de Dios.[106] (...) Dijo María: He

106. En este punto no puede dejarse de reproducir la anotación que acompaña a este versículo en la *Biblia* católica de Nácar-Colunga, pues vale su peso en oro: «Es el anuncio de una concepción *milagrosa*. "Espíritu Santo" significa aquí la fuerza divina carismática que actuará en ella (*Cfr. Jue* 3,10; 11,29; 2 *Par* 20,14); es "la *virtud* del Altísimo", que la "cubrirá con su sombra". La expresión es bella y sumamente delicada para insinuar la intervención divina. (...) Es una frase poética muy ambientada en la literatura bíblica, que delicadamente ahorra todo antropomorfismo, que pudiera resultar grosero en el momento de la concepción del Redentor.» Al margen del tono general, obsérvese que la aclaración —sin duda *revelada*— de que el Espíritu Santo es aquí «la fuerza divina carismática» y no lo que su nombre evidencia que es, adquiere una gran importancia con el fin de evitar que cualquier mente no teológica (es decir, normal) pueda llegar a pensar que Jesús, el Hijo, tuvo dos padres: la primera y la tercera personas de la Trinidad.

aquí a la sierva del Señor; hágase en mí según tu palabra. Y se fue de ella el ángel»[107] (*Lc* 1,26-38).

Contra toda lógica y pronóstico, en los evangelios de Marcos y de Juan no se cita ni una sola línea de este fundamental acontecimiento sobrenatural que, para los católicos, viene a ser como la madre del cordero de su creencia religiosa. De hecho, *Marcos* y *Juan* no se interesan por otra cosa que no sea la vida pública de Jesús asumiendo ya, a sus treinta años —en realidad a sus casi cuarenta o más, tal como veremos en el capítulo 4—, el papel mesiánico. Resulta totalmente absurdo; ¿cómo iban a dejar de mencionar el relato del nacimiento divino de Jesús dos evangelistas que no pierden ocasión de referir sus hechos milagrosos? Sólo hay una posible explicación para tal *olvido*: no creían que fuese cierto. Otro autor neotestamentario fundamental, Pablo, tal como ya señalamos en el apartado que le dedicamos, fue aún mucho más descreído que ellos a propósito de la supuesta encarnación divina en Jesús. Más adelante volveremos sobre el asunto.

Por otra parte, leyendo a *Mateo* y *Lucas*, en especial a este último, no puede dejar de asomar en nuestra mente una duda terrible: o bien Dios —como ya hemos visto en otros apartados de este libro— tiene que repetir a cada tanto sus mejores episodios, o es que la misma historia mítica va renovándose a sí misma plagio tras plagio. Sin salirnos del *Antiguo Testamento*, veremos que el relato de la concepción por intervención divina no era ninguna novedad.

En el libro de *Jueces*, al relatar el nacimiento de Sansón (*Jue* 13), se presenta a su madre, que era estéril, en el siguiente trance: «Fue la mujer y dijo a su marido: "Ha venido a mí un hombre de Dios. Tenía el aspecto de un ángel de Dios muy temible. Yo no le pregunté de dónde venía ni me dio a conocer su nombre, pero me dijo: Vas a concebir y a parir un

107. Este último versículo lleva, en la *Biblia* católica que usamos, la siguiente anotación: «Informada de la voluntad de Dios, la Virgen presta su asentimiento, y en ese instante se realiza el misterio divino de la encarnación del Verbo en su seno virginal.» A quién debe, pues, su maternidad milagrosa, ¿a Dios o al ángel Gabriel?

hijo. No bebas, pues, vino ni otro licor inebriante y no comas nada inmundo, porque el niño será nazareo de Dios desde el vientre de su madre hasta el día de su muerte." Entonces Manué [el marido] oró a Yavé, diciendo: "De gracia, Señor: que el hombre de Dios que enviaste venga otra vez a nosotros para que nos enseñe lo que hemos de hacer con el niño que ha de nacer."». Con algunas diferencias, las circunstancias básicas de este relato se repiten también en el nacimiento de Samuel, el último juez de Israel, hijo de Ana, la esposa estéril del efraimita Elcana (I *Sam* 1). Y antes que en ellos, Dios había intervenido también en la concepción de Isaac, hijo de Abraham (*Gén* 21,1-4).[108]

La madre de Sansón —como Ana, la madre de Samuel, e Isabel, la de Juan el Bautista (*Lc* 1,5-25)— dejaron de ser estériles por la gracia de Dios, la misma que se «derramó» sobre María para fecundarla siendo aún virgen o, con el mismo significado práctico, siendo aún estéril para los planes de Dios (que son la idea nuclear de toda la *Biblia*). Además, Sansón, como Jesús, murió para salvar a su pueblo —de los filisteos— y también lo hizo con los brazos en cruz, forzando las dos columnas centrales del templo de Dagón en Gaza (*Jue* 16,27-31).

Resulta obvio que los dos evangelistas se inspiraron en estos relatos —y en otros similares de origen pagano— para apoyar la grandeza que debía tener la figura de Jesús, ya que éste, como todos los personajes muy relevantes de la historia antigua, debía llevar el sello diferencial e inconfundible de un nacimiento prodigioso.

Sin embargo, tal como ya observó con agudeza el erudito Alfred Loisy, especialista en estudios bíblicos e historiador de la religiones, «para descartar los relatos del nacimiento milagroso y de la concepción virginal, basta con comprobar

108. «Rogó Abraham por Abimelec, y curó Dios a Abimelec, a su mujer y a sus siervos, y engendraron, pues había Yavé cerrado enteramente todo útero en la casa de Abimelec por lo de Sara, la mujer de Abraham» (*Gén* 20,17-18) y «Visitó, pues, Yavé a Sara, como le dijera, e hizo con ella lo que le prometió; y concibió Sara, y dio a Abraham un hijo en su ancianidad al tiempo que le había dicho Dios. Dio Abraham el nombre de Isaac a su hijo, el que le nació de Sara» (*Gén* 21,1-3).

que fueron ignorados por Marcos y Pablo, y que el de Mateo y el de Lucas no concuerdan entre sí, presentando ambos todos los caracteres de una pura invención».[109]

Nacer de una virgen fertilizada por Dios fue un mito pagano habitual en todo el mundo antiguo anterior a Jesús

Todas las culturas antiguas, sin excepción, manifestaron un horror profundo y visceral ante la esterilidad, ya fuera ésta la de la naturaleza o la de las mujeres, ya que sus precarias formas de existencia —dominadas por la mortalidad infantil, las guerras y enfermedades que diezmaban hombres y ganado, los caprichos atmosféricos que amenazaban las cosechas, etc.— les habían hecho asociar indeleblemente reproducción y supervivencia. Desde los primeros florecimientos culturales del Paleolítico Superior, esta creencia llevó a pensar que la fecundidad era una clara prueba de amistad por parte de los dioses y, claro está, invistieron a los dioses generadores con el máximo poder celestial que pudieron imaginar. Ésta es la razón por la que no se ha hallado más que representaciones de diosas madre y diosas de la fertilidad en los yacimientos arqueológicos pertenecientes al período que oscila entre el 30000 y 10000 a.C.

Dada la evidente incapacidad de los hombres para parir y, por tanto, para detentar el control de la capacidad generadora, la imagen de Dios fue exclusivamente femenina hasta el 3500 a.C. aproximadamente; a partir de esa fecha, debido a un conjunto de cambios sociopolíticos y económicos, la ima-

109. *Cfr.* Loisy, A. (1908). *Simples Reflexions.* París, p. 158. Tras la publicación de este crítico libro, Loisy, al que se considera el iniciador del modernismo, fue excomulgado por la Iglesia. Con anterioridad, en 1889, ya se le había forzado a abandonar su cargo como profesor de hebreo y de *Sagrada Escritura* en el Institut Catholique de París, acusado de cultivar ideas heterodoxas sobre la infalibilidad de la *Biblia* y, en 1903, un decreto del Santo Oficio (Inquisición) incluyó cinco de sus obras en el *Índice* (relación de libros cuya lectura estaba absolutamente prohibida).

gen del Dios varón se apropió de la atribución generadora de la diosa y relegó a ésta al papel de madre, esposa o amante del dios masculino para, finalmente, en una última redefinición de rol, reducirla a diosa Virgen. De este proceso, apasionante, complejo y básico para entender nuestra cultura actual y el papel de la mujer dentro de ella, nos ocuparemos en un próximo libro que ya tenemos muy adelantado.

El horror a la esterilidad, del que venimos hablando, lanzó a todas y cada una de las culturas antiguas a diseñar mitos, creencias y ritos cargados con un pretendido poder capaz de exorcizar un tan terrible castigo divino. Pero también se desarrollaron costumbres sexuales que serían tenidas por excesivas incluso por la mentalidad actual más liberal. Éste es el motivo por el que en la *Biblia* abundan las historias sexuales truculentas: Sara, estéril, lanzó a su marido Abraham en brazos de la esclava egipcia Agar (*Gén* 16,2); Najor, hermano de Abraham, tuvo muchos hijos con su concubina Raumo (*Gén* 22,24); las dos hijas de Lot embriagaron a su padre para tener hijos con él (*Gén* 19,31-38);[110] Jacob se casó al mismo tiempo con las dos hermanas Raquel y Lía, que cuando se volvieron estériles facilitaron a su marido sus esclavas Bala y Zelfa para que engendrara hijos con ellas (*Gén* 30,1-13); Bala no sólo era la amante de Jacob ya que también se acostaba con su hijo Rubén (*Gén* 35,22); Tamar se casó sucesivamente con los hermanos Er y Onan, hijos de Judá, pero al quedar viuda sin haber dado descendencia y temiendo ser acusada de esterilidad, se disfrazó de prostituta y tuvo así dos hijos de su suegro (*Gén* 38,14-30); Elcana sustituyó a su esposa Ana, estéril, por Penena (I *Sam* 1,2), etc.

Con el desarrollo de las tradiciones asociadas a la esterilidad y de los cultos destinados a su efecto contrario, la fecundidad, surgió de manera lógica y natural la leyenda de la intervención divina reparadora. Puesto que hacer parir a una

110. «Y dijo la mayor a la menor: "Nuestro padre es ya viejo, y no hay aquí hombres que entren a nosotras, como en todas partes se acostumbra. Vamos a embriagar a nuestro padre y a acostarnos con él, a ver si tenemos de él descendencia"...» (*Gén* 19,31-32).

mujer estéril sólo podía lograrlo una intervención divina directa, no se requirió demasiada imaginación para invertir los términos de la ecuación y pasar a considerar al primer hijo de una mujer estéril como a un ser especialmente tocado por Dios, una *señal* que será aprovechada por los *biógrafos* antiguos para recalcar la «proximidad divina» de algún personaje notable mediante la argucia de añadir a su currículum el dato de proceder de una madre estéril.[111] Para completar la escenificación de la «señal divina» se elaboraron los episodios de la «anunciación» en los que un ser celestial, en sueños o en vivo, anunciaba la concepción milagrosa.

Los relatos sobre anunciaciones a las madres de grandes personajes aparecen en todas las culturas antiguas del mundo. Así, por ejemplo, en China, son prototípicas las leyendas acerca de la anunciación a la madre del emperador Chin-Nung o a la de Siuen-Wu-ti; a la de Sotoktaïs en Japón; a la de Stanta (encarnación del dios Lug) en Irlanda; a la del dios Quetzalcoatl en México; a la del dios Vishnú (encarnado en el hijo de Nabhi) en India; a la de Apolonio de Tiana (encarnación del dios Proteo) en Grecia; a la de Zoroastro o Zaratustra, reformador religioso del mazdeísmo, en Persia; a la de las madres de los faraones egipcios (así, por ejemplo, en el templo de Luxor aún puede verse al mensajero de los dioses Thot anunciando a la reina Maud su futura maternidad por la gracia del dios supremo Amón)... y la lista podría ser interminable.

Este tipo de leyendas paganas también se incorporaron a la *Biblia* en relatos como los ya citados del nacimiento de Sansón, Samuel o Juan el Bautista y culminaron con su adaptación, bastante tardía, a la narración del nacimiento de Jesús. Por regla general, desde muy antiguo, cuando el personaje *anunciado* era de primer orden, la madre siempre era fecundada directamente por Dios mediante algún procedimiento

111. En los capítulos IV y V del *Protoevangelio de Santiago*, se extiende este sello hasta la propia María, a quien se presenta como la hija de Joaquín y Ana que, a pesar de ser estéril, pudo concebirla tras recibir el anuncio de la gracia divina mediante un ángel del Señor. *Cfr.* Kaydeda, J. M. (1986). *Los Apócrifos Jeshúa y otros Libros Prohibidos*. Madrid: Rea, pp. 398-399.

milagroso, conformando con toda claridad el mito de la concepción virginal, especialmente asociado a la concepción de los dios-Sol, una categoría a la que, como mostraremos más adelante, pertenece la figura de Jesús-Cristo.

Sirva como ejemplo algo más detallado el caso de los jeroglíficos tebanos, que relatan la concepción del faraón Amenofis III (c. 1402-1364 a.C.) de la siguiente manera: el dios Thot, como mensajero de los dioses (en un rol equivalente al que realizaba Mercurio entre los griegos o el arcángel Gabriel en los *Evangelios*), anuncia a la reina virgen Mutemuia —esposa del faraón Tutmés IV— que dará a luz un hijo que será el futuro faraón Amenofis III; luego, el dios Knef (una representación del dios Amón actuando como fuerza creadora o Espíritu de Dios, equivalente al Espíritu Santo cristiano) y la diosa Hator (representación de la naturaleza y figura que presidía los procesos de *magia*) cogen ambos a la reina de las manos y depositan dentro de su boca el signo de la vida, una cruz, que animará al futuro niño; finalmente, el dios Nouf (otra representación del dios-carnero Amón, el Señor de los Cielos, en su papel de ángel que penetra en la carne de la virgen), adoptando el rostro de Tutmés IV fecundará a Mutemuia y, aún bajo el aspecto de Nouf, modelará al futuro faraón y su *ka* (cuerpo astral o puente de comunicación entre el alma y el cuerpo físico) en su torno de alfarero. Este relato mítico egipcio, como el resto de sus equivalentes paganos, es más barroco que el cristiano, sin duda, pero todo lo esencial de éste ya aparece perfectamente dibujado en aquél.

Uno de los mitos que, con escasas variantes, se repite en muchas tradiciones culturales es el del rey que, para evitar la profecía que señala a un futuro nieto suyo como la persona que le destronará y/o matará, encierra a su hija virgen para separarla del contacto con los hombres e impedir así el tan temido embarazo; pero en todos los casos, Dios, que debe velar por que sus planes se cumplan, acabará interviniendo directamente y fecundando (mediante una vía no genital) a la madre de personajes llamados a ser figuras históricas excepcionales.

El exponente escrito más antiguo que se conoce de este mito aparece en la leyenda caldea de la concepción del gran rey de Babilonia Gilgamesh (c. 2650 a.C.), nacido de la hija virgen del rey Sakharos, encerrada por éste en una torre, para evitar el oráculo amenazador, pero fecundada por el dios supremo Shamash que llegó hasta ella en forma de rayos del sol.

La misma narración se empleó para describir el nacimiento del héroe griego Perseo, nacido de Dánae o Dafne, hija de Acrisio, rey de Argos, que la encerró en una cámara subterránea de bronce, para imposibilitar la profecía vinculada a su embarazo, pero el dios del cielo Zeus, tomando la forma de lluvia dorada, penetró por una rendija de la prisión y fecundó su vientre de virgen.[112] Para no alargarnos hasta el agotamiento, baste decir que casi todos los fundadores de dinastías de Asia oriental fueron presentados como nacidos de virgen que, a fin de cuentas, era la forma más gráfica de hacerse reconocer como verdaderos hijos del cielo, eso es de Dios.

En el diccionario chino *Chu-Ven*, escrito por Hiu-Tching, un autor que fue contemporáneo de Jesús, al explicar el carácter *Sing-Niu*, compuesto por *Niu* (virgen) y *Sing* (dar a luz), se afirma que «los antiguos santos y los hombres divinos eran llamados hijos del Cielo, porque sus madres concebían por el poder del *Tien* (cielo), y con solo él podían tener hijos»,[113] con lo que se evidencia fehacientemente que en China, así como en toda su zona de influencia cultural, fue clásica y extendida desde antiguo la creencia en las concepciones virginales. De hecho, la virginidad de la madre llegó a ser respetada hasta tal punto que, según las tradiciones, el nacimiento de los «hijos del Cielo» tenía lugar por vías tan pintorescas como el pecho, la espalda, el costado, la oreja, etc.

112. Justino (100-165 d.C.), el influyente escritor grecocristiano y mártir, que conocía perfectamente esta tradición pagana de la madre virgen embarazada por Dios para engendrar un ser prodigioso, se tomó la molestia de recoger esta historia en su I *Apología* —calificándola de «fábula» e identificando al dios Zeus con un diablo— para, sin negarla —puesto que de hacerlo debería cuestionarse también su propia creencia en el nacimiento idéntico de Jesús—, calificarla de «milagro infernal» en su *Diálogo con el judío Trifón*, obra en la que defiende que Cristo es el Mesías basándose en profecías del *Antiguo Testamento*.

113. *Cfr. Chu-Ven*, raíz 443, 1. Este dato aparece citado en P. de Prémare, *Vestiges des principaux dogmes chrétiens*, 1878, p. 204.

Según refiere la tradición del pueblo tártaro, Ulano, su primer rey, nació de una virgen; y al famoso fundador del imperio mogol Gengis Kan se le hizo descendiente de uno de los tres hijos habidos por la virgen Alankava, embarazada de trillizos por un resplandor que después de envolverla le penetró por la boca[114] y le recorrió todo el cuerpo. El emperador Wang-Ting fue concebido cuando una gran luminaria celeste se detuvo sobre el vientre de su madre y dos hombres celestes se aparecieron a su lado portando sendas cazoletas de incienso. Hasta el tiempo presente ha perdurado aún la denominación de *Niu-Hoang* (la soberana de las vírgenes) y *Hoang-Mu* (la madre soberana) aplicada a Niu-Va —esposa o hermana de Fo-hi y considerada una divinidad protectora de la vida matrimonial— que, gracias a sus plegarias, obtuvo la gracia de ser madre y virgen a la vez.

Todos los grandes personajes, ya fueran reyes, sabios —como, por ejemplo, los griegos Pitágoras (c. 570-490 a.C.) o Platón (c. 427-347 a.C.)—, o aquellos que devinieron el centro de alguna religión y que acabaron siendo adorados como «hijos de Dios», Buda, Krisna, Confucio o Lao-Tsé, fueron mitificados para la posteridad como hijos de una virgen. Jesús, aparecido mucho después que ellos, aunque sujeto a un papel equivalente al de sus antecesores, no iba a ser menos. De esta forma, budismo, confucianismo, taoísmo y cristianismo quedaron impregnados con el sello indeleble de haber sido resultado de la obra de un «hijo del Cielo», encarnado a través del acceso directo y sobrenatural de Dios al vientre de una virgen especialmente apropiada y escogida.

El parecido de las leyendas entre unos y otros es tan profundo como lo resalta la anécdota referida, en el siglo XVIII, por el padre agustino Giorgi, un notable experto en orientalismo: «Cuando observé que este pueblo ya poseía un dios bajado del cielo, nacido de una virgen de familia real, y muerto para redimir el género humano, mi alma se turbó y permanecí muy confuso. Puedo añadir que los tibetanos contesta-

114. Según san Agustín, san Efrem, Abogardo y el breviario de los Maronitas, la Virgen María habría concebido a través de una de sus orejas.

ron los ofrecimientos de los misioneros, diciendo: ¿para qué nos vamos a convertir al cristianismo? Si ya tenemos unas creencias idénticas a las vuestras, y que además son mucho más antiguas».[115] Hasta el día de hoy, el cristianismo ha fracasado en sus muchos intentos de evangelizar a los pueblos budistas a causa, sin duda, de esos *parecidos* que tan perplejo dejaron al buen padre agustino.

En cualquier caso, la Iglesia hacía ya muchos siglos que conocía bien el paralelismo de Cristo con Buda cuando Giorgi recién cayó del caballo. San Jerónimo, por ejemplo, que identificaba a los budistas bajo la denominación de *samaneos*, sabía que Buda había nacido de una virgen y en su polémica contra Helvidio, acerca de la virginidad de María, recoge textualmente el argumento del *Lalita Vistara* cuando afirma de Maya-Devi, la madre virgen de Buda, que «ninguna otra mujer era digna de llevar en su seno al primero de entre los hombres». Otros puntales de la Iglesia primitiva, como Clemente de Alejandría, Crisóstomo o san Epifanio —el padre de la historia eclesiástica—, conocían también las creencias de los budistas.

El decorado pagano habitual: señales celestes, magos, pastores, ángeles cantores, animales *amables* y un rey que persigue al niño divino

En la mayoría de los relatos acerca del nacimiento de dioses o de héroes se refiere la aparición de estrellas u otras señales celestes que anuncian la calidad sobrenatural del recién nacido. Así, por ejemplo, en la leyenda china de Buda se habla de una milagrosa luz celeste que anunció su concepción; en el *Bhâgavata-Purâna* se cuenta como un meteoro luminoso anunció el nacimiento de Krisna; el historiador Justino refiere cómo la grandeza futura del rey Mitríades ya había sido anunciada por la aparición de un cometa en el momento de su nacimiento y en el de su ascensión al trono; el día que

115. *Cfr.* Giorgi, A. (1742). *Alphabetum Thibetanum*. Roma, *Praefatio*, p. 19.

Julio César nació apareció la estrella Ira en el firmamento y, según Suetonio, no volvió a aparecer hasta la víspera de la batalla de Farsalia; según recogió Servio del marino Varrón, Eneas, tras su salida de Troya, vio a diario la estrella Venus y al dejar de verla, llegado ya a los campos Laurentinos, supo así que ésas eran las tierras que le asignaba el destino.

Al mismísimo Orígenes, teólogo fundamental para el desarrollo del cristianismo, debemos la siguiente defensa de la veracidad de las señales celestes: «Yo creo que la estrella que apareció en Oriente era de una especie nueva y que no tenía nada en común con las estrellas que vemos en el firmamento o en las órbitas inferiores, sino que, más bien, estaba próxima a la naturaleza de los cometas. (...) He aquí las pruebas de mi opinión. Se ha podido observar que en los grandes acontecimientos y en los grandes cambios que han ocurrido sobre la Tierra siempre han aparecido astros de este tipo que presagiaban: revoluciones en el Imperio, guerras u otros accidentes capaces de trastornar el mundo. (...) Así pues, si es cierto que se vieron aparecer cometas o algún otro astro de esta misma naturaleza con ocasión del establecimiento de alguna nueva monarquía, o en el transcurso de algún cambio importante en los asuntos humanos, no debemos extrañarnos de que haya aparecido una nueva estrella con ocasión del nacimiento de una persona que iba a originar un cambio tan radical entre los hombres. (...) Por lo que se refiere a los cometas, podría decir que nunca se vio que ningún oráculo haya predicho que aparecería tal cometa en tal ocasión, o con el establecimiento de tal imperio; mientras que, en lo que respecta al nacimiento de Jesús, ya Balam lo había predicho.»[116]

Si acudimos al *Evangelio de Mateo* podremos leer el único relato neotestamentario que habla de la «estrella de Navidad». Dice así: «Nacido, pues, Jesús en Belén de Judá en los días del rey Herodes, llegaron del Oriente a Jerusalén unos magos, diciendo: "¿Dónde está el rey de los judíos que acaba de nacer? Porque hemos visto su estrella al oriente y venimos a adorarle. (...) Después de haber oído al rey, se fueron, y la estrella que

116. *Cfr. Contra Celso*, I, 58 y ss.

habían visto en Oriente les precedía, hasta que vino a pararse encima del lugar donde estaba el niño...» (*Mt* 2,1-12).

En el *Evangelio* citado se aplica una práctica, habitual entre los cristianos de los primeros siglos, consistente en dar por verdadero cualquier hecho procedente de la tradición que pudiese ser relacionado con algún texto bíblico que anunciase su realización; esta forma de *autentificación* no sólo llevó a sacar de contexto decenas de frases supuestamente proféticas sino que, a menudo, forzó la invención de sucesos para validar lo que con anterioridad se consideraban profecías.

Así, Mateo, con su narración, da forma material y carga de sentido como «profecía mesiánica» a una sola de entre las muchas frases inocentes y metafóricas pronunciadas, al estilo oracular, por Balam mientras está en Bamot Baal; la frase —en la que también se apoyó Orígenes—, que es usada desligándola de su contexto, dice: «Álzase de Jacob una estrella, / Surge de Israel un cetro...» (*Núm* 24,17). Pero, por otra parte, la presencia en el relato de *Mateo* de los «magos», que obviamente son sacerdotes astrólogos persas —y que no aparecen en ningún otro texto del *Nuevo Testamento*—, aporta también una pista inmejorable para ratificar que el origen de la «estrella de Navidad» debe buscarse en el contexto pagano de adoración a los astros que pervivía aún en el sustrato de muchas leyendas dadas por ciertas en esa época.

De este contexto astrólatra son ejemplos bien conocidos tradiciones como la egipcia que, desde época inmemorial, consideraba la aparición de la estrella brillante Sotis (Sirio), en una parte determinada del firmamento, como el anuncio del nacimiento anual de Osiris y de la llegada al mundo de su poder vivificante (materializado en la crecida del Nilo); o rituales como los efectuados en Persia, donde, desde tiempos del rey Darío I (521-486 a.C.) y probablemente desde cientos de años antes, los magos/sacerdotes ya solían ofrecer a Ahura-Mazda (el dios solar principal)[117] los presentes del oro, incienso y mirra que se citan en *Mt* 2,11.

117. En la inscripción de Naqsh i Rustam, de tiempos de Darío I, se afirma que «Ahura-Mazda es un gran dios. Ha creado esta tierra. Ha

San Ignacio de Antioquía, obispo y padre de la Iglesia, que vivió durante el siglo I d.C. en el mismísimo centro de expansión de las creencias mágicas y astrológicas caldeas, aportó una versión complementaria del relato de *Mateo* en la que se destaca aún más su carácter astrológico pagano: «Un astro brillaba en el cielo más que todos los restantes, su situación era inexplicable, y su novedad causaba asombro. Los demás astros, junto con el Sol y la Luna, formaban un coro en torno a este nuevo astro, que los superaba a todos por su resplandor. La gente se preguntaba de dónde vendría este nuevo objeto, diferente de todos los demás.»[118] Resulta bastante claro que el origen sirio —país cuna de los maestros en el arte astrológico— del obispo de Antioquía le hizo ser un poco más explícito que a Mateo.

Los hechos prodigiosos que acompañaron el nacimiento de Jesús, según la versión de *Mateo*, se ven ampliados —aunque no confirmados, y viceversa— en *Lucas*: «Había en la región unos pastores que pernoctaban al raso, y de noche se turnaban velando sobre el rebaño. Se les presentó un ángel del Señor, y la gloria del Señor los envolvía con su luz, quedando ellos sobrecogidos de gran temor. Díjoles el ángel: No temáis, os traigo una buena nueva, una gran alegría, que es para todo el pueblo; pues os ha nacido hoy un Salvador, que es el Mesías Señor, en la ciudad de David. Esto tendréis por señal: encontraréis un niño envuelto en pañales y reclinado en un pesebre. Al instante se juntó con el ángel una multitud del ejército celestial que alababa a Dios diciendo: "Gloria a Dios en las alturas y paz en la tierra a los hombres de buena voluntad"» (*Lc* 2,8-14).

Resulta curioso, cuando menos, que el ángel del Señor que aparece en *Lucas* no orientase a los pastores en referencia a la estrella brillante que, según *Mateo*, estaba parada sobre el lugar donde reposaba el niño, ya que, incluso dirigiéndose a lugareños conocedores del terreno, era mucho más lógico ha-

---

creado el cielo. Ha creado el hombre. Ha creado la felicidad del hombre. Ha hecho rey a Darío».

118. *Cfr. Ad. Eph.*, XI, 2.

berles dado como señal la luz de una estrella anormal que mandarles buscar, en plena noche, un bebé en pañales oculto en alguno de los muchos pesebres de la zona. También resulta pintoresco que los tres reyes magos, después de las molestias tomadas para realizar su largo viaje, no sean mencionados por *Lucas*, ni se los haga testigos y partícipes del glorioso concierto dado por las huestes celestiales a los pastores.

Parece obvio que tanto Mateo como Lucas, que no se conocieron y que escribieron sus evangelios en tierras diferentes, Egipto y Roma respectivamente, adornaron su relato sobre Jesús inspirándose en leyendas ya existentes pero que gozaban de diferente prestigio en un lugar u otro; por eso Mateo tiñó de orientalismo populachero el nacimiento de Jesús mientras que Lucas torció la mano para adaptarse a tradiciones míticas que fuesen más creíbles en la capital del imperio.

La narración de *Lucas* ya tenía antecedentes bien ilustres y conocidos en todo el mundo de entonces cuando el evangelista cristiano incorporó un tipo ya clásico de mito al personaje de Jesús. Así, por ejemplo, cuando nació Buda (c. 565 a.C.), según el texto del *Lalita Vistara*, la tierra tembló, oleadas de lluvias perfumadas y de flores de loto cayeron de un cielo sin nubes, mientras que los *devas* —o «divinidades resplandecientes», equivalentes a los ángeles y arcángeles católicos—, acompañados de sus instrumentos, cantaban en los aires: «Hoy ha nacido Bodhisattva sobre la tierra para dar paz y alegría a los hombres y a los *devas*, para expandir la luz por los rincones oscuros y para devolver la vista a los ciegos.»

En el momento del nacimiento de Krisna todos los *devas* dejaron sus carros en el cielo y, haciéndose invisibles, fueron hasta la casa de Mathura en la que estaba por nacer el niño divino y, uniendo sus manos, se pusieron a recitar los *Vedas* y a cantar alabanzas en honor de Krisna y aunque nadie los vio, según apunta la leyenda, todo el mundo pudo oír sus cantos; después del nacimiento, todos los pastores de la región le llevaron felicitaciones y regalos a Nanda, el criado encargado de cuidarle.

Durante el nacimiento de Confucio (551 a.C.) aparecieron dos dragones en el aire por encima de su casa y cinco venerables ancianos, que representaban a los cinco planetas conocidos entonces, entraron en la habitación del parto a honrar al recién nacido; una música armoniosa llenó los aires y una voz proveniente del cielo exclamó: «Éste es el hijo del cielo, el divino infante, y es por él por lo que la tierra vibra en melodioso acorde.» Cabe señalar que las tradiciones relacionadas con Buda, Krisna y Confucio se habían desarrollado entre pueblos agrarios y en un momento en que el «hijo del cielo» aún presidía cada año la sagrada ceremonia de la siembra.

En el mismo contexto agrario o pagano —el término procede del latín *paganus*, campesino, y *pagus*, aldea— se originó esa bella estampa, popularizada por los belenes navideños, del buey y el asno adorando y calentando amablemente al niño Jesús acostado en el pesebre. Esta escena, sin embargo, a pesar de ser tan querida por la Iglesia y por sus fieles y de haber sido consagrada por una práctica litúrgica universal, no aparece descrita en ninguno de los *Evangelios* canónicos... aunque sí figura en el texto al que debemos la historia de la Navidad tal como se la conoce hasta el día de hoy, eso es el evangelio apócrifo denominado *Pseudo-Mateo*, donde, en su capítulo XIV, se lee: «El tercer día después del nacimiento del *Señor*, María salió de la gruta, y entró en un establo, y depositó al niño en el pesebre, y el buey y el asno lo adoraron. Entonces se cumplió lo que había anunciado el profeta Isaías: "El buey ha conocido a su dueño y el asno el pesebre de su señor." Y estos mismos animales, que tenían al niño entre ellos, lo adoraban sin cesar. Entonces se cumplió lo que anunció Habacuc: "Te manifestarás entre dos animales." Y José y María permanecieron en este sitio con el niño durante tres días.»[119]

La tradición de los animales adoradores y/o auxiliadores de personajes extraordinarios la encontramos también en todas las culturas anteriores al cristianismo. Desde la cercana leyenda romana de Rómulo y Remo, hijos gemelos de Rea

119. *Cfr. El Evangelio del Pseudo-Mateo*, XIV, 1-2; en Kaydeda, J. M. (1986). *Op. cit.*, p. 684.

Silvia y del dios Marte y fundadores de Roma, que, al nacer, fueron lanzados al río Tíber dentro de una cesta de mimbre, siendo salvados y amamantados por una loba hasta que el pastor Fáustulo los encontró y crió. Hasta las leyendas esparcidas por toda Asia que reproducen tradiciones antiquísimas como las de Tchu-Mong (Corea), Tong-Ming (Manchuria) o Heu-tsi (China); de este último, por ejemplo, se cuenta que «su dulce madre lo trajo al mundo en un pequeño establo al lado del camino; los bueyes y corderos lo calentaron con su aliento. Acudieron a él los habitantes de los bosques, a pesar del rigor del frío, y las aves volaron hacia el niño como para cubrirlo con sus alas».

Es muy probable que este tipo de leyendas se hubiese desarrollado a partir de la costumbre ancestral, ésa sí real y extendida por todo el planeta, de exponer a los recién nacidos que se suponía ilegítimos a los animales salvajes o domésticos o a las aguas abiertas (ríos o mares). La «prueba del río», por ejemplo, que servía para reconocer como legítimos sólo aquellos bebés que las aguas devolvían con vida a la orilla, era conocida y practicada entre la mayoría de pueblos de la antigüedad (culturas mesopotámicas y semíticas, hebreos incluidos, árabes, germanos, griegos, romanos, etc.).

En los casos en que el recién nacido sobrevivía a la «exposición» a los animales salvajes o al agua y se daba la circunstancia de que el padre no había podido mantener de ninguna manera relaciones sexuales con la madre (por estar éste navegando o en la guerra, por ejemplo), se consideraba que la criatura había sido engendrada por algún dios, declaración que devolvía la paz a la familia y llenaba de orgullo al padre cornudo por la gracia de Dios. En muchos pueblos del sudeste asiático perduró hasta hace apenas dos siglos la costumbre de matar a toda mujer embarazada de un hombre desconocido... salvo si la madre anunciaba que el padre había sido un dios o un espíritu, caso en el cual era felicitada por todos sus convecinos.

Con el paso de los siglos, durante el desarrollo de los relatos legendarios de los «hijos de Dios», debió creerse oportuno insertar algún episodio de exposición a los animales o a las aguas para, precisamente, rememorando la ancestral tradición agraria, poder señalar que con la supervivencia del bebé quedaba demostrada hasta más allá de cualquier duda la paternidad divina que quería asociarse con el personaje a mitificar. En las leyendas, obligadas a narrar hechos con alguna base histórica, comenzó a ser corriente el sustituir el concepto de «hijo ilegítimo» por el de «varón considerado de riesgo para el sistema de gobierno dominante» que, precisamente por su filiación divina —demostrada por la exposición—, acababa ganando la partida a sus perseguidores.

Los primeros cristianos se limitaron a recoger este tipo de episodio de la exposición a los animales de alguna de las muchísimas tradiciones que circulaban en esa época y la añadieron al aluvión de rasgos míticos paganos que se habían empleado ya para configurar el personaje divinizado de Jesús (y para desfigurar su personalidad histórica verdadera). Pero tal como era su costumbre, certificaron la *verdad* del hecho acudiendo a los profetas. Revisaron la *Biblia* —dado que eran cristianos helenizados recurrieron a su traducción griega de los *Setenta*— y encontraron un versículo fascinante en medio del texto más minúsculo de las *Escrituras*, en el de *Habacuc*, donde se profetizaba: «Te manifestarás en medio de los animales», que era un traducción absolutamente errónea del original hebreo que decía —y sigue diciendo en las biblias actuales— «Yo, ¡oh Yavé!, oí tu renombre y he temido, ¡oh Yavé!, tus obras. Dales existencia en el transcurso de los años, manifiéstalas en medio de los tiempos» (*Hab* 3,2).

El haber partido de un error de bulto en la *profecía* que confundía manifestarse en medio de los tiempos con hacerlo entre las bestias —y que, en todo caso, podría referirse a cualquier «obra de Yahveh» que pudiese suceder en el mundo (entre las que el nacimiento de Jesús no podía ser más que una posibilidad entre las millones de millones de intervenciones divinas que, según los creyentes, acontecen a diario)— se agravó hasta el esperpento cuando relacionaron lo que jamás dijo Habacuc con lo que nunca pretendió decir Isaías, del que —apoyándose en otra de las *profecías* gloriosas a que nos tiene acostumbrados la *Biblia*— se tomó la primera mitad de una frase que dice: «Conoce el buey a su dueño, y el asno el pesebre de su amo, pero Israel no entiende, mi pueblo no tiene conocimiento» (*Is* 1,3). El sentido de la frase completa de *Isaías* resulta bien obvio, pero para los cristianos fue la *profecía* que garantizó la veracidad de sus creencias navideñas. ¡Con qué poco se hizo tanto!

Si recuperamos el relato de *Mateo*, leemos que «Partido que hubieron [los magos, por un camino que evitaba pasar por el palacio de Herodes], el ángel del Señor se apareció en sueños a José y le dijo: "Levántate, toma al niño y a su madre y huye a Egipto, y estáte allí hasta que yo te avise, porque Herodes va a buscar al niño para matarlo." Levantándose de noche, tomó al niño y a la madre y se retiró hacia Egipto, permaneciendo allí hasta la muerte de Herodes, a fin de que se cumpliera lo que había pronunciado el Señor por su profeta, diciendo: "De Egipto llamé a mi hijo." Entonces Herodes, viéndose burlado por los magos, se irritó sobremanera y mandó matar a todos los niños que había en Belén y en sus términos de dos años para abajo, según el tiempo que con diligencia había inquirido de los magos. Entonces se cumplió la palabra del profeta Jeremías, que dice: "Una voz se oye en Ramá, lamentación y gemido grande; es Raquel, que llora a sus hijos y rehúsa ser consolada, porque no existen"» (*Mt* 2,13-18).

La narración no tiene desperdicio ya que muestra a un Herodes profundamente estúpido que, aún «turbado» al saber del nacimiento del rey mesías que podía destronarle (*Mt* 2,3-5), es incapaz de mandar a sus soldados a Belén, situado a poca distancia de su palacio, para prenderle y, en lugar de enviar, al menos, a alguno de sus muchos espías de la corte para que le informasen con diligencia, se quedó esperando las noticias de tres magos desconocidos que se habían declarado adoradores del recién nacido. Un «recién nacido» que, según refiere *Mateo*, podía tener hasta dos años, con lo que es obligado preguntarse: ¿pasó Jesús sus dos primeros años en un pesebre esperando a los magos?, ¿estuvo Herodes aguardando a los magos durante dos años y no tomó medidas hasta después de pasado ese plazo?, ¿eran tan idiotas los soldados de Herodes que éste les tuvo que mandar asesinar a todos los nacidos de «dos años para abajo» por si no sabían distinguir a un recién nacido de un niño algo mayor?

Los datos históricos reales nos dicen que Herodes no era el rey pasmarote y sanguinario que presenta *Mateo*, sino todo lo contrario, y denuncian que este suceso es mentira dado que, por ejemplo, no fue reflejado por el historiador judío Flavio Josefo (c. 37-103 d.C.) en sus *Antigüedades judías* o en cualquiera otra de sus documentadas obras; este autor, que luchó contra los romanos en la guerra judaica, nunca dejó de dar noticia de las persecuciones o masacres cometidas contra su pueblo, resultando del todo imposible que no recogiera —en un relato minucioso, como todos los suyos— la noticia de la matanza de los niños si ésta hubiese acontecido de verdad.[120]

Esta leyenda, como el resto del mito evangélico sobre Jesús, es falsa y también está tomada de antiguas tradiciones paganas, pero, sin embargo, fue intercalada en *Mateo* —único texto canónico en que aparece— con una función muy concreta: reforzar la credibilidad del mito básico del cristianismo dando *cumplimiento* a dos supuestas *profecías* sobre el Mesías.

En el apartado anterior ya vimos cuán comunes habían sido en la antigüedad las leyendas de reyes que, prevenidos por alguna profecía, perseguían a muerte a «hijos de Dios» nacidos de una virgen —que a menudo era la propia hija o hermana del perseguidor— con la intención de evitar su anunciada entronización; un empeño que, lógicamente, la estructura mítica del relato convertía en vano. Fundadores de dinastías reales de todo el planeta y reformadores religiosos cuentan en su haber mítico con un episodio de persecución siendo aún recién nacidos. Sirva de ejemplo prototípico la descripción sucinta de una parte de la leyenda del nacimiento de Krisna, octava encarnación de Vishnú, segunda persona de la trinidad brahamánica, que hacemos seguidamente:

120. Por otra parte, dado que los judíos, sometidos al Imperio romano, no podían aplicar la pena de muerte contra sus conciudadanos sin el preceptivo permiso del gobernador imperial, resulta tan imposible que Herodes pudiese ordenar la matanza como que el rey judío hubiese quedado sin castigo por parte de la autoridad romana si los hechos se hubiesen producido realmente.

Los astrólogos —o un *diablo*, según otra versión del mito— habían pronosticado a Kansa, el tirano de Mathurâ, que un hijo de su hermana Devakî le arrebataría la corona y le quitaría la vida, por lo que el soberano ordenó la muerte de su sobrino Krisna tan pronto naciese, pero éste, gracias a la protección de Mahâdeva (el Gran Dios o Shiva), pudo ser puesto a salvo por sus padres con la colaboración de la familia de su fiel servidor Nanda, un pastor de vacas que vivía al otro lado del río Yamunâ. Cuando se enteró de la desaparición del recién nacido Krisna, el rey Kansa, para asegurarse de la muerte del niño, ordenó la matanza general de cuantos niños varones habitasen en su reino, siendo asesinados todos menos el divino Krisna.[121]

Un gran indólogo, el abad Bertrand, dejó escrito que «podemos observar en Jesús-Cristo y en Krisna una identidad de nombre, una similitud en su origen y en su naturaleza divina, una serie de rasgos similares en las circunstancias que han acompañado su nacimiento, puntos de semejanza en sus actos, en los prodigios que han llevado a cabo y en su doctrina. Y sin embargo no tenemos la intención de demostrar que la leyenda de Krisna haya sido calcada a partir del *Evangelio*».[122]

La prudencia de este erudito es comprensible y adecuada si tenemos en cuenta que, si bien es cierto que las formas más modernas del mito de Krisna tomaron elementos del mito evangélico de Jesús, conocido en la India a partir de la llegada

121. Para los interesados en la leyenda de Krisna que viajen a la India les recomendamos visitar la actual ciudad de Mathurâ, situada entre Delhi y Agra, a unos 141 kilómetros al sur de la capital; la zona está repleta de lugares y ruinas relacionadas con esta encarnación de Vishnú y abundan los *guías* parlanchines dispuestos a relatar la historia mítica de Krisna a cambio de un precio razonable (si se sabe regatear sin piedad). La visita a Mathurâ se disfruta aún más si uno sabe sobrevivir en alojamientos modestos (no hay hoteles para turistas, afortunadamente) y si no tiene la desgracia de contraer una disentería tal como le ocurrió a este autor (es recomendable llevar siempre un botiquín bien surtido ya que en buena parte de la India no se encuentran medicamentos o éstos están caducados desde los tiempos de Krisna, o poco menos).

122. *Cfr.* Bertrand, A. (1850). *Dictionaire des Religions*. París, p. 187.

de comunidades nestorianas a ese país, también está documentado que las formas más arcaicas de la leyenda de Krisna ya incluían lo fundamental de esta narración legendaria. Aunque la redacción del *Bhâgavata-Purâna* es posterior a los *Evangelios*, es lógico pensar que su autor hindú no se inspiró en los textos cristianos sino en relatos tradicionales mucho más antiguos que ya contenían la leyenda, y viceversa. Y lo mismo puede afirmarse respecto a la aparición de la misma historia en la leyenda de Buda, que es un personaje muy anterior a Jesús y Krisna.

El origen de la historia mítica pudo proceder de oriente, tal vez de la propia India o de Egipto —lugar donde fue redactado el *Evangelio de Mateo* hacia el año 90 d.C.—, y la encontramos en leyendas tan dispares como la de Moisés, salvado de la matanza de niños hebreos ordenada por el faraón (*Ex* 1,15-22; 2,1-25) para, según la tradición recogida por Flavio Josefo, impedir «la llegada de un niño hebreo destinado a humillar a los egipcios y glorificar a los israelitas»; la de Abraham, muy similar a la de Moisés, según una tradición judía recogida en un *Midrash* tardío;[123] o la del emperador romano Augusto (62 a.C.-14 d.C.), que se libró de la muerte a la que el Senado condenó a todos los varones nacidos en un mismo año para evitar la aparición de un monarca profetizado.[124]

Antes que todos ellos, aunque dentro del contexto de un universo simbólico diferente, Zeus —padre de los dioses y de los mortales—, según se refiere en la *Teogonía* de Hesíodo (c. 750 a.C.), ya había escapado de ser devorado al nacer por su propio progenitor, Cronos —que había sido advertido de que uno de sus hijos le arrebataría el trono—, gracias a su madre Rea y a una argucia de su abuela Gea (la Tierra), que lo escondió en Creta y engañó al poderoso Cronos dándole a comer una piedra envuelta en los pañales del nuevo niño-dios. Resulta evidente, pues, que tanto en Oriente como en

123. Reproducido en Campbell, J. (1992). *Las máscaras de Dios: Mitología occidental* (vol. III). Madrid: Alianza Editorial, pp. 370-371.

124. *Cfr.* Suetonio, *De vita Caesarum*, capítulo dedicado a la vida de Octavio.

Occidente la base de esta leyenda circulaba ampliamente y desde muy antiguo.

Establecido ya que la leyenda de la «persecución y huida» existía previamente dentro de la mítica pagana y que estaba asociada al destino triunfante de grandes personajes, queda por analizar un argumento de peso para los creyentes —más bien crédulos—, eso es que dos profetas, Oseas y Jeremías, habían anunciado este suceso. Si revisamos el texto de *Mateo* antes citado (*Mt* 2,13-18), encontraremos que la *veracidad* del relato se basa en que viene a dar cumplimiento a lo dicho en *Os* 11,1 y en *Jer* 31,15, una presunción que, tal como es habitual en los pasajes que recurren a las *profecías* bíblicas, carece de fundamento.

El texto de Oseas, que dice exactamente: «Cuando Israel era niño, yo le amé, y de Egipto llamé a mi hijo. Cuanto más se les llama, más se alejan. Ofrecen sacrificios a los baales e incienso a los ídolos...» (*Os* 11,1-2), sólo puede ser entendido en el contexto ya descrito en el capítulo sobre los profetas. Oseas vivió durante la época de los reyes Jeroboam II y Azarías, cuando Judá estaba sometida al dominio asirio y los cultos paganos (a Baal y otros dioses) ganaban fuerza merced a la debilidad de los monarcas hebreos. Oseas, como su contemporáneo Isaías, rechazó y denunció con fuerza esa situación y tal es el único sentido que tienen los versículos reproducidos y cuantos les siguen.[125] En caso de querer personalizar la frase «de Egipto llamé a mi hijo», que está escrita en tiempo pasado, ésta podría atribuirse, quizás, a Moisés, pero nunca jamás a Jesús.

Con idéntico descaro *Mateo* pretende apoyar su interesada invención de la «matanza de los Inocentes» en los siguientes versículos de *Jeremías*: «Así dice Yavé: una voz se oye en Ramá, un lamento, amargo llanto. Es Raquel que llora a sus hijos y rehúsa consolarse por sus hijos, pues ya no existen» (*Jer* 31,15). Dejando al margen que se requiere una imaginación enfermiza para ver en este texto la profecía de la inexis-

125. En la *Biblia* Nácar-Colunga se encabeza este capítulo de Oseas bajo el título bien elocuente de «Amor de Dios por Israel e ingratitud del pueblo. Después de castigado, Dios se apiadará de él».

tente persecución de Herodes, el despropósito es aún mayor cuando analizamos las palabras empleadas por Jeremías.

Ramá, que significa altozano, era la palabra hebrea empleada para designar a los santuarios paganos, que estaban situados en pequeñas elevaciones del terreno. La *Ramá* de este pasaje bíblico, que en la *Vulgata* aparece traducida como *in excelso* (lugar en lo alto), había sido tomada por el nombre de una localidad en la *Biblia de los Setenta* y desde este error partió *Mateo* para identificarla con Belén, ciudad en la que, según *Gén* 35,19, había sido enterrada Raquel, la mujer del patriarca Jacob.

Aun aceptando la equivocación de considerar a Ramá como un lugar, éste nunca podía ser Belén, situado al sur de Jerusalén, dado que un poco más al norte existía realmente una ciudad denominada Ramá (o Rama); por otra parte, si bien la tradición sitúa la tumba de la esposa de Jacob en Belén, la Raquel a que se refiere *Jeremías* no pudo ser la Raquel de Jacob ya que a ésta la sobrevivieron sus hijos y, por ello, nunca pudo haber llorado su muerte.

Si se quiere encontrar algún «amargo llanto» relacionado con niños y con *Ramá*, habrá que remontarse muy atrás en el tiempo, hasta los esporádicos sacrificios de niños realizados en los altozanos por los cananeos —de quienes tomaron los israelitas el ritual de sacrificar sobre un altar, aunque evitaron las *ofrendas* humanas— con la finalidad de intentar aplacar a sus dioses ante el anuncio de alguna futura amenaza o catástrofe pronosticada por los adivinos y astrólogos de esos reyes orientales. Estos hechos fueron perfectamente conocidos por los hebreos[126] y sin duda se sumaron al fondo común de las leyendas paganas acerca de la persecución a muerte de «hijos del Cielo» y las consiguientes masacres de «niños inocentes» ordenadas por viejos reyes tiranos.

126. Se ha mantenido que los sacrificios de niños fueron practicados de nuevo en Judá en tiempos del rey Ajab o Ajaz (c. 735-715 a.C.), aliado de los asirios, y que se celebraban en el valle de Ben-Hummonm (más conocido como valle de Hinnom), cercano a Jerusalén, pero los historiadores actuales piensan que este dato no tiene base real; dado el contexto histórico de esos días, del que son testigos críticos Oseas, Isaías y otros

Poco a poco, el belén navideño va tomando un significado muy diferente al que nos habían contado en nuestra infancia, pero eso no es todo, ni mucho menos.

La figura de Jesús-Cristo fue configurada según el modelo pagano de los dioses solares

El erudito Pierre Saintyves, al comparar los mitos recién apuntados con el relato de *Lucas*, no pudo menos que exclamar: «Cómo es posible no señalar el papel destacado que juegan los pastores en estas leyendas. ¿Acaso no es su auténtica fiesta la epifanía del Sol naciente que anuncia el próximo retorno de la primavera? Tras muchos tanteos, la Iglesia, al situar la fiesta de la Navidad en el solsticio de Invierno, creyó poder conectar las alegrías de esta gran solemnidad con las antiquísimas prácticas religiosas; remozando, con cada retorno del Sol y en una universal solidaridad, la alegría de los siglos pasados. Y es por eso por lo que, cuando los cristianos entonan el himno de la Navidad, nadie puede escucharlo sin sentir una profunda emoción. Parece como si los viejos gritos paganos resucitasen de los siglos pasados. Es la voz de nuestros hermanos, y también la de millares de nuestros antepasados que se levantarían de nuevo para unírseles a su coro cantando: ¡Navidad, Navidad, nos ha nacido un dios, el joven Sol sonríe en su cuna!»[127]

El dios que Saintyves identifica como «el joven Sol» es, naturalmente, Jesús-Cristo, en cuya concepción mítica intervinieron todos los elementos simbólicos y legendarios característicos de desarrollos religiosos muy anteriores, evolucionados desde los primeros cultos agrícolas que diviniza-

---

profetas, es muy probable que se trate de una leyenda negra nacida para desacreditar al monarca que se había aliado con los enemigos paganos. Conviene recordar que el sucesor de Ajab fue Ezequías y que éste emprendió una profunda reforma religiosa para eliminar de Judá el paganismo de origen asirio.

127. *Cfr.* Saintyves, P. (1907). *Les Saints successeurs des dieux*. París: Librairie Critique, p. 358.

ron todas aquellas fuerzas y manifestaciones de la naturaleza de cuya acción dependía su supervivencia sobre el planeta. Desde la noche de los tiempos, el lugar preeminente en los cultos astrólatras fue ocupado, en una primera fase, por la Luna, pero ésta muy pronto acabó cediendo el papel de soberano al Sol, el «astro rey» que traía la luz del día, venciendo a las tinieblas nocturnas, y marcaba, con su posición en el cielo, el paso de las estaciones. El ciclo astral solar fue la base sobre la que se construyeron y desarrollaron los importantísimos mitos y ritos de la fertilidad, un sustrato del que se alimentaron todas las religiones posteriores.

En los mitos solares ocupa un lugar central la presencia de un dios joven, de origen astral, que cada año muere y resucita encarnando en sí los ciclos de la vida en la naturaleza. En palabras del jesuita Joseph Goetz «las celebraciones mistéricas no son más que la expresión simbólica (mitos) escenificada (ritos) de la cosmobiología». Goetz aplicaba su tesis a «las religiones de los primitivos» —así se titula su libro—, pero sus argumentos son perfectamente aplicables a la base mítica que originó el «misterio de Cristo». Por otra parte, y no en balde, en la época en que se formó la leyenda de Jesús-Cristo los cultos solares dominaban el espectro religioso a lo largo y ancho del Imperio romano.

En las culturas de mitología astral, el Sol representaba el padre, la autoridad y también el principio generador masculino. Ya hemos citado la abundancia de leyendas acerca de «hijos del Cielo» en las que el embarazo de sus madres vírgenes se produce a través de rayos del sol o luces equivalentes. Durante la antigüedad, en todo el planeta, el Sol fue el emblema de todos los grandes dioses, y los monarcas de todos los imperios se hicieron adorar como hijos del Sol (identificado siempre con su divinidad principal). En este contexto, la antropomorfización del Sol en un dios joven presenta antecedentes fundamentales en la historia de las religiones, con ejemplos tan conocidos como los de los dioses Horus, Mitra, Adonis, Dionisos, Krisna, etc.

El dios egipcio Horus, hijo de Osiris e Isis, es el «gran subyugador del mundo», el que es la «sustancia de su padre»

Osiris, de quien es una encarnación. Fue concebido milagrosamente por Isis cuando el dios Osiris, su esposo, ya había sido muerto y despedazado por su hermano Seth o Tifón. Era una divinidad casta —sin amores— al igual que Apolo, y su papel entre los humanos estaba relacionado con el Juicio ya que presentaba las almas a su padre, el Juez. Es el *Christos* y simboliza el Sol. En el solsticio de invierno (Navidad), su imagen, en forma de niño recién nacido, era sacada del santuario para ser expuesta a la adoración pública de las masas. Era representado como un recién nacido que tenía un dedo en la boca, el disco solar sobre su cabeza y con cabello dorado. Los antiguos griegos y romanos lo adoraron también bajo el nombre de Harpócrates, el niño Horus, hijo de Isis.[128]

Mitra, uno de los principales dioses de la religión irania anterior a Zaratustra, desarrollado a partir del antiguo dios funcional indoiranio Vohu-Manah,[129] objeto de un culto aparecido unos mil años antes de Cristo y que, tras pasar por diferentes transformaciones, pervivió con fuerza en el Imperio romano hasta el siglo IV d.C., era una divinidad de tipo solar —tal como lo atestigua su cabeza de león— que hizo salir del cielo a Ahrimán (el mal), tenía una función de deidad que cargaba con los pecados y expiaba las iniquidades de la humanidad, era el principio mediador colocado entre el bien

128. Si analizamos sin prejuicios religiosos las representaciones de Isis amamantando a Horus que se exponen en el museo egipcio de El Cairo, veremos que son un antecedente iconográfico prodigioso de las escenas que, muchos siglos después, representarán a la Virgen y el niño Jesús. Pero puede resultar aún más chocante darse cuenta que este tipo de escenas, con diosa e hijo, son mucho más antiguas y estaban ya presentes en culturas con cultos agrarios poco desarrollados; en este sentido puede verse, por ejemplo, la llamada «mujer con niño en brazos», una terracota encontrada en Chipre, datada entre el III y II milenio a.C., que se expone en el museo del Louvre en París.

129. Vohu-Manah, al igual que Horus y demás dioses-hijo, entre los que cabe situar a Jesús-Cristo, cumplía un papel fundamental como intermediario entre los humanos y el dios-padre con respecto al «Juicio final»; así, según se creía, cuando un alma llegaba al cielo, Vohu-Manah se levantaba de su trono, la tomaba de la mano y la conducía hasta el gran dios Ahura-Mazda y su corte celestial.

(Ormuzd) y el mal (Ahrimán), el dispensador de luz y bienes, mantenedor de la armonía en el mundo y guardián y protector de todas las criaturas, y era una especie de mesías que, según sus seguidores, debía volver al mundo como juez de los hombres. Sin ser propiamente el Sol, representaba a éste y era invocado como tal. En sus ceremonias era representado por el viril o custodia, que era idéntico en todo al que reproducirá la Iglesia cristiana muchos siglos después. El dios Mitra hindú, como el persa, es también una divinidad solar, tal como lo demuestra el hecho de ser uno de los doce Adityas, hijos de Aditi, la personificación del Sol.

Todas las personificaciones de dioses solares acaban por ser víctimas propiciatorias que expían los pecados de los mortales, cargando con sus culpas, y son muertos violentamente y resucitados posteriormente. Así, Osiris nació en el mundo como un salvador o libertador venido para remediar la tribulación de los humanos, pero en su lucha por el bien se topó con el mal (encarnado en su propio hermano Seth o Tifón, que acabaría identificándose con Satán), que le venció temporalmente y le mató; depositado en su tumba, resucitó y ascendió a los cielos al cabo de tres días (o cuarenta, según otras leyendas).

El dios hindú Shiva, en un acto de supremo sacrificio, según cuenta el *Bhâgavata-Purâna*, ingirió una bebida envenenada y corrosiva que había surgido del océano para causar la muerte del universo —de ahí el epíteto de Nîlakantha («cuello azul») por el que también se conoce a Shiva y que fue el resultado del veneno absorbido—, tragedia que el dios evitó con su autoinmolación y vuelta a la vida.

Baco, otro dios solar destinado a cargar con las culpas de la humanidad, también fue asesinado —y su madre recogió sus pedazos, tal como había hecho Isis con los trozos del cadáver de Osiris— para renacer resucitado. Ausonius, una forma de Baco (y equivalente a Osiris), era muerto en el equinoccio de primavera (21 de marzo) y resucitaba a los tres días. Idéntica suerte le estuvo reservada a Adonis (equivalente al dios etrusco Atune o al sirio Tammuz), a Dionisos o al frigio Atis y a una larga lista de seres divinos que, como Krisna —muerto atado a un árbol y con su cuerpo atravesado por una flecha— o como Jesús-Cristo —muerto en la cruz de madera y lanceado—, fueron todos ellos condenados a muerte, llorados y restituidos a la vida. Son dioses que descendieron al *Hades* y regresaron otra vez llenos de vigor, tal como hace la naturaleza con sus ciclos estacionales anuales.

Si repasamos algunos de los símbolos que aún permanecen unidos a la conmemoración de determinados aspectos fundamentales de la personalidad divina de Jesús-Cristo, nos daremos cuenta fácilmente de que, como divinidad solar que es, está identificado con el Sol de la primavera que se despierta en toda su gloria después de su cíclica muerte invernal (aspecto simbolizado por la muerte de Jesús-Cristo y su permanencia en el sepulcro para, al igual que la vida latente en el huevo —y en la Naturaleza toda—, eclosionar o resucitar radiante, tras el periodo de tres días de dolor y oscuridad, despertando al mundo a la nueva vida).

La Iglesia católica, por ejemplo, celebra la fiesta de la Resurrección de Cristo durante la Pascua, que es llamada también Pascua florida por transcurrir en la época del florecimiento de las plantas, y durante esta conmemoración tiene lugar un rito del que ya nadie recuerda su significado original; se trata de la costumbre de regalarse «el huevo de Pascua». El huevo, desde la época neolítica, representa uno de los símbolos más importantes de cuantos aparecen en las iconografías y mitografías de todas las culturas y, obviamente, está ligado al ciclo agrario de la eclosión de la vida. Por eso, durante la primavera (la estación en la que estalla la vida en su ciclo anual), era una costumbre ritual extendida entre los pueblos antiguos el intercambiarse huevos coloreados.

En Egipto, por ejemplo, estos huevos se colgaban en los templos y se cambiaban como símbolos sagrados de la estación primaveral, emblema del nacimiento o del renacimiento cósmico y humano, celeste y terrestre. En otro rincón del planeta, en el norte de Europa, por poner otro caso correspondiente a una cultura muy diferente a las de Oriente Próximo, los pueblos escandinavos, también al principio de la estación florida, época en que se adoraba a Ostara, diosa de la primavera, se intercambiaban igualmente huevos de color denominados «huevos de Ostara». La Iglesia, no pudiendo eliminar esta fiesta pagana por su absoluto arraigo popular, se la apropió y la manipuló para adaptarla a su particular simbolismo solar.

De hecho, el propio contexto de la Pascua de Resurrección y su fecha de celebración (en el domingo —día del Sol— que sigue inmediatamente al decimocuarto día de la Luna de marzo) ya constituye por sí mismo una prueba de la íntima relación de continuidad mítica que existe entre los primitivos cultos solares agrarios y el cristianismo. No por casualidad, claro está, la fiesta de la Pascua cristiana se instauró en el mismo tiempo en que se conmemoraba la resurrección anual de Adonis (precedente del mismo mito ancestral que se hizo encarnar en Jesús-Cristo) y, otro dato nada baladí, haciéndola coincidir con la Pascua judía, fecha en la que los hebreos —desde el año 621 a.C.— celebraban el fin de su éxodo. Unos y otros, los paganos y los cristianos, conmemoraban lo mismo: el nacimiento del joven dios solar salvífico que les garantizaba el porvenir; los hebreos el nacimiento del «pueblo elegido de Dios» a la libertad, al futuro prometido por Yahveh.

Además, si el advenimiento de la Pascua se correspondiese con una celebración onomástica —la de la supuesta resurrección de Jesús, que debió acontecer en un día determinado—, la fiesta tendría una fecha fija, pero no es así ya que ésta varía de acuerdo con la distribución del año astronómico, con lo que se reafirma el origen pagano de este fundamental mito cristiano.

La denominación de «Cordero Pascual», empleada por la Iglesia para designar al Jesús de la Pasión, ni es baladí ni resulta ajena al mito pagano que anida en su corazón. En los escritos neotestamentarios, particularmente en el *Apocalipsis* de san Juan, que es el texto que emplea la simbología más elaborada, se identifica repetidamente a Jesús-Cristo con el «Cordero», con el *Agnus Dei*, cuya función queda perfectamente clarificada cuando el mismo Juan, en su *Evangelio*, hace que Juan el Bautista, estando en Betania, al ver venir a Jesús, exclame: «He aquí el Cordero de Dios, que quita el pecado del mundo» (*Jn* 1,29),[130] una responsabilidad que ya hemos visto encarnar anteriormente a todos los «dioses jóvenes» que precedieron al cristianismo y que, si queremos remontarnos aún más en el tiempo, encontraremos también en la costumbre mesopotámica de *contarle* los pecados del pueblo a un carnero o cordero que luego era obligado a internarse en el desierto para que con su muerte expiara las culpas humanas y, yendo aún más atrás, podemos ver que la inmolación de carneros a la divinidad, con fines propiciatorios, era ya una práctica habitual en civilizaciones como las de los Balcanes Orientales (c. 6500/6000-5000 a.C.) o la Vinca (c. 5300-3500 a.C.).

Dentro del contexto astrólatra pagano respecto al que seguimos analizando la figura mitificada de Jesús, no puede resultar ya ni una sorpresa el descubrir que, en el mito solar, la constelación de Agnus o Aries, visible durante el equinoccio de primavera, estaba asociada al poder de liberar al mundo de la soberanía del mal.

La veneración de Jesús bajo la forma del Cordero, como símbolo de la identidad redentora del Jesús-Cristo inmolado para salvar a la humanidad, se mantuvo hasta el año 680, fecha en la que, tras el sexto sínodo de Constantinopla, fue sustituida por la figura de Jesús crucificado, que era una forma bastante menos sutil —aunque más adaptada emocionalmente a los nuevos tiempos— de representar el mismo mito y función pagana de los dioses solares jóvenes.

La relación apuntada entre la fiesta pascual y los ritos

130. En otras traducciones de la *Biblia*, la frase «que quita el pecado del mundo» aparece como «que carga sobre sí el pecado del mundo» que, significando lo mismo, tiene un sentido más acorde con el mito del que procede. La identificación simbólica de Jesús-Cristo con el Cordero aparece también en los siguientes versículos del *Apocalipsis* de san Juan: 5,6 y ss.; 7,9 y ss.; 14,1; 17,14; 21,9 y ss. En los *Hechos de los Apóstoles* la encontramos en *Act* 8,32. Y en las Epístolas de Pedro aparece en I *Pe* 1,18-19 en el versículo que dice: «Considerando que habéis sido rescatados de vuestro vano vivir según la tradición de vuestros padres, no con plata y oro, corruptibles, sino con la sangre preciosa de Cristo, como cordero sin defecto ni mancha...»

agrarios primitivos se evidencia también en el contexto de celebración de la Pascua de Pentecostés que conmemora la venida del Espíritu Santo —que es una mistificación de la divinidad femenina que figuraba en las trinidades teológicas anteriores al pueblo hebreo, pero que mantiene su mismo simbolismo como Energía universal o *anima mundi*, dadora de sabiduría y origen de la fertilidad generadora— sobre los apóstoles. Esta festividad, que en recuerdo a su verdadero origen aún se denomina Pascua granada en algunas zonas (como Cataluña, por ejemplo), se celebra siete semanas más tarde de la Pascua de Resurrección, justo en el momento cuando se empiezan a recolectar los frutos de la tierra. Su antecesora más inmediata fue la Fiesta de las Primicias, que los hebreos, siguiendo tradiciones anteriores y comunes a muchos otros pueblos, celebraban con toda solemnidad también cincuenta días después del inicio de la primavera.

También sobreviven clarísimos restos de su origen pagano en las fechas en que los cristianos actuales celebran la Navidad y la adoración de los «Reyes Magos». La elección del 25 de diciembre como fecha del nacimiento de Cristo no obedeció, ni mucho menos, a que ése hubiese sido el día en que nació el Jesús de Nazaret histórico; este día no fue adoptado por la Iglesia como tal hasta el siglo IV (entre los años 354 y 360), de la mano del papa Liberio (352-366), y su finalidad fue la de *cristianizar* —ya que no habían podido vencerle o proscribirle hasta entonces— el muy popular y extendido culto al *Sol Invictus*.

En la Navidad, solsticio de invierno en el hemisferio norte, el sol alcanza su cenit en el punto más bajo y desde este momento el día comienza a alargarse progresivamente —hasta llegar al solsticio de verano (21 de junio) en que invierte su curso[131]—; era, pues, para los antiguos, el auténtico *nacimiento* del Sol y, con él, toda la Naturaleza empezaba a despertar

131. En el solsticio de verano, desde milenios atrás, había igualmente grandes celebraciones paganas en torno al fuego, pero esa tradición también fue ahogada por la Iglesia cuando le implantó encima la festividad de San Juan (que en muchas regiones, como en todo el Levante español, aún tiene a las hogueras como rito festivo central).

lentamente de su letargo invernal y los humanos veían renovadas sus esperanzas de supervivencia gracias a la fertilidad de la tierra que garantizaba la presencia del divino *Sol Invictus*. Esa fecha, concretada en el 25 de diciembre —día de la conmemoración del natalicio de dioses solares jóvenes, precedentes claros del Jesús-Cristo, como Mitra o Baco/Dionisos, llamado también el *Salvador*—, alcanzó una importancia indiscutible, desde muchísimo antes de la época cristiana, en todas las culturas, ya que éstas eran básicamente agrarias.

El predominio agrario dentro de la esfera de influencia del cristianismo se ha mantenido hasta hace apenas un siglo, cuando, con el paso a la era industrial, el progresivo alejamiento de la naturaleza y la notable independencia de los agricultores respecto a los ciclos naturales —gracias al desarrollo de la agro-industria— llevó también hacia el olvido de los mitos ancestrales; un olvido que, finalmente, se ha traducido en la celebración esperpéntica, vacua, hipócrita, comercializada y falta de sentido que caracteriza la Navidad en las sociedades occidentales desarrolladas. Y el mismo fenómeno lamentable ha sucedido con el resto de fiestas cristianas de base pagana (eso es, agrícola).

Cuando un pueblo de creyentes olvida el significado de sus mitos, o éstos se vuelven obsoletos, la religión que los administra se convierte rápidamente en una vulgar burocracia de dudosa utilidad. No son pocos los teólogos actuales que sitúan ya a la Iglesia católica occidental en el apogeo de este estadio funcional basado en la mera burocratización de lo sacro.

Retomando el hilo histórico, tras este inciso, recordaremos que, como consecuencia de las campañas bélicas del cónsul Pompeyo, durante el siglo I a.C., los misterios de Mitra y del Sol Invencible se difundieron con mucha fuerza por todo el Imperio romano. El apelativo de Sol *Divinus* (sirio), *Sactissimus* (semítico) o *Aeternus* (mesopotámico) denotaba atributos de Mitra, Baal u otros grandes dioses de la antigüedad, pero, finalmente, a partir del siglo II d.C., se impuso el concepto de Sol o Dios *Invictus* para significar el poder eterno que tiene el dios solar para renacer siempre victorioso de las tinieblas en las que se sumerge y muere a diario. El Sol Invicto, aunque podía representar genéricamente a todos los dioses solares de la teología romana, identificaba fundamentalmente a Mitra —*Deo Soli Invicto Mithrae*, se lee en muchas epigrafías romanas— y desbancó definitivamente al antiguo panteón presidido por el dios Júpiter.

El avance del culto solar podemos apreciarlo perfectamente en las monedas imperiales de la época. Así, desde Nerón (54-68), la corona de laurel que ceñía la cabeza de los monarcas anteriores fue sustituida por la corona radiada de Helios —*Sol Victrix*, Sol Victorioso—, remarcando de este modo que en los emperadores romanos —como ya antes había sucedido en los reyes caldeos, egipcios, chinos, etc.— se había materializado la sustancia y voluntad divina; y desde Antonino Pío (138-161) la corona radiada fue cambiada por el *nimbus* o aureola, un antiguo símbolo solar que, como veremos más adelante, fue también adoptado por los cristianos para identificar a sus personajes más relevantes. Aureliano (269-275), que instituyó el culto oficial al *Sol Invictus*, hizo grabar en las monedas que acuñó la frase «*Deus et Dominus natus*» (nacido Dios y Señor), y Probo (276-282) confirmó la divinidad solar y su relación con el monarca al identificarse bajo la leyenda «*Soli Invicti Comiti Augusti*» (consagrado a acompañar al Sol Invicto).

De hecho, está documentado que hasta el propio emperador Constantino (306-337) —gracias al cual se impuso la Iglesia católica romana— ordenó sacrificios en honor del Sol, acuñó monedas con la frase «*Soli Invicto Comiti, Augusti Nostri*», impuso que sus ejércitos recitaran cada domingo —día del Sol— una plegaria al «Dios que da la victoria», etc.; al llegar al poder su segundo hijo, Constancio II (337-361), se proscribió todo culto a las divinidades paganas y el papa Liberio, como ya señalamos, sobrepuso la celebración del nacimiento de Jesús al del *Sol Invictus* Mitra. Constancio murió cuando se disponía a enfrentarse a Juliano (361-363), que había sido proclamado por las legiones y al que la Iglesia, ya poderosa, puso el sobrenombre de *el Apóstata* por haber intentado restablecer la heliolatría.

Desde esos días, la mítica solar de Jesús-Cristo desbancó al *Sol Invictus* de quien todo lo había plagiado y tomó su mismo lugar adaptando su propia forma externa al sólido molde de creencias legendarias que había dejado el culto pagano. Está bien documentado que Mitra nació de virgen un 25 de diciembre, en una cueva o gruta, que fue adorado por pastores y magos, fue perseguido, hizo milagros, fue muerto y resucitó al tercer día... y que el rito central de su culto era la eucaristía con la forma y fórmulas verbales idénticas a las que acabaría adoptando la Iglesia cristiana.

A tal punto son iguales el ritual pagano de Mitra y el supuestamente instituido por Jesús, que san Justino (c. 100-165 d.C.), en su I *Apología*, cuando defiende la liturgia cristiana frente a la pagana, se ve forzado a intentar invertir la realidad y encubrir el plagio cristiano afirmando que «a imitación de lo cual [de la eucaristía cristiana], el diablo hizo lo propio con los Misterios de Mitra, pues vosotros sabéis o podéis saber que ellos toman también pan y una copa de vino en los sacrificios de aquellos que están iniciados y pronuncian ciertas palabras sobre ello». La astucia del diablo, según la pinta Justino, es inusitada, ¡mira que instaurar la *eucaristía cristiana* en un culto pagano cientos de años antes de que nadie —incluidos los propios profetas de Dios— pudiese imaginar que una sectilla judía acabaría por convertirse en la poderosa Iglesia católica romana!

Un hecho similar al de la *Natividad del Señor* sucedió con la celebración de la fiesta que le sigue, la de la llegada de los *Reyes Magos*, el 6 de enero. Ese mismo día, en la Alejandría egipcia (cuna de aspectos fundamentales de la doctrina cristiana), se festejaba el festival de Core «la Doncella» —identificada con la diosa Isis— y el nacimiento de su nuevo Aion —personificación sincrética de Osiris—; el *parto* de Core/Isis era anunciado, desde hacía milenios, por la elevación en el horizonte de la estrella brillante Sotis (Sirius) —la estrella de *Mt* 2,2—, el signo que precedía al desbordamiento de las aguas del río Nilo a través de las cuales el dios muerto y resucitado Osiris extendía su gracia fertilizando y vivificando a todas las tierras ribereñas.[132]

132. San Epifanio, refiriéndose al festival de Core, escribió en *Penalrion* 51: «la víspera de aquel día era costumbre pasar la noche cantando y

Al respecto, está cargado de razón el mitólogo Joseph Campbell cuando, refiriéndose a las fechas en que la Iglesia católica celebra las fiestas de Navidad y Reyes, afirma que fueron adoptadas tardíamente «posiblemente para absorber el festival del nacimiento de Mitra de la roca madre. Porque el 25 de diciembre señalaba en aquellos siglos el solsticio de invierno: de forma que ahora Cristo, como Mitra y el emperador de Roma, podía ser reconocido como el *sol ascendente*. Así tenemos dos mitos y dos fechas de la escena de la Natividad, el 25 de diciembre y el 6 de enero, con asociaciones que señalan de un lado a Persia y de otro a la antigua esfera egipcia»,[133] tal como ya habíamos apuntado con anterioridad.

A los cristianos de esos días, acostumbrados como estaban a creer cualquier cosa que figurase mencionada previamente, sin importar en qué sentido ni contexto, en algún rincón del *Antiguo Testamento*, no les costó nada asimilar el *Sol Invictus* pagano con el «sol de justicia» citado en Malaquías;[134] aunque ambos conceptos expresaban significados incompatibles entre sí, el papa Liberio, avalado por la fuerza legisladora y represora de Constancio II, se las arregló para que en todo el Imperio romano el *Sol* de Jesús-Cristo comen-

---

atendiendo las imágenes de los dioses. Al amanecer se descendía a una cripta y se sacaba una imagen de madera, que tenía el signo de una cruz y una estrella de oro marcada en las manos, rodillas y cabeza. Se llevaba en procesión, y luego se devolvía a la cripta; se decía que esto se hacía porque *la Doncella* había alumbrado al *Aion*.»

133. *Cfr.* Campbell, J. (1992). *Op. cit.*, p. 369.

134. «Pues he aquí que llega el día, ardiente como horno, y serán entonces los soberbios y obradores de maldad como paja, y el día que viene la prenderá fuego, dice Yavé, de suerte que no les quedarán ni raíz ni follaje. Mas para vosotros, los que teméis mi nombre, se alzará un sol de justicia que atraerá en sus alas la salud, y saldréis y brincaréis como terneros (que salen) del establo, y pisotearéis a los malvados, que serán como polvo bajo la planta de vuestros pies, el día en que yo me pondré a hacer, dice Yavé de los ejércitos» (*Mal* 4,19-21). Tal como ya señalamos en otro apartado, en el contexto del siglo v a.C., el anuncio del «día de Yahveh», del que forman parte estos versículos de Malaquías, no tenía absolutamente nada que ver con una supuesta profecía referida a Jesús.

zase a brillar en exclusiva basándose en los mismos mitos paganos que hasta entonces habían sido patrimonio del *Deo Soli Invicto Mithrae*.

Otro resto de la simbología solar pagana aún presente en el cristianismo es el nimbo (*nimbus*) o aureola que rodea la cabeza de Cristo, de sus apóstoles y de los santos cristianos más destacados. Este tipo de halo *santificador* adornaba la cabeza de los dioses solares en Egipto, Persia, Grecia, China, Tíbet, Japón, India, Perú, etc., y aparece ya en las representaciones iconográficas de los fundadores y/o figuras relevantes de las religiones pre-cristianas. Así, por ejemplo, llevan nimbo las figuras del dios solar Ra del Antiguo Egipto, del dios griego Apolo, de Buda y sus principales discípulos y, en general, de todas cuantas personas fueron tenidas por santas en Oriente.

Aún hoy día, en los impresionantes templos rupestres de las cuevas de Ellora (a 30 kilómetros de Aurangabad, en el estado indio de Maharashtra Norte), puede verse la figura de Indranî —la esposa de Indra, que fue el principal dios de la India en la antigüedad— sosteniendo en sus brazos al niño Dios-Sol y llevando ambos alrededor de sus cabezas un halo similar al de la Virgen y el Niño cristianos. También con la cabeza aureolada se representa, en antiguas pinturas, al niño Krisna siendo amamantado por su madre Devakî.

En todas las culturas antiguas, al margen de un reflejo de la gloria celeste representada por el Sol, el nimbo era un símbolo de realeza. Y así lo tomaron también los primitivos artistas cristianos, que representaron con halo áureo no sólo a Cristo y los santos sino, también, a los llamados emperadores cristianos (Trajano, Antonino Pío, Constantino, Justiniano, etc.), tal como puede verse en las monedas y medallas de la época.

El famoso crismón, símbolo fundamental de la Iglesia cristiana primitiva, es un clarísimo signo solar. En una de sus formas está constituido por las letras I y X (iniciales griegas de *Iesous Xristos*) superpuestas, mientras que en el llamado «crismón constantiniano» se emplean la X y la P, que son las dos primeras letras del nombre Cristo en griego; esta segunda forma no se distingue de la primera «más que por la adición del bucle de la P, del que Guénon ha señalado que representaba el sol elevado a la cumbre del eje del mundo, o también el agujero de la aguja, la puerta estrecha, y finalmente hasta la puerta del sol por donde se efectúa la salida del cosmos, fruto de la Redención por Cristo. A este símbolo debe allegarse la antigua marca corporativa del *cuatro de cifra*, donde la P se reemplaza simplemente por un 4, emparentado precisamente con la cruz».[135]

La cruz, en sus múltiples formas, es un símbolo procedente de la prehistoria, tiene su origen en los cultos solares y es un símbolo fundamental de la humanidad que ha estado presente en todas las culturas del planeta. Así pues, la elección del signo de la cruz por los primeros cristianos fue totalmente adecuada ya que ésta simbolizaba al Jesús-Cristo o *Sol Invictus*, razón por la cual también el crismón, con el fin de reforzar su significado astral, comenzó a representarse dentro de la antigua rueda solar. En la historia cristiana, sólo muy tardíamente se comenzó a tener a la cruz como el emblema de la «Pasión de Cristo» y de la *Salvación* que se derivó de ella.

La interrelación de los diferentes símbolos y creencias paganas de que venimos hablando en los últimos apartados fue explicada ya adecuadamente por Pierre Saintyves, en 1908, en un pequeño ensayo de mitología comparada que resulta tan erudito como ameno:[136] «Hubo un tiempo en el que la astrolatría, y sobre todo el culto al Sol, tomó el relevo, como culto oficial, del culto naturalista a las piedras, los árboles y las aguas. Esta superposición se produjo bajo la doble influencia de la observación del firmamento y de la práctica de los ritos agrarios, necesariamente estacionales. Y así ocurrió que estos últimos ritos, orientados esencialmente hacia la fecundidad de la tierra, fueron utilizados con el fin de influir

135. *Cfr.* Chevalier, J. y Gheerbrant, A. (1993). *Diccionario de los símbolos*. Barcelona: Herder, pp. 358-359.

136. *Cfr.* Saintyves, P. (1908). *Las madres vírgenes y los embarazos milagrosos*. París: Librairie Critique (este texto ha sido editado en España por Akal en 1985), pp. 94-95.

sobre los movimientos de los astros que regulan las estaciones. Y de este modo, antiquísimos ritos de fecundidad, semitotémicos y semiagrícolas, fueron traspasados hacia el culto solar. Se olvidó su origen, pero no el fin con el que se habían de emplear. Nacieron entonces estos relatos de la encarnación del Sol. Sobre los ritos de fecundidad, utilizados para hacer más activo al Sol, se injertaron estas historias divinas que, bajo tantas formas diferentes, fueron la delicia de nuestra infancia.

»De este modo —prosigue Saintyves— la anunciación de la venida de un dios se incorpora a la anunciación de la primavera y a los ritos que preparaban su llegada. La estrella de la natividad se convirtió en la estrella que anuncia la próxima llegada de la dulce estación. Los sacerdotes del antiguo Egipto tenían el deber de comunicar al pueblo la aparición de Sirio, presagio de la próxima primavera y de la resurrección de Osiris. La exposición del hijo que deberá destronar a su padre o a su abuelo se convertirá en la ocasión del triunfo del nuevo Sol, que deberá expulsar al antiguo y decrépito. La alegría de los padres en el nacimiento de un nuevo hijo tendrá su equivalente en el milagro del hosannah que canta toda la naturaleza en honor del Sol primaveral o del Sol naciente. Crecen los capullos, se abren las flores, cantan los pájaros y los hombres comienzan de nuevo a tener esperanzas. Nadie podrá dudar que el tema del hosannah milagroso se relaciona claramente con los alegres ritos practicados en las jubilosas fiestas paganas, que participan a la vez del carácter de nuestras Navidades y nuestras Pascuas.»

Mucho antes que Saintyves, Juan de Médicis, que sería proclamado Papa bajo el nombre de León X (1513-1521), en una carta dirigida al cardenal Bembo —según lo recogió su contemporáneo Pico della Mirandola—, había dejado entrever con claridad el pensamiento más íntimo de la cúpula de la Iglesia católica cuando escribió: «Desde tiempos inmemoriales es sabido cuán provechosa nos ha resultado esta fábula de Jesucristo.»

Jesús nació con dos genealogías, pero sin ninguna legitimación mesiánica

Los autores de los *Evangelios* que, como ya vimos, escribieron sus textos muchos años después de muerto Jesús y con una finalidad apologética que pretendía sustanciar la verdad del cristianismo mitificando la figura del Jesús histórico, se vieron obligados a encajar sus narraciones dentro de dos moldes muy ajenos entre sí: el de los mitos paganos que acabamos de repasar y el contexto judío que había acrisolado antiguas profecías bíblicas acerca de la futura llegada de un Mesías salvador de Israel.

Tal como se hizo con la mítica solar pagana, la acomodación de la leyenda de Jesús a las profecías mesiánicas —ya mencionada en el apartado dedicado a los profetas y que volveremos a tratar extensamente en el capítulo 7—, empleada ya por el propio Jesús antes de ser ejecutado, fue exacerbada con descaro en algunos escritos neotestamentarios. Así, desde el mismísimo inicio del primer evangelio canónico se pretende dar por cumplidas las profecías básicas aportando una genealogía de Jesús que, si bien es ingeniosa y parece convincente, tiene los pies de barro.

En el comienzo del *Evangelio de Mateo* —concretamente en *Mt* 1,1-16— se lee: «Genealogía de Jesucristo, hijo de David, hijo de Abraham: Abraham engendró a Isaac, Isaac a (...), Jesé engendró al rey David, David a Salomón en la mujer de Urías (...) y Jacob engendró a José, el esposo de María, de la cual nació Jesús, llamado Cristo.»

Con este texto, en *Mateo* se pretende demostrar que Jesús era descendiente directo del linaje de David, tal como exigía la profecía mesiánica más tradicional —la «profecía de consolación» de *Is* 11 en la que Dios, estando el pueblo de Israel bajo el dominio asirio, promete un retoño del tronco de Jesé sobre el que reposará el espíritu de Yahveh, etc.— y, al mismo tiempo, se quiere dejar sentado que Jesús había sido concebido por una virgen, tal como había anunciado Isaías en su profecía sobre el *Emmanuel* (*Is* 7,14 y ss).[137]

137. «El Señor mismo os dará por eso la señal: He aquí que la virgen

El problema que presenta esta genealogía, máxime en una sociedad patriarcal donde el linaje se transmite desde el padre y no a través de la madre, es que si José no tuvo nada que ver con el embarazo de María, Jesús no pudo ser descendiente de la casa de David y, por tanto, tampoco pudo ser jamás el Mesías esperado por los judíos y anunciado por los profetas, puesto que no se había dado la premisa principal de la promesa divina.[138]

Lucas, por su parte —en *Lc* 3,23-38—, aporta otra genealogía que, en orden inverso, va de Jesús hasta Dios pasando por David, naturalmente: «Jesús, al empezar [su predicación], tenía unos treinta años, y era, según se creía, hijo de José, hijo de Helí (...), hijo de Leví (...), hijo de David, hijo de Jesé (...), hijo de Abraham (...), hijo de Adán, hijo de Dios.»

Dejando al margen la pueril licencia poética de hacer remontar la ascendencia de Jesús hasta Adán para mostrar así que era «hijo de Dios» —un dato innecesario puesto que en el *Antiguo Testamento* ya estaban acreditados como tales David (*Sal* 2,7-8) y otros reyes hebreos—, de esta genealogía destacan dos aspectos muy importantes: es discordante de la aportada por *Mateo* respecto de los antepasados que llevan hasta David —una discrepancia difícil de justificar sabiendo que ambos autores fueron casi contemporáneos y se basaron en las mismas fuentes históricas judías[139]— y, por otra parte, aunque en unos versículos anteriores Lucas había dejado ya

---

grávida da a luz, y le llama Emmanuel. Y se alimentará de leche y miel hasta que sepa desechar lo malo y elegir lo bueno...» (*Is* 7,14-15).

138. La Iglesia católica ha intentado ocultar esta incoherencia argumentando que José y María debieron ser primos, pero, dado que de tal parentesco no se habla en ningún *Evangelio* mientras que sí se acreditan otros muchos que tienen menor relevancia, parece obvio que tal afirmación no es más que uno de los muchos embustes con los que se ha pretendido camuflar las decenas de contradicciones que aparecen en el *Nuevo Testamento*.

139. La Iglesia católica *soluciona* la contradicción mediante un absurdo, eso es considerando «la de san Mateo como la genealogía legal y dinástica, que señala la transmisión de los derechos mesiánicos desde David hasta Jesús, y la de san Lucas la genealogía natural, que va de padres a hijos desde san José hasta David». *Cfr.* Nácar-Colunga (1979). *Op. cit.*, p. 1.232.

constancia del anuncio del embarazo milagroso de la madre, aún virgen, de Jesús (*Lc* 1,26-38), la genealogía presenta a éste como hijo de José y no de María; un *desliz* que quizá puede comprenderse mejor teniendo en cuenta que, como médico que era, Lucas debía tener una noción bastante clara del *misterio* de la generación humana y, además, al igual que Pablo, del que fue ayudante, no debió creer ni dar importancia a una hipotética encarnación divina de Jesús.

El problema planteado por esta genealogía es inverso, aunque complementario, al que ya hemos señalado en *Mateo*. Ahora, siendo Jesús hijo de José queda claro que desciende del linaje de David y cumple con la profecía; pero si no nació de virgen, tal como sugiere esta segunda genealogía, es evidente que no se cumple el anuncio de *Is* 7 y tampoco puede ser el «Emmanuel», el Rey Mesías y Salvador. Los otros dos *Evangelios*, el de Marcos y el de Juan, tampoco nos permiten solucionar tan fundamental cuestión ya que en ellos el Espíritu Santo no sólo no inspiró genealogía alguna sino que tampoco aportó dato ninguno acerca de la presunta virginidad de María.

No sin cierta perplejidad por nuestra parte, deberemos seguir adentrándonos en la obra mesiánica de Jesús sabiendo que, pese a tener dos amplias genealogías, ninguna de ellas le presenta ni le legitima como el Mesías prometido y esperado por el pueblo de Israel.

Si María fue virgen aún después de parir a Jesús, ¿cómo es que los apóstoles no se enteraron jamás de tamaño milagro?

Siguiendo la inveterada costumbre —cultivada por los escritores neotestamentarios y por los padres de la Iglesia con un radical y persistente desprecio por la verdad histórica— de dar por cierta toda noticia que pudiese relacionarse con algún versículo profético, Mateo, en *Mt* 1,22-23, tal como ya mencionamos, se armó con un texto de Isaías para demostrar *más allá de cualquier duda* que Jesús había nacido de una virgen; aunque, dado que este pasaje está escrito en forma de aclaración demostrativa de la veracidad de la afirmación de *Mateo*, es también posible que sea un añadido posterior.

El texto de Isaías en que se apoya *Mateo* es el siguiente: «El Señor mismo os dará por eso la señal: He aquí que la virgen grávida da a luz, y le llama Emmanuel. Y se alimentará de leche y miel, hasta que sepa desechar lo malo y elegir lo bueno. Pues antes que el niño sepa desechar lo malo y elegir lo bueno, la tierra por la cual temes de esos dos reyes, será devastada. Y hará venir Yavé sobre ti, sobre tu pueblo y sobre la casa de tu padre días cuales nunca vinieron desde que Efraím se separó de Judá» (*Is* 7,14-17); aunque, obviamente, *Mateo* solamente escogió la primera frase —*reproduciéndola* como: «He aquí que una virgen concebirá y parirá un hijo, y se le pondrá por nombre "Emmanuel"»— añadiéndole seguidamente «que quiere decir [Emmanuel] "Dios con nosotros".»

En primer lugar, si recordamos el contexto histórico en que se movió Isaías, salta a la vista el trasfondo del pasaje aludido que, a más abundamiento, *Isaías* resalta al comenzar el capítulo 7 diciendo: «Y sucedió en tiempo de Acaz, hijo de Joram, hijo de Ozías, rey de Judá, que Rasín, rey de Siria, y Pecaj, hijo de Romelía, rey de Israel, subieron contra Jerusalén para combatirla, pero no pudieron tomarla...»; es evidente, por tanto, que Isaías está aludiendo a la crisis política que atravesaba Judá desde el inicio del reinado de Acaz (735-715 a.C.), presionado por la coalición entre los israelitas del norte y los arameos de Damasco, y que le formula a Acaz un oráculo que es al tiempo consolador y veladamente amenazador para el futuro de Judá, merecedor de un castigo divino por haberle sido infiel a Yahveh.

El plazo para el cumplimiento del oráculo es «antes que el niño [el hijo de la virgen, que más abajo veremos a quién se refería] sepa desechar lo malo y elegir lo bueno», eso es antes de que tenga uso de razón o, lo que es equivalente según la tradición, antes de los siete años. Puntual como un reloj, el anuncio de *Isaías* tuvo lugar a los siete años de reinado de Acaz, en el año 732, cuando Judá, aliada con los asirios, venció a Israel y Damasco —«la tierra por la cual temes de esos dos reyes, será devastada»—. Quedaba aún por cumplir la parte amenazadora del oráculo, que llegaría en el año 587 a.C., de la mano de Nabucodonosor, con el fin del reino de Judá y el inicio del exilio babilónico. Para el lector sorprendido por la capacidad profética de Isaías cabe recordar que buena parte de *sus oráculos* fueron redactados por otras personas y una vez acontecidos ya los hechos *anunciados.*[140]

Veamos ahora que sabemos del Emmanuel, el hijo de la virgen. En la muy deficiente versión griega de la *Biblia de los Setenta* se tradujo la palabra hebrea *almah*, que significa muchacha, por virgen, y sobre este grave error *Mateo* construyó su enésima patraña *profética* en apoyo de la supuesta veracidad de su narración mítica acerca del nacimiento de Jesús.

Sostener, como hace la Iglesia católica, que la *almah* de *Isaías* fue una virgen implica mantener a sabiendas un claro engaño con fines doctrinales interesados, máxime cuando todas las otras *almah* bíblicas sí las ha traducido por su correcto significado de doncella, tal como puede apreciarse en el caso de la *almah* de *Proverbios*[141] y las *alamoth* del *Cantar de los Cantares*[142] que, obviamente, según se deduce del contexto narrativo, perdieron su virginidad, respectivamente, a con-

140. «No siempre resulta fácil reconocer la parte del profeta judeo del siglo VIII a.C., Isaías hijo de Amós, en la importante colección titulada *Isaías.* Esta colección contiene al final dos series distintas de oráculos no anteriores al siglo VI a.C., obra del *Deutero-Isaías* (caps. 40-50) y del *Trito-Isaías* (caps. 56-66). Pero tampoco todo lo que los capítulos 1-39 contienen es enteramente atribuible al *Proto-Isaías*: ciertos elementos, como por ejemplo el apocalipsis de los capítulos 24-27, parecen más bien contemporáneos del *Deutero-Isaías.* Por otra parte, los «oráculos contra las naciones» de los caps. 13-23 se hallan simplemente agrupados en virtud de su similitud literaria, pero pertenecen a épocas diversas. Algunos otros capítulos han sido, además, objeto de manipulación y de amplificaciones de épocas indeterminadas», *Cfr. Historia de las Religiones.* Siglo XXI, Vol. 2, pp. 180.

141. «Tres cosas me son estupendas y una cuarta no llego a entenderla: el rastro del águila en los aires, el rastro de la serpiente sobre la roca, el rastro de la nave en medio del mar y el rastro del hombre en la doncella» (*Prov* 30,18-19).

142. «Sesenta son las reinas, ochenta las concubinas, y las doncellas son sin número» (*Cant* 6,8).

secuencia del «rastro del hombre» y de su función en un harén real.

Todas las versiones independientes —o, simplemente, no católicas— de la *Biblia* han traducido la *almah* de Isaías por doncella,[143] y ello no sólo es lógico por lo ya mencionado sino por todo lo que sigue diciendo *Isaías* en su propio texto. De entrada, el profeta se concentró únicamente en el nombre que tendría el hijo, ignorando absolutamente a la madre, cosa absurda si se tratase de una auténtica virgen a punto de parir. Y, como colofón, *Isaías* identificó perfectamente a la doncella como a una contemporánea suya cuando, tras hacer una relación pormenorizada de cuanto le acontecería al reino de Judá «antes que el niño sepa desechar lo malo y elegir lo bueno», añadió: «Acerquéme a la profetisa que concibió y parió un hijo, y Yavé me dijo: Llámale Maher-salal-jas-baz, porque antes que el niño sepa decir "padre mío, madre mía", las riquezas de Damasco y el botín de Samaria serán llevados ante el rey de Asiria» (*Is* 8,3-4).

Resulta palmario, pues, que la *almah* es la joven profetisa que ya ha parido un hijo, nacido necesariamente durante el período que va entre los años 735 a.C. (fecha más probable) y 721 a.C. (fecha de la conquista asiria de Samaria), y al que *Isaías* designa con dos nombres sucesivos: *Emmanuel* (Dios o la Alegría está con nosotros), que resultaba tranquilizador para Judá y acorde con la primera parte de *su profecía*, y *Maher-Sçalal-hasçbaz* (la desgracia está con vosotros), que concordaba con el segundo anuncio oracular acerca del fin de Judá y el exilio babilónico. Así pues, de ninguna manera, ni bajo ninguna excusa o exégesis, puede tomarse esta imagen sobre algo ya acontecido en el siglo VIII a.C. como la profecía de algo venidero en el siglo I d.C. La *almah* de *Isaías* ni era

143. De hecho, el texto del versículo 14 que hemos reproducido anteriormente —«He aquí que la virgen grávida da a luz, y le llama Emmanuel»—, tomado de la *Biblia* católica de Nácar-Colunga, no es una traducción correcta del original ya que en éste se dice más bien: «Ves a esta doncella embarazada que va a dar a luz a un hijo. Su hijo se llamará Emmanuel...», que tiene un sentido descriptivo absolutamente diferente, ya que contextualiza en tiempo presente y evita toda especulación profética.

virgen ni preconizaba el milagro de la Virgen María, y su hijo Emmanuel fue también absolutamente ajeno a cualquier anuncio del nacimiento prodigioso de Jesús.[144]

En el contexto histórico en que se desarrolló el libro de *Isaías* tampoco puede tener nada que ver con una supuesta profecía sobre Jesús el pasaje que dice: «Porque nos ha nacido un niño, nos ha sido dado un hijo que tiene sobre los hombros la soberanía, y que se llamará maravilloso consejero, Dios fuerte, Padre sempiterno, Príncipe de la paz[145], para dilatar el imperio y para una paz ilimitada sobre el trono de David y de su reino, para afirmarlo y consolidarlo en el derecho y en la justicia desde ahora para siempre jamás. El celo de Yavé de los ejércitos hará esto» (*Is* 9,6-7).

Tal como mostramos en el apartado dedicado a los profetas, ésta es una típica *profecía* de consolación que, además, ensalza a la casa de David —de la que Isaías era un notable asesor— y, junto a los versículos de *Is* 11, diseña lo que se

144. Del descaro insultante con que la Iglesia católica sigue defendiendo, hasta hoy, el texto de *Isaías* como una profecía verdadera acerca de la virginidad de María y del nacimiento del «Niño», constituye una pequeña muestra la anotación al versículo de *Is* 7,14 que figura en la *Biblia* de Nácar-Colunga: «Las dificultades de este vaticinio han sido sentidas desde antiguo, por la unión con que aparece ligado a la devastación asiria. Para darnos cuenta del lenguaje del profeta, habremos de reconocer que había tenido de Dios una muy alta revelación de Emmanuel, la cual le dejó tan impresionado, que no podía apartar el pensamiento de ella. Así, al anunciar la inminencia de la invasión asiria, toma por señal el mismo Niño, que, si entonces naciera, antes de llegar a los años de la discreción no tendría para alimentarse más que leche y miel. Éstas abundarán mucho, porque toda la tierra devastada será pastizal para los ganados.» Es tan inmensa la estulticia —o la maldad, quién sabe— que anida bajo esta *interpretación* alucinógena del texto de *Isaías*, que ésta, como otras muchas anotaciones clásicas de las biblias católicas, supone una ofensa a la inteligencia de cualquier ser viviente mínimamente racional.

145. En este punto, el anotador de la *Biblia* católica de Nácar-Colunga sigue tergiversando el sentido de *Isaías* al indicar que «los atributos que aquí atribuye el profeta al Niño nos declaran la alta idea que Dios le había comunicado de este vástago de David. Tales atributos tocan en lo divino, y su pleno sentido nos lo pondrá en claro la propia revelación del *Nuevo Testamento*»; eso es que, tal como ya vimos en su momento, lo que jamás se dijo en el *Antiguo Testamento* se dará por dicho en el *Nuevo*.

convertirá en el mesianismo judío, la esperanza puesta en un futuro monarca poderoso y justo que dilate el reino de Israel en medio de la paz y la justicia. Isaías soñaba con la entronización de un rey, fuerte al menos como David, que aún nadie ha visto gobernar en Israel; pero jamás se le pudo haber pasado por la cabeza que la esperanza del «pueblo de Yahveh» residiese en aguardar al hijo de un carpintero que sería ajusticiado en la cruz tras dos breves años de predicación.

De lo dicho hasta aquí, basándonos en el *Evangelio de Mateo*, el gran avalador de la virginidad de María, sólo puede extraerse la conclusión de que no existe en el *Antiguo Testamento* ninguna profecía acerca de la virginidad de María y del nacimiento prodigioso de Jesús y que, vista la afición de *Mateo* por construir *inspirados* castillos probatorios sobre pasajes veterotestamentarios de los *Setenta* que no son más que obvios errores de traducción y de exégesis de los originales hebreos, la credibilidad de su relato sobre este asunto debe quedar, como mínimo, en suspenso.

La otra mención que se hace en el *Nuevo Testamento* acerca de la virginidad de María la encontramos en *Lucas*, concretamente en *Lc* 1,26-38, en el pasaje de la anunciación de Jesús, que, como ya indicamos en un apartado anterior, fue redactado gracias a la *inspiración* procedente del texto de *Mateo* y de los relatos —equivalentes— de las anunciaciones previas a los nacimientos prodigiosos de Sansón, Samuel y otros. Estos doce versículos, escasos y nada originales, aun sumados a los de *Mateo*, suponen bien poca leña para alimentar el fuego del mito virginal de María.[146]

146. El escasísimo espacio que se le dedica a la virginidad de María contrasta, por ejemplo, con las descripciones detalladísimas que se aportan para la construcción del Tabernáculo en el libro del *Éxodo*, donde, durante ¡seis capítulos enteros! —no doce versículos deslavazados—, se relacionan con neurótica minuciosidad las características y medidas de maderas, cortinas, tejidos, hilos, colores, ropas, metales... su confección, colocación y uso; necesidades de los artesanos a emplear, etc. (*Cfr. Éx* 25 a 31). Parece evidente que al Dios que inspiró la *Biblia* le interesó muchísimo más el arte de la decoración que la presunta virginidad de la madre de su divino hijo.

En *Marcos*, el primer evangelio que se redactó (c. 75-80 d.C.), producto de los recuerdos y prédicas del apóstol Pedro, próximo como nadie a Jesús, no aparece ni una sola línea acerca de un hecho tan capital como la virginidad de María. Y en *Juan*, el último de los evangelios (escrito a finales de la primera década del siglo II d.C.), fruto de las memorias del «discípulo amado» del Mesías, a pesar de que se identifica claramente a Jesús con la encarnación del Verbo[147], tampoco se invierte ni un triste versículo en proclamar la naturaleza virginal de la madre del Mesías. ¿No resulta, pues, algo sospechoso un olvido tan evidente sobre un asunto tan principal? Y máxime si, tal como veremos en el apartado siguiente, ninguno de los cuatro evangelistas dejó de mencionar que María tuvo otros hijos además de Jesús.

En un arrebato de estulticia galopante cabría tomar en consideración la *explicación* que impone la Iglesia católica cuando afirma que: «Jesús pasaba por hijo de José, ya que el misterio de su concepción virginal estaba aún velado por el secreto. Los hermanos y hermanas de que nos hablan con frecuencia los autores sagrados son parientes cercanos, primos carnales por parte de la madre o de san José».[148] Pero a un aceptando la muy improbable posibilidad de que los vecinos de Nazaret ignorasen la virginidad de María en caso de haber sido un hecho real, lo que ya clamaría al cielo y sobrepasaría el absurdo sería que hubiese sido desconocida por los mismísimos apóstoles por estar dicho suceso «aún velado por el secreto». ¿Cuando dejó de ser un secreto?, ¿por qué se ocultó un hecho que proclamaba divinidad por los cuatro costados?, ¿cómo y en qué momento se enteraron los apóstoles de la virginidad de María?, ¿no confiaba Jesús en sus apóstoles?, ¿por qué sólo Mateo parece haber conocido el episodio de la virginidad de María mientras que le estuvo vedado al resto de los apóstoles?, ¿no confiaban los apóstoles entre sí?

147. *Cfr.*, por ejemplo, *Jn* 1,1-18; *Jn* 10,30-36; o *Jn* 14,15-31.

148. *Cfr.* la anotación al versículo de *Mt* 13,55 —«¿No es éste el hijo del carpintero? ¿Su madre no se llama María, y sus hermanos Santiago y José, Simón y Judas?»— que figura en la *Biblia* católica de Nácar-Colunga.

Estas preguntas y otras muchas similares no pueden tener respuestas lógicas dado que se interrogan sobre un absurdo total. Si los apóstoles no le dedicaron un espacio de privilegio a un hecho tan portentoso como la virginidad de María —mientras que fueron unánimes en mencionar a sus otros hijos y en consumir versículos sin fin relatando «curaciones milagrosas» de histéricos para documentar la personalidad extraordinaria de Jesús— no pudo ser jamás por falta de conocimiento sino, justamente, por todo lo contrario: los apóstoles, que trataron directamente con Jesús y toda su familia, nunca creyeron que su madre fuese virgen. ¿Cabe pensar entonces que Mateo mintió a sabiendas al introducir el mito virginal de María en su texto? Es posible, pero no necesariamente.

Para intentar encontrarle algún sentido a tanta contradicción hay que recordar lo que ya apuntamos en un capítulo anterior y tener presente que el *Evangelio de Mateo*, tal como lo conocemos, fue escrito en Egipto, hacia el año 90 d.C., por alguna persona que se basó en los textos originales de Mateo —es decir, del judío Leví, hijo de Alfeo, que fue recaudador de impuestos antes que apóstol—, en *Marcos* y en otras fuentes judías y paganas. El redactor final de *Mateo*, que no era judío, tal como se desprende del análisis del texto, no se limitó a actuar como un mero compilador sino que añadió de su propia cosecha todo cuanto le pareció oportuno para *mejorar* la capacidad de convicción del *Mateo* original; con esta intención, por ejemplo, duplicó el número de personas que, según *Marcos*, había sanado Jesús en Gadara y Jericó, etc.

Sabiendo que *Mateo* fue un texto inicialmente destinado a la evangelización cristiana en las comunidades helenizadas de ciudades egipcias como Alejandría, y recordando que el origen auténtico del cristianismo tal como ha llegado hasta hoy partió de Asia Menor —la región más crédula de todo el Imperio romano en lo tocante a todo tipo de leyendas y supersticiones mágico-religiosas— y que, precisamente, en el sustrato legendario popular de las culturas griega y oriental de esos días era aún habitual la atribución de un nacimiento virginal a todos los personajes muy relevantes, resulta de Perogrullo darse cuenta del origen mítico y tardío del episodio de la virginidad de María; una inclusión forzada por los requerimientos legendarios básicos del contexto pagano al que se intentaba imponer un nuevo «hijo del Cielo». En cualquier caso, el relato del nacimiento virginal se adoptó como un rasgo *demostrativo* más en favor de la proclamación de la descendencia divina de Jesús, pero bajo ningún concepto pudo pretenderse ensalzar o construir el personaje que llegará a ser «María, la Virgen» (un proceso que veremos detalladamente en la cuarta parte de este libro).

El Jesús histórico, al ser transformado en la divinidad solar Jesús-Cristo, tal como ya mostramos, necesitó ser adornado con todos los mitos paganos correspondientes a la astrolatría solar, entre los cuales el de la concepción divina y virginal de su madre era uno más. Así pues, carece de sentido hablar de que los apóstoles estuvieron mal informados acerca de la virginidad de María o que este prodigioso hecho permaneciese «aún velado por el secreto». Si *Marcos* y *Juan* (así como también Pablo en sus epístolas) ignoraron la supuesta virginidad de María, *Mateo* la ensalzó con más pasión que convencimiento y *Lucas* —que había tomado el relato de *Mateo* y de otras leyendas del *Antiguo Testamento*— la citó con la frialdad de un trámite rutinario teñido de incredulidad, deberemos concluir necesariamente que sólo pudo haber un motivo lógico para esas actitudes: a la madre de Jesús se la hizo virgen cuando los redactores y neotestamentarios ya habían dejado de existir.

Por esa razón, pobres hombres, los apóstoles jamás pudieron honrar a la Virgen María tal como la Iglesia romana acabó ordenando que debía hacerse y, casi más lamentable aún, murieron sin haberse dado cuenta de que los hermanos carnales de Jesús, que ellos conocieron y trataron, no habían sido tales en realidad, sino sus primos.

Gracias a la Iglesia católica, la cristiandad de hoy puede enterarse de más y mejores historias que quienes se supone que las protagonizaron directamente hace casi dos mil años. A eso se le llama «interpretación autorizada e inspirada de las *Sagradas Escrituras*», una capacidad exclusiva de la Iglesia que, si bien no estuvo al alcance de los autores directos de los textos neotestamentarios, fue instituyéndose e incrementándose en la misma medida en que nuevos redactores rehicieron los documentos originales y sabios exegetas católicos los comenzaron a leer como nunca nadie antes los había escrito.

Los otros hijos de María o los hermanos carnales de Jesús que la Iglesia hizo desaparecer

A pesar de la vehemente defensa que *Mateo* hace de la virginidad de María, en ese mismo *Evangelio* encontramos un par de pasajes sorprendentes. En *Mt* 12,46-50 leemos la primera referencia a la familia de Jesús: «Mientras Él hablaba a la muchedumbre, su madre y sus hermanos estaban fuera y pretendían hablarle. Alguien le dijo: Tu madre y tus hermanos están fuera y desean hablarte. Él, respondiendo, dijo al que le hablaba: ¿Quién es mi madre y quiénes son mis hermanos? Y extendiendo su mano sobre sus discípulos, dijo: He aquí mi madre y mis hermanos. Porque quienquiera que hiciere la voluntad de mi Padre, que está en los cielos, ése es mi hermano, y mi hermana, y mi madre.»

Y algo más adelante se relata la reacción de los vecinos de Nazaret a la prédica de Jesús de esta forma: «Y viniendo a su patria, les enseñaba en la sinagoga, de manera que, atónitos, se decían: ¿De dónde le vienen a éste tal sabiduría y tales poderes? ¿No es éste el hijo del carpintero? ¿Su madre no se llama María, y sus hermanos Santiago y José, Simón y Judas? Sus hermanas, ¿no están todas entre nosotros? ¿De dónde, pues, le viene todo esto? Y se escandalizaban en Él. Jesús les dijo: Sólo en su patria y en su casa es menospreciado el profeta. Y no hizo allí muchos milagros por su incredulidad» (*Mt* 13,54-58).

Si los habitantes de Nazaret, que habían convivido unos treinta años con Jesús y su familia, según *Lc* 3-23, quedaron atónitos al ver el cambio experimentado en su convecino, no es menor el pasmo que experimenta el lector de estos textos evangélicos cuando se pone a reflexionar sobre su alcance. En primer lugar, uno descubre que Jesús tuvo cuatro hermanos varones y un número indeterminado de hermanas, con lo que si ya era difícil imaginar la virginidad de María tras un parto, ahora hay que hacer lo propio tras no menos de siete alumbramientos.

Si creemos a *Mateo*, la familia de Jesús se instaló en Nazaret (*Mt* 2,23) después de su nacimiento en Belén (*Mt* 2,1), pero si confiamos en *Lucas* (*Lc* 2,4) resulta que José y María ya vivían en Nazaret cuando, estando embarazada María, fueron a empadronarse a Belén. La versión de *Lucas* obliga a pensar que si María quedó encinta antes de ser recibida maritalmente en la casa de José (*Mt* 1,18; Lc 1, 26-34), su familia y vecinos, según se vivía en la época, se hubiesen enterado de ello y, claro está, también de la visita anunciadora del «ángel del Señor» —un suceso que nadie, absolutamente nadie, de aquellos tiempos hubiese ocultado a sus familiares y vecinos, ni éstos al resto del pueblo— y, aunque las parteras de Nazaret no pudieran intervenir en el nacimiento glorioso de Jesús en Belén, sí debieron asistir al de todos sus hermanos, razón por la cual todo el pueblo debía conocer bien la normalidad fisiológica de María y la humanidad al uso del resto de la familia. Con ello queremos significar que los vecinos de Nazaret son unos testigos de la vida de Jesús tan cualificados, al menos, como Mateo, que le trató sólo durante dos años, o como Lucas o Marcos que ni siquiera le llegaron a conocer directamente.

El trance de ser rechazado por sus convecinos debió ser un hecho notable en la vida de Jesús ya que en *Marcos*, que no menta palabra sobre la supuesta infancia prodigiosa del nazareno, se reproduce el relato de *Mateo* casi textualmente (*Mc* 6,1-6), con expresa mención del nombre de sus familiares: «¿No es acaso el carpintero [oficio que Jesús debió de ejercer junto a su padre durante años], hijo de María, y el hermano de Santiago, de José, y de Judas, y de Simón? ¿Y sus hermanas no viven aquí entre nosotros?»

La familia de Jesús, en genérico, ya había aparecido un poco antes en este *Evangelio* en un comentario que da cuenta de su reacción alarmada ante el tumulto ocasionado por la prédica del nuevo mesías —«Oyendo esto sus deudos, salieron para apoderarse de él, pues decíanse: Está fuera de sí»

(*Mc* 3,21)— y, casi a renglón seguido, reforzando la tesis de que sus familiares directos creían que se había trastornado, se añade en *Mc* 3,31-35: «Vinieron su madre y sus hermanos, y desde fuera le mandaron a llamar. Estaba la muchedumbre sentada en torno de Él y le dijeron: Ahí fuera están tu madre y tus hermanos, que te buscan...», que reproduce también casi textualmente el pasaje de *Mt* 12,46-50 ya citado.[149]

Lucas, por su parte, también recogió del mismo modo que Mateo y Marcos esta escena de tensión familiar, que aparece en *Lc* 8,19-21. Además, en los *Hechos de los Apóstoles*, en el contexto de un comentario a propósito de la ascensión de Jesús, Lucas evidencia de nuevo los vínculos carnales del nazareno cuando señala que «Todos éstos [los apóstoles] perseveraban unánimes en la oración con algunas mujeres, con María, la madre de Jesús, y con los hermanos de éste» (*Act* 1,14).

El médico Lucas tenía tan clara la existencia de los hermanos de Jesús que ya en el momento de redactar su texto sobre el nacimiento de Jesús (a fines del siglo I d.C.) escribió: «Estando allí, se cumplieron los días de su parto, y dio a luz a su hijo primogénito...» (*Lc* 2,6-7); de haber sido Jesús el único hijo de María lo hubiese dicho con claridad —en lugar de usar la palabra «primogénito», el mayor de los hermanos— para destacar debidamente ya fuera la presunta unicidad divina de la criatura, o la no menos extraña peculiaridad de una familia judía que en toda su vida no tuvo más que un solo hijo, algo inaudito en esos tiempos.[150]

149. Cuando apuntamos que *Marcos* reproduce un cierto texto de *Mateo*, lo hacemos en referencia al orden de aparición de los pasajes en la *Biblia*, pero conviene recordar aquí que, aunque *Mateo* sea el evangelio que encabeza el canon neotestamentario, la redacción de *Marcos* le precedió en unos diez años y, en todo caso, fue *Mateo* quien se inspiró en *Marcos* y no al revés.

150. Los exégetas católicos, que afirman que el uso del vocablo primogénito no implica que María haya tenido después otros hijos, se amparan en que el término griego *prototókon* corresponde al hebreo *bekor*, que significa el primer hijo de una madre. Al margen de que los otros hijos de María aparecen bien documentados, el argumento esgrimido por la Iglesia puede volverse del revés para objetar que tener «el primer hijo de una madre» no implica tampoco que ésta ya no vaya a tener otros en el futuro.

Teniendo en cuenta que Mateo había sido apóstol de Jesús y Marcos el redactor que recogió las memorias del apóstol Pedro, uno de los tres íntimos del Maestro, ¿cabe pensar que éstos hubiesen podido reproducir sin más el dato de la familia de Jesús si éste no fuese real? Dado que ésta es una información neutra, sobre la que los evangelistas no construyen posteriormente nada doctrinal, ya sea de corte mítico, religioso, social o personal, y que aparece tanto en los textos canónicos de quienes sostienen la virginidad de María como en los de quienes la ignoran absolutamente, resulta muy claro que ésa fue la familia real de Jesús; una certeza que mantienen todos los eruditos independientes y todas las religiones cristianas a excepción de la católica.

En *Juan*, el *Evangelio* redactado tardíamente por el griego Juan el Anciano a partir de las memorias de Juan el Sacerdote —«el discípulo amado» que, como ya dijimos, no se corresponde con Juan el apóstol sino con un sacerdote judío que gozó de la confianza y amistad más estrecha con Jesús—, se mencionan los hermanos de Jesús en diversas ocasiones. Así, tras el primer milagro de Jesús en la boda de Caná, se dice que «Después de esto bajó a Cafarnaún Él [Jesús] con su madre, sus hermanos y sus discípulos, y permanecieron allí algunos días» (*Jn* 2,12). Y, en un pasaje posterior, la existencia de los hermanos de Jesús queda también patente de nuevo al relatar que «Estaba cerca la fiesta de los judíos, la de los Tabernáculos. Dijéronle sus hermanos: Sal de aquí y vete a Judea para que tus discípulos vean las obras que haces; nadie hace esas cosas en secreto si pretende manifestarse. Puesto que eso haces, muéstrate al mundo. Pues ni sus hermanos creían en Él. (...) Una vez que sus hermanos subieron a la fiesta, entonces subió Él también...» (*Jn* 7,2-10).

Pablo, el apóstol que se nombró a sí mismo, dio testimonio, al menos, de la existencia de uno de los hermanos de Jesús cuando en su *Epístola a los Gálatas* (53 d.C.) afirmó que «Luego, pasados tres años, subí a Jerusalén para conocer a Cefas [Pedro], a cuyo lado permanecí quince días. A ningún otro de los apóstoles vi, si no fue a Santiago, el hermano del Señor. En esto que os escribo, os (declaro) ante Dios que no miento» (*Gál* 1,18-20). Un par de años después, en su primera *Epístola a los Corintios*, el apóstol de los gentiles evidenció conocer la existencia de otros hermanos —en plural— de Jesús cuando escribió: «Y he aquí mi defensa contra todos cuando me discuten: ¿Acaso no tenemos derecho a comer y beber? ¿No tenemos derecho a llevar en nuestras peregrinaciones una hermana,[151] igual que los demás apóstoles y los hermanos del Señor y Cefas?» (I *Cor* 9,3-5).

Los datos históricos muestran cómo la primitiva Iglesia cristiana, después de la crucifixión de Jesús, situó su cabeza en Jerusalén y fue gobernada por una especie de Sanedrín presidido por Santiago el Justo, el hermano de Jesús que le seguía en edad, siendo el apóstol Pedro la segunda autoridad. Cuando, a consecuencia del martirio de Santiago —hecho ejecutar por el sumo sacerdote Ananías hacia el año 62 d.C.— y del inicio de la guerra judía contra los romanos, tuvieron que abandonar Jerusalén, fueron a instalarse a Pella y allí fue elegido presidente Simón, hijo de Cleofás y primo hermano de Jesús.

En ese Sanedrín figuraban también otros parientes de Jesús, conocidos como los *Herederos*, de los que se conoce tan sólo el nombre de los hermanos Santiago y Sokker —quizá Judas Sokker—, nietos de Judas, el hermano menor de Jesús. Los *Herederos* gobernaron la comunidad cristiana hasta principios del siglo II d.C.

151. En el texto original griego se dice literalmente «una esposa hermana». Sólo el empeño enfermizo de la Iglesia católica por esconder que los apóstoles —así como obispos, diáconos, etc.— vivían con una mujer y mantenían relaciones sexuales con ella, justifica la traducción de «hermana», a secas, allí donde todas las demás biblias no católicas y traducciones eruditas independientes dicen «esposa creyente» o «una hermana [en la fe] como esposa». De entre todas las biblias que tiene este autor en su biblioteca, es de resaltar la pintoresca parrafada que al respecto presenta la versión católica de la *Biblia* hecha por Félix Torres Amat y Severiano del Páramo, publicada en 1928: «¿No tenemos también facultad de llevar en los viajes alguna mujer hermana *en Jesucristo, para que nos asista*, como hacen los demás apóstoles y los parientes del Señor?»; la cursiva es del texto citado y, como se ve, la esposa-amante del original se transformó en una sirvienta correligionaria y los hermanos de Jesús en «parientes».

En resumen, resulta indiscutible que el Jesús de *Mt* 12,46-50 o de *Mc* 3,31-35 no desmintió públicamente que quienes querían hablarle fuesen su propia madre y hermanos carnales sino que, por el contrario, construyó una metáfora que sólo tenía sentido si todos los presentes conocían su realidad familiar, puesto que, estando ya totalmente absorbido por su papel mesiánico, quiso afirmar con rotundidad que el seguimiento de la voluntad de Dios —máxime cuando él y muchos judíos creían que el fin de los tiempos sería inminente— era más importante y acogedor que la propia familia. Y es obvio también que los cuatro evangelistas testificaron en sus escritos la existencia real de no menos de seis hermanos y hermanas de Jesús, así como que Pedro y Pablo se relacionaron directamente con Santiago, el segundo hijo de María y presidente de la Iglesia cristiana de Jerusalén.

Nada menos que en once pasajes *inspirados* por el Espíritu Santo se muestra la presencia física de esos hermanos carnales de Jesús, mientras que la presunta virginidad de María sólo aparece en dos pasajes que, como ya demostramos, carecen de soporte profético, son de una clara inspiración pagana y obedecen a necesidades míticas.

Dado que en las *Sagradas Escrituras*, como palabra de Dios que aparentan ser, no puede haber errores ni mentiras, los creyentes han tenido que buscar alguna solución *razonable* a la contradicción que estalla con virulencia entre las afirmaciones *veraces* de virginidad de la madre y los no menos *veraces* testimonios de sus, al menos, siete partos. Todas las iglesias cristianas actuales optaron en su día por creer que María fue virgen cuando concibió a Jesús por la gracia divina, pero que luego parió al resto de sus hijos como resultado de hacer una vida marital normal con José; éste fue un buen equilibrio para evitar el absurdo y, además, es lo que se dice textualmente en el *Nuevo Testamento* que, por tanto, rechaza la virginidad perpetua de María.

Pero la Iglesia católica optó por otra solución más radical y acorde con su estilo dogmático y totalitario: negó la premisa mayor aduciendo que María no concibió sino a Jesús ya que los hermanos que se citan en los escritos neotestamentarios no deben ser tomados por tales sino por sus «primos», y en defensa de su tesis organizó un complicado sarao en el que dio entidad a otra María, cuñada de la Virgen, que, ésa sí, fue madre de cuantos «primos» conviniese adjudicarle.[152]

El argumento católico parte de una base cierta, cual es que en la versión griega de los *Setenta* se empleó el mismo término (*adelfós*, hermanos) para describir a hermanos, hermanas, parientes o convecinos, pero los exégetas católicos rehúsan emplear el análisis de contexto —al que sólo recurren cuando les conviene— ya que mediante el mismo cualquiera puede darse perfecta cuenta de cuándo unos versículos determinados se están refiriendo a familiares próximos, vecinos, correligionarios o hermanos carnales hijos de la *virgen* María.

En la *Biblia* católica de Nácar-Colunga se anota el versículo de *Mt* 12,46 diciendo que «no han faltado herejes que, basándose en esta denominación [hermanos; citada en *Mateo*], hayan querido atacar la *virginidad* de María, suponiendo que ésta tuvo otros hijos además de Jesús»; no aclara esta anotación si tan *inspirados* propagadores de la ortodoxia católica incluyen entre los herejes a los cuatro evangelistas, ya que éstos, de modo claro e inconfundible, tal como puede apreciar cualquiera que lea sus textos directamente, proclaman la imposibilidad absoluta de la virginidad perpetua de María al presentar a sus otros hijos de la forma como lo hacen.

La Iglesia católica se ha escudado durante siglos en su tremendo poder sociopolítico para tergiversar las *Escrituras* a su gusto y, al mismo tiempo, mantener a su grey alejada de las evidencias de sus carnicerías doctrinales pero, tal como exclamó Galileo Galilei cuando, en 1613, fue condenado por la

152. Una tradición de mediados del siglo II, vehiculada por Hegesipo y Eusebio, presentó a María de Betania como la esposa de Alfeo (Cleofás), al que hizo hermano de san José; y otra tradición, más o menos contemporánea, vehiculada por Hegesipo y Jerónimo, convirtió a esta María en hermana o prima en primer grado de María, la madre de Jesús. La creación de estas *tradiciones* tenía como objetivo apuntalar la naciente mítica cristiana que haría de Jesús el hijo de Dios concebido por una virgen, tal como mandaban los cánones de las leyendas divinas paganas.

Santa Inquisición y obligado a abjurar de su evidencia científica acerca de que era la tierra la que se movía alrededor del Sol y no al revés: «¡Y, sin embargo, se mueve!» Por mucho que la Iglesia se empeñe en que la Tierra no gira o que los hermanos de Jesús son sus primos... ¡los textos originales no se mueven!

4

Jesús, un judío fiel a la *Ley* hebrea del que apenas conocemos nada

A pesar de los miles de libros que se han escrito sobre Jesús de Nazaret, es tan poco lo que se sabe acerca de su vida real que muchos investigadores siguen albergando serias dudas acerca de su historicidad. La fuente básica que informa sobre su existencia mana desde los *Evangelios*, pero estos textos, como confesión de fe que son, resultan interesados, unilaterales, apologéticos, mitificados y con tantos vacíos y silencios sospechosos que parecen difícilmente aceptables para cualquier historiador que pretenda ser riguroso y objetivo.

En las fuentes paganas (Tácito y Suetonio) sólo se encuentran algunas vagas referencias informando de que en el siglo II era común la creencia de que Jesús había sido un personaje real. En las fuentes judías antiguas, sólo se menciona brevemente a Jesús en el *Talmud* y en unos pocos pasajes de la obra del historiador Flavio Josefo —en los que no se aporta nada diferente de la imagen que dan de él los *Evangelios*—, pero son justamente unos pasajes sobre los que los expertos mantienen muy serias reservas acerca de su posible autenticidad, ya que parecen ser añadidos cristianos posteriores en busca del sello de autentificación histórica que dan los textos de Josefo. Quedan, por tanto, como fuentes exclusivas los cuatro *Evangelios*, que son obras muy dudosas, tal como ya hemos visto, y notablemente contradictorias entre sí.

Con todo, dado que los *Evangelios* se empezaron a escribir unos cuarenta años después de la desaparición de Jesús, parece bastante razonable descartar la hipótesis de la pura invención del personaje, puesto que cuando se recogió la tradición oral sobre él era aún escaso el tiempo transcurrido desde sus días y la memoria colectiva —en especial la de los oponentes— hubiera denunciado públicamente el embuste. Aceptaremos, pues, la historicidad de Jesús, aunque, lógicamente, separando lo posiblemente real de lo evidentemente mítico y, por mera prudencia intelectual, nos limitaremos a tomar como muy probables tan sólo aquellos datos de los *Evangelios* que casen suficientemente bien con las informaciones históricas comprobadas.

La visión de Jesús podrá resultar así, para algunos, algo limitada, ciertamente, aunque no lo será mucho más que la que aparece en los evangelios canónicos, pero, en contrapartida, nos sugerirá un retrato mucho más aproximado del hombre que pudo ser de verdad y de las circunstancias en que vivió realmente. Leyendo atentamente los *Evangelios*, sin más, nos sorprenderemos descubriendo un Jesús muy diferente al que nos ha presentado la Iglesia católica y el cristianismo en general. Durante el resto del libro, a medida que abordemos cada tema específico, iremos ampliando la imagen de Jesús que comenzamos a esbozar aquí.

Gestado por virgen o no, daremos por cierto que Jesús nació, pero tampoco este dato resulta coincidente en las dos *biografías* de Jesús. Siguiendo a *Lucas* leemos que «aconteció, pues, en los días aquellos que salió un edicto de César Augusto para que se empadronase todo el mundo. Este empadronamiento primero tuvo lugar siendo Cirino gobernador de Siria. (...) José subió de Galilea, de la ciudad de Nazaret, a Judea, a la ciudad de David que se llama Belén, por ser él de la casa y de la familia de David, para empadronarse con María, su esposa, que estaba encinta. Estando allí, se cumplieron los días de su parto, y dio a luz a su hijo primogénito, y le envolvió en pañales y le acostó en un pesebre, por no haber sitio para ellos en el mesón» (*Lc* 2,1-7).

Sabiendo que el censo fue llevado a cabo por Publio Sulpicio Quirinio en el año 6-7 d.C., según consta en la crónica histórica de Flavio Josefo,[153] está claro que ésa fue la fecha del nacimiento de Jesús. Pero, sin embargo, si recurrimos a *Mateo*, nos encontramos con que Jesús nació a fines del reinado de Herodes el Grande (*Mt* 2,1), que murió en el año 4 a.C., y que José y María se establecieron en Galilea después del nacimiento de Jesús y no antes.[154] Así que, de entrada, tenemos que situar el natalicio del Mesías dentro de un arco de diez o más años de diferencia, y localizar la residencia de sus padres en dos puntos opuestos de Palestina. ¡Menos mal que sólo fueron dos los *biógrafos* canónicos de la infancia de Jesús y uno solo el Espíritu que les *inspiró*!

A juicio de la mayoría de expertos, Jesús nació probablemente entre el año 9 y el 5 a.C.[155] entre los judíos de Palestina

153. *Cfr. Antigüedades judías*, XVIII.1,1.

154. «Muerto ya Herodes, el ángel del Señor se apareció en sueños a José en Egipto y le dijo: Levántate, toma al niño y a su madre y vete a la tierra de Israel, porque son muertos los que atentaban contra la vida del niño. (...) Mas habiendo oído que en Judea reinaba Arquelao en lugar de su padre Herodes, temió ir allá, y, advertido en sueños, se retiró a la región de Galilea, yendo a habitar en una ciudad llamada Nazaret, para que se cumpliese lo dicho por los profetas, que sería llamado Nazareno» (*Mt* 2,19-23). Lo «dicho por los profetas» es: «Cuando Israel era niño, yo le amé, y de Egipto llamé a mi hijo» (*Os* 11,1). Dado que la huida a Egipto que refiere Mateo (*Mt* 2,13-18) no está recogida ni por Lucas —y que la persecución de Herodes no existió, como ya vimos, ni tampoco aparece en *Lucas*—, es evidente que se incluyó en *Mateo* para forzar el «cumplimiento» del texto de *Oseas* recién citado. Por otra parte, respecto a lo de ser «llamado Nazareno», no hay ninguna referencia exacta en el *Antiguo Testamento*, salvo que tenga que ver con un juego de palabras que relacione la localidad de Nazara con el término hebreo *zara*, que significa «semilla» y aparece en *Gén* 21,12 (habitualmente traducido por «descendencia»). Otro juego de palabras posible es con el término «nazirita» usado para designar a alguien consagrado a Dios por un voto especial y que figura en *Éx* 13,2; *Jue* 13,5 y *I Sam* 1,20. O con *netzer*, el famoso retoño o rama de *Is* 11,1.

155. El desconocerse el año exacto del nacimiento de Jesús —así como la práctica totalidad de las fechas relacionadas con su existencia—, cuando las crónicas históricas antiguas fechan cientos de natalicios y de hechos aparentemente menos importantes que éste, confirma una suposición obvia: ni durante su nacimiento pretendidamente prodigioso ni durante el resto de su vida ocurrió nada tan notable como para que merecie-

y vivió en Nazaret, una modesta ciudad de Galilea, hasta una edad comprendida entre los treinta años y cuarenta, trabajando en el oficio familiar de carpintero-albañil hasta que lo dejó todo para irse al encuentro de Juan el Bautista. Por su oficio se le puede situar entre las clases medias palestinas y ello le puso necesariamente en contacto con los judíos fariseos y su partido, del que debió de estar muy próximo aunque no parece que llegara a militar en él. También parece evidente que conoció en profundidad la secta de los esenios y sus ideas, ya que algunas de ellas serán troncales en sus discursos posteriores.

Acerca del nacimiento y de la infancia de Jesús no se tienen más datos que los de su *biografía* mítica, que no pueden ser tenidos en cuenta a efectos de la historicidad del personaje humano real; y tampoco se conoce absolutamente nada acerca de la vida llevada por Jesús con anterioridad a su aparición pública como predicador. Así que las escasas referencias biográficas de Jesús —según los pasajes del *Nuevo Testamento* que pueden estimarse como presuntamente históricos— comienzan cuando, por motivos desconocidos para los investigadores, éste abandonó Nazaret, su familia y su entorno social para irse hasta la ribera del Jordán a unirse con Juan el Bautista.

Juan el Bautista era un predicador de origen sacerdotal, ligado al esenismo, que pasaba por ser uno de los varios pretendientes a mesías que pululaban en esos agitados días y que alcanzó una popularidad notable, entre los años 30-34 d.C. (o 26-29 d.C., según otras cronologías), proponiendo a todos los judíos que debían arrepentirse y tomar un baño purificador en las aguas del Jordán con el fin de poder asegurarse el perdón divino en el Juicio Final que, para él, como para muchos de la época, era inminente.

Jesús pasó un tiempo junto al Bautista, hasta el extremo de ser tomado como un discípulo suyo, y allí debió de quedar fascinado no sólo por el magnetismo personal de Juan sino por el

---

se ser registrado en una crónica, ya fuese ésta judía, romana, cristiana o pagana. Jesús sólo llamó la atención mucho después de su muerte, cuando se elaboró la versión mitificada de su vida.

poder tremendo que intuyó detrás de su mensaje, profundamente revolucionario. Juan el Bautista, al hablar acerca de la proximidad del Juicio Final y de la gracia ofrecida por Dios a todos los arrepentidos, sin excluir a nadie absolutamente ante ese momento último, estaba socavando los cimientos del pesado tabú que había convertido en sospechosas a las masas populares y, en consecuencia, las había excluido de cualquier posibilidad de ser integradas en el «Israel de Dios».

Al ser detenido Juan el Bautista (en algún momento posterior al año 28 d.C. pero anterior al final del año 35 d.C.) y luego ejecutado, Jesús, que ya se había apartado de su círculo, tomó su misión como una continuación y ampliación de la de Juan, dejó de bautizar y comenzó a propagar que el «reino de Dios» no era algo a esperar en el futuro sino que había llegado ya.[156] Jesús dejó el desierto y se fue a llevar a domicilio la oferta de gracia divina lanzada por Juan, orientando su acción hacia las masas palestinas que estaban relacionadas de alguna manera con el judaísmo.

Jesús comenzó a predicar a las masas desesperadas, a propiciar curaciones —tal como hacen aún muchos chamanes actuales— y a reducir las exigencias de la *Ley*, centrándolas en el amor a Dios y al prójimo. En un principio su mesianismo debió ser bastante rudimentario y más iluminista que político, pero, muy pronto, las masas reconfortadas empezaron a creer que el «reino de Dios» había llegado realmente e, incluso, que Jesús era el rey mesiánico que los judíos esperaban. Con su atención a las masas Jesús se separó del modo de actuar de los fariseos, esenios u otros grupos judíos, ganándose al mismo tiempo el aprecio de las primeras y la enemistad creciente de los segundos.

A pesar de los escasos datos históricos de que se dispone, sí puede afirmarse, al menos, que Jesús estuvo realmente convencido de estar representando un papel fundamental en el «reino de Dios» que ya se estaba manifestando y que esa cer-

156. «Después que Juan fue preso vino Jesús a Galilea predicando el Evangelio de Dios y diciendo: Cumplido es el tiempo, y el reino de Dios está cercano; arrepentíos y creced en el Evangelio» (*Mc* 1,14-15).

tidumbre personal no parece que se correspondiese exactamente con títulos, corrientes en el judaísmo de esos días, como los de «Mesías» o «Hijo del hombre», aunque también es verdad que rápidamente aceptó ser designado por ellos sin rechazarlos en ninguna ocasión; quizá porque pensaba que cuantas más personas se identificaran con él y aceptaran su mensaje tanto mejor sería para sus pretensiones salvíficas. Pero el hecho cierto de que intentase cautivar a las masas con su prédica no implicó de forma alguna que Jesús tuviese el objetivo de conformar una nueva secta religiosa diferente de las que ya existían dentro del judaísmo.

Tal como apunta el profesor Étienne Trocmé con sobrada razón, «la misión de aglutinador de las gentes bajo la gracia de Dios que Jesús colocaba en el centro de su actividad resulta incompatible con la carrera de fundador de una nueva secta que a menudo se le atribuye. Frente a las inevitables deformaciones producidas por el desarrollo de los acontecimientos hay, pues, que recordar con toda claridad que Jesús no fundó ninguna Iglesia. Lo que hizo fue agrupar a Israel en un nuevo marco, lo que es algo bien distinto. Sus célebres palabras a Pedro (*Mt* 16,18) no querían decir en principio otra cosa, y el equivalente semítico de la palabra *ekklesía* designa en este caso, al igual que en todo el *Antiguo Testamento*, la asamblea general del pueblo judío ante Dios».[157] En el capítulo 8 trataremos a fondo la importantísima cuestión que se apunta en este párrafo.

Del hecho que Jesús fue un judío celoso cumplidor de los preceptos tradicionales de la religión hebrea habla bien a las claras su declaración de principios recogida en *Mt* 5,17-18: «No penséis que he venido a abrogar la Ley o los Profetas; no he venido a abrogarla, sino a consumarla. Porque en verdad os digo que mientras no pasen el cielo y la tierra, ni una jota ni una tilde pasará (desapercibida) de la Ley hasta que todo se cumpla.» No puede hallarse una mayor profesión de fe judía que ésta.

En el mismo *Mateo*, en el pasaje en que Jesús envía a sus

157. *Cfr. Historia de las Religiones.* Siglo XXI, vol. 5, p. 235.

doce apóstoles a predicar, aparece recomendándoles con claridad: «No vayáis a los gentiles ni penetréis en ciudad de samaritanos; id más bien a las ovejas perdidas de la casa de Israel, y en vuestro camino predicad diciendo: El reino de Dios se acerca» (*Mt* 10,5-7); y poco más adelante Jesús se justifica —ante una mujer cananea que tiene una hija endemoniada y a la que, en principio, él le niega ayuda— argumentando que «No he sido enviado sino a las ovejas perdidas de la casa de Israel. (...) No es bueno tomar el pan de los hijos y arrojarlo a los perrillos» (*Mt* 15,24-26).[158]

Queda absolutamente claro, por tanto, que Jesús no quiso ocuparse más que de predicar a sus correligionarios judíos, que habían extraviado el auténtico camino de la fe según su modo de ver. Jesús pretendió consumar, eso es cumplir o realizar totalmente, sin olvidar «una tilde», la *Ley* hebrea escrita en el *Antiguo Testamento*, y jamás pudo ni imaginar que sus palabras y acciones sirvieran a nada ajeno al judaísmo —y menos aún que se fundara sobre ellas una religión nueva y contraria a la del «pueblo de Israel»—, pero la Iglesia, sin pudor alguno —tal como veremos en diferentes capítulos de este libro— y hablando en nombre del nazareno, acabó abrogando, aboliendo, partes fundamentales de la *Ley* hebrea y consolidando con las hebras de su mensaje un credo no sólo dirigido básicamente a los no judíos sino manifiestamente antijudío.

Apenas habían transcurrido uno o dos años desde que Jesús comenzara a electrizar a las gentes con su *buena nueva*

158. Con mucha posterioridad a estos textos, sin duda obligados por el éxito evangelizador que había alcanzado Pablo entre los gentiles —que actuó en sentido absolutamente contrario al marcado por Jesús y por la primitiva Iglesia de Jerusalén, según se ve claramente en *Ef* 2,19-21 o 3,4-6, por ejemplo—, se añadieron unos versículos al final de *Mateo* y *Marcos* —aunque no así en el de *Lucas*— con una supuesta declaración de Jesús, ya resucitado y poco antes de ascender al cielo, en la que ordenaba predicar el evangelio «a toda criatura» (*cfr. Mt* 28,19 y *Mc* 16,15). Según este enésimo absurdo, resulta obvio que el paso por la muerte amplió el horizonte humano de Jesús y le llevó a anular su más que bien documentado *racismo* contra los gentiles. ¿Cómo es posible que el Dios Hijo hubiese sido tan torpe, miope e injusto en vida?

—que eso significa el término *evangelio*—, cuando las muchedumbres oprimidas, que habían comenzado a seguirle con entusiasmo desde un principio, sucumbieron a la desilusión al no encontrar en sus propuestas y actividades los cambios sociales y políticos que esperaban lograr de la mano de ese mesías judío prometido y largamente esperado. Esa pérdida del apoyo popular y la relación problemática que se había establecido entre Jesús y las autoridades religiosas judías, especialmente con los saduceos, precipitó los acontecimientos que llevaron hasta la crucifixión.

Volviendo atrás en la vida del Jesús histórico, recalaremos en un ámbito sumamente sensible del que no existe información alguna: ¿permaneció soltero o estuvo casado? La Iglesia sostiene contra viento y marea que Jesús fue célibe y en ello se basa, entre otras cosas, para imponer el celibato obligatorio al clero (que trataremos más adelante). La afirmación de la Iglesia es una especulación carente de todo fundamento ya que en ningún lugar se identifica expresamente a Jesús como soltero, pero, dado que tampoco figura como casado, para intentar defender la tesis contraria también deberemos recurrir a la reflexión sobre algunos de sus actos públicos y características del entorno sociocultural en que vivió.

Aunque, según los *Evangelios*, Jesús se rodeó fundamentalmente de hombres para llevar a cabo su misión —cosa inevitable dentro de un contexto judío profundamente patriarcal donde cada varón agradecía diariamente a Dios, mediante una plegaria, el no haber nacido siendo pagano, esclavo o mujer[159]—, no es menos cierto que su trato con las mujeres no fue distante ni machista, sino todo lo contrario. Jesús dejó constancia de la importancia que le concedió a la mujer en ejemplos como el de *Mc* 7,24-30 (donde una mujer le vence dialécticamente) o el de *Jn* 4,1-42 (diálogo con la samaritana), admitió mujeres entre su discipulado (*Mc* 15,40-41), fue a mujeres a quienes se apareció por primera vez después de su resurrección, etc. No fue, por tanto, ningún misógino —tal

159. *Cfr.* la colección judía de himnos recogida en *Authorised Prayer Book*, pp. 5-6.

como mostraremos en el capítulo 12—, cosa que no podemos decir de la Iglesia católica institucional.

Sabemos también que tuvo un contexto familiar normal, con hermanos y hermanas, y que al menos sus hermanos varones, según afirma Pablo en I *Cor* 9,3-5, estaban casados. Conocemos también que Jesús, como judío que fue, estuvo siempre sometido a la ley judaica que instaba a todos los individuos, sin excepción, al matrimonio. La tradición judía despreciaba el celibato y se hace imposible imaginar que, en aquellos días y cultura, un célibe pudiese alcanzar alguna credibilidad o prestigio social. A la edad en que comenzó a predicar —salvo que hubiese padecido alguna terrible deformación física, hipótesis que también le hubiese imposibilitado su ascendencia sobre las masas— Jesús ya debía estar casado y haber tenido descendencia.

Cuando dejó Nazaret para comenzar su carrera mesiánica y abandonó a su familia, pudo haber dejado también a su esposa e hijos, tal como consta que hicieron algunos de sus apóstoles, cosa que no era nada infrecuente ni mal vista en esos días. Si hemos de imaginar a Jesús de alguna forma todo indica que tenemos que hacerlo como a un artesano judío, religioso, casado y con hijos. El que Jesús hubiese sido célibe no sólo es bastante más improbable sino que resultaría milagroso. En cualquier caso, especulaciones al margen, jamás podremos averiguar con certeza cuál fue su estado civil. Así de paupérrima es la información que poseemos acerca del Salvador.

A pesar de que la lectura de ciertos pasajes de los *Evangelios* puede conducir a pensar que Jesús se comportó como una especie de revolucionario izquierdoso —tipo Ernesto *Che* Guevara— y de que algunos autores no dudan en hacerle jefe del partido zelota, no debe perderse de vista que, según los relatos neotestamentarios, hasta poco antes de su ejecución conservó la amistad y cultivó las buenas relaciones con muchos dirigentes políticos judíos, con círculos burgueses acomodados y con los fariseos; en este sentido, pasajes como el de *Mt* 17,25-26 evidencian la habilidad de Jesús, en sus relaciones con los judíos, cuando se le hace protagonista de un perfecto equilibrio entre su opinión de no tener que pagar el tributo del templo y el acto de pagarlo para no «escandalizar».[160] Con respecto al pago de tributos religiosos, la Iglesia seguirá antes la opinión de Pablo[161] que la de Jesús, aunque no lo hará por una cuestión de fe, sino de rentabilidad.

Pero, por otra parte, su trato con el poder local tampoco le llevó a ser un hombre sumiso o cómplice de los dirigentes; antes al contrario, si algo parece caracterizar las actuaciones de Jesús eso fue su independencia de criterio ante los poderosos, ya fueren éstos autoridades romanas o judías, civiles o religiosas. Un episodio como el de la expulsión de los mercaderes del templo,[162] realizado al modo zelota, pone en evidencia que Jesús, en su afán reformador del judaísmo, no dudó en enfrentarse con la más alta autoridad del pueblo judío; un celo que finalmente le condujo a la muerte.

Después de pasar entre uno y tres años predicando su mensaje, Jesús fue arrestado y ejecutado, en una fecha que los expertos sitúan entre el año 30 d.C. y la primavera del 36 d.C., como convicto de un delito de rebeldía ante la autoridad imperial romana al proclamarse «rey de los judíos»; para

160. «Entrando en Cafarnaún, se acercaron a Pedro los perceptores de la didracma y le dijeron: ¿Vuestro maestro no paga la didracma? Y él respondió: Cierto que sí. Cuando iba a entrar en casa, le salió Jesús al paso y le dijo: ¿Qué te parece, Simón? Los reyes de la tierra, ¿de quiénes cobran censos y tributos? ¿De sus hijos o de los extraños? Contestó él: De los extraños. Y le dijo Jesús: Luego los hijos están exentos. Mas, para no escandalizarlos, vete al mar, echa el anzuelo y agarra el primer pez que pique, ábrele la boca, y en ella hallarás un estater; tómalo y dalo por mí y por ti» (*Mt* 17,24-27). La habilidad de este párrafo para decir lo que cada lector quiera entender es formidable.

161. Pablo contradijo abiertamente a Jesús cuando, en *Rom* 13,1-7, ordenó: «Todos han de estar sometidos a las autoridades superiores, pues no hay autoridad sino bajo Dios; y las que hay, por Dios han sido establecidas, de suerte que quien resiste a la autoridad, resiste a la disposición de Dios, y los que la resisten se atraen sobre sí la condenación. (...) Es preciso someterse no sólo por temor del castigo, sino por conciencia. Por tanto, pagadles los tributos, que son ministros de Dios ocupados en eso. Pagad a todos lo que debáis; a quien tributo, tributo; a quien aduana, aduana; a quien temor, temor; a quien honor, honor.»

162. *Cfr. Mt* 21,12-13; *Mc* 11,15-18 y *Lc* 19,45-48.

acelerar y forzar su detención —aunque no para decidir su condena— pudo pesar bastante la presión ejercida por el Sanedrín judío, escandalizado por la *blasfemia* de Jesús de reivindicar para sí la dignidad mesiánica y la realeza davídica.

En la manifiesta actitud de resignación e inevitabilidad con la que, aparentemente, Jesús aceptó su ejecución, pudo haber tenido mucho que ver su absoluto convencimiento de que el fin del mundo —y el consecuente advenimiento del «reino de Dios»— era inminente, tal como quedó expuesto con claridad cuando el mesías judío afirmó: «Porque el Hijo del hombre ha de venir en la gloria de su Padre, con sus ángeles, y entonces dará a cada uno según sus obras. En verdad os digo que hay algunos entre los presentes que no gustarán la muerte antes de haber visto al Hijo del hombre venir en su reino» (*Mt* 16,27-28), eso es que el «reino» llegará tan pronto que algunos de los presentes aún estarán vivos para verlo.[163]

En el mismo *Evangelio*, después de describir con todo lujo de detalles cómo será la venida del «Hijo del hombre» y el juicio final,[164] Jesús afirmó: «En verdad os digo que no pasará esta generación antes de que todo esto suceda» (*Mt* 24,34).[165]

163. Con su habitual ánimo distorsionador, en la *Biblia* católica de Nácar-Colunga se anota el versículo 28 —que va desde «En verdad os digo... a... venir en su reino»— con la siguiente frase: «Este versículo, que se lee también en *Mc* 9,1 y en *Lc* 9,27, no está ligado a lo que precede. La venida de que aquí se habla no es la última, a juzgar el mundo, sino otra próxima, a juzgar a Israel, la cual tendrá gran influencia en el desarrollo de la Iglesia entre los gentiles.» ¿Fue el Espíritu Santo quién dijo a la Iglesia católica que el versículo 28 no estaba relacionado con el texto que le precede dentro de un mismo párrafo? Y si no está relacionado con su contexto, ¿cómo saben a qué demonios se refiere?

164. «Luego, enseguida, después de la tribulación de aquellos días, se oscurecerá el sol, y la luna no dará su luz, y las estrellas caerán del cielo, y los poderes del cielo se conmoverán. Entonces aparecerá el estandarte del Hijo del hombre en el cielo, y se lamentarán todas las tribus de la tierra, y verán al Hijo del hombre venir sobre las nubes del cielo con poder y majestad grande. Y enviará sus ángeles con resonante trompeta y reunirá de los cuatro vientos a sus elegidos, desde un extremo del cielo hasta el otro» (*Mt* 24,29-31).

165. La inminencia del «fin de los tiempos» también aparece destacada en versículos como los de *Mt* 4,17; *Mc* 1,15; *Lc* 10,9 y *Lc* 10,11(«el reino

Su profecía fallida, un error de bulto que compartieron también los *inspirados* Pablo, Pedro, Santiago y Juan,[166] le llevó a no intentar evitar una muerte de la que hubiese podido escapar sin dificultad, pero también sembró la semilla que germinaría en un cristianismo ajeno a sus intenciones.

Sobre este hecho fundamental, la única referencia que aporta el *Nuevo Testamento* es que Jesús fue crucificado después de la ejecución de Juan el Bautista, durante una pascua, siendo Poncio Pilato gobernador de Judea y Caifás el sumo sacerdote. La muerte de Juan el Bautista no puede datarse en forma alguna, pero es altamente probable que fuese la consecuencia de sus duras críticas al matrimonio entre el rey Hero-

---

de Dios está cerca»); *Mc* 9,1 y *Mc* 13,30 («antes de que haya pasado esta generación»); *Mt* 10,23 («en verdad os digo que no acabaréis las ciudades de Israel antes de que venga el Hijo del hombre»). Aunque, según *Mc* 13,32, «Cuanto a ese día o a esa hora, nadie lo conoce, ni los ángeles del cielo, ni el Hijo, sino sólo el Padre»; este versículo, que figura también en *Mt* 24,36, parece una interpolación tardía realizada para intentar matizar el claro anuncio de la inminencia del «reino de Dios» cuando hacía ya varios decenios que se lo esperaba en vano.

166. La primera vez que leí el *Nuevo Testamento*, hace ya años, me pareció tan evidente que Jesús había errado su predicción acerca del fin de los tiempos que no le concedí importancia alguna (dadas las tremendas contradicciones y errores que figuran en las *Escrituras*) y pensé que eso era conocido y *perdonado* por todo el mundo; pero hoy, cuando el manuscrito de este libro está prácticamente terminado, un dato que no conocía me ha hecho cambiar de opinión. Resulta que este error de Jesús no fue detectado hasta el siglo XVIII por el filósofo alemán Samuel Hermann Reimarus (1694-1768), que lo analizó en una obra, titulada *Apología de quienes adoran a Dios según la razón*, que no se atrevió a publicar. Años después, entre 1774 y 1778, Gotthold Ephraim Lessing publicó partes de esa *Apología* bajo el título de *Fragmentos de un anónimo*, y el también filósofo y teólogo David Friedrich Strauss resumió la voluminosa obra inédita de Reimarus en su *S.H. Reimarus y su escrito en defensa de quienes adoran a Dios según la razón* (1862). Estos textos, que circularon de forma subterránea y limitada, afloraron con timidez cuando, a comienzos del siglo XX, el teólogo Johannes Weiss hizo público el descubrimiento de Reimarus y otro teólogo, el famoso médico misionero y premio Nobel de la Paz Albert Schweitzer (1875-1965), profundizó en él en su obra *De Reimarus a Wrede* (1906), reimpresa en 1913 como *Historia de la investigación sobre la vida de Jesús*.

des y su cuñada Herodías —relatadas en *Mateo* y en *Marcos*— que, según el consenso científico actual, se celebró en el año 35 d.C., una fecha muy plausible, por tanto, para datar la muerte del Bautista. Dado que tanto Pilato como Caifás perdieron sus respectivos cargos en el año 36 d.C., resulta también muy atinada la propuesta del erudito Hugh J. Schonfield cuando sitúa la crucifixión de Jesús durante la pascua del año 36 d.C.

Según esta estimación y la de la fecha de su nacimiento (9-5 a.C.), resulta que Jesús no pudo morir a los 33 años, tal como sostiene la tradición, sino a una edad algo superior que cabe situar entre sus 45 y 41 años.

5

Las muchas y profundas incoherencias que impiden dar crédito a los relatos neotestamentarios acerca de la resurrección de Jesús y de sus apariciones posteriores

Cuando un profano en misterios teológicos se pone a leer los pasajes neotestamentarios que relatan la resurrección de Jesús —que es el episodio fundamental en el que se basa el cristianismo para *demostrar* la divinidad de Jesús—, espera encontrar una serie de relatos pormenorizados, sólidos, documentados y, sobre todo, coincidentes unos con otros. Pero los textos de los cuatro evangelistas nos dan justamente la impresión contraria. A tal punto son contradictorios los relatos de *Mateo*, *Marcos*, *Lucas* y *Juan* que, si sus declaraciones fuesen presentadas ante cualquier tribunal de justicia, ningún juez podría aceptar sus testimonios como base probatoria exclusiva para emitir una sentencia. Basta con comparar los relatos de todos ellos para darse cuenta de la fragilidad de su estructura interna y, por tanto, de su escasa credibilidad.

Después de que Jesús expirase en la cruz, según refiere *Mateo*, «llegada la tarde,[167] vino un hombre rico de Arimatea, de nombre José, discípulo de Jesús. Se presentó a Pilato y le pidió el cuerpo de Jesús. Pilato entonces ordenó que le fuese entregado [puesto que estaba en poder del juez].[168] Él, to-

167. Del viernes («Llegada ya la tarde, porque era la Parasceve, es decir, la víspera del sábado» se añade en *Mc* 15,42).

168. En la anotación a *Mt* 27,58 (en la traducción de Nácar-Colunga)

mando el cuerpo, lo envolvió en una sábana limpia y lo depositó en su propio sepulcro, del todo nuevo, que había sido excavado en la peña, y corriendo una piedra grande a la puerta del sepulcro, se fue. Estaban allí María Magdalena y la otra María, sentadas frente al sepulcro» (*Mt* 27,57-61).

En la versión de *Marcos*, José de Arimatea es ahora un «ilustre consejero (del Sanedrín), el cual también esperaba el reino de Dios» (*Mc* 15,43) y Pilato no reclama el cuerpo de Jesús al juez sino al centurión que controló la ejecución: «Informado del centurión, dio el cadáver a José, el cual compró una sábana, lo bajó, lo envolvió en la sábana y lo depositó en un monumento que estaba cavado en la peña, y volvió la piedra sobre la entrada del monumento. María Magdalena y María la de José miraban dónde se le ponía» (*Mc* 15,45-47).

El relato que proporciona *Lucas*, en *Lc* 23,50-56, es sustancialmente coincidente con este de *Marcos*, pero en *Juan* la historia ocurre en un contexto llamativamente diferente: «Después de esto rogó a Pilato José de Arimatea, que era discípulo de Jesús, aunque en secreto por temor de los judíos, que le permitiese tomar el cuerpo de Jesús, y Pilato se lo permitió. Vino, pues, y tomó su cuerpo. Llegó Nicodemo, el mismo que había venido a Él de noche al principio, y trajo una mezcla de mirra y áloe, como unas cien libras. Tomaron, pues, el cuerpo de Jesús y lo fajaron con bandas y aromas, según es costumbre sepultar entre los judíos. Había cerca del sitio donde fue crucificado un huerto, y en el huerto un sepulcro nuevo, en el cual nadie aún había sido depositado. Allí, a causa de la Parasceve[169] de los judíos, por estar cerca el monumento, pusieron a Jesús» (*Jn* 19,38-42).

Ahora José de Arimatea es «discípulo de Jesús» y no parece ser miembro del Sanedrín judío; esa víspera del sábado surge de la nada Nicodemo, que le ayuda a transportar el ca-

---

se dice: «Como cadáver de reo, estaba en poder del juez, que no lo entregó hasta haberse certificado que estaba ya muerto.»

169. Parasceve significa el día de la Preparación, el viernes o víspera del día de descanso semanal judío que, ese sábado, precisamente, a lo que parece, debía coincidir con alguna celebración especial.

dáver de Jesús y lo amortajan (en los otros *Evangelios*, como veremos enseguida, eran varias mujeres las que iban a amortajarle y eso sucedía en la madrugada del domingo); y se le entierra en un sepulcro que ya no es señalado como propiedad de José de Arimatea y al que se recurre «por estar cerca».

Retomando el texto de *Mateo* seguimos leyendo: «Al otro día, que era el siguiente a la Parasceve, reunidos los príncipes de los sacerdotes y los fariseos ante Pilato, le dijeron: Señor, recordamos que ese impostor, vivo aún, dijo: Después de tres días resucitaré. Manda, pues, guardar el sepulcro hasta el día tercero, no sea que vengan sus discípulos, le roben y digan al pueblo: Ha resucitado de entre los muertos.[170] (...) Ellos fueron y pusieron guardia al sepulcro después de haber sellado la piedra» (*Mt* 27,62-66). Estos versículos afirman al menos dos cosas: que era conocida por todos la advertencia de Jesús acerca de su resurrección al tercer día y que el sepulcro estaba guardado por soldados romanos.

El relato de *Mateo* prosigue: «Pasado el sábado, ya para amanecer el día primero de la semana, vino María Magdalena con la otra María [María de Betania] a ver el sepulcro. Y sobrevino un gran terremoto, pues un ángel del Señor bajó del cielo y acercándose removió la piedra del sepulcro y se sentó sobre ella. Era su aspecto como el relámpago, y su vestidura blanca como la nieve. De miedo de él temblaron los guardias y se quedaron como muertos. El ángel, dirigiéndose a las mu-

170. Según lo refiere el evangelista en *Mt* 28,11-15, la versión del robo del cadáver de Jesús por parte de sus discípulos fue la que «se divulgó entre los judíos hasta el día de hoy». *Mateo*, en una patraña que no consta en ningún otro evangelio, cuenta cómo los sacerdotes judíos pagaron «bastante dinero» a los guardianes romanos para que dijeran que «viniendo los discípulos de noche, le robaron mientras nosotros dormíamos», con lo que, de una tacada, toma por estúpidos al Sanedrín judío, a los soldados romanos y al lector de sus versículos ya que, si los sacerdotes judíos pensaron que Jesús había resucitado de verdad, no tenía ningún sentido pagar para ocultar algo tan grande que acabaría por saberse de alguna forma (nadie resucita para mantenerlo oculto) y, por otra parte, si los guardias romanos hubiesen confesado haberse dejado robar el cuerpo de Jesús mientras dormían, se les habría ejecutado inmediatamente, con lo que el dinero recibido les iba a servir de bien poco.

jeres, dijo: No temáis vosotras, pues sé que buscáis a Jesús el crucificado. No está aquí; ha resucitado, según lo había dicho...» (*Mt* 28,1-6).

La versión de *Marco* difiere sustancialmente de esta de *Mateo* ya que relata el suceso de esta otra forma: «Pasado el sábado, María Magdalena, y María la de Santiago [María de Betania] y Salomé compraron aromas para ir a ungirle. Muy de madrugada, el primer día después del sábado, en cuanto salió el sol, vinieron al monumento. Se decían entre sí: ¿Quién nos removerá la piedra de la entrada del monumento? Y mirando, vieron que la piedra estaba removida; era muy grande. Entrando en el monumento, vieron a un joven sentado a la derecha, vestido de una túnica blanca, y quedaron sobrecogidas de espanto...» (*Mc* 16,1-5) y, como en *Mateo*, el antes ángel ahora joven ordenó a las mujeres que dijeran a los discípulos que debían encaminarse hacia Galilea para poder ver allí a Jesús.

En *Lucas* se dice: «Y encontraron removida del monumento la piedra, y entrando, no hallaron el cuerpo del Señor Jesús. Estando ellas perplejas sobre esto, se les presentaron dos hombres vestidos de vestiduras deslumbrantes. Mientras ellas se quedaron aterrorizadas y bajaron la cabeza hacia el suelo, les dijeron: ¿Por qué buscáis entre los muertos al que vive? No está aquí; ha resucitado, (...) y volviendo del monumento, comunicaron todo esto a los once y a todos los demás. Eran María la Magdalena, Juana y María de Santiago y las demás que estaban con ellas. Dijeron esto a los apóstoles pero a ellos les parecieron desatinos tales relatos y no los creyeron. Pero Pedro se levantó y corrió al monumento, e inclinándose vio sólo los lienzos, y se volvió a casa admirado de lo ocurrido» (*Lc* 24,1-12).

Nótese que el antes ángel y después joven es ahora «dos hombres» —y que ya no mandan ir hacia Galilea dado que, según se dice algo más abajo, en *Lc* 24,13-15, Jesús resucitado acudió al encuentro de los discípulos en Emaús—; las tres mujeres se han convertido en una pequeña multitud; y Pedro visita el sepulcro personalmente.

Según *Juan*, «El día primero de la semana, María Magdalena vino muy de madrugada, cuando aún era de noche, al monumento, y vio quitada la piedra del monumento. Corrió y vino a Simón Pedro y al otro discípulo a quien Jesús amaba, y les dijo: Han tomado al Señor del monumento y no sabemos donde le han puesto. Salió, pues, Pedro y el otro discípulo y fueron al monumento. Ambos corrían; pero el otro discípulo corrió más aprisa que Pedro y llegó primero al monumento, e inclinándose, vio las bandas; pero no entró. Llegó Simón Pedro después de él, y entró en el monumento y vio las fajas allí colocadas, y el sudario. (...) Entonces entró también el otro discípulo que vino primero al monumento, y vio y creyó; porque aún no se habían dado cuenta de la Escritura, según la cual era preciso que Él resucitase de entre los muertos. Los discípulos se fueron de nuevo a casa. María se quedó junto al monumento, fuera, llorando. Mientras lloraba se inclinó hacia el monumento, y vio a dos ángeles vestidos de blanco, sentados uno a la cabecera y otro a los pies de donde había estado el cuerpo de Jesús. Le dijeron: ¿Por qué lloras, mujer? Ella les dijo: Porque han tomado a mi Señor y no sé dónde le han puesto. Diciendo esto, se volvió para atrás y vio a Jesús que estaba allí, pero no conoció que fuese Jesús ...» (*Jn* 20,1-18).

Ahora son dos y no uno o ninguno los discípulos que acuden al sepulcro, pero una sola la mujer (que ya no va a ungir el cuerpo de Jesús); en su alucinante metamorfosis, el ángel/joven/dos hombres se ha convertido en «dos ángeles» que aparecen situados en una nueva posición, que pronuncian palabras diferentes a sus antecesores en el papel y que, como en *Lucas*, tampoco ordenan ir a ninguna parte dado que Jesús no espera a Galilea o Emaús para aparecerse y lo hace allí mismo, junto a su propia tumba.

Si resumimos la escena tal como la *atestiguan* los cuatro evangelistas *inspirados* por el Espíritu Santo obtendremos el siguiente cuadro: en *Mateo* las mujeres van a ver el sepulcro; se produce un terremoto; baja un ángel del cielo; remueve la piedra de la entrada de la tumba y se sienta en ella; y deja a los guardias «como muertos».

En *Marcos* las mujeres (que ya no son sólo las dos Marías, puesto que se suma Salomé) van a ungir el cuerpo de Jesús;

no hay terremoto; la piedra de la entrada ya está quitada; un joven está dentro del monumento sentado a la derecha; y los guardias se han esfumado.

En *Lucas*, las mujeres, que siguen llevando ungüentos, son las dos Marías, Juana, que sustituye a Salomé, y «las demás que estaban con ellas»; tampoco hay terremoto ni guardias; se les presentan dos hombres, aparentemente procedentes del exterior del sepulcro; se les anuncia que Jesús se les aparecerá en Emaús y no en Galilea, tal como se dice en los dos textos anteriores; y Pedro da fe del hecho prodigioso.

En *Juan* sólo hay una mujer, María Magdalena, que no va a ungir el cadáver; no ve a nadie en el sepulcro y corre a avisar no a uno sino a dos apóstoles, que certifican el suceso; después de esto, mientras María llora fuera del sepulcro, se aparecen dos ángeles, sentados en la cabecera y los pies de donde estuvo el cuerpo del crucificado; y Jesús se le aparece a la mujer en ese mismo momento. En lo único en que coinciden todos es en la desaparición del cuerpo de Jesús y en la vestimenta blanco/luminosa que llevaba el transformista ángel/joven/dos hombres/dos ángeles.

No hace falta ser ateo o malicioso para llegar a la evidente conclusión de que estos pasajes no pueden tener la más mínima credibilidad. No hay explicación alguna para la existencia de tantas y tan graves contradicciones en textos supuestamente escritos por testigos directos —y redactados dentro de un periodo de tiempo de unos treinta a cuarenta años entre el primero (*Marcos*) y el último (*Juan*)— e *inspirados* por Dios... salvo que la historia sea una pura elaboración mítica, tal como ya señalamos, para completar el diseño de la personalidad divina de Jesús asimilándola a las hazañas legendarias de los dioses solares jóvenes y expiatorios que le habían precedido, entre los que estaba Mitra, su competidor directo en esos días, que no sólo había tenido una natividad igual a la que se adjudicará a Jesús sino que también había resucitado al tercer día.

Si leemos entre líneas los versículos citados, podremos darnos cuenta de algunas pistas interesantes para comprender mejor el ánimo de sus redactores. *Marcos*, el primer texto evangélico escrito, obra del traductor del apóstol Pedro, esbozó el relato mítico con prudencia y evitó las alharacas sobrenaturales innecesarias. *Mateo*, por el contrario, a pesar de que se inspiró en *Marcos* para escribir su obra, siguió siendo fiel a su estilo y se regocijó en adaptar leyendas paganas orientales al mito de Jesús, por eso —ya fuese por obra del verdadero Mateo o del redactor que puso a punto la versión actual de su *Evangelio* en Egipto— en su texto aparecen —pero no en los demás— los típicos terremotos y seres celestiales bajados del cielo propios de las leyendas paganas que vimos en apartados anteriores.

El médico Lucas, ayudante de Pablo, que se inspiró en *Marcos* y *Mateo* puesto que jamás trató con nadie relacionado con Jesús, adoptó la misma mesura que *Marcos* y, dado que escribió en Roma, eliminó del relato las referencias celestiales exóticas y aquellas que pudiesen herir susceptibilidades entre los romanos. Como su objetivo fue demostrar la veracidad del cristianismo (y también de este hecho, claro está) recurrió a sus típicas exageraciones y manipulaciones en pos de asegurarse la credibilidad. Por eso convirtió en hombre maduro a quien había sido un joven o un ángel y dobló su presencia para mejor testimonio.

Otro tanto sucedió con las mujeres —a las que ni él ni Pablo concedían demasiada credibilidad—, que presentó como a un grupo numeroso para así poder compensar en alguna medida su credulidad *genética* gracias a la cantidad de testimonios coincidentes; pero, aún así, *Lucas* creyó necesario incluir el testimonio de un varón para que el relato pareciese razonable y ahí hizo su aparición Pedro.[171] El apóstol Pedro no sólo gozaba de credibilidad entre la comunidad judeocristiana sino que era el oponente más duro de Pablo, así que al incluirlo en el relato se lograban dos cosas a la vez: dar veracidad al hecho por su testimonio de varón y materializar una sutil venganza en su contra mermándole su *masculinidad* y prestigio al presentarlo solo en medio de un grupo de mujeres.

En *Juan*, el más místico de los cuatro, los hombres volvie-

171. Un hecho tan importante como que el apóstol Pedro estuvo en el sepulcro en esa circunstancia básica del cristianismo hubiese sido cono-

ron a ser transformados en ángeles (dos, por supuesto), la mujer fue una sola y con un papel totalmente pasivo y, en sintonía con la conocida pasión que evidencia el redactor de este *Evangelio* por el Jesús divino, no pudo aguardar para hacerle aparecer en Galilea y le hizo materializarse en su propia sepultura para mayor gloria. Pero vemos también que en este relato aparecen dos discípulos, Pedro y «el otro discípulo a quien Jesús amaba»; al margen de comprobar otra vez como a cada nuevo evangelio se va doblando la cantidad de testigos, la elección de estos dos hombres no es casual. Pedro debía aparecer puesto que antes lo había situado *Lucas* en la escena, pero el otro tenía que figurar también dado que se trataba de la fuente de quien supuestamente partía ese relato.

Si recordamos lo ya documentado con anterioridad, sabremos que el autor del *Evangelio de Juan* no fue el apóstol Juan, sino el griego Juan «el Anciano» —que se basó en las memorias del judío Juan el Sacerdote, el «discípulo querido»—. En los versículos de *Juan* se presenta a Juan el Sacerdote corriendo hacia el sepulcro junto a Pedro, pero ganándole la carrera, que por algo éste es su texto particular, con lo que quedaba sutilmente valorado por encima de Pedro. Juan fue el primero en ver la tela del sudario pero, sin embargo, fue Pedro quien entró por delante en la sepultura; la razón para ello es bien simple: dado su oficio sacerdotal,[172] Juan, para no adquirir impureza, no podía penetrar en el sepulcro hasta saber con certeza que allí ya no había ningún cadáver; cuando Pedro se lo confirmó, él también entró «vio y creyó». Al igual que ocurre en toda la *Biblia*, las motivaciones humanas de los escritores dichos sagrados son tan poderosas y visibles que oscurecen cuantos rincones se pretenden llenos de luz divina.

---

cido y relatado por Marcos, que escribió su texto sobre lo que le escuchó predicar directamente a Pedro; y también lo hubiese sabido y escrito su compañero de apostolado Mateo, pero ése no es el caso.

172. Que ya se deja ver cuando, como fuente de Juan el Anciano, describe el modo ritual judío de practicar los enterramientos —en *Jn* 19,39-40— y entra en contradicción con los otros tres evangelistas.

Repasando lo que se dice en el *Nuevo Testamento* acerca de la actitud de los discípulos frente a la resurrección de Jesús volvemos quedar sorprendidos ante la incredulidad que demuestran éstos al recibir la noticia. En *Mt* 27,63-64, tal como ya pudimos leer, se dice que era tan notorio y conocido por todos que Jesús había prometido resucitar al tercer día que el Sanedrín forzó a Pilato a poner guardias ante el sepulcro y a sellar su entrada. Y en *Lucas* se refresca la memoria de las mujeres desconsoladas ante la sepultura vacía diciéndoles: «Acordaos cómo os habló [Jesús] estando aún en Galilea, diciendo que el Hijo del hombre había de ser entregado en poder de pecadores, y ser crucificado, y resucitar al tercer día» (*Lc* 24,7).

Todos estaban, pues, advertidos, pero a los apóstoles, según sigue diciendo *Lc* 24,11, «les parecieron desatinos tales relatos [el sepulcro vacío que habían encontrado las mujeres] y no los creyeron». Las mujeres de *Mc* 16,8 «a nadie dijeron nada» aunque a renglón seguido María Magdalena se lo contó a los apóstoles que «oyendo que vivía y que había sido visto por ella, no lo creyeron»[173] y, a más abundamiento, «Después de esto se mostró en otra forma a dos de ellos [apóstoles] que iban de camino y se dirigían al campo. Éstos, vueltos, dieron la noticia a los demás; ni aun a éstos creyeron» (*Mc* 16,12-13). En *Juan*, Pedro y Juan el Sacerdote «aún no se habían dado cuenta de la Escritura, según la cual era preciso que Él resucitase de entre los muertos» (*Jn* 20,9).

A Pedro, en especial, se le presenta en los *Evangelios* rechazando con vehemencia la posibilidad de la pasión y recibiendo por ello un durísimo reproche de parte de Jesús,[174]

173. Al margen de lo dicho, quizá la credibilidad de María Magdalena —o María de Magdala— no fuese demasiado sólida ante quienes la conocían si, tal como se cuenta en *Lc* 8,2, «había sido curada de espíritus malignos (...) de la cual habían salido siete demonios» antes de convertirse en seguidora de Jesús. Desde el punto de vista psiquiátrico actual cabría pensar, como mínimo, que ¡siete demonios suponen ya demasiado desequilibrio para una sola persona! (máxime en un tiempo que estaba aún a dos milenios del descubrimiento de los neurolépticos y demás psicofármacos antipsicóticos).

174. Así, por ejemplo, en *Mt* 16,21-23 se lee: «Desde entonces co-

pero ¿cómo podía seguir mostrándose incrédulo ante la noticia de la resurrección de su maestro alguien que había visto fielmente cumplidos los vaticinios de Jesús acerca de su detención y muerte así como el que advertía que él mismo le negaría tres veces? Resulta ilógico pensar que apóstoles, que habían sido testigos directos de los milagros que se atribuyen a Jesús, entre ellos el de la resurrección de la hija de Jairo[175] —jefe de la sinagoga judía gerasena— y la de Lázaro,[176] no pudiesen creer que su maestro fuese capaz de escapar de la muerte tal como tan repetidamente había anunciado si hemos de creer en los versículos siguientes:

En *Mc* 8,31 Jesús, reunido con sus apóstoles, «Comenzó a enseñarles cómo era preciso que el Hijo del hombre padeciese mucho, y que fuese rechazado por los ancianos y los príncipes de los sacerdotes y los escribas, y que fuese muerto y resucitara después de tres días. Claramente se hablaba de esto».[177] Mientras todos estaban atravesando el lago de Galilea, según *Mc* 9,30-32, Jesús «iba enseñando a sus discípulos, y les decía: El Hijo del hombre será entregado en manos de los hombres y le darán muerte, y muerto, resucitará al cabo de tres días. Y ellos no entendían esas cosas, pero temían preguntarle».[178] La tercera predicción de Jesús acerca de su inminente pasión figura en *Mc* 10,33-34 cuando se dice: «Subimos a Jerusalén, y el Hijo del hombre será entregado a los príncipes de los sacerdotes y a los escribas, que le condenarán a muerte y le entregarán a los gentiles, y se burlarán de Él y le

---

menzó Jesús a manifestar a sus discípulos que tenía que ir a Jerusalén para sufrir mucho de parte de los ancianos, de los príncipes de los sacerdotes y de los escribas, y ser muerto, y al tercer día resucitar. Pedro, tomándole aparte, se puso a amonestarle, diciendo: No quiera Dios, Señor, que esto suceda. Pero Él, volviéndose, dijo a Pedro: Retírate de mí, Satanás; tú me sirves de escándalo, porque no sientes las cosas de Dios, sino las de los hombres.»

175. *Cfr. Mt* 9,18-25; *Mc* 5,35-43 y *Lc* 8,40-56.

176. *Cfr. Jn* 11,33-44.

177. El pasaje se repite en *Mt* 16,21 y en *Lc* 9,22.

178. Ver también *Mt* 17,22-23 —que añade que los apóstoles «se pusieron muy tristes»— y *Lc* 9,44-45.

escupirán, y le azotarán y le darán muerte, pero a los tres días resucitará.»[179] Y en *Mc* 14,28-29, mientras se dirigían hacia el monte de los Olivos, encontramos a Jesús afirmando: «Pero después de haber resucitado os precederé a Galilea».[180]

La inexplicable incredulidad de los apóstoles ante la noticia de la resurrección de Jesús resulta aún mucho más alarmante cuando leemos el testimonio de *Mateo* acerca del suceso que siguió a la muerte del mesías judío: «Jesús, dando de nuevo un fuerte grito, expiró. La cortina del templo se rasgó de arriba abajo en dos partes, la tierra tembló y se hendieron las rocas; se abrieron los monumentos, y muchos cuerpos de santos que dormían, resucitaron, y saliendo de los sepulcros, después de la resurrección de Él, vinieron a la ciudad santa y se aparecieron a muchos. El centurión y los que con él guardaban a Jesús, viendo el terremoto y cuanto había sucedido, temieron sobremanera y se decían: Verdaderamente, éste era el hijo de Dios...» (*Mt* 27,50-54).

Ante este *testimonio inspirado* de *Mateo* sólo caben dos conclusiones: o el relato es una absoluta mentira —con lo que también se convierte en una invención el resto de la historia de la resurrección—, o la humanidad de esa época presentaba el nivel de cretinez más elevado que jamás pueda concebirse. Una convulsión como la descrita no sólo hubiese sido la «noticia del siglo» a lo largo y ancho del Imperio romano sino que, obviamente, tendría que haber llevado a todo el mundo, judíos y romanos incluidos, con el sumo sacerdote y el emperador al frente, a peregrinar ante la cruz del suplicio para aceptar al ejecutado como el único y verdadero «hijo de Dios», tal como supuestamente apreciaron, con buen tino, el centurión y sus soldados; pero en lugar de eso, nadie se dio por aludido en una sociedad hambrienta de dioses y prodigios, ni cundió el pánico entre la población —máxime en una época en la que

179. Este texto se reproduce también en *Mt* 20,18-19 y en *Lc* 18,31-34, que añade: «Pero ellos no entendían nada de esto, eran cosas ininteligibles para ellos, no entendían lo que les decía.»

180. En el contexto narrativo equivalente de *Mt* 26,30-35 y *Lc* 22,31-39 no se incluye esta frase.

buena parte de los judíos esperaban el inminente fin de los tiempos, cosa que también había creído y predicado el propio Jesús—, ni tan siquiera logró que los apóstoles sospechasen que allí estaba a punto de suceder algo maravilloso y por eso les pilló fuera de juego la nueva de la resurrección. Es el colmo del absurdo.

Además, ¿cómo no iban a llamar la atención y despertar la alarma los muchos santos que, según *Mateo*, salieron de sus tumbas y se pasearon por Jerusalén entre sus moradores? Unos santos de los que, por cierto, no se dice quiénes eran (ni la razón de su santidad), ni quiénes los reconocieron como tales, ni a quiénes se aparecieron y que, tal como expresa el texto, resucitaron antes que el propio Jesús, con lo que se invalida absolutamente la doctrina de que la resurrección de los muertos llegó sólo a consecuencia (y después) de la protagonizada por Jesús.[181] Los santos resucitados de *Mateo* acabaron por convertirse en un buen problema para la Iglesia.[182]

Si, hartos de tanta contradicción, intentamos descubrir algún indicio sobre el fundamento de la resurrección, nos meteremos de nuevo en medio de otro mar de dudas distinto y no menos insalvable. Es creencia común entre los cristianos actuales que Jesús posee el poder de resucitar a los muertos en

181. «Porque como por un hombre vino la muerte, también por un hombre vino la resurrección de los muertos. Pues así como en Adán mueren todos, así también en Cristo serán todos vivificados» (I *Cor* 15,21-22).

182. Tan llamativa e imposible de camuflar es esta incoherencia que la Iglesia católica no ha logrado maquillarla del todo ni aún con sus alucinógenas anotaciones a las *Sagradas Escrituras*. En la *Biblia* de Nácar-Colunga se anota el versículo de *Mt* 27,52 con el comentario siguiente: «Este hecho nos es transmitido sólo por san Mateo; su interpretación es difícil, y por esto, objeto de varias opiniones. En el sentido obvio, esos santos se habrían adelantado al Señor en la resurrección, lo que no puede admitirse. ¿Habrá anticipado el evangelista la resurrección de los santos? Esos que, resucitados, salieron de sus sepulcros, ¿volvieron a morir? Otros tantos misterios. Lo indudable es que esa resurrección, cualquiera y como quiera que sea, es señal de la victoria de Jesús sobre la muerte y de la liberación de los que le esperaban en el seno de Abraham.» La desfachatez de la Iglesia es tan infinita y resulta tan obvia que ahorra cualquier apostilla a esta *autorizada* anotación.

el día del Juicio Final pero, sorprendentemente, ni *Mateo*, ni *Marcos*, ni *Lucas* dijeron palabra alguna a este respecto —¿no se habían enterado de tan buena nueva?—, sólo el místico y esotérico *Juan*, en la primera década del siglo II d.C., vino a llenar este incomprensible vacío con versículos como los siguientes: «Porque ésta es la voluntad de mi Padre, que todo el que ve al Hijo y cree en Él tenga la vida eterna, y yo lo resucitaré en el último día» (*Jn* 6,40); «Nadie puede venir a mí si el Padre, que me ha enviado, no le trae, y yo le resucitaré en el último día» (*Jn* 6,44); o «El que come mi carne y bebe mi sangre tiene la vida eterna y yo le resucitaré el último día» (*Jn* 6,54).

Lucas, cuando escribió los *Hechos de los Apóstoles*, tampoco mostró que su jefe Pablo estuviese convencido del papel a jugar por Jesús respecto a la resurrección final, ya que cuando el apóstol de los gentiles se halló delante del procurador romano le dijo: «Te confieso que sirvo al Dios de mis padres con plena fe en todas las cosas escritas en la Ley y en los Profetas, según el camino que ellos llaman secta, y con la esperanza en Dios que ellos mismos tienen de la resurrección de los justos y de los malos...» (*Act* 24,14-15). Pablo, como judío, reservaba a Dios la capacidad de resurrección, no al Jesús divinizado o a cualquier otro.[183]

183. El mismo Lucas, sin embargo, en unos versículos que preceden a los citados, presentó al apóstol Pedro predicando en Lidia y obrando curaciones milagrosas, como la del paralítico Eneas (*Act* 9,33-35), y prodigios como el de la resurrección de Tabita, una discípula del pueblo de Joppe que murió tras una enfermedad «y, lavada, la colocaron en el piso alto de la casa. Está Joppe próximo a Lidia; y sabiendo los discípulos que se hallaba allí Pedro, le enviaron dos hombres con este ruego: No tardes en venir a nosotros. Se levantó Pedro, se fue con ellos y luego le condujeron a la sala donde estaba, y le rodearon todas las viudas, que lloraban, mostrando las túnicas y mantos que en vida les hacía Tabita. Pedro los hizo salir fuera a todos, y puesto de rodillas, oró; luego, vuelto al cadáver, dijo: Tabita, levántate. Abrió los ojos, y viendo a Pedro, se sentó. En seguida le dio éste la mano y la levantó, y llamando a los santos y viudas, se la presentó viva» (*Act* 9,36-41). Es evidente que en esos días no hacía falta ser Dios o Jesús para poder resucitar al prójimo y, en todo caso, no se precisaba ser nadie en especial para que Dios acordara devolverle la vida. ¿A qué entonces tanto alboroto con la resurrección del «Hijo de Dios»? ¿Es que

Por lo anterior, que era creencia común del judaísmo y del cristianismo primitivo, parecería obvio pensar que Jesús fue resucitado por obra expresa de Dios, tal como muy bien se indica, entre otros, en los versículos de *Act* 2,23-24: «A éste [Jesús de Nazaret], entregado según el designio determinado y la presencia de Dios, después de fijarlo (en la cruz) por medio de hombres sin ley, le disteis muerte. Al cual Dios le resucitó después de soltar las ataduras de la muerte, por cuanto no era posible que fuera dominado por ella...»; pero otro texto, tan inspirado por Dios como éste, parece indicar que es el propio Jesús quien tiene la potestad de resucitarse a sí mismo: «Por eso el Padre me ama, porque yo doy mi vida para tomarla de nuevo. Nadie me la quita, soy yo quien la doy por mí mismo. Tengo poder para darla y poder para volver a tomarla. Tal es el mandato del Padre que he recibido» (*Jn* 10,17-18), y poco después se añade: «Yo soy la resurrección y la vida» (*Jn* 11,25). Dado que la Iglesia manda tomar por cierta cada palabra de la *Biblia*, no deberíamos encontrar contradicción alguna entre el hecho de que Jesús fuese resucitado por Dios o por sí mismo... al fin y al cabo, ambos acabarían pasando a formar parte de una sola y trina personalidad divina.

Pero, por mucha fe que se le ponga, resulta de nuevo imposible obviar las disparidades que aparecen en el *Nuevo Testamento* cuando se relata el hecho memorable —según cabe suponer— de la aparición de Jesús ya resucitado a los apóstoles.

En *Mateo*, después que las dos Marías encontraran el sepulcro vacío y se dirigieran corriendo a comunicarlo a los discípulos, «Jesús les salió al encuentro, diciéndoles: Salve. Ellas, acercándose, asieron sus pies y se postraron ante Él. Díjoles entonces Jesús: No temáis; id y decid a mis hermanos

---

no merecen idéntico alborozo la resurrección de Lázaro o ésta de Tabita? Dado que los textos de las *Escrituras* van avalados por la «palabra de Dios», las resurrecciones que refieren sólo pueden ser ciertas e igualmente meritorias e indiciarias todas ellas o, por el contrario, deben ser consideradas meras fabulaciones todas ellas sin excepción.

que vayan a Galilea y que allí me verán» (*Mt* 28,9); y el relato concluye diciendo que «Los once discípulos se fueron [desde Jerusalén] a Galilea, al monte que Jesús les había indicado, y, viéndole, se postraron, aunque algunos vacilaron, y acercándose Jesús, les dijo: Me ha sido dado todo el poder en el cielo y en la tierra...» (*Mt* 28,16-18).

En *Marcos*, «Resucitado Jesús la mañana del primer día de la semana, se apareció primero a María Magdalena. (...) Ella fue quien lo anunció a los que habían vivido con Él...» (*Mc* 16,9-10); «Después de esto se mostró en otra forma a dos de ellos que iban de camino y se dirigían al campo» (*Mc* 16,12); ya en Galilea (se supone) «Al fin se manifestó a los once, estando recostados a la mesa, y les reprendió su incredulidad...» (*Mc* 16,14); y, finalmente, «El Señor Jesús, después de haber hablado con ellos, fue levantado a los cielos y está sentado a la diestra de Dios» (*Mc* 16,19).

En *Lucas*, «El mismo día [domingo, tras el descubrimiento de la sepultura vacía], dos de ellos iban a una aldea (...) llamada Emaús, y hablaban entre sí de todos estos acontecimientos. Mientras iban hablando y razonando, el mismo Jesús se les acercó e iba con ellos, pero sus ojos no podían reconocerle. (...) Puesto con ellos a la mesa, tomó el pan, lo bendijo, lo partió y se lo dio. Se les abrieron los ojos y le reconocieron, y desapareció de su presencia» (*Lc* 24,13-31), después de esto «En el mismo instante se levantaron, y volvieron a Jerusalén y encontraron reunidos a los once y a sus compañeros, que les dijeron: El Señor en verdad ha resucitado y se ha aparecido a Simón. Y ellos contaron lo que les había pasado en el camino y cómo le reconocieron en la fracción del pan. Mientras esto hablaban, se presentó en medio de ellos y les dijo: La paz sea con vosotros. (...) Le dieron un trozo de pez asado, y tomándolo, comió delante de ellos» (*Lc* 24,33-43); finalmente, «Los llevó cerca de Betania, y levantando sus manos, les bendijo, y mientras los bendecía se alejaba de ellos y era llevado al cielo» (*Lc* 24,50-51).

En *Juan*, mientras María Magdalena permanecía fuera del sepulcro llorando «se volvió para atrás y vio a Jesús que estaba allí, pero no conoció que fuese Jesús. (...) María Magdalena fue a anunciar a los discípulos: "He visto al Señor" y las cosas que había dicho» (*Jn* 20,14-18). «La tarde del primer día de la semana, estando cerradas las puertas del lugar donde se hallaban los discípulos por temor de los judíos, vino Jesús y, puesto en medio de ellos...» (*Jn* 20,19). «Pasados ocho días, otra vez estaban dentro los discípulos (...) Vino Jesús, cerradas las puertas, y, puesto en medio de ellos...» (*Jn* 20,26). «Después de esto se apareció Jesús a los discípulos junto al mar de Tiberíades, y se apareció así: Estaban juntos Simón Pedro y Tomás, llamado Dídimo; Natanael, el de Caná de Galilea, y los de Zebedeo, y otros dos discípulos. Díjoles Simón Pedro: Voy a pescar. (...) Salieron y entraron en la barca, y en aquella noche no pescaron nada. Llegada la mañana, se hallaba Jesús en la playa; pero los discípulos no se dieron cuenta de que era Jesús. (...) Él les dijo: Echad la red a la derecha de la barca y hallaréis. La echaron, pues, y ya no podían arrastrar la red por la muchedumbre de los peces (...) Jesús les dijo: Venid y comed...» (*Jn* 21,1-12).

Según los *Hechos de los Apóstoles* de Lucas, Jesús apareció ante sus apóstoles durante nada menos que cuarenta días: «Después de su pasión, se presentó vivo, con muchas pruebas evidentes, apareciéndoseles durante cuarenta días y hablándoles del reino de Dios» (*Act* 1,3) y, al fin «fue arrebatado a vista de ellos, y una nube le sustrajo a sus ojos» (*Act* 1,9).[184]

Pero Pablo, por su parte, complicó aún más la rueda de apariciones cuando testificó que «lo que yo mismo he recibido, que Cristo murió por nuestros pecados, según las Escrituras; que fue sepultado, que resucitó al tercer día, según las Escrituras, y que se apareció a Cefas, luego a los doce. Después se apareció una vez a más de quinientos hermanos, de los cuales muchos permanecen todavía, y algunos durmieron; luego se apareció a Santiago, luego a todos los apóstoles;

184. Si leemos el *Evangelio de Lucas*, obra del mismo Lucas que escribió los *Hechos*, veremos que Jesús no pasó cuarenta días apareciéndose, sino que ascendió al cielo el mismo día de su resurrección, poniendo así punto final a su estancia terrenal (*Cfr. Lc* 24,13-52). ¿En qué quedamos? ¿Fueron cuarenta días o uno solo?

y después de todos, como a un aborto, se me apareció también a mí» (I *Cor* 15,3-8).

Tomando en cuenta los denodados esfuerzos —con milagros incluidos— que había hecho Jesús, durante su vida pública, para intentar convencer de su mensaje a las masas, ¿no resulta increíble que se apareciera solamente ante sus íntimos y no ante todo el pueblo o el procurador Pilato que le ajustició, despreciando así su mejor oportunidad para convertir a todo el Imperio romano de una sola vez? Por otra parte, si repasamos lo dicho en todos estos testimonios *inspirados* que acabamos de exponer, tal como lo resumimos en el cuadro que insertaremos seguidamente, deberemos convenir que no es creíble en absoluto que un suceso tan fundamental como éste se cuente de tantas formas diferentes y que cada *autor sagrado* haga aparecer a Jesús las veces que le venga en gana y en los lugares y ante los testigos que se le antojen.

Los *machistas* Lucas y Pablo excluyen a María Magdalena de entre los privilegiados testigos de las apariciones de Jesús, mientras que para los otros es la primera en verle. Las apariciones en el camino cerca de Jerusalén sólo figuran en *Marcos* y en *Lucas* (que toma el dato de éste) y aportan contextos muy diferentes.

La presencia de Jesús ante sus apóstoles cuando aún estaban en Jerusalén es relatada por Lucas, Juan y Pablo, que no conocieron a Jesús ni fueron discípulos suyos, pero inexplicablemente la omiten quienes se supone que estaban allí, eso es el apóstol Mateo y Pedro (cuyas memorias originan el texto de Marcos).

Las apariciones de Jesús en Galilea solo figuran en *Mateo*, *Marcos* y *Juan*, pero fueron situadas, respectivamente, en escenas y comportamientos absolutamente diversos que acontecieron en lo alto de una montaña, alrededor de una mesa y pescando en el lago Tiberíades (¡¿?!).

Lucas afirmó que hubo apariciones durante cuarenta días o un día, según qué texto suyo se lea, y su maestro Pablo perdió toda mesura y compostura en su texto de I *Cor* 15,3-8, donde se cita a Jesús presentándose tanto a discípulos solos como a grupos de «quinientos hermanos». Por último, sólo

APARICIONES DE JESÚS DESPUÉS DE SU RESURRECCIÓN

Texto	En el sepulcro	Cerca de Jerusalén	En Jerusalén	En Galilea	Ascensión
Mateo	Jesús sale al encuentro de las dos Marías.			Jesús se aparece en un monte de Galilea a los once.	
Marcos	Jesús se aparece a María Magdalena	Jesús se aparece a dos discípulos que van por un camino.		Jesús se aparece a los once alrededor de una mesa en Galilea.	Jesús es levantado a los cielos desde un cuarto de Galilea.
Lucas		Jesús se aparece a dos discípulos camino de Emaús y se manifiesta al sentarse a la mesa con ellos.	Jesús se aparece en una reunión de los once y sus compañeros y come con ellos.		Jesús es levantado a los cielos, en campo abierto, estando cerca de Betania (a 5 km. de Jerusalén).

Juan	Jesús se aparece a María Magdalena.		Jesús se aparece el domingo por la tarde en una reunión de los discípulos. Ocho días después se les aparece de nuevo.	Jesús se aparece a siete discípulos en el lago Tiberíades, les ayuda a pescar y come con ellos.	
Hechos			Las apariciones de Jesús se suceden durante cuarenta días.		Jesús es arrebatado al cielo y desaparece tras una nube.
Pablo			Jesús se aparece, sucesivamente, a Cefas, a los doce, a más de quinientos hermanos, a Santiago, a todos los apóstoles y al propio Pablo.		

en *Marcos* y en *Lucas* —que no fueron escritos por apóstoles— se dice que Jesús fue «levantado a los cielos», aunque, lógicamente, también se presentó el hecho en circunstancias sustancialmente distintas.

Dado que el más elemental sentido común impide creer que un evangelista hubiese dejado de enumerar ni una sola de las apariciones de Jesús resucitado, los vacíos y contradicciones tremendas que se observan sólo pueden deberse a que esos relatos fueron una pura invención destinada a servir de base al antiguo mito pagano del joven dios solar expiatorio que resucita después de su muerte, una leyenda que, como ya mostramos, se aplicó a Jesús sin rubor alguno.

Puestos a observar incongruencias, también aparecen ciertas dudas razonables cuando calculamos el tiempo que permaneció muerto Jesús. Si, tal como testifican los evangelistas, Jesús fue depositado en su sepulcro a finales de la tarde de un viernes —o de la noche, pues en *Lc* 23,54 se dice que «estaba para comenzar el sábado»— y el domingo «ya para amanecer» (*Mt* 28,1) Jesús había desaparecido del «monumento» debido a su resurrección en algún momento concreto que se desconoce, resulta que el nazareno no estuvo en su tumba más que unas seis horas, como máximo, el viernes, todo el sábado y otras seis horas o menos el domingo; eso hace un total de unas treinta y seis horas, un tiempo récord que es justo la mitad de las horas que debería haber pasado muerto para poder cumplirse adecuadamente la profecía que el propio Jesús había hecho a sus apóstoles al decirles que «El Hijo del hombre será entregado en manos de los hombres y le darán muerte, y muerto, resucitará al cabo de tres días» (*Mc* 9,31).

Por si algún cristiano piadoso quisiere defenderse como gato panza arriba argumentando que viernes, sábado y domingo, aunque no fueran completos, ya son los «tres días» profetizados, será obligatorio recordar la respuesta que dio Jesús en *Mt* 12,38-40: «Entonces le interpelaron algunos escribas y fariseos, y le dijeron: Maestro, quisiéramos ver una señal tuya. Él, respondiendo, les dijo: La generación mala y adúltera busca una señal, pero no le será dada más señal que la de Jonás el profeta. Porque, como estuvo Jonás en el vientre del cetáceo tres días y tres noches, así estará el Hijo del hombre tres días y tres noches en el corazón de la tierra.»[185] Es evidente, pues, que el tiempo de permanencia en el sepulcro, antes de resucitar, debía ser de tres días completos con sus respectivas noches.

Jesús, por tanto, no resucitó a los tres días de muerto sino al cabo de un día y medio, con lo que no pudo validarse a sí mismo mediante la «señal de Jonás», puesto que incumplió su reiterada promesa por exceso de rapidez. Aunque, en cualquier caso, dejó *constancia* de su gloria y poder al vencer en su propio mito a su oponente el dios Mitra, que ése sí tuvo que pasarse tres días enteros dentro de su tumba antes de poder resucitar.

En el caso de que la resurrección de Jesús hubiese sido un hecho cierto, cosa que este autor no tiene el menor interés en negar por principio, resulta absolutamente evidente que tal prodigio no aparece acreditado en ninguna parte de las *Sagradas Escrituras*; cosa bien lamentable, por otra parte, ya que no se aborda esta cuestión —ni nada que se le relacione, aunque sea remotamente— en ningún otro documento contemporáneo ajeno a los citados.

185. No podemos menos que remarcar otra contradicción —una más— en el contexto narrativo de este párrafo, ya que mientras en *Mt* 12,38-40 Jesús es presentado pronunciando las palabras citadas en respuesta a la interpelación de «algunos escribas y fariseos», en los versículos paralelos de *Lc* 11,29-32 argumenta un discurso equivalente pero situado dentro de un marco de enseñanza muy diferente y sin mediar pregunta ninguna (si exceptuamos la imprecación de «una mujer de entre la muchedumbre» que, en *Lc* 11,27, le dice: «Dichoso el seno que te llevó y los pechos que mamaste»).

6

Si Jesús fue consustancial con Dios, ni él ni sus apóstoles se dieron cuenta de ello

Desde que el dogma fue impuesto durante el concilio de Nicea (325 d.C.), los cristianos han creído que la persona de Jesús fue consustancial con Dios, pero tal cosa no fue, ni mucho menos, lo que pensaban los apóstoles que convivieron con el mesías judío. La consustancialidad del Padre con el Hijo tardó más de tres siglos en adoptarse como «verdad revelada» no fue más que la tesis vencedora tras una pugna entre varias otras que proponían una visión cristológica muy diferente.

En el capítulo anterior ya hemos visto cómo los apóstoles, en un principio, se negaron obstinadamente a creer que Jesús hubiese resucitado. Y tanto las mujeres que aparecen en el relato de *Marcos* y en el de *Lucas*, como los dos hombres que, en *Juan*, dieron sepultura a Jesús, iban provistos de aromas para ungir el cadáver. José de Arimatea y Nicodemo, según *Jn* 19,38-42, cuando depositaron a Jesús en el sepulcro acudieron con «una mezcla de mirra y áloe, como unas cien libras»[186] y tomaron «el cuerpo de Jesús y lo fajaron con bandas y aromas, según es costumbre sepultar entre los judíos». ¿Qué sentido tenía amortajar a una persona de la que se esperaba su inminente resurrección ya que era el hijo de Dios?

186. Cien libras son unos treinta y cinco kilos de mirra y áloe, que no es poca cantidad.

Absolutamente ninguno... salvo que todos ellos creyesen que Jesús no era más que un ser humano, sin personalidad divina, y que, por tanto, era incapaz de volver de la muerte.

Los apóstoles, tal como se muestra en *Lucas*, no tenían a Jesús por persona divina, sino por profeta; así, cuando Cleofás y otro discípulo le relatan los sucesos de la pasión de Jesús a un forastero que resulta ser el propio resucitado —aunque no le reconocen—, ellos le dicen: «Lo de Jesús Nazareno, varón profeta, poderoso en obras y palabras ante Dios y todo el pueblo; cómo le entregaron los príncipes de los sacerdotes y nuestros magistrados para que fuese condenado a muerte y crucificado. Nosotros esperábamos que sería Él quien rescataría a Israel; mas, con todo, van ya tres días desde que esto ha sucedido...» (*Lc* 24,19-21). Esos discípulos de Jesús, como otros muchos de aquellos días, habían creído que el nazareno era el mesías judío anunciado en *Is* 11 que, gozando del favor de Dios, «rescataría a Israel» llevando a la nación hebrea hasta un paraíso terrenal de libertad, esplendor, paz y justicia.

En la famosa entrada triunfal de Jesús, relatada en los cuatro evangelios, se le presenta igualmente como profeta cuando se dice: «Y cuando entró en Jerusalén, toda la ciudad se conmovió y decía: ¿Quién es éste? Y la muchedumbre respondía: Éste es Jesús el profeta, el de Nazaret de Galilea» (*Mt* 21,10-11).

No menos esclarecedora resulta la duda que expresó Juan el Bautista cuando «Habiendo oído Juan en la cárcel las obras de Cristo, envió por sus discípulos a decirle: ¿Eres tú el que ha de venir o hemos de esperar a otro?» (*Mt* 11,2-3); esta actitud del Bautista, sin embargo, se contradice radical y absolutamente con la escena que supuestamente había protagonizado él mismo, poco tiempo antes, al bautizar al nazareno en las aguas del Jordán: «Bautizado Jesús, salió luego del agua; y he aquí que se abrieron los cielos, y vio al Espíritu de Dios descender como paloma y venir sobre él, mientras una voz del cielo decía: "Éste es mi hijo amado, en quien tengo mis complacencias."» (*Mt* 3,16-17). ¿Cómo podía dudar de la divinidad y papel mesiánico de Jesús alguien que había visto al «Espíritu de Dios» y oído la voz del Padre confirmando tales aspectos?

A más abundamiento, el párrafo de *Mt* 3,16-17, que se reproduce también en *Mc* 1,9-11 y en *Lc* 3,21-22, no es la única *evidencia* neotestamentaria de que Juan el Bautista conocía perfectamente la personalidad divina de Jesús. Así, en *Juan*, se le hace decir al Bautista: «Yo bautizo en agua, pero en medio de vosotros está uno a quien vosotros no conocéis, que viene en pos de mí, a quien no soy digno de desatar la correa de la sandalia. (...) Al día siguiente vio venir a Jesús y dijo: He aquí el Cordero de Dios, que quita el pecado del mundo. Éste es aquel de quien yo dije: Detrás de mi viene. (...) Yo no le conocía; pero el que me envió a bautizar en agua me dijo: Sobre quien vieres descender el Espíritu y posarse sobre Él, ése es el que bautiza en el Espíritu Santo. Y yo vi, y doy testimonio de que éste es el Hijo de Dios» (*Jn* 1,26-34).

La certeza de Juan el Bautista, según los evangelios *inspirados* por Dios, era rotunda y previa a su encarcelamiento por Herodes ¿cómo, entonces, un hombre pío como Juan podía siquiera pensar en «esperar a otro» si ya sabía que el mesías era Jesús? La única respuesta posible es bien sencilla: los pasajes recién citados de *Mt* 3, *Mc* 1, *Lc* 3 y *Jn* 1 son una pura invención (probablemente un añadido tardío) y Juan el Bautista, como todos los que conocieron a Jesús, no vio en el nazareno más que un hombre, quizás un profeta (un oficio dotado de la capacidad para hacer prodigios, según el *Antiguo Testamento*).[187]

En los *Hechos de los Apóstoles*, también se dejó constancia de que en la primitiva fe cristiana se diferenciaba muy cuidadosamente entre Dios y Cristo, tal como se evidencia, por ejemplo, en *Act* 2,22 cuando se dice: «Varones israelitas, escuchad estas palabras: Jesús de Nazaret, varón probado por Dios entre vosotros con milagros, prodigios y señales que Dios hizo por Él en medio de vosotros ...», o en *Act* 7,55:

187. Aunque, si creemos lo que se dice en *Mateo*, no sólo los profetas *auténticos* podían obrar maravillas. Así, se presenta a Jesús afirmando: «Entonces, si alguno dijere: Aquí está el Mesías, no le creáis, porque se levantarán falsos mesías y falsos profetas, y obrarán grandes señales y prodigios para inducir a error, si posible fuera, aun a los mismos elegidos» (*Mt* 24,23-24).

«Él [se refiere a Esteban], lleno del Espíritu Santo, miró al cielo y vio la gloria de Dios y a Jesús en pie a la diestra de Dios.» La envidiable buena vista de Esteban quizá no se tenga por tal si la tomamos como uno de los habituales recursos literarios de Lucas para introducir en su texto *inspirado* datos ajenos —en este caso la famosa suposición de *Mc* 16,19 que sitúa al Jesús ascendido «sentado a la diestra de Dios»—, pero resulta obvio que, tanto para Lucas como para Marcos, Dios y Jesús son dos entidades absolutamente separadas, diferentes y de distinto rango.

Aun siendo una interpolación tardía, el pasaje de *Mc* 13,32 y *Mt* 24,36 —en el que se afirma que «Cuanto a ese día o a esa hora [la del «fin de los tiempos» y el advenimiento del «reino de Dios», cuya inminencia fue tan proclamada por Jesús], nadie lo conoce, ni los ángeles del cielo, ni el Hijo, sino sólo el Padre»— cuestiona seriamente la supuesta consustancialidad de Jesús. ¿Cómo es posible que algo conocido para el Dios Padre sea ignorado por el Dios Hijo si son de la misma sustancia? Tal falta de conocimiento sólo sería lógica si el Hijo fuese un dios diferente o inferior al Padre, con lo que ya no podrían ser ambos una misma persona o unidad; ¿o es que el Dios uno y trino cristiano es tricéfalo y tiene cerebros, voluntades y conocimientos independientes entre sí?

Aunque para los apóstoles, seguidores de la tradición hebrea, Jesús —como hombre con quien compartieron una labor común durante unos dos años y como el mesías del pueblo judío que vieron en él— siempre tuvo una connotación profundamente humana, para Pablo y Juan —que fueron los dos autores neotestamentarios que más influyeron en el proceso de elaboración cristológica a pesar de no haber conocido jamás a Jesús directamente— la concepción del personaje fue clara y absolutamente divergente.

Para el judío Pablo la humanidad del nazareno no sólo careció de todo interés sino que proclamó, en sus escritos, que mientras el Cristo celestial asumió una presencia física en el cuerpo de Jesús, éste no mantuvo consigo ninguna característica o atributo divino —esto es su naturaleza espiritual como «Hijo de Dios»— y no pudo recuperarlos hasta después de su resurrección. Para Juan, en cambio, que elaboró su *Evangelio* dentro de un contexto cultural griego, cuando Pablo y los apóstoles ya habían desaparecido, en la figura de Jesús se había reunido lo humano y lo divino al mismo tiempo, esto es que el Jesús humano nunca dejó de ser consciente de su sustancia divina.

Pablo, tal como ya comentamos en la primera parte de este libro, jamás osó identificar con Dios a Jesús, ni tan siquiera a Cristo. Así, por ejemplo, en la primera epístola a los tesalonicenses dice: «Que el mismo Dios y Padre nuestro y nuestro Señor Jesucristo enderece nuestro camino hacia vosotros y os acreciente y haga abundar en caridad de unos con otros y con todos (...) y haceros irreprensibles en la santidad ante Dios, Padre nuestro, en la venida de nuestro Señor Jesús con todos sus santos» (I *Tes* 3,11-13).

También queda muy clara esta distinción cuando se afirma que «sabemos que el ídolo no es nada en el mundo y que no hay más Dios que uno solo. Porque aunque algunos sean llamados dioses, ya en el cielo, ya en la tierra, de manera que haya muchos dioses y muchos señores, para nosotros no hay más que un Dios Padre, de quien todo procede y para quien somos nosotros, y un solo Señor, Jesucristo, por quien son todas las cosas y nosotros también» (I *Cor* 8,4-6); o en el versículo que dice: «Quiero que sepáis que la cabeza de todo varón es Cristo, y la cabeza de la mujer, el varón, y la cabeza de Cristo, Dios» (I *Cor* 11,3).

La cristología de Pablo estuvo dominada por el uso del título de «Señor» (*kyrios*), que es la interpretación helenística del título de Cristo —*khristós* es la traducción o equivalencia del título hebreo de *mashíach*, mesías, ungido o consagrado[188]—, empleado por la primitiva comunidad judeocristiana de Jerusalén pero incomprensible para los griegos; por eso,

188. El pueblo de Israel, tal como ya mostramos, desde el final de su cautiverio, en el siglo VI a.C., desarrolló una profunda esperanza en un *Mesías Salvador*, que en lengua hebrea es literalmente un *Mashíach Yeshua*, eso es un *Cristo Jesús*; pero mientras este título tenía un carácter impersonal en hebreo, al adaptarlo al griego y latín se convirtió en personal, con lo que se pervirtió radicalmente su significado original.

cuando el cristianismo comenzó a helenizarse al expandirse hacia el mundo gentil (no judío), el epíteto «Cristo» pasó a convertirse en una especie de segundo nombre —Jesús-Cristo o Jesucristo—, mientras que al Jesús resucitado se le aplicó el título de Señor o *kyrios*, que era la fórmula empleada habitualmente por el helenismo para designar al dios personal de cada uno, cosa que, obviamente, afirmó el poder divino de Jesús.[189] Si añadimos a esto que en la traducción griega de las *Escrituras* —la ya citada *Biblia de los Setenta*— se había empleado el término *kyrios* para designar a Dios, tendremos una buena pista para poder llegar a intuir una de las razones básicas que llevó a identificar a Jesús con Dios.

Visto lo que creían de Jesús quienes nunca le conocieron personalmente, quizá valga la pena intentar averiguar qué pensó el nazareno de sí mismo; una cuestión extraordinariamente difícil dado que apenas sabemos nada de la vida real de ese personaje.

Por su forma de ejecución es evidente que se hizo pasar abiertamente —o quizá se limitó a aceptar el papel sin desmentirlo— por el mesías esperado por los judíos, razón por la cual se le crucificó acompañado del letrero que indicaba: «Jesús de Nazaret, rey de los judíos.» También actuó como profeta y así lo tomaron sus discípulos y muchos de sus oyentes. Según se lo presenta en los *Evangelios*, Jesús se arrogó una autoridad tan grande como para atreverse a desafiar al Sanedrín judío, pero también es cierto que para hacerlo no hacía falta más que un íntimo y sólido convencimiento de estar predicando lo correcto en el tiempo adecuado, circunstancias que concurrieron en Jesús, tal como ya vimos, a partir de su estancia en el Jordán con Juan el Bautista.

Está fuera de toda duda que el Jesús de los *Evangelios* se

189. Conviene recordar, además, que, dado que en esa época los no judíos le atribuían rango divino a todos los soberanos, a los cristianos gentiles convertidos por Pablo —que eran de clase baja e incultos en su casi totalidad— les resultó perfectamente normal tomar por divino a quien les llegaba como mesías o rey de los judíos. Los judeocristianos, en cambio, nunca habrían podido tomar a Jesús por divino ya que con ello hubiesen cuestionado gravemente su monoteísmo.

dirigía a Dios empleando el término familiar arameo de *abba* —que significa «padre», o más bien «querido padre» o «papaíto»—, pero no existe la menor constancia de que Jesús pretendiese significar con *abba* la relación paterno-filial personal que se le acabará adjudicando respecto a Dios.[190]

Jesús, aún conociendo que el término «Hijo de Dios» había sido empleado con normalidad en el *Antiguo Testamento* para designar a figuras muy capitales para la historia hebrea —como David, Salomón y otros reyes hebreos, o el propio Adán y los «hijos de Israel»—, en ningún pasaje se refiere a sí mismo como hijo de Dios[191] sino que lo hace como «Hijo del hombre», un término usado por *Daniel* —en *Dan* 7,13—, que en arameo significa «hombre» o «ser humano» a secas; darle cualquier otra significación a «Hijo del hombre» es un puro ejercicio de imaginación calenturienta.

190. Recuérdese, por ejemplo, que en la oración conocida como el *Padrenuestro*, supuestamente instituida por Jesús, todos y cada uno de los creyentes se dirigen a Dios como si fuese su padre y ello no implica más que la aceptación de la metáfora que nos hace a todos los humanos «hijos de Dios».

191. Con la excepción del Jesús que aparece en *Jn* 6,32-45: «Moisés no os dio pan del cielo; es mi Padre el que os da el verdadero pan del cielo; porque el pan de Dios es el que bajó del cielo y da la vida al mundo. (...) Yo soy el pan de vida; el que viene a mí, ya no tendrá más hambre, y el que cree en mí, jamás tendrá sed, (...) todo lo que el Padre me da viene a mí, y al que viene a mí yo no le echaré fuera, porque he bajado del cielo no para hacer mi voluntad, sino la voluntad del que me envió. (...) Porque ésta es la voluntad de mi Padre, que todo el que ve al Hijo y cree en Él tenga la vida eterna, y yo lo resucitaré en el último día. (...) Todo el que oye a mi Padre y recibe su enseñanza, viene a mí...» Pero tal como ya mostramos en su momento, el texto de *Juan*, escrito por el griego Juan el Anciano a principios del siglo II d.C., presenta un Jesús absolutamente deformado, que habla con prepotencia y descaro, contrariamente a la humildad que le caracteriza en los relatos de los tres sinópticos —en *Mc* 10,18, por ejemplo, se muestra a Jesús diciendo «¿Por qué me llamas bueno? Nadie es bueno sino sólo Dios»—, y que se expresa en un sentido absurdo y ácidamente contrario al que emplearía un judío —que es lo único que sabemos con certeza que fue Jesús— que se dirige a otros judíos. Esta autoatribución de ser hijo de Dios, por tanto, carece de cualquier credibilidad a efectos de historicidad y se deriva claramente de la filosofía platónica, un contexto que influyó decisivamente en el desarrollo de la cristología tal como la conocemos actualmente.

En lo tocante a su papel de mesías —un honor que antes habían gozado reyes como Saúl, David y cuantos otros fueron llamados a realizar algún «designio de Dios»—, que sus discípulos le atribuyeron con generosidad, tampoco existe pasaje alguno en el que el propio Jesús se haya presentado a sí mismo como ungido bajo tal título, aunque nunca lo negó abiertamente cuando se le adjudicó en público; así, cuando Jesús se está enfrentando a su condena, «Pilato le preguntó, diciendo: ¿Eres tú el rey de los judíos? Él respondió y dijo: Tú lo dices» (*Lc* 23,3).

«En la época de Jesús, las esperas de la salvación futura no sólo se presentan ligadas a figuras diversas que serían portadoras de ella (mesías, hijo del hombre, profeta, sacerdote, maestro de justicia, etc.), sino que la misma categoría de mesías aparece internamente diferenciada según rasgos heterogéneos y a veces opuestos. De ahí la dificultad que encontró Jesús y que lo indujo a expresar constantes reservas frente a los reconocimientos y a las proclamaciones mesiánicas de que fue objeto, hasta el punto de denunciar el origen diabólico de algunas de ellas. Las reservas de Jesús suscitaron graves problemas de interpretación en torno a su conciencia mesiánica; una de las tesis históricamente más interesantes al respecto fue la del llamado "secreto mesiánico" (W. Wrede), según la cual Jesús impuso el silencio a quienes lo designaban con títulos mesiánicos al principio de su ministerio, pero no así en el último período, rechazando sin embargo cualquier matiz político-temporal. Al contrario, la identificación neotestamentaria de Jesús con el mesías realizaba una síntesis, nueva para el judaísmo, entre el mesías y la figura doliente del "siervo de Yavé" que Jesús había asumido en su vida y en su pasión. Desde entonces, "mesías", en la forma griega de "cristo" fue perdiendo precisamente su valor de título, para convertirse en el nombre del propio Jesús.»[192]

Si queremos averiguar el proceso que llevó al judío Jesús, una vez ya muerto y mitificado por los *Evangelios*, a conver-

192. Garzanti (1992). *Enciclopedia de la Filosofía Garzanti*. Barcelona: Ediciones B, p. 650.

tirse en consustancial con Dios, formando parte de la famosa trinidad cristiana, deberemos abandonar los textos neotestamentarios y dirigirnos hacia los documentos históricos que conservaron memoria de las enconadas luchas doctrinales que, tras casi siete siglos de enfrentamientos, acabaron conformando la ortodoxia católica y, dentro de ella, la figura de un Jesús tan distorsionado que ni la mismísima María podría reconocerle.

En este proceso de configuración del cristianismo, ajeno por completo al pensamiento, mensaje e intenciones del Jesús histórico, fue capital la tensión que aportaron algunas importantes *herejías* al extraño maridaje e hibridación entre las corrientes de pensamiento judío y platónico que, finalmente, moldearon como nueva religión aquello que no había sido más que una secta judaica.

El docetismo, una tendencia teológica surgida ya cuando se redactó el *Nuevo Testamento*, propugnó que en Cristo no hubo naturaleza carnal y que su humanidad fue sólo aparente (*dokêin* significa parecer), por lo que nunca dejó de ser completamente divino y, por ello, el sufrimiento y la muerte de Jesús lo fueron sólo en apariencia.

Esta tesis fue tomada por los gnósticos —empeñados en borrar el «escándalo» de la crucifixión— y por Marción (c. 85-160), hijo del obispo de Sínope y primer teólogo bíblico de la historia, que negó, además, el nacimiento humano de Cristo. Marción, en su *Antítesis*, evidenció las contradicciones existentes entre el *Antiguo* y el *Nuevo Testamento* y concluyó que el Dios de uno y otro no podía ser el mismo, contraponiendo el «Dios justo» del texto hebreo con el «Dios bueno» neotestamentario que tiene un rango superior. Pero, dado que este razonamiento dejaba sin base *profética* a la todavía frágil figura del Jesús mítico, la Iglesia primitiva combatió al marcionismo con todas sus fuerzas.

El adopcianismo, afirmado por primera vez en Roma, en el siglo II, por Teodoto de Bizancio, intentó evitar la contradicción surgida cuando se proclamó la divinidad de Cristo dentro de un contexto monoteísta. Dado que no podía haber dos dioses, esta teología postuló que Cristo fue hijo adoptivo de Dios, circunstancia que se produjo tras el bautismo del Jordán, según unos, o tras la resurrección, según otros, pero que, en cualquier caso, dotó a Jesús de divinidad, con poder para hacer milagros, pero sin ser propiamente Dios. Esta visión, que se fundamentó remontándose hasta las claras palabras pronunciadas por el mismísimo apóstol Pedro en *Act* 2,22-36 y 10,38,[193] fue al fin condenada en un proceso que duró entre los años 264 y 268.

Basándose en los debates cristológicos de Alejandría, un experto como Grant denominó a esta teología —que ensalza la humanidad de Jesús— «cristología pobre»,[194] en contraposición a la «cristología rica», de raíces platónicas, que fue puesta en marcha por Orígenes de Alejandría y contó con defensores tan sólidos como Ignacio de Antioquía. La «cristología rica», por el contrario, exaltó la divinidad de Cristo vinculándose a la filosofía alejandrina del Logos (de la que el texto de *Juan* es un buen ejemplo) y acabó derrotando al adopcianismo.

Orígenes (c. 185-253), desde su escuela teológica superior de Alejandría, lanzó una concepción trinitaria, claramente influida por el platonismo medio, en la que la distinción entre las personas predominaba aún respecto a la de su sustancia divina y se establecía una clara relación de subordinación entre ellas. Sólo el Padre, cuya acción se extiende a toda la realidad, es Dios en sentido estricto, en cuanto es el único «no-generado»; el Hijo, el Verbo que actúa como intermediario entre Dios y la multiplicidad de los seres espirituales creados, ha sido generado y, por esta razón, es un Dios secundario cuya acción está limitada a los seres racionales; el Espíritu

193. «Vosotros sabéis lo acontecido en toda Judea, comenzando por la Galilea, después del bautismo predicado por Juan; eso es, cómo a Jesús de Nazaret le ungió Dios con el Espíritu Santo y con poder, y cómo pasó haciendo bien y curando a todos los oprimidos por el diablo, porque Dios estaba con Él» (*Act* 10,38).

194. Siendo sus representantes más antiguos los ebionitas («pobres»), que ya eran una secta judeocristiana cuando el cristianismo aún no era más que una secta judía. Los ebionitas se opusieron siempre a Pablo y a su mensaje y consideraban que Jesús fue un profeta que no tuvo nada de divino.

Santo deriva del Hijo y sus atributos distintivos y extiende su acción sólo a los santos.[195] Esta tesis de Orígenes —sacerdote que fue reducido al estado laical por haber sido ordenado irregularmente— acabaría siendo la base fundamental sobre la que, con notables retoques, se construirá la doctrina trinitaria cristiana asentada en el siglo IV.

Otro acerdote, Arrio (256-336), aportó una nueva visión teológica —en la línea «pobre»— cuando subrayó la absoluta unicidad y trascendencia de Dios y consideró al Hijo como una criatura generada por el Padre, esto es hecha por él, y que aunque se la denomine Dios no lo es verdaderamente más que en la medida en que participa de la gracia divina; siendo evidente, por tanto, que el Hijo no es de la misma sustancia que el Padre. La discusión en torno a la doctrina arriana fue uno de los desencadenantes fundamentales de la convocatoria del concilio de Nicea (325), pero allí fue vencida por sus oponentes y declarada herética. En Nicea se adoptó, por votación mayoritaria, el término *homoousios* —ya usado por Orígenes, aunque para poner un acento diferente— para afirmar que el Hijo es consustancial con el Padre.[196]

La versión más elaborada de la cristología «pobre» apareció con Nestorio (m. en 451), patriarca de Constantinopla, y se forjó en medio de su agria polémica con Cirilo, el patriarca de Alejandría. El conflicto entre ambos estalló en torno al término *Theotókos* (madre de Dios) atribuido a María. Los alejandrinos, que insistían en la unidad de Cristo partiendo de la persona del Verbo de Dios, afirmaban que María es la madre de Dios y que Dios sufrió. Nestorio, en cambio,

195. *Cfr.* Garzanti (1992). *Op. cit.*, pp. 724-725.

196. La «votación mayoritaria» del concilio de Nicea, tal como veremos en un capítulo posterior, fue forzada por el emperador Constantino, que amenazó a los obispos congregados con la destitución y el destierro para aquellos que no aceptasen que Jesús-Cristo era «consustancial al Padre» (*homoousios*); así pues, fue la voluntad caprichosa de Constantino —un monarca cruel que murió abrazando el arrianismo en vez del catolicismo que él mismo hizo nacer—, no la *inspiración* del Espíritu Santo, la causa que elevó a la categoría de «verdad revelada» la creencia oficial de la Iglesia católica actual acerca de la consustancialidad del Padre y el Hijo.

no consideraba adecuado el término y usaba el de *Theodóchos* (que recibe a Dios) o *Christotókos* (madre de Cristo), con lo que afirmaba que el Verbo divino no podía ser la misma persona que había sufrido y muerto en la cruz y que Cristo había sido un hombre y como tal había sufrido y muerto.

El nestorianismo sostuvo que las dos naturalezas de Cristo encarnado habían permanecido inalteradas y distintas en la unión, y renunció al concepto de «unión hipostática» entre las naturalezas humana y divina en Cristo, introduciendo el de «conjunción», que evitaba toda posibilidad de confusión entre las dos naturalezas. Cirilo denunció a Nestorio, acusándole de haber dividido al Dios hombre en dos personas distintas, y el concilio de Éfeso (431) condenó la doctrina nestoriana. Poco después, en el concilio de Calcedonia (451), fracasó de nuevo el intento de imponer la teología alejandrina a los nestorianos y éstos fundaron una Iglesia que ha llegado hasta la actualidad, manteniéndose firmes en su convicción de la existencia de dos naturalezas y dos personas en Cristo y, claro está, rechazando que María sea la *Theotókos* o madre de Dios.[197]

La cristología «rica» alejandrina, tan celosamente defendida por el patriarca Cirilo, también tuvo sus variantes de peso. Así, el obispo Apolinario de Laodicea (c. 310-390), intentando defender la divinidad de Cristo que negaba el arrianismo, sostuvo que el Verbo divino se unió en Jesucristo con una humanidad incompleta, eso es privada del alma racional puesto que, precisamente, había ocupado su lugar; la encarnación, por tanto, había sido una simple asunción del cuerpo del hombre Jesús pero no de toda la naturaleza humana. El apolinarismo gozó de una gran difusión hasta que desapareció, alrededor del año 420, bajo la represión del emperador Teodosio.

Un monje, Eutiques de Constantinopla (c. 378-454), negó la existencia en Cristo de una doble naturaleza —humana y divina—, afirmando que, si bien procedió de las dos na-

197. *Cfr.* Garzanti (1992). *Op. cit.*, p. 701.

turalezas, él subsistió en una «sola naturaleza» —de ahí el nombre de *móné physis* o monofisismo que recibió su doctrina— ya que la personalidad divina absorbió a la humana. El monofisismo fue condenado en el concilio de Calcedonia (451),[198] pero sobrevivió en muchos patriarcados de Oriente,[199] manteniéndose firme frente a la teología impuesta por Roma. El intento de reconciliación de ambas doctrinas, que protagonizaron, en el año 519, el emperador Justino y el papa Hormisdas —que propuso la fórmula *Hormisdae*, aceptada por el patriarca Juan, de «la Santa Sede Apostólica ha conservado siempre sin tacha la religión católica»— fracasó por la oposición violenta del monarca romano Teodorico y la nueva vía que abrió, un siglo después, el emperador bizantino Heraclio no acabó mucho mejor.

Heraclio (610-641) le propuso al papa Honorio I una fórmula de compromiso a partir de la doctrina del monotelismo —derivada del monofisismo—, que postulaba que Cristo tuvo dos naturalezas pero una sola voluntad, la del Verbo divino procedente del Padre; de esta forma se eludía presentar a Cristo *aprisionado* entre dos voluntades distintas —la divina y la humana— y se evitaba el cisma entre Bizancio y Roma. El monotelismo fue defendido por Sergio, patriarca de Constantinopla, y el papa Honorio I se adhirió a él recomendando evitar hablar de las dos voluntades de Cristo. Pero las tesis de Sofronio de Alejandría y, en especial, de Máximo el Confe-

198. El papa León I (440-461), durante el concilio, proclamó la divinidad y la humanidad de Cristo diciendo: «Consustancial al Padre por su divinidad, consustancial a nosotros por su humanidad»; a lo que los obispos presentes, según las actas conciliares, respondieron: «¡Pedro ha establecido a través de León!» Esta doctrina de las dos naturalezas, al afirmar que Cristo era verdaderamente Dios y verdaderamente hombre, le dibujó como el mediador ideal.

199. Gracias a la protección de los emperadores de Bizancio. El monarca Zenón, por ejemplo, tuvo como una de sus mayores preocupaciones el lograr anular la validez de los decretos del concilio de Calcedonia contrarios al monofisismo y, aunque no lo logró, su empeño preparó el camino para la futura ruptura entre Bizancio y Roma. Hasta el día de hoy han podido sobrevivir tres iglesias nacionales monofisitas: la Iglesia egipcia o copta, la Iglesia siríaca jacobita y la Iglesia armenia.

sor,[200] inspirador del sínodo de Letrán (649), llevaron a condenar al monotelismo y fijar la doctrina de las dos voluntades —en Letrán, bajo el papa Martín I— que, finalmente, será definida en el III Concilio de Constantinopla (680-681) por el papa Agatón.[201]

La evolución de la cristología, hasta llegar a las creencias católicas oficiales actuales, ha sido tan alucinante como se resume en el cuadro que presentamos a continuación:

EVOLUCIÓN HISTÓRICA DE LA DEFINICIÓN Y CARACTERÍSTICAS DE LA SUPUESTA PERSONALIDAD DIVINA DE JESÚS

Fuente	Visión proclamada acerca de la personalidad del Jesús-Cristo
Jesús de Nazaret	Jamás se definió a sí mismo como divino o hijo de Dios, sino como «Hijo del hombre».
Apóstoles	Le consideraron un ser humano, profeta y mesías, sin personalidad divina.
Pablo *Epístolas* (años 51-63)	Mientras el Cristo celestial asumió su presencia física en el cuerpo de Jesús, éste no mantuvo atributos divinos y no los recuperó hasta después de la resurrección.
Docetismo	Jesús no tuvo naturaleza carnal, siempre fue divino y su humanidad aparente.
Juan (*Evangelio*) (fin primera década s. II)	En Jesús se reunió lo divino y lo humano a un tiempo, el Jesús humano nunca dejó de ser consciente de su sustancia divina.

200. Máximo distinguió, además, entre una voluntad *natural*, que se encuentra en todo hombre «en tanto que es algo según la naturaleza y no en tanto que es alguien según la persona» y la voluntad *electiva*, que presupone la ignorancia y está excluida de Cristo.

201. Que también aprovechó para volver a establecer la primacía papal; ordenó que el emperador fuese llamado «hijo del Papa, de la Iglesia y de San Pedro» y que la Iglesia fuese denominada como «madre del Imperio».

Marcionismo (Marción, c. 85-160)	Cristo no tuvo un nacimiento humano y el Dios del *Antiguo Testamento* no pudo ser de ninguna manera el mismo Dios que aparece en el *Nuevo Testamento.*
Adopcianismo (siglo II)	Cristo fue hijo adoptivo de Dios a partir del momento de su bautismo y estuvo dotado de divinidad, pero sin ser propiamente Dios.
Orígenes (c. 185-253)	Sólo el Padre es Dios en sentido estricto; el Hijo fue generado por el Padre y es por tanto un dios secundario.
Arrianismo (Arrio, 256-336)	Dios es único. El Hijo es una criatura generada por el Padre y no es verdaderamente Dios más que en la medida en que participa de la gracia divina; por lo que el Hijo no es de la misma sustancia que el Padre.
Concilio de Nicea (325)	El Hijo es consustancial con el Padre.
Apolinarismo Apolinario (c. 310-390)	El Verbo divino se unió en Jesucristo con una humanidad incompleta, esto es usando el cuerpo de Jesús pero no así su alma racional ya que la vino a sustituir.
Nestorianismo Nestorio (m. 451)	Las dos naturalezas de Cristo encarnado permanecieron inalteradas y separadas durante su «conjunción».
Monofisismo Eutiques (c. 378-454)	Cristo procedió de las dos naturalezas, pero sólo subsistió en una, la divina, que absorbió a la humana.
Monotelismo (mediados siglo VII)	Cristo tuvo dos naturalezas, divina y humana, pero una sola voluntad.
Concilios de Letrán (649) y Constantinopla III (680)	Cristo tuvo siempre dos naturalezas y dos voluntades.

Resulta completamente absurdo y escandaloso que un hombre como Jesús, al que nadie de su tiempo —ni sus discípulos, ni su familia, ni él mismo— consideró otra cosa que un simple ser humano, aunque excepcional e investido de una misión mesiánica, haya pasado a convertirse en un ser divino, consustancial con Dios, por obra del paso de los siglos y merced a las cavilaciones de personajes tan sesudos como ociosos.

Ésta es una muestra más de que la teología, a menudo, en lugar de ser la «ciencia que trata de Dios, partiendo de las verdades reveladas» es el arte sutil de construir la estructura mítica de los dioses que luego se dirán revelados y serán aupados mediante una dogmática eclesial carente de base y de procedencia dudosísima.

Mirando con los ojos de la fe, no hay razón alguna que impida considerar a Jesús como al mismísimo Dios, ya que ésa es una cuestión de creencia personal íntima y respetable; pero bajo la luz de la razón, del sentido común y de los datos ciertos, resulta grotesco que, según se deduce de la historia de la Iglesia católica, Jesús haya tenido que esperar hasta el concilio de Nicea para darse cuenta de que siempre fue consustancial con Dios y que sólo desde finales del siglo VII haya podido estar en condiciones de afirmar, fuera de toda duda, que él siempre tuvo dos naturalezas y dos voluntades.

7

«Jesús, el mesías prometido», o cómo ganar credibilidad forzando el sentido de versículos *proféticos* del *Antiguo Testamento*

La leyenda mesiánica de Jesús fue conformándose progresivamente recurriendo a la tramposa forma de «hacer historia» que dejó asentada Orígenes (c. 185-253 d.C.) en su famosa obra doctrinal *Contra Celso*; según este influyente teólogo del cristianismo primitivo, no es posible cuestionar la veracidad de una tradición aunque sea dudosa o esté apoyada en testimonios insuficientes, cuando ésta supone patentemente el cumplimiento de una profecía. Por este motivo, ya desde pocos años después de la ejecución del nazareno, los sermones y los escritos que darían lugar al *Nuevo Testamento* fueron adobados con una colección de versículos del *Antiguo Testamento* que se pretendían proféticos respecto al novedoso mensaje cristiano y, especialmente, en cuanto a la supuesta personalidad y función de Jesús (que, como hemos visto a lo largo de los capítulos anteriores, tardó más de cuatro siglos en definirse).

Tan fundamental se consideró este apoyo veterotestamentario que cuando Marción, con toda la razón de su parte, concluyó que el dios que aparece en el *Antiguo* y en el *Nuevo Testamento* no podía ser el mismo —siendo de rango superior el neotestamentario—, fue combatido encarnizadamente por la Iglesia porque una de las consecuencias de su razonamiento llevaba a dejar sin base *profética* a la todavía frágil figura del Jesús mítico: si el dios bíblico no permanecía constante era imposible hacerle prometer en unos libros lo que luego haría cumplir según los otros. Y no olvidemos que la principal baza que jugó el judeo-cristianismo primitivo para extenderse entre las masas incultas fue la *demostración* de que en Jesús se habían realizado las promesas divinas más importantes de cuantas habían anunciado los profetas a lo largo de los siglos anteriores.

Aunque buena parte de esas profecías ya han sido analizadas con detalle en diferentes partes de este libro, no estará de más recordar sucintamente algunas de ellas y valorarlas en su conjunto a fin de poder ver con más claridad el peso decisivo que han tenido en el proceso de elaboración del mito de Cristo.

En el *Evangelio de Mateo* (*Mt* 1,22-25) se construyó la fábula de la concepción virginal de María y del origen divino de Jesús apoyándose en los famosos versículos de *Isaías* sobre el Emmanuel (*Is* 7,14-17) que, como ya demostramos al tratar la virginidad de María en el capítulo 3, ni se refieren a María, ni a Jesús, ni a nada que tuviese que suceder en un futuro lejano; según los datos que hemos aportado ya anteriormente y lo que el propio texto del profeta Isaías dice de forma absolutamente clara (*Is* 8,3-4), el capítulo del Emmanuel se refiere sin duda alguna a una *almah* (muchacha, que no virgen) embarazada, que fue una profetisa contemporánea de Isaías y que parió a su hijo alrededor del año 735 a.C. El texto de *Isaías* no puede tener más sentido que éste y, por tanto, no existe en él profecía alguna que *demuestre* el nacimiento virginal y el origen divino de Jesús.

Igualmente absurda y carente de base es la leyenda del buey y el asno presentes en el nacimiento de Belén que, como ya vimos, se conformó dando significación profética a la mezcla de una frase de *Habacuc* mal traducida en la *Biblia de los Setenta* —en *Hab* 3,2 escribieron «te manifestarás en medio de los animales» allí donde el original hebreo decía «manifiéstalas [obras de Yahveh] en medio de los tiempos»— con un versículo de *Isaías* (*Is* 1,3), mutilado y sacado de contexto, que trata en realidad de la ignorancia y falta de fe del pueblo de Israel. El pesebre navideño, por tanto, tampoco fue profetizado jamás. Y otro tanto sucede con la leyenda de la «persecución y huida» del niño Jesús que en *Mt* 2,13-18 se fundamenta como el cumplimiento de lo anunciado por los profetas Oseas y Jeremías; pero, tal como ya demostramos en su momento, el relato de *Mateo* no tiene la más mínima relación con lo que se dice en los versículos de *Os* 11,1 y de *Jer* 31,15.

La identificación de Jesús como «mesías» o «ungido», basada en el mesianismo judío, se apoya en textos de *Isaías* que tuvieron una tremenda repercusión cuando comenzaron a ser cargados con un sentido profético que nunca tuvieron en su origen. Así, por ejemplo, el cristianismo pretende ver la profecía del mesías Jesús en *Is* 9,6-7, sin reparar que este texto, escrito en el siglo VIII a.C. y *ampliado* dos siglos después, habla en pasado —«nos ha nacido un niño, nos ha sido dado un hijo...» dice— no en futuro, por lo que mal puede referirse a algo que debía suceder cientos de años más tarde. Este texto, como el de *Is* 11 (especialmente *Is* 11,1-5), es una muestra de las clásicas profecías de consolación escritas durante la época del exilio para mantener viva la esperanza del pueblo hebreo.

La potente esperanza popular que significó, durante siglos, el mesianismo davídico judío nació y se alimentó de los versículos en los que el profeta Isaías —asesor religioso del rey Ezequías, descendiente de la dinastía de David— transmitió la supuesta promesa de Dios acerca de que «brotará un retoño del tronco de Jesé y retoñará de sus raíces un vástago. Sobre el que reposará el espíritu de Yavé...» (*Is* 11,1-5), es decir, que, del linaje de Jesé, padre de David, nacerá un mesías que conocerá y temerá a Dios, «juzgará en justicia al pobre y en equidad a los humildes de la tierra» y, en suma, hará reinar la paz en todas partes y entre todas las criaturas, ya sean éstas humanas o animales.

Si analizamos el sentido de *Is* 11 en su contexto histórico y literario veremos que la *profecía* no fue más que la materialización del deseo/esperanza de una nación vencida, débil y humillada de tener en el futuro un mesías, eso es un rey ungido por

Yahveh, fuerte y justo, capaz de aniquilar a los enemigos de Israel y proteger a sus súbditos bajo un reino idílico.

El mesianismo judío que diseñó *Isaías* esperaba a un rey poderoso al menos como David, pero de ninguna manera pudieron imaginar tan siquiera la posibilidad de que el mesías anunciado fuese un modesto predicador «consustancial con Dios» —un concepto absolutamente inadmisible y blasfemo para el monoteísmo hebreo— que, además, no tuvo la menor incidencia política. Esta *profecía*, claro está, aún no se ha cumplido para la nación hebrea, pero tanto Jesús como sus discípulos —judíos todos ellos— se apoyaron en ella, tergiversándola, para intentar dar credibilidad a su misión y mensaje; un proceso, éste, que alcanzó su cenit desde el mismo momento en que el cristianismo salió a la conquista del mundo gentil (no judío).

Con la misma intención de dotarse de credibilidad se elaboraron las dos genealogías de Jesús, la de *Mateo* y la de *Lucas*, que pretendían dejar establecida la pertenencia del nazareno a la dinastía de David, una condición indispensable para poder aspirar a ser el mesías prometido (y que, como ya indicamos en su momento, se incumple flagrantemente si de veras resultase que Jesús fue hijo de María y de Dios, sin que José —único posible transmisor del linaje davídico— tuviese nada que ver en la concepción).

El propio Jesús, durante lo que se conoce como su «entrada triunfal en Jerusalén»,[202] tuvo mucho cuidado en aparecer reproduciendo la escena anunciada por *Zacarías* cuando

202. Al menos según se le hace aparecer en *Mt* 21,1-9, *Mc* 11,1-10, *Lc* 19,29-39 y *Jn* 12,12-19. En *Mateo*, por ejemplo, se lee: «Envió Jesús a dos discípulos, diciéndoles: Id a la aldea que está enfrente, y luego encontraréis una borrica atada, y con ella el pollino; soltadlos y traédmelos, y si algo os dijeren, diréis: El Señor los necesita, y al instante los dejarán. Esto sucedió para que se cumpliera lo dicho por el profeta: "Decid a la hija de Sión: He aquí que tu rey viene a ti, manso y montado sobre un asno, sobre un pollino hijo de una bestia de carga." Fueron los discípulos e hicieron como les había mandado Jesús; y trajeron la borrica y el pollino, y pusieron sobre ellos los mantos, y encima de ellos montó Jesús. (...) La multitud que le precedía y la que le seguía gritaba, diciendo: "¡Hosanna al Hijo de David! ¡Bendito el que viene en nombre del Señor! ¡Hosanna en las alturas!".» (*Mt* 21,1-9).

profetizó la llegada a Jerusalén de un rey humilde, montado en un asno —«Alégrate sobremanera, hija de Jerusalén. He aquí que viene a ti tu rey, justo y victorioso, humilde, montado en un asno, en un pollino hijo de asna» (*Zac* 9,9-10)—, con el fin de dar a entender a los judíos que él era el mesías profetizado y esperado. De nuevo, basándose en un texto que no era profético en absoluto —dado que *Zacarías* se refería a la posición miserable en la que regresaría a Jerusalén el monarca de Judea tras los duros y humillantes años del cautiverio y exilio babilónico—, el cristianismo intentó justificar el autoproclamado mesianismo de Jesús manipulando textos del *Antiguo Testamento.*

Íntimamente relacionado con el desarrollo mítico de la función mesiánica y salvífica de Jesús aparece el proceso de asimilación de su trágico destino —ajusticiado en la cruz— con el concepto hebreo de la virtud redentora del sufrimiento que quedó fijado en el *deutero-Isaías*. En el texto denominado *Cantos del Siervo de Yahveh* (*Is* 42,1-9; 49,1-6; 50,4-9; 52,13; 53,12), que debe leerse en el contexto del exilio y cautividad a que fue sometido el pueblo hebreo, ya se presenta como aceptado por Yahveh el sacrificio expiatorio de los sufrimientos del *Siervo* (personificación de la comunidad exiliada y, por representación, del verdadero pueblo de Israel); de esta manera, la elite —sacerdotal— afirmaba asegurar la «salvación» de todo el pueblo, aunque éste no hubiese hecho nada para merecerlo, ya que «el Justo, mi Siervo, justificará a muchos» (*Is* 53,11) y será «puesto por alianza del pueblo y para luz de las gentes» (*Is* 42,6).

A pesar de que este texto del *Antiguo Testamento* no tiene nada absolutamente que ver con la historia de Jesús, será tomado por los cristianos como un pilar básico de su fe, ya que permitió ver en el «varón de dolores» (*Is* 53,3) el anuncio del papel de mesías sufriente que debería desempeñar el nazareno con su pasión y muerte. Extraviando a sabiendas el verdadero sentido del relato de *Isaías* y transformándolo en *profético*, la Iglesia logró dar un sentido triunfante, glorioso y divino a la ejecución de Jesús, un hecho que de otra manera no podía interpretarse más que en clave de fracaso.

Otro concepto veterotestamentario que fue convenientemente *adaptado* a las necesidades de la Iglesia aparece en el capítulo séptimo del libro de *Daniel*, cuando se describe la futura victoria del pueblo hebreo sobre las demás naciones —que están simbolizadas mediante cuatro bestias monstruosas— de la mano de un «como hijo de hombre» (*Dan* 7,13). Lo que para Daniel fue un símbolo dentro de una visión, el «hijo de hombre», que pretendía denotar a un personaje de porte real (en la línea del mesianismo asentado por *Is* 11), acabó transformándose en una fundamental cuestión de fe cuando la doctrina cristiana comenzó a identificar a ese «hijo de hombre» con un ser divino que vivía junto a Dios desde el principio de los tiempos y que está llamado a ocupar la presidencia en el día del Juicio Final. Una vez más, la interpretación errónea y caprichosa de un símbolo onírico, convertido en *profecía*, le sirvió a la Iglesia para ayudarse a fundamentar su diseño de la personalidad divina de Jesús de Nazaret.

Tampoco Pablo dudó en recurrir a este tipo de desvergonzadas manipulaciones cuando necesitó avalar la figura de Jesús. Así, cuando el apóstol de los gentiles recriminó a los judíos que no admitían la fe cristiana y les acusó de que Israel no tomó el camino de la fe sino de las obras, afirmó que «tropezaron con la piedra del escándalo, según está escrito: "He aquí que pongo en Sión una piedra de tropiezo, una piedra de escándalo, y el que creyere en Él no será confundido"» (*Rom* 9,32-33); pero si comparamos esta frase con los versículos originales del *Antiguo Testamento*, salta a la vista que «en Él» fue un añadido fraudulento para justificar que Jesús era el mesías.

Sobre la «piedra de tropiezo» se habla en *Is* 8,14 y 28,16 cuando dicen, respectivamente: «Él [se refiere a "Yavé de los ejércitos"] será piedra de escándalo y piedra de tropiezo para las dos casas de Israel, lazo y red para los habitantes de Jerusalén» y «He aquí que he puesto en Sión por fundamento una piedra, piedra probada, piedra angular, de precio, sólidamente asentada; el que en ella se apoye no titubeará». En el primer caso la frase está dentro del contexto profético de la destrucción de Samaria y Damasco, mientras que en el segundo lo está en el del juicio sobre Samaria y Jerusalén. En ningún caso, ni por asomo, se refiere el texto de *Isaías* a ningún mesías futuro.

La «piedra angular» de *Is* 28,16 es citada también por Pedro en I *Pe* 2,6 con idéntico afán manipulador al afirmar que «Por lo cual se contiene en la Escritura: "He aquí que yo pongo en Sión una piedra angular, escogida, preciosa, y el que creyere en ella no será confundido».

Para que la mistificación quede debidamente protegida y fortificada por la «infalible certeza» de la Iglesia católica, el versículo de I *Pe* 2,6 es apoyado, en la *Biblia* de Nácar-Colunga, con la anotación que sigue: «*Is* 28,16. Jesucristo es esa piedra angular, principio de salud para los que creen, pero tropiezo para los incrédulos, que se escandalizan de la cruz», que es la doctrina oficial de la Iglesia. Por suerte para la Iglesia católica, el buen profeta Isaías aún no ha podido regresar a este mundo para comprobar cuán radicalmente cambia el significado de las palabras con el paso de los siglos.

Para justificar la ejecución de Jesús, que no era más que un fracaso de su misión a los ojos del mundo, se comenzó a propagar que era necesario que el nazareno muriese «según la Escritura», eso es que su crucifixión había sido prevista desde la noche de los tiempos por los planes de Dios y que los textos bíblicos así lo demostraban. Y para documentar tamaña majadería se rastrillaron todos los textos del *Antiguo Testamento* hasta dar con versículos que, debidamente manipulados y sacados de contexto, pudiesen convertirse en *profecías* virtuales del misterio de la pasión de Cristo.

De esta forma, la actitud cobarde de los discípulos de Jesús ante su apresamiento se quiso ver *profetizada* en *Zac* 13,7; el soborno a Judas para traicionar a Jesús en *Zac* 11,12; la devolución del dinero cobrado por Judas en *Zac* 11,13; la compra del campo del alfarero en *Jer* 32,6; el discurso de Jesús ante el Consejo afirmando que estará sentado a la diestra del Padre y su aparición sobre las nubes en *Dan* 7,13 y en *Sal* 110,1; sus palabras «Tengo sed» en *Sal* 22,16; el episodio de la esponja empapada en vinagre en *Sal* 69,22; su exclamación de haber sido abandonado por Dios en *Sal* 22,2; el eclipse de sol en *Am* 8,9; etc.[203]

La crucifixión en sí —el hecho de ser colgado de un madero— resultó más difícil de justificar proféticamente ya que la única *profecía* bíblica que se le podía aplicar llevaba a conclusiones demasiado peligrosas. El texto que emplearon los primeros cristianos para este fin fue el que figura en *Dt* 21,22-23: «Cuando un hombre cometiere delito de muerte, y sentenciado a morir fuere colgado en un patíbulo; no permanecerá colgado su cadáver en el madero; sino que dentro del mismo día será sepultado: porque es maldito de Dios el que está colgado del madero; y tú por ningún acontecimiento has de manchar tu tierra, cuya posesión el Señor tu Dios te hubiere dado».[204] ¿Fue Jesús maldito de Dios por haber sido «colgado del madero»? Allá cada uno con su conciencia y con el caso que le haga a la palabra de Dios expresada a través de la legislación del *Deuteronomio*.

En definitiva, en los *Salmos* 22 y 69 y en el capítulo 53 de *Isaías* (todo él falso, como ya vimos) se encontraron los tex-

203. Obviamos reproducir cada uno de estos textos del *Antiguo Testamento* para compararlos con los pasajes de los *Evangelios* que supuestamente *profetizan* porque debería transcribirse todo su contexto y eso sería algo tan farragoso como absurdo. Pero recomendamos a todo lector que tenga alguna duda al respecto, que coja una *Biblia* y haga él mismo estas comparaciones con el fin de darse cuenta de hasta qué punto ha sido desvergonzada e infantil la fabricación de *profecías* bíblicas acerca de la pasión de Jesús.

204. En este caso no reproducimos el texto de la *Biblia* católica de Nácar-Colunga, que usamos en todo este libro, por estar escandalosamente mal traducido. La versión de Nácar-Colunga dice: «Cuando uno que cometió un crimen digno de muerte sea muerto colgado de un madero, su cadáver no quedará en el madero durante la noche, no dejarás de enterrarle el día mismo, porque el ahorcado es maldición de Dios, y no has de manchar la tierra que Yavé, tu Dios, te da en heredad»; la palabra «ahorcado», que pretende alejar totalmente este pasaje del tipo de muerte que sufrió Jesús, no existe en ninguna traducción de la *Biblia* que sea objetiva (ya sean versiones no católicas o independientes), pero tampoco en otras versiones absolutamente católicas, como es el caso de la que hemos empleado aquí (*Cfr. Sagrada Biblia*, traducida por Félix Torres y Severiano del Páramo, Madrid: Apostolado de la Prensa, 1928, p. 349).

tos suficientes como para cubrir de justificaciones *proféticas* toda la pasión de Jesús. No estará de más volver a recordar aquí que todos los textos llamados «proféticos» se referían única y exclusivamente a situaciones que se dieron muchos siglos antes del nacimiento de Jesús, por lo que cualquier supuesta *profecía* del *Antiguo Testamento* que se pretenda relacionar con la vida y obra del nazareno carece absolutamente de fundamento.[205]

Visto el modo como se ha forzado el sentido de muchos versículos del *Antiguo Testamento* para convertirlos en *profecías* y emplearlos, acto seguido, para sustanciar el papel que la Iglesia atribuyó a Jesús después de su ejecución, quizá convendría tener en cuenta la advertencia que se hace en *Mt* 7,15-17 cuando se dice: «Guardaros de los falsos profetas, que vienen a vosotros con vestiduras de ovejas, mas por dentro son lobos rapaces. Por sus frutos los conoceréis. ¿Por ventura se recogen racimos de los espinos o higos de los abrojos? Todo árbol bueno da buenos frutos y todo árbol malo da frutos malos.» Éste parece ser, sin duda, el párrafo más inspirado de *Mateo*.

205. Para comprobar lo sencillo que es encontrar *profecías* en la *Biblia*, el lector puede experimentarlo por sí mismo haciendo algo parecido a esto: hemos abierto la *Biblia* al azar, saliendo las páginas 704-705, y al comenzar a leer el texto nos hemos encontrado con este versículo: «Aunque acampe contra mí un ejército, no temerá mi corazón. Aunque se alzare en guerra contra mí, aun entonces estaré tranquilo» (*Sal* 27,3). Después de una somera mirada *resulta obvio* que se trata de una clarísima *profecía* acerca de *Rambo* —especialmente de su película *Acorralado*—; o quizá lo sea de James Bond; o mejor del líder sectario David Koresh cuando fue asediado hasta la muerte, en su rancho de Waco, por las fuerzas especiales del FBI; o también puede referirse al cerco final del *Ché* Guevara en La Higuera por el ejército boliviano; pero también describe a la perfección el comportamiento del valiente y honesto monseñor Óscar Romero, finalmente asesinado en El Salvador; aunque bien puede estar *profetizando* la detención de Jesús de Nazaret por toda una cohorte del ejército romano; o, tal vez...

III

DE CÓMO LA IGLESIA CATÓLICA SE DOTÓ DE FUNDAMENTO Y LEGITIMIDAD MANIPULANDO LOS *EVANGELIOS* Y SE CONVIRTIÓ EN UNA INSTITUCIÓN DE PODER AL CREAR UNA ESTRUCTURA ORGANIZATIVA CONTRARIA A ESOS TEXTOS

«Redundará en ventaja de toda la Iglesia y de vuestro Imperio el que en todo el orbe no prevalezca más que un solo Dios, una sola fe, un único misterio para la salvación del hombre y una sola confesión.»

Carta del papa León I (440-461) al emperador León I.

«Hay dos principales poderes para regir el mundo: la sagrada autoridad de los pontífices y el poder imperial. De los dos, el de los sacerdotes es tanto más importante cuanto que tiene que rendir cuenta al Señor, ante el juicio divino, de los mismos reyes.»

Papa Gelasio I (492-496).

«Bienaventurados los pobres de espíritu, porque de ellos es el reino de los cielos. Bienaventurados los mansos, porque ellos poseerán la tierra. Bienaventurados los que lloran, porque ellos serán consolados...»

Jesús de Nazaret (*Mt* 5,3-5).

«Cristo predicó el reino de Dios, pero vino la Iglesia.»

Alfred Loisy, especialista en estudios bíblicos
e historiador de las religiones (1902).

8

Jesús jamás instituyó —ni quiso hacerlo— ninguna nueva religión o Iglesia, ni cristiana ni, menos aún, católica

Según los *Evangelios*, Jesús sólo citó la palabra «iglesia» en dos ocasiones, y en ambas se refería a la comunidad de creyentes, jamás a una institución actual o futura; el equivalente semítico de la palabra *ekklesía* designa en este caso, al igual que en todo el *Antiguo Testamento*, la asamblea general del pueblo judío ante Dios, la *kahal Yahveh*. Pero la Iglesia católica sigue empeñada en mantener la falacia de poner a Cristo como el instaurador de su institución y de preceptos que no son sino necesidades jurídicas y económicas de una determinada estructura social, conformada a golpes de decreto con el paso de los siglos.

Si en algo están de acuerdo todos los expertos actuales es que la hermenéutica bíblica garantiza absolutamente la tesis de que Jesús no instituyó prácticamente nada, pero, en cualquier caso, se cuidó muy especialmente de no proponer ni un solo modelo específico de Iglesia institucional. A esto debe añadirse que en los textos del *Nuevo Testamento*, redactados muchos años después de la muerte de Jesús, tampoco se ofrece un solo modelo organizacional sino que se cita una diversidad de posibilidades a la hora de estructurar una comunidad eclesial y sus ministerios sacramentales; de este modo surgieron las evidentes diferencias —y disputas— que se dieron entre los primeros modelos eclesiales que adoptaron los creyentes de Jerusalén, Antioquía, Corinto, Éfeso, Roma, Tasalónica, Colosas, etc.

Hacia la década de los años 60 las iglesias cristianas se habían multiplicado y extendido por todo el Imperio romano, Oriente Próximo y Egipto, pero cada comunidad funcionaba de una manera peculiar y distinta a las otras; en lugares como Roma, por ejemplo, la iglesia no era sino una especie de anexo exterior de la sinagoga donde se encontraban los cristianos para sus sesiones religiosas; estos primeros cristianos, en lo personal, seguían llevando el estilo de vida judío anterior a su conversión, por lo que gozaban de los especiales privilegios que los romanos concedían a los judíos en todo su imperio.

El poder romano todavía no había llegado al punto de ver en los cristianos una religión diferente a la judaica, pero la situación cambió radicalmente cuando Nerón, a mediados de la década, comenzó a perseguir con saña al cristianismo. Poco después, cuando los judíos —que acababan de perder la guerra contra los romanos y de ver destruido el Templo de Jerusalén— se reagruparon en torno a las sinagogas y aumentaron su rigor doctrinal, las relaciones que mantenían con los cristianos se crisparon rápidamente.

En cualquier caso, es muy indicativo el contenido de la *Epístola de Santiago* —escrita posiblemente entre los años 75 a 80 en círculos judeocristianos que usaron el nombre del ya ejecutado Santiago—, donde se hizo aparecer al cristianismo como una especie de judaísmo liberal y, al tiempo, se presentó a las iglesias de la tradición paulina como una degeneración religiosa y se pasó por alto la cristología —el máximo punto de fricción entre judíos y cristianos— con el fin de reagrupar en la sinagoga cristiana al máximo número posible de judíos desperdigados tras la destrucción del Templo. Se dejó así constancia de que la frontera entre judaísmo y cristianismo aún no estaba bien establecida en esos días de grandes tribulaciones para unos y otros.[206] Muchos años después de la

206. El judeocristianismo había empezado a tener problemas serios cuando, tras la ejecución de Santiago (62), se eligió como dirigente a Si-

crucifixión del mesías, el judaísmo seguía aún presente en el corazón del cristianismo.

Puede parecer un absurdo mantener que Jesús no fue cristiano, pero éste es uno de los pocos datos que se saben de él con seguridad. Ya citamos, en un capítulo anterior, la opinión del profesor Étienne Trocmé, defendiendo que Jesús no fundó ninguna Iglesia sino que se limitó a intentar agrupar al «pueblo de Israel» bajo un nuevo marco, y las pruebas de ello las encontramos a porrillo a lo largo de todos los *Evangelios*. Recordemos, por ejemplo, la incuestionable profesión de fe judía que hizo Jesús en *Mt* 5,17-18, o la instrucción dada a sus apóstoles en el sentido de que se abstuviesen de predicar a los gentiles (no judíos) y se reservasen para «las ovejas perdidas de la casa de Israel» (*Mt* 10,5-7 y *Mt* 15,24-26).

Jesús fue un judío, como sus discípulos, y ni tan siquiera pretendió fundar una secta judía más entre las muchas que ya había en su época. El nazareno se esforzó por mejorar la práctica religiosa del judaísmo entre su pueblo y ante la perspectiva crucial del inminente advenimiento del «reino de Dios» en la Tierra. Jesús no perdió ni un minuto organizando nada —ni secta, ni Iglesia— porque, tal como expresó con claridad meridiana,[207] estaba convencido de que el mundo, tal como era conocido, iba a llegar a su fin antes de pasar una generación: «En verdad os digo que hay algunos de los que están aquí que no gustarán de la muerte antes que vean el reino de Dios» (*Lc* 9,27).

---

meón, hijo de Cleofás, que no supo ganarse la autoridad y respeto que gozó el hermano de Jesús, y tampoco pudo mantener la importancia de la Iglesia de Jerusalén que, desde el año 70, perdió su peso específico y dejó de ser el centro del cristianismo; la falta de liderazgo —también habían muerto los carismáticos, aunque opuestos, Pedro y Pablo— hizo desaparecer la aún incipiente unidad y disparó el peligro de la dispersión sobre un conjunto de comunidades que estaban atravesando muy diferentes circunstancias, tanto en lo sociopolítico como en lo referente a las nuevas elaboraciones teológicas. A finales del siglo I la Iglesia romana había quedado muy diezmada, la palestina casi había desaparecido y los testimonios y manifestaciones públicas se habían reducido al máximo.

207. *Cfr.*, por ejemplo, *Mt* 16,27-34; *Mc* 9,1 o *Lc* 9,27.

Esta creencia en la inminencia del Juicio Final y en el reemplazo del mundo por el «reino de Dios» era compartida, de hecho, por buena parte de los judíos de esos días, que mantuvieron la vista puesta en ese *cercano* momento durante gran parte del siglo I. Así, el propio Pablo, en I *Cor* 10,11, fechó como contemporáneo el final anunciado cuando dijo que «Todas estas cosas les sucedieron a ellos en figura y fueron escritas para amonestarnos a nosotros, para quienes ha llegado el fin de los tiempos»;[208] y Pedro advirtió en I *Pe* 4,7 que «El fin de todo está cercano. Sed, pues, discretos y sobrios (con vistas) a la oración». Pablo y Pedro, puntales básicos, aunque enfrentados, del cristianismo primitivo, no dudaron de la proximidad del fin,[209] pero muchos de sus correligionarios, al ver pasar los años sin que nada sucediese, comenzaron a impacientarse.

A principios del siglo II, una epístola falsamente atribuida a Pedro[210] intentó frenar el desánimo de los cristianos, provocado por el incumplimiento de la promesa de Jesús de venir de inmediato al mundo para presidir el día del fin —y por la mofa que los incrédulos hacían por ello—, afirmando: «Y ante todo debéis saber cómo en los postreros días vendrán, con sus burlas, escarnecedores, (...) y dicen: "¿Dónde está la promesa de su venida? Porque desde que murieron los padres, todo permanece igual desde el principio de la creación. (...) Carísimos, no se os oculte que delante de Dios un solo día es como mil años, y mil años como un solo día. No retrasa el Señor la promesa, como algunos creen; es que pacientemente os aguarda, no queriendo que nadie perezca, sino que todos vengan a penitencia. Pero vendrá el día del Señor como

208. Es más correcto traducir esta última frase por «con quienes llega ya la consumación de los siglos».

209. La rogativa habitual de los primeros cristianos era la aramaica *Marana tha* o *Maran atha*, que significa «ven, Señor».

210. Los expertos, tras analizar la estructura y el contenido de la llamada II *Epístola de San Pedro*, han demostrado de manera fehaciente su naturaleza pseudoepigráfica y su redacción muy tardía —en ningún caso anterior al siglo II—, pero, sin embargo, la Iglesia católica sigue teniéndola como procedente de la mano del apóstol Pedro, muerto hacía ya tiempo cuando se escribió este texto.

ladrón, y en él pasarán con estrépito los cielos, y los elementos, abrasados, se disolverán...» (II *Pe* 3,3-10). Con el descaro usual, este escrito neotestamentario vino a decir que no es que Jesús-Cristo se hubiese olvidado de cumplir su propia profecía sino que, debido a la diferente apreciación del tiempo que se da cuando uno está ante Dios o ante los hombres, había aplazado *sine die* el final para que, de paso, pudiesen salvarse cuantos más mejor ¡¡¡¿?!!!

Tal como sostienen bastantes teólogos e historiadores de las religiones, resulta muy plausible que las primeras comunidades cristianas, al no poder justificar ya más el persistente retraso de la parusía —presencia o advenimiento; la segunda venida de Cristo al mundo para juzgar a los hombres—, desplazasen su punto de mira del futuro al presente y transformasen sus esperanzas escatológicas (acerca del fin, muerte y salvación) en soteriológicas (acerca de la redención), cambiando el rol hasta entonces atribuido a Jesús-Cristo, que requería su presencia física, por otro menos comprometido y que, por ser indemostrable hasta el fin de los tiempos, podía sostenerse con fe ante los incrédulos, eso es que Jesús-Cristo, con su pasión y muerte, redimió, liberó, a todo el género humano.

En todo caso, siendo tan intensa la creencia en la inminencia del Juicio Final y en todo cuanto le debe ir asociado, resulta obvio —y así consta en el *Nuevo Testamento*— que ni Jesús ni sus apóstoles estaban por la labor de fundar ninguna nueva religión o estrucura organizativa del tipo de una Iglesia, aunque, eso sí, promovieron con todas sus fuerzas el pío agrupamiento del pueblo de Israel en torno a la *ekklesía*, eso es la asamblea general del pueblo judío ante Dios. ¿De dónde salió, pues, la Iglesia? Puesto que no procede de Jesús ni de sus apóstoles, su origen hay que buscarlo en la evolución de un proceso histórico que desembocó en donde nadie había podido prever.

Dado que la Iglesia católica es el producto de circunstancias históricas y no de una fundación institucional emanada de la voluntad de Jesús —y expresada en el *Nuevo Testamento*—, a diferencia del resto del cristianismo, ésta antepone la autoridad de su *Tradición* a la de las *Sagradas Escrituras*. La justificación para tamaño despropósito la encontramos prolijamente enunciada en la *Biblia* católica de Nácar-Colunga (pp. 7-8) cuando, entre disquisiciones etéreas, nos dice que: «La verdad revelada, alma y vida de la Iglesia, antes que en los libros fue escrita en la inteligencia y en el corazón de la misma [de la Iglesia católica]. Allí reside vivificada por el Espíritu Santo, libre de las mutaciones de los tiempos y de la fluctuación de las humanas opiniones. (...) Por eso el sentir de la Iglesia católica, la doctrina de los Padres y Doctores, que son sus portavoces y testigos; la voz del mismo pueblo fiel, unido a sus pastores y formando con ellos el cuerpo social de la Iglesia, son el criterio supremo, según el cual se han juzgado siempre las controversias acerca de los puntos doctrinales, así teóricos como prácticos; y así decretó el Concilio Tridentino que en la exposición de la Sagrada Escritura, en las cosas de fe y costumbres, a nadie es lícito apartarse del sentir de los Padres y de la Iglesia.»

Lo anterior significa que la Iglesia católica puede interpretar como «negro» aquello que Jesús, sus apóstoles o un texto *Sagrado* muestran expresamente como «blanco» y que, tal como es su costumbre —según ya hemos demostrado sobradamente hasta este punto—, despreciando la realidad original, impone dogmáticamente su criterio interesado a todos los católicos.

No es nada baladí recordar que los cristianos de las primeras generaciones eran judíos de lengua semítica y que, tres siglos después, en el concilio de Nicea, verdadero origen del catolicismo, los obispos ya sólo hablaban griego y un poco de latín. La anécdota habla por sí sola si conocemos que el contexto sociocultural hebreo estaba en las antípodas del helénico, razón por la cual el cristianismo que elaboraron los gentiles y judíos helenizados se apartó en casi todo lo fundamental del judeo-cristianismo que, desde Jerusalén, de la mano de Santiago, el hermano de Jesús, y del apóstol Pedro, intentó propagar el mensaje del nazareno tras su ejecución. Ganaron los griegos y, como ya hemos dejado sentado, el mito de Jesús alcanzó cotas insospechadas al fundir en su crisol las creencias paganas más ilustres.

Puesto que no cabe aquí entrar en detalles sobre el interesantísimo —y, con frecuencia, poco honorable[211]— proceso sociopolítico que condujo a la formación de la Iglesia católica y la dotó de un poder sin igual, sí mencionaremos, al menos, las tres fases de una secuencia histórica que llevó desde el judeo-cristianismo de Jerusalén hasta el catolicismo romano.

La primera fase, que podemos situar entre los años 30 o 36 a 125, fue de expansión y llevó a la progresiva separación entre cristianismo y judaísmo. La segunda fase, entre los años 125 a 250, vio cómo la pequeña secta judeocristiana fue transformándose en una Iglesia relativamente numerosa, formada por masas incultas y profundamente mediocres que a menudo mezclaban la base cristiana con los restos paganos de un helenismo en declive; es la época de las grandes *herejías* (gnosticismo, marcionismo, montanismo, etc.), de apologistas como Orígenes y Clemente de Alejandría, y del nacimiento de la ortodoxia.[212]

211. Sobre la historia de la Iglesia hay publicados decenas de libros objetivos, casi siempre de autores no católicos, que mantienen posturas críticas muy fundamentadas y alejadas de la apologética oficial (*Cfr.*, por ejemplo, la *Historia de las Religiones,* Siglo XXI, vols. II y V). Como ejemplo de una investigación ferozmente crítica con la historia del cristianismo y, al tiempo, profunda y sólidamente documentada al basarse en cientos de fuentes primarias antiguas y secundarias, señalaremos la serie de varios tomos (siete, hasta la fecha) que Karlheinz Deschner está publicando bajo el título genérico de *Historia criminal del cristianismo.*

212. La Iglesia católica sostiene que desde su comienzo el cristianismo tuvo una ortodoxia, eso es una fe verdadera, que tuvo que defenderse de múltiples herejías que intentaron apartarla de las creencias originales; pero tal afirmación es absolutamente falsa y no es más que una ficción eclesiástica que pretende mostrar a la Iglesia como la heredera y continuadora de la tradición apostólica, cosa que evidentemente no es. El concepto de herejía —*aíresis*—, que no significaba más que la opinión elegida para sostener algo, en el siglo II fue pervertido y transformado en algo peyorativo por el obispo Ignacio —creador también del concepto de «católico»—, que lo hizo sinónimo de falso, sectario, sin fundamento ni credibilidad, etc. Tal como veremos algo más adelante, sólo tras la lucha encarnizada entre decenas de sectas cristianas se llegó, a partir del concilio de Nicea, al triunfo de la herejía —u opinión— católica y a la imposición de la *ortodoxia* que aún defiende la Iglesia actual

Durante la tercera fase, entre los años 250 al 325, la Iglesia estuvo básicamente ocupada en definir sus relaciones con el poder, ya le fuera contrario o favorable, y se produjo una involuntaria transformación del cristianismo en un factor político de primer orden. Las grandes persecuciones romanas para erradicar el cristianismo del Imperio, que comenzaron en el año 249, no sólo no lograron su propósito sino que, a partir del 310, con la llegada de la *pax* de Constantino, este emperador emprendió el embargo del aparato eclesiástico por parte del Estado.

«Hacia el 300, la delantera que las Iglesias de Oriente, sobre todo las de Egipto, Siria y Asia Menor, sacaban a las Iglesias de Occidente, excepción hecha de las de África del Norte, continuaba siendo considerable. Mientras en Occidente los cristianos estaban aún muy claramente en minoría, en algunos lugares de Oriente eran mayoría, y en los demás constituían minorías considerables, cuyo peso social y político tenía un carácter determinante. Por lo demás, el cristianismo continuaba siendo un fenómeno principalmente urbano, a pesar del peso que en algunas Iglesias comenzaban a tener ya los campesinos. Sus adeptos seguían siendo en general de condición modesta, pero la burguesía de las ciudades, cada vez más alejada de los asuntos públicos por el reforzamiento del absolutismo y la preeminencia del ejército, comenzaba ya a volverse hacia el cristianismo. La misma corte imperial y la alta administración se abrían progresivamente al cristianismo. En una palabra, el golpe definitivo que Decio y Valeriano habían pretendido asestar a la nueva religión no había servido absolutamente para nada.[213]

»Cada vez más numerosas, y con adherentes generosos y a veces ricos, las iglesias cristianas de la segunda mitad del siglo III habían acumulado un cierto capital y disponían de rentas considerables, que distribuían de manera generosa entre los miembros necesitados de su comunidad. Después del 260 obtuvieron la devolución de los bienes inmuebles confiscados durante la persecución, y a partir de entonces velaron por

213. *Cfr. Historia de las Religiones.* Siglo XXI, Vol. 5, pp. 379.

la preservación de estos bienes, que necesitaban para asegurar el culto y el mantenimiento de sus ministros y cuyo estatuto legal, a pesar de la tolerancia, continuaba siendo precario. Por consiguiente, las iglesias estaban obligadas a llevarse lo mejor posible con las autoridades, y no tenían ya la magnífica independencia de los siglos I y II, abriendo así las puertas al acercamiento entre la Iglesia y el Estado.»[214]

El golpe de suerte fundamental para el futuro de las Iglesias cristianas se produjo con el debilitamiento del Imperio romano a partir de la eclosión de la crisis interna que afloró el 1 de mayo del 305 con la abdicación simultánea de Diocleciano y Maximiano, hecho que llevó al poder, como augustos, a Constancio Cloro y Galerio. Entre los años 306 y 311 los gobernantes romanos estuvieron tan ocupados peleándose entre sí que no tuvieron tiempo de proseguir la campaña de exterminio contra los cristianos que puso en marcha Diocleciano y, finalmente, en abril del 311, Galerio firmó un edicto concediendo al cristianismo el estatuto, aún restrictivo, de *religio licita*. Un año después, Constantino, tras someter con su ejército a Italia y África, ordenó que fueran restituidos a las iglesias todos los bienes confiscados y que se les entregara una contribución del Tesoro imperial.

Pero el emperador Constantino no se limitó a ser generoso. En esos días había una feroz disputa dentro de la Iglesia cristiana del norte de África entre la llamada Iglesia de los *santos*, dirigida por Mayorino (al que sucedió Donato), y la Iglesia católica, presidida por Mensurio (al que sucedió Ceciliano). Los primeros, que denominaban *traditores* a los católicos, les acusaban de colusión con los perseguidores romanos mientras que ellos habían sido resistentes sin tacha (no habían entregado textos sagrados a los romanos, como sí hizo Mensurio, y habían preferido el martirio antes que convertirse en *lapsi* o apóstatas, tal como hicieron muchos). A partir del 313 ambas facciones, dirigidas ya por Donato y Ceciliano, se volvieron irreconciliables y se produjo la escisión en dos iglesias.

214. *Ibíd*, p. 394.

Cuando el emperador Constantino entregó cuantiosos bienes a la Iglesia dirigida por Ceciliano hizo mucho más que marginar a la Iglesia de Donato, en realidad se adentró en un ambicioso proyecto político destinado a configurar el ámbito eclesial según sus necesidades personales e imperiales, con lo que transformó para siempre la relación entre las iglesias cristianas y aupó al poder a la católica.[215]

Desde un principio, Constantino se arrogó el poder de cuestionar las decisiones conciliares que no convenían a su gobierno y se dotó de la facultad de convocar él mismo, a su antojo, los concilios generales de los obispos. Tamaño insulto y desprecio a la jerarquía católica no levantó, sin embargo, protesta ninguna; la razón hay que buscarla en la generosidad de sus donaciones y en el trato a cuerpo de rey que hacía dispensar a los obispos convocados a *sus* concilios. De esta manera el emperador compró voluntades, apoyos, decretos conciliares a medida y hasta toda una Iglesia, la católica, cuyos serviciales jerarcas comenzaron a acumular rápidamente poder y riquezas sin límite, el famoso *Patrimonium Petri*.

Constantino, a partir del 315-316, *cristianizó* —según la visión católica, claro está— las leyes de su imperio, promoviendo protección para los más desvalidos y, al tiempo, rigo-

215. La evolución del cristianismo no fue un camino de unidad y concordia, sino todo lo contrario. A finales del siglo II, según dejó escrito el filósofo Celso, «como consecuencia de haber llegado a ser multitud, [los cristianos] se distancian los unos de los otros y se condenan mutuamente; hasta el punto que no vemos que tengan otra cosa en común sino el nombre (...), ya que por lo demás cada partido cree en lo suyo y no tiene en nada las creencias de los otros». A principios del siglo III el obispo Hipólito de Roma citaba treinta y dos sectas cristianas enfrentadas entre sí, y casi dos siglos después, a finales del IV, el obispo Filastro de Brescia hablaba de ciento veintiocho sectas más veintiocho herejías. Los cristianos, peleados unos con otros, tratando de imponer cada doctrina propia al resto de los seguidores de Jesús y enemistados con todos los judíos, dieron un espectáculo deplorable como jamás se había visto en ningún contexto religioso de la antigüedad. La facción católica y sus dogmas sería la vencedora final gracias a Constantino, pero no cabe ignorar que hoy, aún peor que en esos días, el cristianismo se halla dividido en varias grandes religiones y centenares de sectas de todos los tamaños, con cada una de ellas arrogándose la legitimidad y la ortodoxia del seguimiento del Jesús-Cristo.

rizando el derecho matrimonial (la obsesión del clero católico hasta hoy día); en el año 318 reconoció oficialmente la jurisdicción episcopal; en el 321 autorizó a las iglesias a recibir herencias; en el 320 o 321 declaró festivo el domingo, hasta entonces celebrado como día del Sol —recuérdese todo lo citado acerca de la mítica solar asociada al Jesús-Cristo—; donó a la Iglesia católica grandes fincas y edificios por todo el imperio y ordenó construir decenas de lujosas iglesias que financió con el dinero público, etc.

La interrelación entre Constantino y la Iglesia católica empezó a ser tan íntima que los obispos pronto asumieron atribuciones estatales. Tal como refiere Karlheinz Deschner, «en los juicios, el testimonio de un obispo tenía más fuerza que el de los "ciudadanos distinguidos" (*honoratiores*) y era inatacable; pero hubo más, los obispados adquirieron jurisdicción propia en causas civiles (*audientia episcopalis*). Es decir, cualquiera que tuviese un litigio podía dirigirse al obispado, cuya sentencia sería "santa y venerable", según decretó Constantino. El obispo estaba facultado para sentenciar incluso en contra del deseo expreso de una de las partes, y además el fallo era inapelable, limitándose el Estado a la ejecución del mismo con el poder del brazo secular; procede observar aquí hasta qué punto eso es contrario a las enseñanzas de Jesús, adversario de procesos y juramentos de todas clases, quien dijo no haber venido para ser juez de los hombres y que dejó mandado que cuando alguien quisiera quitarle a uno el vestido mediante un pleito, se le regalase también el manto».[216]

Por otra parte, claro está, el emperador no dejó ni un instante de asumir el pleno control de las cuestiones eclesiales. Así, cuando el imperio *cristiano* empezó a verse sacudido por la disputa suscitada por el arrianismo —que, como ya vimos en el capítulo 6, intentaba evitar la confusión del Dios Padre con el Jesús-Cristo—, Constantino, en sintonía con su con-

216. *Cfr.* Deschner, K. (1990). *Historia criminal del cristianismo. Los orígenes, desde el paleocristianismo hasta el final de la era constantiniana* (Vol. I). Barcelona: Martínez Roca, p.190.

sejero eclesiástico, el obispo Osio de Córdoba, al igual que había hecho al convocar el concilio de Arlés (314) para zanjar la querella entre católicos y donatistas, hizo reunir a cerca de trescientos obispos, en el año 325, en Nicea (localidad próxima a Nicomedia), para debatir la doctrina de Arrio.

«A las fórmulas demasiado audaces de Arrio en algunos de sus escritos populares —según expone, con exactitud histórica, discreta ironía y palabras harto amables para la Iglesia, el profesor Étienne Trocmé[217]—, los obispos de todas las tendencias quisieron oponer algo distinto de las profesiones de fe tradicionales, a las que algunos habían creído al principio poder atenerse. El concilio emprendió, pues, la elaboración, sobre la base de la profesión bautismal de Cesarea de Palestina, de un "símbolo" que enunciara la cristología ortodoxa. A los títulos de "Dios de Dios, luz de luz", se añadió en particular el de "consustancial al Padre" (*homoousios*), que había sido en el pasado la expresión del "monarquianismo" de Sabelio y de todos los que borraban la distinción entre Cristo y su Padre. Esta sorprendente adición, que fue sin duda sugerida por Osio de Córdoba, no fue aceptada sino por la personal insistencia de Constantino, a quien el concilio no podía negar nada.

»Cuando llegó la hora de firmar el texto así redactado, el emperador hizo saber que todos los clérigos que se negaran a ello serían inmediatamente desterrados por las autoridades imperiales. Sólo Arrio y sus partidarios egipcios, suficientemente comprometidos, se resistieron a este extraordinario chantaje, teniendo que ponerse en camino inmediatamente hacia las lejanas ciudades de las provincias danubianas. Por mor de la unanimidad, respeto al emperador o simple cobardía, los demás asistentes se vincularon a la decisión, incluso aquellos que consideraban el *homoousios* como una fórmula herética.

»El concilio se disolvió el 19 de junio del 325, después de un gran banquete ofrecido por Constantino en honor de los obispos asistentes, que causó a éstos honda impresión: algunos de ellos llegaron incluso a preguntarse si no estaban ya en

217. *Cfr. Historia de las Religiones.* Siglo XXI, Vol. 5, pp. 434-437.

el reino de Dios. El emperador añadió al banquete un discurso exhortando a los obispos a la unidad, a la modestia y al celo misionero, así como regalos para cada uno de ellos y cartas en las que se ordenaba a los funcionarios imperiales distribuir cada año trigo a los pobres y clérigos de las diversas iglesias.

»Los obispos partieron, pues, anonadados, entusiastas y más sumisos que nunca. Constantino los había ganado definitivamente para su causa y podía sentirse satisfecho del resultado obtenido con el concilio. La unidad de las iglesias católicas había tomado por vez primera forma visible y los cismáticos quedaban invitados a asociarse a esta unidad en condiciones humillantes. Las escasas *malas personas* que habían rechazado la profesión de fe común habían tomado ya el camino del destierro. Todo esto era en gran parte obra suya, lo que le permitía en adelante intervenir de manera directa en los asuntos eclesiásticos para coordinar y reforzar la acción de los obispos.

»Los obispos más perspicaces se dieron cuenta, nada más volver a sus casas, de que al haber cedido tan fácilmente a la imperiosa seducción ejercida por Constantino habían cambiado la libre iniciativa de que anteriormente disponían por la sombra de cooperación con el Estado. De este modo, poco después de la disolución del Concilio, los obispos Eusebio de Nicomedia, Maris de Calcedonia y Teognis de Nicea hicieron saber públicamente que sólo habían firmado la profesión de fe por temor al emperador y que deseaban retractarse. Constantino los expidió sin más a la Galia, exigiendo de las iglesias de Nicomedia y Nicea la elección de nuevos obispos, en lo que fue obedecido sin tardanza. El obispo Teodoro de Laodicea, en Siria, sospechoso de querer imitar a sus tres colegas rebeldes, recibió del emperador una carta brutal en la que lo invitaba a meditar sobre la triste suerte de Eusebio y Teognis, lo que lo hizo contenerse y no levantar la voz. De este modo, a partir del otoño del 325, Constantino comenzó a hacer de policía de la fe en el interior del cuerpo episcopal. Los obispos que comenzaron a asustarse de ello y a comunicarse discretamente sus aprensiones fueron entonces numerosos.»

Para la historia quedó el recuerdo vergonzoso de un concilio, el de Nicea, en el que una caterva de obispos cobardes y vendidos a la voluntad arbitraria del emperador Constantino dejaron que éste definiera e impusiera algunos de los dogmas más fundamentales de la Iglesia católica, como son el de la consustancialidad entre Padre e Hijo y el credo trinitario. Constituido en *teólogo* por la gracia de sí mismo, Constantino diseñó a su antojo lo que los católicos deberían creer por siempre acerca de la persona de Jesús. El *Credo* que rezan todos los católicos, por tanto, no procede de la *inspiración* con la que el Espíritu Santo iluminó a los prelados conciliares sino de la nada santa coacción que ejerció el brutal emperador romano sobre hombres que Jesús hubiese despreciado. El ejemplo del nazareno dando la vida por sus ideas debía parecerles una ingenuidad detestable a unos obispos que no dudaron en ahogar su fe y conciencia con tal de poder seguir llenándose la panza.

Con una jerarquía eclesial tan servil, el emperador Constantino no tuvo el menor problema en utilizar la Iglesia católica a su antojo, sin límite alguno, tanto para forzar la unificación de su imperio bajo una sola religión, como para uso y disfrute de su megalomanía personal, ya que no en balde se refería a sí mismo como «obispo para asuntos exteriores» (*episkopos tôn ektos*) de la Iglesia; se hizo denominar «salvador designado por Dios» y «enviado del Señor», es decir, apóstol; ordenó que se le rindieran honores como representante de Cristo (*vicarios Christi*) y que se le diera el trato de «nuestra divinidad» (*nostrum numen*) junto al *sacratissimus* que posteriormente ostentarían también algunos emperadores cristianos; mandó tener a su palacio por templo (*domus divina*) y a su residencia privada por *sacrum cubiculum*; y, a su muerte, hizo que le enterraran como el decimotercer apóstol. En resumen, Constantino hizo cuanto le convino con la Iglesia católica y sus creencias, era el amo, y los obispos, a cambio, callaron, otorgaron... y se enriquecieron mientras fortalecían su poder temporal.

El que fuera tenido por la Iglesia católica como «caudillo amado de Dios», «obispo de todos, nombrado por Dios» o «ejemplo de vida en el temor de Dios, que ilumina a toda la humanidad», fue en realidad un emperador que frecuentaba las prácticas paganas, cruel y sanguinario, responsable de las masacres de poblaciones enteras, de *juegos* de circo en los que hacía destrozar a cientos de enemigos por fieras u osos hambrientos, que degolló a su propio hijo Crispo, estranguló a su esposa y asesinó a su suegro y a su cuñado... un auténtico *princeps christianus*, vamos.

Su madre, que la Iglesia católica convirtió en «Santa Elena», pasó por princesa británica pero en realidad había sido una pagana que trabajó como tabernera (*stabularia*) en los Balcanes, vivió en concubinato con Constancio Cloro —padre de Constantino, un pagano que comenzó su carrera militar como protector o guardaespaldas imperial— y luego cohabitó en situación de bigamia cuando Constancio se casó con la emperatriz Teodora. La aristocracia romana conocía a Constantino como «el hijo de la concubina» y el mismísimo san Ambrosio escribió que Jesucristo había elevado del fango al trono a santa Elena.

Sin embargo, un hombre tan fascinante, poderoso y malvado como lo fue Constantino no podía morir sin dejarle un guiño cruel a la historia, no podía «ascender a los cielos» (tal como le representaron algunas monedas acuñadas tras su deceso) sin antes mofarse hasta la humillación de los obispos que trató como títeres y de la Iglesia católica que él mismo había puesto a andar; por eso, cuando cayó enfermo, «primero buscó remedio en los baños calientes de Constantinopla, y luego en las reliquias de Luciano, patrono protector del arrianismo y discípulo que fue del propio Arrio. Por último recibió en su finca, Archyrona de Nicomedia, las aguas del bautismo, pese a su deseo de tomarlas a orillas del Jordán como Nuestro Señor.

»En aquel entonces (y hasta el año 400 aproximadamente) era costumbre habitual aplazar el bautismo hasta las últimas, sobre todo entre príncipes responsables de mil batallas y condenas a muerte. Como sugiere Voltaire, "creían haber encontrado la fórmula para vivir como criminales y morir como santos". Después del bautismo, que fue administrado por otro correligionario de Luciano llamado Eusebio, Constantino falleció el 22 de mayo del año 337. Así las cosas, resulta que el primer *princeps christianus* se despidió de este mundo como "hereje", detalle que origina no pocos problemas para los historiadores "ortodoxos", pero que le fue perdonado incluso por el enemigo más acérrimo del arrianismo en Occidente, san Ambrosio, "teniendo en cuenta que había sido el primer emperador que abrazó la fe y la dejó en herencia a sus sucesores, por lo que le incumbe el más alto mérito [*magnum meriti*]"».[218]

De la mano de tan *meritorio* personaje comenzó realmente su andadura la Iglesia católica, transformada en una institución de poder temporal que se arrogó la representación exclusiva y ortodoxa del mensaje de Jesús (según lo recogen los *Evangelios* que ella misma eligió y manipuló, pero a los que nunca ha sido fiel).

Tal como observó con brillante agudeza Alfred Loisy, especialista en estudios bíblicos e historiador de la religiones: «Cristo predicó el reino de Dios, pero vino la Iglesia.»

Ni «católica» significa «universal» ni el Jesús de los *Evangelios* pretendió que su mensaje tuviese ese carácter

Según el *Catecismo* de la Iglesia, «la palabra "católica" significa "universal" en el sentido de "según la totalidad" o "según la integralidad". La Iglesia es católica en un doble sentido: es católica porque Cristo está presente en ella. "Allí donde está Cristo Jesús, está la Iglesia católica" (san Ignacio de Antioquía, Smyrn. 8,2). (...) Es católica porque ha sido enviada por Cristo en misión a la totalidad del género humano (cf *Mt* 28,19)».[219]

En primer lugar, si la Iglesia «es católica porque Cristo está presente en ella», ¿cómo deben interpretarse los versícu-

218. *Cfr*. Deschner, K. (1990). *Op. cit.*, p. 222.
219. *Cfr*. Santa Sede (1992). *Op. cit.*, pp. 198-199, párrafos 830-831.

los de *Juan* en los que el propio Jesús declaró «porque voy al Padre y no me veréis más» (*Jn* 16,10)? ¿Puede estar presente aquí, en la Iglesia, aquel que se despidió para no ser visto nunca más? Parece obvio que no puede estar *presente* —en el capítulo 10 rebatiremos extensamente el dogma católico de la «presencia real» de Jesús en la Iglesia— más que en el recuerdo, como sucede con nuestros seres queridos desaparecidos, y ello no supone ningún sello de universalidad.

Por otra parte, si la Iglesia, basándose en *Mt* 28,19, afirma ser «católica porque ha sido enviada por Cristo en misión a la totalidad del género humano», comete dos atropellos: basarse en un versículo que es una interpolación —eso es un añadido muy posterior al texto de *Mateo* original—, y, en especial, transformar el mandato de «id, pues; enseñad a todas las gentes...» en el de «id a que todos se asocien en una sola iglesia y crean lo que vosotros les enseñáis»; un comportamiento que parece más definitorio del imperialismo que del universalismo.

La famosa frase «fuera de la Iglesia [católica] no hay salvación», clásica bandera y lanza del proselitismo católico —hoy supuestamente atemperado por aparentes votos de ecumenismo[220]—, ha sido una consecuencia directa de la prepotencia *universalista* de la Iglesia romana, pero en los *Evangelios* se proclamó algo bien diferente.

Jesús, según *Mc* 16,15-16, dijo a sus discípulos: «Id por todo el mundo y predicad el Evangelio a toda criatura. El que creyere y fuere bautizado, se salvará, mas el que no creyere se condenará.» El mandato contiene una obligación de ofrecimiento del evangelio o «buena nueva» a todos (id y predicad), pero no presenta ninguna obligación de pertenencia a nada ni a nadie — menos aún a una iglesia que Jesús no instituyó— para poder acceder a la «salvación».

Para Jesús, «el que creyere y fuere bautizado, se salvará», pero el contexto del versículo indica claramente que «creer»

220. Hasta el reciente concilio Vaticano II, la Iglesia católica defendió la doctrina *infalible*, emanada del concilio de Florencia (1442), de que todo el que estuviese «fuera de la Iglesia católica (...) caerá en el fuego eterno, que está preparado para el demonio y sus ángeles».

se refiere a la buena nueva que él había transmitido personalmente hasta el momento de su ejecución, no a dogmas católicos espurios o a individuos que, en el futuro, se arrogasen legitimidad en la interpretación de su mensaje; el «creer» viene connotado como un proceso experiencial, no como una imposición juridicista (que es el sentido que le ha dado la Iglesia católica).

Durante los tres primeros siglos no hay un todo y una parte para los cristianos, puesto que dominaba la idea oriental de que no era cuestión de «formar parte» del cristianismo sino de «ser» cristiano; pero a finales del siglo IV, o ya en el V, el sentido jurídico se impuso al experiencial y comenzó a hablarse de «Iglesia Universal», de una entidad concreta que se contraponía al resto, de una parte que ya no era el todo... pero que aspiraba a conquistarlo por la fuerza.

El segundo requisito para salvarse, el ser bautizado, no implicaba más que someterse al ritual clásico de purificación mediante la inmersión en agua; el bautismo era la puerta de entrada a la nueva *ekklesía* o asamblea del pueblo de Israel reunido ante Dios, de la misma manera que la circuncisión de los varones lo había sido para la *ekklesía* anterior. Y el bautismo evangélico, evidentemente, no era entonces, ni lo es hoy, ningún patrimonio exclusivo de la Iglesia católica, por muy *universal* que se proclame.

En realidad, tal como ya comentamos en otro trabajo,[221] el término griego *cathós* se refiere a la cultura del hombre integral y jamás puede interpretarse, tal como lo ha hecho la Iglesia católica, en el sentido de universalidad de la estructura que se creó a partir del mensaje de Jesús. La palabra *catholikós* designa a la persona realizada en su profundidad y plenitud humana, a la persona *evangélica* según las *Escrituras*; pero ser «católico», de acuerdo a la deformación del término dada por la institución eclesial, no es más que constituirse en un seguidor burocratizado de una estructura humana denominada Iglesia católica y, por ello mismo, al tenerse como referente a una institución en lugar del mensaje de los *Evange-*

221. *Cfr*. Rodríguez, P. (1995). *Op. cit*., p. 41.

lios, ser católico designa un comportamiento estrictamente antievangélico.

Jesús, al contrario de lo que hace la Iglesia católica, jamás se arrogó ningún exclusivismo para sí mismo, tal como queda bien patente en el siguiente pasaje: «Díjole Juan: Maestro, hemos visto a uno que en tu nombre echaba los demonios y no es de nuestra compañía; se lo hemos prohibido. Jesús les dijo: No se lo prohibáis, pues ninguno que haga un milagro en mi nombre hablará luego mal de mí. El que no está contra nosotros, está con nosotros» (*Mc* 9,38-40). Y el mismo texto se reproduce en *Lc* 9,49-50.

Pero la Iglesia católica hace caso omiso de estos versículos de *Marcos* y *Lucas* (que, además, silencia)[222] y se complace en afirmar que «Sólo la identidad divina de la persona de Jesús puede justificar una exigencia tan absoluta como ésta: "El que no está conmigo está contra mí" (*Mt* 12,30)»,[223] empleando la cita para atribuirse la exclusiva de la ortodoxia de la fe cristiana y del camino salvífico. Lo terrible, de nuevo, es que la Iglesia miente a sabiendas haciéndole decir a Jesús aquello que nunca quiso expresar. El versículo de *Mateo* dice: «El que no está conmigo está contra mí, y el que conmigo no recoge, desparrama» (*Mt* 12,30), pero estas palabras han sido manipuladas y sacadas de su contexto original para poder darles el significado que interesa a la Iglesia, que es justo el contrario del que afirmó Jesús en ese pasaje. Veamos:

En este relato de *Mateo*, Jesús es acusado por los fariseos de arrojar los demonios mediante el poder del «príncipe de los demonios», a lo que él contesta: «Y si yo arrojo a los demonios con el poder de Beelzebul, ¿con qué poder los arrojan vuestros hijos? Por eso serán ellos vuestros jueces. Mas si yo arrojo a los demonios con el Espíritu de Dios, entonces es que ha llegado a vosotros el reino de Dios. ¿Pues cómo podrá entrar uno en la casa de un fuerte y arrebatarle sus enseres si no logra primero sujetar al fuerte? Ya entonces podrá sa-

222. En el *Catecismo*, por ejemplo, no figura ni una sola referencia a los versículos de *Mc* 9,38-40 y *Lc* 9,49-50.

223. *Cfr.* Santa Sede (1992). *Op. cit.*, p. 138, párrafo 590.

quear su casa. El que no está conmigo está contra mí, y el que conmigo no recoge, desparrama. Por eso os digo: Cualquier pecado o blasfemia les será perdonado a los hombres, pero la blasfemia contra el Espíritu no les será perdonada. Quien hablare contra el Hijo del hombre será perdonado; pero quien hablare contra el Espíritu Santo no será perdonado ni en este siglo ni en el venidero» (*Mt* 12,27-32).

Con la lectura del pasaje completo cambia radicalmente la interpretación de *Mt* 12,30, ya que lo que Jesús afirmó es que todo lo que es bueno procede del Espíritu Santo —no de él (Jesús)—, al que él declara estar unido, y que, en consecuencia, quienes no «recogen» con el Espíritu —no con Jesús, que rehúsa ponerse como centro de nada— se oponen a Dios —no a él— y «desparraman».[224]

Dado que el Espíritu de Dios no es patrimonio de nadie, la conclusión no es la de que «el que no está conmigo está contra mí», base del exclusivismo de la Iglesia católica, sino justo la contraria, la de que «el que no está contra nosotros, está con nosotros», fuente de la universalidad del mensaje cristiano (y antítesis del *universalismo* particularista de la Iglesia católica).

Así que, ni «católica» significa «universal» ni el Jesús de los *Evangelios* pretendió que su mensaje tuviese ningún carácter personalista, exclusivista o de obligada imposición universal. Cuando Jesús, según *Juan*, afirmó que «la verdad os hará libres», no añadió a continuación, que sepamos, «pero os esclavizará a la voluntad de la Iglesia». La Iglesia católica, resulta obvio, no sigue a Jesús.

224. Debe destacarse que Jesús aparece aquí en comunión total con el Espíritu Santo, y ello implica, para el creyente, que por estar buscando el bien (cuya fuente es el Espíritu) se está ya con Jesús, pero no al revés.

9

Jesús prohibió explícitamente el clero profesional... pero la Iglesia católica hizo del sacerdote un asalariado «diferente al resto de los hombres y especialmente elegido por Dios»

Los fieles católicos llevan siglos creyendo a pies juntillas la doctrina oficial de la Iglesia que presenta al sacerdote como a un hombre diferente a los demás —y mejor que los laicos—, «especialmente elegido por Dios» a través de su *vocación*, investido personal y permanentemente de sacro y exclusivo poder para oficiar los ritos y sacramentos, y llamado a ser el único mediador posible entre los humanos y Cristo. Pero esta doctrina, tal como sostienen muchos teólogos, entre ellos José Antonio Carmona,[225] ni es de fe, ni tiene sus orígenes más allá del siglo XIII o finales del XII.

La Iglesia primitiva, tal como aparece en el *Nuevo Testamento*, no tiene sacerdotes. En ninguna de las listas de carismas y ministerios —*Rom* 12,6-7; I *Cor* 12,8-10 o *Ef* 4,7-11— aparece el sacerdocio; jamás se designa como tales a los responsables de las comunidades y menos aún se mencionan templos o santuarios a los que dichos individuos tuviesen que estar adscritos, así como tampoco se expresan leyes rituales a cumplir ni liturgias para oficiar. Es justo la imagen

225. *Cfr*. Carmona, J.A. (1994). *Los sacramentos: símbolos del encuentro*. Barcelona: Ángelus, capítulo VII.

opuesta a la consagrada por el sacerdocio del *Antiguo Testamento*; por eso los evangelistas sólo emplean el concepto de sacerdote para referirse a los levitas de la tradición veterotestamentaria (*Mc* 1,44; 2,26 y *Lc* 1,5).

La *Epístola a los Hebreos* (atribuida tradicionalmente a san Pablo, pero cuya autoría está descartada, siendo Apolo, uno de sus colaboradores, el redactor más probable) es el único texto del *Nuevo Testamento* donde se aplicó a Cristo el concepto de sacerdote —*hiereus*[226]—, pero se empleó para significar que el modelo de sacerdocio levítico ya no tenía sentido desde entonces. «Tú [Cristo] eres sacerdote para siempre según el orden de Melquisedec»[227] (*Heb* 5,6; 7, 15-19), no según el orden de Aarón. Otros versículos (*Heb* 5,9-10; 7,21-25) dejaron también sentado que Jesús vino a abolir el sacerdocio levítico —que era tribal y de casta (personal sacro), dedicado al servicio del templo (lugar sacro), para ofrecer sacrificios durante las fiestas religiosas (tiempo sacro)— y a establecer una fraternidad universal que rompiera la línea de poder que separaba lo sacro de lo profano.[228]

No deja de ser trágico —por lo absurdo— que en los seminarios de la Iglesia católica, hasta la década de 1960, se haya justificado la figura del sacerdote, «como hombre separado de los demás», y la necesidad de los ritos en el versículo

226. *Hiereus* es el término que se empleaba en el *Antiguo Testamento* para denominar a los sacerdotes de la tradición y a los de las culturas no judías; su concepto es inseparable de las nociones de poder y de separación entre lo sagrado y lo profano (valga como ejemplo, para quienes desconozcan la historia antigua, el modelo de los sacerdotes egipcios o de los diferentes pueblos de la Mesopotamia que, con más o menos fortuna, ha popularizado el cine).

227. Melquisedec, un no judío e incircunciso, fue un rey y sacerdote del «Altísimo» (*'élyon*) —nombre divino que, como ya vimos, figura asociado al gran dios cananeo El—, del que se dice en *Gén* 14,18-19: «Y Melquisedec, rey de Salem, sacando pan y vino, como era sacerdote del Dios Altísimo, bendijo a Abraham...»

228. «Porque el hombre es el templo vivo (no hay espacio sagrado), para ofrecer el sacrificio de su vida (toda persona es sagrada), en ofrenda constante al Padre (no hay tiempos sagrados)», argumenta el teólogo José Antonio Carmona en *Op. cit.*

de *Hebreos* que dice: «Pues todo pontífice tomado de entre los hombres, en favor de los hombres es instituido para las cosas que miran a Dios, para ofrecer ofrendas y sacrificios por los pecados» (*Heb* 5,1).

El texto reproducido está definiendo lo que era el sacerdocio judaico y se refiere al sumo sacerdote —no al sacerdote común— identificándolo como «tomado» —eso es «señalado» o «escogido»; no «apartado» o «separado» tal como lo tergiversa la Iglesia— de entre la comunidad humana, que era una forma clara de diferenciarlo del sacerdocio de Cristo «instituido no en virtud del precepto de una ley carnal, sino de un poder de vida indestructible» (*Heb* 7,16). El capítulo acaba derogando este tipo de sacerdocio cultual y estableciendo el «que no necesita, como los pontífices, ofrecer cada día víctimas (...) pues esto lo hizo una sola vez ofreciéndose a sí mismo» (*Heb* 7,27). Resulta patético que la Iglesia haya justificado el estatus de su clero y la necesidad de los ritos en un texto en el que se afirma precisamente lo contrario, en el que Jesús los declaró abolidos.

En textos neotestamentarios como el *Apocalipsis* (*Ap* 1,6; 5,10; 20,6)[229] o la I *Epístola de San Pedro* (I *Pe* 2,5)[230] el concepto de *hiereus*/sacerdote ya no se aplicó limitándolo a determinados ministros sacros de un culto sino que, por el contrario, se le hizo aparecer de modo claro como una potestad propia de todos los bautizados, eso es de cada uno de los miembros de *ekklesía* o comunidad de creyentes en Cristo.

Tal como sostiene el teólogo católico Julio Lois, «Cristo,

229. «Al que nos ama, y nos ha absuelto de nuestros pecados por la virtud de su sangre. Y nos ha hecho reyes y sacerdotes de Dios, su Padre, a Él la gloria y el imperio por los siglos de los siglos, amén» (*Ap* 1,5-6); «porque fuiste degollado y con tu sangre has comprado para Dios hombres de toda tribu, lengua, pueblo y nación, y los hiciste para nuestro Dios reino y sacerdotes, y reinan sobre la tierra» (*Ap* 5,9-10); «Bienaventurado y santo el que tiene parte en la primera resurrección; sobre ellos no tendrá poder la segunda muerte, sino que serán sacerdotes de Dios y de Cristo y reinarán con Él por mil años» (*Ap* 20,6).

230. «Vosotros [los cristianos], como piedras vivas, sois edificados como casa espiritual para un sacerdocio santo, para ofrecer sacrificios espirituales, aceptos a Dios por Jesucristo» (I *Pe* 2,5).

único sacerdote y mediador, no ha llegado a serlo por ritos externos, ni por ofrecimientos de sacrificios rituales, sino por la fidelidad de su vida. En efecto, fue su vida entera el "sacrificio" agradable al Padre y él mismo el sacerdote que la ofreció. Sacerdote y víctima. Se inaugura así una nueva figura sacerdotal, vinculada al sacrificio situado en un nivel personal, existencial. Las nociones de templo, culto, sacrificio... han de ser seriamente reconsideradas para ser asumidas en la iglesia de Jesús. Al ministro cristiano sólo puede atribuírsele un ministerio sacerdotal, si se conecta con ese único sacerdocio de Cristo, y, por ello, y para evitar riesgos de sacralización o de "rejudaización", si se quiere seguir recurriendo a un léxico sacerdotal, parece más conveniente hablar de "ministerio sacerdotal" que de "sacerdocio ministerial" o "sacerdote" sin más».[231]

El desarrollo histórico del cristianismo, sin embargo, fue dejando progresivamente en el olvido la voluntad de Jesús —recogida en textos del *Nuevo Testamento* como los citados— hasta pervertirla totalmente. Fue, sin duda, por necesidades de organización y coordinación, que todos los grupos cristianos, desde su origen, tuvieron que contar con algún tipo de organización y con personas —conocidas como «apóstoles», «profetas», «maestros» «pastores», «evangelistas» u otras denominaciones— que asumían un papel principal en las diferentes tareas a realizar.

En toda comunidad —*ekklesía*— derivada de los apóstoles, eso es de cariz judeocristiano, la presidencia del colectivo la retenía un colegio de presbíteros (según el modelo colegial de las sinagogas judías), pero no tardó en aparecer la figura del obispo o *episcopoi* —vigilante o supervisor— que, al menos durante la primera época, no fue un cargo con atributos diferentes respecto a los diáconos o administradores (*Flp* 1,1) y los presbíteros (*Tit* 1,5-7; *Act* 20,17 y 28; I *Pe* 5,1-2) y que, por supuesto, estaba aún muy lejos de parecerse al obispo monárquico en que finalmente se transformaría.

231. *Cfr.* Lois, J. (1993). «El ministerio presbiterial al servicio de la iglesia de Jesús en el momento actual: Experiencias y proyección.» *Tiempo de Hablar* (56-57), p. 25.

En otras comunidades, como las fundadas por Pablo, eran sus colaboradores —los designados genéricamante como *synergountes* y *opioontes*— quienes cuidaban de la marcha y necesidades organizacionales del grupo. De todas formas, en su origen, los cargos eclesiales tenían una connotación de servicio a la comunidad, de estar por debajo de ella y no al revés, tal como sucede desde hace siglos.[232]

«Al lado de estos ministerios fundamentales, las Iglesias del siglo III multiplicaron las funciones más modestas, mediante las cuales un buen número de fieles eran asociados a la vida de la comunidad: lectores, documentados desde el siglo II; subdiáconos; "acólitos", asimilados en Occidente a los subdiáconos; exorcistas; porteros; enterradores; y, en las ciudades importantes, catequistas. Estas funciones diversas no constituían una especie de *cursus honorum* sacerdotal, como más tarde ocurriría; se trataba más bien de confiar tareas concretas a personas cualificadas que las desempeñaban de manera permanente.»[233]

En los primeros tiempos, sin embargo, la manera en que los creyentes cristianos concebían su relación con los responsables de sus comunidades variaba mucho de un lugar a otro. Así, por ejemplo, a finales del siglo I d.C., Clemente, obispo de Roma, en su I *Epístola*, tuvo que emplearse a fondo para intentar convencer a los fieles de Corinto no sólo de que no debían prescindir de sus dirigentes sino que, además, era obligación suya el mantenerlos; para sus propósitos, Clemente tuvo que recurrir al modelo de sacerdocio israelita bíblico —el prototipo levítico que Jesús, según el *Nuevo Testamento*, declaró abolido— para situar en él la raíz desde la que arrancaba la misión y justificación del clero cristiano. Por el contrario, un poco más tarde, hacia el año 110 d.C., otra car-

232. En la *Vulgata* se tradujo el término griego «diácono» por el latino «ministro» (de *minus-ter*, que significa el que está debajo, al servicio de los demás, el que elige ser menos en comparación con otros). La Iglesia católica, en cambio, asoció al «ministro» su significado absolutamente opuesto, el de *magis-ter*, que indica posición de superioridad o de rango y mando.

233. *Cfr. Historia de las Religiones.* Siglo XXI, Vol. 5, p. 393.

ta, ésta de Ignacio, obispo de Antioquía, muestra que en aquella iglesia existía el cargo de obispo único y que éste estaba revestido de la máxima autoridad ante la asamblea de fieles y era acreedor de un respeto propio del mismo Dios.

Desde esos días, sin embargo, fue fortaleciéndose la tendencia a constituir jerarquías eclesiásticas que, hacia finales del siglo II y comienzos del III d.C., acabaron por ser habituales en casi todos lados, estando conformadas por un obispo local y sus respectivos presbíteros o ancianos y diáconos. Los designados por la comunidad para servir en un cargo eclesial eran previamente *ordinati* a través de una imposición de manos (*ordinatio*) que les confería el título de *ordo*.

El *ordo*, en realidad, era una institución del Imperio romano —que tenía tres títulos: el *ordo senatorum* (aplicado a senadores y gobernantes en general), el *ordo equitum* (usado para los caballeros y notables) y el *ordo plebejus* (que designaba al pueblo llano, a los plebeyos)— que los responsables cristianos del siglo III d.C. comenzaron a aplicarse a sí mismos para distinguir como *ordo* a los ministros —que cada vez eran menos *minus-ter* y más *magis-ter*— frente al resto de la comunidad, denominada *plebs*. El concepto de *ordo*, que equiparaba a los ministros con notables y los situaba por encima de la *ekklesía* (asamblea de fieles), es absolutamente contrario al espíritu neotestamentario y fue propagado fundamentalmente por san Cipriano (200-258 d.C.), el obispo de Cartago que hizo decapitar Valeriano.[234]

El paso siguiente fue sacralizar a los ministros; para ello, de la mano de san Cipriano, se les comenzó a denominar como "sacerdotes" según el concepto de sacerdocio hebreo del *Antiguo Testamento*. La consecuencia inmediata fue anular de hecho la revolución social y religiosa que en este aspec-

234. La influencia de los escritos de Thascius Caecilius Cyprianus en el catolicismo occidental ha sido enorme. Debido a su formación y rango (probablemente *ordo senatorum*) aplicó su mentalidad jurídica para conceptualizar la estructura de la Iglesia de Roma. En uno de sus tratados, *De catholicae ecclesiae unitate*, san Cipriano afirma que la Iglesia fundada en la comunidad de los obispos es el único instrumento de salvación para el hombre.

to había aportado el *Nuevo Testamento* y forzar que, en adelante, los sacerdotes cristianos fuesen considerados personas sagradas, consagradas, eso es distintas y separadas del resto de los fieles. En general, el término sacerdote no se aplicó habitualmente a los ministros hasta después del concilio de Nicea (325) y no se impuso mayoritariamente hasta el siglo V; primero se empleó en referencia a los obispos y luego a los presbíteros.

Pero tal como ya hemos apuntado, y contrariamente a lo que es creencia general entre la gran mayoría de los católicos, es una evidencia histórica irrefutable la afirmación del dominico y gran teólogo belga Edward Schillebeeckx en el sentido de que «no puede decirse que los obispos, presbíteros y diáconos han sido instituidos por Cristo. Son una evolución. Es a partir de la segunda mitad del siglo segundo que tenemos el episcopado, el presbiteriado y el diaconado como existen hoy. (...) En los documentos del Vaticano II —ya lo había insinuado el concilio de Trento— no se dice ya que son una institución de Cristo. El concilio de Trento utilizó la expresión *por disposición divina*, es decir, que habían evolucionado históricamente por la acción de Dios. Trento corrigió la expresión *por institución divina*, prefiriendo la expresión *por disposición divina*. El Vaticano II[235] ha elegido una tercera expresión: *desde antiguo*, es decir, *desde la antigüedad*, porque de hecho la articulación jerárquica de la Iglesia ha evolucionado siguiendo leyes sociológicas».[236]

Se requiere una desvergüenza formidable para mantener durante veinte siglos que el sacerdocio había sido instituido por Cristo —con el paso intermedio dado en el siglo XVI de considerarlo un «arreglo inspirado por Dios»— y, finalmente, sin sonrojo ninguno, reconocer que no fue más que una mera cuestión administrativa que devino costumbre; una confesión de engaño que, obviamente, pocos han llegado a conocer al margen de los teólogos, ya que la Iglesia católica, ante la masa de fieles,

235. *Cfr.* la Constitución *Lumen Gentium*, núm. 28.

236. *Cfr.* Schillebeeckx, E. (1981). *Le ministere dans l'Eglise*. París: Editions du Cerf, pp. 109-110.

ha seguido arropando a su clero con el sello de la divinidad.[237]

En los primeros siglos del cristianismo, la eucaristía, eje litúrgico central de esta fe, podía ser presidida por cualquier varón —y también por mujeres— pero, progresivamente, a partir del siglo V, la costumbre fue cediendo la presidencia de la misa a un ministro profesional, de modo que el ministerio sacerdotal empezó a crecer sobre la estructura socio-administrativa que se denomina a sí misma sucesora de los apóstoles —pero que no se basa en la apostolicidad evangélica— en lugar de hacerlo a partir del acto sacramental básico (la eucaristía).

A pesar de todo, durante el primer milenio aún se mantuvo vigente el principio enunciado por san León Magno: «El que ha de presidir a todos, debe ser elegido por todos», es decir, que sólo la comunidad tenía potestad para elegir y/o deponer a sus líderes religiosos. En los días de san Cipriano de Cartago era comúnmente aceptado que cada comunidad cristiana tenía potestad por derecho divino para elegir a sus propios ministros y, en caso de que se comportaran de manera indigna, también estaban facultados para expulsarles, incluyendo a los mismísimos obispos.[238]

237. Una «divinidad» que durante los tres primeros siglos de cristianismo no fue reconocida como tal. Así, por ejemplo, san Jerónimo, uno de los principales padres de la Iglesia y traductor de la *Biblia* al latín (*Vulgata*), jamás aceptó el clero como de institución divina y, a más abundamiento, nunca se dejó ordenar obispo; dado que en los *Evangelios* sólo se especifican las funciones del diaconado y presbiteriado, san Jerónimo defendía que ser obispo equivalía a estar fuera de la Iglesia (entendida en su significado auténtico y original de *Ekklesía* o asamblea de fieles).

238. Sirva de contrapunto el saber que, según el *Código de Derecho Canónico* vigente, los obispos actuales, que sólo pueden ser nombrados por el Papa, no pueden ser depuestos por él, ni aun en el caso de darse circunstancias graves; así, por ejemplo, el canon 401.2 es bien expresivo a este respecto: «Se ruega encarecidamente al obispo diocesano que presente la renuncia de su oficio si por enfermedad u otra causa grave quedase disminuida su capacidad para desempeñarlo.» Un obispo demente, pongamos por caso, no puede ser despedido jamás de su cargo; o bien renuncia voluntariamente o, como máximo, se le puede trasladar a «ninguna parte», eso es que se le nombra obispo de una diócesis que sólo tiene existencia nominal y no real.

Esta concepción que la primitiva Iglesia cristiana tenía de sí misma —ser «una comunidad de Jesús»— fue ampliamente ratificada durante los siglos siguientes. Así, por ejemplo, resulta fundamental recordar el canon sexto del concilio de Calcedonia (451) que fue bien claro al estipular que «nadie puede ser ordenado de manera absoluta —*apolelymenos*— ni sacerdote, ni diácono (...) si no se le ha asignado claramente una comunidad local». Eso significaba que cada comunidad cristiana elegía a uno de sus miembros para ejercer como pastor y sólo entonces podía ser ratificado oficialmente mediante la ordenación e imposición de manos; lo contrario, que un sacerdote les viniese impuesto desde el poder institucional como mediador sacro, resultaba absolutamente herético[239] (un sello que, *estricto sensu*, debe ser aplicado hoy a las *fábricas* de curas que son los seminarios). En esos días el centro de la Iglesia aún estaba en la comunidad de fieles, pero a partir de los siglos XI y XII los creyentes quedaron absolutamente relegados. El papa Gregorio VII (1073-1085), influido por su pasado como monje de Cluny, reservó el nombramiento de obispos al Papa y el de sacerdotes a los obispos.[240]

En el concilio III de Letrán (1179) —que también puso los cimientos de la Inquisición— el papa Alejandro III forzó

239. Y así lo calificaban ya padres de la Iglesia como san Agustín (354-430) en sus escritos (*Cfr. Contra Ep. Parmeniani*, II,8).

240. La regla de Cluny tenía como ideal supremo el de la libertad y proclamaban que la única fuerza de la que dependían era Dios y su representante en la tierra, el sucesor de Pedro; se declaraban, por tanto, fuera del alcance de las normas reales o imperiales. Dado que Gregorio VII creía que sólo el Papa tenía *potestas directa* para nombrar los cargos clericales, en un sínodo reunido en Roma, del 24 al 28 de febrero de 1075, prohibió las «investiduras laicas». El fin de tal decreto era acabar con la simonía —compra y venta de cargos religiosos que conllevan beneficios materiales, prestigio social y situación de poder o privilegio— practicada por los príncipes, pero el resultado fue más bien trágico a largo plazo: para estar en condiciones de poder coaccionar a los príncipes y someterles a la voluntad papal, Gregorio VII impuso a la Iglesia el camino que la condujo hasta la adquisición desmedida de riqueza y poder temporal; por otra parte, si bien es cierto que atajó la simonía laica, también lo es que con ello abrió la puerta a la simonía de los prelados católicos, que ha demostrado con creces ser inmensamente peor.

una interpretación restringida del canon sexto de Calcedonia y cambió el original *titulus ecclesiae* —nadie puede ser ordenado si no es para una Iglesia concreta que así lo demande previamente— por el *beneficium* —nadie puede ser ordenado sin un beneficio (salario gestionado por la propia Iglesia) que garantice su sustento—. Con este paso, la Iglesia católica traicionó absolutamente el *Evangelio* y, al priorizar los criterios económicos y jurídicos sobre los teológicos, daba el paso decisivo para asegurarse la exclusividad en el nombramiento, formación y control del clero.

Poco después, en el concilio IV de Letrán (1215), el papa Inocencio III cerró el círculo al decretar que la eucaristía ya no podía ser celebrada por nadie que no fuese «un sacerdote válida y lícitamente ordenado». Habían nacido así los exclusivistas de lo sacro, y eso incidió muy negativamente en la mentalidad eclesial futura que, entre otros despropósitos, cosificó la eucaristía —despojándola de su verdadero sentido simbólico y comunitario, reduciendo a los fieles a ser meros espectadores y consumidores de un acto ritual que les resultaba ajeno— y añadió al sacerdocio una enfermiza —aunque muy útil para el control social— potestad sacro-mágica, que sirvió para enquistar hasta hoy su dominio abusivo sobre las masas de creyentes inmaduros y/o incultos. Otra consecuencia fue que el clero se llenó de vagos deseosos de vivir sin trabajar —ya que eran mantenidos y no debían ganarse el sustento por ellos mismos como había hecho la gran mayoría de los sacerdotes anteriores— que abocaron a la Iglesia hasta la etapa de corrupción sin igual de los siglos XIV y XV, desencadenante de la Reforma protestante liderada por Lutero.

El famoso concilio de Trento (1545-1563), en su sección 23, refrendó definitivamente esta mistificación del sacerdocio como potestad sagrada, y la llamada escuela francesa de espiritualidad sacerdotal, en el siglo XVII, acabó de crear el concepto de casta del clero actual: sujetos sacros en exclusividad y forzados a vivir segregados del mundo laico. Este movimiento doctrinal, pretendiendo luchar contra los vicios del clero de su época, desarrolló un tipo de vida sacerdotal similar a la monacal (hábitos, horas canónicas, normas de vida estrictas, tonsura, segregación, etc.), e hizo, entre otras cosas, que el celibato del clero pasase a ser considerado como de derecho divino y, por tanto, obligatorio, dando la definitiva vuelta de tuerca al edicto del concilio III de Letrán que lo había considerado una simple medida disciplinar (paso ya muy importante de por sí porque rompía con la tradición dominante en la Iglesia del primer milenio, que tenía al celibato como una opción puramente personal).

El papa Paulo VI, en el concilio Vaticano II, quiso remediar el abuso histórico de la apropiación indebida y exclusiva del sacerdocio por parte del clero, cuando, en la *Lumen Gentium*, estableció que «todos los bautizados, por la regeneración y unción del Espíritu Santo, son consagrados como casa espiritual y sacerdocio santo. (...) El sacerdocio común de los creyentes y el sacerdocio ministerial o jerárquico, aunque difieren en esencia y no sólo en grado, sin embargo se ordenan el uno al otro, pues uno y otro participan, cada uno a su modo, del único sacerdocio de Cristo».

En síntesis —aunque sea entrar en una clave teológica muy sutil, pero fundamental para todo católico que quiera saber de verdad qué posición ocupa dentro de esta Iglesia autoritaria—, el sacerdocio común (propio de cada bautizado) pertenece a la *koinonía* o comunión de los fieles, siendo por ello una realidad sustancial, esencial, de la Iglesia de Cristo; mientras que el sacerdocio ministerial, como tal ministerio, pertenece a la *diakonía* o servicio de la comunidad, no a la esencia de la misma.

En este sentido, el Vaticano II restableció la esencia de que el sacerdocio común, consustancial a cada bautizado, es el fin, mientras que el sacerdocio ministerial es un medio para el común.[241] El dominio autoritario del sacerdocio ministerial

241. En el documento *Lumen Gentium* no sólo se indica así por su contenido sino por el mismo orden de sus capítulos que, según su importancia decreciente, trata de la Iglesia presentada y comprendida como el nuevo Pueblo de Dios (9), pueblo sacerdotal (10-11), dentro del cual suscita el Espíritu diversidad de carismas y ministerios (12), y también el ministerio jerárquico (18). Lo primero y fundamental es la comunidad de fieles, la jerarquía es accesoria y debe estar al servicio de la comunidad.

durante el último milenio, tal como le queda claro a cualquier analista, ha sido la base de la tiránica deformación dogmática y estructural de la Iglesia, de la pérdida del sentido eclesial tanto entre el clero como entre los creyentes, y de los intolerables abusos que la institución católica ha ejercido sobre el conjunto de la sociedad en general y sobre el propio clero en particular. Pero tal como salta a la vista, el pontificado de Wojtyla y sus adláteres (Opus Dei y otros grupos altamente reaccionarios) ha luchado a muerte para sepultar de nuevo la realidad que afloró el Vaticano II y ha reinstaurado las falacias trentinas que mantienen todo el poder bajo las sotanas.

En el centro de la Iglesia, contrariamente a lo que marcan los *Evangelios*, sigue sin estar la figura de Jesús, ya que el puesto central permanece usurpado por el clero (papa, obispos y sacerdotes, cada uno en su respectivo ámbito de reinado eclesial).

La peor cruz de Jesús no fue la de su ejecución por los romanos, ni mucho menos; sin duda le resultaría mucho más trágica y dolorosa la *cruz* de un clero que tiene la desfachatez de presentarse como continuador de su obra y mediador suyo ante la humanidad.

Justo lo contrario de lo que sucede realmente. Ya a finales del siglo I Clemente distinguía el *klerikós* del *laikós*, pero no como dos estratos sociales separados sino como dos funciones dentro de una misma comunidad fraternal; la diferencia radicaba en que los clérigos habían asumido un ministerio de servicio respecto a los laicos.

10

El *Nuevo Testamento* niega los templos como «casa de Dios» y la misa como «sacrificio continuo y real de Jesús», pero la Iglesia católica dice y hace justo lo contrario

Jesús, según *Mt* 6,5-7, le dijo a sus discípulos: «Y cuando oréis, no seáis como los hipócritas, que gustan de orar en pie en las sinagogas y en los ángulos de las plazas, para ser vistos de los hombres; en verdad os digo que ya recibieron su recompensa. Tú, cuando ores, entra en tu cámara y, cerrada la puerta, ora a tu Padre, que está en lo secreto; y tu Padre, que ve en lo escondido, te recompensará. Y orando, no seáis habladores, como los gentiles, que piensan ser escuchados por su mucho hablar.» Jesús, por tanto, habló de encerrarse en la habitación privada para rezar, no de ir a un templo u otro lugar público.

San Pablo, estando en Atenas, en medio del Areópago, afirmó: «El Dios que hizo el mundo y todas las cosas que hay en él, ése, siendo Señor del cielo y de la tierra, no habita en templos hechos por mano del hombre, ni por manos humanas es servido, como si necesitase de algo, siendo Él mismo quien da a todos la vida, el aliento y todas las cosas. (...) Él fijó las estaciones y los confines de las tierras por ellos habitables, para que busquen a Dios y siquiera a tientas le hallen, que no está lejos de cada uno de nosotros, porque en Él vivimos y nos movemos y existimos. (...) Porque somos linaje suyo» (*Act* 17,24-28). Si Dios no habita en los templos, según la inspirada palabra del mismo Dios expresada a través de Pablo, carece de todo sentido que se le busque en las iglesias.

Pero a más abundamiento, san Pablo no sólo negó la presencia de Dios en los locales llamados templos sino que afirmó que el templo de Dios reside en cada uno de los cristianos: «¿No sabéis que sois templo de Dios y que el Espíritu de Dios habita en vosotros? Si alguno destruye el templo de Dios, Dios le aniquilará. Porque el templo de Dios es santo, y ese templo sois vosotros» (I *Cor* 3,16-17).[242]

Cuando Jesús indicó de qué manera podía ganarse la vida eterna[243] no habló para nada de ir a misa, ni de celebrar actos rituales de ninguna clase ya que, antes al contrario, puso todo su empeño en eliminar el ritualismo vacuo y burocratizado de la religión que él profesó, esto es del judaísmo. El concepto de la misa es absolutamente contrario a la mentalidad del Jesús del *Nuevo Testamento*.

A este respecto recordaremos la opinión del teólogo católico Julio Lois, citada en el capítulo anterior, cuando afirma que «Cristo, único sacerdote y mediador, no ha llegado a serlo por ritos externos, ni por ofrecimientos de sacrificios rituales, sino por la fidelidad de su vida. En efecto, fue su vida entera el "sacrificio" agradable al Padre y él mismo el sacerdote que la ofreció. Sacerdote y víctima. Se inaugura así una nueva figura sacerdotal, vinculada al sacrificio situado en un nivel personal, existencial. Las nociones de templo, culto, sacrificio... han de ser seriamente reconsideradas para ser asumidas en la iglesia de Jesús.»[244]

Desde el punto de vista histórico, el concepto de «iglesia» como lugar físico destinado al culto divino —equivalente, por tanto, a los templos paganos— es bastante tardío. Hacia finales del siglo III, como resultado de los intentos anteriores

242. De este versículo, además, se infiere una clarísima y absoluta prohibición de matar o ejecutar a un ser humano bajo ninguna circunstancia, aspecto que la Iglesia católica ha vulnerado de forma criminal durante buena parte de su historia y que aún hoy ignora al justificar, en su *Catecismo*, la pena de muerte (*Cfr.* su párrafo 2.266 y siguientes).

243. *Cfr. Mt* 19,16-26; *Mc* 10,17-27 y *Lc* 18,18-27.

244. *Cfr.* Lois, J. (1993). *Op. cit.*, p. 25.

de alcanzar una organización eficaz para las iglesias cristianas en expansión y producto de la tolerancia con que el Imperio romano trataba a la nueva religión, en las grandes ciudades comenzaron a surgir lugares de reunión, repartidos por barrios, destinados a la formación religiosa de los fieles bajo la dirección de un presbítero; con el paso del tiempo, estos centros acabaron por convertirse en un lugar de culto donde se celebraba la eucaristía, bajo la presidencia de un presbítero —una función que hasta entonces sólo podía recaer en los obispos—, y fueron denominados *tituli* en Roma y *paroikiai* (parroquias)[245] en otros lugares. De este modo el culto cristiano empezó a concebirse cada vez más como una ceremonia pública, con lo que comenzó también a aumentar el número de sacerdotes en las ciudades al tiempo que las parroquias iban extendiéndose por todos los barrios.

A partir de los días del emperador Constantino comenzó a producirse la metonimia de la palabra «iglesia», que pasó a designar tanto a la comunidad de los creyentes —*ekklesía*— como al local en que éstos se reunían (antes denominado como *templum*, *aedes*, etc.).

Constantino, el más grande impulsor del catolicismo y del alejamiento de la doctrina de Jesús, hizo erigir iglesias por todas partes de su Imperio y, tal como le escribió a Eusebio, «todas ellas deben ser dignas de nuestro amor al fasto»; el emperador desvió recursos públicos, aun haciendo pasar miseria al pueblo, para que las iglesias fuesen construidas con todo tipo de materiales nobles, cursando orden a los gobernadores para que las donaciones «fuesen abundantes, y aun sobreabundantes», mandando aumentar «la altura de las casas de oración, y también la planta (...) sin escatimar gastos, y acudiendo al erario imperial cuando fuese preciso para cubrir el coste de la obra»... La modestia que caracterizó la actuación de Jesús y sus apóstoles acabó siendo convertida, por el megalómano Constantino, en la fastuosidad católica que todos conocemos.

245. El término *paroikiai*, de todas formas, en el siglo IV aún conservaba su significado original de diócesis.

Pero regresando a lo esencial, al rito básico que justifica la existencia de esos espacios físicos que conocemos como iglesias, cabe preguntarse: ¿fue Jesús quién instituyó la misa? La Iglesia católica así lo mantiene, pero muchos millones de cristianos no católicos se oponen a tal pretensión y decenas de teólogos católicos lo ponen en duda o lo niegan abiertamente. En cualquier caso, la simple lectura de los textos neotestamentarios mostrará cuán alejada está la doctrina católica de aquello que se dice realmente en ellos.

La Iglesia católica afirma en su *Catecismo* que «el Señor, habiendo amado a los suyos, los amó hasta el fin. Sabiendo que había llegado la hora de partir de este mundo para retornar a su Padre, en el transcurso de una cena, les lavó los pies y les dio el mandamiento del amor (*Jn* 13,1-17). Para dejarles una prenda de este amor, para no alejarse nunca de los suyos y hacerles partícipes de su Pascua, instituyó la Eucaristía como memorial de su muerte y de su resurrección y ordenó a sus apóstoles celebrarlo hasta su retorno, "constituyéndoles entonces sacerdotes del Nuevo Testamento" (Cc. de Trento: DS 1740)».[246] Y añade: «Cumplimos este mandato del Señor celebrando *el memorial de su sacrificio*. Al hacerlo, *ofrecemos al Padre* lo que Él mismo nos ha dado: los dones de su Creación, el pan y el vino, convertidos por el poder del Espíritu Santo y las palabras de Cristo, en el Cuerpo y la Sangre del mismo Cristo: así Cristo se hace real y misteriosamente *presente.*»[247]

A continuación veremos cómo estas afirmaciones no tienen base neotestamentaria, ya que se apoyan en supuestas palabras de Jesús que han sido aisladas del contexto histórico en que fueron pronunciadas —y que le dieron un sentido bien específico— y, por ello, condujeron a la interpretación espuria que defiende la Iglesia católica.

El pasaje conocido como la última cena de Jesús, donde éste se reunió con sus apóstoles, anunció la traición de Judas

246. *Cfr.* Santa Sede (1992). *Catecismo de la Iglesia católica.* Madrid: Asociación de Editores del Catecismo, párrafo 1.337, p. 309. Ver también los párrafos 1.338 a 1.344.

247. *Ibíd.*, p. 314, párrafo 1.357.

y, según la Iglesia católica, instituyó la eucaristía, figura en los cuatro evangelios.[248] Así, en el de *Mateo*, por ejemplo, se relata: «El día primero de los Ácimos se acercaron los discípulos a Jesús y le dijeron: ¿Dónde quieres que preparemos para comer la Pascua? (...) Mientras comían, Jesús tomó pan, lo bendijo, lo partió y, dándoselo a los discípulos, dijo: Tomad y comed, éste es mi cuerpo. Y tomando un cáliz y dando gracias, se lo dio, diciendo: Bebed de él todos, que ésta es mi sangre de la alianza, que será derramada por muchos para remisión de los pecados. Yo os digo que no beberé más de este fruto de la vid hasta el día en que lo beba con vosotros de nuevo en el reino de mi Padre» (*Mt* 26,17-29).

El texto de *Lucas*, sin embargo, es sustancialmente diferente: «Tomando el pan, dio gracias, lo partió y se lo dio, diciendo: Éste es mi cuerpo, que es entregado por vosotros; haced esto en memoria mía. Asimismo el cáliz, después de haber cenado, diciendo: Este cáliz es la nueva alianza en mi sangre, que es derramada por vosotros» (*Lc* 22,19-20).

En *Lucas* no aparece la referencia pagana a la equivalencia del pan y el vino con el cuerpo y la sangre de Jesús y, punto fundamental, pidió que se le recordara —no que se le invocara a comparecer físicamente— haciendo el mismo acto, levantando seguidamente el cáliz —eso es la copa que usó durante la cena—, lleno de «fruto de la vid» (*Lc* 22,18), en señal de una nueva alianza «en mi sangre» —no «con mi sangre»—; el hecho no puede interpretarse más que como un brindis —similar al que todos hemos hecho durante alguna ocasión solemne— con el que selló el acuerdo y la promesa que hizo ante sus discípulos, situando su *aval* «en mi sangre, que es [será] derramada» no «con mi sangre que estáis bebiendo en el cáliz».

Al afirmar que la equivalencia eucarística católica es pagana estamos obligados a abrir un brevísimo paréntesis aclaratorio para poner sobre el tapete varios datos históricos. El

248. *Cfr. Mt* 26,17-29; *Mc* 14,12-25; *Lc* 22,7-23; *Jn* 13,18-30 (en éste no figura el pasaje de la institución de la eucaristía y los detalles acerca de la cena son absolutamente discordantes con el relato de *Mateo*, *Marcos* y *Lucas*). Ver también I *Cor* 11,23-26.

rito eucarístico, en sus diversas formas, es uno de los más viejos actos de culto de la antigüedad y podemos encontrar antecedentes claros del sacramento cristiano en diversos cultos egipcios, persas, hindúes y también griegos.

Entre los hierofantes helenos —reveladores de la ciencia sagrada y cabeza de los Iniciados en los *Misterios*—, la eucaristía tenía un significado parecido al que siglos después tendrá para los cristianos. Ceres (que representaba la fertilidad de la tierra, la regeneración de la vida que brota de la simiente) era simbolizada por el pan y Baco (el dios del vino y de la uva/vendimia, representante de la sabiduría y el conocimiento) lo era por el vino. De hecho Baco era un dios que estaba dentro de la categoría de los dioses solares que, en diferentes culturas, cargaban con la culpa de la humanidad y eran muertos por ello y resucitados posteriormente.

Los sacerdotes egipcios, en el culto a Isis, repartían entre los feligreses tortas de trigo sin levadura que tenían un significado parecido al de la hostia católica. El *soma*, la bebida sagrada que los brahmanes preparaban con el zumo fermentado de la rara planta *Asclepias ácida*, se correspondía con la *ambrosía* o *néctar* de los griegos y, en último término, con la eucaristía católica, puesto que, en virtud de ciertas fórmulas sagradas (*mantras*), el licor o soma se transustanciaba en el propio Brahmâ.

El viril o custodia (receptáculo de metal para guardar la hostia consagrada, que suele tener grabado una especie de sol radiante del que emanan rayos dorados en todas direcciones), que está en todas la iglesias cristianas, ya existía, con igual forma y función, en el culto mitraico originario de Persia. En sus ritos, el viril representaba al dios joven Mitra, como fuerza inmanente del Sol, concebido como regulador del tiempo, iluminador del mundo y agente de la vida. Tal como ya mostramos en otro capítulo, tan igual era el ritual pagano de Mitra y el supuestamente instituido por Jesús que Justino (100-165), en su I *Apología*, se vio forzado a defenderse, ante quienes acusaban a los cristianos de plagio, afirmando: «A imitación de lo cual [de la eucaristía], el diablo hizo lo propio con los Misterios de Mitra, pues vosotros sabéis o podéis saber que ellos toman también pan y una copa de agua en los sacrificios de aquellos que están iniciados y pronuncian ciertas palabras sobre ello.»

Hecho este inciso, volvamos al pasaje de la última cena según el relato de *Mateo*. En primer lugar cabe tener presente que Jesús y sus apóstoles, como judíos cumplidores de la *Ley* que eran, estaban celebrando la Pascua hebrea, una comida ritual anual que conmemoraba la liberación del pueblo hebreo de la esclavitud egipcia y la protección que les concedió Dios ante la décima y última plaga, que supuso la matanza de todos los primogénitos de Egipto.[249]

La cena, que debía componerse de cordero «sin defecto, macho, primal», inmolado «entre dos luces», asado —«no comerán nada de él crudo, ni cocido al agua; todo asado al fuego»— y acompañado de «panes ácimos y lechugas silvestres», tal como había quedado establecido en *Éx* 12,3-11, era de cumplimiento obligatorio: «Guardaréis este rito, como rito perpetuo para vosotros y para vuestros hijos. (...) Cuando os pregunten vuestros hijos "¿Qué significa para vosotros este rito?", les responderéis: "Es el sacrificio de la Pascua de Yavé, que pasó de largo, por las casas de los hijos de Israel en Egipto, cuando hirió a Egipto, salvando nuestras casas"» (*Éx* 12,24-27).

Cada elemento de esta cena pascual tenía un simbolismo concreto para el pueblo de Israel: el cordero sacrificado rememoraba el haberse salvado del terrible juicio de Dios gracias a la exposición de su sangre; el pan ácimo (sin levadura), llamado «el pan de la aflicción»,[250] recordaba la prisa con la

249. «Convocó Moisés a todos los ancianos de Israel, y les dijo: "Tomad del rebaño para vuestras familias, e inmolad la Pascua. Tomando un manojo de hisopo, lo mojáis en la sangre del cordero, untáis con ella el dintel y los dos postes, y que nadie salga fuera de la puerta de su casa hasta mañana, pues pasará Yavé por Egipto, para castigarle, y viendo la sangre en el dintel y en los dos postes, pasará de largo por vuestras puertas, y no permitirá al exterminador entrar en vuestras casas para herir"» (*Ex* 12,21-23). Al margen de otras posibles consideraciones, parece que Dios no era capaz de conocerlo todo, tal como nos dice la Iglesia, y precisaba de una vulgar marca para estar en condiciones de poder distinguir a los suyos de los egipcios.

250. *Cfr. Dt* 16,3.

que tuvieron que huir de Egipto; y el sabor amargo de las hierbas silvestres representaba el desagradable período de esclavitud pasado en Egipto. Ante esta mesa y dentro de este ritual judío estuvo Jesús con sus discípulos, y ello obliga a analizar el sentido de sus palabras dentro de este contexto histórico-religioso tan concreto.[251]

Cuando Jesús, según el texto de *Mateo* —y el de *Marcos*, que le sirvió de base— ofreció el pan y el vino como si fuesen su cuerpo y su sangre derramada, ¿puede pensarse que los apóstoles tomaron esas palabras literalmente, tal como hacen los católicos en la eucaristía, y aceptaron que esos alimentos ritualizados eran de verdad su cuerpo y su sangre real? Obviamente no.

En primer lugar porque Jesús seguía ahí, vivo, junto a ellos, con todo su cuerpo de una pieza. Segundo, porque los judíos —y todos ellos lo eran— debían guardar reglas dietéticas estrictas que prohibían, entre otras cosas, ingerir cualquier alimento que contuviese sangre.[252]

En tercer lugar porque el propio Jesús acabó su parlamento diciendo que «no beberé más de este fruto de la vid hasta el día en que lo beba con vosotros de nuevo en el reino de mi Padre», es decir, dejó de hablar de «mi sangre de la alianza» y mencionó expresamente el vino que era en realidad, apla-

251. Puesto que, además, tal como ya hemos mostrado a lo largo de este libro, no existía entonces más contexto histórico-religioso que éste; el catolicismo aún tardaría varios siglos en aparecer.

252. Sin tener que acudir a las muchas referencias que en este sentido figuran en el *Antiguo Testamento*, será suficiente recordar, por ejemplo, un texto como el siguiente: «Porque ha parecido al Espíritu Santo y a nosotros [se refiere a "los apóstoles y ancianos hermanos" que mandan la siguiente instrucción a "sus hermanos de la gentilidad que moran en Antioquía, Siria y Cilicia"] no imponeros ninguna otra carga más que estas necesarias: que os abstengáis de las carnes inmoladas a los ídolos, de sangre y de lo ahogado y de la fornicación, de lo cual haréis bien en guardaros. Salud» (*Act* 15,28-29). Viendo estos versículos de los *Hechos de los Apóstoles*, queda claro que estas normas eran aún vigentes en la época posterior a la muerte de Jesús, puesto que emanaron directamente de los apóstoles, y que su cumplimiento era obligatorio para todos los cristianos, ya fueran éstos judíos o gentiles.

zando el siguiente brindis para después del advenimiento del «reino» —que Jesús, como ya mostramos, creía que sería de inmediato—. Y, por último, porque Jesús, según el texto que aparece solamente en *Lucas* —«haced esto en memoria mía»—, presentó todo el ritual eucarístico como un acto de conmemoración o recuerdo de su muerte inminente. Del texto evangélico, por tanto, no cabe extraer más sentido que el de la invitación a una conmemoración equivalente a la de la Pascua judía que estaban rememorando juntos, aunque, obviamente, destinada a recordar el momento en que el pueblo de Israel fue «liberado de la esclavitud del pecado» por obra del nazareno.

Pero no es menos cierto que en *Juan* se hace aparecer a Jesús diciendo: «En verdad, en verdad os digo que, si no coméis la carne del Hijo del hombre y no bebéis su sangre, no tendréis vida en vosotros. El que come mi carne y bebe mi sangre tiene la vida eterna y yo le resucitaré el último día. Porque mi carne es verdadera comida y mi sangre es verdadera bebida. El que come mi carne y bebe mi sangre está en mí y yo en él. Así como me envió mi Padre vivo, y vivo yo por mi Padre, así también el que me come vivirá por mí» (*Jn* 6,53-57). Este texto, sin embargo, resulta terriblemente sospechoso si tenemos en cuenta que contradice gravemente —hasta el absurdo— lo que se muestra de Jesús en los otros documentos neotestamentarios.

El *Evangelio de Juan*, como ya sabemos, fue escrito muy tardíamente por un griego cristianizado pero obviamente influenciado por la cultura religiosa pagana oriental, en la que era muy normal el ceremonial *eucarístico* de comer simbólicamente el cuerpo y la sangre del dios regenerador. Ni Jesús, ni ninguno de sus apóstoles, como judíos, se hubiesen atrevido jamás a hacer profesión de fe *caníbal* ante la muchedumbre, también judía, a la que supuestamente se dirigieron esas palabras. Resulta obvio, por tanto, que este sorprendente pasaje no puede ser más que una creación literaria absolutamente ajena al espíritu de Jesús y sus apóstoles; aunque, eso sí, fue muy bien pensada y diseñada para incitar la adhesión al nuevo culto del Jesús divinizado a las masas gentiles, habituadas a este tipo de creencias paganas.

La doctrina actualmente vigente sobre el asunto que estamos tratando se fijó en el famoso concilio de Trento (1545-1564), en cuyos tres primeros cánones se proclamó: «Si alguno dice que en la misa no se ofrece un sacrificio real y verdadero (...) sea anatema.[253] Si alguno dice que por las palabras "Haced esto en memoria mía" Cristo no instituyó a los apóstoles como sacerdotes, ni ordenó que los apóstoles y otros sacerdotes ofreciesen su propio cuerpo y su propia sangre, sea anatema. Si alguno dice que el sacrificio de la misa es sólo de alabanza y acción de gracias, o que es meramente una conmemoración del sacrificio consumado en la cruz pero no es propiciatorio,[254] sea anatema.»

El papa Pío XI, en su encíclica *Ad Catholici Sacerdotii* (1935), reforzó el dogma de que la misa era un «sacrificio real» que tiene una «eficacia real» y afirmó que el sacerdote «tiene poder sobre el cuerpo mismo de Jesucristo», al que «hace presente en nuestros altares» y luego «ofrece como víctima infinitamente agradable a la Divina Majestad». Pocos años después, en 1947, el papa Pío XII, en su encíclica *Mediator Dei*, afirmó que el sacrificio eucarístico «representa», «establece de nuevo», «renueva» y «revela» el sacrificio de la crucifixión, que es «real y debidamente el ofrecimiento de un sacrificio» y que «en nuestros altares, él [Cristo] se ofrece a Sí mismo diariamente por nuestra redención».

La primera cuestión a resaltar del dogma católico es que, según la Iglesia, en cada misa, cada día del año, durante toda la historia pasada y futura, el sacerdote, que «tiene poder sobre el cuerpo mismo de Jesucristo», le «hace presente en nuestros altares» y «él [Cristo] se ofrece a Sí mismo diariamente por nuestra redención»; siendo tal acto «real y debidamente el ofrecimiento de un sacrificio» propiciatorio, no un mero acto conmemorativo.

253. Sea maldito o excomulgado.

254. Resulta importante retener este concepto: se afirma que la eucaristía no sólo es un acto conmemorativo de la crucifixión de Jesús o una acción de gracias —*eucharistian* significa el acto de «dar gracias»— por su redención, sino que es, ante todo, un sacrificio propiciatorio, eso es que Cristo se convierte en una *víctima real* ofrecida a Dios.

Para poder contextualizar mejor el origen y desarrollo de este dogma debe recordarse el proceso histórico que hizo dar un giro total a la interpretación del llamado «Misterio del Cuerpo de Cristo». Según el teólogo católico José Antonio Carmona, «durante el primer milenio a la iglesia (local) se le llamó "verdadero cuerpo de Cristo" y a la eucaristía "cuerpo místico de Cristo", la relación del ministro era primero con el verdadero cuerpo y por medio de él con el místico. Pero al desplazarse el sacerdocio de la comunidad, gracias a su potestad sagrada, su relación con el cuerpo de Cristo se invirtió, se relacionó directamente con la eucaristía, que pasó a llamarse "verdadero cuerpo de Cristo", quedando para la Iglesia la asignación de "cuerpo místico". En esta inversión de términos influyó también la obsesión medieval por el "milagro eucarístico", por la presencia real de Cristo en la eucaristía, que llevó a la teología a "cosificar" el sacramento eucarístico, al que despojó de su contenido simbólico y eclesial; y al cosificar la eucaristía, hizo lo propio con el "sacerdocio" dando muchas veces al sacerdote una potestad "casi mágica" con un olvido total del sentido comunitario».[255]

Este «poder» o «potestad casi mágica» que se arrogan los sacerdotes para invocar a voluntad la supuesta presencia de Jesús-Cristo en el altar no deja de ser una presunción vana, prepotente y carente de cualquier fundamento evangélico. Para analizar la cuestión del proclamado sacrificio diario de Cristo bastará leer el *Nuevo Testamento* para darse cuenta de que falsea absolutamente el sentido de las *Escrituras*.

En la *Epístola a los Hebreos* se afirma con rotundidad: «Y tal convenía que fuese nuestro Pontífice[256] [se refiere a Cristo], santo, inocente, inmaculado, apartado de los pecadores y más alto que los cielos; que no necesita, como los pontífices, ofrecer cada día víctimas, primero por sus propios pecados, luego por los del pueblo, pues esto lo hizo una sola vez ofre-

255. Carmona, J. A. (1989). «El sacerdocio, símbolo de unidad en la pluralidad.» *Tiempo de Hablar* (41), p. 12.

256. En el texto original la palabra empleada es Sumo Sacerdote, no Pontífice, que aunque sea equivalente no implica para nada el mismo contexto.

ciéndose a sí mismo.»[257] Es evidente que bastó con ofrecerse a sí mismo «una sola vez», no a diario, tal como proclama necesario la Iglesia católica.

Unos pocos versículos más adelante podemos leer: «Todo sacerdote está cada día en pie oficiando y ofreciendo a menudo los mismos sacrificios, que nunca pueden quitar los pecados. Mas éste, después de ofrecer su único y definitivo sacrificio por los pecadores, se sentó "a la derecha de Dios" (...) Así, con una sola ofrenda, ha perfeccionado para siempre a los consagrados. De esto es también testigo el Espíritu Santo, porque después de decir, "He aquí la alianza que pactaré con ellos después de aquellos días", dice el Señor: "Pondré mis leyes en su corazón, y en su mente las grabaré; y de sus pecados e iniquidades no me acordaré ya." Ahora bien, donde hay absolución de estas cosas ya no se requiere ninguna ofrenda para expiar el pecado» (*Heb* 10,11-18).[258]

El sentido de los versículos de *Heb* 10,11-18 es único e inconfundible: Jesús-Cristo «después de ofrecer su único y definitivo sacrificio por los pecadores» se sentó junto a Dios y dio por acabado su sacrificio ya que «con una sola ofrenda, ha perfeccionado para siempre a los consagrados» y «ya no se requiere ninguna ofrenda para expiar el pecado». Si la palabra *inspirada* de Dios —que eso afirma la Iglesia que son todos los textos de la *Biblia*— es categórica al anunciar que hubo

257. *Cfr. Heb* 7,26-27; la misma idea se refuerza en *Heb* 10,11-18.

258. Después de consultar varias biblias, hemos descartado transcribir estos versículos desde la versión católica de Nácar-Colunga por contener errores de traducción y cambios de énfasis tan sibilinos que llegan a confundir gravemente, si no alterar, el sentido final del texto. En la Nácar-Colunga se lee: «Todo sacerdote asiste cada día para ejercer su ministerio y ofrecer muchas veces los mismos sacrificios, que nunca pueden quitar los pecados; éste, habiendo ofrecido un sacrificio por los pecados, para siempre se sentó a la diestra de Dios. (...) De manera que con una sola oblación perfeccionó para siempre a los santificados. Y nos lo certifica el Espíritu Santo, (...) y de sus pecados e iniquidades no me acordaré más. Pues donde hay remisión, ya no hay oblación por el pecado.» Los versículos que hemos dado por más correctos pertenecen a la traducción de Schonfield —*Cfr.* Schonfield, H. J. (1990). *Op. cit.*, p. 363— y concuerdan con la traducción del mismo texto en las biblias no católicas y en las ediciones críticas.

un único y definitivo acto sacrificial de Jesús y que ya no hace falta ninguno más para poder expiar el pecado, ¿qué fundamento puede tener la doctrina católica oficial de que «en nuestros altares, él [Cristo] se ofrece a Sí mismo diariamente por nuestra redención»? La respuesta es clara: carece de todo fundamento lícito ya que el dogma católico contradice y pervierte lo que se proclamó en el *Nuevo Testamento.*

Encadenar al Jesús-Cristo a una función que las propias *Escrituras* declararon proscrita e inútil, sólo puede tener sentido bajo dos consideraciones: una relacionada con la coherencia mítica y la otra con la rentabilidad de los mecanismos rituales de poder y control.

La coherencia mítica implica que, al igual que el modelo pagano del dios solar joven que, como ya mostramos, aportó los elementos legendarios que transformaron a Jesús en Jesús-Cristo, éste debe sacrificarse a sí mismo a diario para, con su sangre y su cuerpo, renovar la vida del mundo. Los rituales centrales de muchos cultos a dioses paganos anteriores a Cristo tenían la misma función y estructura, por lo que resulta coherente que los gentiles cristianizados, tras siglos de prácticas paganas, acabaran por añadir también esta dinámica ritual al *dios* que pasó a representar los mitos «de siempre»; de hecho debió de resultar muy natural el superponerla de modo progresivo a ritos cristianos primitivos, como la reunión de los correligionarios en la «cena del Señor» que tanto postuló y defendió san Pablo.

La búsqueda de la máxima rentabilidad de los mecanismos rituales de poder y control social, primordial en cualquier estructura religiosa, encontró sin duda un eficaz instrumento cuando la Iglesia católica medieval elaboró la doctrina de la transustantación.[259] Presentarse, ante las masas de creyentes ignorantes congregados en los templos, como capaz de convocar a voluntad la presencia material de la sustancia

259. La primera formulación de la doctrina de la transustantación data del siglo IX y fue definitivamente avalada en el siglo XVI por el concilio de Trento. En síntesis, afirma que durante la consagración eucarística la sustancia del pan y del vino se transforman respectivamente en la del cuerpo y la sangre de Cristo, sin que cambie para nada su aspecto externo.

del «hijo de Dios», puso en manos de los sacerdotes un poder tan fascinante como rentable económicamente.

A propósito de la doctrina católica que presenta la misa como un sacrificio propiciatorio, cosa absurda según lo ya visto, añadiremos un razonamiento de Tony Coffey, autor cristiano que, desde su fe y su sentido común, afirma: «La palabra "propiciación" significa "satisfacción", y se refiere al sacrificio de Jesús satisfaciendo la justicia divina de Dios. La prueba de que el Padre aceptó el sacrificio de Jesús es el hecho de que el Padre lo levantó de entre los muertos y lo sentó a su propia diestra. Ahora que nuestros pecados han sido perdonados por el sacrificio de Jesús, ¿cuál sería el propósito de realizar un sacrificio continuo? Una vez se paga el rescate y se liberan los rehenes, no hay que pagar el rescate continuamente. La consecuencia de creer que el sacrificio de Cristo es una ofrenda continua es devastadora, porque socava lo que logró la muerte de Jesús aquel Viernes Santo. No podemos creer que Jesús obtuvo nuestro perdón completo por medio del sacrificio de Sí mismo y al mismo tiempo creer que la misa es una ofrenda continua de ese sacrificio. Las dos perspectivas se contradicen.»[260]

Pero ésta no es, ni mucho menos, la única o última contradicción. Dado que el *Nuevo Testamento* —como el resto de la *Biblia*— está repleto de interpolaciones —textos añadidos durante los cuatro primeros siglos, que asientan dichos y hechos de Jesús absolutamente inventados, con la intención de fundamentar las nuevas creencias *cristianas* que fueron elaborándose poco a poco—, no debe extrañar el leer a un Jesús que hace, dice o promete cosas incompatibles entre sí.[261]

Así, por ejemplo, podemos ver cuán diferente es la despedida que se atribuye al Jesús de *Mateo* y la del de *Juan*. El Je-

260. *Cfr.* Coffey, T. (1994). *Una vez fui católico*. Michigan: Portavoz, pp. 87-88.

261. Tal como sugiere Ibarreta con acidez, pero cargado de razón: «Con la *Biblia*, en fin, puede probarse todo, absolutamente todo, menos el que Dios fuese de la misma opinión cincuenta años seguidos.» *Cfr.* Ibarreta, R. H. (1987). *La religión al alcance de todos*. Barcelona: Daniel's Libros, p. 147.

sús de *Mt* 28,20 aparece afirmando: «Yo estaré con vosotros siempre hasta la consumación del mundo», un suceso que el nazareno esperaba de inmediato, aunque evidentemente se equivocó, pero cuyo ambiguo anuncio es aprovechado por la Iglesia para justificar la *presencia* aquí y ahora de Jesús-Cristo en sus misas.

Pero el Jesús de *Jn* 14,15-26, por el contrario, afirmó, durante la cena pascual: «Si me amáis, guardaréis mis mandamientos; y yo rogaré al Padre, y os dará otro abogado, que estará con vosotros para siempre: el Espíritu de verdad, que el mundo no puede recibir, porque no le ve ni le conoce; vosotros le conocéis, porque permanece con vosotros y está en vosotros. (...) Os he dicho estas cosas mientras permanezco entre vosotros; pero el abogado, el Espíritu Santo, que el Padre enviará en mi nombre, ése os lo enseñará todo y os traerá a la memoria todo lo que yo os he dicho.» La frase es rotunda: Jesús afirma que ya no permanecerá más en este mundo, pero que rogará al Padre para que mande a otro en su lugar que sí estará aquí para siempre, y ese enviado será el «Espíritu de verdad», ¡no él!

Y para que no quede duda alguna a este respecto, el Jesús de *Juan*, en unos versículos posteriores, proclama con fuerza: «Pero os digo la verdad: os conviene que yo me vaya. Porque, si no me fuere, el abogado no vendrá a vosotros; pero, si me fuere, os lo enviaré. Y en viniendo éste, argüirá al mundo de pecado, de justicia y de juicio.[262] De pecado, porque no creyeron en mí; de justicia, porque voy al Padre y no me veréis más; de juicio, porque el príncipe de este mundo está ya juzgado. Muchas cosas tengo aún que deciros, mas no podéis llevarlas ahora; pero cuando viniere Aquél, el Espíritu de verdad, os guiará hacia la verdad completa, porque no hablará de sí mismo, sino que hablará de lo que oyere y os comunicará las cosas venideras. Él me glorificará, porque tomará de lo mío y os lo dará a conocer. Todo cuanto tiene el Padre es

262. En un lenguaje menos críptico y según una traducción más adecuada que la de Nácar-Colunga, esta frase debe leerse: «Y él, cuando venga, declarará culpable al mundo respecto a todo pecado, justicia y juicio...»

mío; por esto os he dicho que tomará de lo mío y os lo hará conocer» (*Jn* 16,7-15).

Cuando Jesús afirma «os conviene que yo me vaya. Porque, si no me fuere, el abogado no vendrá a vosotros; pero, si me fuere, os lo enviaré», o «porque voy al Padre y no me veréis más» o «cuando viniere Aquél, el Espíritu de verdad, os guiará hacia la verdad completa (...) os comunicará las cosas venideras. Él me glorificará, porque tomará de lo mío y os lo dará a conocer», ¿qué está diciendo? ¿Que se presentará todos los días a la misa, tal como obliga a creer la Iglesia católica? Es evidente que no. Jesús insiste en que su marcha definitiva es un hecho y una necesidad y que sólo el «Espíritu de verdad» ocupará su lugar y su función de magisterio. ¿Podría alguien contarnos cómo demonios Amalrio de Metz y Pascasio Radberto, los autores de la doctrina católica de la transustantación, en el siglo IX, pudieron convencer a Jesús para que se desdijera totalmente, desautorizando a san Juan, y aceptara comparecer físicamente en todas y cada una de las eucaristías del mundo?

La única posibilidad neotestamentaria que se nos ocurre para que Jesús pueda estar físicamente en la misa sería que la Iglesia católica declarara el *Evangelio de Juan* como absolutamente falso... pero entonces se desmontarían todos los dogmas construidos sobre este muy peculiar evangelio del «apóstol Juan» que, como ya sabemos, no fue escrito por él.

«Jesús no era sacerdote y no pertenecía a la tribu de Leví —sostiene Schreurs, desde un planteo teológico católico crítico—; al contrario, se opuso al culto en el templo y a la clase sacerdotal, que existía en su época, hasta el día de su muerte. Sus sufrimientos y su muerte ignominiosa parecen ser en principio un completo fracaso en lugar de la proclamación del futuro reino de Dios. Pero a la luz de la Pascua, sus seguidores, como probablemente Jesús mismo, llegaron a hablar de su muerte como una donación de sí mismo "ofrecido por la multitud". Este sacrificio es aceptado por Dios. Su resurrección proclamó el final de cualquier servicio sacrificial posterior. (...) Cuando en las asambleas de la Iglesia primitiva se celebraba la comida eucarística, se conmemoraba el sacrificio de Jesús como la mediación de la salvación escatológica. *Jesús mismo es el mediador entre Dios y la comunidad.*

»La carta a los Hebreos —prosigue Schreurs— contiene una descripción detallada sobre la mediación única de Jesús y declara que el sacerdocio del servicio al templo es superfluo y ha sido superado a causa de este acto supremo sacrificial de Jesucristo. Porque Jesús es el único sacerdote, el que se ofrece y es ofrecido al tiempo, la distancia entre Dios y el hombre, entre lo sagrado y lo profano, es acortada intrínsecamente a pesar del pecado (*Heb* 10,19; cf. *Rom* 3,25). Ya no es necesaria la mediación para llegar a Dios. A la Iglesia, por lo tanto, como cuerpo de Cristo, se le puede llamar desde entonces, pueblo sacerdotal (I *Pe* 2,1-10; *Ap* 1,6). La palabra griega para sacerdote es (archi)*hiereus*: y este término fue reservado de forma consecuente en el *Nuevo Testamento*, al mismo Jesús y a la comunidad cristiana entera.»[263]

Demasiadas cosas fundamentales carecen de sentido en una religión como la católica en la que, tal como ya hemos mostrado, sus propias *Sagradas Escrituras* evidencian que Jesús no fundó la Iglesia y prohibió expresamente el clero profesional, que las iglesias no son la casa de Dios y que Jesús-Cristo ni puede hacerse presente en la eucaristía ni tiene nada que ver con la misa.[264]

De hecho, si tomamos al pie de la letra —tal como los creyentes hacen con todo lo que se dice en las *Escrituras*— lo que afirmó Jesús, hasta nos resultará imposible encontrar a un solo creyente verdadero entre toda la cristiandad. El Jesús que se apareció a los once, según el relato de *Mc* 16,15-18, dio esta clave tan fundamental como *olvidada*: «Y les dijo: Id por

263. *Cfr*. Schreurs, N. (1990). «El ministerio en la Iglesia, cara a la realidad del mundo, a la luz del Evangelio y de la historia.» *Tiempo de Hablar* (44-45), pp. 15-16.

264. Resulta especialmente trágico el recuerdo de la llamada «noche de San Bartolomé», el 24 de agosto de 1572, cuando los católicos franceses emprendieron la matanza de miles de sus conciudadanos protestantes que se habían atrevido a negar que Jesús hubiese instituido jamás la misa. El papa Gregorio XIII bendijo a los asesinos católicos y ordenó que se cantasen tedéums por tan fausto acontecimiento.

todo el mundo y predicad el Evangelio a toda criatura. El que creyere y fuere bautizado, se salvará, mas el que no creyere se condenará. A los que creyeren les acompañarán estas señales: en mi nombre echarán los demonios, hablarán lenguas nuevas, tomarán en las manos las serpientes, y si bebieren ponzoña, no les dañará; pondrán las manos sobre los enfermos, y éstos se encontrarán bien.»

¿Existe algún papa, obispo, sacerdote o simple creyente que sea capaz de demostrar positivamente la señal que debe acompañar a los creyentes en Jesús, según la definió él mismo? ¿Puede alguno de ellos expulsar demonios (¿¡¡¡!!!?), hablar lenguas que no ha estudiado, coger con sus manos una cobra o una simple víbora, beberse un *cuba-libre* de cianuro y curar un cáncer o una vulgar migraña por imposición de manos? ¿Será que no existe actualmente ni un solo creyente en el Jesús de los *Evangelios*?

Quienes se amparan en las *Sagradas Escrituras* para justificar sus intereses de poder y control social, no tienen excusa alguna para tomar en sentido literal los versículos que favorecen sus intenciones y *olvidar* —o interpretar en «sentido figurado»— decenas de otros textos que, como éste, les dejan en evidencia.

Si Jesús entrase en una iglesia católica, quizá no tendría suficiente con el látigo que se vio forzado a emplear, según el pasaje de *Jn* 2,15, para expulsar a todos los mercaderes del templo.

11

La figura del papa es contraria a lo que predicó Jesús y se asienta sobre falsificaciones de los *Evangelios* y de las listas de los obispos de Roma

Según refiere *Mateo*, existía una fuerte disputa acerca de la personalidad real de Jesús cuando éste se dirigió a sus apóstoles diciendo: «Y vosotros, ¿quién decís que soy? Tomando la palabra Simón Pedro dijo: Tú eres el Mesías, el Hijo de Dios vivo. Y Jesús, respondiendo, dijo: Bienaventurado tú, Simón Bar Jona,[265] porque no es la carne ni la sangre quien esto te ha revelado, sino mi Padre, que está en los cielos. Y yo te digo a ti que tú eres Pedro, y sobre esta piedra[266] edificaré yo mi Iglesia, y las puertas del infierno no prevalecerán contra ella. Yo te daré las llaves del reino de los cielos, y cuanto atares en la tierra será atado en los cielos, y cuanto desatares en la tierra será desatado en los cielos. Entonces ordenó a los discípulos que a nadie dijeran que Él era el Mesías» (*Mt* 16,15-20).[267]

265. La palabra *baryoná* no tiene sentido si se traduce como Bar Jona, eso es hijo de Jonás; es mucho más probable que se trate de la voz aramea que significa impulsivo («Bienaventurado tú, impulsivo Simón...»).

266. Jesús cambió el nombre de Simón por el de *Kêphâ* o Cefas, que significa piedra o roca, que tomó la forma latina de *Petros*, con lo que en este versículo se hizo un juego de palabras con el apodo de Simón «Pedro».

267. Conviene tener bien presente que a Marta de Betania, hermana del resucitado Lázaro, Jesús le pidió la misma profesión de fe que a Pedro —«Díjole Jesús: Yo soy la resurrección y la vida; el que cree en mí, aunque

La Iglesia católica se apoya fundamentalmente en este pasaje de la «confesión en Cesarea de Filipos» —y más concretamente en dos de sus párrafos (*Mt* 16,18-19)—, para *demostrar* que Jesús eligió a Pedro como cabeza sobre la que fundar y basar su futura Iglesia (católica, se supone). Pero si analizamos este texto con un mínimo rigor —y recordamos algunas de las evidencias mostradas hasta aquí—, veremos claramente dos cosas: 1) los párrafos, tomados en su contexto global, no significan lo que la Iglesia pretende que digan y 2) aunque se los arrope con el contexto que se quiera, resulta indiscutible que son falsos (o lo son otros muchos pasajes neotestamentarios fundamentales para sostener la supuesta divinidad de Jesús). De hecho, resulta imposible no estar de acuerdo con los obispos de Oriente que, ya en el siglo IV, afirmaron que este texto había sido intercalado muy tardíamente por los partidarios del obispo de Roma, enfrentado por el control de la Iglesia con otros obispos de regiones cristianas también poderosas e influyentes.

En primer lugar, como mera crítica accesoria —dado que documentaremos que el texto citado es un añadido espurio—, señalaremos que del contexto sólo cabe extraer razonablemente las siguientes conclusiones:

Si la fe y la base del cristianismo radican en el conjunto de creencias que van aparejadas con la de aceptar la divinidad de Jesús, resulta obvio que la supuesta respuesta de Pedro aportaba un *credo* sólido frente a quienes no tenían al nazareno por «Hijo de Dios vivo», y en esas palabras radicaba, no en quien las dijo, la «piedra» sobre la que edificar la Iglesia (eso es la guardiana de la ortodoxia de esta fe); tal como debería ser de sentido común —y como se confirma en pasajes tan notables como I *Pe* 2,4-8; *Ef* 2,20; o I *Cor* 3,11 y 10,4— el

muera, vivirá; y todo el que vive y cree en mí no morirá para siempre. ¿Crees tú esto? Díjole ella: Sí, Señor; yo creo que tú eres el Mesías, el Hijo de Dios, que ha venido a este mundo» (*Jn* 11,25-27)—, con lo que la puso a su misma altura. Si la profesión de fe fue una distinción *extraordinaria* para Pedro, también debió serlo para Marta, puesto que Jesús, tal como veremos en el capítulo 12, concedió una tremenda importancia al papel de la mujer en el «reino de Dios».

fundamento, la piedra, sobre la que se edifica la fe/Iglesia es Jesús-Cristo,[268] no Pedro, ni mucho menos el Papa, que es lo que sucede en la práctica en la Iglesia católica, que, con su comportamiento, contradice no sólo a Jesús sino a san Pedro y san Pablo.

Darle a Pedro «las llaves del reino de los cielos» no parece tener el sentido de nombrarle el mayordomo de nada, ni de institución ni de paraíso prometido, sino que, por el contrario, aludía a la ya repetidamente mencionada voluntad de Jesús de abrir la puerta de Dios a todo el «pueblo de Israel» ante la inminente llegada del «reino». Por otra parte, la facultad de «atar y desatar», que debe leerse como la capacidad para mantener o borrar las faltas o pecados mediante el arrepentimiento y el bautismo no la recibió Pedro en exclusiva ya que, según *Jn* 20,21-23, cuando Jesús resucitado se apareció a todos sus discípulos les indicó: «Como me envió mi Padre, así os envío yo. Diciendo esto, sopló y les dijo: Recibid el Espíritu Santo; a quien perdonareis los pecados, les serán perdonados; a quienes se los retuviereis, les serán retenidos», es obvio, por tanto, que esta facultad fue adjudicada a todos los discípulos presentes (de modo excluyente y limitado) o, más bien, a todos los seguidores de Jesús sin excepción, eso es a todas y cada una de las *ekklesías* o asambleas de creyentes.

Volviendo al versículo de *Mt* 16,18-19, veremos ahora algunos otros aspectos aún más interesantes para aclarar la impostura de la que tratamos en este capítulo. Si comparamos *Mt* 16,15-20 con los pasajes equivalentes de los otros evangelistas —*Mc* 8,27-30; *Lc* 9,18-22 y, en cierta medida, *Jn* 6,68-

268. «A Él [el Señor] habéis de allegaros, como a piedra viva rechazada por los hombres, pero por Dios escogida, preciosa» (I *Pe* 2,4). «Por tanto, ya no sois [los creyentes gentiles] extranjeros y huéspedes, sino conciudadanos de los santos y familiares de Dios, edificados sobre el fundamento de los apóstoles y de los profetas, siendo piedra angular el mismo Cristo Jesús, en quien bien trabada se alza toda la edificación para templo santo en el Señor...» (*Ef* 2,20-21). «Cada uno mire cómo edifica, que cuanto al fundamento, nadie puede poner otro sino el que está puesto, que es Jesucristo» (I *Cor* 3,10-11); «pues bebían de la roca espiritual que los seguía, y la roca era Cristo» (I *Cor* 10,4).

70—, observaremos que aunque la frase se repite textualmente en *Marcos* y *Lucas* (pero con añadidos diferentes, claro está) y el sentido se conserva en *Juan*, en ninguno de ellos aparece rastro alguno del versículo concreto de *Mt* 16,18-19 con el fundamental *nombramiento* que Pedro recibe de Jesús; ¿resulta creíble que la *inspiración* divina se olvidase de comunicar a estos tres evangelistas la justificación del papel central que deberían jugar todos los papas de la Iglesia hasta el fin de los tiempos? Parece poco probable que así sea. Por enésima vez, un texto clave para los intereses de la Iglesia católica sólo aparece en el fantasioso y falaz *Evangelio de Mateo*.

Otro detalle del texto comentado resulta capital para ver que se originó en una falsificación tardía: Pedro aparece afirmando con seguridad «Tú eres el Mesías, el Hijo de Dios vivo» y Jesús se lo ratificó ante todos los discípulos, pero, sin embargo, tanto Pedro como el resto de sus compañeros, tal como ya mencionamos, no sólo pensaban que Jesús era un simple profeta sino que no se creyeron en absoluto la noticia de la resurrección de Jesús,[269] a tal punto que el resucitado, tras dos apariciones infructuosas, tuvo que reprenderles «su incredulidad y dureza de corazón» (*Mc* 16,14); en el propio texto de *Mateo*, a continuación de la tajante afirmación de Pedro, el mismo apóstol puso en duda el destino de Jesús y éste tuvo que amonestarle (*Mt* 16,21-23).

Para justificar tanto despropósito sólo cabe suponer que Pedro y sus colegas eran unos desmemoriados de récord *Guiness* —¡mira que olvidarse que Jesús era el Hijo de Dios vivo!—, o que los relatos, incompatibles entre sí, de *Mateo*, *Marcos*, *Lucas* y *Juan*, son meras invenciones, ya sean todos ellos o alguno en concreto: si fuera cierto el Pedro de *Mateo* no puede serlo el de los otros tres evangelistas (con lo que se contagia de falsedad todo el relato de la resurrección de Jesús), pero si es verosímil el de éstos y no el de *Mateo*, la Iglesia católica se queda sin coartada para sus papas.

Relatos falsos al margen, parece bastante claro que el versículo de *Mt* 16,18 —así como otros textos fundamentales de

269. *Cfr. Mc* 16,9-14, *Lc* 24,1-12 y *Jn* 20,1-18.

los *Evangelios*— fue añadido en una época cercana al concilio de Nicea (325) —donde, como ya señalamos, se seleccionaron los cuatro evangelios canónicos— y la razón es obvia: el versículo deslegitima, por boca del propio Jesús, la doctrina arriana (que fue la causa básica de ese concilio y acabó siendo violentamente condenada en él).

Por otra parte, si Jesús hubiese designado a Pedro para ocupar una jerarquía superior al resto, habrían quedado múltiples rastros de ello, pero no sólo no ha sido así, sino que las evidencias históricas y neotestamentarias indican todo lo contrario. La primitiva Iglesia de Jerusalén, en la que Pedro fue uno de los personajes más destacados, no estuvo jamás bajo la dirección de éste sino de Santiago (Jacobo), hermano de Jesús.

Pedro tampoco apareció con mayor dignidad que sus compañeros en los listados de apóstoles que figuran en los *Evangelios*,[270] tal como cabría esperar dada su presunta autoridad —que ya debería de haber estado pública y perfectamente asentada cuando se redactaron los textos neotestamentarios— y, en cualquier caso, cuando Pablo citó a quienes eran considerados «columnas» de la Iglesia, habló de «Santiago, Cefas [Pedro] y Juan», por este orden,[271] y no tuvo el menor reparo en acusar a Pedro de hipócrita y reprenderle públicamente por falsear el evangelio.[272] Además, Pedro tampoco se arrogó la máxima autoridad en su I *Epístola* —ni en la II, aun siendo ésta pseudoepigráfica—, cosa absurda si de verdad hubiese sido el primer papa. Resulta evidente, pues,

270. *Cfr. Mt* 10,2-4; *Mc* 3,16-19; *Lc* 6,13-16; *Act* 1,13.

271. «Santiago, Cefas y Juan, que pasan por ser las columnas, reconocieron la gracia a mí dada...» (*Gál* 2,9).

272. «Pero cuando Cefas fue a Antioquía, en su misma cara le resistí, porque se había hecho reprensible. Pues antes de venir algunos de los de Santiago, comía con los gentiles; pero en cuanto aquéllos llegaron, se retraía y apartaba, por miedo a los de la circuncisión. Y consintieron con él en la misma simulación los otros judíos; tanto, que hasta Bernabé se dejó arrastrar a su simulación. Pero cuando yo vi que no caminaban rectamente según la verdad del Evangelio, dije a Cefas delante de todos: Si tú, siendo judío, vives como gentil y no como judío, ¿por qué obligas a los gentiles a judaizar?» (*Gál* 2,11-14).

que ni los apóstoles, ni Pablo, ni el propio Pedro afirmaron de este último lo que la Iglesia católica tiene la osadía de imponer.

Además de basarse en «la Confesión en Cesarea de Filipos», la Iglesia apoya su defensa del papado en el pasaje de *Juan*, conocido como «la triple confesión de Pedro», donde Jesús, aparecido a sus discípulos junto al mar de Tiberíades tras su resurrección, protagoniza la siguiente escena: «Cuando hubieron comido, dijo Jesús a Simón Pedro: Simón, hijo de Juan, ¿me amas más que éstos? Él le dijo: Sí, Señor, tú sabes que te amo. Díjole: Apacienta mis corderos. Por segunda vez le dijo: Simón, hijo de Juan, ¿me amas? Pedro le respondió: Sí, Señor, tú sabes que te amo. Jesús le dijo: Apacienta mis ovejas. Por tercera vez le dijo: Simón, hijo de Juan, ¿me amas? Pedro se entristeció de que por tercera vez le preguntase: ¿Me amas? Y le dijo: Señor, tú lo sabes todo, tú sabes que te amo. Díjole Jesús: Apacienta mis ovejas. En verdad, en verdad te digo: Cuando eras joven, tú te ceñías e ibas a donde querías; cuando envejezcas, extenderás tus manos y otro te ceñirá y te llevará a donde no quieras. Esto lo dijo indicando con qué muerte había de glorificar a Dios» (*Jn* 21,15-19).

Para valorar estos versículos en lo que valen hay que tener en cuenta que no fueron escritos hasta finales de la primera década del siglo II por Juan el Anciano, un griego que jamás conoció el entorno directo de Jesús, pero que sí sabía de la ejecución de Pedro, por lo que no le resultó difícil añadir la *profecía* de su martirio. Por otra parte, incomprensiblemente —de haber sido cierto este episodio— no se mencionó nada parecido en los textos de *Marcos* o *Lucas*, ¡ni tampoco en el de *Mateo*!, cuando no sólo suponía la designación de Pedro como cabeza máxima para extender el mensaje de Jesús sino que, mucho más importante aún, representaba la rehabilitación total del apóstol Pedro, envilecido a ojos del mundo tras haber negado cobardemente y por tres veces el ser discípulo de Jesús, un hecho que sí se refiere en los cuatro *Evangelios* sin excepción.[273]

273. *Cfr. Mt* 26,69-75; *Mc* 14,66-72; *Lc* 25,55-62; y *Jn* 18,15-25.

Si cuando Jesús le pidió a Pedro «apacienta mis ovejas» le estaba confiriendo el magisterio de la doctrina cristiana,[274] es decir, estaba instaurando el papel de papa, tal como sostiene contra toda evidencia la Iglesia católica, no tiene el menor sentido que el mismo Jesús afirmara: «Os he dicho estas cosas mientras permanezco entre vosotros; pero el abogado, el Espíritu Santo, que el Padre enviará en mi nombre, ése os lo enseñará todo y os traerá a la memoria todo lo que yo os he dicho» (*Jn* 14,25-26), o «Muchas cosas tengo aún que deciros, mas no podéis llevarlas ahora; pero cuando viniere Aquél, el Espíritu de verdad, os guiará hacia la verdad completa, porque no hablará de sí mismo, sino que hablará lo que oyere y os comunicará las cosas venideras. Él me glorificará, porque tomará de lo mío y os lo dará a conocer. Todo cuanto tiene el Padre es mío; por esto os he dicho que tomará de lo mío y os lo hará conocer» (*Jn* 16,12-15).

En el peculiar *Evangelio de Juan*, que presenta una cristología muy diferente a la de los otros evangelios, Jesús dejó bien asentado que el magisterio doctrinal venía exclusivamente del Espíritu Santo, ¿cómo iba a pasarlo a Pedro, unos pocos versículos después, sin contradecir ni dañar gravemente la fe y la imagen que el propio nazareno tenía de sí mismo y de Dios? Como mínimo podía haber dicho que el magisterio futuro emanaría de Pedro (*inspirado* o no por el Espíritu Santo), pero ni fue así, ni nadie lo entendió de esta manera durante los primeros siglos de cristianismo.

El propio san Pablo es un ejemplo paradigmático, ya que no sólo no buscó jamás el magisterio de Pedro —ni tampoco el de la Iglesia de Jerusalén, cabeza de la herencia doctrinal de Jesús[275]—, sino que se le enfrentó[276] y predicó doctrinas total-

274. Cosa por demás imposible ya que hemos documentado suficientemente que Jesús fue judío y que nunca pretendió fundar ninguna nueva religión; la doctrina cristiana es algo totalmente ajeno a lo que predicó e intentó lograr el Jesús histórico.

275. «Porque os hago saber, hermanos, que el evangelio por mí predicado no es de hombres, pues yo no lo recibí o aprendí de los hombres, sino por revelación de Jesucristo» (*Gál* 1,11-12).

276. *Cfr.*, por ejemplo, *Gál* 2,1-10.

mente opuestas.[277] Resulta también evidente que si Pedro hubiese sido el *primus inter pares*, tal como sostiene la Iglesia católica, hubiese resuelto su querella doctrinal con Pablo mediante una decisión de su autoridad, pero no fue él sino un concilio quien zanjó parcialmente la disputa.

Del concilio de Jerusalén, celebrado en el año 58, aparecen datos en *Act* 15 y su lectura muestra con claridad que el sínodo de «apóstoles y presbíteros» —en el que tomaron la palabra primero Pedro y luego Pablo y Bernabé, como partes, local y foránea respectivamente, en conflicto— fue presidido por Santiago, el hermano de Jesús, que en *Act* 15,13-22 aparece recapitulando lo dicho en la reunión y proponiendo la solución que «pareció entonces bien a los apóstoles y a los ancianos, con toda la iglesia...». Y unos capítulos después, en *Act* 21,18, es de nuevo Santiago quien preside el consejo de presbíteros ante la presencia de Pablo (a Pedro no se le cita). Si alguien, pues, actuó como *papa*, en esos primeros tiempos, ése fue Santiago, pero jamás Pedro.[278]

Aunque no se tiene ningún dato fiable al respecto, la tradición católica afirma que Pedro y Pablo, oponentes hasta el

277. *Cfr.*, por ejemplo, *Ef* 2,19-21 o *Ef* 3,4-6, donde Pablo predica justo lo contrario a la orden clara y estricta que Jesús había dado a sus discípulos, en *Mt* 10,5-7 y otros pasajes, acerca de la prohibición de evangelizar a los gentiles.

278. Como muestra de lo manipuladoras que pueden llegar a ser las palabras usadas por los traductores bíblicos, aún sin corromper el significado original, veamos lo siguiente: en la *Biblia* católica de Nácar-Colunga (defensora del primado de Pedro), se escribe «después de una larga *deliberación*, se levantó Pedro y les dijo...» (*Act* 15,7); «luego que éstos callaron [Pablo y Bernabé], tomó Santiago la palabra y dijo...» (*Act* 15,13); «por lo cual es *mi parecer* [el de Santiago] que no...» (*Act* 15,19), donde otras biblias independientes o no católicas dicen «al cabo de un largo *debate*, Pedro se levantó y les dijo»; «cuando acabaron de hablar, Santiago *recapituló* diciendo...» o «después que cesaron de hablar, Santiago *contestó*, diciendo...»; «por eso es mi *opinión* que no hay que...» o «por lo tanto es *mi decisión* el no...». En cursiva hemos remarcado las palabras que, diciendo «casi» lo mismo, inclinan el ánimo del lector católico a considerar investido de mayor autoridad de la que tenía a Pedro y con menor de la que ostentaba, como presidente de la Iglesia de Jerusalén, a Santiago, el hermano de Jesús que la Iglesia católica niega.

fin en defensa de sus respectivas visiones doctrinales —judeocristiana la del primero y gentil la del otro—, encontraron juntos la muerte en Roma durante las ejecuciones masivas de cristianos que ordenó Nerón tras el gran incendio de la capital en el año 64. Pero, si queremos ser rigurosos con la historia, hay que poner en duda hasta la posibilidad de que Pedro hubiese estado nunca en Roma.

Sólo en la primera epístola de Clemente a los corintios, escrita a finales del siglo I, y en un texto de Ignacio de Antioquía, se menciona de pasada y sin precisión que se creía que Pedro había muerto en Roma. Más tarde, hacia el año 170, Dionisio de Corinto *atestiguó* que Pedro estuvo en Roma, pero tanto lo tardío del texto como la lejanía entre Corinto y la capital, como el hecho de que Dionisio asegure que la Iglesia de Roma y la de Corinto fueran fundadas conjuntamente por Pedro y Pablo (un aspecto que desmienten rotundamente los propios textos paulinos), le quitan cualquier credibilidad a esta fuente.

En los *Hechos de los Apóstoles* no se dice nada del supuesto viaje y muerte de Pedro en la capital del Imperio. A más abundamiento, cuando Pablo escribió su *Epístola a los Romanos* mandó saludos personales a veintisiete personas (*Rom* 16,1-24), pero ¡ninguna de ellas era Pedro! Sería absurdo suponer que Pablo ignoraba que su colega estaba en Roma si efectivamente hubiese sido así o que le negase un mero saludo protocolario. Al escribir desde Roma sus últimas epístolas, Pablo tampoco mencionó en ningún momento que Pedro ocupase el cargo de obispo u otro cualquiera en esa ciudad, ni se dio por enterado de que pudiese estar, vivo o muerto, en Roma.

La Iglesia de Roma fue fundada por personas de las que no se tiene ningún dato, pero a mediados del siglo II, a pesar de contar con unos treinta mil miembros, nadie de esa comunidad había dejado constancia ninguna de la supuesta estancia de Pedro en su ciudad. Además, el título de patriarca, como sinónimo de «obispo superior» —y reservado, desde el siglo V, a los dirigentes de Alejandría, Antioquía, Constantinopla, Jerusalén y Roma— apareció mucho más tarde en Roma que en Asia Menor o Siria. Por otra parte, tampoco ninguna evidencia histórica o arqueológica ha podido encontrar indicio alguno de la estancia o muerte de Pedro en Roma.

A pesar de que el 26 de junio de 1968 el papa Paulo VI anunció que «las reliquias de san Pedro han sido identificadas de una manera que Nos podemos considerar como convincente»,[279] tal suposición carece de toda base científica y se fundamenta en una de las *investigaciones* arqueológicas más lamentables del siglo.

Siguiendo la pista de la tradición que sitúa la tumba de Pedro en la Vía Apia o debajo de la iglesia de San Pedro, el Vaticano decidió realizar una excavación arqueológica bajo la cúpula de San Pedro. Los trabajos, dirigidos por el prelado Kaas y realizados entre 1940 y 1949, fueron conducidos por el arqueólogo Enrico Josi, el arquitecto Bruno Apolloni-Ghetti y los jesuitas Antonio Ferrua y Engelbert Kirschbaum. Finalmente, en la Nochebuena de 1950, el papa Pío XII anunció que se había encontrado la tumba del «príncipe de los apóstoles» bajo la iglesia romana.

La excavación había dado con una veintena de mausoleos y dos criptas relacionadas con el santuario pagano de la diosa Cibeles, que estuvo localizado junto a ese lugar, pero eso bastó para elaborar un informe que afirmaba «haber encontrado, sin género de duda, el lugar donde fue enterrado Pedro, pero no se ha encontrado la tumba del apóstol».[280] Ante tamaño despropósito, la crítica científica seria, después de analizar los resultados de la excavación, le quitó cualquier credibilidad al supuesto hallazgo.

El propio Engelbert Kirschbaum se vio forzado a rechazar sus rotundas conclusiones anteriores y a admitir que «varias piezas podrían interpretarse también de otro modo», «que solamente tenemos el lugar, la ubicación de la tumba del apóstol, y no los componentes materiales de la misma», «que no hay modo de saber [en una tumba antigua] quién estuvo

279. *Cfr. L'Observatore Romano*, en su edición de 27 de junio de 1968.

280. *Cfr.* Deschner, K. (1991). *Historia criminal del cristianismo. La época patrística y la consolidación del primado de Roma* (vol. II). Barcelona: Martínez Roca, pp. 196-201.

allí enterrado», que el informe inicial no estuvo «exento de errores», que en él hay «defectos en la descripción» y «mayores o menores contradicciones», etc.

Con un malabarismo final, Kirschbaum, anteponiendo su fe a su ciencia, escribió: «¿Se ha encontrado la tumba de Pedro? Respondemos: se ha encontrado el *tropaion* de mediados del siglo II, pero la correspondiente tumba del apóstol no se ha "encontrado" en el mismo sentido, sino que se ha demostrado, es decir, mediante toda una serie de indicios, se ha deducido su existencia, aunque ya no existan "partes materiales" de esta tumba original.» Esta vez la *inspiración* divina había entrado en el campo de la arqueología con un *razonamiento* tan peculiar como el siguiente: no hemos encontrado absolutamente nada, pero como hemos localizado otras cosas que nada tienen que ver, *demostramos* que esta nada es la prueba de que allí estuvo lo que buscamos. Así se elabora la ciencia católica.

Cuando el papa Paulo VI anunció como «convincente» el hallazgo de los restos de Pedro, el antropólogo Venerando Correnti, tras haber analizado las piernas del *vecchio robusto*, los supuestos huesos del apóstol, ya había hecho público su dictamen identificando los restos como pertenecientes a tres sujetos diferentes, entre los cuales *quasi certamente* se encontraban los de una mujer anciana de unos setenta años de edad. Pero los católicos, que están obligados a creer al Papa aunque se aparte de la verdad objetiva, siguen peregrinando a Roma para rendir homenaje a san Pedro ante una tumba en la que jamás estuvo.

De todos modos, retomando el hilo histórico, con la ejecución de Pablo y Pedro (en donde quiera que fuese) desaparecieron las dos figuras más influyentes del protocristianismo, pero la cabeza rectora de la herencia doctrinal de Jesús nunca estuvo en esos personajes, ni tan siquiera en Roma; la Iglesia primitiva, como ya vimos, estuvo dirigida por un consejo o *sanedrín* presidido por Santiago, al que, tras su ejecución, hacia el año 62, sucedió Simeón, hijo de Cleofás y primo de Jesús. Y si bien es cierto que a partir del año 70 la Iglesia judeocristiana de Jerusalén perdió rápidamente su autoridad, en especial sobre los cristianos helenos, también lo es que en esa década la iglesia de Roma no era más que una especie de anexo exterior de la sinagoga judía donde se encontraban los cristianos que, en lo personal, seguían llevando el estilo de vida judío anterior a su conversión.

Con la brutal persecución de los cristianos por Nerón y la derrota de los judíos en su guerra contra Roma, las comunidades judeocristianas se atomizaron y diseminaron, creando diferentes *ortodoxias*, enfrentadas entre sí, y volviendo absolutamente imposible cualquier «línea sucesoria», aunque, de haberla, ésta tendría que haber sido dentro del judaísmo —puesto que ésa era la línea doctrinal de Jesús, de sus doce apóstoles, incluido Pedro, y de las primitivas iglesias de Jerusalén y Roma—, pero jamás cabría esperar encontrarla en el seno del catolicismo romano que se institucionalizó a partir del *Edicto de Milán* (313) del emperador Constantino.

Tal como documenta y expone Karlheinz Deschner,[281] al tratar de las ficciones históricas, «se conocían sucesiones y cadenas de tradiciones en las escuelas filosóficas, entre los platónicos, los estoicos, los peripatéticos, se conocían en las religiones egipcia, romana y griega, que a menudo se remontaban a un mismo dios, se las conocía desde hacía mucho tiempo, mucho antes que en casi todos los países cristianos la afirmación de la sucesión ininterrumpida en el cargo de los obispos desde el día de los apóstoles, la pretendida sucesión apostólica, condujera a grandes maniobras de engaños. Pues precisamente por alejarse cada vez más dogmáticamente de los orígenes, se buscaba conservar la apariencia de *semper idem*, se engañaba por doquier con falsificaciones drásticas de una tradición apostólica que prácticamente nunca existió.

»La doctrina de la *successio apostolica* en aquellas antiguas sedes episcopales fracasaba simplemente porque en muchas regiones, siempre que es posible determinarlo, al comienzo de la cristiandad no había ningún cristianismo "ortodoxo".

281. *Cfr*. Deschner, K. (1993). *Historia criminal del cristianismo. La Iglesia antigua: Falsificaciones y engaños* (Vol. IV). Barcelona: Martínez Roca, pp. 131-132.

En gran parte del Viejo Mundo, en el centro y el este de Asia Menor, en Edesa, Alejandría, Egipto, Siria, en el judeocristianismo fiel a las leyes [mosaicas], los primeros grupos cristianos no son ortodoxos, sino "heterodoxos". Claro que allí no constituían una situación sectaria, no eran una minoría "hereje", sino el cristianismo "ortodoxo" preexistente.

»Sin embargo, por la ficción de la transmisión apostólica, para poder legitimar en todos sitios el obispado mediante una sucesión ininterrumpida, se acudió a la falsificación, sobre todo en las sedes episcopales más famosas de la Iglesia antigua. Casi todo es simple arbitrariedad, se ha inventado a posteriori y se ha construido con evidentes manipulaciones. Y naturalmente, la mayoría de los "herejes" se sirvieron de otras falsificaciones, como los artemonitas, los arrianos, los gnósticos como Basílides, Valentino o el Ptolomeo valentiniano. Los gnósticos incluso se remitieron a la transmisión antes que la futura Iglesia católica, que creó sus primeros conceptos de la tradición para combatir a la más antigua de las "herejías", ¡asumiendo precisamente el procedimiento justificativo gnóstico!

»Por lo que respecta a Roma, la falsificación de la serie de obispos de la ciudad —hasta el año 235 todos los nombres son inciertos y para los primeros decenios producto de la pura arbitrariedad— se hizo en relación con la aparición del papado (lo mismo que con la falsificación de Símaco). Y puesto que, con el recuerdo de Pedro, y con la falsa lista de obispos basada en él, Roma obtuvo unas ventajas colosales, Bizancio se opuso a la falsificación romana, pero bastante tarde, ya en el siglo IX.»

La lista oficial de los primeros obispos de Roma, eso es *papas*, que proclama la Iglesia católica es la siguiente: san Pedro (67-68),[282] Lino (67-76), Cleto o Anacleto (76-88), Clemente I (88-97), Evaristo (97-105), Alejandro I (105-115), Sixto I (115-125), Telesforo (125-136), Higinio (136-140), Pío I (140-155), Aniceto (155-166), Sotero (166-175), Eleute-

282. En esta fecha el apóstol Pedro ya llevaba no menos de tres años muerto.

rio (175-189)... Liberio (352-366). El listado procede de un supuesto catálogo —*Catalogus Liberianus*, aparecido en el año 354—, encontrado por historiadores católicos y que hace remontar sus primeros datos a los días del *papa* Eleuterio,[283] pero no hay base alguna para apoyar su autenticidad y la práctica totalidad de los personajes citados son de dudosa existencia real —dándose la más que sospechosa *coincidencia* de que todos ellos aparecen como ajenos al mundo judío— y la crítica histórica no acepta los escasos datos *biográficos* que se les atribuye en el *Liber Pontificalis*, el libro oficial de los papas.

En cualquier caso, resulta imposible mantener la ficción eclesiástica de la sucesión apostólica, tal como hace la Iglesia, si, además de lo recién mencionado, tenemos en cuenta el relato neotestamentario en el que se explica cómo, al emprender la sustitución del ahorcado Judas por Matías, se puso como condición, para quien optara a ser admitido dentro del círculo apostólico, la de ser un varón que hubiese acompañado a los once apóstoles «todo el tiempo en que vivió entre nosotros el Señor Jesús, a partir del bautismo de Juan hasta el día en que fue arrebatado en alto de entre nosotros, uno que sea testigo con nosotros de su resurrección» (*Act* 1,21-22). ¿Cómo puede nadie declararse sucesor de los apóstoles si ninguno más que ellos puede cumplir los requisitos señalados y su testimonio personal —lo que supuestamente vieron y vivieron— no es heredable?[284] ¿Qué papa, en toda la histo-

283. La base de este catálogo procede, supuestamente, del listado que el obispo Ireneo de Lyon incluyó en su obra *Adversus haereses*, escrita entre los años 180-185, pero no se conserva el texto original griego sino una copia latina, de los siglos III o IV o quizá V, muy deteriorada. En este listado aparece apenas una relación de nombres, de origen desconocido, y no se menciona para nada la presunta primacía de Pedro. En los listados más antiguos aparece un tal Lino, del que se desconoce todo, como el primer obispo de Roma, pero a partir del siglo III ya se le antepuso Pedro y en el IV ya se afirmó que Pedro había ocupado la prelatura romana durante veinticinco años.

284. Aunque sí pueda serlo su recuerdo, sus palabras trasmitidas oral o documentalmente; por eso sólo cabría hablar de seguidores de los apóstoles (más o menos fieles en función de su cercanía o lejanía del judeocris-

ria de la Iglesia, convivió con Jesús o le vio ascender al cielo?

Si repasamos las diferentes tradiciones cristianas de *successio apostolica*, basadas todas ellas en listas tan falsificadas como la de Roma, veremos que el patriarcado de Bizancio fue *fundado* por el apóstol Andrés; la iglesia de Alejandría por Marcos; la iglesia de Corinto y Antioquía por Pedro; la iglesia armenia por Tadeo y Bartolomé (y hasta por el propio Cristo, según un intercambio de cartas entre el príncipe Abgar Ukkama de Edesa y Jesús, falsificado alrededor del año 300); el obispado de Aquilea reclamaba el título de patriarcado por tener su origen en Marcos; desde el siglo V, muchas sedes episcopales de España, Italia, Dalmacia, países Bálticos, la Galia y la Bretaña también acudieron a la falsificación de listas sucesorias para *demostrar* su fundación apostólica y poder reclamar de este modo un estatus prioritario sobre otras ciudades... y así un largo etcétera.

Tales comportamientos reprensibles no fueron, sin embargo, actos aislados, ni mucho menos, ya que durante los primeros siglos de cristianismo y de catolicismo fue absolutamente corriente falsificar todo tipo de documentos con tal de dotarse de poder y/o legitimidad doctrinal. El propio Pablo, acusado de emplear engaños para defender su visión del cristianismo, se justificó diciendo: «Pero si la veracidad de Dios resalta más por mi mendacidad, para gloria suya, ¿por qué voy a ser yo juzgado pecador» (*Rom* 3,7).[285]

En aquellos siglos fueron legión los que adoptaron en la práctica lo que Orígenes, el gran teólogo cristiano, puso por escrito cuando formuló su teoría de la *mentira económica*

---

tianismo inicial), pero jamás de sucesores —en su sentido de conjunto de derechos, bienes y obligaciones que recibe una persona por herencia—, puesto que, además, es obvio que ni Pedro ni ninguno de sus compañeros le cedieron a nadie un cargo y una dignidad que ellos jamás tuvieron.

285. En las traducciones de la *Biblia* independientes se expone este pasaje con algo menos de maquillaje que en esta versión católica de Nácar-Colunga. Una traducción más correcta del texto original dice: «Y si la verdad de Dios se pone todavía más de relieve con mi mentira, ¿por qué he de ser yo encima juzgado como pecador?» El fin justifica los medios cuando se trata de imponer la fe cristiana.

o *pedagógica* basada en el plan divino de la salvación; Orígenes defendió la función *cristiana* del engaño cuando postuló la necesidad de una mentira (*necessitas mentiendi*) como condimento y medicamento (*condimentum atque medicamen*).[286]

Uno de los documentos falsificados que más rentabilidad ha aportado a la Iglesia católica es el famoso decreto conocido como *La Donación de Constantino —Constitutum Constantini* o *Privilegium Sanctae Romanae Ecclesiae*—, fechado el 30 de marzo del año 315. En este texto, que se presentó como redactado por el propio Constantino, al margen de relatar su proceso de conversión, por obra del *papa* Silvestre,[287] el emperador dejó sentado que «tanto más cuanto que nuestro poder imperial es terrenal, venimos en decretar que su santísima Iglesia romana será venerada y reverenciada y que la sagrada sede del bienaventurado Pedro será gloriosamente exaltada aun por encima de nuestro Imperio y su trono terreno. (...) Dicha sede regirá las cuatro principales de Antioquía, Alejandría, Constantinopla y Jerusalén, del mismo modo que a todas las iglesias de Dios de todo el mundo. (...) Finalmente, hacemos saber que transferimos a Silvestre, papa universal, nuestro palacio así como todas las provincias, palacios y distritos de la ciudad de Roma e Italia como asimismo de las regiones de Occidente».

Esta criminal falsificación, elaborada por orden del papa

286. *Cfr. Contra Celso*, IV,19.

287. Que es absolutamente falso en todos sus aspectos, aunque de él haya derivado la leyenda *cristiana* de ese cruel emperador. La *Legenda sancti Silvestri*, originaria de la Roma de finales del siglo V, narra cómo el papa Silvestre curó de lepra a Constantino, que era un perseguidor de los cristianos, convirtiéndole así a la fe de Cristo y bautizándole en prueba de ello; pero el emperador ni tuvo lepra, ni persiguió jamás a los cristianos —sino todo lo contrario—, ni fue católico, ni lo bautizó Silvestre, que murió dos años antes de que Constantino recibiese las aguas bautismales. Tal como ya vimos, Constantino fue oficialmente un pagano mientras dirigió la Iglesia y sus concilios, declarándose *vicarius Christi*, ya que sólo accedió a bautizarse en el lecho de muerte y lo fue por Eusebio, un obispo arriano, eso es miembro de la *herejía* más opuesta a la católica que hubo en esos siglos.

Esteban II (752-757), fue empleada por éste para forzar la alianza militar del rey franco Pipino y de su hijo Carlomagno con la Iglesia para combatir a los longobardos, que amenazaban las riquezas y poder del papado romano. Tras la derrota de los longobardos, el rey Pipino, convencido por el engaño de que Esteban II era el sucesor de san Pedro y del emperador Constantino, *devolvió* a la Iglesia católica todas las tierras que por *derecho* le pertenecían merced a *La Donación de Constantino*.

Mediante esta estafa la Iglesia católica acumuló un patrimonio y un poder tan inmensos que aún hoy vive de las rentas de aquel magno e infame delito, origen del Estado de la Iglesia. El texto más antiguo que se conoce de esta *Donación* figura en los manuscritos de las *Decretales seudoisidorianas* (c. 850), pero no fue usado públicamente hasta el siglo XI, cuando ya todos daban por real y auténtico un documento que bien pocos habían visto. El papa León IX (1049-1054), en sus escritos, citó amplios pasajes de la falsa *Donación* para justificar el primado del obispo de Roma, pero no fue sino con el papa Gregorio VII (1073-1085) que la doctrina jurídica diseñada por el engaño pasó a ser una base fundamental del derecho canónico. Los papas posteriores, como Urbano II (1088-1099), Inocencio III (1198-1216), Gregorio IX (1227-1241) o Alejandro VI (1492-1503), emplearon con fuerza la *Donación* para imponer príncipes, anexionarse territorios, etc.

Una curiosidad histórica de este monumental engaño, que tanto perjudicó a los reyes europeos, es que siguió surtiendo efecto a pesar de que el emperador Otón III (983-1002) ya había denunciado la falsedad de la *Donación* ante el papa Silvestre II, declarándola nula y dejándola sin efecto; en el documento de Otón III, fechado en el año 1001, tras repudiar la corrupción y malversación de riquezas que había caracterizado a los papas, se dice: «Torcieron las leyes pontificias y humillaron a la Iglesia romana, y algunos papas fueron tan lejos que hasta pretendieron la mayor parte de nuestro imperio. No preguntaban por lo que habían perdido por su propia culpa, ni se preocuparon por cuanto habían dilapidado en su locura, sino que habiendo dispersado a todos los vientos por propia culpa sus posesiones, descargaron su culpa sobre nuestro imperio y pretendieron la propiedad ajena, a saber, nuestra propiedad y la de nuestro imperio. Son mentiras inventadas por ellos (*ab illis ipsis inventa*), y entre ellos el diácono Juan, por sobrenombre *Dedo-cortado*, redactó un documento con letras de oro y fingió una larga mentira bajo el nombre de Constantino el Grande (*sub titulo magni Constantini longi mendacii tempora finxit*).»[288]

La impostura fue finalmente detectada en 1440, cuando Laurenzio Valla, canónigo de Letrán y secretario pontificio, analizó el texto y afloró todos los elementos estilísticos e históricos, anacronismos incluidos, que demostraban la falsificación; pero el miedo de Valla a ser ejecutado por el papa, retrasó la publicación de su hallazgo[289] hasta 1519, el mismo año en que Martín Lutero, y no por casualidad, comenzó su pulso contra la Iglesia al criticar con dureza el descarado negocio pontificio de las indulgencias.[290] La Iglesia católica, claro está, siguió defendiendo por la fuerza la autenticidad de *La Donación de Constantino*, no reconociendo la falsificación hasta el siglo XIX, cuando los jefes de las naciones europeas ya no estaban por la labor de seguir dejándose extorsionar desde el Vaticano.

De todas formas, en virtud de alguna norma de *moral cristiana* que desconocemos, la Iglesia católica, a pesar de ha-

288. *Cfr.* Deschner, K. (1995). *Historia criminal del cristianismo. Alta Edad Media: El auge de la dinastía carolingia* (vol. 7), p. 120.

289. Editado por Ulrico de Hutten.

290. Aunque no sea el objetivo de este trabajo, llegados a este punto no podemos menos que decidir añadir, en un anexo al final del libro, la transcripción de un documento que obra en nuestro archivo desde hace muchísimos años. Se trata de la llamada *Taxa Camarae*, promulgada en 1517 por el papa León X, que es un listado de los precios que había que pagar al pontífice para poder obtener el perdón por la comisión de los crímenes más abominables. Dado que este texto, de gran importancia histórica por haber sido la espoleta de la ruptura entre católicos y protestantes, es desconocido para la mayor parte de la población, resultará tanto más indicado el recuperarlo en favor de la memoria colectiva.

ber fundado su Estado y su poder temporal sobre esta estafa y el expolio consiguiente, no ha hecho aún ni un amago de arrepentimiento, ni tampoco un gesto para devolver su patrimonio ilícito a sus legítimos propietarios, antes al contrario, como en los tiempos de Otón III, la jerarquía católica le sigue exigiendo a la sociedad civil que le financie su pésima gestión.

Otro episodio de falsificación documental que ha sido clave para poder fortalecer la figura del papa se originó en la disputa que mantuvieron el papa Símaco (498-514) y su rival Lorenzo. Al iniciarse un proceso judicial contra Símaco,[291] éste, en el año 501, hizo aparecer una serie de documentos espurios —básicamente actas procesales de papas anteriores y de algunos sínodos— que *demostraban* la independencia jurisdiccional del obispo de Roma frente a cualquier tribunal; entre las actas falsas destacaron las *Gesta Liberii papae*, las *Gesta de Xysti purgatione et Polichronii Jerosolymitani episcopi accusatione* o las *Sinuessanae Synodi gesta de Marcellino* (supuestamente datadas en el año 303).[292] En definitiva, todas esas actas venían a concluir en la declaración de que «nadie ha juzgado nunca al papa porque la primera sede no es juzgada por nadie», una afirmación *jurisprudencial* con la que Símaco pretendía salvar el cuello.

Del éxito de estas falsificaciones habla el hecho de que fueron parcialmente incluidas en el *Liber Pontificalis* y desde esta plataforma acabaron sirviendo de base para el derecho canónico; la declaración fundamental del falsificador, «*Prima sedes a nemine iudicatur*», se convirtió en la fórmula que finalmente expresaría el primado de jurisdicción papal, ¡nada menos! Cuando, siglos más tarde, se iniciaron procesos contra los papas León III (800) o Gregorio VII (1076), ambos re-

291. En el acta de acusaciones contra el papa Símaco, que el senador Festo presentó al rey Teodorico, figuraba un largo listado de *pecados*, tales como dilapidar bienes eclesiásticos, gula desmedida, relaciones sexuales con mujercillas (*mulierculae*) y otros muchos.

292. *Cfr.* Deschner, K. (1992). *Historia criminal del cristianismo. Desde la querella de Oriente hasta el final del periodo justiniano* (vol. 3), p. 174-175.

currieron a los documentos falsificados por su colega Símaco para eludir a la justicia.

En el procedimiento de elección de los papas también parece haber más mano humana que divina, al menos eso puede deducirse si recordamos que durante el primer milenio el pontífice era elegido por el clero y el pueblo romano hasta que el papa Nicolás II, en el año 1059, a fin de evitar las injerencias del poder político civil, encomendó a los cardenales dicha función, dejando a los anteriores electores la sola prerrogativa de poder aclamar al nuevo (que debía pertenecer al clero romano y ser designado preferentemente en Roma). Alejandro III, en 1179, estableció que para la elección era necesario sumar las dos terceras partes de los votos; y, finalmente, Paulo VI excluyó del electorado activo a los cardenales mayores de ochenta años. Resulta desconcertante que se le pongan condiciones de corte sociopolítico a una elección que, según la Iglesia, deriva de la *inspiración* del Espíritu Santo sobre el cónclave. ¿Es que el Espíritu Santo no es capaz de *inspirar* a todos y se le facilita el trabajo rebajando algo el número de lo prosélitos necesarios? ¿Es que los más ancianos no son *inspirables*? Y si hay cardenales *sordos* al Espíritu Santo, ¿qué demonios hacen dirigiendo el magisterio católico y participando en un cónclave?

A pesar de que el papado católico presume de tener un claro y sólido origen *petrino*, la propia historia de la Iglesia desmiente tal presunción. Contra toda lógica, dado que se afirma que Jesús concedió la autoridad primacial a Pedro «y sus sucesores», durante los primeros siglos del cristianismo no hubo ninguna doctrina del primado, aunque de hecho el obispo de la capital del imperio gozase de un notable prestigio. Fue a partir de la influencia del derecho romano y del estatuto del emperador, y de una serie de situaciones sociopolíticas peculiares —como el enfrentamiento entre Roma y Bizancio, que llevó a una situación bicéfala, o la alianza con los francos, sellada por la coronación de Carlomagno el día de Navidad del año 800—, que acabó por consolidarse dentro de la Iglesia católica el concepto de *plenitudo potestatis*, que hacía emanar todo el poder del papa y reservó para su exclusiva denominación títulos como *summus pontifex* y *vicarius Christi* que en su origen eran propios de los cargos episcopales.[293]

«El primero en remitirse a *Mt* 16,18 es, desde luego, el despótico Esteban I (254-257). Con su concepción jerárquico-monárquica de la Iglesia, más que episcopal y colegiada, es en cierta medida el primer papa, aun cuando no dispongamos de ninguna afirmación suya a ese respecto. Sin embargo, el influyente Firmiliano, obispo de Cesarea de Capadocia, reaccionó de inmediato. Según el *Lexikon für Theologie und Kirche*, no reconoce "ninguna primacía de derecho del obispo de Roma". Firmiliano más bien censura a aquél, que se vanagloria de su posición y cree "tener a su cargo la sucesión de Pedro" (*successionem Petri tenere contendit*). Acto seguido, habla de la "insensatez tan fuerte y notoria de Esteban", y en un apóstrofe inmediato le llama "*schismaticus*", que se separa a sí mismo de la Iglesia. Le echa en cara su "audacia e insolencia" (*audacia et insolentia*), "ceguera" (*caecitas*), "estupidez" (*stultitia*). Irritado, le compara con Judas y afirma que da "mala fama a los santos apóstoles Pedro y Pablo".»[294]

Grandes personajes de la Iglesia como Orígenes —«todos [apóstoles y fieles] son Pedro y piedras y sobre todos ellos está construida la Iglesia de Cristo»[295]— o el propio san Agustín —con su famosa sentencia «*Sumus christiani, non petriani*» («Somos cristianos, no petrianos»)— se han mostrado abiertamente en contra de la figura del primado romano.[296]

Y en todos los concilios de los primeros siglos el obispo de Roma no era más que otro de los asistentes sin mayor facultad que la de poder emitir un voto de igual valor al de sus colegas de otros episcopados. Además, no eran ni los obispos ni ningún supuesto *papa* quienes tenían la facultad de convo-

293. *Cfr.* Garzanti (1992). *Op. cit.*, p. 736.

294. *Cfr.* Deschner, K. (1991). *Op. cit.*, pp. 206-207.

295. *Cfr. Comentarios* de Orígenes a los textos de *Mateo*.

296. En el concilio Vaticano I, en 1870, al declarar la infalibilidad papal, se le reprochó oficialmente a san Agustín, el más famoso padre de la Iglesia, sus «opiniones erróneas» (*pravae sententiae*) acerca del primado papal.

car los concilios, ya que ésta era una potestad del emperador. Tal como escribió, a mediados del siglo V, el historiador de la Iglesia Sócrates: «Desde que los emperadores comenzaron a ser cristianos, las cuestiones de la Iglesia dependen de ellos, y los principales concilios se han celebrado y celebran a su arbitrio.» ¿Debemos pensar que el *poder* de Pedro se había tomado unos siglos de vacaciones antes de aparecer en público? Y si fue así, ¿cómo pudo recuperarse luego la línea sucesoria?

Si, además, repasamos los listados de papas, en especial los cuarenta y seis pontífices que van entre Juan VIII (872-882) y Nicolás II (1058-1061), resulta francamente difícil creer que pudo mantenerse inalterada la supuesta línea sucesoria de Pedro durante un tiempo en que los papas no llegaban a gobernar más de cuatro años como promedio, siendo frecuentes los pontificados que duraron escasos días o meses, aupando al trono de Pedro tanto a ancianos agotados como a jovencitos veinteañeros o adolescentes,[297] que eran rápidamente depuestos y encarcelados o asesinados por el clero rival, por príncipes o por maridos a quienes habían *bendecido* con frondosos cuernos.[298]

297. El papa Benedicto IX (1033-1045) tenía once años cuando asumió la dirección de la Iglesia católica y, según monseñor Louis Duchesne, no era más que «un mero golfillo. (...) que todavía tardaría mucho en convertirse en activamente agresivo»; sin embargo aprendió rápido y a los catorce años ya «había superado en desenfreno y extravagancia a todos los que le habían precedido», cosa que llevó a san Pedro Damiano a exclamar: «Ese desventurado, desde el inicio de su pontificado hasta el final de su existencia, se regocijó en la inmoralidad.» Finalmente, con la espada al cuello, se depuso a sí mismo —«Yo, Gregorio, obispo, siervo de los siervos de Dios, por causa de la simonía que, por artimañas del diablo, intervino en mi elección, determino que debo ser depuesto de mi obispado romano»— y, tras la rápida y extraña muerte de su sucesor Dámaso II, se retiró a un monasterio (*Cfr.* Rosa, P. de (1989). *Vicarios de Cristo*. Barcelona: Martínez Roca, pp. 71-74).

298. La muerte del papa Benedicto V (964) es uno de los ejemplos clásicos. Si leemos la crónica oficial del papado, encontraremos esta única nota sobre Benedicto V: «Fue un sabio y un piadoso sacerdote en el verdadero sentido de la palabra. Fue llamado *grammaticus*, debido a su vasta cultura. Murió en el destierro» (*Cfr.* Dacio, J. [1963]. *Diccionario de los*

A ello debe añadirse que, entre los alrededor de trescientos «sucesores de la silla de Pedro» que cuenta la Iglesia católica, está documentado que al menos treinta y siete de ellos, entre los años 217 y 1449, fueron *antipapas* o *impostores* (a ojos de la propia Iglesia, claro está). ¿Puede alguien explicar de qué manera, milagrosa o no, se ha podido mantener impoluta, a pesar de tan *agitadas* condiciones, la tan cacareada «sucesión inalterada» desde Pedro hasta el papa actual?

Con el cautiverio de Avignon (1305-1378) y el cisma de Occidente (1378-1417), que asentó tres papas simultáneos y vio el auge de la doctrina conciliarista —que defendía que el órgano supremo de la Iglesia era el concilio ecuménico y no el papa—, el papado perdió mucho prestigio y se debilitó hasta el punto de que tuvo que buscar el apoyo de los reyes, concediéndoles a cambio privilegios en materia de nombramientos episcopales y beneficios en los «concordatos de los príncipes». Superada ya la crisis, en el siglo XV el papa comenzó a actuar como un soberano más, haciendo valer su influencia y territorios para intervenir en el campo diplomático y político, participar en guerras, etc. Los papas de esa época transformaron Roma en un gran centro cultural y político, tan repleto de belleza y riqueza como de iniquidad y corrupción.

Un siglo después, en el XVI, el papa Paulo III, en el concilio de Trento, al decretar su propia preeminencia sobre los obispos y el concilio, puso en marcha un proceso de centralización del poder dentro de la Iglesia, paralelo al que habían emprendido las grandes monarquías europeas, que ha llegado hasta el día de hoy a pesar de grandes oposiciones internas, como las corrientes galicana y febroniana, de los siglos

---

papas. Barcelona: Destino, p. 69). Pero si recurrimos a las crónicas históricas nos enteraremos de que este papa, al poco de ser proclamado, *deshonró* a una muchacha romana y tuvo que salir huyendo hacia Constantinopla para salvar su vida, llevándose de paso buena parte del tesoro pontificio; finalmente halló la muerte a manos de un marido poco dado a compartir a su esposa con nadie, por muy Santo Padre de la Santa Madre Iglesia católica que fuese, y su cadáver, acribillado por un centenar de puñaladas, fue arrastrado por las calles y arrojado a una alcantarilla. ¡Menos mal que fue «un piadoso sacerdote en el verdadero sentido de la palabra»!

XVII y XVIII, que negaron al papa su competencia para decidir en materia de fe y moral, exigieron el reconocimiento de que la autoridad máxima de la Iglesia era la de los obispos reunidos en concilio, y reivindicaron el pleno poder jurisdiccional de los obispos dentro de sus respectivas diócesis. El riesgo de la merma de autoridad papal a que esas corrientes eclesiológicas iban conduciendo, obligó al concilio Vaticano I (1869-70) a proclamar solemnemente la infalibilidad del papa y su primado de jurisdicción.

Ante la cuestión de la primacía papal, que ya había sido un elemento central en las controversias que llevaron, primero, a la escisión entre las Iglesias de Oriente y Occidente, y, después, a la ruptura entre católicos y protestantes, la Iglesia católica no podía —ni puede— mostrarse débil; el precio que ha tenido que pagar por su tozudería ya le había costado demasiado caro, con la pérdida de muchos territorios de influencia y grandes masas de creyentes, como para volverse atrás y arriesgarse a perder, además, el férreo control interior que aún la mantiene unida.

El papa, «sucesor de Pedro», no fue oficialmente infalible hasta que lo decretó Pío IX en el año 1870

El papa León I *el Grande* (440-461) no sólo no se consideró infalible a sí mismo, sino que proclamó por escrito que el emperador contemporáneo y homónimo León I —que al igual que otros monarcas de la época recibía los títulos de *pontifex*, «heraldo de Cristo», «custodio de la fe», etc.— sí que lo era. «Sé que estáis más que suficientemente iluminado por el espíritu divino que mora en Vos», le expresó el papa al rey. De hecho, el emperador León I, haciendo uso de la infalibilidad que le había otorgado el propio papa respecto a las cuestiones de doctrina católica, tenía plena autoridad para derogar incluso los dogmas salidos de concilios. En esos días, muchos prelados aplicaban también al emperador León I los versículos de *Mt* 16,18, base sobre la que la Iglesia católica sostiene su pontificado y la línea sucesoria desde Pedro.

En su bula *Quia quorundam*, el papa Juan XXII (1316-1334) condenó la doctrina de la infalibilidad papal —defendida por los franciscanos— tachándola de «obra del diablo». El papa Adriano VI (1522-1523) reconoció que el pontífice no era infalible ni cuando trataba de los asuntos de fe. De hecho, hasta el siglo XVI no se inventó el concepto de hablar *ex cathedra*, y se hizo para justificar los *errores doctrinales* que habían propagado con anterioridad una diversidad de papas *herejes*.

Pero pasados muchos siglos de historia ¡y de historias!, el papa Pío IX, que en 1854 había establecido el dogma de la inmaculada concepción de María, volvió a alcanzar la gloria, dieciséis años después, en el concilio Vaticano I, con la constitución *Pastor aeternus*, que definió la infalibilidad papal. Según este documento, todos los católicos están obligados a creer que el apóstol Pedro recibió directamente de Jesús el primado de jurisdicción; que, por voluntad de Cristo, debe tener sucesores; que el romano pontífice es el sucesor de Pedro; y que el poder primacial es «pleno», «supremo», «ordinario» e «inmediato» —eso es que no es delegado, ni extraordinario y que se ejerce directamente, sin ningún intermediario— en materia de fe, moral y disciplina.

El magisterio papal, según la *Pastor aeternus*, es infalible siempre que concurran cuatro condiciones esenciales: que el papa enseñe no como persona particular, sino como pastor universal de la Iglesia; que su enseñanza trate sobre cuestiones de fe y de moral; que se dirija a toda la Iglesia y no a una parte de ella, y que tienda a pronunciar juicios definitivos y vinculantes para las conciencias. La sutileza es digna hija de la sibilina teología católica vaticana.

El decreto del Vaticano I sobre la infalibilidad papal dice: «Enseñamos y definimos que es un dogma divinamente revelado: que el pontífice romano, cuando habla ex cátedra, es decir, cuando está ejerciendo el oficio de pastor y doctor de todos los cristianos, por virtud de su autoridad apostólica suprema, define una doctrina —en relación con la fe y la moral— a ser sostenida por la Iglesia universal, por la asistencia divina prometida a él en el bendito Pedro, posee aquella infalibilidad con la cual el Redentor divino quiere que su Iglesia sea conferida al definir la doctrina concerniente a la fe y la moral; y que por ello esas definiciones del pontífice romano son irreformables en sí mismas, y no del consentimiento de la Iglesia. Pero si alguien —que Dios lo impida— presume contradecir esta definición: que sea anatema.»

La votación de este decreto tuvo lugar el día 18 de julio de 1870, pero el día anterior habían abandonado Roma todos los obispos que estaban en contra de la infalibilidad papal. De los más de setecientos prelados acreditados para votar, sólo 533 lo hicieron a favor y 2 —los obispos de Riccio (Italia) y Fitzgerald (Estados Unidos)— tuvieron el valor de oponerse dando la cara; los dos centenares de obispos restantes, todos ellos contrarios a la infalibilidad, permanecieron alejados del cónclave «para no avergonzar al Papa con su voto negativo».

Tardar diecinueve siglos en dejar sentado lo que, según la Iglesia católica, ordenó Jesús en vida y ha causado más divisiones dentro del cristianismo que todas las *herejías* de la historia juntas, sólo puede indicar una cosa: los asuntos del Espíritu Santo están exentos de prisas mundanas.

Lo grave del caso es que esta divina dejadez ha podido precipitar al infierno a millones de católicos nacidos antes de la promulgación de la *Pastor aeternus*. Veamos un caso anecdótico: en 1860, diez años antes de quedar establecida la infalibilidad papal, el famoso catecismo católico del padre Stephen Keenan se preguntaba: «¿Deben los católicos creer que el Papa es infalible?», y, acto seguido, se respondía: «Éste es un invento de los protestantes; no es un artículo de fe; ninguna decisión suya tiene carácter obligatorio, so pena de herejía, a menos que sea recibida y puesta en práctica por el cuerpo de enseñanza; esto es, por los obispos de la iglesia.»[299] ¿Tanto puede cambiar la inmutable Iglesia católica en una sola década?

Años después, el concilio Vaticano II (1962), mediante el documento *Lumen gentium*, reafirmó la doctrina del ante-

299. *Cfr.* Keenan, S. (1860). *Controversial Catechism or Protestantism Refuted and Catholicism Established.* Londres: Catholic Publishing & Book-Selling Company, p. 112.

rior sínodo, aunque situó el ejercicio del primado papal en el seno de la colegialidad episcopal y afirmó la infalibilidad del magisterio de los obispos cuando «convergen en una sentencia que debe considerarse como definitiva», ocasión que se da en los concilios. Con este añadido se oficializaba un doble instrumento de poder que puede llegar a constituirse en un problema grave: dado que el papa goza de infalibilidad cuando se pronuncia *ex cathedra* y los obispos son igualmente infalibles cuando actúan colegiadamente, ¿qué sucederá el día que sus respectivas *infalibilidades* tomen caminos opuestos?

Dentro del cristianismo, la figura y el papel del papa católico ha sido siempre muy discutida, así, el protestantismo no reconoce en la Iglesia católica ninguna instancia de autoridad (ni el papa, ni los concilios de obispos) —ya que para ellos la única autoridad reside en las *Escrituras*—, y las Iglesias ortodoxas rechazan el primado de jurisdicción y la infalibilidad del papa (al que sin embargo conceden un primado de honor en su calidad de obispo de Roma).

Pero el papado ha levantado también amplias y robustas reticencias, no ya sólo entre la masa de los creyentes católicos —que en su inmensa mayoría, y de modo público y notorio, no siguen su magisterio en cuestiones de las que la Iglesia hace bandera—, sino entre una parte importante del clero de base y entre muchos teólogos católicos prestigiosos; el caso de Hans Küng es un buen ejemplo de esas disensiones internas que afloraron con mucha fuerza durante la década de los setenta. Küng sostuvo, hasta que finalmente fue forzado a guardar silencio por el Vaticano en 1979, que la trascendencia de la verdad y de la gracia divina respecto a la Iglesia implica que puede hablarse, como máximo, de una indefectibilidad —que no puede faltar— de la Iglesia en su conjunto, pero no de infalibilidad en el sentido técnico sostenido por la teología del último siglo.

François Fénelon, escritor y moralista del siglo XVII, mostró su agudo conocimiento del alma humana cuando escribió: «El poder sin límites es un frenesí que arruina su propia autoridad»; si una frase como ésta figurase en la *Biblia*, se la podría considerar como una profecía, ya cumplida, acerca de la evolución de la Iglesia católica.

12

Jesús, en los *Evangelios*, preconizó la igualdad de derechos de la mujer, pero la Iglesia católica se convirtió en apóstol de su marginación social y religiosa

Afirma, con sobrada razón, el teólogo católico Schillebeeckx que «de hecho hay más mujeres comprometidas en la vida de la Iglesia que hombres. Y, no obstante, están desprovistas de autoridad, de jurisdicción. Es una discriminación. (...) La exclusión de las mujeres del ministerio es una cuestión puramente cultural, que en el momento actual no tiene sentido. ¿Por qué las mujeres no pueden presidir la Eucaristía?, ¿por qué no pueden recibir la ordenación? No hay argumentos para oponerse a conferir el sacerdocio a las mujeres».[300]

Con todo el derecho que le confiere su cargo, pero sin ninguna razón evangélica ni histórica, el papa Juan Pablo II, en su meditación *Dignitatis mulieris*, abundó en el manido argumento de que Jesús no llamó a ninguna mujer entre los doce apóstoles y que por ello debe concluirse que las excluyó explícitamente de la dirección de la Iglesia y también del ministerio sacerdotal, pero tal pretensión no solamente carece de fundamento sino que es profundamente tramposa. Si leemos el *Nuevo Testamento* sin prejuicios *machistas*, observaremos que Jesús trató a la mujer de un modo bien distinto al

300. Schillebeeckx, E. (1993). *Sono un teologo felice. Colloqui con Francesco Strazzari*. Bolonia: Dehonieane, pp. 82-83.

que pretende la Iglesia católica y que en las primeras comunidades cristianas la mujer ocupaba cargos de responsabilidad.

En cualquier caso, tal como ya hemos documentado sobradamente en capítulos anteriores, si a alguien excluyó Jesús del «reino» que predicó, fue —de modo bien explícito— a los sacerdotes profesionales y a todos aquellos que no fueran judíos, una evidencia que conduce a la paradoja de que son los sacerdotes católicos, desde el papa hasta el último párroco, los primeros proscritos para ocupar cargos dentro de la *ekklesía* de Jesús (aunque *estricto sensu* sí puedan desempeñarlos en la Iglesia católica puesto que ésta no sigue el modelo apostólico ni el mensaje básico y nuclear de Jesús).

A propósito del texto de Juan Pablo II recién citado, la teóloga católica Margarita Pintos reflexiona: «con este argumento se apela a que Jesús eligió libremente doce varones para formar su grupo de apóstoles. Esto es cierto, pero también es importante tener en cuenta que además de varones eran israelitas, estaban circuncidados, algunos estaban casados, etc., y, sin embargo, el único dato que se presenta como inamovible es el de que eran varones, mientras que los demás datos se consideran culturales. No se tiene en cuenta que Jesús, como buen judío, quería restaurar el nuevo Israel, y que la tradición de su pueblo le imponía de forma simbólica elegir a doce (uno de cada tribu de Israel), además varones (las mujeres no hubieran representado la tradición) y por supuesto israelitas (si hubiera incorporado a un gentil, ya se hubiera roto la continuidad). Esto demuestra que sólo se nos dice una parte de la verdad, y que los datos que no interesa desvelar se nos ocultan.

»Como muy bien ha puesto de manifiesto el escriturista Lohfink —prosigue Pintos—, la elección de los doce por Jesús es una acción simbólica y profética que nada prejuzga y en nada afecta al papel asignado a la mujer en el pueblo de Dios. Si se quiere apreciar en sus justos términos la presencia de la mujer en el movimiento de Jesús, hay que prestar más atención a la composición del grupo de discípulos. Es precisamente ahí donde se pone de manifiesto que Jesús, con una libertad sorprendente y sin tener en cuenta los estereotipos vigentes en la sociedad judía de entonces, integró mujeres en su círculo de discípulos».[301]

Efectivamente, si nos fijamos, por ejemplo, en *Mt* 27,55-56, *Mc* 15,40-41, *Lc* 23,49-55 y otros, encontraremos a un grupo de mujeres que seguían a Jesús, eso es que estaban aceptadas en su círculo de discípulos, todo un signo del nuevo «reino de Dios» que jamás hubiese sido posible en el entorno judío del que procedían tanto Jesús como sus apóstoles varones; un signo claro, por tanto, de que la mujer debía jugar un papel distinto en los nuevos tiempos.

Si nos fijamos en la utilización del género en el *Nuevo Testamento*, tal como propone en un interesante trabajo el teólogo y sacerdote católico António Couto,[302] nos llevaremos una buena sorpresa: la palabra «hombre» como sinónimo de «ser humano» (*anthôpos/homo*) aparece 464 veces y la designación de «varón» (*anêr/vir*) y «mujer» (*gynê/mulier*) lo hace exactamente con la misma frecuencia, eso es 215 veces cada una de ellos, ni más ni menos.

Focalizando la revisión en los cuatro *Evangelios*, vemos que la palabra «mujer» aparece 109 veces mientras que «hombre» (varón) lo hace sólo 47; y de los 109 registros de «mujer», 63 se refieren a una mujer en cuanto a tal y apenas 46 lo hacen para identificar a la mujer de algún hombre, es decir, su esposa (en este cómputo hay que tener en cuenta que *Juan*, que cita 22 veces la palabra «mujer», no lo hace ni una sola vez para situarla en el rol de esposa).

Resulta también sintomático que los nombres propios femeninos sean muchísimo más abundantes en el *Nuevo Testamento* que en el *Antiguo*. De los 3.000 nombres propios que aparecen en toda la *Biblia*, 2.830 (94,3%) son masculinos y sólo 170 (5,5%) son femeninos, pero si nos concentramos en los 150 nombres propios que, en total, se mencionan en el *Nuevo Testamento*, vemos que 120 (80%) son masculinos y

301. Pintos, M. (1990). «El ministerio ordenado de las mujeres.» *Tiempo de Hablar* (44-45), pp. 39-40.

302. Couto, A. (1996, noviembre). «A missâo da mulher a partir dos Evangelhos.» *Fraternizar* (96), pp. 14-18.

30 (20%) lo son femeninos; el peso de las mujeres, por tanto, cuadruplicó su porcentaje. Todas estas cifras implican algo sustancial: aún dentro del entorno judío en que se desarrollan los pasajes neotestamentarios —que era esencial y profundamente patriarcal y androcéntrico—, Jesús quiso mostrar no sólo que la mujer era importante, sino que podía y debía gozar de los mismos derechos sociales y religiosos que el varón.

Cuando leemos con detenimiento el *Nuevo Testamento* y nos fijamos en los pasajes que tienen a mujeres por eje central, salta a la vista rápidamente que en estos textos se les adjudicó un protagonismo muy importante, tanto por el hecho de haberlas hecho testigos únicos de algunos de los momentos más claves de la historia del nazareno, como por haberlas elevado al rango de co-protagonistas, junto a Jesús, para asentar enseñanzas que serían fundamentales para el cristianismo posterior.

Así, por ejemplo, es una mujer, no un varón, el primer ser humano que proclamó la divinidad de Jesús; un honor que le cupo a Isabel, según *Lc* 1,42-55. Fue también a mujeres, según ya vimos en el capítulo 5, a quienes les fue revelada en primer lugar la resurrección del nazareno, el suceso más fundamental del cristianismo, y María de Magdala fue la primera en recibir la aparición de Jesús resucitado y la encargada de comunicárselo a los discípulos varones.

Al contrario que los apóstoles, las discípulas galileas de Jesús no huyeron ni corrieron a esconderse y permanecieron en Jerusalén durante todo el proceso de ejecución y entierro de su maestro. En relación a esto último, es de un simbolismo evidente el hecho de que en el Calvario, a los pies del Jesús crucificado (inicio del proceso de la salvación, para los creyentes), sólo había cuatro mujeres, llamadas María todas ellas —según *Jn* 19,25—, pero ningún apóstol varón.

Las siete mujeres que siguen y sirven a Jesús de forma continua —María de Magdala, María de Betania y su hermana Marta, Juana, Susana, Salomé y la suegra de Simón/Pedro— son personas nada convencionales, libres de amarras sociales, religiosas y de sexo, capaces de poder decidir su presente y su futuro; mujeres, tal como afirma el teólogo Couto, «nada marginales, más bien situadas dentro de la historia y del alma de su pueblo, cómplices de la esperanza mesiánica, cuya realización intuyen, esperan, favorecen y aportan. Son mujeres al servicio de Dios y del *Evangelio*; no están al servicio de un varón o de los hombres en general; están al servicio del *Evangelio*, a causa de lo cual dejan evangélicamente todo, dándolo evangélicamente todo (...) son mujeres evangelizadas y evangelizadoras».[303] Entre los seguidores de Jesús se dio un discipulado de iguales entre varones y mujeres, y el rol de éstas, aunque más restringido a causa de los condicionantes sociales imperantes, no fue menos importante que el de aquellos.

María de Magdala no sólo aparece en los textos como discípula y servidora de Jesús y su mensaje sino que se la inmortalizó con una misión clara de *mensajera*, de informadora de los discípulos varones, un papel que reconocerá la tradición latina a partir del siglo XII al distinguirla con el título de *apostola apostolorum* (apóstola de los apóstoles).

El diálogo más extenso de cuantos mantuvo Jesús, según aparece en los *Evangelios*, en *Jn* 4,7-26, se produjo entre éste y la «mujer de Samaria», desarrollándose a lo largo de siete intervenciones del nazareno y seis de la samaritana —causando tan gran asombro a los discípulos cuando los vieron conversando juntos «que se maravillaban de que hablase con una mujer»[304]—; como resultado de esta charla, mantenida junto a una fuente de la ciudad de Sicar, muchos samaritanos reconocieron a Jesús como «Salvador del mundo» (*Jn* 4,39-42), siendo éste un pasaje clave para justificar la extensión del cristianismo entre los gentiles.[305]

303. *Ibíd*, p. 18.

304. Es más correcta la traducción de «se asombraron» que la de «se maravillaban» de Nácar-Colunga. El versículo citado añade: «De todos modos ninguno dijo: "¿Qué andas preguntando?" o "¿por qué hablas con ella?"»; la razón para tal aclaración es que no se consideraba decente que un rabbí (maestro) como Jesús conversase con una mujer a solas.

305. En este punto debemos recordar de nuevo que el texto de *Juan* se escribió a finales de la primera década del siglo II, cuando ya las comunidades paulinas llevaban medio siglo propagando el nuevo evangelio entre los gentiles. Es muy probable, por tanto, que la escena sea una invención, ya que fue redactada con la intención de *compensar* y anular el efecto de la

Cuando *Juan* hizo que Jesús, para ir de Judea a Galilea, tuviera «que pasar por Samaria» (*Jn* 4,3-4) —un camino que podía hacerse perfectamente sin tener que pasar por el «pozo de Jacob» de Sicar o Siquem en Samaria—, quiso que ese desvío hacia tierra gentil y el debate con la mujer del pozo adquiriese un notable y específico significado simbólico. La samaritana —que había tenido cinco maridos y vivía amancebada con un sexto— abandonó su cántaro y corrió a testimoniar (*martyréô*) entre sus convecinos la presencia de Jesús, representando así al «antiguo Israel adúltero e infiel que se convierte en el nuevo Israel purificado, fiel y misionero».[306] Si se hubiese querido excluir a la mujer como elemento activo del «reino» predicado por Jesús, tal como hace la Iglesia, se habría elegido un varón para protagonizar este pasaje o su equivalente, pero no fue así.

La Iglesia católica habla a menudo de la famosa profesión de fe que Jesús le pidió a Pedro en *Mt* 16,15-20, pero calla que esa misma profesión de fe se la solicitó también a una mujer, a Marta de Betania: «Díjole Jesús: Yo soy la resurrección y la vida; el que cree en mí, aunque muera, vivirá; y todo el que vive y cree en mí no morirá para siempre. ¿Crees tú esto? Díjole ella: Sí, Señor; yo creo que tú eres el Mesías, el Hijo de Dios, que ha venido a este mundo» (*Jn* 11,25-27). Marta, por tanto, fue puesta por Jesús ante el mismo privilegio que Pedro.

El respeto que Jesús manifestó por la mujer se trasluce perfectamente en un relato como el de *Mt* 15,21-28 y *Mc* 7,24-30, donde una mujer cananea (libanesa) le replica a Jesús y le gana la disputa dialéctica logrando su propósito —«¡Oh mujer, grande es tu fe! Hágase contigo como tú quieres» acaba por concederle el nazareno (*Mt* 15,28)—; ésta es la única ocasión, en todos los *Evangelios*, en la que Jesús habló de «fe

---

prohibición de predicar a los gentiles dada por Jesús —en *Mt* 10,5-7; 15,24-26—, pero, sin embargo, a los efectos de resaltar la importancia de la mujer, estos versículos denotan perfectamente que entre las primeras comunidades cristianas se valoraba mucho la figura, la influencia y el trabajo evangelizador de las mujeres.

306. Couto, A. (1996). *Op. cit.*, p. 17.

grande», ¡y la atribuyó a una mujer!, mientras que al mismísimo Pedro (*Mt* 14,31) y a los discípulos (*Mt* 6,30) les había tildado previamente de «hombres de poca fe».

Otra mujer, su propia madre, fue la responsable de que Jesús obrase su primer milagro público, según el relato de *Jn* 2, 3-5: «No tenían vino, porque el vino de la boda se había acabado. En esto dijo la madre de Jesús a éste: No tienen vino. Díjole Jesús: Mujer, ¿qué nos va a mí y a ti? No es aún llegada mi hora. Dijo la madre a los servidores: Haced lo que Él os diga», finalizando el pasaje con la frase: «Éste fue el primer milagro que hizo Jesús, en Caná de Galilea, y manifestó su gloria y creyeron en Él sus discípulos» (*Jn* 2,11).

Jesús también hizo descansar sobre el protagonismo de una mujer (*Lc* 7, 36-50), esta vez una «pecadora arrepentida», su fundamental enseñanza sobre la gracia y el perdón de los pecados, un mensaje básico para el cristianismo futuro. Del mismo modo mostró su respeto por la mujer y proclamó su derecho a la igualdad cuando[307] rehabilitó a la «hemorroísa», la mujer que padecía flujo de sangre desde hacía doce años y que, por ello, había sido excluida de la vida social y religiosa de su comunidad (según lo prescrito por *Lev* 15,19-29).

No menos clarificador es el pasaje de la mujer sorprendida en adulterio de *Jn* 8,1-11, en el que Jesús se dirige a ella directamente, la pone al mismo nivel de trato y respeto que merecían los varones presentes y la perdona. De hecho, en *Mt* 5,27-32; 19,3-10 y *Mc* 10, 2-12, se ve perfectamente que Jesús colocó a hombre y mujer en el mismo plano de igualdad en cuanto al criterio de conducta moral respecto al divorcio y el adulterio.

La *ekklesía* que puso en marcha Jesús era un pueblo de hombres y mujeres reunidos ante Dios, no sólo de varones, como había sido la tradición judía hasta entonces. Pablo recogió esta idea y la amplió a los gentiles cuando escribió: «Todos, pues, sois hijos de Dios por la fe en Cristo Jesús. Porque cuantos en Cristo habéis sido bautizados, os habéis vestido de Cristo. No hay ya judío o griego, no hay siervo o

307. En *Mt* 9,20-22; *Mc* 5,25-35 y *Lc* 8,43-48.

libre, no hay varón o hembra, porque todos sois uno en Cristo Jesús.[308] Y si todos sois de Cristo, luego sois descendencia de Abraham, herederos según la promesa» (*Gál* 3,26-29).

En esta declaración bautismal del movimiento misionero pre-paulino se proclamó específicamente que la iniciación, el ingreso en «el pueblo de Dios», no se producía ya a través de la circuncisión (patrimonio exclusivo del varón) sino mediante el bautismo, que incluye a todos sin excepción bajo un mismo Salvador y dentro del nuevo —y ampliado— pueblo de Dios. Era una nueva visión religiosa que negaba las prerrogativas basadas en la masculinidad y abría las puertas a mujeres y esclavos, lanzando una novedosa concepción igualitaria en todos los campos, que incluso integraba a los gentiles, excluidos hasta entonces del «pueblo de Dios».

Tras un somero repaso de las epístolas paulinas puede verse que las mujeres de las comunidades cristianas de esos días eran aceptadas y valoradas como miembros que gozaban de los mismos derechos y obligaciones que los varones. Pablo dejó escrito que las mujeres trabajaban con él en igualdad de condiciones y mencionó específicamente a Evodia y Síntique (que «lucharon por el evangelio»), Prisca («colaboradora»), Febe (*diákonos*, hermana y *prostatis* o protectora[309] de la iglesia de Céncreas), Junia (apóstol, considerada apóstola por los padres de la Iglesia, pero transformada en varón en la Edad Media por no poder admitir que una mujer hubiese sido apóstol junto a Pablo y tomada como «ilustre entre los apóstoles»).

Se relacionan también parejas de misioneros que trabajaron en plano de igualdad uno con otra, como son los casos de Aquila y Prisca, que fundaron una iglesia en su casa,[310] el de

308. Este versículo rechaza de forma evidente la famosa plegaria diaria de los judíos piadosos: «Bendito sea Dios que no me hizo gentil, bendito sea Dios que no me hizo mujer, bendito sea Dios que no me hizo esclavo.»

309. El verbo *prostátein* se emplea para designar las funciones de los obispos y diáconos en pasajes como, por ejemplo, I *Tes* 3,4-ss, o I *Tes* 5,12; 5-17.

310. En esas iglesias domésticas, la *domina* (dueña, esposa o madre de familia) jugaba un papel fundamental.

Andrómico y Junia, etc. Esas mujeres fueron misioneras, líderes, apóstoles, ministros del culto, catequistas que predicaban y enseñaban el evangelio junto a Pablo, que fundaron iglesias y ocuparon cargos en ellas... pero muy pronto el varón retomó el poder e hizo caer en el olvido una de las facetas más novedosas del mensaje cristiano; en el siglo II, la declaración de *Gál* 3,26-29 ya había sido traicionada en todo lo que hace a la igualdad entre los dos sexos.

En alguna parte del camino se había dado un golpe de estado tomando por bandera una exégesis incorrecta de algunas frases paulinas polémicas. Cuando Pablo escribió «quiero que sepáis que la cabeza de todo varón es Cristo, y la cabeza de la mujer, el varón, y la cabeza de Cristo, Dios» (I *Cor* 11,3) y, pocos versículos más adelante, entró en la discusión acerca del deber de las mujeres de llevar velo en la cabeza para orar, el autor del texto[311] había empleado la palabra griega *exousía* (autoridad), pero fue traducida por «dependencia de» o «sujeción a», que conlleva una interpretación absolutamente diferente y lesiva para la mujer.

De lo anterior derivan sentencias tan conocidas como la de Haimo d'Auxerre (siglo VIII): «En la Iglesia se entiende por mujer a quien obra de manera mujeril y boba»; la de Graciano (siglo XII): «La mujer no puede recibir órdenes sagradas porque por su naturaleza se encuentra en condiciones de servidumbre»; o la de santo Tomás (siglo XIII): «Como el sexo femenino no puede significar ninguna eminencia de grado, porque la mujer tiene un estado de sujeción, por eso no puede recibir el sacramento del Orden.» La mujer, según la ha entendido la patrística cristiana, es un ser inferior, boba y condenada a la servidumbre «por su naturaleza». Hoy, no pocos sacerdotes y prelados siguen pensando lo mismo de ellas (aunque haciéndolas, también, como siempre fue, objeto de su lascivia).

311. En honor de la verdad hay que decir que Pablo nunca escribió estos versículos, puesto que está demostrado que todo el capítulo 11 de la I *Epístola a los Corintios* es una interpolación de finales del siglo I, cuando Pablo ya llevaba años muerto. El texto de esta interpolación no se corresponde en nada con la mentalidad típicamente paulina de *Gálatas*, ni con el papel que Pablo le dio a las mujeres en sus comunidades cristianas.

A pesar de que, según lo visto, no fuese así en los *Evangelios*, sino todo lo contrario, la mujer comenzó a ser discriminada de la *ekklesía* cristiana bastante tempranamente; entre los siglos II y IV fue aboliéndose progresivamente la presencia de las diaconisas en las congregaciones cristianas y, bajo el control del emperador Constantino, la Iglesia católica fue configurándose según el modelo del sacerdocio pagano que había sido oficial, hasta entonces, en el imperio romano. Por igual razón, los escritos bíblicos se han interpretado siempre desde una óptica profundamente androcéntrica y con un lenguaje no sólo escasamente neutral sino abiertamente antifemenino.

La declaración *Inter insigniores*, emitida por la Congregación para la Doctrina de la Fe (ex Santa Inquisición) el 15 de octubre de 1976, es un claro ejemplo de este machismo clerical falto de fundamento y discriminatorio para la mujer. A propósito de este texto, la teóloga católica Margarita Pintos comenta muy certeramente que «la antropología que subyace en esta declaración está claramente ligada al androcentrismo. Se asume la teología escolástica medieval que adoptó la antropología aristotélica en la que se define a las mujeres como "hombres defectuosos". Esta antropología defendida por san Agustín y más tarde reforzada por santo Tomás, que declara que las mujeres en sí mismas no poseen la imagen de Dios, sino sólo cuando la reciben del hombre que es "su cabeza", no es, como parece obvio, una antropología revelada.

»El hecho de que el sacerdote actúa *in persona Christi capitis* sobre todo en la eucaristía —añade Margarita Pintos—, sirve a la declaración para afirmar que si esta función fuera ejercida por una mujer "no se daría esta semejanza natural que debe existir entre Cristo y el ministro". Queda así reforzado el principio de masculinidad para el acceso al ministerio ordenado. Sólo el ser humano de sexo masculino puede actuar *in persona Christi*, es decir, representar a Cristo, ser su imagen. Así se acentúa el carácter androcéntrico de la cristología y de la eclesiología».[312]

312. Pintos, M. (1990). *Op. cit.*, p. 39.

Sólo desde esta plataforma ideológica que considera a las mujeres como a «hombres defectuosos», especialmente enquistada en la jerarquía católica,[313] puede comprenderse la marginación que la mujer católica aún sufre en cuanto a sus derechos de participación en el ejercicio y organización de su propia religión. La mujer católica tiene limitadas sus posibilidades de contribución eclesial a los papeles de *clienta* y de sirvienta de la Iglesia (o, más a menudo, del clero masculino).

A pesar de que las corrientes evangélicas actuales están intentando devolver a la mujer el protagonismo religioso que nunca debió perder y que, desde 1958, va incrementándose de modo progresivo e imparable el número de Iglesias cristianas que han aceptado con normalidad la ordenación sacerdotal de mujeres, la Iglesia católica prefiere seguir ignorando las enseñanzas del *Nuevo Testamento* y mantenerse atrincherada en su *tradición*: ¡las mujeres no pasarán! Qué lejos y olvidado ha quedado aquel Jesús que predicó la igualdad de derechos de la mujer y las aceptó junto a él como discípulas, con gran escándalo de los sacerdotes, claro está. Igual que hoy.

En lo personal, el modelo de mujer que la Iglesia católica actual quiere imponer es el de un ser volcado en la maternidad por encima de todo y que sea dócil y servil al varón aun a riesgo de su propia vida. El mensaje nos lo ha dado con claridad el papa Wojtyla no sólo a través de sus documentos y discursos sino mediante sus actos más solemnes: canonizando a dos italianas cuyos mayores méritos fueron, el de una, dejarse morir de cáncer de útero por no querer abortar para someterse al tratamiento médico que la hubiese salvado —con lo que dejó sin madre a sus cuatro hijos y al recién nacido que no quiso perder— y, el de la otra, aguantar hasta la muerte los malos tratos constantes de su marido en lugar de divorciarse de él.

313. Aunque sea también una concepción común a todas las religiones de sociedades patriarcales y en especial de los credos monoteístas (con el islamismo a la cabeza).

Podemos suscribir sin reparo alguno la frase con la que la teóloga feminista católica Rosemary Radford Ruether comenzó uno de sus últimos trabajos: «Escribo este ensayo tristemente consciente de que parece cada vez menos probable que el catolicismo institucional avance en dirección a los evangelios.»[314]

314. *Cfr*. Ruether, R. (1996, noviembre). «Uma Igreja livre de sexismo.» *Fraternizar* (96), p. 23.

IV

DE CÓMO LA IGLESIA CATÓLICA CAMBIÓ LOS «MANDATOS DE DIOS» BÍBLICOS Y CREÓ DOGMAS ESPECÍFICOS PARA CONTROLAR MEJOR A LOS CREYENTES Y AL CLERO

«Cuando, cada tarde, se sentaba el guru
para las prácticas del culto, siempre
andaba por allí el gato del ashram
distrayendo a los fieles. De manera
que ordenó el guru que ataran al gato
durante el culto de la tarde.

Mucho después de haber muerto el guru,
seguían atando al gato durante el
referido culto. Y cuando el gato murió,
llevaron otro gato al ashram para poder
atarlo durante el culto vespertino.

Siglos más tarde, los discípulos del
guru escribieron doctos tratados
acerca del importante papel que
desempeña el gato en la realización
de un culto como es debido.»

ANTHONY DE MELLO (*El canto del pájaro*)

13

Los *Diez Mandamientos* de la Iglesia católica presentan graves e interesadas diferencias respecto al *Decálogo* bíblico original

Según podemos leer en la *Biblia*, en *Éx* 20,1-21 y *Dt* 5, 1-22, Dios entregó sus diez mandamientos a los hombres por medio de Moisés y bajo la advertencia siguiente: «Oye, Israel, las leyes y los mandamientos que hoy hago resonar en tus oídos; apréndetelos y pon mucho cuidado en guardarlos.»

Los católicos, naturalmente, creen que los mandamientos que figuran en su catecismo son los originales, poco menos que una traducción literal de aquellas tablas de cartón-piedra que nos mostró el cine de Hollywood en manos de Charlton Heston, pero una simple comparación entre el *Decálogo* del *Deuteronomio* y el del catecismo católico nos aporta una evidencia curiosa: ¡la Iglesia modificó a su antojo los mandamientos de Dios para poder adaptarlos a sus necesidades! Uno creía que las palabras de Dios eran sagradas e inalterables, pero resulta que todas las que no convienen a la *Santa Madre Iglesia Católica Apostólica y Romana* pueden ser manipuladas a modo... y a mayor gloria divina, claro está.

Veamos ahora cómo se correlacionan el *Decálogo* original y el católico:

EL *DECÁLOGO* ORIGINAL SEGÚN EL *ANTIGUO TESTAMENTO* (*Dt* 5,7-21)	EL *DECÁLOGO* SEGÚN LA IGLESIA CATÓLICA[315]
1. No tendrás más Dios que a mí.	1. Amarás a Dios sobre todas las cosas.
2. No te harás imagen de escultura, ni de figura alguna de cuanto hay arriba, en los cielos, ni abajo, sobre la tierra, ni de cuanto hay en las aguas abajo de la tierra. No las adorarás ni les darás culto, porque yo, Yavé, tu Dios, soy un Dios celoso, que castigo la iniquidad de los padres en los hijos hasta la tercera y la cuarta generación de los que me aborrecen, y hago misericordia por mil generaciones a los que me aman y guardan mis mandamientos.	¿¡!?
3. No tomarás el nombre de Yavé, tu Dios, en falso, porque Yavé no dejará impune al que tome en falso su nombre.	2. No tomarás el nombre de Dios en vano.
4. Guarda el sábado, para santificarlo, como te lo ha mandado Yavé, tu Dios. Seis días trabajarás y harás tus obras, pero el séptimo es sábado de Yavé, tu Dios. No harás en él trabajo alguno, ni tú, ni tu hijo, ni tu hija, ni tu siervo, ni tu sierva, ni tu buey, ni tu asno (...) y por eso Yavé, tu Dios, te manda guardar el sábado.	3. Santificarás las fiestas.
5. Honra a tu padre y a tu madre, como Yavé, tu Dios, te lo ha mandado, para que vivas largos años y seas feliz en la tierra que Yavé, tu Dios, te da.	4. Honrarás a tu padre y a tu madre.
6. No matarás.	5. No matarás.
7. No adulterarás.	6. No cometerás actos impuros.

315. *Cfr.* Secretariado Catequístico Nacional de la Comisión Episcopal de Enseñanza de Madrid (1962). *Catecismo de la Doctrina Cristiana*. Zaragoza: Luis Vives, pp. 6-7. En justo pago al catecismo que me hicieron estudiar en el colegio cuando tenía apenas nueve años, he recuperado ese maltrecho texto —repleto de rayones infantiles—, superviviente olvidado en un rincón de mi biblioteca, para realizar este cotejo doctrinal.

EL *DECÁLOGO* ORIGINAL SEGÚN EL *ANTIGUO TESTAMENTO* (*Dt* 5,7-21)	EL *DECÁLOGO* SEGÚN LA IGLESIA CATÓLICA
8. No robarás.	7. No hurtarás.
9. No dirás falso testimonio contra tu prójimo.	8. No dirás falso testimonio ni mentirás.
¿¡!?	9. No consentirás pensamientos ni deseos impuros.
10. No desearás la mujer de tu prójimo, ni desearás su casa, ni su campo, ni su siervo, ni su sierva, ni su buey, ni su asno, ni nada de cuanto a tu prójimo pertenece.	10. No codiciarás los bienes ajenos.

Desde el primer mandamiento podemos apreciar los cambios de sentido tan profundos que la Iglesia ha perpetrado sobre el texto veterotestamentario original. El no tener más Dios que uno solo, Yahveh, ordenado en una época de politeísmos —recordemos que el propio Moisés, tal como ya demostramos en su momento (en referencia a *Éx* 15,11; 18,11; 20,5), practicó la monolatría, no el monoteísmo—, no tiene absolutamente nada que ver con el mandamiento católico de amar a Dios sobre todas las cosas. La Iglesia ha sobrepasado con mucho la intención y la intensidad que el propio Dios reclamó para sí mediante sus supuestas palabras, ganando así, de forma intencionada o casual, un instrumento psicológico fundamental para poder controlar y culpabilizar a su grey con mayor eficacia.

El segundo mandamiento del *Decálogo* deuteronómico corrió una suerte bastante peor ya que fue eliminado de cuajo. La razón para una mutilación tan descarada resulta obvia si confrontamos el mandato bíblico de «No te harás imagen de escultura, ni de figura alguna de cuanto hay arriba, en los cielos...» con la práctica nuclear del catolicismo de presentar para su culto y veneración a una legión de imágenes de advocaciones de la Virgen, de santos de todas las épocas y del mismísimo Jesús-Cristo.

A la luz del mandato inapelable del Dios de la *Biblia*, cuyo cumplimiento fue ratificado por el propio Jesús, el catolicismo es una religión idólatra, por eso la Iglesia —que creció adoptando mitos y ritos paganos y se extendió entre gentes habituadas a la idolatría—, para poder conquistar la devoción de las masas incultas, tuvo que borrar de la memoria de sus creyentes la prohibición divina de adorar imágenes. Esta cuestión tan importante la trataremos específicamente en el primer apartado de este mismo capítulo.

En su cuarto mandamiento el Dios bíblico ordenó: «Guarda el sábado, para santificarlo (...) Seis días trabajarás y harás tus obras, pero el séptimo es sábado de Yavé, tu Dios. No harás en él trabajo alguno...», pero la Iglesia católica lo transformó en «santificarás las fiestas», que no implica ni remotamente la misma cosa, ¿o es que son equivalentes el mandato de no trabajar los sábados y el de ir a misa todos los domingos y demás días de fiesta? De nuevo la Iglesia católica le enmendó la plana a Dios sin miramiento ninguno. En el segundo apartado de este capítulo veremos con detalle la cuestión que aquí tan sólo enunciamos.

El séptimo mandamiento bíblico —«No adulterarás»— contiene una instrucción bien clara y concreta: no cometer adulterio, eso es no violar la fidelidad sexual conyugal. Pero la Iglesia católica quiso ser más exigente que el propio Dios y modificó su voluntad ordenando, en el famoso y patológico *sexto mandamiento*: «No cometerás actos impuros.» Mien-

316. Cosa especialmente importante en una cultura patriarcal, como lo era la hebrea, receptora del *Decálogo*, ya que, en este tipo de sociedad, las propiedades (tierras, ganados, bienes muebles e inmuebles, etc.) y cargos se heredaban por vía *seminal*, eso es a través del linaje de *sangre* que transmitía el varón a su primogénito y al resto de hijos/as. En este contexto el hombre debía poder contar con *garantías* acerca de la paternidad de sus hijos —una necesidad que, muchos siglos antes, había llevado a controlar absolutamente la sexualidad de la mujer, reduciéndola a la proveedora de herederos del varón y desposeyéndola de su derecho al control genital y al placer sexual—, evitando los embarazos extraconyugales de su esposa o esposas —por eso se legisló la pena de muerte para la mujer adúltera— y, al mismo tiempo, el colectivo necesitaba protegerse de los hijos ilegítimos (varones) que podían

tras el Dios bíblico sólo proscribió el mantener relaciones sexuales fuera del propio matrimonio,[316] la Iglesia católica, *obsexa* hasta la maldad, convirtió en algo horrible todo lo relacionado con la sexualidad humana.[317]

El ejemplo de san Agustín es bien indicativo de la mentalidad católica en materia sexual: este padre de la Iglesia que, según confesó en sus memorias, «en la lascivia y en la prostitución he gastado mis fuerzas», tuvo siempre una gran necesidad de mujeres, vivió mucho tiempo en concubinato, tomando finalmente a una niña de 10 años por *novia* y a otra mujer más adulta por amante... pero acabó agotado de tanto exceso carnal y reconvirtió sus fuerzas para dedicarlas a una patética cruzada contra el placer sexual, al que tildó de «monstruoso», «diabólico», «enfermedad», «locura», «podredumbre», «pus nauseabundo», etc., con lo que el obispo de Hipona se lanzó a condenar con fanatismo lo que llamó «la concupiscencia en el matrimonio», una sacra labor que, quince siglos después, aún centraliza la mayor parte de la energía de la jerarquía de la Iglesia católica.

Si repasamos la literatura catequista católica del último siglo comprobaremos con estupor que las prescripciones y prohibiciones alrededor del *sexo* mandamiento han ocupado un lugar preponderante frente a los demás *pecados*. A los obispos y sacerdotes les pareció siempre más terrible que un adolescente se masturbara —«un pecado mortal que pudre la

---

aspirar a heredar bienes y traspasarlos de un clan a otro, debilitando la estructura familiar del padre biológico. Por eso, que no por ser *pecado*, debía evitarse el adulterio. Y por razones socioeconómicas, que no teológicas, se incluyó esta prohibición en un listado de reglas de convivencia publicitadas bajo la autoría de Dios para forzar su cumplimiento.

317. La represora moral sexual oficial de la Iglesia católica —que, afortunadamente, no siguen la inmensa mayoría de los creyentes actuales—, contrasta vivamente con la voracidad sexual de algunos de sus más notables «padres de la Iglesia», como san Agustín, con las costumbres sexuales licenciosas y corruptas que caracterizaron a papas, obispos y clero en general durante siglos, y con la realidad desbordante de las prácticas sexuales del clero católico actual (a este respecto puede consultarse la investigación publicada en Rodríguez, P. [1995]. *La vida sexual del clero*. Barcelona: Ediciones B. y en la bibliografía que allí se cita).

columna vertebral y condena irremisiblemente al fuego del infierno», se placían en anunciar amenazadoramente a los chavales— o bailara *arrimado* con su pareja que no la explotación de los obreros, el robo o el asesinato.

En el actual catecismo católico, por ejemplo, se condena sin excepción la masturbación mientras que se justifica la pena de muerte y la guerra y se acepta la posibilidad de matar a otro en defensa del bien común.[318] ¿Qué clase de mente hay que tener para imaginar que Dios pueda sentirse más ofendido por quien se masturba que por quien da muerte a uno o a muchos, por muy en «defensa del bien común» que sea?

En el noveno mandamiento del *Decálogo*, al «No dirás falso testimonio contra tu prójimo» inicial, la Iglesia católica le añadió de cosecha propia un «ni mentirás», que es totalmente ajeno a la intención y el contexto que dieron origen al mandato bíblico.

El *Catecismo* católico actualmente vigente señala que: «"La mentira consiste en decir falsedad con intención de engañar" (san Agustín, mend. 4,5). El Señor denuncia en la mentira una obra diabólica: "Vuestro padre es el diablo... porque no hay verdad en él; cuando dice la mentira, dice lo que le sale de dentro, porque es mentiroso y padre de la mentira" (*Jn* 8,44)»; «La mentira es la ofensa más directa contra la verdad. Mentir es hablar u obrar contra la verdad para inducir a error al que tiene el derecho de conocerla. Lesionando la relación del hombre con la verdad y con el prójimo, la mentira ofende el vínculo fundamental del hombre y de su palabra con el Señor»; y «La gravedad de la mentira se mide según la naturaleza de la verdad que deforma, según las circunstancias, las intenciones del que la comete, y los daños padecidos por los que resultan perjudicados. Si la mentira en sí sólo

318. *Cfr*. Santa Sede (1992). *Catecismo de la Iglesia Católica*. Madrid: Asociación de Editores del Catecismo. «Entre los pecados gravemente contrarios a la castidad se deben citar la masturbación, la fornicación, las actividades pornográficas y las prácticas homosexuales» (párrafo 2.396, p. 524). «La prohibición de causar la muerte no suprime el derecho a impedir que un injusto agresor cause daño. La legítima defensa es un deber grave para quien es responsable de la vida de otro o del bien común» (párrafo 2.321, p. 509).

319. *Cfr*. Santa Sede (1992). *Op. cit.*, p. 540, párrafos 2.482 a 2.484.

constituye un pecado venial, sin embargo llega a ser mortal cuando lesiona gravemente las virtudes de la justicia y la caridad».[319]

Llegados a este punto del libro, con todo lo que ya hemos visto, hay que reconocer a la Iglesia católica una desvergüenza sobrehumana: ¿No es mentir el falsear gravemente las *Sagradas Escrituras*? ¿No es mentir el mantener en el canon neotestamentario textos que se dan por *inspirados* y de autoría apostólica cuando ya se ha demostrado sin sombra de duda posible que son documentos pseudoepigráficos? ¿No es mentir el inducir a error a sus creyentes dándoles una interpretación del mensaje evangélico que resulta contraria a la intención de Jesús y de sus apóstoles? ¿No es mentir el haber construido el Estado de la Iglesia católica sobre la falsificación de *La Donación de Constantino*? ¿No es mentir el comportamiento de la Iglesia que hemos venido documentando en cada página de este trabajo?

Pero para la Iglesia católica, sin embargo, es posible que las mentiras más formidables de la historia humana no sean tales, quizá porque su conciencia descansa sobre la doctrina de la *mentira económica* o *pedagógica* basada en el plan divino de la salvación, asentada por su teólogo Orígenes cuando defendió la función *cristiana* del engaño postulando la necesidad de una mentira como «condimento y medicamento». Definitivamente, los mandamientos de la *Ley* de Dios no fueron hechos para ser cumplidos por la Iglesia católica, una institución que se ha encumbrado a sí misma muy por encima de todo lo humano y lo divino.

En el cotejo que estamos realizando entre el *Decálogo* bíblico y el católico llegamos al décimo del primero mientras que todavía estamos en el noveno del segundo; al haber eliminado todo el segundo mandamiento original, a la Iglesia católica le faltaba otro para completar la decena y no despertar sospechas con un decálogo cojo. La solución la encontró transformando el décimo bíblico en el noveno y décimo católicos.[320]

320. La desfachatez de la Iglesia católica es tan inaudita que cuando tiene que comparar el *Decálogo* original con el suyo une el primer y segundo mandamientos en uno solo para que no se note su manipulación (¡aunque entonces deja el decálogo en sólo nueve apartados!). Así, en el

De esta manera, la Iglesia católica, elaboró su noveno mandamiento *subiendo* el «no desearás la mujer de tu prójimo» desde el décimo bíblico y fundiéndolo dentro del mismo concepto obsesivo que ya había especificado en su sexto, quedando así el texto de «no consentirás pensamientos ni deseos impuros». El resto del décimo mandamiento bíblico pasó al décimo católico con una significación equivalente.

Un creyente católico honesto y consecuente con su fe debería plantearse al menos estos dos interrogantes:

a) Si la palabra de Dios es *Ley*, y su *Decálogo* es sustancialmente diferente al que obliga a cumplir la Iglesia católica, ¿cómo puede tomarse la *Biblia* por palabra divina mientras que se acata y eleva a rango superior una palabra meramente humana que la contradice? ¿Es ése el caso que los católicos le hacen a ese Dios con el que se llenan la boca?

b) Si se recurre a Jesús como árbitro para salir de dudas, ¿a cuál de sus afirmaciones contradictorias deberemos dar más credibilidad? En *Mt* 5,17-18 declaró: «No penséis que he venido a abrogar la Ley o los Profetas; no he venido a abrogarla, sino a consumarla. Porque en verdad os digo que mientras no pasen el cielo y la tierra, ni una jota ni una tilde pasará (desapercibida) de la Ley hasta que todo se cumpla»; dado que el cielo y la tierra aún no han desaparecido con la llegada del Juicio Final, y que el *Decálogo* es una parte fundamental de la *Ley*, es evidente que Jesús proclamó la necesidad de

---

Catecismo actual, por ejemplo, se presenta el texto del primer mandamiento como: «No habrá para ti otros dioses delante de mí. No te harás escultura ni imagen alguna...», engañando a sabiendas al lector ya que, tanto en el *Decálogo* de *Éx* 20,3-17 como en el de *Dt* 5,7-21, la primera frase se corresponde con el primer mandamiento y la segunda —«No te harás escultura...»— es el inicio del siguiente. Si ambos mandatos se unifican (vulnerando la estructura del texto que los contiene), también deberían unirse los restantes hasta formar un solo mandamiento, cosa algo absurda cuando se trata de un decálogo. Al llegar al décimo mandamiento bíblico, la Iglesia se limita a hacer dos de él, con lo que vuelve así a tener diez. Cualquier lector puede comprobar directamente esta muestra de ingenio católico comparando los citados versículos de *Éxodo* y *Deuteronomio* con el texto correspondiente que aparece en el *Catecismo de la Iglesia Católica* (*Cfr.* Santa Sede [1992]. *Op. cit.*, pp. 455-456).

cumplir íntegros los mandamientos bíblicos, tal como él los conoció —no tal como la Iglesia los ha maquillado—, aún en el día de hoy.

Pero si leemos al Jesús de *Mt* 19,16-19, nos sorprenderá ver que él mismo parece abrogar parcialmente la *Ley* que unos versículos antes declaraba obligatoria en su totalidad: «Acercósele uno y le dijo: Maestro, ¿qué obra buena he de realizar para alcanzar la vida eterna? Él le dijo: ¿Por qué me preguntas sobre lo bueno? Uno solo es bueno: si quieres entrar en la vida, guarda los mandamientos. Díjole él: ¿Cuáles? Jesús respondió: No matarás, no adulterarás, no hurtarás, no levantarás falso testimonio; honra a tu padre y a tu madre y ama al prójimo como a ti mismo.»

Si el texto no fue mutilado —o añadido— por algún copista anterior a Nicea, es evidente que Jesús redujo los mandamientos a sólo seis, eliminando —de forma incomprensible e incompatible con su propia prédica, recogida en el resto de los *Evangelios*— los cuatro primeros del *Decálogo* mosaico (base del monoteísmo judeocristiano) y cambiando el décimo por el de amar al prójimo. Aunque, un poco más adelante, en *Mt* 22,36-40, Jesús volvió a dar una nueva versión: «Maestro, ¿cuál es el mandamiento más grande de la Ley? Él le dijo: Amarás al Señor, tu Dios, con todo tu corazón, con toda tu alma y con toda tu mente. Éste es el más grande y el primer mandamiento. El segundo, semejante a éste, es: Amarás al prójimo como a ti mismo. De estos dos preceptos penden toda la Ley y los Profetas.»

Dado que Dios no puede obrar mediante actos volitivos contradictorios entre sí —aunque ésa es la conclusión que se saca muy a menudo al leer las *Escrituras*—, la cuestión radicará en saber cuándo expresó Jesús el mandato de Dios: si lo hizo en *Mt* 5,17-18, la Iglesia católica traiciona a Dios al imponer un *Decálogo* ajeno al veterotestamentario; pero si la nueva voluntad de Dios la manifestó el Jesús de *Mt* 19,16-19, la Iglesia católica traiciona a Dios y a Jesús al mismo tiempo ya que sus mandamientos no son los seis que enumeró el nazareno; y si todo se resume a lo que dijo Jesús en *Mt* 22,36-40, resulta obvio que sobran ocho mandamientos y que la

Iglesia sigue traicionando a alguien que ya no acertamos a saber si es Dios, Jesús o cualquier otro. En cualquier caso, queda patente que la Iglesia ha pervertido los mandamientos que ella misma atribuye a Dios, con todo lo que eso implica.

Por si no fuera ya bastante dramático lo que acabamos de aflorar, resulta que la continuación del pasaje de *Mt* 19,16-19 conduce a una conclusión que es una bomba de relojería colocada en la propia línea de flotación de la Iglesia católica. Así, en *Mt* 19,20-26, seguimos leyendo: «Díjole el joven: Todo esto lo he guardado. ¿Qué me queda aún? Díjole Jesús: Si quieres ser perfecto, ve, vende cuanto tienes, dalo a los pobres, y tendrás un tesoro en los cielos, y ven y sígueme. Al oír esto el joven, se fue triste, porque tenía muchos bienes. Y Jesús dijo a sus discípulos: En verdad os digo: ¡qué difícilmente entra un rico en el reino de los cielos! De nuevo os digo: es más fácil que un camello entre por el ojo de una aguja que entre un rico en el reino de los cielos. Oyendo esto, los discípulos se quedaron estupefactos y dijeron: ¿Quién, pues, podrá salvarse? Mirándolos, Jesús les dijo: Para los hombres, imposible, mas para Dios todo es posible.»

Estupefactos deberían estar también todos los católicos, no ya los ricos, sino todos los que posean algunos bienes y no los hayan empleado en beneficio de los pobres, puesto que, ya se sea rey, papa u obispo, Jesús ya les anunció de antemano su imposibilidad para poder entrar en el «reino de los cielos» (salvo que el tamaño de los camellos y las agujas se haya invertido durante los últimos dos mil años). ¿O es que puede tomarse al pie de la letra una frase de Jesús pero ignorar cualquier otra que no convenga a los intereses personales del creyente o de la Iglesia?

La respuesta a esta última cuestión es afirmativa; y como muestra puede repasarse el *Catecismo de la Iglesia Católica*, en sus párrafos 2.052 y 2.053, que analizan el texto de *Mt* 19, y comprobar cómo, ¡oh casualidad!, los versículos que niegan la salvación a los ricos no son tomados en cuenta, con lo que se manipula gravemente lo dicho por Jesús al anular el sentido dialéctico de su discurso; ¿una obra piadosa, quizá, para no asustar innecesariamente las conciencias católicas burguesas?

En el mismo *Catecismo* podemos leer que «Por su modo de actuar y por su predicación, Jesús ha atestiguado el valor perenne del *Decálogo*. El don del *Decálogo* fue concedido en el marco de la alianza establecida por Dios con su pueblo. Los mandamientos de Dios reciben su significado verdadero en y por esta Alianza. Fiel a la Escritura y siguiendo el ejemplo de Jesús, la tradición de la Iglesia ha reconocido en el *Decálogo* una importancia y una significación primordial. El *Decálogo* forma una unidad orgánica en la que cada "palabra" o "mandamiento" remite a todo el conjunto. Transgredir un mandamiento es quebrantar toda la Ley».[321]

Lamentablemente para nuestras dudas, el *Catecismo de la Iglesia Católica*, que tan prolijo resulta a la hora de enumerar hechos irrelevantes, no dice una sola palabra acerca de si falsear el *Decálogo* tal como lo ha hecho la Iglesia es «quebrantar toda la Ley» o sólo mancillarle una puntita sin importancia.

La Iglesia falseó el *Decálogo* bíblico, eliminando el segundo mandamiento, que prohíbe la idolatría, para rentabilizar el culto a las imágenes de Jesús, la Virgen y los santos

El segundo mandamiento del *Decálogo* bíblico, dice: «No te harás imagen de escultura, ni de figura alguna de cuanto hay arriba, en los cielos, ni abajo, sobre la tierra, ni de cuanto hay en las aguas abajo de la tierra. No las adorarás ni les darás culto, porque yo, Yavé, tu Dios, soy un Dios celoso, que castigo la iniquidad de los padres en los hijos hasta la tercera y la cuarta generación de los que me aborrecen, y hago misericordia por mil generaciones a los que me aman y guardan mis mandamientos» (*Dt* 5,8-10), y otro tanto se proscribe en *Éx* 20,4-6. Y en más de treinta pasajes de las *Escrituras* se presenta a Dios prohibiendo expresamente el culto a las imágenes.

En los *Salmos* se es categórico cuando se afirma que «Está nuestro Dios en los cielos, y puede hacer cuanto quiere. Sus

321. *Cfr.* Santa Sede (1992). *Op. cit.*, p. 462, párrafos 2.076 a 2.079.

ídolos [los de los gentiles] son plata y oro, obra de la mano de los hombres; tienen boca, y no hablan; ojos, y no ven; orejas, y no oyen; narices, y no huelen; sus manos no palpan, sus pies no andan; no sale de su garganta un murmullo. Semejantes a ellos serán los que los hacen y todos los que en ellos confían» (*Sal* 115,3-8). Y el profeta Jeremías no fue menos explícito al decir que «Todos [los seres divinos representados por imágenes] a una son estúpidos y necios, doctrina de vanidades, (son) un leño; plata laminada venida de Tarsis, oro de Ofir, obra de escultor y de orfebre, vestida de púrpura y jacinto; obra de diestros (artífices) son ellos» (*Jer* 10,8-9).

San Pablo, cuando se dirigió a los atenienses, fervientes practicantes del culto a las imágenes de divinidades, no sólo les advirtió de que «El Dios que hizo el mundo y todas las cosas que hay en él, ése, siendo Señor del cielo y de la tierra, no habita en templos hechos por mano del hombre» (*Act* 17,24) sino que añadió: «Siendo, pues, linaje de Dios, no debemos pensar que la divinidad es semejante al oro, o la plata, o a la piedra, obra del arte y del pensamiento humano. Dios, disimulando los tiempos de la ignorancia, intima ahora en todas partes a los hombres que todos se arrepientan...» (*Act* 17,29-30). Con un lenguaje más familiar, san Juan vendrá a decir lo mismo: «Hijitos guardaros de los ídolos» (I *Jn* 5,21).

¿Hace falta recordar que la imaginería religiosa católica es la muestra artística fundamental de Occidente? ¿O que todas las iglesias están repletas de imágenes y estatuas de seres divinos? ¿O que el culto popular a las imágenes religiosas es el hecho más común y conocido de la cultura católica? ¿O que el culto a la Virgen es la base sobre la que pivotan las fiestas populares de todos los pueblos de tradición católica? ¿O que sacar en procesión las imágenes de Cristo, la Virgen o los santos es un rito tan arraigado que no deja duda alguna acerca de su vigencia y significado aún en nuestros días? Hoy, tal como viene sucediendo desde hace siglos, nadie, absolutamente nadie, puede imaginarse a la religión católica si no es patrocinando a miríadas de imágenes dichas sagradas.

Pero lo fundamental de la cuestión es que los propios redactores de la *Biblia* catalogaron las prácticas de dar culto a imágenes como «necedad», «vanidad» e «ignorancia» y el propio Dios en el que creen los católicos las prohibió terminantemente en su segundo mandamiento... ese que, como ya hemos visto, eliminó la Iglesia católica sin pudor alguno.

Ante la evidencia crítica que aportan las mismísimas *Escrituras* en contra de la práctica católica de dar culto a las imágenes, será oportuno acudir al *magisterio* de la Iglesia para conocer su versión al respecto. Así que leemos el autorizado criterio del *Catecismo de la Iglesia Católica*:

«Fundándose en el misterio del Verbo encarnado,[322] el VII Concilio Ecuménico (celebrado en Nicea el año 787), justificó contra los iconoclastas el culto de las sagradas imágenes: las de Cristo, pero también las de la Madre de Dios, de los ángeles y de todos los santos. El Hijo de Dios, al encarnarse, inauguró una nueva "economía" de las imágenes. El culto cristiano de las imágenes no es contrario al primer mandamiento que proscribe los ídolos.[323] En efecto, "el honor dado a una imagen se remonta al modelo original" (san Basilio, spir. 18,45), "el que venera una imagen, venera en ella la persona que en ella está representada" (Cc. de Nicea II: DS 601; cf Cc. de Trento: DS 1821-1825; Cc. Vaticano II: SC 126; LG 67). El honor tributado a las imágenes sagradas es una "veneración respetuosa", no una adoración, que sólo corresponde a Dios: El culto de la religión no se dirige a las imágenes en sí mismas como realidades, sino que las mira bajo su aspecto propio de imágenes que nos conducen a Dios encarnado. Ahora bien, el movimiento que se dirige a la imagen en cuanto tal, no se detiene en ella, sino que tiende a la realidad de la que ella es imagen (santo Tomás de Aquino, s. th. 2-2,81,3,ad 3).»[324]

322. Un misterio, ciertamente. Pero el misterio más misterioso de todos es la pirueta galáctica que hace la Iglesia católica para justificar su idolatría a partir del mito tardío del Verbo encarnado.

323. Recordemos que la Iglesia católica, como ya demostramos, para ocultar la eliminación del segundo mandamiento ha recurrido a la astucia de unir el primero y el segundo en uno solo, pero usando después sólo el texto del primero, con lo que hizo desaparecer la prohibición de dar culto a imágenes.

324. *Cfr.* Santa Sede (1992). *Op. cit.*, p. 473, párrafos 2.131 y 2.132.

Tras leer varias veces esta católica e *inspirada* opinión, queda absolutamente claro que nada de lo que se dice en ella tiene la más mínima entidad para hacer variar o aminorar ni un ápice la prohibición de las *Escrituras* de dar culto a imágenes; al menos si pensamos que la palabra de Dios, que se supone es toda la *Biblia*, tiene —o debería tener— un rango superior a la palabra de unos cuantos obispos reunidos para elaborar doctrina (y a los que la Iglesia pone por encima de Dios sin el menor recato). Así que, como mínimo, la Iglesia católica es formalmente idólatra.

Decimos formalmente idólatra porque dada la endiablada sutileza de la teología católica nada es exactamente aquello que parece. Aunque los actos formales de la religiosidad popular católica —y los de bastantes sacerdotes— puedan ser considerados como manifestaciones objetivas de adoración a la Virgen o a los santos, la doctrina oficial, tal como hemos visto dos párrafos más arriba, califica estos actos como de «veneración» y no de «adoración». La Iglesia sitúa a la Virgen en el lugar más elevado del panteón de los santos y por eso la hace acreedora del más alto honor en forma de veneración.[325]

Desde la doctrina oficial, por tanto, no se cae, en este punto, en la idolatría, pero basta preguntar a párrocos y fieles católicos practicantes acerca de si hay que «adorar» a la Virgen de manera diferente o inferior a como ellos adoran a Cristo o a Dios para obtener una misma respuesta en la mayoría de los casos: ¡no!

La Iglesia católica —que conoce esto perfectamente y no se toma la menor molestia para aclarar a su grey la sutil diferencia que separa la veneración de la adoración— nece-

325. La doctrina católica define la veneración como «el respeto mostrado a los santos», señalando que puede tomar la forma de oraciones, cantos, rituales de culto o actos destinados a honrar sus reliquias o imágenes, y remarcando que es diferente del acto de homenaje o adoración que se le debe a Dios en exclusiva. El culto reservado a los santos se denomina *dulía*, el que recibe la Virgen es de rango superior y recibe el nombre de *hiperdulía*, y la adoración propiamente dicha, exclusiva de Dios, es la *latría*.

sita del poder *sugestivo* de las imágenes para seguir obteniendo los muchísimos ingresos económicos que la *adoración* de estatuas le reporta. Y no olvidemos tampoco un proceso público y evidente que, en los últimos años, ha llevado a muchos teólogos católicos a denunciar la *papalatría* generada —por obra del Opus Dei, principalmente— alrededor del actual papa Juan Pablo II.[326] Así que, aunque la Iglesia católica no sea idólatra formalmente, sí lo es en la práctica.[327]

Si recordamos el proceso histórico —político-social antes que religioso— que condujo hasta la formación de la Iglesia católica en el seno del Imperio romano, quizá comprenderemos mejor el camino que llevó a la antiquísima práctica pagana de la adoración de imágenes hasta el corazón de esta versión del cristianismo. Karlheinz Deschner nos da una pequeña pista del asunto cuando, refiriéndose al emperador Constantino, escribe: «En estas épocas en que incluso ciertos individuos particulares adquirían categoría de semidioses, al emperador se le reconocía naturaleza (casi) divina, como lo indica la ceremonia de la "*proskynesis*": los que comparecían a su presencia se arrojaban al suelo, de cara a tierra. Estas modas fueron introducidas por los emperadores paganos antes de Nerón, que ostentó los títulos de *caesar*, *divus* y *soter*, o

326. No supone ninguna *profecía* si aventuramos que tras la muerte del papa Juan Pablo II no pasará mucho tiempo antes de que se inicie un proceso para su canonización, promovido extraoficialmente desde el hoy aún todopoderoso Opus Dei, que correrá a casi tanta velocidad como el del fundador de la Obra. Una parte muy pequeña, pero muy *ruidosa*, de la Iglesia católica actual está ya en la línea de salida para poder empezar a rezarle al «Santo Padre» en demanda de unos milagros que, cómo no, llegarán prestos.

327. Al respecto conviene tener en cuenta que, no por casualidad ni por ignorancia, los muchísimos millones de creyentes que profesan religiones surgidas del mismo tronco que la católica (judaísmo, islamismo, protestantismo, etc.), y que comparten con ella la base doctrinal de los textos fundamentales del *Antiguo Testamento* —y en el caso de los cristianos no católicos también del *Nuevo Testamento*—, no creen ni en la Virgen ni en los santos y rechazan de modo tajante cualquier forma de culto, ya sea veneración o adoración, de imágenes sagradas.

sea, emperador, dios y salvador; Augusto se hizo llamar mesías, salvador e hijo de Dios, lo mismo que César y Octaviano, libertadores del mundo. Este culto al soberano ejerció una profunda influencia que se refleja en el *Nuevo Testamento*, con la divinización de la figura de Cristo. La Iglesia prohibía rendir culto al emperador, pero asumió todos los ritos del mismo, incluyendo la genuflexión y la adoración de las imágenes; recordemos que la figura laureada del emperador recibía culto popular con cirios e incienso.»[328]

Hoy, cuando uno entra en un templo católico y se queda observando a los feligreses —cosa que este autor hace con frecuencia en todas las ciudades del mundo que visita—, se da perfecta cuenta de hasta qué punto la Iglesia se ha olvidado de aquello que dejó escrito su gran teólogo Orígenes: «Si entendemos lo que es la oración acaso no debiéramos orar a nadie nacido (de mujer), ni siquiera al mismo Cristo, sino sólo al Dios y Padre de Todo.»[329]

Pero cuando enriquecemos nuestro espíritu contemplando la extraordinaria belleza artística y riqueza conceptual del arte católico, no puede dejar de sorprendernos el encontrar con frecuencia escenas pictóricas en las que aparece la supuesta imagen humanizada del propio Dios. Desde el espectacular Dios creando el mundo, pintado por Miguel Ángel, en 1508, en la Capilla Sixtina, hasta los modestos murales pintados por artistas anónimos en las parroquias de barrio actuales, son infinitas las imágenes que representan al Dios Padre, al Dios Hijo y al Espíritu Santo, así como también a los ángeles y arcángeles más notables.

Por mucho que se quiera disimular lo obvio, esta muestra de iconografía divina vulnera absolutamente la prohibición del segundo mandamiento del *Decálogo* cuando ordena: «No te harás imagen de escultura, ni de figura alguna de cuanto hay arriba, en los cielos...» Es evidente que la normativa que la propia Iglesia católica fija en el párrafo 2.079 de su *Catecismo* —«transgredir un mandamiento es quebrantar toda la

328. *Cfr.* Deschner, K. (1990). *Op. cit.*, p. 193.
329. *Cfr. De oratione* XV, 1.

Ley»— no reza para ella misma. La Iglesia católica goza de patente de corso para poder pecar contra Dios vulnerando su *Ley*... no en balde es ella misma quien ha secuestrado en supuesta exclusiva la prerrogativa de perdonar cualquier *pecado*.

El profeta Jeremías se refirió a las costumbres idólatras de los gentiles —que adoraban con dignidad y fe legítima a sus dioses, representados en imágenes— tachándolas de vanidad pues «leños cortados en el bosque, obra de las manos del artífice con la azuela, se decoran con plata y oro, y los sujetan a martillazos con clavos para que no se muevan. Son como espantajos de melonar, y no hablan; hay que llevarlos, porque no andan; no les tengáis miedo, pues no pueden haceros mal, ni tampoco bien» (*Jer* 10,3-5).

Fue el santo varón Jeremías, inspirado por Dios, no algún ateo *masón*, quien, desde la propia *Biblia*, calificó a las imágenes religiosas como «espantajos de melonar» y advirtió acerca de su inutilidad —«no pueden haceros mal, ni tampoco bien»—, así que no seremos nosotros quienes nos atrevamos a desautorizar tan alta y cualificada opinión.

El Dios de la *Biblia* no dijo «ve a misa los domingos» sino «descansa los sábados»

Allí dónde el *Decálogo* bíblico ordena: «Guarda el sábado, para santificarlo, como te lo ha mandado Yavé, tu Dios. Seis días trabajarás y harás tus obras, pero el séptimo es sábado de Yavé, tu Dios. No harás en él trabajo alguno, ni tú, ni tu hijo, ni tu hija, ni tu siervo, ni tu sierva, ni tu buey, ni tu asno (...) y por eso Yavé, tu Dios, te manda guardar el sábado» (*Dt* 5,12-15), la Iglesia católica fijó: «Santificarás las fiestas.» ¿Son equivalentes ambos mandamientos, tal como la Iglesia fuerza a creer? Obviamente no; ni lo son en su forma, ni en su espíritu doctrinal, ni mucho menos en sus consecuencias prácticas y rituales.

En la *Biblia* se hace aparecer a Dios ordenando que el sábado fuese un día de descanso, de no trabajo, para santificarlo,[330] eso es una jornada en la que no debía hacerse nada productivo bajo ninguna excusa. La implantación del descanso sabatino entre los hebreos fue un proceso histórico gradual que contó con diferentes hitos importantes. El profeta Ezequiel, que comenzó su labor hacia el año 593 a.C., cuando los hebreos ya llevaban cinco años de cautiverio, fue el primero que habló de la celebración del sábado mediante sacrificios especiales (*Ez* 46,1-5)[331] y, en opinión de los historiadores, tal cosa «revela la importancia adquirida por la práctica del descanso semanal en la comunidad exiliada, que debió de encontrar en esta institución un medio de afirmar su originalidad entre los paganos».[332]

Unos pocos años más tarde, acabado el exilio, Nehemías, gobernador de Judea, al emprender su reforma religiosa (c. 430 a.C.) prohibió la realización de transacciones comerciales los sábados. La importancia de esta institución —muy fortalecida durante el exilio— queda clara ante el hecho de que las infracciones al descanso semanal eran castigadas con la muerte[333] y frente a la evidencia de que el redactor del texto *sacerdotal* acerca de la creación del mundo en siete días (*Gén* 1,2-4) persiguió, de modo obvio, justificar el día de descanso

330. La palabra latina *sancte* no sólo significa santa o sagrada, sino también inviolablemente, concienzudamente, escrupulosa, leal, etc.

331. «Así dice el Señor, Yavé: La puerta del atrio interior del lado de oriente estará cerrada los seis días de trabajo, pero se abrirá el día del sábado y en los novilunios. (...) El príncipe entrará por el vestíbulo de la puerta exterior, (...) los sacerdotes ofrecerán sus holocaustos y sus sacrificios eucarísticos. (...) El pueblo de la tierra se prosternará ante Yavé a la entrada de esta puerta los sábados y los novilunios. El holocausto que el príncipe ofrecerá a Yavé los sábados será de seis corderos sin defecto y un carnero sin mácula; y su ofrenda, de un *efá* por el carnero y de lo que él quiera por los corderos, con un *hin* de aceite por *efá*» (*Ez* 46,1-5).

332. *Cfr. Historia de las Religiones*. Siglo XXI, Vol. 5, p. 150.

333. «Guardaréis el sábado, porque es cosa santa para vosotros. El que lo profane será castigado con la muerte; el que trabaje será borrado de en medio de su pueblo. (...) Los hijos de Israel guardarán el sábado y lo celebrarán por sus generaciones, ellos y sus descendientes, como alianza perpetua; será entre mí y ellos una señal perpetua, pues en seis días hizo Yavé los cielos y la tierra, y el séptimo día cesó en su obra y descansó» (*Éx* 31,14-17). Un texto similar se encuentra en *Éx* 35,2-3.

semanal mediante la interpolación de dicho relato. Esta norma de guardar el sábado y la legislación veterotestamentaria que se le añadió, fueron finalmente recogidos en el texto *Sabat* de la *Mišná* judía.

A pesar de la ambigüedad con la que Jesús, según algunos pasajes de los *Evangelios*,[334] se expresó respecto al descanso del sábado, las repetidas profesiones de fe judía hechas por el nazareno en los mismos textos, y el hecho de que sus discípulos sí aparezcan guardando claramente este precepto,[335] indicarían que Jesús fue un fiel cumplidor del descanso obligado por la *Ley*, aunque seguramente lo hizo obviando el formalismo vacuo y rigorista de los fariseos.[336]

La propia Iglesia católica, en su *Catecismo* actualmente vigente, proclama que: «Dios confió a Israel el sábado para que lo guardara *como signo de la alianza* inquebrantable (cf *Éx* 31,16). El sábado es para el Señor, santamente reservado a la alabanza de Dios, de su obra de creación y de sus acciones salvíficas en favor de Israel. (...) El *Evangelio* relata numerosos incidentes en que Jesús fue acusado de quebrantar la ley del sábado. Pero Jesús nunca falta a la santidad de este día (cfr. *Mc* 1,21; *Jn* 9,16), sino que con autoridad da la interpretación auténtica de esta ley: "El sábado ha sido instituido para el hombre y no el hombre para el sábado" (*Mc* 2,27). Con compasión, Cristo proclama que "es lícito en sábado hacer el bien en vez del mal, salvar una vida en vez de des-

334. *Cfr.* los pasajes de *Mt* 12,1-7; *Mc* 2,23-28; *Lc* 6,1-5; y *Mt* 12,9-14; *Mc* 3,1-5; *Lc* 6,6-10.

335. Así, por ejemplo, cuando Jesús está ya en la sepultura, ninguno de sus discípulos se acercó al túmulo durante todo el sábado: «Durante el sábado se estuvieron quietas [las mujeres que habían venido con Él de Galilea] por causa del precepto» (*Lc* 23,56).

336. Un comportamiento de Jesús que, sin duda, le reportó una enemistad a muerte por parte de los fariseos; así, tras curar a un hombre en sábado, «Saliendo los fariseos, luego se concertaron con los herodianos contra Él para perderle» (*Mc* 3,6). La *Ley* de Dios prescribía la muerte para todos aquellos que vulnerasen el descanso semanal realizando cualquier tarea —léase, por ejemplo, en *Núm* 15,32-36, la ejecución por Moisés y los suyos de un hombre que fue sorprendido recogiendo leña en sábado— y Jesús se hacía reo de muerte al obrar milagros en sábado.

truirla" (*Mc* 3,4). El sábado es el día del Señor de las misericordias y del honor de Dios (cfr. *Mt* 12,5; *Jn* 7,23). "El Hijo del hombre es Señor del sábado" (*Mc* 2,28).»[337]

Si la Iglesia católica cree de verdad esto que afirma, ¿por qué eliminó el descanso semanal del sábado trasladándolo sin más al domingo? ¿Con qué autoridad puede violar el mandato de guardar el sábado —«signo de la alianza inquebrantable»— y faltar a la santidad de este día cuando Jesús, al que dice seguir, no lo hizo jamás?

Durante los cuatro primeros siglos de cristianismo no se *santificó* más descanso semanal que el del sábado, tal como había ordenado el Dios del *Antiguo Testamento*; pensar tan siquiera en celebrar este descanso en domingo hubiese significado un sacrilegio, una gravísima violación de la *Ley* divina.[338]

El domingo era el día pagano por excelencia ya que era el día del Sol, dedicado al divino *Sol Invictus*, pero la situación cambió cuando el emperador Constantino, en el año 320-321, a principios de su estrategia política para *cristianizar* el Imperio según sus intereses, decretó que el domingo se convirtiese en día festivo, especialmente para los tribunales. De este modo, el domingo pasó a convertirse en el día de descanso y de celebración de la resurrección de Jesús.

Según el párrafo 2.190 del *Catecismo* actual de la Iglesia católica, «el sábado, que representaba la coronación de la primera creación, es sustituido por el domingo que recuerda la nueva creación, inaugurada por la resurrección de Cristo». El primitivo mandato de Dios —«descansa los sábados»— emprendió así el camino para convertirse en «ve a misa los domingos», una

337. *Cfr.* Santa Sede (1992). *Op. cit.*, p. 479, párrafos 2.171 y 2.173.

338. Tal realidad no es contradictoria con la afirmación que hace Justino, a mediados del siglo II, al escribir: «Nos reunimos todos el día del sol porque es el primer día (después del sábado judío, pero también el primer día), en que Dios, sacando la materia de las tinieblas, creó el mundo; ese mismo día, Jesucristo nuestro Salvador resucitó de entre los muertos» (*Apologías*, I,67). Estas primeras reuniones dominicales, en una Iglesia que ya se estaba apartando del mensaje y costumbres judías de Jesús y sus apóstoles, darán lugar, dos siglos más tarde, a la imposición oficial del descanso dominical.

obligación carente de base y absolutamente antievangélica que finalmente quedó apuntalada al sacarse de la manga los famosos *Mandamientos de la Santa Madre Iglesia* que, en la práctica, fueron objeto de una demanda de cumplimiento más imperiosa y estricta que la que se hacía de los del *Decálogo*. De nuevo la Iglesia católica se había puesto por encima de Dios.

El texto de los *Mandamientos de la Santa Madre Iglesia*, según mi viejo catecismo escolar, es el que sigue: «Los Mandamientos más generales de la Santa Madre Iglesia son cinco: El primero, oír misa entera todos los domingos y fiestas de guardar. El segundo, confesar los pecados mortales al menos una vez al año y en peligro de muerte y si se ha de comulgar. El tercero, comulgar por Pascua de Resurrección. El cuarto, ayunar y abstenerse de comer carne cuando lo manda la Santa Madre Iglesia. El quinto, ayudar a la Iglesia en sus necesidades.»[339] La Iglesia y sus instrumentos de poder, control y enriquecimiento son lo fundamental, Dios —que no aparece en el texto— viene a ser lo accesorio, la excusa para cumplir con la obligación nuclear de ir a misa.

El *Catecismo* católico vigente, en su párrafo 2.180, señala: «El mandamiento de la Iglesia determina y precisa la ley del Señor: "El domingo y las demás fiestas de precepto los fieles tienen obligación de participar en la misa" (CIC can. 1.247). "Cumple el precepto de participar en la misa quien asiste a ella, dondequiera que se celebre un rito católico, tanto el día de la fiesta como el día anterior por la tarde" (CIC can. 1.248,1).»

No asistir a misa es un pecado grave, ya que la Iglesia, aunque renegó del sábado y de la legislación divina del *Antiguo Testamento*, no dejó de configurar su domingo con la misma estructura de obligaciones, normas y castigos que caracterizaba al descanso sabatino en la legislación veterotestamentaria.

En resumidas cuentas, el mandato católico de santificar (asistiendo a misa) «todos los domingos y fiestas de guardar», altera y vulnera la ley divina contenida en el *Decálogo*, pervierte el sentido inicial de este descanso semanal, y con-

339. *Cfr.* Secretariado Catequístico Nacional de la Comisión Episcopal de Enseñanza de Madrid (1962). *Op. cit.*, p. 7.

traría abierta y directamente las enseñanzas y comportamientos del Jesús de los *Evangelios*.

Conviene recordar lo ya mostrado en un capítulo anterior cuando citamos la frase de Jesús diciendo a sus discípulos: «Y cuando oréis, no seáis como los hipócritas, que gustan de orar en pie en las sinagogas y en los ángulos de las plazas, para ser vistos de los hombres. (...) Tú, cuando ores, entra en tu cámara y, cerrada la puerta, ora a tu Padre, que está en lo secreto; y tu Padre, que ve en lo escondido, te recompensará. Y orando, no seáis habladores, como los gentiles, que piensan ser escuchados por su mucho hablar» (*Mt* 6,5-7).

Esta última frase —que puede traducirse más fielmente por «Y al rezar no os repitáis inútilmente como hacen los gentiles, quienes creen que a fuerza de constantes repeticiones acabarán por ser escuchados»— se refiere a la costumbre pagana de ponerse ante el altar de su dios, en el templo, y enfatizar peticiones e invocaciones repitiendo en voz alta varias veces las mismas palabras. Este mismo comportamiento pagano que criticó Jesús es el que, ni más ni menos, encontramos entre los asistentes a una misa católica (y, en general, entre todos los participantes de los oficios eucarísticos cristianos).

Tomando en cuenta otro aspecto complementario, san Pablo no dejó de advertir que «El Dios que hizo el mundo y todas las cosas que hay en él, ése, siendo Señor del cielo y de la tierra, no habita en templos hechos por mano del hombre, ni por manos humanas es servido, como si necesitase de algo...» (*Act* 17,24-25). Salvo que las iglesias hayan sido construidas por algo ajeno a las manos del hombre y que los sacerdotes posean manos diferentes a las del común de los mortales, parece obvio que Pablo negó la presencia de Dios en los templos, con lo que resulta inútil el sacrificio dominical de la misa. Aunque también puede suponerse que Pablo —y el Espíritu Santo que le *inspiró*— se equivocara o que su Dios y el católico no sea el mismo.

En cualquier caso, no cabe duda ninguna de que la Santa Madre Iglesia católica impone a sus creyentes unos preceptos que contradicen la *Ley* de Dios y, además, obligan a obrar de manera contraria a la aconsejada por Jesús y Pablo.

14

El *Credo*, una profesión de fe que el propio Jesús rechazaría

El *Credo*, profesión de fe básica del cristianismo, no fue elaborado por Jesús ni tampoco por sus discípulos. La fórmula más antigua conocida, el *Symbolum breve*, procede de los años 150-180 y decía: «[Creo] en el Padre omnipotente; y en Jesús Cristo, Salvador nuestro; y en el Espíritu Santo Protector, en la santa Iglesia, y en la remisión de los pecados»; estas cinco creencias básicas le eran expuestas a todo candidato al bautismo para que las aceptara formalmente.

Será oportuno hacer una consideración previa acerca del propio concepto que subyace detrás de la palabra «credo». Tal como lo conocemos, el *Credo* es una profesión de fe[340] que implica creer en los artículos que proclama sin razonarlos, pero, en su origen, el contenido básico del texto estaba recogido bajo el concepto de *pisteyo*, que significa «formarse una opinión acerca de», es decir, todo lo contrario de lo que promueve la fe. Mientras *pisteyo* implicaba formarse una opinión mediante la razón (el trabajo intelectual de comprensión) y la comunicación experiencial que se derivaba de los

340. Entendiendo por fe la definición que hizo el concilio Vaticano I en su Sesión III (24-4-1870), capítulo 3 (*De fide*), eso es como «virtud sobrenatural por medio de la cual, gracias a la ayuda de Dios y a su inspiración, creemos que todo lo que Él ha revelado es verdadero, y lo creemos no porque la verdad intrínseca de las cosas aparezca así a nuestra razón, sino por la autoridad del mismo Dios que lo revela, el cual ni puede engañarse ni puede engañarnos».

símbolos enunciados en un contexto cultural y cultual determinado, *credo* —su «traducción» latina— fuerza a creer acríticamente y al pie de la letra (eso es sin comunicación experiencial) el texto ofertado.

Con el paso del tiempo y la intervención de diferentes teólogos, el símbolo inicial fue ampliándose progresivamente con la inclusión de nuevos artículos (hasta los doce actuales). En este proceso fueron clave las luchas teológicas previas a la definición y proclamación de la divinidad de Jesús —un cuadro que ya dibujamos en el capítulo 6—, puesto que este texto acabó siendo, precisamente, el resumen de la ortodoxia doctrinal que resultó ganadora, por votación mayoritaria de los obispos, en el concilio de Nicea (325).[341]

De hecho, el nombre de *Symbolum Apostolorum* (Símbolo de los Apóstoles) no apareció hasta alrededor del año 400, no se confeccionó una versión completa del *Credo* hasta el siglo V, y no fue hasta el siglo X cuando, por mandato del emperador Otón el Grande, se introdujo en Roma como símbolo del bautismo, sustituyendo entonces al credo niceno-constantinopolitano.[342]

El *Credo* aprobado en el concilio de Nicea y luego reformado en el de Constantinopla (381) había incluido elementos específicos que le hacían distinto de los textos que le precedieron y, en aspectos importantes, también del que ha llegado hasta hoy. Después de grandes discusiones, en ambos concilios, el *Symbolum Nicaeno-Constantinopolitanum* quedó fijado en el texto que sigue:

341. El *Symbolum Nicaenum* aprobado en Nicea (contra los arrianos) dice: «Creemos en un Dios, Padre todopoderoso, creador de todo lo visible y lo invisible. Y en un Señor nuestro Jesús Cristo Hijo de Dios, unigénito del Padre y consustancial con Él, Dios de Dios, luz de luz, Dios verdadero de Dios verdadero, nacido, no creado, de la misma naturaleza del Padre, por quien todo fue creado, así en el cielo como en la tierra, que descendió del cielo para nosotros y para nuestra salvación, se encarnó, se hizo hombre, sufrió y resucitando al tercer día, ascendió a los cielos, desde donde vendrá a juzgar a vivos y muertos. Y en el Espíritu Santo». *Cfr. Symbolum Nicaenum*, en Denzinger, H. (1957). *Enchiridion Symbolorum*. Barcelona: Herder, pp. 29-30.

342. *Cfr.* Küng, H. (1994). *Credo*. Madrid: Trotta, p. 15.

«Creemos [Creo][343] en un solo Dios, Padre todopoderoso, creador del cielo y de la tierra, de todo lo visible y lo invisible. Y en un solo Señor Jesús Cristo, Hijo de Dios, nacido del Padre [Hijo unigénito de Dios. Y nacido del Padre] antes de todos los siglos. [Dios de Dios, luz de luz], Dios verdadero de Dios verdadero. Nacido [Engendrado], no creado, consustancial con el Padre, por quien todo fue hecho. Que por causa de los hombres y de nuestra salvación [por causa de nuestra salvación] descendió del cielo. Y *fue encarnado por el Espíritu Santo en María Virgen y hecho hombre*. Fue crucificado por nosotros bajo Poncio Pilato [padeció] y fue sepultado. Y resucitó al tercer día [según las *Escrituras*], ascendió a los cielos, y está sentado a la diestra del Padre, y vendrá de nuevo con exaltación a juzgar a vivos y muertos: cuyo reino no tendrá fin. Y en el Espíritu Santo, Señor y vivificador, que procede del Padre [que procede del Padre y del Hijo],[344] que es adorado y glorificado juntamente con el Padre y el Hijo, el cual habló por los santos Profetas [por los Profetas]. Y en una Iglesia santa católica y apostólica.[345] *Confesamos un solo bautismo para la remisión de los pecados*. Esperamos[346] [Y es-

343. Los textos entre corchetes son variaciones o añadidos sobre el original realizados con posterioridad al año 381.

344. La afirmación entre corchetes, que no figuraba en el símbolo niceno-constantinopolitano original, añade un «y del Hijo» a la procedencia del Espíritu, que en el texto primitivo sólo venía del Padre. Esta manipulación doctrinal, expresada por la palabra *Filioque*, fue una interpolación que apareció en el siglo V, primero en España y luego en Francia y Alemania, pero que no fue aceptada más que de un modo gradual durante el período que va entre los siglos VIII y XI. El añadido de este *Filioque* es un motivo fundamental de divergencia entre la Iglesia católica y las Iglesias ortodoxas.

345. «*Et unam sanctam catholicam et apostolicam Ecclesiam*»; dado que la frase no va encabezada por la partícula *in* («*Credimus in unum Deum...*»), que antecede a todo lo que es de fe en este contexto —y que se limita a tener fe en un Dios único, en Jesús Cristo y en el Espíritu Santo—, debe atemperarse el significado entendiendo el texto como un simple «acepto a», «me fío de» o «confío en» la Iglesia (y lo mismo reza para el resto de artículos recogidos por este *Credo*, salvo lo referido a las tres personas divinas, claro).

346. «*Exspectamus*» tiene el sentido de «estamos abiertos a» o «aguardamos a» la resurrección, no el de «confiamos en» o «tenemos fe en» ella.

pero] la resurrección de los muertos y la vida del mundo futuro. Amén.»[347]

La Iglesia católica defiende su *Catecismo* empleando una cita procedente de san Cirilo de Jerusalén: «Esta síntesis de la fe no ha sido hecha según las opiniones humanas, sino que de toda la *Escritura* ha sido recogido lo que hay en ella de más importante, para dar en su integridad la única enseñanza de la fe. Y como el grano de mostaza contiene en un grano muy pequeño gran número de ramas, de igual modo este resumen de la fe encierra en pocas palabras todo el conocimiento de la verdadera piedad contenida en el *Antiguo* y el *Nuevo Testamento*»,[348] pero lo cierto es que el *Credo* fuerza en muchos aspectos el sentido de las *Escrituras* y obliga a creer en algunos artículos de fe que no tienen la menor base neotestamentaria.

Por otra parte, la afirmación anterior de que «esta síntesis de la fe no ha sido hecha según las opiniones humanas», queda muy pronto en entredicho si nos tomamos el trabajo de comparar, por ejemplo, el texto inicial del *Symbolum breve* y el del primitivo *Symboli Apostolici* —que reproduciremos en la página siguiente—, con los artículos de fe que aparecen en el ya muy elaborado *Symbolum Nicaeno-Constantinopolitanum*, y con los del *Credo* de la Iglesia católica actual. Salta a la vista que los diferentes intereses personales y doctrinales que, durante los primeros siglos, lucharon por hacerse con el control de la Iglesia, fueron dejando su huella en las sucesivas elaboraciones del texto del *Credo* católico. A continuación señalaremos algunas de las notables diferencias que existen entre los diversos *Symbolum*.

347. *Cfr. Symbolum «Nicaeno-Constantinopolitanum»*, en Denzinger, H. (1957). *Op. cit.*, pp. 41-42.
348. *Cfr.* Santa Sede (1992). *Op. cit.*, p. 51, párrafo 186.

TEXTO MÁS ANTIGUO DEL *CREDO* CRISTIANO (*Symboli Apostolici*, siglo II)[349]	**TEXTO DEL *CREDO* ACTUAL DE LA IGLESIA CATÓLICA**[350]
Creo en Dios Padre omnipotente	Creo en Dios Padre todopoderoso, *creador del cielo y de la tierra.*
y en Cristo Jesús, único hijo suyo [de Dios], Señor nuestro	Creo en Jesucristo, su único Hijo, nuestro Señor;
que *nació* por el Espíritu Santo en María Virgen	que fue *concebido* por obra y *gracia* del Espíritu Santo; nació de *Santa* María Virgen;
crucificado bajo Poncio Pilato y sepultado	*padeció* bajo el *poder* de Poncio Pilato, fue crucificado, *muerto* y sepultado; *descendió a los infiernos,*
en el tercer día resucitó de los muertos	al tercer día resucitó de entre los muertos;
ascendió a los cielos está sentado a la diestra del Padre desde allí vendrá a juzgar a vivos y muertos	subió a los cielos y está sentado a la diestra de Dios Padre; desde allí ha de venir a juzgar a los vivos y a los muertos.
y en el Espíritu Santo en la santa Iglesia	Creo en el Espíritu Santo; la santa Iglesia *Católica, la comunión de los Santos*;
en la remisión de los pecados	el perdón de los pecados;
en la resurrección de la *carne*	la resurrección de los *muertos*[351] y la *vida eterna.* Amén.

Si confrontamos estos dos textos y el *Symbolum Nicaeno-Constantinopolitanum*, veremos que aparecen diferencias de concepto y añadidos de bulto en la versión del *Credo* reformado que está actualmente vigente en la Iglesia católica.

349. *Cfr. Symboli Apostolici forma occidentalis antiquior*, en Denzinger, H. (1957). *Op. cit.*, pp. 1-5. Las fuentes más antiguas son Justino (100-165) e Ireneo (130-200), pero hay que tener en cuenta que artículos de fe como «sentado a la diestra del Padre» y «remisión de los pecados» no son añadidos al *Symboli Apostolici* original hasta el siglo IV.

350. *Cfr.* Secretariado Catequístico Nacional de la Comisión Episcopal de Enseñanza de Madrid (1962). *Op. cit.*, p. 6.

351. En la última edición del *Catecismo* católico vuelve a hablarse de «resurrección de la carne».

Hemos remarcado en cursiva los conceptos relevantes que han desaparecido de los textos más antiguos y/o que han sido añadidos con posterioridad.

Una primera traición al espíritu original del texto de la declaración tuvo lugar cuando se tradujo como *omnipotens* (todopoderoso) el atributo divino que en el texto griego original figuraba como *pantokrátor* (dominador de todo), que implica una diferencia abismal en la concepción de la figura de Dios.

Tal como afirma el gran teólogo católico Hans Küng,[352] *pantokrátor* «no expresa ante todo el poder creador de Dios, sino su superioridad y su inmenso poder operativo, al que no se opone ningún principio, de género numinoso o político, ajeno a él. En la traducción griega de la Biblia hebrea se utiliza esta palabra para trasponer el término hebreo *Sabaoth* ("Dios de los ejércitos"), mas en el Nuevo Testamento —salvo en el *Apocalipsis* (y en un pasaje de Pablo)— esto llama la atención, se evita su empleo. Pero después, en la patrística, ese atributo divino pasó a ser expresión de la exigencia de universalidad del cristianismo en nombre del Dios único, y en la Escolástica se convirtió en objeto de muchas especulaciones sobre lo que Dios puede y (por ser en sí imposible) no puede.

»Cuando se siguen proclamando constituciones de Estados modernos "en nombre de Dios todopoderoso", no sólo encuentra así una legitimación el poder político sino que al mismo tiempo se fija un límite a la absolutización del poder humano. Sólo una fe razonada en Dios es una respuesta, con fundamento último, al "complejo de Dios" (Horst Eberhard Richter), al delirio de omnipotencia del hombre. Por otra parte, en el credo (y en muchas plegarias oficiales) podrían anteponerse al predicado "todopoderoso", tomando como fuente el Nuevo Testamento, otros atributos más frecuentes y más "cristianos": Dios "sumamente bondadoso" o también (como en el Corán) "sumamente misericordioso". O simplemente "Dios amoroso", como expresión de lo que, desde un punto de vista cristiano, es seguramente la descripción más profunda de Dios: "Dios es amor" (I *Jn* 4,8-16)».

352. *Cfr*. Küng, H. (1994). *Op. cit*., p. 34.

Según el *Symboli Apostolici* y *Symbolum Nicaeno-Constantinopolitanum*, el Señor «nació... en María Virgen» o fue «engendrado», «encarnado», «hecho hombre» en ella, por obra del Espíritu Santo, claro está, pero la Iglesia católica movió el agua hacia su molino de culto mariano cuando añadió al *Credo* términos nuevos como el de ser «concebido» —muy diferente al de encarnarse— y «gracia» (don de Dios), hizo «Santa» a la Virgen y eliminó la referencia a la humanidad de Jesús para connotar indirectamente su divinidad.

Tanto en el *Symboli Apostolici* como en el símbolo de Nicea/Constantinopla no se dijo más que Jesús fue «crucificado bajo Poncio Pilato y sepultado», resucitando «al tercer día [según las *Escrituras*]», pero la Iglesia católica posterior, consciente de las muchas contradicciones de las *Escrituras* en este episodio —como ya demostramos sobradamente en el capítulo 5—, quiso reforzar su presunción dogmática añadiendo las palabras «padeció» (para magnificar con la crueldad del dolor su sacrificio), «poder» (para magnificar la injusticia y la responsabilidad *deicida* de romanos y judíos asociados) y «muerto» (colocándola entre crucificado y sepultado, ¿para *dar fe* de su muerte real ante los escépticos?); sacándose de la manga un «descendió a los infiernos» que no se fundamenta absolutamente en nada, ni en las *Escrituras* ni en ningún *Credo* primitivo;[353] y haciéndole resucitar «de entre los muertos», que era un matiz ausente del documento conciliar original.

353. Este artículo de fe fue añadido en el *Credo* en Sirmio, en el año 359, formulado por el sirio Marcos de Aretusa; san Agustín, en su *Enchiridion* (escrito hacia el 423) todavía lo ignoró ya que aún no había sido oficialmente incluido en su Iglesia. El supuesto descenso de Jesús a los infiernos aparece en el apócrifo *Evangelio de Nicodemo*, concretamente en sus capítulos XXI («Discusión entre Satanás y la Furia en los infiernos»), XXII («Entrada triunfal de Jesús en los infiernos»), XXIII («Espanto de las potestades infernales ante la presencia de Jesús») y XXIV («Imprecaciones acusadoras de la Furia contra Satanás»). Este evangelio —que es anterior a los canónicos y tiene un origen gnóstico (una de las primeras bases doctrinales que ayudaron a distanciar el cristianismo primitivo del judaísmo)— fue declarado falso por la Iglesia católica en el concilio de Laodicea, razón por la cual el *Credo* obliga a los católicos a creer en algo que se tiene oficialmente por una falsedad.

Acerca del descenso a los infiernos de Jesús, el teólogo católico Hans Küng comenta que «la falta de una base bíblica clara es, sin duda alguna, la razón principal de la *ambigüedad*, que persiste hasta hoy, de este artículo de la fe. En nuestros días esto se ha vuelto a ver claramente en el hecho de que las Iglesias católica y evangélica de Alemania, de manera oficial y sin dar mayor importancia a la cosa, han cambiado totalmente la traducción del *descendit ad inferos* en la nueva versión ecuménica del credo. Antes se decía "descendió a los infiernos", y ahora, "descendió al reino de la muerte". ¿Una traducción mejor, y nada más? No, en absoluto. Antes bien, un oscurecimiento tácito del sentido. Pues mediante esta reinterpretación el artículo adquiere un doble sentido que, por otra parte, ya iba unido desde la Edad Media a esta fórmula de fe».[354]

La afirmación del *Symbolum Nicaeno-Constantinopolitanum* —inspirada por el espíritu divino— acerca de que después del juicio final de Jesucristo llegará un tiempo «cuyo reino no tendrá fin», dejó de ser aceptada por la propia Iglesia católica —a pesar de ser una declaración que figura en el *Nuevo Testamento*—, con lo que nos privó para siempre de tan prometedora circunstancia.

De la misma manera —debido quizás a un inadvertido arranque de sinceridad— la Iglesia suprimió también del *Credo* niceno-constantinopolitano el adjetivo de «apostólica» y se quedó en «Santa Iglesia católica»,[355] cosa razonable ya que ésta no sigue a los apóstoles de Jesús y sus escritos sino a sí misma, eso es a la propia doctrina que han construido con el paso del tiempo los doctores católicos; por eso añade la exigencia de creer en la «comunión de los Santos», que son sabios varones que han hecho decir a las *Escrituras* todo aquello que jamás constó en ellas.[356]

354. *Cfr.* Küng, H. (1994). *Op. cit.*, p. 101.

355. Que ya es mucho, puesto que en el *Symboli Apostolici* primitivo sólo figura «santa Iglesia», el añadido de «católica» todavía tardaría casi tres siglos en inventarse.

356. La «comunión de los santos» es un artículo de fe que fue añadido al *Symbolum* hacia el año 400, en Nicetas de Remesiana.

En el *Symbolum Nicaeno-Constantinopolitanum* se dijo «Confesamos un bautismo para la remisión de los pecados», es decir, que sólo el bautismo es la vía para lograr el perdón, que es el sentido que se desprende con claridad del *Nuevo Testamento*, pero la Iglesia católica posterior, que impuso el *sacramento* —falaz, por no evangélico— de la confesión/penitencia como único camino para lograr el perdón divino, actuó de forma taimada al convertir la fórmula original en la obligación de creer en «el perdón de los pecados», que es tanto como garantizar la eficacia y necesidad de la penitencia católica (que no cristiana). Con un sencillo juego de palabras se pasó de la defensa de la función básica del sacramento evangélico fundamental, el bautismo, a la obligación de acatar un pseudosacramento malicioso y de configuración muy tardía.

Por último, lo que en el *Symboli Apostolici* fue resurrección de «la carne» a secas, sin promesa de «vida eterna», pasó a convertirse en resurrección de «los muertos» —que en el contexto cultural de esos días significaba algo muy distinto—, y la creencia que el Espíritu Santo *inspiró* en el *Symbolum Nicaeno-Constantinopolitanum* a propósito de estar abiertos a «la vida del mundo futuro», circunstancia que debía darse con el advenimiento del «reino de Dios» en la tierra —un futuro esperado como «inmediato» tanto por Jesús como por el cristianismo primitivo—, fue drásticamente modificada por la Iglesia católica, debido a su evidente falta de cumplimiento hasta el día de hoy, y convertida en esperanza de una «vida eterna», que no compromete plazo de cumplimiento, hace referencia a una resurrección mucho más etérea y anima a enfrentar la muerte con idéntico optimismo.

En resumen, que según lo que sabemos del pensamiento y de las obras de Jesús de Nazaret a través de los *Evangelios*, lo más destacable del *Credo* católico es que el propio Jesús no suscribiría más que el primer párrafo y rechazaría por apócrifo el resto; cosa normal, por otra parte, si tenemos en cuenta que el mesías judío nunca fue, ni quiso ser, católico.

15

La «Santísima Trinidad»: el *misterio* que nos vino de Oriente

Cuando el teólogo católico Hans Küng se cuestiona la razón por la que la Trinidad no aparece como artículo de fe en el *Credo*, se responde a sí mismo: «La investigación histórica aporta, en efecto, un resultado curioso: la palabra griega *trias* aparece por primera vez en el siglo II (en el apologista Teófilo), el término latino *trinitas*, en el siglo III (en el africano Tertuliano), la doctrina clásica trinitaria de "una naturaleza divina en tres personas" no antes de finales del siglo IV (formulada por los tres padres capadocios Basilio, Gregorio Nacianceno y Gregorio de Nisa). La festividad de la Trinidad —que tuvo su origen en Galia y que en un principio fue rechazada por Roma como "celebración de un dogma"— no fue declarada de obligatoriedad general hasta 1334, en la época del destierro de Aviñón, por el papa Juan XXII.

»Ahora bien —prosigue el teólogo—, nadie que lea el Nuevo Testamento puede negar que en él se habla siempre de Padre, Hijo y Espíritu; no en vano reza la fórmula litúrgica bautismal del evangelio de Mateo: "En el nombre del Padre, del Hijo y del Espíritu Santo" (*Mt* 28,19). Pero la totalidad de la cuestión es saber cómo están relacionados entre sí el Padre, el Hijo y el Espíritu. Y, curiosamente, en todo el Nuevo Testamento no hay un solo pasaje donde se diga que Padre, Hijo y Espíritu son "de la misma esencia", o sea, que poseen una sola naturaleza común (*physis*, sustancia). Por lo tanto no hay que extrañarse de que el Símbolo de los Apóstoles no contenga ninguna afirmación en ese sentido.

»Tenemos que hacer el esfuerzo de pasar revista al Nuevo Testamento —añade Küng—, que aún está arraigado en el judaísmo y que, en muchos aspectos, se halla más cerca de nosotros. Entonces nos daremos cuenta en seguida de que, en el Nuevo Testamento, Padre, Hijo y Espíritu Santo son tres magnitudes muy diferentes que no aparecen meramente identificadas, de modo esquemático-ontológico, a una naturaleza divina. Y de un "misterio central" o de un "dogma fundamental", según el cual "tres personas divinas" (hipóstasis, relaciones, formas de ser...), es decir, Padre, Hijo y Espíritu, tienen en común "una naturaleza divina", Jesús no dice absolutamente nada.»[357]

Ni Jesús, ni los apóstoles ni la Iglesia cristiana de los primeros siglos tuvieron la más mínima idea de que Dios fuese trino; cosa normal, por lo demás, ya que ninguno de ellos vivió los siglos suficientes como para poder asistir a las calenturientas deliberaciones de los concilios en los que se fabricó el dogma trinitario.

Según el *Catecismo* católico vigente, «la Trinidad es una. No confesamos tres dioses sino un solo Dios en tres personas: "la Trinidad consustancial" (Cc. Constantinopla II, año 553: DS 421). Las personas divinas no se reparten en la única divinidad, sino que cada una de ellas es enteramente Dios: "El Padre es lo mismo que es el Hijo, el Hijo es lo mismo que es el Padre, el Padre y el Hijo lo mismo que el Espíritu Santo, es decir, un solo Dios por naturaleza" (Cc. de Toledo XI, año 675: DS 530). "Cada una de las tres personas es esta realidad, es decir, la sustancia, la esencia o la naturaleza divina" (Cc. de Letrán IV, año 1215: DS 804)».[358]

La doctrina católica aún vigente, por tanto, mantiene que el Padre, el Hijo y el Espíritu Santo son tres personas que comparten la misma sustancia (*ousia*) y la misma energía (*energeia*), pero antes —al igual que ya vimos en el capítulo 6, al tratar la cuestión de la consustancialidad—, los

357. *Cfr*. Küng, H. (1994). *Op. cit.*, p. 152.
358. *Cfr*. Santa Sede (1992). *Op. cit.*, p. 64, párrafo 253.

defensores de esta tesis tuvieron que luchar violentamente contra quienes mantenían posiciones teológicas contrarias. El problema fundamental, que era establecer el tipo de jerarquía que definía las relaciones entre las tres personas, tuvo enfoques muy diversos; así, por ejemplo, el subordinacionismo postuló que Cristo era inferior al Padre; el pneumatomaquismo que el Espíritu Santo era inferior al Padre y al Hijo; el modalismo que el Padre, el Hijo y el Espíritu Santo eran una sola persona con tres nombres distintos; el patripasianismo que, dado que Cristo era Dios, el Padre también había sufrido y muerto en la cruz con él, etc.

En el concilio de Nicea (325) se presentaron más de veinte evangelios que sugerían planteos trinitarios, pero todos fueron declarados falsos excepto el de Juan. La mayoría de obispos votó en favor de la doctrina de la Trinidad, pero otros muchos se opusieron a ese escándalo y en el concilio de Antioquía (341) la *inspiración* divina se rectificó a sí misma y negó lo proclamado en Nicea, aunque luego otro concilio mantuvo lo contrario y así sucesivamente hasta que se impuso el dogma actual.[359]

La Trinidad es definida por los teólogos como el misterio fundamental de la fe cristiana y es presentada como ejemplo del verdadero misterio en su forma absoluta, es decir, de una verdad de la que el hombre no puede tener certeza sin la fe en una revelación divina y cuyo contenido él no puede comprender directamente, sino sólo indirectamente mediante un procedimiento analógico,[360] pero lo que resulta altamente *misterioso* y, sobre todo, revelador, es que el testimonio principal de la triple personalidad de Dios sea un solo versículo —*Mt* 28,19—, absolutamente sospechoso, del fantasioso y manipulado *Evangelio de Mateo*.

Cuando en *Mateo* se hizo aparecer al Jesús resucitado en Galilea —pasaje que también figura en *Mc* 16,15-18, aunque

359. En España, por ejemplo, fue el rey Recaredo, hacia el año 600, quien impuso, por decreto y bajo pena de muerte, la creencia trinitaria, ya que antes dominaba el arrianismo.

360. *Cfr.* Garzanti (1992). *Op. cit.*, p. 985.

relatado en unas circunstancias y con un mensaje absolutamente diferentes—, se le hizo decir: «Me ha sido dado todo poder en el cielo y en la tierra; id, pues; enseñad a todas las gentes, bautizándolas en el nombre del Padre y del Hijo y del Espíritu Santo» (*Mt* 28,19). Resulta obvio que se menciona a tres personas diferentes, pero también salta a la vista que no hay el menor indicio de que puedan ser la expresión de una sola, ni de cómo se relacionan entre sí, ¿dónde está, pues, la Trinidad del dogma católico?

En cualquier caso, y suponiendo que se trate de tres *dioses*, lo único que dice la frase de *Mateo* es que se debe bautizar en nombre de esas tres divinidades, una afirmación absurda ya que sería terriblemente blasfema en labios de un judío monoteísta como Jesús. Por otra parte, ¿cómo es posible que una revelación tan fundamental no tuviese más cabida en los sinópticos que este escueto versículo de *Mateo*? ¿Es razonable pensar que la inspiración de Dios le negase tamaña revelación a Marcos, que escribió su evangelio según los recuerdos de Pedro, nada menos?

El *quid* del *misterio* no es difícil de desentrañar, puesto que, a juzgar por su estructura y naturaleza, resulta obvio que el texto de marras fue un añadido posterior; la mayoría de los especialistas independientes sostienen que el evangelio de *Mateo* original termina en *Mt* 28,15 y que los cinco versículos que conforman su capitulito final son una interpolación.

Cabe preguntarse, por ejemplo, la razón por la que la *base trinitaria* se añadió a *Mateo*, pero no a *Marcos* o *Lucas*, y la respuesta es una mera cuestión de geografía y de mitos locales, veamos: el texto de *Mateo* —año 90— se escribió (y se reelaboró con posterioridad) en Egipto, zona influenciada por la misma cultura oriental en la que, no por casualidad, vivieron los artífices del dogma trinitario —Teófilo, Tertuliano, Basilio, Gregorio de Nisa (hermano de Basilio) y el compañero de ambos Gregorio de Nacianzo—, pero, en cambio, los evangelios de *Marcos* —año 75-80— y *Lucas* —final siglo I— se redactaron en Italia, dominada por un impulso cultural occidental diferente y una mentalidad religiosa menos *florida* que la oriental (ya mencionamos que la fiesta de la Trinidad fue rechazada por Roma hasta el siglo XIV). Las sociedades orientales eran ricas en antiguas tradiciones religiosas trinitarias y el cristianismo, como ya hemos visto, elaboró buena parte de sus mitos fundamentales en sus Iglesias de Oriente.

Si repasamos la historia de las religiones precristianas veremos que en casi todas ellas era absolutamente corriente la idea de la trinidad divina. Los panteones trinitarios fueron ya una de las características de la religión del Antiguo Egipto desde unos tres mil años antes de la aparición del cristianismo, así, el sistema cosmogónico menfita se componía de la tríada Pta (creador de dioses y hombres), Sejmet (esposa) y Nefertem (hijo); la tríada tebana, de Amón, Mut (esposa, diosa del cielo) y Jonsu (hijo); la tríada osiríaca de Osiris, Isis (esposa) y Horus (hijo); contando también con otras trinidades menos influyentes como Knef, Fre y Ftah, o Jnum, Anukis y Satis, etc.

El antiguo dios egipcio Amón, por ejemplo, era venerado bajo el aspecto de Nouf (Noum o Chnoufis, en griego), que personificaba su poder generador *in actu*, y como Knef (o Chnoumis), personificación del mismo poder *in potentia*. En ambos casos era representado como un dios con cabeza de carnero, y si como Knef simbolizaba el Espíritu de Dios (equivalente en alguna medida al Espíritu Santo cristiano) con la ideación creadora que incuba en él, como Nouf era el *ángel* que *entraba* en la carne de la Virgen para nacer como divinidad. En un antiquísimo papiro egipcio —traducido por el egiptólogo Chabas— se encuentra una plegaria que resulta todo un adelanto ideológico del modelo de Trinidad cristiana que lo imitará muchos siglos después: «¡Oh Sepui, Causa de existencia, que has formado tu propio cuerpo! ¡Oh Señor único, procedente de Noum! ¡Oh sustancia divina, creada de ti mismo! ¡Oh Dios, que has hecho la sustancia que está en él! ¡Oh Dios, que has hecho a su propio padre y fecundado a su propia madre!»

Los babilonios y caldeos (c. 2100 a.C.) veneraban los cuatro grandes dioses o Arba-il, formados por tres divinidades masculinas y una femenina que era virgen, aunque reproductora. Esta primitiva *trinidad* estaba integrada por Bel («Señor del Mundo», Padre de los dioses, Creador), Hea (forjador del Destino, Señor del Abismo, Dios de la Sabiduría y del Conocimiento) y Anu («Rey de Angeles y Espíritus", Gobernador de los cielos y la tierra). La esposa de Bel, o su aspecto femenino era Belat o Beltis («Madre de los grandes dioses»).

Según la *Teogonía* de Hesíodo (siglo VIII a.C.), la primitiva trinidad helénica estaba compuesta por Ouranos (Urano), Gaea y Eros. Ouranos, equivalía a Coelus (Cielo), el más antiguo de todos los dioses y el padre de los titanes divinos. Gaea era la Materia primordial, la Tierra, la esposa de Ouranos (el firmamento o cielo). Eros era el dios que personificaba la fuerza procreadora de la Naturaleza en su sentido abstracto, el impulsor de la creación y la procreación.

La Trimûrti o trinidad hindú está compuesta por Brahmâ, Vishnú y Shiva; y la sílaba más sagrada del hinduismo AUM —la A y U se combinan para formar una O, por lo que también se la conoce como OM—, es el emblema de la Divinidad o más bien de la Trinidad en la Unidad, ya que representa a Brahma, el Ser supremo, en su triple condición de Creador (Brahmâ, A), Conservador (Vishnú, U) y Renovador (Shiva, M). Una tríada más antigua, de origen persa, fue la de Varuna, Indra y Naatya.

En fin, podríamos seguir referenciando otras muchas trinidades divinas *paganas*, pero lo sustancial del hecho de su cotidianeidad precristiana es que, al igual que sucedió cuando hubo que conformar los atributos míticos del Jesús-Cristo —aspecto tratado con detalle en el capítulo 3—, el poso cultural que habían dejado más de dos milenios de creencias trinitarias influyó decisivamente a la hora de construir un *misterio* central para la entonces aún joven religión cristiana.

Cuando la idea del dogma trinitario, desconocido como tal para los cristianos de los primeros siglos, fue ganando terreno y posibilidades, alguien —según era inveterada costumbre en la época— añadió unas pocas líneas al texto egipcio de *Mateo*; así debió aparecer, con mucha probabilidad, el versículo de *Mt* 28,19, *pedestal* sobre el que aún se sostiene uno de los «misterios escondidos de Dios, que no pueden ser conocidos si no son revelados desde lo alto».[361] Mientras, en Italia, los documentos de *Marcos* y *Lucas* permanecieron a salvo de lo que sin duda fue una modernez teológica oriental, por eso no hay en ellos ni rastro del fundamental misterio de la Trinidad. En el concilio de Nicea —donde se aprobó la consustancialidad de Jesús con Dios— *Mateo* fue declarado texto *auténtico* e *inspirado*, junto al de *Marcos* y *Lucas*... y el de *Juan*.

El *Evangelio de Juan* había sido escrito, a finales de la primera década del siglo II, por Juan el Anciano, un griego que tuvo la desfachatez de hacer que el Jesús de su evangelio se expresase como si fuese un heleno antijudío —un despropósito que ya señalamos en el capítulo 2—, que le hizo identificarse con el Padre[362] (una presunción que horrorizaría al propio Jesús de los sinópticos) y que, en consecuencia, a partir de algunas afirmaciones *inspiradas* y supuestos dichos atribuidos a Jesús, dejó plantada una semilla que ayudaría a decantar la teología posterior hacia planteos progresivamente *trinitarios*.

El Jesús de *Juan* se caracteriza por hacer manifestaciones que son obviamente apócrifas, puesto que en los tres evangelios sinópticos —que, a pesar de todo, estaban más próximos al nazareno en tiempo y vivencias históricas— se le muestra con una personalidad y un mensaje diametralmente opuesto al que tiene en este texto. Así, en el cuarto evangelio se afirma sin ambages que Jesús es el «Hijo de Dios» o «Verbo encarnado» (*Jn* 1,14-18; 3,16), se le hace asumir mediante sus propias palabras la consustancialidad con Dios (*Jn* 10,30) y la continuidad de su obra por parte del Espíritu Santo (*Jn* 14,26), etc. El Jesús del *Evangelio de Juan* es, sin lugar a dudas, infinitamente más místico, hermoso y complejo —como

361. Según expresión del concilio Vaticano I. *Cfr*. Santa Sede (1992). *Op. cit.*, p. 60, párrafo 237.

362. «Yo y el Padre somos una sola cosa», le hace decir a Jesús en *Jn* 10,30.

elaboración mítico-religiosa— que el de los otros tres evangelios, pero también es infinitamente menos histórico o, lo que es lo mismo, resulta infinitamente más falso.[363]

No será ninguna sorpresa si recordamos que Juan el Anciano vivió y escribió su *Evangelio de Juan* en Asia Menor. La Santísima Trinidad, sin duda alguna, fue un *misterio* que nos vino de Oriente.

363. Es indudable que una elaboración mítico-religiosa debe ser absolutamente ajena a la realidad, a la historia e incluso a las posibilidades del mundo natural, puesto que su importante función psico-social actúa mediante imágenes simbólicas enraizadas en el sustrato cultural del colectivo humano que las construye y mantiene. Nada puede —ni debe— objetarse, por tanto, a la rica y profunda figura divina del mítico Jesús-Cristo de *Juan*. Si hacemos hincapié en que este Jesús «resulta infinitamente más falso» es porque la Iglesia pretende imponer como verdad histórica no sólo lo que es una clara elaboración mítica, sino lo que, a más abundamiento, resulta ser una construcción mítica que contradice absolutamente los otros tres evangelios. Desde el punto de vista de la razón, parece adecuado pensar que, como mínimo, una de las dos versiones contradictorias de Jesús sea objetivamente falsa.

16

La «Inmaculada Concepción», un dogma de fe fundamental de la Iglesia católica... que no fue impuesto a los creyentes como tal hasta el año 1854

El día 8 de diciembre de 1854, el papa Pío IX proclamó el decreto siguiente: «Nos, por la autoridad de Jesucristo, nuestro Señor, de los santos apóstoles Pedro y Pablo, y por la nuestra propia, declaramos, promulgamos y definimos que la doctrina que sostiene que la Santa Virgen María, en el primer instante de su concepción, debido a un privilegio y una gracia singulares de Dios Omnipotente, en consideración a los méritos de Jesucristo, el Salvador de la humanidad, fue preservada libre de toda mancha del pecado original, ha sido revelada por Dios, y por lo tanto ha de ser firme y constantemente creída por todos los fieles.»

Diecinueve siglos después de su parto prodigioso, la honra de María era definitivamente puesta a salvo de dudas y murmuraciones afirmando oficialmente que el hecho de su virginidad no era ninguna suposición teológica sino una revelación de Dios. La tardanza quizá fuese excesiva, pero cabe recordar que a Jesús, base del cristianismo, no le declararon oficialmente como consustancial con Dios hasta el año 325. La religión católica, como el vino, ha ido aumentando su grado de *divinidad* gracias al paso del tiempo.

Según el *Catecismo* católico, «para ser la Madre del Salvador, María fue "dotada por Dios con dones a la medida de una misión tan importante" (LG 56). El ángel Gabriel en el momento de la anunciación la saluda como "llena de gracia" (*Lc* 1,28). En efecto, para poder dar el asentimiento libre de su fe al anuncio de su vocación era preciso que ella estuviese totalmente poseída por la gracia de Dios».[364] Parece obvio que estar «llena de gracia» divina debe significar algo notable, pero carece absolutamente de fundamento el deducir de *Lc* 1,28 que María «fue preservada inmune de toda mancha de pecado original en el primer instante de su concepción».[365]

Desde la pésima traducción de la *Vulgata*, los católicos reproducen el pasaje de *Lc* 1,28 como: «Presentándose a ella [el ángel Gabriel], le dijo: Salve, llena de gracia, el Señor es contigo», pero la traducción correcta es la de: «... le dijo: ¡Te saludo, gran favorecida! El Señor esté contigo», que aporta un matiz bien distinto. El sentido claro de lo que la Iglesia ha traducido por «llena de gracia» es el de mujer «muy favorecida» o especialmente escogida para lo que se le anunciará a continuación; y el ángel muestra su deseo cortés —habitual en los saludos hasta el día de hoy— de que el Señor «esté» con María, pero no afirma que ya «es» con ella.

Leyendo todo el relato de la anunciación, no se encuentra en parte alguna que María «estuviese totalmente poseída por la gracia de Dios». *Lucas* prosigue: «No temas, María, porque has hallado gracia delante de Dios,[366] y concebirás en tu seno y darás a luz un hijo. (...) El Espíritu Santo vendrá sobre ti, y la virtud del Altísimo te cubrirá con su sombra,[367] y por esto el hijo engendrado será santo, será llamado Hijo de Dios» (*Lc* 1,30-36). ¿Dónde se dice que concebirá sin mácula ninguna?

De hecho, el propio comportamiento de María después de parir a Jesús denota que ella misma fue la primera en creer que sí tenía *mancha* o pecado. «Así que se cumplieron los días de la purificación conforme a la Ley de Moisés, le lleva-

364. *Cfr.* Santa Sede (1992). *Op. cit.*, p. 115, párrafo 490.

365. *Ibíd*, p. 115, párrafo 491.

366. La traducción más correcta del original es «has hallado favor a los ojos de Dios».

367. La traducción más correcta del original es «y el poder del Altísimo te envolverá en [con] su sombra».

ron a Jerusalén para presentarle al Señor, según está escrito en la Ley del Señor que "todo varón primogénito sea consagrado al Señor", y para ofrecer en sacrificio, según lo prescrito en la Ley del Señor, un par de tórtolas o dos pichones» (*Lc* 2,22-24); «al entrar los padres con el niño Jesús para cumplir lo que prescribe la Ley» (*Lc* 2,27) quedó demostrado que María fue al templo a ofrecer un sacrificio expiatorio porque se sentía impura según la *Ley* de Dios.[368]

Para analizar en su justa medida el personaje de María, hoy fundamental en la Iglesia católica, hay que tener en cuenta que su figura apenas tiene presencia en los textos del *Nuevo Testamento*. María sólo fue citada por su nombre 18 veces (dos en relatos referidos a la vida pública de Jesús y el resto en los episodios de su infancia) y en 35 ocasiones fue mencionada como «madre» de Jesús. Eso es todo. Y, tal como ya mostramos en el capítulo 3, no hay nada sólido en las *Escrituras* que permita tan siquiera suponer que la madre del nazareno le concibiese milagrosamente y mantuviese su virginidad perpetuamente ¿Cómo es posible que Dios no inspirase la verdadera importancia y virtud de María a los redactores de los *Evangelios*?

En este sospechoso silencio de Dios se fundamentó la oposición a la doctrina de la «inmaculada concepción» que mantuvieron, entre otros, padres de la Iglesia tan importantes como san Bernardo, san Agustín, san Pedro Lombardo, san Alberto el Grande, santo Tomás de Aquino y san Antonio, o papas como León I (440),[369] Gelasio(492)[370] o Inocencio III (1216).

368. La *Ley* se contiene en el capítulo 12 del *Levítico*. «Cuando dé a luz una mujer y tenga un hijo, será impura durante siete días. (...) El octavo día será circuncidado el hijo, pero ella se quedará todavía en casa durante treinta y tres días en la sangre de su purificación; no tocará nada santo ni irá al santuario hasta que se cumplan los días de su purificación. (...) Cuando se cumplan los días de la purificación. (...) presentará ante el sacerdote (...) un cordero primal en holocausto y un pichón o una tórtola en sacrificio por el pecado (...) Si no puede ofrecer un cordero, tomará dos tórtolas o dos pichones» (*Lev* 12,1-8).

369. «Sólo el Señor Jesucristo entre los hijos de los hombres nació inmaculado», afirmó León I (*Cfr.* Sermón 24 de *Nativ. Dom.*).

370. «Corresponde sólo al Cordero Inmaculado el no tener pecado alguno» (*Cfr. Gelassii Papae Dicta*, vol. 4, Colosenses 1241).

La lenta carrera de María hacia la gloria celestial tuvo su más poderoso y fundamental impulso en el siglo V, con la vehemente defensa que el patriarca Cirilo de Alejandría —tal como ya vimos en el capítulo 6— hizo de María como *Theotókos* —madre de Dios o *Dei genitrix*—, una proposición que acabó siendo ratificada por la Iglesia católica al proclamarla como *Mater Dei*. De modo oficial, sin embargo, María no fue «preservada libre de toda mancha del pecado original» hasta el año 1854, como ya señalamos, y no se aseguró su asunción a los cielos ¡hasta 1950!

Casi un siglo después del celebrado pronunciamiento de Pío IX, otro pontífice homónimo, Pío XII, hablando *ex cathedra*, eso es de modo infalible, decretó, el 1 de noviembre de 1950, que: «Por la autoridad de Jesucristo, nuestro Señor, de los santos apóstoles Pedro y Pablo, y por la nuestra propia declaramos, promulgamos y definimos que es un dogma divinamente revelado: que la Inmaculada Madre de Dios, María siempre virgen, al terminar su vida terrenal, fue elevada a la gloria celestial en cuerpo y alma. Por tanto, si alguno se atreve (Dios no lo permita) a negar voluntariamente o a dudar lo que ha sido definido por nosotros, sepa que ha apostatado completamente la fe divina y católica.» Sin duda resulta chocante que Pedro y Pablo, cuya autoridad invocó Pío XII, no le dedicaran a María ni una sola línea —ya en la tierra como en el cielo— en sus escritos neotestamentarios.

Mircea Eliade y Ioan P. Couliano, expertos mitólogos, han resumido el proceso evolutivo de la figura de María con estas palabras: «La posición que se impondrá está expresada, en el siglo II, por el *Protoevangelio de Santiago*:[371] María per-

371. En este texto apócrifo (considerado falso por la Iglesia), que se ocupa exclusivamente de la historia de María, se relata que: «el Gran Sacerdote (...) oró por María. Y he aquí que un ángel del Señor se le apareció, diciéndole: Zacarías, Zacarías, sal y convoca a todos los viudos del pueblo, y que éstos vengan cada cual con una vara, y aquel a quien el Señor le envíe un prodigio, de aquél será María la esposa. (...) Y José, abandonando sus herramientas, salió para agruparse a los demás viudos, y todos congregados, fueron a encontrar al Gran Sacerdote. Éste recogió las varas de cada cual (...) penetró en el templo y oró, (...) salió, se las devolvió a sus dueños

maneció *virgo in partu y post partum*, es decir, fue *semper virgo*. En el conjunto de los personajes del escenario primordial cristiano, María terminó asumiendo un papel cada vez más sobrenatural. Así, el segundo concilio de Nicea (789) la coloca por encima de los santos, a los cuales se les reserva simplemente la reverencia (*douleia*), mientras que a María se le debe tributar la "superreverencia" (*hyperdouleia*). Insensiblemente María se convierte en un personaje de la familia divina: la Madre de Dios. La *dormitio virginis* se transforma en *Maria in caelis adsumpta*; María, a quien los franciscanos excluyen del pecado original, termina convirtiéndose en *Mater Ecclesiae*, *mediatrix* e *intercessor* en favor del género humano ante Dios. De esta manera el cristianismo instaura en el cielo un modelo familiar mucho menos riguroso e inexorable que el patriarcado solitario del Dios bíblico.»[372]

Pero este proceso no fue todo lo lineal ni limpio que parece sugerir el párrafo anterior. En el siglo III los padres de la Iglesia le habían reprochado a María *pecados* tan graves como «falta de fe en Cristo», «orgullo», «vanidad», etc. Durante el siglo IV se valoró a María por debajo del más insignificante de los mártires; así, por ejemplo, en las oraciones litúrgicas culturales se veneraba a los santos citándolos por su nombre, pero María sólo fue incluida en esas prácticas a partir del si-

---

respectivos, y no notó en ellas prodigio alguno. Y cuando José tomó la última, he aquí que una paloma salió de ella, y voló sobre la cabeza del viudo. Y el Gran Sacerdote dijo a José: Tu eres el designado por el Señor, para tomar bajo tu guarda a la Virgen del Altísimo. Mas José se negaba a ello diciendo: Soy viejo, y tengo hijos, mientras que ella es una niña. No quisiera servir de irrisión a los hijos de Israel. (...) Y José, lleno de temor, recibió a María bajo su custodia... » (*Cfr. Protoevangelio de Santiago*, capítulo IX, párrafos 1 a 3). En los capítulos siguientes se cuenta cómo José, tras seis meses de ausencia de su casa, se encontró a María embarazada y se planteó denunciarla por su infidelidad, pero tras ser «confortado» por un ángel aceptó su concepción por obra del Espíritu Santo (capítulos X a XXII). De este texto procede buena parte de las leyendas que rodean el nacimiento de Jesús tal como se lo conmemora aún mediante los belenes navideños.

372. *Cfr.* Eliade, M. y Couliano, I.P. (1992). *Diccionario de las religiones*. Barcelona: Paidós, p. 118.

glo V. La primera iglesia dedicada a María no se construyó hasta finales del siglo IV, en Roma —ciudad en la que actualmente hay más de ochenta consagradas a ella—, y no hubo señal alguna de culto mariano hasta pasado el concilio de Éfeso (431), donde el padre de la Iglesia Cirilo de Alejandría logró imponer el dogma de la maternidad divina de María mediante cuantiosos sobornos.

El concilio de Éfeso fue convocado por el emperador Teodosio II,[373] pero, debido a los problemas de desplazamiento y enfermedad (incluso muerte) que afectaron a numerosos obispos, se retrasó quince días su fecha de comienzo. Por fin, aún faltando por llegar obispos importantes y contraviniendo la voluntad gubernamental, Cirilo —a quien Teodosio II acusaba de ser «soberbio» y tener «afán disputador y rencoroso»— decidió inaugurar el sínodo por su cuenta, asegurándose con tal maniobra el tener una mayoría favorable a sus intenciones contrarias a Nestorio.

El documento que salió de la primera sesión de ese sínodo fue una victoria rotunda para Cirilo, ya que se le hizo saber al obispo Nestorio, ausente del plenario, que: «El santo sínodo reunido en la ciudad de Éfeso por la gracia del más pío de los emperadores, santo entre los santos, a Nestorio, el nuevo Judas: Has de saber que a causa de tus impías manifestaciones y de tu desobediencia frente a los cánones del santo sínodo has sido depuesto este 22 de junio y que ya no posees rango alguno en la Iglesia.» Con la euforia del éxito contra la *herejía* nestoriana —que se celebró por las calles con gran pompa y alboroto—, los textos conciliares se olvidaron de mencionar lo que les adjudica la Iglesia y no aparece en ellos ninguna definición dogmática de María como *Theotókos*, como madre de Dios.

Pero el concilio tendría una segunda parte cuando, días después, al llegar por fin a Éfeso los obispos sirios —«los

373. Este sínodo, tal como fue la norma en los ocho primeros «concilios ecuménicos», fue convocado por el emperador, no por el papa. Por esta razón, el papa Pío XI, en su encíclica *Lux Veritatis* (25 de diciembre de 1931), faltó a la verdad cuando dijo que el concilio se reunió por mandato del papa Celestino I («*Iussu Romani Pontificis Caelestini I*»).

orientales»—, reclamaron la presencia de Candidiano —comisionado imperial y protector del concilio, que había sido *imperiose et violenter* expulsado del sínodo de Cirilo— y se reunieron, junto con los prelados que se habían opuesto a Cirilo, en legítimo concilio. De sus deliberaciones salió la deposición de Cirilo y del obispo local Memnón (cuyas hordas de monjes fanáticos obligaron a Nestorio a refugiarse bajo la protección militar) y la excomunión de los restantes padres conciliares hasta que no condenasen las doctrinas de Cirilo que habían aprobado, puesto que eran «frontalmente opuestas a la doctrina del Evangelio y de los apóstoles». Este decreto conciliar, emitido en campo contrario, encrespó los ánimos de las multitudes controladas por Cirilo y Memnón y la situación se volvió caótica.

Inmediatamente se cruzaron decretos de uno y otro *concilio* en los que se deponían y excomulgaban mutuamente. Finalmente tuvo que intervenir el tesorero imperial y, mediante un decreto del monarca, depuso y arrestó a Cirilo, Memnón y Nestorio. Fue precisamente en esta fase tan virulenta del concilio de Éfeso cuando Cirilo presentó oficialmente su dogma de María como *Theotókos* o madre de Dios...[374] aunque, ciertamente, lo hizo después de dilapidar la fortuna de la Iglesia de Alejandría repartiendo *eulogias* —«donativos»— con el fin de lograr no sólo liberarse de su arresto sino ganarse las simpatías de la corte imperial hacia su propuesta.

San Cirilo, que fue distinguido como *Doctor Ecclesiae* —el máximo título dentro de la Iglesia católica— hace apenas un siglo,[375] «untó con gigantescas sumas a altos funcionarios, usando así sus "conocidos recursos de persuasión", como dice Nestorio con sarcasmo —que no le duraría mucho, desde luego—, de sus "dardos dorados". Dinero, mucho dinero: dinero para la mujer del prefecto pretoriano; dinero para camareras y eunucos influyentes, que obtuvieron singularmente hasta 200

374. «*Ita non dubitaverunt sacram virginem Deiparam appellare*» (*Cfr. De incarnatione*, en Denzinger, H. (1957). *Op. cit.*, pp. 57).

375. Por decreto de la Sagrada Congregación para los Ritos fechado el 28 de julio de 1882.

libras de oro. Tanto dinero que, aunque rebosante de riqueza, la sede alejandrina hubo de tomar un empréstito de 1.500 libras de oro, sin que ello resultase a la postre suficiente, de modo que hubo que contraer considerables deudas. (...) En una palabra, el doctor de la Iglesia Cirilo se permitió, sin detrimento de su santidad sino, más bien, al contrario, poniéndola cabalmente así de manifiesto, "maniobras de soborno de gran estilo" (Caspar), pero, al menos, maniobras tales —escribe complacido el jesuita Grillmeier— "que no erraron en sus objetivos". Disponemos de inventario de aquellas maniobras constatables en las actas originales del concilio. Una carta de Epifanio, archidiácono y secretario (*Syncellus*) de Cirilo al nuevo patriarca de Constantinopla, Maximiano, menciona los "regalos", una lista adjunta los desglosa exactamente, y el padre de la Iglesia Teodoreto, obispo de Ciro, informa como testigo ocular. El dogma costó lo suyo, no cabe duda. A fin de cuentas ha mantenido su vigencia hasta hoy y el éxito santifica los medios».[376]

En relación con el pasado mítico pagano en el que tanto y tan bien se ha *inspirado* todo lo que es fundamental en el cristianismo, Karlheinz Deschner señala con razón que «de seguro que también jugó su papel el que el dogma de la maternidad divina de María tomase cuerpo precisamente en Éfeso, es decir, en la sede central de la gran deidad madre pagana, de la Cibeles frigia, de la diosa protectora de la ciudad, Artemisa, cuyo culto, rendido por peregrinos, era algo habitual desde hacía siglos para los efesios. Artemisa, venerada especialmente en mayo, como "intercesora", "salvadora" y por su virginidad perpetua, acabó por fundir su imagen con la de María».[377]

Regína Vírginum. Amén.

376. *Cfr*. Deschner, K. (1992). *Op. cit.*, pp. 51-52.
377. *Ibíd*, p. 52.

17

La doctrina católica del infierno le fue tan desconocida al Dios del *Antiguo Testamento* como al propio Jesús

Según el relato del *Génesis*, «Viendo Yavé cuánto había crecido la maldad del hombre sobre la tierra y que su corazón no tramaba sino aviesos designios todo el día, se arrepintió de haber hecho al hombre en la tierra (...) y dijo: "Voy a exterminar al hombre que creé de sobre la faz de la tierra; y con el hombre, a los ganados, reptiles y hasta aves del cielo, pues me pesa de haberlos hecho." Pero Noé halló gracia a los ojos de Yavé» (*Gén* 6,5-8).

Este pasaje nos dice, como mínimo, tres cosas: que Yahveh no fue infinitamente sabio ya que fue incapaz de prever que su creación se le iría de las manos; que fue infinitamente injusto ya que castigó también a todos los animales y vegetales vivos por una maldad que sólo era obra de los humanos; y que, al no tener otra forma de castigo posible, tuvo que recurrir al famoso diluvio universal. Parece obvio pensar que Yahveh, en esos días, aún no podía disponer del infierno —que es el lugar *natural* a donde debe mandarse a los malvados— y que, según cabe suponer, debía ser ya en esa época la residencia de Satanás, ese ángel caído que había truncado el destino feliz de toda la creación divina cuando, disfrazado de serpiente parlanchina, sedujo a Eva con una manzana.

Si repasamos el capítulo 26 del *Levítico* y el 28 del *Deuteronomio*, donde se describen con minuciosidad todos los premios y castigos (*Lev* 26,14-45 y *Dt* 28,15-45) de Dios para quienes cumplan o no sus mandamientos, veremos que Yahveh amenazó al pecador con toda suerte de enfermedades y canalladas conocidas en aquel entonces —incluso con la de convertirle en cornudo: «tomarás una mujer y otro la gozará»—, le garantizó un sufrimiento continuo, insidioso y torturante en su vida terrenal... que acabaría, al fin, con su muerte. No hay una sola palabra acerca de ningún infierno —tampoco de ningún cielo— en el que seguir padeciendo el resto de la eternidad.[378] ¡Yahveh ignoraba una amenaza tan maravillosa como el infierno!

Tampoco dijeron ni mú acerca del infierno los patriarcas hebreos; y, más sintomático todavía, el mismísimo Moisés no mencionó jamás la existencia del infierno a pesar de que hablaba familiarmente con Dios y había sido educado en Egipto, tierra donde hacía ya siglos que creían en la vida después de la muerte y en los premios y castigos de ultratumba.

Es evidente que el Dios del *Antiguo Testamento*, que era sanguinario y vengativo, que condenaba a quienes se apartaban de sus preceptos o atacaban a su «pueblo fiel» a sufrir todo tipo de muertes, plagas, catástrofes naturales... y castigaba las faltas de los padres hasta la cuarta generación (*Éx* 20,5), sólo podía recurrir a los suplicios mundanos porque desconocía cualquier otro tipo de castigo para después de la muerte.

Con el *Nuevo Testamento* nos encontramos ante un Dios que ya no es aficionado a los degüellos masivos sino que, por el contrario, propugna el amor al prójimo, aunque éste sea el mismísimo enemigo. Pero también damos un salto cualitativo hacia alguna parte cuando nos encontramos con la *Gehenna ignis* o Gehenna del fuego. Así, en *Mateo*

378. Si tomamos al pie de la letra la palabra de Dios que se supone es la *Biblia*, resulta evidente que Yahveh no cree para nada en la eternidad post-mortem de los humanos. Así, cuando maldijo a Adán (y a nosotros con él) le conminó: «Con el sudor de tu rostro comerás el pan, hasta que vuelvas a la tierra; pues de ella has sido tomado; ya que polvo eres, y al polvo volverás» (*Gén* 3,19). El mensaje es claro, con la muerte se acaba todo. Palabra de Dios.

leemos: «Todo el que se irrita contra su hermano será reo de juicio; el que le dijere "raca"[379] será reo ante el Sanedrín y el que le dijere "loco"[380] será reo de la gehenna del fuego» (*Mt* 5,22) o, algo más adelante, «Si, pues, tu ojo derecho te escandaliza, sácatelo y arrójalo de ti, porque mejor te es que perezca uno de tus miembros que no que todo tu cuerpo sea arrojado a la gehenna...» (*Mt* 5,29).

También en *Marcos* aparece el fuego eterno o *ignis inextinguibilis* cuando se dice: «Si tu mano te escandaliza, córtatela; mejor te será entrar manco en la vida que con ambas manos ir a la gehenna, al fuego inextinguible, donde ni el gusano muere ni el fuego se apaga...» (Mc 9,43-49). Pero lo cierto es que la palabra gehenna —a la que en la traducción latina de la *Biblia*, se le añade la anotación «al fuego inextinguible», que no figura en el original— no se refería sino a una metáfora basada en los vertederos de basura que, en tiempos de Jesús, ardían en el valle de Ge-Hinnom, en las afueras de Jerusalén. Y la frase que le sigue procede de *Isaías* y tiene un sentido muy diferente en el original: «Y, al salir, verán los cadáveres de los que se rebelaron contra mí, cuyo gusano nunca morirá y cuyo fuego no se apagará, y serán horror a toda carne» (*Is* 66,24).

El vocablo gehenna, que aparece tanto en la traducción latina de la *Biblia*, como en su anterior versión griega, es un término hebreo (escrito como Ge-Hinnom, Jehinnom, Jinnom, Ginnom o Hinnom) que se refiere a un emplazamiento geográfico. Si miramos cualquier mapa detallado de la ciudad de Jerusalén y sus alrededores —muchas biblias lo incluyen, marcando así mismo los límites de las murallas en tiempos de Jesús— encontraremos en el sudeste el valle Hinnom, fuera murallas y conectado hacia el sudoeste con el valle Cedrón, identificado en época barroca con el valle de Josafat, lugar en el cual debía tener lugar el Juicio Final.

Ya mencionamos con anterioridad, al tratar la leyenda de

379. *Raka*, que en arameo significa «canalla» o «sinvergüenza».

380. La palabra original es *moré*, que en arameo significa «rebelde contra Dios».

la «persecución de inocentes», que en los altozanos del valle de Hinnom los antiguos cananeos habían celebrado esporádicos sacrificios de niños —a quienes se quemaba vivos en piras— con el fin de intentar aplacar a sus dioses ante el anuncio de alguna futura amenaza o catástrofe pronosticada por los adivinos; los hebreos habían guardado memoria de tales sucesos hasta el punto de que cuando alguien actuaba mal era corriente —en tiempos de Jesús y aún hoy día— significarlo con la expresión «merece que le arrojen a las llamas del Hinnom» o equivalente.

Las referencias al valle de Hinnom son abundantes en el *Antiguo Testamento*; así, por ejemplo, en II *Re* 23,10 se dice: «El rey [Josías] profanó el Tofet[381] del valle de los hijos de Hinón, para que nadie hiciera pasar a su hijo o hija por el fuego en honor de Moloc»; o en la cita de *Jer* 7,31 cuando se describe: «Y edificaron los altos de Tofet, que está en el valle de Ben-Hinom ["Ben" significa "hijo de"], para quemar allí sus hijos y sus hijas, cosa que ni yo [Dios Yahveh] les mandé ni pasó siquiera por mi pensamiento.»

Cuando se tradujo gehenna por *infernus*,[382] no sólo se corrompió el verdadero sentido de los textos originales sino que se sentaron las bases para construir la invención dogmática que más ha aterrorizado a la humanidad del último milenio... y que más beneficio le ha producido a la Iglesia católica siempre amenazante.

381. El Tofet era un gran instrumento de percusión, tipo tambor, que los sacerdotes de Moloc hacían sonar para evitar que fuesen oídos los gritos de las víctimas humanas (niños y adultos) al ser quemadas vivas.

382. Que etimológicamente procede de *inferus* —inferior—, puesto que se creía que ese mundo de los muertos estaba por debajo de la tierra y que el fuego de los volcanes era una evidencia clara de los antros del *infernus*. Cuando se elaboró el modelo del infierno católico se copió el ya existente *infernus* pagano y sus múltiples departamentos especializados, por eso en el *Credo* aún se afirma que Jesús descendió a «los infiernos» (en plural, no a uno solo, como finalmente adoptaría la Iglesia). Al confundir la gehenna (eso es el valle de Ge-Hinnom y sus leyendas antiguas) con el infierno, también acabó por transformarse a los viejos dioses paganos como Moloc en el mismísimo Satán, y a los cananeos en adoradores de demonios.

Para los hebreos, según el *Antiguo Testamento*, los muertos se reunían —tanto los *buenos* como los *malos*— en el *she'ôl*, donde llevaban una existencia sombría tanto unos como otros; pero entrada ya la época helenística, según puede verse a través del II *Libro de los Macabeos*, apareció la creencia en un doble estado tras la muerte, uno de felicidad, para los justos, y otro de falta de ella (que no implicaba tormentos físicos) para los malvados. Durante los cinco primeros siglos de cristianismo, doctores y santos padres de la Iglesia tan importantes como Orígenes, Gregorio de Nisa, Dídimo, Diodoro, Teodoro de Mopsuestia o el propio Jerónimo, defendieron que la pena del *infernus* era sólo algo temporal, pero en el concilio de Constantinopla (543) se declaró que los sufrimientos del infierno eran eternos.

El primer concilio de Letrán (1123) impuso como dogma de fe la existencia del infierno, amenazando con la condena a prisión, el tormento y hasta la muerte a quienes lo negasen. Se abría así camino a uno de los negocios más saneados y descarados de la Iglesia católica cuando, obrando en consecuencia, se anunció a los aterrorizados clientes del infierno, eso es todos los creyentes católicos, que podían comprar el rescate de sus almas pecadoras si antes de morir legaban riquezas a la Iglesia y *contrataban* la celebración de misas de difuntos en su honor.[383]

La escolástica medieval inventó dos tipos de penas infernales, las de daño o ausencia de la visión de Dios, y las de sentido, que eran los diferentes suplicios —en especial relacionados con el fuego— a que se hacía merecedor cada especie de pecado. La iconografía católica de esta época, *inspirada* en textos apócrifos (declarados oficialmente falsos), como el *Evangelio de Nicodemo*, fue la encargada de popularizar las horrendas imágenes de un infierno que ha aterrorizado a decenas de generaciones hasta el día de hoy.

En este contexto, en el siglo XIII, se inventó una de las claves

383. La supuesta eficacia de las oraciones por los muertos se basa en el pasaje de II *Mac* 12,39-45, cuya interpretación católica ha sido fuertemente discutida por los expertos.

del negocio eclesial: el purgatorio,[384] que es un estado de expiación temporal en el que supuestamente se encuentran las almas de todos cuantos, aun siendo pecadores, han muerto en gracia de Dios. Este sofisticado subterfugio, que permitía el rescate del alma de cualquier pecador que hubiese sido previsor y generoso para con la Iglesia, fue la clave para la venta masiva de indulgencias entre los católicos, un escandaloso negocio que alcanzó su cota de máxima corrupción en el siglo XVI[385] y desencadenó la reforma protestante de la mano de Lutero. Antes de este desenlace, por si había alguna duda, el concilio de Florencia (1442) había declarado que cualquiera que estuviese fuera de la Iglesia católica caería en el fuego eterno.

Con la invención del infierno y el purgatorio, la Iglesia católica dio otro de sus habituales y rentables saltos teológicos sobre el vacío, construyendo un eficaz y demoledor instrumento de extorsión basándose en unos pocos versículos que no significan lo que se pretende y que, con mucha probabilidad, son interpolaciones muy tardías —quizá realizadas durante el concilio de Laodicea (363)— y ajenas al discurso de Jesús.

En cualquier caso, tal como sostiene el gran teólogo católico Hans Küng, «Jesús de Nazaret no predicó sobre el infierno, por mucho que hablara del infierno y compartiese las ideas apocalípticas de sus coetáneos: en ningún momento se interesa Jesús directamente por el infierno. Habla de él sólo al margen y con expresiones fijas tradicionales; algunas cosas pueden incluso haber sido añadidas posteriormente. Su mensaje es, sin duda alguna, *eu-angelion*, evangelio, o sea, un mensaje alegre, y no amenazador».[386]

En cualquier caso, todo turista que visite Jerusalén puede descender hasta la gehenna o infierno católico, pasearse tranquilamente por él, broncearse (no asarse) bajo un sol de justi-

384. *Purgatorium* significa «lugar de limpieza». En ningún versículo bíblico se menciona nada que se le parezca siquiera.

385. Véase como muestra la *Taxa Camarae* del papa León X que figura en el anexo final de este libro.

386. *Cfr.* Küng, H. (1994). *Op. cit.*, p. 174.

cia (cósmica, no divina), y salir indemne por su propia voluntad, sin necesidad ninguna de comprar indulgencias (si exceptuamos la propina que hay que darle al guía). Después de tamaña hazaña ya se estará en condiciones de poder presumir, ante los amigotes, de «haber descendido a los infiernos», tal como el *Credo* católico obliga a creer que hizo Jesús.

Pero el lector, con sobrada razón, podrá argüir: bien, pero si no existe el infierno, ¿cómo es que Jesús fue tentado por el diablo y se pasó una buena parte de su vida pública «expulsando demonios» del cuerpo de la gente?

Para responder a esta cuestión hay que tener en cuenta varias cosas: la idea del diablo y sus legiones de demonios procede de la religión *pagana* persa y penetró en el judaísmo —y en el *Antiguo Testamento*— en la época de dominación persa (siglos VI-IV a.C.); la creencia en los demonios siempre fue secundaria para el judaísmo, aunque en determinadas épocas de crisis sociopolítica —como lo fue la de Jesús y lo es, también, la época actual— se produjeran fenómenos de intensa creencia popular en esos seres malignos;[387] a pesar de que Jesús compartió con sus coetáneos la creencia en los demonios, en su mensaje no les concedió la menor importancia ni preponderancia, salvo la de ser una imagen de contraste para su evangelio o «buena nueva»; y, finalmente, en los días de Jesús, muchas enfermedades como la epilepsia o diversidad de trastornos psiquiátricos eran atribuidos a la posesión demoníaca.

El Jesús del *Nuevo Testamento* no creyó para nada en la existencia del infierno católico —ni siquiera en la del persa, origen de los «demonios» que tanta fama le dieron al ser expulsados de algunos de sus seguidores— y la razón es bien simple: «Es una contradicción admitir el amor y la misericordia de Dios y al mismo tiempo la existencia de un lugar de eternas torturas.»[388]

387. Y francamente útiles, ya que cargaban con la culpa de las desgracias sociales y personales, dejando a salvo la responsabilidad que debe tener cada ser humano con respecto a sus actos y las consecuencias que se les deriven.

388. *Cfr.* Küng, H. (1994). *Op. cit.*, p. 176.

18

El celibato obligatorio del clero es un mero decreto administrativo, no un mandato evangélico

En la *Epístola a Tito*, en el apartado titulado «condiciones de los obispos», san Pablo fijó por escrito la siguiente instrucción: «Te dejé en Creta para que acabases de ordenar lo que faltaba y constituyeses por las ciudades presbíteros en la forma que te ordené. Que sean irreprochables, maridos de una sola mujer, cuyos hijos sean fieles, que no estén tachados de liviandad o desobediencia. Porque es preciso que el obispo sea inculpable, como administrador de Dios; no soberbio, ni iracundo, ni dado al vino, ni pendenciero, ni codicioso de torpes ganancias...» (*Tit* 1,5-7).

Imponer a los miembros del primer *clero* la condición —*inspirada* por Dios, claro está— de ser «maridos de una sola mujer» no podía significar, tal como hoy manda la Iglesia católica, que fuesen célibes, sino, más bien, que le fuesen sexualmente fieles a una sola mujer, esto es a aquella con la que se hubieren desposado; una norma moral que, según documenta la historia eclesiástica del primer milenio, no fue demasiado respetada por el clero católico —papas, obispos y sacerdotes— que estuvo casado (y aún menos por el que fue formalmente célibe).

A más abundamiento, el supuesto e inapelable magisterio divino del *Antiguo Testamento*, expresado en el capítulo titulado «leyes acerca de la pureza habitual de los sacerdotes» de la *Ley* proclamada en el *Levítico* —cuyo cumplimiento íntegro fue ratificado por Jesús en *Mt* 5,17-18—, ordenó: «Tomará [el sacerdote] virgen por mujer, no viuda, ni repudiada, ni desflorada, ni prostituida. Tomará una virgen de las de su pueblo, y no deshonrará su descendencia en medio de su pueblo, porque soy yo, Yavé, quien le santificó» (*Lev* 21,13-15). Parece, pues, que Dios tuvo especial cuidado hasta para legislar las características que debían cumplir las esposas de sus sacerdotes, ¿acaso no sabía el Padre que los supuestos seguidores de su Hijo, eso es la Iglesia católica, los querrían célibes?

Tal como ya mostré al ocuparme del tema del celibato sacerdotal en un libro anterior,[389] esta norma carente de fundamento evangélico —que no fue impuesta hasta el siglo XVI— ocupó un lugar destacado entre las preocupaciones del último concilio celebrado hasta hoy. En el Vaticano II, Paulo VI —que no se atrevió a replantear la cuestión del celibato tal como solicitaron muchos miembros del sínodo que defendían su opcionalidad— sentenció —en *PO* (16)— que «exhorta también este sagrado concilio a todos los presbíteros que, confiados en la gracia de Dios, aceptaron el sagrado celibato por libre voluntad a ejemplo de Cristo,[390] a que, abrazándolo magnánimamente y de todo corazón y perseverando fielmente en este estado, reconozcan este preclaro don, que les ha sido hecho por el Padre y tan claramente es exaltado por el Señor (*Mt* 19,11), y tengan también ante los ojos los grandes misterios que en él se significan y cumplen».

A primera vista, en la propia redacción de este texto reside su refutación. Si el celibato es un estado, tal como se afir-

389. *Cfr.* Rodríguez, P. (1995). *La vida sexual del clero*. Barcelona: Ediciones B., capítulos 1 al 7.

390. Tal como ya mencionamos, resulta una hipótesis extraordinariamente atrevida y gratuita suponer que un hombre, del que no se sabe nada sobre su vida familiar y social real (salvo sus mitos canónicos), fuese célibe en las circunstancias en que se le sitúa: como judío que fue, Jesús estuvo siempre sometido a la ley judía que instaba a todos los individuos, sin excepción, al matrimonio. En aquellos días y cultura, se hace muy difícil de imaginar que un célibe pudiese alcanzar ninguna credibilidad o prestigio social.

ma, eso es una situación o condición legal en la que se encuentra un sujeto, lo será igualmente el matrimonio y, ambos, en cuanto a *estados*, pueden y deben ser optados libremente por cada individuo, sin imposiciones ni injerencias externas.

En segundo lugar, el celibato no puede ser un don o carisma, tal como se dice, ya que, desde el punto de vista teológico, un carisma es dado siempre no para el provecho de quien lo recibe sino para el de la comunidad a la que éste pertenece. Así, los dones bíblicos de curación o de profecía, por ejemplo, eran para curar o para guiar a los otros, pero no eran aplicables por el beneficiario a sí mismo. Si el celibato fuese un don o carisma, lo sería para ser dado en beneficio de toda la comunidad de creyentes y no sólo de unos cuantos *privilegiados* —eso es que todos los fieles, no sólo el clero, deberían ser célibes—; y es ya bien sabido que resulta una falacia argumentar que el célibe tiene mayor disponibilidad para ayudar a los demás. El matrimonio, en cambio, sí que fue dado para contribuir al mutuo beneficio de la comunidad.

En todo caso, finalmente, en ninguna de las listas de carismas que transmite el *Nuevo Testamento* —*Rom* 12,6-7; I *Cor* 12,8-10 o *Ef* 4,7-11— se cita al celibato; luego es evidente que no puede ser ningún don o carisma por mucho que la Iglesia así lo pretenda. A cualquier analista objetivo de las *Escrituras* le resulta patente que, tal como afirma con rotundidad el teólogo católico Julio Lois, «en el *Nuevo Testamento* no existe ningún vínculo directo y esencial entre el ministerio [sacerdotal] y el don (carisma) del celibato».[391]

Por otra parte, la supuesta exaltación del celibato que se le atribuye a Jesús, según los versículos de *Mt* 19,10-11, se debe a una exégesis errónea de los mismos originada en una traducción incorrecta del texto griego —*Biblia de los Setenta*— al hacer la versión latina (*Vulgata*).

El Jesús que aparece en *Mt* 19,10 está respondiendo a unos fariseos que le han preguntado sobre el divorcio, y lo hace afirmando la indisolubilidad del matrimonio (pero pre-

391. *Cfr.* Lois, J. (1993). *Op. cit.*, p. 27.

sentándola como una meta a conseguir, como la perfección a la que debe tenderse, no como una mera ley a imponer), a lo que los fariseos le oponen la *Ley* mosaica que permite el divorcio y él, a su vez, contesta: «Por la dureza de vuestro corazón os permitió Moisés repudiar a vuestras mujeres, pero al principio no fue así. Y yo os digo que quien repudia a su mujer (salvo caso de adulterio)[392] y se casa con otra, adultera» (*Mt* 19,8-9).

Dado que los versículos que siguen a los anteriores están muy mal traducidos en la versión católica de Nácar-Colunga que venimos utilizando, los transcribiremos según el sentido correcto que le dan las revisiones más autorizadas de los *Evangelios*:[393] «Por su parte los discípulos le dijeron: Si tal es la situación del hombre para con su [o «para con la»] mujer no trae cuenta casarse. No todos pueden llegar a ese extremo, les dijo él, sino sólo aquellos a quienes les ha sido concedido.[394] Pues hay eunucos que lo son de nacimiento, otros que lo son por obra de los hombres y otros que se han hecho eunucos a sí mismos por el reino de los cielos. Quien pueda llegar tan lejos que lo haga»[395] (*Mt* 19,10-12).

392. Es obvio que Jesús, en esta frase, reconoce como justificado y lícito el divorcio al menos en un caso, cuando la esposa ha cometido adulterio —¿significa esto que el mesías judío aceptaba el adulterio del varón?—; la Iglesia católica, sin embargo, va más allá de Jesús y no lo acepta bajo ninguna circunstancia. De hecho, si aceptase esta posibilidad evangélica para el divorcio, la Iglesia católica perdería los muchísimos millones de pesetas que ingresa vendiendo anulaciones matrimoniales desde sus corruptos tribunales *ad hoc*, en los que cualquiera que pueda disponer del dinero que se le exige puede carcajearse a mandíbula batiente del famoso «lo que Dios unió no lo separe el hombre» (*Mt* 19,6) y casarse de nuevo por la Iglesia tantas veces como pueda volver a pagar el alto e hipócrita canon de la *anulación*.

393. *Cfr.*, por ejemplo, la *Nueva Biblia Española*, la traducción de Schonfield (*El Nuevo Testamento original*) o las versiones basadas en revisiones modernas de la traducción de Valera.

394. Es quizás algo más correcto y claro traducir esta frase por «No todos pueden con eso que habéis dicho, sólo los que han recibido el don» [*ou pántes joroúsin ton lógon toúton, all'hois dédotai*].

395. O «El que pueda con eso que lo haga». En la *Biblia* católica de Nácar-Colunga, por el contrario se dice: «Dijéronle los discípulos: Si tal

En este texto, que aporta matices fundamentales que no aparecen en la clásica *Vulgata* —ni en las traducciones católicas de la *Biblia*—, cuando Jesús afirma que «no todos pueden llegar a ese extremo» —o «no todos pueden con eso», según otras versiones también correctas— y «quien pueda llegar tan lejos que lo haga», se está refiriendo claramente al matrimonio, no al celibato (que es la interpretación interesada que sostiene la Iglesia católica). Las palabras *ton lógon toúton* se refieren, en griego, a lo que antecede (la dureza del matrimonio indisoluble, que hace expresar a los discípulos que no trae cuenta casarse), no a lo que viene después. Lo que se afirma como un don, por tanto, es el matrimonio, no el celibato y, consecuentemente, en contra de la postura eclesial oficial, no exalta a éste por encima de aquél, sino al contrario.[396]

La famosa frase «hay eunucos que a sí mismos se han hecho tales por amor del reino de los cielos» (*Mt* 19,12), tomada por la Iglesia católica como la *prueba* de la recomendación o consejo evangélico del celibato, nunca puede ser tal por dos motivos: el tiempo verbal de un consejo de esta naturaleza, y dado en ese contexto social, siempre debe ser el futuro, no el pasado o presente, y el texto griego está escrito en tiempo pasado; y, finalmente, dado que toda la frase referida a los eunucos está en el mismo contexto y tono verbal, también debería tomarse como consejo evangélico la castración forzada

es la condición del hombre con la mujer, no conviene casarse. Él les contestó: No todos entienden esto, sino aquellos a quienes ha sido dado. Porque hay eunucos que nacieron así del vientre de su madre, y hay eunucos que fueron hechos por los hombres, y hay eunucos que a sí mismos se han hecho tales por amor del reino de los cielos. El que pueda entender que entienda.» Existe una diferencia abismal entre el «ser capaz de hacerlo» del texto original y el «ser capaz de entenderlo» del falaz texto católico; las implicaciones teológicas y legislativas que se desprenden de uno y otro son también diametralmente opuestas.

396. Esto, lógica e indudablemente, debe ser así, puesto que, desde el punto de vista sociocultural, dado que Jesús era un judío fiel a la *Ley*, tal como ya mencionamos, jamás podía anteponer el celibato al matrimonio: la tradición judía *obliga* a todos al matrimonio, mientras que desprecia el celibato.

—«hay eunucos que fueron hechos por los hombres»—, cosa que, evidentemente, sería una estupidez.[397]

Resulta obvio, por tanto, que no hay la menor base evangélica para imponer el celibato obligatorio al clero. Las primeras normativas que afectan a la sexualidad —y subsidiariamente al matrimonio/celibato de los clérigos— se producen cuando la Iglesia, de la mano del emperador Constantino, empieza a organizarse como un poder sociopolítico terrenal. Cuantos más siglos fueron pasando, y más se manipulaban los *Evangelios* originales, más fuerza fue cobrando la cuestión del celibato obligatorio, un instrumento clave para dominar fácilmente a la masa clerical.

Hasta el concilio de Nicea (325) no hubo decreto legal alguno en materia de celibato. En el canon 3 se estipuló que «el concilio prohíbe, con toda la severidad, a los obispos, sacerdotes y diáconos, o sea a todos los miembros del clero, el tener consigo a una persona del otro sexo, a excepción de madre, hermana o tía, o bien de mujeres de las que no se pueda tener ninguna sospecha»; pero en este mismo concilio no se prohibió que los sacerdotes que ya estaban casados continuasen llevando una vida sexual normal.

Decretos similares se fueron sumando a lo largo de los siglos —sin lograr que una buena parte del clero dejase de tener concubinas— hasta llegar a la ola represora de los concilios lateranenses del siglo XII, destinados a estructurar y fortalecer definitivamente el poder temporal de la Iglesia. En el

397. Acerca de la castración en el ámbito de la jerarquía eclesial conviene recordar aquí, por ejemplo, que el gran teólogo Orígenes se castró a sí mismo —interpretando de forma patológica la frase de Jesús: «Si tu mano o tu pie te escandaliza, córtatelo y échalo de ti, que mejor te es entrar en la vida manco o cojo que con manos o pies ser arrojado al fuego eterno» (*Mt* 18,8)—, quizá porque su «miembro escandalizante» le causó un agobio que hoy debe sonar muy ridículo al clero católico, cuyo 60% mantiene relaciones sexuales pese a su celibato oficial. Por otra parte, hasta el siglo pasado, en la corte papal se concedía un lugar de privilegio a los famosos *castrati*, cantantes, seleccionados entre los coros de las iglesias, que habían sido castrados siendo aún niños para que conservaran una voz con tonos y matices imposibles para cualquier varón adulto; ¡ésos sí eran auténticos eunucos por el reino de los cielos!

concilio I de Letrán (1123), el papa Calixto II condenó de nuevo la vida en pareja de los sacerdotes y avaló el primer decreto explícito obligando al celibato. Poco después, el papa Inocencio II, en los cánones 6 y 7 del concilio II de Letrán (1139), incidía en la misma línea —lo mismo que su sucesor Alejandro III en el concilio III de Letrán (1179)— y dejaba perfilada ya definitivamente la norma disciplinaria que daría lugar a la actual ley canónica del celibato obligatorio... que la mayoría de clérigos, en realidad, siguió sin cumplir.

Tan habitual era que los clérigos tuviesen concubinas, que los obispos acabaron por instaurar la llamada *renta de putas*, que era una cantidad de dinero que los sacerdotes le tenían que pagar a su obispo cada vez que transgredían la ley del celibato. Y tan normal era tener amantes, que muchos obispos exigieron la *renta de putas* a todos los sacerdotes de su diócesis sin excepción; y a quienes defendían su pureza, se les obligaba a pagar también ya que el obispo afirmaba que era imposible el no mantener relaciones sexuales de algún tipo.

A este estado de cosas intentó poner coto el tumultuoso concilio de Basilea (1431-1435), que decretó la pérdida de los ingresos eclesiásticos a quienes no abandonasen a sus concubinas después de haber recibido una advertencia previa y de haber sufrido una retirada momentánea de los beneficios.

Con la celebración del concilio de Trento (1545-1563), el papa Paulo III —protagonista de una vida disoluta, favorecedor del nepotismo dentro de su pontificado, y padre de varios hijos naturales— implantó definitivamente los edictos disciplinarios de Letrán y, además, prohibió explícitamente que la Iglesia pudiese ordenar a varones casados.[398]

398. La ordenación sacerdotal de varones casados había sido una práctica normalizada dentro de la Iglesia hasta el concilio de Trento. Actualmente, debido a la escasez de vocaciones, muchos prelados —especialmente del tercer mundo— defienden de nuevo esta posibilidad y han solicitado repetidamente al papa Wojtyla que facilite la institución del *viri probati* (hombre casado que vive con su esposa como hermanos) y su acceso a la ordenación. Pero Wojtyla la ha descartado pública y repetida-

En fin, anécdotas al margen, de la época de los concilios de Letrán hasta hoy, nada sustancial ha cambiado acerca de una ley tan injusta y falta de fundamento evangélico —y por ello calificable de *herética*— como lo es la que decreta el celibato obligatorio para el clero.

El papa Paulo VI, en su encíclica *Sacerdotalis Coelibatus* (1967), no dejó lugar a dudas cuando sentó doctrina de este tenor: «El sacerdocio cristiano, que es nuevo, no se comprende sino a la luz de la novedad de Cristo, pontífice supremo y pastor eterno, que instituyó el sacerdocio ministerial como participación real de su único sacerdocio» (n. 19). «El celibato es también una manifestación de amor a la Iglesia» (n. 26). «Desarrolla la capacidad para escuchar la palabra de Dios y dispone a la oración. Prepara al hombre para celebrar el misterio de la eucaristía» (n. 29). «Da plenitud a la vida» (n. 30). «Es fuente de fecundidad apostólica» (n. 31-32). Con los datos que ya demostré en la investigación que publiqué en mi libro *La vida sexual del clero*, puede verse, sin lugar a dudas, que todas estas manifestaciones de Paulo VI no se ajustan para nada a la realidad en que vive la inmensa mayoría del clero católico.

«El motivo verdadero y profundo del celibato consagrado —dejó establecido el papa Paulo VI, en su encíclica *Sacerdotalis Coelibatus* (1967)— es la elección de una relación personal más íntima y más completa con el misterio de Cristo y de la Iglesia, por el bien de toda la humanidad; en esta elección, los valores humanos más elevados pueden ciertamente encontrar su más alta expresión.» Y el artículo 599 del Código de Derecho Canónico, con lenguaje sibilino, impone que «el consejo evangélico de castidad asumido por el Reino de los cielos, que es signo del mundo futuro y fuente de una fecundidad más

mente —achacando su petición a una campaña de «propaganda sistemáticamente hostil al celibato» (Sínodo de Roma, octubre de 1990)—, a pesar de que él mismo, en secreto, ha autorizado ordenar varones casados en varios países del tercer mundo. En el mismo Sínodo citado, Aloisio Lorscheider, cardenal de Fortaleza (Brasil), desveló el secreto y aportó datos concretos sobre la ordenación de hombres casados autorizados por Wojtyla.

abundante en un corazón no dividido, lleva consigo la obligación de observar perfecta continencia en el celibato».[399]

Sin embargo, la Iglesia católica, al transformar un inexistente «consejo evangélico» en ley canónica obligatoria, se ha quedado a años luz de potenciar lo que Paulo VI resume como «una relación personal más íntima y más completa con el misterio de Cristo y de la Iglesia, por el bien de toda la humanidad». Antes al contrario, lo que sí ha logrado la Iglesia con la imposición de la ley del celibato obligatorio es un instrumento de control que le permite ejercer un poder abusivo y dictatorial sobre sus *trabajadores*, y una estrategia básicamente economicista para abaratar los costos de mantenimiento de su plantilla sacro-laboral y, también, para incrementar su patrimonio institucional; por lo que, evidentemente, la única «humanidad» que gana con este estado de cosas es la propia Iglesia católica.

El obligado carácter célibe del clero, le convierte en una gran masa de mano de obra barata y de alto rendimiento, y dotada de una movilidad geográfica y de una sumisión y dependencia jerárquica absolutas.

Un sacerdote célibe es mucho más barato de mantener que otro que pudiese formar una familia, ya que, en este último supuesto, la institución debería triplicar, al menos, el salario actual del cura célibe para que éste pudiese afrontar, junto a su mujer e hijos, una vida material digna y suficiente para cubrir todas las necesidades que son corrientes en un núcleo familiar. Así que cuando oímos a la jerarquía católica rechazar la posibilidad de matrimonio de los sacerdotes, lo que estamos oyendo, fundamentalmente, es la negativa a incrementar su presupuesto de gastos de personal.

De todos modos, el matrimonio de los sacerdotes podría ser posible sin incrementar ninguna dotación presupuestaria. Bastaría con que los curas, o una mayoría de ellos, al igual que hacen en otras confesiones cristianas, se ganasen la vida mediante una profesión civil y ejerciesen, además, su minis-

399. *Cfr.* Santa Sede (194). *Código de Derecho Canónico.* Madrid: Biblioteca de Autores Cristianos, pp. 273-275.

terio sacerdotal; algo que ya llevan practicando, desde hace años, y con plena satisfacción de sus comunidades de fieles, de sus familias y de ellos mismos, los miles de curas católicos casados que actúan como tales por todo el mundo. Pero la Iglesia católica descarta esta posibilidad porque piensa, de un modo tan egoísta como equivocado, que si un sacerdote trabaja en el mundo civil rendirá menos para su institución.

Dentro del contexto católico, la aceptación del celibato viene a suponer también el acatar que el sacerdote pasará toda su vida dependiendo de la institución y, por tanto, ésta se despreocupa de formarle en materias civiles, lo que repercute muy negativamente en sus posibilidades de independencia y le somete aún más a la voluntad de su único y excluyente patrón; por esta causa se generan demasiados dramas humanos muy notables al tiempo que, en general, se incrementa a propósito la ignorancia y falta de preparación del clero.[400]

Otra ventaja económica añadida que la ley del celibato le reporta a la Iglesia católica es que la frustración vital que llega a padecer el sacerdote, por sus carencias afectivo-sexuales y otras causas de índole emocional,[401] se traduce en que una parte de ellos se ven espoleados a acumular riqueza como parte de

400. Según los últimos datos oficiales de la Iglesia disponibles, en 1990 sólo hubo treinta sacerdotes diocesanos matriculados en facultades de estudios civiles, eso es un 0,14% del total de sacerdotes. A este respecto, resulta muy ilustrador saber que el *Código de Derecho Canónico* que ha estado vigente entre 1917 y 1983, en su canon 129, ordenaba: «Los clérigos, una vez ordenados sacerdotes, no deben abandonar los estudios, principalmente los sagrados; y en las disciplinas sagradas seguirán la doctrina sólida recibida de los antepasados y comúnmente aceptada por la Iglesia, evitando las profanas novedades de palabras y la falsamente llamada ciencia.» *Cfr.* Rodríguez, P. (1995). *Op. cit.*, p. 72.

401. Los notables problemas psicosociales que padece una buena parte del clero católico, especialmente del diocesano, no sólo derivan de las carencias afectivo-sexuales, aun siendo esta esfera una parte fundamental para el desarrollo, maduración y equilibrio de la personalidad humana; la propia estructura *formativa* del clero y algunas dinámicas vitales forzadas contribuyen a generar problemas psicológicos que han sido evitados, en gran medida, entre el clero de otras confesiones católicas o cristianas en general. A este respecto puede consultarse el capítulo 5 del ya citado estudio *La vida sexual del clero* y la bibliografía específica que en él se relaciona.

un mecanismo psicológico compensatorio y, al ser obligatoriamente solteros, todos o la mayor parte de estos bienes pasan, por herencia, a engrosar el patrimonio de la Iglesia. Y otro tanto sucede con los bienes que heredan de sus familias.

Si los sacerdotes estuviesen casados, resulta obvio que la Iglesia católica no heredaría sus posesiones —incluyendo las apetitosas donaciones patrimoniales de beatas/os solitarios y ricos—, ya que sus bienes acabarían, lógicamente, en manos de su esposa e hijos. Por eso, y no por razones *morales*, desde el medioevo la Iglesia tomó la decisión de declarar como hijos ilegítimos a los hijos de los clérigos; de este modo se les impedía legalmente cualquier posibilidad de heredar el patrimonio del padre.

En concilios como el de Pavía (1020) se llegó a decretar, en su canon 3, la servidumbre [esclavitud] a la Iglesia, en vida y bienes, de todos los hijos de clérigos. «Los eclesiásticos no tendrán concubinas —ordenaba el canon 34 del concilio de Oxford (1222)—, bajo la pena de privación de sus oficios. No podrán testar en favor de ellas ni de sus hijos, y si lo hacen, el obispo aplicará estas donaciones en provecho de la Iglesia, según su voluntad.» La lista de decretos similares es tan extensa como cuidadosa ha sido la Iglesia en asegurarse los bienes de los hijos bastardos de sus sacerdotes.

Así pues, aunque decenas de miles de sacerdotes abandonen la Iglesia católica —unos cien mil en el último cuarto de siglo—, la ley del celibato obligatorio continúa siendo muy rentable para la institución, ya que sigue permitiendo una mejor explotación de todos cuantos aún permanecen bajo la autoridad eclesial.

El celibato obligatorio es un mecanismo de control básico dentro de la estructura clerical católica y, junto al culto a la personalidad papal y al deber de obediencia, conforma la dinámica funcional que hace posible que tan sólo 4.159 miembros del episcopado —eso es 149 cardenales, 10 patriarcas, 754 arzobispos y 3.246 obispos— controlen absolutamente las vidas personales y el trabajo de 1.366.669 personas.[402]

402. Que, según las últimas estadísticas de la Iglesia católica (1989), se

De todas formas, en una Iglesia católica como la actual, donde el nivel de secularizaciones y de fallecimientos es muy superior al de ordenaciones, y en la que, por poner el caso de España, la edad media de su clero diocesano es de unos 61-62 años y sólo el 48% de las parroquias existentes cuenta con un sacerdote residente, parece razonable pensar que el papa que suceda a Wojtyla deberá plantearse con urgencia la anulación del decreto arbitrario y lesivo de Trento e implantar el celibato opcional, tal como reclaman, según las encuestas, las tres cuartas partes del propio clero católico.[403]

---

distribuyen entre 255.240 sacerdotes diocesanos, 146.239 sacerdotes religiosos, 16.603 diáconos permanentes, 62.942 religiosos profesos y 885.645 religiosas profesas.

403. «Creo que va a ser inevitable que lleguen los curas casados —manifestó el papa Wojtyla, en 1987, en un encuentro privado con algunos periodistas—, pero no quiero que ocurra en mi pontificado.» *Cfr.* Rodríguez, P. (1995). *Op. cit.*, p. 35. Sin duda será inevitable, pero el daño que esta normativa administrativa antievangélica le ha causado a decenas de miles de sacerdotes y a sus feligreses ya no podrá ser reparado jamás.

EPÍLOGO BREVÍSIMO

«Aquello a lo que muchos creyentes vuelven la espalda es precisamente a la Iglesia extraña al mundo y "supranaturalista", a la Iglesia del concilio de Trento y de los tiempos anteriores al Vaticano II. Abandonan esa Iglesia triunfalista, juridicista y clerical, que pretende ser intérprete irrefutable de la voluntad de Dios hasta el más minúsculo detalle; pero que distorsiona la verdad contenida en tal pretensión cuando niega (tácitamente) toda mediación histórica —y a menudo son tan ambiguas esas mediaciones— en su discurso y su acción eclesial. Como si la Iglesia, ajena al mundo, fuera un regalo sin mácula del cielo, más allá de toda crítica. Y hay entonces quienes creen poder identificar ya de antemano todas las acciones oficiales de la Iglesia con la plenitud de la gracia divina, que no es, en efecto, susceptible de crítica, aunque no siempre le sea comprensible al hombre. ¿Acaso no encontramos repetidamente en el libro neotestamentario del *Apocalipsis* el reproche a las siete Iglesias de la ecumene: "Contra ti tengo..."? ¿Y no encontramos la misma advertencia del Vaticano II: *Ecclesia semper purificanda*, la Iglesia debe ser constantemente purificada? Justamente en estos textos habla el verdadero amor a la Iglesia: fe verdadera, tal como experimentamos en el evangelio, y no un amor opresivo, únicamente orientado a la conservación de una institución surgida históricamente.»[404]

EDWARD SCHILLEBEECKX, uno de los más grandes teólogos católicos de este siglo.

404. *Cfr*. Schillebeeckx, E. (1994). *Los hombres, relato de Dios*. Salamanca: Sígueme, pp. 13-14. El párrafo pertenece al prólogo que él mismo escribe para presentar su obra.

ANEXO

La *Taxa Camarae* del papa León X, uno de los puntos culminantes de la corrupción humana

La *Taxa Camarae* es una tarifa promulgada en el año 1517 por el papa León X (1513-1521) con el fin de vender indulgencias, eso es perdonar las culpas, a todos cuantos pudiesen pagar unas buenas libras al pontífice. Como veremos en la transcripción que seguirá, no había delito, por horrible que fuese, que no pudiese ser perdonado a cambio de dinero. León X declaró abierto el cielo para quienes, clérigos o laicos, hubiesen violado a niños y adultos, asesinado a uno o a varios, estafado a sus acreedores, abortado... pero tuviesen a bien el ser generosos con las arcas papales. Veamos sus treinta y cinco artículos:

1. El eclesiástico que incurriere en pecado carnal, ya sea con monjas, ya con primas, sobrinas o ahiadas suyas, ya, en fin, con otra mujer cualquiera, será absuelto, mediante el pago de 67 libras, 12 sueldos.
2. Si el eclesiástico, además del pecado de fornicación, pidiese ser absuelto del pecado contra natura o de bestialidad, debe pagar 219 libras, 15 sueldos. Mas si sólo hubiese cometido pecado contra natura con niños o con bestias y no con mujer, solamente pagará 131 libras, 15 sueldos.
3. El sacerdote que desflorase a una virgen, pagará 2 libras, 8 sueldos.

4. La religiosa que quisiera alcanzar la dignidad de abadesa después de haberse entregado a uno o más hombres simultánea o sucesivamente, ya dentro, ya fuera de su convento, pagará 131 libras, 15 sueldos.
5. Los sacerdotes que quisieran vivir en concubinato con sus parientes, pagarán 76 libras, 1 sueldo.
6. Para todo pecado de lujuria cometido por un laico, la absolución costará 27 libras, 1 sueldo; para los incestos se añadirán en conciencia 4 libras.
7. La mujer adúltera que pida absolución para estar libre de todo proceso y tener amplias dispensas para proseguir sus relaciones ilícitas, pagará al Papa 87 libras, 3 sueldos. En caso igual, el marido pagará igual suma; si hubiesen cometido incestos con sus hijos añadirán en conciencia 6 libras.
8. La absolución y la seguridad de no ser perseguidos por los crímenes de rapiña, robo o incendio, costará a los culpables 131 libras, 7 sueldos.
9. La absolución del simple asesinato cometido en la persona de un laico se fija en 15 libras, 4 sueldos, 3 dineros.
10. Si el asesino hubiese dado muerte a dos o más hombres en un mismo día, pagará como si hubiese asesinado a uno solo.
11. El marido que diese malos tratos a su mujer, pagará en las cajas de la cancillería 3 libras, 4 sueldos; si la matase, pagará 17 libras, 15 sueldos, y si la hubiese muerto para casarse con otra, pagará, además, 32 libras, 9 sueldos. Los que hubieren auxiliado al marido a cometer el crimen serán absueltos mediante el pago de 2 libras por cabeza.
12. El que ahogase a un hijo suyo, pagará 17 libras, 15 sueldos (o sea 2 libras más que por matar a un desconocido), y si lo mataren el padre y la madre con mutuo consentimiento, pagarán 27 libras, 1 sueldo por la absolución.
13. La mujer que destruyese a su propio hijo llevándole en sus entrañas y el padre que hubiese contribuido a la perpetración del crimen, pagarán 17 libras, 15 sueldos cada uno. El que facilitare el aborto de una criatura que no fuere su hijo, pagará 1 libra menos.

14. Por el asesinato de un hermano, una hermana, una madre o un padre, se pagarán 17 libras, 5 sueldos.
15. El que matase a un obispo o prelado de jerarquía superior, pagará 131 libras, 14 sueldos, 6 dineros.
16. Si el matador hubiese dado muerte a muchos sacerdotes en varias ocasiones, pagará 137 libras, 6 sueldos, por el primer asesinato, y la mitad por los siguientes.
17. El obispo u abad que cometiese homicidio por emboscada, por accidente o por necesidad, pagará, para alcanzar la absolución, 179 libras, 14 sueldos.
18. El que por anticipado quisiera comprar la absolución de todo homicidio accidental que pudiera cometer en lo venidero, pagará 168 libras, 15 sueldos.
19. El hereje que se convirtiese, pagará por su absolución 269 libras. El hijo de hereje quemado o ahorcado o ajusticiado en otra forma cualquiera, no podrá rehabilitarse sino mediante el pago de 218 libras, 16 sueldos, 9 dineros.
20. El eclesiástico que no pudiendo pagar sus deudas quisiera librarse de ser procesado por sus acreedores, entregará al Pontífice 17 libras, 8 sueldos, 6 dineros, y le será perdonada la deuda.
21. La licencia para poner puestos de venta de varios géneros bajo el pórtico de las iglesias, será concedida mediante el pago de 45 libras, 19 sueldos, 3 dineros.
22. El delito de contrabando y defraudación de los derechos del príncipe costará 87 libras, 3 dineros.
23. La ciudad que quisiera alcanzar para sus habitantes o bien para sus sacerdotes, frailes o monjas, licencia para comer carne y lacticinios en las épocas en que está prohibido, pagará 781 libras, 10 sueldos.
24. El monasterio que quisiere variar de regla y vivir con menor abstinencia que la que le estaba prescrita, pagará 146 libras, 5 sueldos.
25. El fraile que por su mejor conveniencia o gusto quisiere pasar la vida en una ermita con una mujer, entregará al tesoro pontificio 45 libras, 19 sueldos.
26. El apóstata vagabundo que quisiere vivir sin trabas, pagará igual cantidad por la absolución.

27. Igual cantidad pagarán los religiosos, así seculares como regulares, que quisieran viajar en trajes de laico.
28. El hijo bastardo de un cura que quiera ser preferido para desempeñar el curato de su padre, pagará 27 libras, 1 sueldo.
29. El bastardo que quisiere recibir órdenes sagradas y gozar beneficios, pagará 15 libras, 18 sueldos, 6 dineros.
30. El hijo de padres desconocidos que quiera entrar en las órdenes, pagará al tesoro pontificio 27 libras, 1 sueldo.
31. Los laicos contrahechos o deformes que quieran recibir órdenes sagradas y poseer beneficios, pagarán a la cancillería apostólica 58 libras, 2 sueldos.
32. Igual suma pagará el tuerto del ojo derecho; mas el tuerto del ojo izquierdo pagará al Papa 10 libras, 7 sueldos. Los bizcos pagarán 45 libras, 3 sueldos.
33. Los eunucos que quisieran entrar en las órdenes, pagarán la cantidad de 310 libras, 15 sueldos.
34. El que por simonía quisiera adquirir uno o muchos beneficios, se dirigirá a los tesoreros del Papa, que le venderán ese derecho a un precio moderado.
35. El que por haber quebrantado un juramento quisiere evitar toda persecución y librarse de toda nota de infamia, pagará al Papa 131 libras, 15 sueldos. Además entregará 3 libras para cada uno de los que le habrán garantizado.

Para la historiografía católica, sin embargo, el papa León X, autor de una muestra de corrupción tan infinita como la que acabamos de leer, pasa por ser el protagonista de «la historia del pontificado más brillante y quizá más peligroso en la historia de la Iglesia».[405]

405. *Cfr.* Dacio, J. (1963). *Op. cit.*, p. 155. El libro lleva el *imprímase* de la Iglesia católica tras pasar su censura.

BIBLIOGRAFÍA

Aguirre, R. (1987). *Del movimiento de Jesús a la iglesia cristiana*. Bilbao: Desclée de Brouwer.

Alcalá, M. (1982). *La mujer y los ministerios en la Iglesia*. Salamanca: Sígueme.

Alonso Schökel, L. y Mateos, J. (1975). *Nueva Biblia Española*. Madrid: Ediciones Cristiandad.

Anónimo (1936). *La lujuria del clero, según los concilios*. Barcelona: Librería Pons.

Arana, M. J., Carrizosa, M. y otros (1993). *El sacerdocio de la mujer*. Salamanca: San Esteban.

Arriaga, J. L. (1988). *Diccionario de mitología*. Bilbao: Mensajero.

Baigent, M. y Leigh, R. (1992). *El escándalo de los Rollos del Mar Muerto*. Barcelona: Martínez Roca.

Baldock, J. (1992). *El simbolismo cristiano*. Madrid: Edaf.

Balthasar, H. U. von (1991). *Meditaciones sobre el credo apostólico*. Salamanca: Sígueme.

Blázquez, J. M., Martínez-Pinna, J. y Montero, S. (1993). *Historia de las religiones antiguas*. Madrid: Cátedra.

Boff, L. (1979). *Eclesiogénesis. Las comunidades de base reinventan la iglesia*. Santander: Sal Terrae.

Borobio, D. (1988). *Reconciliación penitencial. Tratado actual del sacramento de la penitencia*. Bilbao: Desclée de Brouwer.

Brandon (1975). *Diccionario de las religiones comparadas* (2 vols.). Madrid: Ediciones Cristiandad.

Campbell, J. (1991). *Las máscaras de Dios: Mitología primitiva* (vol. I). Madrid: Alianza Editorial.
— (1991). *Las máscaras de Dios: Mitología oriental* (vol. II). Madrid: Alianza Editorial.
— (1992). *Las máscaras de Dios: Mitología occidental* (vol. III). Madrid: Alianza Editorial.
— (1992). *Las máscaras de Dios: Mitología creativa* (vol. IV). Madrid: Alianza Editorial.
Caratini, R. (1970). La Antigüedad. *Enciclopedia temática Argos*. Barcelona: Argos Vergara.
— (1970). Filosofía y religión. *Enciclopedia temática Argos*. Barcelona: Argos Vergara.
Carmona, J. A. (1989). «El sacerdocio, símbolo de unidad en la pluralidad.» *Tiempo de Hablar* (41), pp. 8-14.
— (1992). *Los sacramentos: símbolos del encuentro*. Barcelona: Ediciones Ángelos.
— (1992). «El Dios de Jesucristo. El espíritu vivificante.» *Tiempo de Hablar* (51), pp. 10-15.
Cárcel, V. (1979). *Iglesia y revolución en España (1868-1874)*. Pamplona: Eunsa.
Castillo, J. M. (1987). *La alternativa cristiana*. Salamanca: Sígueme.
Coffey, T. (1994). *Una vez fui católico*. Michigan: Portavoz.
Couto, A. (1996, noviembre). «A missâo da mulher a partir dos Evangelhos.» *Fraternizar* (96).
Chevalier, J. y Gheerbrant, A. (1993). *Diccionario de los símbolos*. Barcelona: Herder.
Dacio, Juan (1963). *Diccionario de los papas*. Barcelona: Destino.
Daniel-Rops (1962). *La Iglesia de las revoluciones, frente a nuevos destinos*. Barcelona: Luis de Caralt.
Denzinger, H. (1957). *Enchiridion Symbolorum*. Barcelona: Herder.
Deschner, K. (1990). *Historia criminal del cristianismo. Los orígenes, desde el paleocristianismo hasta el final de la era contantiniana* (vol. I). Barcelona: Martínez Roca.
— (1991). *Historia criminal del cristianismo. La época patrís-*

tica y la consolidación del primado de Roma (vol. II). Barcelona: Martínez Roca.
— (1992). *Historia criminal del cristianismo. Desde la querella de Oriente hasta el final del periodo justiniano* (vol. III). Barcelona: Martínez Roca.
— (1993). *Historia criminal del cristianismo. La Iglesia antigua: Falsificaciones y engaños* (vol. IV). Barcelona: Martínez Roca.
— (1993). *Historia criminal del cristianismo. La Iglesia antigua: Lucha contra los paganos y ocupación del poder* (vol. V). Barcelona: Martínez Roca.
— (1994). *Historia criminal del cristianismo. Alta Edad Media: El siglo de los merovingios* (vol. VI). Barcelona: Martínez Roca.
— (1995). *Historia criminal del cristianismo. Alta Edad Media: El auge de la dinastía carolingia* (vol. VII). Barcelona: Martínez Roca.
Díez y Gutiérrez O'Neil, J. L. (1941). *Historia de la misa*. Madrid: Aldecoa.
Einsle, H. (1989). *El misterio bíblico*. Barcelona: Martínez Roca.
Eliade, M. (1967). *De los primitivos al Zen: Dioses, diosas y mitos de la creación* (I). Buenos Aires: Megalópolis.
— (1974). *El mito del eterno retorno*. Madrid: Taurus.
— (1974). *Tratado de historia de las religiones* (2 vol.). Madrid: Ediciones Cristiandad.
— (1978). *De los primitivos al Zen: El hombre y lo sagrado* (II). Buenos Aires: Megalópolis.
— (1978). *De los primitivos al Zen: La muerte, la vida después de la muerte y la escatología* (III). Buenos Aires: Megalópolis.
— (1978). *De los primitivos al Zen: De brujas, adivinos y profetas* (IV). Buenos Aires: Megalópolis.
— (1978). *Historia de las ideas y de las creencias religiosas: De la prehistoria a los Misterios de Eleusis* (I). Madrid: Ediciones Cristiandad.
— (1979). *Historia de las ideas y de las creencias religiosas:*

De Gautama Buda al triunfo del Cristianismo (II). Madrid: Ediciones Cristiandad.
— (1980). *Historia de las ideas y de las creencias religiosas: De Mahoma a las religiones secularizadas de hoy* (III). Madrid: Ediciones Cristiandad.
— (1980). *Historia de las ideas y de las creencias religiosas: Las religiones en sus textos* (IV). Madrid: Ediciones Cristiandad.
— (1980). *La prueba del laberinto*. Madrid: Ediciones Cristiandad.
— y Couliano, I.P. (1992). *Diccionario de las religiones*. Barcelona: Paidós.
Escobedo, J. C. (1989). *Diccionario enciclopédico de la mitología*. Barcelona: De Vecchi.
Fiedman, R. E. (1988). *¿Quién escribió la Biblia?* Barcelona: Martínez Roca.
Fromm, E. (1980). *El dogma de Cristo*. Buenos Aires: Paidós.
García Font, J. (1987). *Dioses y símbolos del Antiguo Egipto*. Barcelona: Fausí.
Garzanti (1991). *Enciclopedia de la Literatura Garzanti*. Barcelona: Ediciones B.
— (1992). *Enciclopedia de la Filosofía Garzanti*. Barcelona: Ediciones B.
Gimbutas, M. (1991). *Diosas y dioses de la vieja Europa 7000-3500 a.C.* Madrid: Istmo.
Giorgi, A. (1742). *Alphabetum Thibetanum*. Roma.
Guenon, R. (1987). *El simbolismo de la cruz*. Barcelona: Obelisco.
Harding, E. (1987). *Los misterios de la mujer (Simbología de la Luna)*. Barcelona: Obelisco.
Hernández, J. (1993). *La razón en la Iglesia*. Soria: Autor.
Honeycutt, D. (1995). *Catolicismo romano*. El Paso (Texas): Mundo Hispano.
Ibarreta, R. H. de (1987). *La religión al alcance de todos*. Barcelona: Daniel's Libros.
Juan Pablo II (1993). *El esplendor de la verdad*. Madrid: Biblioteca de Autores Cristianos.

Kaydeda, J. M. (1986). *Los Apócrifos Jeshúa y otros Libros Prohibidos*. Madrid: Rea.
Kee, A. (1982). *Constantino contra Cristo*. Barcelona: Martínez Roca.
Keenan, S. (1860). *Controversial Catechism or Protestantism Refuted and Catholicism Established*. Londres: Catholic Publishing & Book-Selling Company.
Küng, H. (1994). *Credo*. Madrid: Trotta.
Lamet, P. M. (1991). *La rebelión de los teólogos*. Barcelona: Plaza & Janés.
Lara, F. (1989). *La civilización sumeria*. Madrid: Historia 16.
Leita, J. (1993). *Autopsia del Nuevo Catecismo Católico*. Barcelona: Martínez Roca.
Lois, J. (1988). *La contribución de los cristianos y de las comunidades de creyentes a la nueva sociedad*. Madrid: Fundación Santa María.
— (1993). «El ministerio presbiterial al servicio de la iglesia de Jesús en el momento actual: Experiencias y proyección.» *Tiempo de Hablar* (56-57).
Loisy, A. (1905). *L'Évangile et l'Église*. París.
— (1908). *Simples Reflexions*. París.
Lurker, M. (1991). *Diccionario de dioses y símbolos del Egipto antiguo (manual del mundo místico y mágico de Egipto)*. Barcelona: Indigo.
Martínez, A. (1992). *El culte solar*. Santa Coloma de Gramenet (Barcelona): Grup d'Estudis Històrico-Socials.
Meautis, G. (1982). *Mitología griega*. Buenos Aires: Hachette.
Mello, A. (1982). *El canto del pájaro*. Santander: Sal Terrae.
Miret Magdalena, E. (1989). *El nuevo rostro de Dios*. Madrid: Temas de Hoy.
Misión Abierta (1988). *Desafíos cristianos*. Salamanca: Lóguez Ediciones.
Mohen, J-P. (1992). *Todos tenemos 400.000 años*. Barcelona: Planeta.
Morel, H. V. (1987). *Diccionario de mitología Egipcia y Medio Oriente*. Buenos Aires: Kier
Müller, M. (1990). *Mitología Egipcia*. Barcelona: Edicomunicación.

Nácar, E. y Colunga, A. (1979). *Sagrada Biblia*. Madrid: Edica.

Noel, F. F. (1987). *Diccionario de Mitología Universal*. Barcelona: Edicomunicación.

Nolan, A. (1981). *«¿Quién es este hombre?» Jesús, antes del cristianismo*. Santander: Sal Terrae.

O'Grady, J. (1990). *El príncipe de las tinieblas (el demonio en la historia, en la religión y en la psique humana)*. Madrid: Edaf.

Panikkar, R. (1993). «El conflicto de eclesiologías: hacia un concilio de Jerusalén II.» *Tiempo de Hablar* (56-57), p. 33-47.

Pintos, M. (1990). «El ministerio ordenado de las mujeres.» *Tiempo de Hablar* (44-45), p. 33-42.

Portal, F. (1991). *Los símbolos de los egipcios*. Barcelona: Obelisco.

Prabhupada, S. (1976). *Krisna, la Suprema Personalidad de Dios*. México: Bhaktivedanta B. T.

— (1984). *El Bhagavat-Gîtâ tal como es*. Los Ángeles: Fondo Editorial Bhaktivedanta.

Puech, H-C (Ed.) (1977). *Historia de las Religiones Siglo XXI: Las religiones antiguas. II*; Vol. 2. Madrid: Siglo XXI.

— (1979). *Historia de las Religiones Siglo XXI: Las religiones en el mundo mediterráneo y en Oriente Próximo. I*; Vol. 5. Madrid: Siglo XXI.

Rahner, K. (1969). «¿Democracia en la iglesia?» *Selecciones de Teología* (30), pp. 193-201.

Recasens, M.R. (1996). *Drets humans i Església catòlica?* Barcelona: El Mirall.

Rodríguez, P. (1989). *El poder de las sectas*. Barcelona: Ediciones B.

— (1995). *La vida sexual del clero*. Barcelona: Ediciones B.

Rosa, P. de (1989). *Vicarios de Cristo*. Barcelona: Martínez Roca.

Ruether, R. (1996, noviembre). «Uma Igreja livre de sexismo.» *Fraternizar* (96), pp. 23-24.

Russell, B. (1992). *Sobre Dios y la religión*. Barcelona: Martínez Roca.

Saintyves, P. (1907). *Les Saints successeurs des dieux*. París: Librairie Critique.

— (1985). *Las madres vírgenes y los embarazos milagrosos.* Madrid: Akal.
Santa Sede (1992). *Catecismo de la Iglesia Católica.* Madrid: Asociación de Editores del Catecismo.
— (1994). *Código de Derecho Canónico.* Madrid: Biblioteca de Autores Cristianos.
Schreurs, N. (1990). «El ministerio en la Iglesia, cara a la realidad del mundo, a la luz del Evangelio y de la Historia.» *Tiempo de Hablar* (44-45), pp. 8-19.
Schillebeeckx, E. (1968). *El matrimonio, realidad terrena y misterio de salvación.* Salamanca: Sígueme.
— (1981). *Le ministere dans l'Église.* París: Éditions du Cerf.
— (1987). *Plaidoyer pour le peuple de Dieu.* París: Éditions du Cerf.
— (1993). *Sono un teologo felice. Colloqui con Francesco Strazzari.* Bolonia: Dehonieane.
— (1994). *Los hombres, relato de Dios.* Salamanca: Sígueme.
Secretariado Catequístico Nacional de la Comisión Episcopal de Enseñanza de Madrid (1962). *Catecismo de la Doctrina Cristiana.* Zaragoza: Luis Vives.
Segundo, J. L. (1994). *El caso Mateo. Los comienzos de una ética judeocristiana.* Santander: Sal Terrae.
Shonfield, H. J. (1987). *Jesús: ¿Mesías o Dios?.* Barcelona: Martínez Roca.
— (1990). *El Nuevo Testamento original.* Barcelona: Martínez Roca.
Velasco, R. (1983). *Iglesia carismática y lo institucional en la iglesia.* Madrid: Fundación Santa María.
Vallejo-Nágera, J. A. y otros (1991). *Guía práctica de Psicología.* Madrid: Temas de Hoy.
Vázquez, M. J. y Castañer, J. (1991). *El libro de los signos.* Barcelona: Ediciones 29.
Wilkins (1987). *Mitología hindú.* Barcelona: Edicomunicación.

Índice onomástico

ÍNDICE DE REFERENCIAS BÍBLICAS

ANTIGUO TESTAMENTO:

VERSÍCULO *A. T.*	**TRANSCRIPCIÓN DEL TEXTO** (página/nota)	**OTRAS CITAS** (página/nota)	**ASUNTO AL QUE SE REFIERE**
Gén 1,2-4		344	Creación del mundo en siete días.
Gén 3,5		75	El hombre puede ser como Dios si come el fruto prohibido.
Gén 3,19	376/378		Dios no cree en la vida post-mortem de los humanos.
Gén 3,24		32/18	Los ángeles ejecutan los deseos de Yahveh.
Gén 6,5-8	375		Dios decide mandar el diluvio sobre los hombres.
Gén 14,18-19	256/227		Melquisedec como sacerdote.
Gén 16,2		118	Abraham comete adulterio con la esclava Agar.
Gén 19,31-38	118/110		Las hijas de Lot le embriagan para acostarse con él.
Gén 20,17-18	116/108		Fin de la esterilidad en la casa de Abimelec.
Gén 21,1-4	116/108		Intervención divina en la concepción de Isaac.
Gén 21,12		173/154	Uso del término *zara*, semilla o descendencia.
Gén 21,32		24	Relación (históricamente imposible) de Abraham con los filisteos.
Gén 22,24		118	Los hijos de Najor con su concubina Raumo.
Gén 30,1-13		118	Matrimonio de Jacob con dos hermanas y su adulterio con las esclavas de éstas.
Gén 35,19		136	Raquel, la esposa de Jacob, es enterrada en Belén.
Gén 35,22		118	Jacob y su hijo comparten a Bala como amante.

VERSÍCULO *A. T.*	TRANSCRIPCIÓN DEL TEXTO (página/nota)	OTRAS CITAS (página/nota)	ASUNTO AL QUE SE REFIERE
Gén 38,14-30		118	Tamar se casa con los hermanos Er y Onan y se disfraza de prostituta para engendrar de su suegro.
Éx 1,15-22		134	Moisés y la matanza de niños ordenada por el faraón.
Éx 2,1-25		134	Moisés y la matanza de niños ordenada por el faraón.
Éx 3,14	29/15		Yahveh se identifica ante Moisés como «yo soy quien yo soy».
Éx 12,3-11	273		Normas para preparar la cena de la Pascua.
Éx 12,21-23	273/249		Los hebreos untan con sangre el dintel de su puerta.
Éx 12,23		32/18	Los ángeles ejecutan los deseos de Yahveh
Éx 12,24-27	273		Obligación de celebrar la cena ritual de la Pascua.
Éx 13,2		173/154	Uso del término *nazirita*, consagrado a Dios.
Éx 15,11	32	329	Moisés reconoce que Yahveh no es el Dios único.
Éx 17,2-7		42/32	Moisés, obedeciendo a Dios, hace brotar agua de una roca. El texto *sacerdotal* de *Núm* 20,2-13 convertirá este mismo hecho en un acto de desobediencia grave de Moisés.
Éx 18,11	32	329	El suegro de Moisés reconoce que Yahveh no es el Dios único.
Éx 19,4-6	29		Yahveh le propone a Moisés un pacto de alianza.
Éx 19,5		75	El pueblo hebreo como propiedad de Dios.
Éx 20,1-17		33, 327, 334/320, 337	Decálogo elohísta.

VERSÍCULO *A. T.*	**TRANSCRIPCIÓN DEL TEXTO** (página/nota)	**OTRAS CITAS** (página/nota)	**ASUNTO AL QUE SE REFIERE**
Éx 20,2-5	32	329, 376	El propio Yahveh se compara y pone por encima de los otros dioses existentes.
Éx 21,2		28/14	*'ibrî* o hebreo es usado como sinónimo de esclavo.
Éx 25 a 31		159/146	Instrucciones para la construcción del Tabernáculo.
Éx 31,14-17	344/333	345	Obligación del descanso sabático bajo pena de muerte.
Éx 32,25-29	43/33		Moisés ordena a los hijos de Leví que maten a «su hermano, a su amigo, a su deudo», con lo que se ganaron su derecho al sacerdocio.
Éx 34		33	Decálogo *yahvista.*
Éx 34,6-7	41-42		Definición *yahvista* de Dios.
Éx 35,2-3		344/333	Obligación del descanso sabático bajo pena de muerte.
Lev 12,1-8	369/368		Reglas de purificación tras un parto.
Lev 15,19-29		319	Exclusión social de la mujer que "sangra".
Lev 21,13-15	384		Condiciones de la esposa de un sacerdote.
Lev 26,14-45		376	Premios y castigos de Dios para quienes cumplan o no sus mandatos.
Núm 15,32-36		345/336	Ejecución por vulnerar el descanso sabático.
Núm 20,2-13		42/32	Este texto *sacerdotal* convierte en un acto de desobediencia grave de Moisés el mismo hecho que en el *elohísta Éx* 17,2-7 aparece como un acto de obediencia a Dios.
Núm 24,17	125		Supuesta *profecía* de Balam de la estrella de Navidad.
Núm 25,12		45	«Alianza de un sacerdocio eterno.»

VERSÍCULO *A. T.*	TRANSCRIPCIÓN DEL TEXTO (página/nota)	OTRAS CITAS (página/nota)	ASUNTO AL QUE SE REFIERE
Dt 4,25-30	40	30	Pacto de alianza entre Yahveh e Israel. Una *profecía* escrita después de sucedidos los hechos *previstos*.
Dt 5,1-22	328	327, 334/ 320, 337, 343	Decálogo.
Dt 16,3		273/250	El «pan de la aflicción».
Dt 16,16	59/51		Yahveh obliga a celebrar las fiestas en Jerusalén (falsificación interesada de Jeremías/Josías).
Dt 21,22-23	230		«Es maldito de Dios el que está colgado del madero.»
Dt 28,15-45		376	Premios y castigos de Dios para quienes cumplan o no sus mandatos.
Dt 32		95	El *Cántico de Moisés*.
Dt 33,2		29/15	Primeras apariciones de Yahveh en el sur de Palestina.
Jos 5,13-15		32/18	Los ángeles ejecutan los deseos de Yahveh
Jue 5,4		29/15	Primeras apariciones de Yahveh en el sur de Palestina.
Jue 13	115		Intervención divina en la concepción de Sansón.
Jue 13,5		173/154	Uso del término *nazirita*, consagrado a Dios.
Jue 16,27-31		116	Muerte *sacrificial* de Sansón en el templo de Dagón.
I *Sam* 1	116		Intervención divina en la concepción de Samuel.
I *Sam* 1,2		118	Elcana sustituye a su esposa estéril por Penena.
I *Sam* 1,20		173/154	Uso del término *nazirita*, consagrado a Dios.

VERSÍCULO *A. T.*	**TRANSCRIPCIÓN DEL TEXTO** (página/nota)	**OTRAS CITAS** (página/nota)	**ASUNTO AL QUE SE REFIERE**
I *Sam* 2,27-36	44/36	44	*Profecía* de la ruina de la casa sacerdotal de Helí de Silo (escrita después de los hechos y base para la instauración de un clero hereditario).
I *Sam* 4,6-9		28/14	*'ibrî* o hebreo es usado como término despectivo.
I *Sam* 5		43/34	Los filisteos se apoderan del Arca de la Alianza.
I *Sam* 6		43/34	Los filisteos devuelven del Arca de la Alianza.
I *Sam* 22		43	Saúl ordena matar a los sacerdotes levitas de Nob.
II *Sam* 24-16		32/18	Los ángeles ejecutan los deseos de Yahveh.
I *Re* 8,33-34	66/55		*Profecía* de Salomón acerca de la recuperación de la confianza divina (escrita después de ocurrido el hecho que pretende anunciar).
I *Re* 11,31-39	52/46		El oráculo de Ajías/Yahveh anuncia la escisión entre Israel y Judá y «una casa estable» para Jeroboam. La *profecía* fue escrita casi tres siglos después de los hechos que pretende pronosticar.
II *Re* 18,3-4	45/37		Ezequías (pro aarónida) destruye la serpiente de bronce Nejustán de Moisés (*Núm* 21,6-9).
II *Re* 20,4-7	50/44		El profeta Isaías cura al rey Ezequías (y añade una *profecía* escrita después de ocurridos los hechos).
II *Re* 23,10	378		Valle de Hinnom.
II *Re* 23,13		45	Josías (pro levita) destruye los símbolos aarónidas.
II *Re* 24,14-16		61	Niega las deportaciones masivas a Babilonia.

VERSÍCULO *A. T.*	TRANSCRIPCIÓN DEL TEXTO (página/nota)	OTRAS CITAS (página/nota)	ASUNTO AL QUE SE REFIERE
II *Par* 31,2	42/31		Ezequías materializa la división entre sacerdotes (aarónidas) y levitas.
II *Mac* 12,39-45		379/383	Supuesta eficacia de las oraciones por los muertos.
Job 38,7		32/18	Yahveh preside el consejo de ángeles o «hijos de Dios».
Sal 2,7-8	34	153	El rey David aparece como «engendrado» por Dios e «hijo» suyo.
Sal 22,2		230	*Profecía* de Jesús abandonado por Dios.
Sal 22,16		229	*Profecía* de las palabras «Tengo sed» de Jesús.
Sal 27,3	231/205		«Aunque acampe contra mí un ejército...»
Sal 29,1		32/18	Yahveh preside el consejo de ángeles o «hijos de Dios».
Sal 51,16-21	62		Por necesidades del exilio se afirma la aceptación por Yahveh del «corazón contrito y humillado» (base de la creencia en la virtud redentora del sufrimiento).
Sal 65,8-10		31	Yahveh aparece con los atributos de los dioses semíticos Ba'al y El.
Sal 69,22		229	*Profecía* sobre la esponja empapada con vinagre.
Sal 89,4	34/20	34	El rey David aparece como elegido de Dios, una circunstancia que justificará la instauración de la monarquía hereditaria.
Sal 89,27-35	34/21		El rey David aparece como «primogénito» de Dios.
Sal 103,19-20		32/18	Yahveh preside el consejo de ángeles o «hijos de Dios».
Sal 110,1		229	*Profecía* sobre la aparición de Jesús sobre nubes.

VERSÍCULO *A. T.*	TRANSCRIPCIÓN DEL TEXTO (página/nota)	OTRAS CITAS (página/nota)	ASUNTO AL QUE SE REFIERE
Sal 115,3-8	338		Prohibición de adorar ídolos.
Sal 168,2		32/18	Yahveh preside el consejo de ángeles o «hijos de Dios».
Prov 30,18-19	156/141		El «rastro del hombre en la doncella» (*almah*).
Cant 6,8	156/142		Doncellas (*alamoth*) del harén.
Is 1,3	130	224	Falsa *profecía* en la que se basa la escena del asno y el buey del pesebre de Jesús.
Is 6		32/18	Yahveh preside el consejo de ángeles o «hijos de Dios».
Is 7,14-17	155	152/137, 154, 224	*Profecía* sobre el Emmanuel que *Mateo* cita como la prueba del milagroso nacimiento virginal de Jesús.
Is 8,3-4	157	224	El propio Isaías identifica a la *virgen* (*almah*) que acaba de parir, negando así toda posibilidad de que su *profecía* del Emmanuel se refiera a María y Jesús.
Is 8,14	228		La «piedra de tropiezo».
Is 9,6-7	158	225	*Profecía* referida a un futuro rey poderoso en la que, erróneamente, pretende verse un anuncio de Jesús.
Is 11,1-2	58	105, 152, 173/154, 208, 225, 228	*Profecía* base del mesianismo davídico judío.
Is 28,16	228		La «piedra angular».
Is 42,1-9		63, 227	Aceptación por Yahveh de los sufrimientos del «Siervo» (base de la virtud redentora del sufrimiento).
Is 49,1-6		63, 227	Aceptación por Yahveh de los sufrimientos del «Siervo» (base de la virtud redentora del sufrimiento).

VERSÍCULO *A. T.*	TRANSCRIPCIÓN DEL TEXTO (página/nota)	OTRAS CITAS (página/nota)	ASUNTO AL QUE SE REFIERE
Is 50,4-9		63, 227	Aceptación por Yahveh de los sufrimientos del «Siervo» (base de la virtud redentora del sufrimiento).
Is 52,13		63, 227	Aceptación por Yahveh de los sufrimientos del «Siervo» (base de la virtud redentora del sufrimiento).
Is 53,3		63, 227	El «varón de dolores», base del mesías sufriente.
Is 53,11	63	227	«El Justo, mi Siervo, justificará a muchos.»
Is 53,12		63, 227	Aceptación por Yahveh de los sufrimientos del «Siervo» (base de la virtud redentora del sufrimiento).
Is 66,24	377		Cadáveres cuyo gusano nunca morirá...
Jer 7,31	378		Valle de Hinnom.
Jer 10,3-5	343		Las imágenes religiosas son «espantajos de melonar» y no sirven para nada.
Jer 10,8-9	338		Todos los seres divinos representados por imágenes son «estúpidos y necios».
Jer 25,8-13	65/54		*Profecía* sobre el exilio y su fin (añadida una vez acabado el cautiverio babilónico).
Jer 31,15	135	225	Falsa *profecía* con la que *Mateo* pretende justificar la «matanza de los Inocentes».
Jer 32,6		229	*Profecía* sobre la compra del campo del alfarero.
Jer 52,28-30		61	Niega las deportaciones masivas a Babilonia.
Ez 3,15-28		64	Promesa de la unificación de Israel y Judá.
Ez 37,1-14		64	Promesa de renacimiento de la nación hebrea.

VERSÍCULO *A. T.*	TRANSCRIPCIÓN DEL TEXTO (página/nota)	OTRAS CITAS (página/nota)	ASUNTO AL QUE SE REFIERE
Ez 37,26-28		64	Purificación del pueblo hebreo mediante un nuevo «pacto eterno».
Ez 34,23		64	Promesa de restablecimiento de la dinastía davídica.
Ez 37,24-25		64	Promesa de restablecimiento de la dinastía davídica.
Ez 46,1-5	344/333		Descanso del sábado y ritos asociados.
Dan 7,13		64, 97, 213, 228, 229	Visión del «como hijo de hombre», símbolo onírico que será errónea y caprichosamente aplicado a Jesús.
Dan 9		57/48	Profecía (incumplida) del advenimiento de los tiempos escatológicos para el año 164-163 a.C.
Os 3,1-3		57	El profeta Oseas declara estar casado con una mujer que le engaña.
Os 6,1-2	57/49		No hay más posibilidad de salvación que Yahveh.
Os 11,1-2	135	173/154, 225	Falsa *profecía* con la que *Mateo* pretende anunciar la huida de la familia de Jesús a Egipto.
Am 5, 18-20		56	Amós anuncia «el día de Yahveh».
Am 7,14-15		53	Señala los «hijos de profeta».
Am 8,9		230	*Profecía* del eclipse de sol en la crucifixión.
Hab 3,2	130	224	Falsa *profecía* en la que se basa la escena del asno y el buey del pesebre de Jesús.
Hab 3,3		29/15	Primeras apariciones de Yahveh en el sur de Palestina.
Zac 3,8	66/56		Aclamación de Zorobabel como mesías davídico.
Zac 4,11-14		66	Papel mesiánico del sumo sacerdote.

VERSÍCULO *A. T.*	**TRANSCRIPCIÓN DEL TEXTO** (página/nota)	**OTRAS CITAS** (página/nota)	**ASUNTO AL QUE SE REFIERE**
Zac 9,9-10	63/53	227	Entrada del rey en Jerusalén montado en un asno.
Zac 11,12		229	*Profecía* sobre el soborno a Judas.
Zac 11,13		229	*Profecía* sobre la devolución del soborno a Judas.
Zac 13,7		229	*Profecía* sobre la cobardía de los apóstoles.
Mal 2,4		66	Anuncio del «día de Yahveh» para depurar el sacerdocio.
Mal 3,3		66	Anuncio del «día de Yahveh» para «purgar a los hijos de Leví».
Mal 4,19-21	148/134		Anuncio del «sol de justicia», una *profecía* que se ha pretendido referir a la llegada de Cristo.

NUEVO TESTAMENTO:

VERSÍCULO *N. T.*	TRANSCRIPCIÓN DEL TEXTO (página/nota)	OTRAS CITAS (página/nota)	ASUNTO AL QUE SE REFIERE
Mt 1,1-16	152		Genealogía de Jesús.
Mt 1,18-25	113	164	Relato de la concepción de Jesús por María.
Mt 1,22-23		154, 224	*Demostración* del nacimiento virginal de Jesús en base a la *profecía* de *Is* 7.
Mt 2,1-12	124	125, 131, 147, 164, 173	Relato del nacimiento de Jesús, de la "estrella de Navidad" y los magos.
Mt 2,13-18	131	135, 225	Huida a Egipto y matanza de los niños por Herodes.
Mt 2,19-23	173/154	164	Regreso de Egipto a Nazaret.
Mt 3,16-17	208		Bautismo de Jesús por Juan el Bautista.
Mt 4,17		181/165	Jesús anuncia la inminencia del fin de los tiempos.
Mt 5,3-5	233		Bienaventuranzas.
Mt 5,17-18	176	237, 334, 384	Profesión incuestionable de la fe judía de Jesús.
Mt 5,22	377		Mención de la *gehennna ignis* o "infierno".
Mt 5,29	377		Mención de la *gehennna ignis* o "infierno".
Mt 5,27-32		319	Jesús coloca a hombre y mujer en igualdad frente al divorcio y el adulterio.
Mt 6,5-7	267		Jesús dice que debe orarse en la intimidad, no en público.
Mt 6,30		319	Jesús tacha a los discípulos de «hombres de poca fe».
Mt 7,15-17	231		«Guardaros de los falsos profetas...»
Mt 9,18-25		194/175, 319/307	Resurrección de la hija de Jairo y curación de la hemorroísa.
Mt 10,2-4		289/270	Listado de apóstoles.

VERSÍCULO *N. T.*	TRANSCRIPCIÓN DEL TEXTO (página/nota)	OTRAS CITAS (página/nota)	ASUNTO AL QUE SE REFIERE
Mt 10,5-7	177	237, 292/ 277, 318/305	Jesús prohibe ir a predicar a los no judíos.
Mt 10,23		182/165	Jesús anuncia la inminencia del fin de los tiempos.
Mt 11,2-3	208		Juan el Bautista duda del *mesías* Jesús.
Mt 12,1-7		345/334, 345	Descanso sabático.
Mt 12,9-14		345/334	Descanso sabático.
Mt 12,27-32	253		Todo lo bueno procede del Espíritu Santo (Jesús niega todo exclusivismo).
Mt 12,38-40	204		Jesús profetiza que en su resurrección cumplirá la «señal de Jonás», pero no será así.
Mt 12,46-50	163	167, 169	Mención de la madre y hermanos de Jesús.
Mt 13,54-58	163	160/148	Rechazo de Jesús en su pueblo y mención de sus padres, cuatro hermanos varones y hermanas.
Mt 14,31		319	Jesús tacha a Pedro de «hombre de poca fe».
Mt 15,21-28		318	Una mujer cananea vence a Jesús dialécticamente; única ocasión en que Jesús habla de «fe grande».
Mt 15,24-26	177	237, 318/305	Jesús ratifica que sólo ha sido enviado para predicar a los judíos y le niega ayuda a una cananea.
Mt 16,15-20	285	176, 318	La confesión de Pedro en Cesárea de Filipo.
Mt 16,18-19	286	286, 287, 288, 305, 308	Elección de Pedro como base de la Iglesia. Este texto es un añadido espurio al *Mateo* original.
Mt 16,21-23	193/174	194/177, 288	Jesús anuncia su muerte y resurrección y amonesta a Pedro por dudar de su destino.
Mt 16,27-28	181	237/207	Jesús anuncia la inminencia del fin de los tiempos.

VERSÍCULO *N. T.*	**TRANSCRIPCIÓN DEL TEXTO** (página/nota)	**OTRAS CITAS** (página/nota)	**ASUNTO AL QUE SE REFIERE**
Mt 17,22-23		194/178	Jesús anuncia su muerte y resurrección.
Mt 17,24-27	180/160	179	Pago del tributo al templo.
Mt, 18,8	388/397		Cortarse el miembro que escandaliza.
Mt 19,3-10		319, 386/ 392	Jesús coloca a hombre y mujer en igualdad frente al divorcio (que justifica) y el adulterio.
Mt 19,10-12	386	384	Indisolubilidad del matrimonio. Su interpretación errónea pone a este texto como base del celibato sacerdotal.
Mt 19,16-26	335, 336	268/243	Modo de ganarse la vida eterna (cumpliendo seis mandamientos). Imposibilidad de los ricos para entrar en el reino de los cielos.
Mt 20,18-19		195/179	Jesús anuncia su muerte y resurrección.
Mt 21,1-9	226/202		Entrada triunfal de Jesús en Jerusalén.
Mt 21,10-11	208		Jesús es presentado como profeta.
Mt 21,12-13		180/162	Expulsión de los mercaderes del templo.
Mt 22,34-40	335	89	Se le pregunta a Jesús acerca de cuál es el primer precepto (y cita sólo dos mandamientos).
Mt 24		84/69	Retraso del Segundo Advenimiento de Jesús y destrucción de Jerusalén.
Mt 24,23-24	209/187		Jesús previene contra falsos mesías y profetas.
Mt 24,29-31	181/164		Jesús describe el inminente fin de los tiempos.
Mt 24,34	181		Jesús anuncia la inminencia del fin de los tiempos.

VERSÍCULO *N. T.*	TRANSCRIPCIÓN DEL TEXTO (página/nota)	OTRAS CITAS (página/nota)	ASUNTO AL QUE SE REFIERE
Mt 24,36	210	182/165	Interpolación para matizar el claro anuncio de Jesús acerca del inminente fin de los tiempos.
Mt 26,17-29	271		Última cena.
Mt 26,69-75		290/273	Pedro niega ser discípulo de Jesús.
Mt 27,50-54	195		Hechos prodigiosos y resurrección de los santos tras la muerte de Jesús.
Mt 27,55-56		315	Mujeres discípulas de Jesús.
Mt 27,57-61	185		José de Arimatea reclama el cuerpo de Jesús y le da sepultura.
Mt 27,62-66	187	193	Pilato pone guardias ante el sepulcro de Jesús.
Mt 28,1-6	187	204	Las mujeres acuden al sepulcro.
Mt 28,9	198		Jesús resucitado se aparece a las mujeres.
Mt 28,11-15	187/170	362	Los sacerdotes compran a los soldados para que digan que han robado el cadáver de Jesús.
Mt 28, 16-18	199		Jesús resucitado se aparece a los discípulos.
Mt 28,19	362	177/158, 250, 251, 359, 361, 365	Jesús ordena predicar a «toda criatura», un añadido que contradice su postura anterior en todo *Mateo. Definición* trinitaria de Dios.
Mt 28,20	281		Jesús promete «estaré con vosotros siempre hasta la consumación del mundo».
Mc 1,9-11		209	Bautismo de Jesús por Juan el Bautista.
Mc 1,14-15	175/156	181	Jesús predica la inminencia del fin de los tiempos.
Mc 1,21		345	Descanso sabático.
Mc 1,40-42		90	Curación de un leproso en Galilea.
Mc 1,44		256	Concepto de sacerdote referido al del *A.T.*

VERSÍCULO *N. T.*	**TRANSCRIPCIÓN DEL TEXTO** (página/nota)	**OTRAS CITAS** (página/nota)	**ASUNTO AL QUE SE REFIERE**
Mc 2,23-28		345/334, 345, 346	Descanso sabático.
Mc 2,26		256	Concepto de sacerdote referido al del *A.T.*
Mc 3,1-5		345/334, 345/336, 345	Descanso sabático.
Mc 3,13-19	77	91/80, 289/270	Designación de los doce apóstoles.
Mc 3,21	164		La familia de Jesús se alarma ante su prédica.
Mc 3,31-35	165	168	Mención de la madre y hermanos de Jesús.
Mc 5,25-35		319/307	Curación de la hemorroísa.
Mc 5,35-43		194/175	Resurrección de la hija de Jairo.
Mc 6,1-6	164		Rechazo de Jesús en su pueblo y mención de sus padres, cuatro hermanos varones y hermanas.
Mc 7,24-30		178, 318	Una mujer cananea vence a Jesús dialécticamente.
Mc 8,27-30		287	La confesión de Pedro en Cesárea de Filipo.
Mc 8,31	194		Jesús anuncia su muerte y resurrección.
Mc 9,1-7		105/102, 181/163, 182/165, 237/207	Jesús anuncia la inminencia del fin de los tiempos. Episodio de la Transfiguración.
Mc 9,30-32	194	204	Jesús anuncia su muerte y resurrección.
Mc 9,38-40	253		Jesús no se arroga ningún exclusivismo.
Mc 9,43-49	377		Mención de la *gehennna ignis* o "infierno".
Mc 10,2-12		319	Jesús coloca a hombre y mujer en igualdad frente al divorcio y el adulterio.
Mc 10,17-27		268/243	Modo de ganarse la vida eterna.

VERSÍCULO *N. T.*	**TRANSCRIPCIÓN DEL TEXTO** (página/nota)	**OTRAS CITAS** (página/nota)	**ASUNTO AL QUE SE REFIERE**
Mc 10,18	213/191		Jesús se opone a que le llamen «bueno».
Mc 10,33-34	194		Jesús anuncia su muerte y resurrección.
Mc 11,1-10		226/202	Entrada triunfal de Jesús en Jerusalén.
Mc 11,15-18		180/162	Expulsión de los mercaderes del templo.
Mc 12,28-34		89	Se le pregunta a Jesús acerca de cuál es el primer precepto.
Mc 13		84/69, 86/74	Retraso del Segundo Advenimiento de Jesús y destrucción de Jerusalén.
Mc 13,30		182/165	Jesús anuncia la inminencia del fin de los tiempos.
Mc 13,32	182/165	210	Interpolación para matizar el claro anuncio de Jesús acerca del inminente fin de los tiempos.
Mc 14,12-25		271/248	Última cena.
Mc 14,28-29	195		Jesús anuncia su muerte y resurrección.
Mc 14,66-72		290/273	Pedro niega ser discípulo de Jesús.
Mc 15,40-41		178, 315	Mujeres discípulas de Jesús.
Mc 15,42	185/167		Crucifixión en la Parasceve.
Mc 15,43	186		José de Arimatea es consejero del Sanedrín.
Mc 15,45-47	186		José de Arimatea da sepultura a Jesús.
Mc 16,1-5	188		Las mujeres acuden al sepulcro.
Mc 16,8		86, 193	Fin del *Evangelio de Marcos* original.
Mc 16,9-20	199	86, 288/269	Aparición de Jesús a María Magdalena y los discípulos. Añadido al *Evangelio de Marcos* original.

VERSÍCULO *N. T.*	**TRANSCRIPCIÓN DEL TEXTO** (página/nota)	**OTRAS CITAS** (página/nota)	**ASUNTO AL QUE SE REFIERE**
Mc 16, 12-13	193		Los apóstoles no se creen la resurrección de Jesús.
Mc 16,14	288		Jesús reprende a sus discípulos por su incredulidad y dureza de corazón.
Mc 16,15-16	251	177/158	Jesús ordena predicar a «toda criatura», un añadido que contradice su postura anterior en todo *Marcos*.
Mc 16,15-18	283	361	Señales que acompañarán a los creyentes en Jesús.
Mc 16,19		210	Jesús está sentado a la diestra de Dios.
Lc 1,5		256	Concepto de sacerdote referido al del *A.T.*
Lc 1,5-25		116	Intervención divina en la concepción de Juan Bautista.
Lc 1,26-38	114	154, 159, 164, 368	Relato de la anunciación a María.
Lc 1,42-55		316	Isabel proclama la divinidad de Jesús (es el primer ser humano que lo hace).
Lc 2,1-7	172		Relato general del nacimiento de Jesús.
Lc 2,4		164	José y María ya viven en Nazaret antes de ir a Belén.
Lc 2,6-7	165		María da a luz a «su hijo primogénito».
Lc 2,8-14	126		Anuncio a los pastores el nacimiento de Jesús.
Lc 2,22-24	369		María va a purificarse después de nacer Jesús.
Lc 2,27	369		María ofrece un sacrificio expiatorio para purificarse.
Lc 3,21-22		209	Bautismo de Jesús por Juan el Bautista.
Lc 3,23-38	153	163	Genealogía de Jesús.
Lc 6,1-10		345/334	Descanso sabático.

VERSÍCULO *N. T.*	TRANSCRIPCIÓN DEL TEXTO (página/nota)	OTRAS CITAS (página/nota)	ASUNTO AL QUE SE REFIERE
Lc 6,13-16		289/270	Listado de apóstoles.
Lc 7,36-50		319	La pecadora arrepentida.
Lc 8,2	193/173		María Magdalena es curada de su posesión.
Lc 8,19-21		165	Mención de la madre y hermanos de Jesús.
Lc 8,40-56		194/175, 319/307	Resurrección de la hija de Jairo y curación de la hemorroísa.
Lc 9,18-22		287	La confesión de Pedro en Cesárea de Filipo.
Lc 9,22		194/177	Jesús anuncia su muerte y resurrección.
Lc 9,27	237	181/163	Jesús anuncia la inminencia del fin de los tiempos.
Lc 9,44-45	194/178		Jesús anuncia su muerte y resurrección.
Lc 9,49-50		253	Jesús no se arroga ningún exclusivismo.
Lc 10,9-11		181/165	Jesús anuncia la inminencia del fin de los tiempos.
Lc 10,25-29		89	Se le pregunta a Jesús acerca de cuál es el primer precepto.
Lc 10,39		89	Jesús está en Betania.
Lc 11,29-32		205/185	Jesús profetiza que en su resurrección cumplirá la «señal de Jonás», pero no será así.
Lc 13,22		89	Jesús recorre ciudades y aldeas hacia Jerusalén.
Lc 13,31-33		89	Jesús está en los dominios de Herodes Antipas.
Lc 17,11-12		89	Jesús va por Galilea de camino hacia Jerusalén.
Lc 17,11-19		90	Curación de un leproso en Galilea.
Lc 18,18-27		268/243	Modo de ganarse la vida eterna.
Lc 18,31-34		195/179	Jesús anuncia su muerte y resurrección.

VERSÍCULO *N. T.*	TRANSCRIPCIÓN DEL TEXTO (página/nota)	OTRAS CITAS (página/nota)	ASUNTO AL QUE SE REFIERE
Lc 19,29-39		226/202	Entrada triunfal de Jesús en Jerusalén.
Lc 19,41-44		84/69, 90	«Llanto sobre Jerusalén» (profecía de Jesús sobre su destrucción).
Lc 19,45-48		180/162	Expulsión de los mercaderes del templo.
Lc 22,7,23	271	271/248	Última cena.
Lc 23,3-4		90, 214	Desconocimiento (imposible) de Pilato de la ley romana que pena la alta traición contra el César (en el juicio a Jesús).
Lc 23,49-55		315, 345/335	Mujeres discípulas de Jesús. Descanso sabático.
Lc 23,50-56		186, 204	José de Arimatea da sepultura a Jesús.
Lc 24,1-12	188	288/269	Las mujeres acuden al sepulcro.
Lc 24,7	193		Las mujeres estaban advertidas de la futura resurrección de Jesús.
Lc 24,11	193		Los apóstoles no se creen la resurrección de Jesús.
Lc 24,13-31	199	188, 200/184	Jesús resucitado acude al encuentro de sus discípulos en Emaús.
Lc 24,19-21	208		Los discípulos tienen a Jesús por profeta.
Lc 24,25-27	84/70		Jesús dio cumplimiento a las profecías del *A.T.*
Lc 24,33-43	199	90, 200/184	Aparición de Jesús resucitado a los once.
Lc 24,50-51	199	90, 200/184	Ascensión de Jesús.
Lc 25,55-62		290/273	Pedro niega ser discípulo de Jesús.
Jn 1,1-18		160/147, 365	Identificación de Jesús con el Verbo encarnado.
Jn 1,26-34	209		Juan el Bautista da testimonio de Jesús como «Hijo de Dios».
Jn 1,29	143		Cristo como «Cordero de Dios».

VERSÍCULO *N. T.*	TRANSCRIPCIÓN DEL TEXTO (página/nota)	OTRAS CITAS (página/nota)	ASUNTO AL QUE SE REFIERE
Jn 1,35-40		94/84, 95/88	Jesús aparece como discípulo de Juan el Bautista.
Jn 2,3-5	319		Jesús hace su primer milagro público en Caná (a petición de su madre).
Jn 2,12	166		Mención de la madre y hermanos de Jesús.
Jn 2,15		284	Jesús expulsa a los mercaderes del templo.
Jn 3,16		365	Identificación de Jesús con el Verbo encarnado.
Jn 4,1-42		178, 317, 318	Encuentro y diálogo de Jesús con la samaritana.
Jn 6,32-45	213/191		Jesús se autoatribuye el ser hijo de Dios.
Jn 6,40	197		Jesús tiene la capacidad de resucitar.
Jn 6,44	197		Jesús tiene la capacidad de resucitar.
Jn 6,53-57	275		Jesús *instituye* la eucaristía católica.
Jn 6,54	197		Jesús tiene la capacidad de resucitar.
Jn 6,68-70		287	La confesión de Pedro en Cesárea de Filipo.
Jn 7,2-10	166		Mención de los hermanos de Jesús.
Jn 7,23		346	Descanso sabático.
Jn 8,1-11		319	Jesús coloca a hombre y mujer en igualdad frente al divorcio y el adulterio.
Jn 8,32	19	7, 254	Jesús afirma «La verdad os hará libres».
Jn 9,16		345	Descanso sabático.
Jn 10,17-18	198		Jesús dice poder resucitarse a sí mismo.

VERSÍCULO *N. T.*	TRANSCRIPCIÓN DEL TEXTO (página/nota)	OTRAS CITAS (página/nota)	ASUNTO AL QUE SE REFIERE
Jn 10,30-36		160/147, 365/362	Identificación de Jesús con el Verbo encarnado.
Jn 11,25	75	198	Jesús afirma «Yo soy la resurrección y la vida».
Jn 11,25-27	318		Marta de Betania hace la misma profesión de fe que Pedro en *Mt* 16,15-20.
Jn 11,33-44		194/176	Resurrección de Lázaro.
Jn 12,12-19		226/202	Entrada triunfal de Jesús en Jerusalén.
Jn 13,1-17		270	Lavatorio de los pies.
Jn 13,18-30		271/248	Última cena.
Jn 13,23		91	El «amado de Jesús» en la última cena.
Jn 14,15-26	281	291, 365	Jesús dice que ya no permanecerá más en este mundo, pero que vendrá en su lugar el Espíritu.
Jn 14,15-31		160/147	Identificación de Jesús con el Verbo encarnado.
Jn 16,7-15	281	251, 291	Jesús dice que se va al Padre y ya no se le verá más (pero que vendrá el Espíritu de verdad).
Jn 18,15-25		290/273	Pedro niega ser discípulo de Jesús.
Jn 19,25		316	Las cuatro Marías al pie de la cruz del calvario.
Jn 19,35	94/85		El redactor del *Evangelio* se diferencia a sí mismo de la persona del «discípulo amado».
Jn 19,38-42	186	192, 207	José de Arimatea da sepultura a Jesús.
Jn 20,1-18	189	193, 199, 288/269	Las mujeres acuden al sepulcro.
Jn 20,19-26	200		Jesús resucitado se aparece a los discípulos.
Jn 20,21-23	287		Jesús concede el poder de perdonar los pecados a todos (no sólo a Pedro).

VERSÍCULO *N. T.*	TRANSCRIPCIÓN DEL TEXTO (página/nota)	OTRAS CITAS (página/nota)	ASUNTO AL QUE SE REFIERE
Jn 21,1-12	200		Jesús resucitado se aparece a los discípulos.
Jn 21,15-19	290		La triple confesión de Pedro.
Jn 21,22-23		94	Comentario acerca de la edad a la que llegará Juan.
Jn 21,24	94/85		El redactor del *Evangelio* se diferencia a sí mismo de la persona del «discípulo amado».
Act 1,3	200		Jesús resucitado se aparece a los discípulos.
Act 1,9	200		Ascensión de Jesús.
Act 1,13		289/270	Listado de apóstoles.
Act 1,14	165		Mención de la madre y hermanos de Jesús.
Act 1,21-22	298		Condiciones para ser admitido como apóstol.
Act 2,22	209	216	Se distingue entre Dios y Jesús.
Act 2,23-24	198		Jesús es resucitado por Dios.
Act 4,18-21	19		Pedro y Juan son amenazados por los sacerdotes por hablar en nombre de Jesús.
Act 7,55	209		Se distingue entre Dios y Jesús.
Act 8,3	97		Pablo «devastaba la Iglesia».
Act 8,32		143/130	Cristo como «Cordero de Dios».
Act 9,1-9	98		Pablo perseguidor de cristianos y su conversión.
Act 9,33-35	197/183		Pedro cura al paralítico Eneas.
Act 9,36-41	197/183		Pedro resucita a Tabita.
Act 10,38	216/193		Dios unge a Jesús con poder tras el bautismo.
Act 12,12		85	Mención de Juan de Jerusalén o Marcos.
Act 15,13-22		292, 292/278	Concilio de Jerusalén presidido por Santiago.

VERSÍCULO *N. T.*	**TRANSCRIPCIÓN DEL TEXTO** (página/nota)	**OTRAS CITAS** (página/nota)	**ASUNTO AL QUE SE REFIERE**
Act 15,28-29	274/252		Orden de abstenerse de «carnes inmoladas a los ídolos, de sangre y de lo ahogado y de la fornicación».
Act 17,24-28	267	338, 348	Dios no habita en los templos.
Act 17,29-30	338		Crítica a las imágenes divinas.
Act 20,17		258	Papel del *obispo* en la comunidad primitiva.
Act 21		101	Pablo sigue observando prescripciones mosaicas.
Act 21,18		292	Santiago preside el consejo de presbíteros.
Act 24,14-15	197		La resurrección viene sólo de Dios.
Rom 1,1	102/98		Pablo se presenta a sí mismo como apóstol.
Rom 1,4		105	Jesús es «hijo de Dios» a partir de su resurrección.
Rom 3,7	299		Pablo justifica el mentir al predicar el evangelio.
Rom 7,4	106/104		Pablo distingue entre el Cristo físico y el resucitado.
Rom 9-11		102	Pablo aspira a la salvación final de Israel.
Rom 9,32-33	228		La «piedra de tropiezo».
Rom 12,6-7		255, 385	Listas de carismas.
Rom 13,1-7	180/161		Pablo contradice a Jesús ordenando sometimiento a las autoridades y el pago de tributos.
Rom 16,1-24		293	Pablo envía saludos a 27 miembros de la Iglesia de Roma (entre los que no aparece Pedro).
I *Cor* 3,10-11	287/268		Jesús (no Pedro) como fundamento de la Iglesia.
I *Cor* 3,16-17	268		Cada creyente es el templo de Dios.
I *Cor* 8,4-6	211		Pablo distingue claramente entre Dios y Jesús.

VERSÍCULO *N. T.*	TRANSCRIPCIÓN DEL TEXTO (página/nota)	OTRAS CITAS (página/nota)	ASUNTO AL QUE SE REFIERE
I *Cor* 9,3-5	167	179	Mención de los hermanos de Jesús y proclamación del derecho a tener una esposa.
I *Cor* 10,4	287/268		Jesús (no Pedro) como fundamento de la Iglesia.
I *Cor* 10,11	238		Pablo fecha como inmediato el fin de los tiempos.
I *Cor* 11,3	211	321	Pablo distingue claramente entre Dios y Cristo. Se *declara* la dependencia de la mujer del varón.
I *Cor* 11,23-26		271/248	Última cena.
I *Cor* 12,8-10		255, 385	Listas de carismas.
I *Cor* 15,3-8	200	201	Apariciones de Jesús resucitado a los discípulos.
I *Cor* 15,9-10	102/98		Pablo se presenta a sí mismo como apóstol.
I *Cor* 15,21-22	196/181		La resurrección de los muertos como consecuencia de la de Jesús.
I *Cor* 15,28		75	El Hijo entrega al Padre todos los poderes recibidos.
I *Cor* 15,45	104/100		Jesús como segundo Adán.
Gál 1,1-2	102/98		Pablo se presenta a sí mismo como apóstol.
Gál 1,11-12	291/275		Pablo afirma predicar un evangelio revelado a él por Jesucristo, no aprendido «de hombres».
Gál 1,18-20	166		Pablo menciona a Santiago, hermano de Jesús.
Gál 2,1-10		291/276	Enfrentamiento entre Pablo y Pedro.
Gál 2,9	289/271		Pablo cita a quienes son «columnas» de la Iglesia.
Gál 2,11-14	289/272		Pablo acusa a Pedro de hipócrita y de falsear el evangelio.
Gál 2,19-20	100/94		Pablo afirma que «es Cristo quien vive en mí».

VERSÍCULO *N. T.*	**TRANSCRIPCIÓN DEL TEXTO** (página/nota)	**OTRAS CITAS** (página/nota)	**ASUNTO AL QUE SE REFIERE**
Gál 3,24		74	«La Ley fue nuestro ayo para llevarnos a Cristo.»
Gál 3,26-29	319	321	«No hay judío o griego, no hay siervo o libre, no hay varón o hembra...», declaración de igualdad.
Gál 6,17	100/94		Pablo afirma llevar en su cuerpo «las señales del Señor Jesús».
Ef 2,11-21		104/99	Reconciliación de judíos y gentiles por Cristo.
Ef 2,19-21		177/158, 292/277	Igualdad de judíos y gentiles para el evangelio.
Ef 2,20-21	287/268		Jesús (no Pedro) como fundamento de la Iglesia.
Ef 3,4-6		177/158, 292/277	Igualdad de judíos y gentiles para el evangelio.
Ef 3,8-10	104/99		Pablo declara su misión de anunciar a Cristo a los gentiles.
Ef 4,7-11		255, 385	Listas de carismas.
Flp 1,20-26		106/103	Problemas de Pablo con su cuerpo.
Col 4,14		87	Se identifica a Lucas como «médico amado».
I *Tes* 3,11-13	211		Pablo distingue claramente entre Dios y Jesús.
Tit 1,5-7	383	258	Rasgos del *obispo* y matrimonio de los presbíteros.
Flm 24		86	Se identifica a Lucas como colaborador de Pablo.
Heb 1,1-3		74	Dios habló a través de su Hijo, heredero de todo.
Heb 5,1	256		El sacerdote como hombre separado de los demás.
Heb 5,6	256	42/30	Cristo sacerdote para siempre; prohibición del sacerdocio levítico.
Heb 5,9-10		42/30, 256	Cristo sacerdote para siempre; prohibición del sacerdocio levítico.

VERSÍCULO *N. T.*	**TRANSCRIPCIÓN DEL TEXTO** (página/nota)	**OTRAS CITAS** (página/nota)	**ASUNTO AL QUE SE REFIERE**
Heb 7,15-19		256, 257	Cristo sacerdote para siempre; prohibición del sacerdocio levítico.
Heb 7,22-25		42/30, 256	Cristo sacerdote para siempre; prohibición del sacerdocio levítico.
Heb 7,26-27	277	257	El sacerdocio de Cristo no necesita ofrecer cada día víctimas, ni ofrecerse a sí mismo como víctima.
Heb 10,11-18	278		El sacerdocio de Cristo no necesita ofrecer cada día víctimas, ni ofrecerse a sí mismo como víctima.
I *Pe* 1,18-19	143/130		Cristo como «cordero sin defecto».
I *Pe* 2,4	287/268		Jesús (no Pedro) como fundamento de la Iglesia.
I *Pe* 2,5	257/230	283	El sacerdocio como potestad de todo bautizado.
I *Pe* 2,6	229		La «piedra angular».
I *Pe* 4,7	238		Pedro fecha como inmediato el fin de los tiempos.
I *Pe* 5,1-2		258	Papel del *obispo* en la comunidad primitiva.
I *Pe* 5,13		85, 86	Mención de Juan de Jerusalén o Marcos.
II *Pe* 3,3-10	238	87/76	Justificación del retraso del Segundo Advenimiento de Jesús y promesa de un próximo cumplimiento.
I *Jn* 1,1	94/86		El redactor del texto se diferencia a sí mismo de la persona de Juan, el «discípulo amado».
I *Jn* 4,8-16		354	«Dios es amor.»
I *Jn* 5,21	338		Crítica a las imágenes religiosas.
Ap 1,6	257/229	283	El sacerdocio como potestad de todo bautizado.
Ap 5,6 y ss		143/130	Cristo como «Cordero de Dios».
Ap 5,10	257/229		El sacerdocio como potestad de todo bautizado.

VERSÍCULO ***N. T.***	**TRANSCRIPCIÓN DEL TEXTO** (página/nota)	**OTRAS CITAS** (página/nota)	**ASUNTO AL QUE SE REFIERE**
Ap 7,1	82/66		Cuatro ángeles retienen los cuatro vientos terrestres.
Ap 7,9 y ss		143/130	Cristo como «Cordero de Dios».
Ap 14,1		143/130	Cristo como «Cordero de Dios».
Ap 17,14		143/130	Cristo como «Cordero de Dios».
Ap 20,6	257/229		El sacerdocio como potestad de todo bautizado.
Ap 21,9 y ss		143/130	Cristo como «Cordero de Dios».

Índice

II

DE CÓMO LOS PROPIOS EVANGELISTAS DIERON VERSIONES PAGANAS Y CONTRADICTORIAS DE LA VIDA DE JESÚS Y DE CÓMO LA IGLESIA CATÓLICA ACABÓ TERGIVERSANDO A SU ANTOJO TODOS LOS DATOS QUE NO CONVENÍAN A SUS INTERESES DOCTRINALES

III

DE CÓMO LA IGLESIA CATÓLICA SE DOTÓ DE FUNDAMENTO Y LEGITIMIDAD MANIPULANDO LOS *EVANGELIOS* Y SE CONVIRTIÓ EN UNA INSTITUCIÓN DE PODER AL CREAR UNA ESTRUCTURA ORGANIZATIVA CONTRARIA A ESOS TEXTOS

IV

DE CÓMO LA IGLESIA CATÓLICA CAMBIÓ LOS «MANDATOS DE DIOS» BÍBLICOS Y CREÓ DOGMAS ESPECÍFICOS PARA CONTROLAR MEJOR A LOS CREYENTES Y AL CLERO

RELACIÓN DE CUADROS